Autorin

Mit ihrem ersten Roman *Blumen der Nacht* wurde V. C. Andrews zur Bestsellerautorin. Ihrem Erstling folgten zehn weitere spektakuläre Erfolge, unter anderem *Wie Blüten im Wind, Dornen des Glücks, Schatten der Vergangenheit, Schwarzer Engel, Gärten der Nacht, Nacht über Eden* und *Dunkle Umarmung*. Nach ihrem Tod brachte ihre Familie zusammen mit einem sorgfältig ausgewählten Autor eine neue V. C. Andrews-Serie auf den Markt, die mit dem Titel *Zerbrechliche Träume* begann und weltweit ein begeistertes Echo hervorrief. Bis heute sind 35 Millionen V. C. Andrews-Bücher verkauft und in sechzehn Sprachen übersetzt worden.

In der Reihe Goldmann-Taschenbücher sind außerdem von V. C. Andrews™ erschienen:

DAS ERBE VON FOXWORTH HALL:
Gärten der Nacht
Blumen der Nacht
Wie Blüten im Wind
Dornen des Glücks
Schatten der Vergangenheit

DIE CASTEEL-SAGA:
Dunkle Wasser
Schwarzer Engel
Gebrochene Schwingen
Nacht über Eden
Dunkle Umarmung

DIE CUTLER-SAGA:
Zerbrechliche Träume
Geheimnis im Morgengrauen
Kind der Dämmerung
Stimmen aus dem Dunkel
Stunden der Nacht

und:
Das Netz im Dunkel

V.C. ANDREWS™

DAS ERBE VON FOXWORTH HALL 3

WIE BLÜTEN IM WIND

ROMAN

Aus dem Amerikanischen
von Michael Görden

GOLDMANN VERLAG

Ungekürzte Ausgabe
Titel der Originalausgabe: Petals in the Wind
Originalverlag: Pocket Books, New York

Umwelthinweis:
Alle bedruckten Materialien dieses Taschenbuches
sind chlorfrei und umweltschonend.
Das Papier enthält Recycling-Anteile.

Der Goldmann Verlag
ist ein Unternehmen der Verlagsgruppe Bertelsmann

Umschlagentwurf: Design Team München
Druck: Elsnerdruck, Berlin
Verlagsnummer: 42912
Lektorat: SN
Herstellung: sc
Made in Germany
ISBN 3-442-42912-9

1 3 5 7 9 10 8 6 4 2

ERSTER TEIL

Aus der Erde erhebt sich ein Blühen
Sonnenlicht bricht Winterglühen;
Warmer Duft statt eisiger Luft –
Die Rose riech' ich über der Wintergruft.

Thomas Hood

Endlich frei

Wie jung wir doch waren an dem Tag, als wir entkamen! Wie sehr hätten wir uns lebendig fühlen müssen, war uns doch endlich die Flucht von einem so düsteren, einsamen und jedes Leben erstickenden Ort gelungen. Was für eine armselige Freude hätte es uns doch wenigstens bereiten müssen, endlich in einem Bus nach Süden zu sitzen. Aber wenn wir irgendwelche Freude verspürten, dann zeigten wir sie niemandem, nicht einmal uns selbst. Wir saßen alle drei blaß und stumm in unseren Sitzen und starrten aus den Busfenstern, von fast allem verängstigt, was wir draußen erblickten.

Frei. Gab es jemals ein wundervolleres Wort? Nein, wir waren frei, frei – selbst wenn die kalte knochige Hand des Todes uns doch noch zu fassen bekommen sollte, wenn Gott gar nicht irgendwo da oben war, auch nicht hier unten bei uns im Bus und mit uns fuhr und über uns wachte.

Die Stunden strichen dahin wie die Meilen. Wir wurden nervöser und nervöser, weil der Bus immer wieder anhielt und Passagiere ein- und aussteigen ließ. Der Fahrer hielt zu einer kleinen Erholungspause für das Frühstück, dann, um eine einzelne, füllige Negerin mitzunehmen, die allein an einer staubigen Nebenstraße der betonierten Bundesstraße stand. Die Zeit, die sie brauchte, um sich selbst und dann die vielen Gepäckstücke, mit denen sie unterwegs war, in den Bus zu hieven, erschien mir ewig. Gerade als sie endlich einen Sitzplatz gefunden hatte, passierten wir mit unserem Bus die Grenze zwischen Virginia und North Carolina.

Was für eine Erleichterung! Der Staat unserer jahrelangen Gefangenschaft lag hinter uns! Zum erstenmal seit Jahren begann ich mich zu entspannen – ein bißchen wenigstens.

Wir drei waren die Jüngsten im Bus. Chris war siebzehn Jahre alt, ein auffällig schöner Junge mit langem, gewelltem blonden Haar, das ihm bis auf die Schultern fiel und sich dort zu einer großen Locke zusammenrollte. Seine dunkel umrandeten Augen strahlten in der Farbe des Sommerhimmels, und auch seine Persönlichkeit glich einem wunderbaren Sonnentag. Er zeigte sein tapferstes Gesicht, trotz der elenden Situation, in der wir uns befanden. Seine gerade und feine, aber kraftvoll geschwungene Nase drückte Stärke und Reife aus. Sie versprach, daß er all das sein würde, was unser Vater gewesen war – der Typ von Mann, bei dem jeder Frau das Herz schneller schlug, wenn er in ihre Richtung sah. Chris' Gesichtsausdruck wirkte trotz allem zuversichtlich; er sah fast glücklich aus. Wenn er nicht auf Carrie geblickt hätte, wäre er vielleicht sogar glücklich gewesen. Aber als er ihr krankes, blasses Gesicht sah, runzelte er sorgenvoll die Stirn, und über seine Augen legte sich ein dunkler Schatten. Er zupfte an der Gitarre, die er um die Schultern hängen hatte, und spielte ein paar Griffe von »O Susanna«. Dazu sang er mit einer süßen, melancholischen Stimme, die mir ans Herz ging. Wir sahen einander an und fühlten gemeinsam die Trauer und den Schmerz, die das Lied mit seinen Erinnerungen in uns aufrührte. Wir waren eins, er und ich. Ich konnte es nicht ertragen, ihn länger anzusehen, sonst hätte ich weinen müssen.

In meinem Schoß zusammengerollt lag unsere kleine Schwester. Sie sah nicht viel älter als drei aus, aber sie war acht Jahre alt, bemitleidenswert klein und schwach. In ihren großen, schattigen blauen Augen lagen mehr dunkle Geheimnisse und Leiden, als ein Kind in ihrem Alter hätte kennen dürfen. Carries Augen waren alt, sehr, sehr alt. Sie erwartete nichts: kein Glück, keine Liebe, nichts – denn alles, was in ihrem Leben schön und wunderbar gewesen war, hatte man ihr fortgenommen. Von einer tödlichen Apathie befallen, schien sie bereitwillig den Wechsel vom Leben in eine andere, bessere Welt nach dem Tod zu erwarten. Es tat weh, sie so alleine zu sehen, so furchtbar alleine, denn Cory war ja jetzt nicht mehr bei ihr.

Ich war fünfzehn. Wir schrieben das Jahr 1960, und es war November. Ich wollte alles, brauchte alles, und ich hatte schreckliche Angst, daß ich in meinem ganzen Leben nie genug bekommen würde, um das zu ersetzen, was ich bereits verloren hatte. Verkrampft und angespannt saß ich da, bereit, laut loszuheulen, wenn noch irgend etwas Furchtbares passieren würde. Ich kam mir vor wie das Dynamit an einem Zeitzünder. Früher oder später würde ich explodieren, das wußte ich genau, und dann würde ich alle vernichten, die noch auf Foxworth Hall, jenem Haus unserer schrecklichen Großmutter, lebten!

Chris legte seine Hand auf meine, als könne er meine Gedanken lesen und wüßte, daß ich bereits darüber grübelte, wie ich denen die Hölle auf Erden bereiten könnte, die versucht hatten, uns zu zerstören. Er sagte leise: »Schau nicht so drein, Cathy. Es geht alles in Ordnung. Wir schaffen es schon!«

Er war noch immer der ewige Optimist und glaubte trotz allem, was wir durchgemacht hatten, daß letzten Endes alles zu unserem Besten sein würde. Gott, wie konnte er nur noch immer so denken, selbst jetzt, wo Cory tot war? Wie konnte Corys Tod zu unserem Besten sein?

»Cathy«, flüsterte er, »wir müssen das Beste aus dem machen, was uns geblieben ist, und das sind wir selbst, jeder für den anderen. Wir müssen akzeptieren, was passiert ist, und einen Schlußstrich darunter ziehen. Wir müssen an uns selbst glauben, an unsere eigenen Fähigkeiten, und wenn wir das tun, werden wir auch erreichen, was wir uns vorgenommen haben. Nur so können wir weiterkommen. Cathy, wirklich, das ist unsere einzige Chance. Anders schaffen wir es nicht!«

Sein Ziel war es, ein langweiliger, gesetzter Arzt zu werden, der seine Tage in einem kleinen Sprechzimmer verbrachte, umgeben von menschlichem Elend. Für mich stellte ich mir etwas wesentlich Hübscheres vor – ein schönes Leben, ein Leben voller wunderschöner Dinge. Ich war fest entschlossen, all meine Träume von Liebe und Romantik Wirklichkeit werden zu lassen – auf der Bühne, wo ich die berühmteste Primaballerina der Welt sein würde; mit weniger würde ich mich nicht abfinden! Damit würde ich es Mammi zeigen!

Zur Hölle mit dir, Mammi! Ich hoffe, daß Foxworth Hall bis auf die Grundmauern niederbrennt! Ich hoffe, daß du nie wieder eine ruhige Nacht in deinem wunderbaren Schwanenbett hast, nie wieder! Ich hoffe, dein junger Mann findet eine Geliebte, schöner und jünger als du! Ich hoffe, er macht dir das Leben so zur Hölle, wie du es verdienst!

Carrie hob den Kopf und flüsterte: »Cathy, mir geht es gar nicht gut. Mir ist so komisch im Bauch ...«

Furcht stieg in mir auf. Carries kleines Gesicht wirkte so unnatürlich blaß. Ihr Haar, das ihr früher so hell und schimmernd um die Schultern gefallen war, hing in stumpfen, verklebten Strähnen herab. Ihre Stimme war kaum mehr als ein schwaches Wispern.

»Liebling, Liebling.« Ich versuchte sie zu trösten und küßte sie auf die Stirn. »Halt noch ein bißchen durch. Wir bringen dich bald zu einem Arzt. Es dauert nicht mehr lange, dann sind wir in Florida, und dort werden wir nie wieder irgendwo eingeschlossen sein!«

Carrie kuschelte sich in meine Arme, während ich aus dem Fenster starrte und mich hundeelend fühlte. Wir waren jetzt in South Carolina. Danach kam Georgia, und bis wir in Sarasota ankommen würden, dauerte es noch viele lange Stunden. Von einem Krampf geschüttelt, fuhr Carrie plötzlich hoch und begann zu würgen.

Ich hatte mir am letzten Rastplatz die Taschen mit Papierhandtüchern vollgestopft, so daß ich Carrie einigermaßen saubermachen konnte. Dann reichte ich sie an Chris weiter, kniete mich in den Gang zwischen die Sitze und begann den Boden zu wischen. Chris rückte ans Fenster und versuchte es zu öffnen, um die schmutzigen Papiertücher rauszuwerfen. Aber das Fenster ließ sich keinen Zentimeter bewegen, wie sehr er auch daran zog und rüttelte. Carrie fing an zu weinen.

»Stopf die dreckigen Dinger unter die Sitze«, flüsterte Chris mir zu, aber der Busfahrer muß uns wie ein Luchs im Rückspiegel beobachtet haben, denn er brüllte los: »Ihr Kinder da hinten – seht zu, daß ihr diesen Dreck anders los werdet!«

Es blieb uns nur, die Papiertücher mit dem Erbrochenen in die Außentasche von Chris' Fototasche zu stopfen, in der wir persönlichen Kleinkram hatten, den wir in unsere Jackentaschen umpacken mußten.

»Tut mir leid«, schluchzte Carrie, während sie sich verzweifelt an Chris klammerte. »Ich habe das wirklich nicht gewollt. Müssen wir jetzt ins Gefängnis, weil wir den Bus so schmutzig gemacht haben?«

»Ach was! Natürlich nicht«, beruhigte sie Chris auf seine

väterliche Art. »Noch zwei Stündchen, und wir sind in Florida. Versuch, es bis dahin irgendwie durchzuhalten. Wenn wir jetzt aussteigen, dann haben wir das ganze Geld verloren, das wir für unsere Fahrkarten bezahlt haben, denn wir müssen dann neue lösen. Und wir können uns nicht leisten, das Geld zu verschwenden.«

Carrie begann leise zu wimmern und zu zittern. Ich faßte an ihre Stirn. Die Stirn war kalt und feucht, und ihr Gesicht war jetzt nicht mehr blaß, sondern kreideweiß! Sie sah genauso aus wie Cory, kurz bevor er gestorben war.

Ich betete zu Gott, daß er wenigstens einmal Mitleid mit uns habe. Hatten wir nicht schon genug mitgemacht? Nahm das alles denn nie ein Ende? Während ich selbst gegen ein Würgen im Hals ankämpfen mußte, übergab Carrie sich zum zweitenmal. Ich begriff überhaupt nicht, wie sie immer noch etwas im Magen haben konnte. Verzweifelt lehnte ich mich gegen Chris' Schulter. Carrie hing schlaff in seinen Armen und sah aus, als habe sie das Bewußtsein verloren.

»Ich glaube, sie ist in einem Schock«, flüsterte Chris, dessen Gesicht fast so bleich war wie das von Carrie.

In diesem Augenblick begann sich einer unserer Mitreisenden mit lauter, böser Stimme über uns zu beschweren. Sein Geschimpfe tönte durch den ganzen Bus, so daß einige mitfühlendere Passagiere ihn unangenehm berührt anstarrten und unentschlossen zu überlegen schienen, wie sie uns helfen könnten. Chris' Blick traf meinen. Wie sollte es jetzt weitergehen?

Ich stand kurz vor der Panik, doch dann kam durch den Mittelgang, von einem Fuß auf den anderen schwankend, die große Negerin auf uns zu, die vorhin zugestiegen war, und lächelte uns beruhigend an. Sie reichte mir eine Papiertüte, in die ich die übelriechenden Tücher stecken konnte. Mit Gesten, aber ohne jedes Wort, zeigte sie uns ihre Anteilnahme. Sie streichelte mir die Schulter, kraulte Carrie unter dem Kinn und gab mir dann ein paar Lappen, die sie aus ihren Taschen gekramt hatte.

»Danke«, flüsterte ich heiser und lächelte schwach, während ich mich selbst, Carrie und Chris so gründlich wie möglich säuberte. Dann nahm sie mir die Lappen aus der Hand und stopfte sie ebenfalls in ihren Abfallbeutel. Sie blieb neben uns stehen, als wollte sie uns so unter ihren ganz persönlichen Schutz stellen. Voller Dankbarkeit lächelte ich diese wirklich beeindruckend dicke Frau an, die mit ihrem mächtigen, gut gekleideten Körper den ganzen Mittelgang ausfüllte. Sie zwinkerte mir zu und lächelte zurück.

»Cathy«, sagte Chris mit einem Gesicht, das noch besorgter wirkte als bisher, »wir müssen Carrie unbedingt zu einem Arzt bringen und zwar bald!«

»Aber wir haben doch bis Sarasota bezahlt!«

»Ich weiß, aber das hier ist ein Notfall.«

Unsere Wohltäterin schenkte uns ein weiteres beruhigendes Lächeln, dann beugte sie sich vor, um Carries Gesicht genau zu mustern. Sie strich mit ihrer großen schwarzen Hand über Carries verschwitzte Augenbrauen, dann fühlte sie nach Carries Puls. Sie machte eine seltsame Geste mit den Händen, die ich nicht verstand, aber Chris sagte: »Sie muß stumm sein, Cathy. Mit solchen Handzeichen verständigen sich Taubstumme.« Ich zuckte die Achseln, um ihr anzudeuten, daß wir ihre Zeichen nicht verstanden. Sie runzelte die Stirn, dann fischte sie aus einer Jackentasche ihres dicken roten Kostüms einen kleinen Notizblock mit bunten Blättern und schrieb sehr schnell ein paar Worte darauf, die sie mir reichte. *Heiße Henrietta Beech*, stand da. *Kann hören, aber nicht sprechen. Kleines Mädchen ist sehr, sehr krank und braucht schnell guten Doktor*. Ich las, und dann blickte ich sie in der Hoffnung an, von ihr weitere Informationen zu bekommen.

»Kennen Sie einen guten Arzt?« fragte ich. Sie nickte eifrig und produzierte blitzschnell die nächste Notiz: *Glück gehabt, daß ich hier im Bus bin. Ich kann euch zu meinem eigenen ›Doktor-Sohn‹ bringen, der ein ganz besonders guter Arzt ist.*

»Gütiger Himmel«, murmelte Chris, als ich ihm den Zettel weiterreichte, »wir müssen wirklich unter einem guten Stern stehen, daß wir gleich jemanden treffen, der uns zu einem Arzt bringen kann.«

»Hören Sie mal, Fahrer«, meldete sich der aufgebrachte Passagier von vorhin wieder. »Schaffen Sie dieses Kind endlich in ein Krankenhaus! Ich habe, verdammt noch mal, mein Geld nicht dafür bezahlt, hier in einem stinkenden, vollgekotzten Bus sitzen zu müssen.«

Die anderen Passagiere sahen ihn strafend an, und im Rückspiegel sah ich, wie das Gesicht des Fahrers vor Wut rot anlief; vielleicht schämte er sich auch. Unsere Blicke trafen sich im Spiegel. Mit unglücklichem Unterton rief er mir zu: »Tut mir leid, aber ich habe eine Frau und fünf Kinder, und wenn ich meinen Fahrplan nicht einhalte, dann haben meine Frau und meine Kinder nichts zu essen, weil ich meinen Job verliere.« Ich bettelte verzweifelt mit den Augen, und er fluchte leise, aber hörbar vor sich hin: »Diese verdammten Sonntage. Die Wochentage, da passiert so was nie, da geht alles glatt, aber die Sonntage, die verdammten Sonntage.« Henrietta Beech hatte offenbar genug gehört. Sie griff wieder zu ihrem Bleistift und schrieb den nächsten Zettel. Dann ließ sie mich einen schnellen Blick darauf werfen.

Okay, Mann auf dem Fahrersitz, der Sonntage haßt. Mach nur weiter so mit kleinen kranken Mädchen, und ihre Eltern werden die Busgesellschaft auf zwei Millionen Dollar für unterlassene Hilfeleistung verklagen!

Kaum hatte auch Chris einen Blick auf den Zettel geworfen, da marschierte sie schwankend den Gang hinunter und wedelte dem Busfahrer mit ihrer Protestnote vor der Nase. Ungeduldig schob er den Zettel zur Seite, aber sie hielt ihm das Blatt wieder unter die Nase, und diesmal versuchte er, es zu lesen, behielt aber dabei den Verkehr im Auge.

»O Gott«, seufzte der Fahrer, dessen Gesicht ich deutlich im Rückspiegel beobachten konnte. »Das nächste Krankenhaus liegt so, daß ich einen Umweg von zwanzig Meilen fahren muß.«

Chris und ich sahen fasziniert zu, wie die schwarze Riesin den Fahrer mit Gesten und Signalen eindeckte, mit denen er genausowenig anzufangen wußte, wie wir vorhin. Wieder mußte sie zu ihrem Notizblock greifen, und was immer sie auf ihren Zettel schrieb, es veranlaßte den Fahrer, von dem Highway auf eine Nebenstraße abzubiegen, die zu einer Stadt namens Clairmont führte. Henrietta Beech blieb neben dem Fahrer stehen; offensichtlich, um ihn zu dirigieren. Aber sie nahm sich hin und wieder Zeit, uns ein strahlendes Lächeln zu schenken, mit dem sie uns versichern wollte, daß jetzt alles gut würde.

Bald rollten wir stille, breite Straßen entlang, über die große

Alleebäume ihre Äste wölbten. Die Häuser, die ich dazwischen sah, wirkten reich und aristokratisch mit ihren Veranden und hohen Kuppeldächern. Obwohl es in den Bergen von Virginia, aus denen wir kamen, bereits ein- oder zweimal geschneit hatte, hatte der Herbst seine frostige Hand noch nicht bis hierhin ausgestreckt. Die Ahornbäume, Eichen und Magnolienbüsche trugen noch die meisten ihrer Sommerblätter, und es blühten sogar noch einige Blumen.

Der Busfahrer schien nicht sehr überzeugt davon, daß Henrietta Beech ihn richtig führte, und um ehrlich zu sein, mir ging es nicht anders. Normalerweise baute man Krankenhäuser nicht an solche Prachtalleen, und auch für Arztpraxen war das keine typische Lage. Aber gerade als ich begann, ernsthaft unruhig zu werden, kam der Bus ruckartig vor einem großen weißen Haus zum Stehen, das sich auf einem niedrigen, sanft ansteigenden Hügel erhob und von großen Rasenflächen mit gepflegten Blumenbeeten umgeben war.

»Los, Kinder!« rief der Busfahrer zu uns nach hinten, »packt eure Sachen zusammen, löst eure Fahrkarten bei mir ein oder fahrt mit ihnen im nächsten Bus weiter, solange sie noch gültig sind!« Er sprang schnell aus dem Bus und öffnete das Gepäckfach seitlich neben der Tür, aus dem er mindestens vierzig Koffer räumen mußte, bevor er unsere beiden gefunden hatte. Ich hängte mir Corys Gitarre und Banjo über die Schultern, während Chris sehr sanft und mit nicht zu übersehender Zärtlichkeit Carrie in die Arme nahm.

Wie eine fette Henne ihre Küken, trieb Henrietta Beech uns zum Haus, dann an einer langen Ziegelmauer entlang zur vorderen Veranda. Dort blieb ich zögernd stehen und starrte das Gebäude mit seiner schwarzen Doppeltür an. Rechts daneben hing ein kleines Schild: *Eingang nur für Patienten.* Hier wohnte offensichtlich ein Arzt, der seine Praxis im eigenen Haus hatte. Unsere beiden Koffer ließen wir im Schatten neben der betonierten Auffahrt zurück. Mein neugieriger Blick wanderte so lange über die Veranda, bis ich im Hintergrund einen weißen Korbstuhl erspähte, in dem ein Mann schlief. Unsere gute Samariterin marschierte mit einem breiten Lächeln zu diesem Mann und berührte ihn sanft am Arm, aber als er davon nicht aufwachte, winkte sie uns zu, selbst mit dem Mann zu sprechen.

Als nächstes wies sie auf das Haus und deutete mit ihren Gesten an, daß sie jetzt hineingehen würde, um uns etwas zu essen zu machen.

Ich hätte mir gewünscht, daß sie hiergeblieben wäre, um uns vorzustellen und zu erklären, warum wir seine Sonntagsruhe stören wollten. Als Chris und ich uns dann auf Zehenspitzen zu dem Schlafenden schlichen, nahm ich plötzlich, trotz meiner Angst, überdeutlich den Rosenduft wahr, der die Luft erfüllte; und plötzlich schien es mir, als wäre ich schon einmal hiergewesen und würde diesen Ort kennen. Frische, nach Rosen duftende Luft war alles andere als das, was ich in den letzten Jahren gelernt hatte, für uns zu erwarten.

»Es ist Sonntag, so ein verdammter Sonntag«, flüsterte ich Chris zu, »und dieser Doktor hier wird es nicht sehr schätzen, wenn wir seine Sonntagsruhe stören.«

»Er ist Arzt«, sagte Chris, »da wird er wohl daran gewöhnt sein, daß man ihm seine freie Zeit stiehlt... trotzdem besser, wenn du ihn weckst.«

Langsam trat ich noch näher an den Mann heran. Er war hochgewachsen und trug einen blaßgrauen Anzug mit einer weißen Nelke im Knopfloch. Die langen Beine hatte er weit von sich gestreckt und auf das Geländer vor sich gestützt. Er wirkte elegant, selbst als er jetzt so langgestreckt dalag, die Hände leger auf den Sessellehnen ruhend. Er schien es sich wirklich gemütlich gemacht zu haben, und irgendwie tat es mir richtig leid, ihn jetzt aufwecken zu müssen und ihm Arbeit zu bringen.

»Sind Sie Dr. Paul Sheffield?« fragte Chris, der den Namen auf dem Arztschild neben der Tür gelesen hatte. Carrie lag mit nach hinten gesunkenem Kopf in Chris' Armen, die Augen geschlossen, und ihr langes goldenes Haar wehte in der milden warmen Brise. Nur langsam wachte der Doktor auf. Einen langen Moment starrte er uns an, als wolle er seinen Augen nicht trauen. Ich konnte mir denken, wie eigenartig wir in unserer Vermummung aus mehreren übereinandergezogenen Kleidungsstücken auf ihn wirken mußten. Er schüttelte den Kopf, als wolle er damit einen klaren Blick bekommen. Seine Augen wanderten erstaunt zwischen uns hin und her; und was für wundervolle braune Augen er doch hatte, mit winzigen Juwelentupfern von Blau, Grün und Gold auf dem sanften Braun.

Diese erstaunlichen Augen schienen meinen Anblick förmlich einzusaugen. Er wirkte benommen, wie jemand, der ein bißchen betrunken ist, oder er war noch zu verschlafen, um seinem Gesicht den gewohnten professionellen Ausdruck zu geben. Jedenfalls musterte er mich mit völlig ungenierten Blicken, die von meinem Gesicht zu meinen Brüsten huschten, dann zu meinen Beinen, bevor sie ganz langsam zurück zu meinem Gesicht wanderten. Mein Gesicht und mein Haar hypnotisierten ihn regelrecht. Es war Haar in wirren, viel zu langen Strähnen, das wußte ich; über der Stirn schlecht geschnitten und an den Spitzen ausgebleicht und spröde.

»Sie sind doch der Doktor, oder?« drängte Chris.

»Ja, natürlich. Ich bin Dr. Sheffield«, sagte er endlich und wandte seine Aufmerksamkeit nun Chris und Carrie zu. In einer überraschend schnellen und eleganten Bewegung schwang er die Beine vom Geländer, stand auf, fuhr sich mit den langen Fingern durch sein üppiges, zerzaustes schwarzes Haar und trat dann näher, um einen Blick auf Carries kleines weißes Gesicht zu werfen. Er zog ihr vorsichtig mit Daumen und Zeigefinger die Augenlider auf und betrachtete einen Moment lang, was immer es in diesen blauen Augen zu lesen gab.

»Wie lange ist dieses Kind schon bewußtlos?«

»Ein paar Minuten«, sagte Chris. Er war fast selbst schon ein Arzt, jedenfalls hatte er in endlosen Stunden seine medizinischen Fachbücher studiert, während wir auf Foxworth Hall eingeschlossen waren.

»Carrie hat sich im Bus dreimal übergeben, dann begann sie zu zittern und bekam kalte Schweißausbrüche. In dem Bus fuhr eine Dame namens Henrietta Beech mit, und sie brachte uns hierher zu Ihnen.«

Der Doktor nickte, dann erklärte er, daß Mrs. Beech seine Haushälterin sei. Er führte uns zu der Tür mit der Aufschrift *Eingang nur für Patienten* und durch sie in einen Teil des Hauses, in dem sich zwei kleine Behandlungsräume und ein Büro befanden. Unterwegs entschuldigte er sich ständig dafür, daß seine Sprechstundenhilfe nicht da war.

»Ziehen Sie Carrie bitte bis auf die Unterwäsche aus«, wies er mich an. Während ich mich an diese Arbeit machte, lief Chris zur Auffahrt zurück, um unsere Koffer zu holen.

Bange Fragen jagten Chris und mir durch den Kopf, als wir zusahen, wie der Doktor Carries Blutdruck prüfte, ihren Puls, ihre Temperatur, und sie mit seinem Stethoskop abhorchte. Als er damit begann, kam Carrie langsam wieder zu sich, so daß er sie bitten konnte zu husten. Ich konnte mich nicht dagegen wehren, daß alle meine Zweifel wieder in mir hochstiegen. Warum war das Schicksal immer gegen uns? Waren wir wirklich so schlecht, wie die Großmutter uns immer gesagt hatte? Mußte Carrie jetzt auch sterben?

»Carrie«, sagte Dr. Sheffield freundlich, nachdem ich unsere Kleine wieder angezogen hatte, »wir lassen dich jetzt einen Augenblick in diesem Zimmer alleine, damit du dich etwas ausruhen kannst.« Er deckte sie mit einer dünnen Decke zu. »Du brauchst keine Angst zu haben. Wir sind auf der anderen Seite des Flures in meinem Büro. Ich weiß, daß es hier auf dem Behandlungstisch nicht sehr bequem ist. Aber es ist besser für dich, wenn du erst einmal ruhig liegen bleibst, während ich mich mit deinem Bruder und deiner Schwester unterhalte.«

Sie sah ihn mit großen, stumpf blickenden Augen an, ohne großes Interesse daran, ob es bequem war oder nicht, solange sie nur liegenbleiben durfte.

Ein paar Minuten später saß Dr. Sheffield hinter seinem großen, beeindruckenden Schreibtisch, die Ellbogen auf die Schreibunterlage gestützt, und begann ernst und mit echter Besorgnis in der Stimme zu uns zu reden: »Ihr beiden seht aufgeregt und beunruhigt aus. Ihr scheint euch nicht recht wohl in eurer Haut zu fühlen. Macht euch keine Gedanken darüber, daß ihr mich an einem Sonntag stören mußtet. Ich bin Witwer, und Sonntage sind für mich nicht anders als alle anderen Tage auch ...«

Er sagte das so, aber wenn man ihn genauer ansah, wirkte er übermüdet, wie jemand, der zu lange gearbeitet hatte.

Ich rutschte unwohl auf dem weichen braunen Ledersofa herum und rückte näher zu Chris. Durch das Fenster fiel ein breiter Streifen Sonnenlicht direkt auf unsere Gesichter, während der Doktor im Schatten saß. Meine Kleider fühlten sich feucht an und rochen widerlich, und plötzlich fiel mir auch wieder ein, warum. Schnell stand ich auf und zog mir das oberste Kleid aus. Es war mir gar nicht unangenehm zu sehen, wie der Arzt mich überrascht ansah. Er hatte offenbar noch gar nicht bemerkt, daß ich zwei Kleider übereinander trug. Als ich mich dann wieder neben Chris setzte, trug ich nur noch ein blaues, weites, ausgeschnittenes Kleid, das ein wenig zu kurz, aber sauber war.

»Trägst du sonntags immer mehrere Kleider übereinander?« fragte er.

»Nur an Sonntagen, an denen ich ausreiße«, antwortete ich. »Und wir haben nur zwei Koffer, in die wir alle wertvollen Sachen packen mußten, die wir später einmal brauchen können; da fehlte einfach der Platz.« Chris stieß mich heftig in die Seite und gab mir mit einem schnellen Blick zu verstehen, daß ich zuviel über uns verraten hatte. Aber ich wußte Bescheid über Ärzte, in erster Linie, weil ich Chris kannte. Diesem Arzt da hinter seinem Schreibtisch konnten wir vertrauen – ich sah es seinen Augen an. Wir konnten ihm alles erzählen, wirklich alles.

»So, so, ihr drei seid also ausgerissen«, brummte er. »Nun, wovor lauft ihr denn weg?«

Oh, wenn er doch nur die geringste Ahnung gehabt hätte!

»Das ist eine lange Geschichte«, sagte Chris, »und im Augenblick möchten wir von Ihnen nichts anderes hören, als wie es Carrie geht.«

»Ja«, stimmte er zu, »das geht schon in Ordnung. Reden wir also über Carrie.« In professionellem Ton, ganz der praktizierende Arzt, fuhr er fort: »Ich weiß nicht, wer ihr seid oder woher ihr kommt oder warum ihr glaubt, ausreißen zu müssen. Aber dieses kleine Mädchen ist sehr, sehr krank. Wenn heute nicht Sonntag wäre, würde ich sie sofort in ein Krankenhaus bringen lassen, wo man Untersuchungen machen kann, zu denen mir hier die Möglichkeiten fehlen. Ich schlage vor, daß ihr euch sofort mit euren Eltern in Verbindung setzt.«

Dies waren genau die Worte, um mich in Panik geraten zu lassen!

»Wir sind Waisen«, erklärte Chris. »Aber machen Sie sich keine Sorgen wegen ihrer Bezahlung. Wir haben genug Geld dafür bei uns.«

»Es ist gut, daß ihr Geld habt«, sagte Dr. Sheffield, »ihr werdet es brauchen.« Er musterte uns mit einem scharfen, abschätzenden Blick. »Zwei Wochen in einem Krankenhaus wird es schon dauern, um hinter die Ursache der Krankheit eurer Schwester zu kommen. Es gibt da einige Symptome, die ich nicht mit Sicherheit deuten kann.« Und während wir noch nach Luft schnappten, schockiert, daß Carrie so krank war, rechnete er uns vor, wieviel Behandlung und Untersuchung ungefähr kosten würden. Danach waren wir noch schockierter. Mit dem Geld aus dem Schlafzimmer unserer Mutter würden wir nicht einmal eine Woche bezahlen können, geschweige denn zwei.

Meine Augen trafen sich mit Chris' verstörtem Blick. Was sollten wir jetzt machen? So viel konnten wir nicht bezahlen.

Der Arzt hatte keine Schwierigkeiten, unsere Blicke zu deuten. »Seid ihr noch immer Waisen?« erkundigte er sich.

»Ja, wir sind noch immer Waisen«, erklärte Chris scharf und warf mir einen strengen Blick zu, der mir sagte, daß ich meinen Mund zu halten hatte. »Wenn man einmal Waise geworden ist, bleibt man das ja wohl. Nun erzählen Sie uns bitte, was unserer Schwester fehlt, und was Sie tun können, damit es ihr wieder besser geht.«

»Nun einmal langsam, junger Mann. Erst müßt ihr mir ein paar Fragen beantworten.« Seine Stimme klang noch immer freundlich, aber auch bestimmt genug, um uns merken zu lassen, daß er hier bestimmte, was zu geschehen hatte. »Zunächst einmal, wie ist euer Familienname?«

»Ich bin Christopher Dollanganger, und das hier ist meine Schwester, Catherine Leigh Dollanganger, und Carrie ist acht Jahre alt, ob Sie es glauben oder nicht!«

»Warum sollte ich das nicht glauben?« fragte der Doktor mild, obwohl er einen schockierten Eindruck gemacht hatte, als wir ihm zuvor im Behandlungsraum ihr Alter zum erstenmal gesagt hatten.

»Wir wissen, daß Carrie sehr klein für ihr Alter ist«, verteidigte Chris sich.

»Das ist sie in der Tat.« Der Doktor warf mir einen schnellen Blick zu, während er das sagte, dann beugte er sich vor und legte die Arme auf eine freundliche, vertrauenerweckende Art, die mich in höchste Alarmbereitschaft versetzte, vor sich über Kreuz auf den Tisch. »Nun hört mal her. Wir sollten aufhören, uns gegenseitig zu mißtrauen. Ich bin Arzt, und alles, was ihr mir anvertraut, fällt unter meine Schweigepflicht. Wenn ihr eurer Schwester wirklich helfen wollt, dann könnt ihr nicht hier sitzen und euch Lügen ausdenken. Ihr müßt mir schon sagen, was wirklich los ist, oder ihr stehlt mir die Zeit und bringt Carries Leben in Gefahr.«

Wir saßen beide stumm da, hielten uns an den Händen und lehnten unsere Schultern aneinander. Ich fühlte, daß Chris leicht zitterte. Ich begann auch zu zittern. Wir hatten solche Angst, jemandem die ganze furchtbare Wahrheit anzuvertrauen – denn wer würde sie uns schon glauben?

Unser Vertrauen in die, von denen wir erwartet hatten, daß wir ihnen am meisten trauen könnten, war furchtbar enttäuscht worden, wie sollten wir da je wieder jemandem vertrauen? Und doch, dieser Mann hinter dem Schreibtisch sah so vertrauenerweckend aus, so als würden wir ihn schon lange kennen.

»Na gut«, meinte er, »wenn es so schwierig ist, dann laßt mich ein paar andere Fragen stellen. Erzählt mir doch bitte, was ihr drei zuletzt gegessen habt.«

Chris seufzte erleichtert. »Unsere letzte Mahlzeit war das Frühstück, das wir sehr früh heute morgen gegessen haben. Wir haben alle das gleiche zu uns genommen, Hot dogs mit allem, was dazugehört, Pommes frites mit Ketchup und dann Schokoladenmilch. Carrie hat nur sehr wenig gegessen. Sie ißt auch sonst, wenn es ihr besser geht, immer nur ein paar Happen. Richtig guten Appetit habe ich bei ihr nie erlebt.«

Stirnrunzelnd machte der Doktor sich Notizen. »Und ihr habt alle drei genau das gleiche zum Frühstück gegessen? Und nur Carrie ist davon schlecht geworden?«

»Richtig. Nur Carrie.«

»Wird Carrie oft schlecht?«

»Hin und wieder, nicht oft.«

»Was heißt, hin und wieder?«

»Na ja ...«, erwiderte Chris langsam, »in der letzten Woche ist es ihr zweimal schlecht gewesen und im letzten Monat vielleicht fünfmal. Ich habe mir deshalb schon große Sorgen gemacht. Ihre Übelkeitsanfälle scheinen auch immer schlimmer zu werden, je häufiger sie kommen.«

Die ausweichende Art, in der Chris erzählte, was mit Carrie los war, machte mich rasend! Auch nach allem, was sie getan hatte, hörte er nicht auf, unsere Mutter zu schützen. Vielleicht verriet etwas in meinem Gesicht, daß ich mit Chris nicht einverstanden war, denn der Doktor beugte sich in meine Richtung vor, als habe er verstanden, daß er von mir eine wesentlich vollständigere Geschichte zu hören bekommen würde. »Seht mal, ihr seid zu mir gekommen, damit ich euch helfe, und ich will für euch tun, was in meiner Macht steht. Aber ihr gebt mir keine faire Chance, Carrie zu helfen, solange ihr mir nicht alles sagt, was ich für die Behandlung wissen muß. Wenn Carrie an einer inneren Krankheit leidet... Ich kann schließlich nicht in sie hineinsehen, also muß sie mir erzählen, was ihr fehlt, oder ihr. Ich brauche Informationen, um meinen ärztlichen Pflichten nachzukommen – alle Informationen. Ich weiß bereits, daß Carrie unterernährt ist und für ihr Alter viel zu klein. Ich sehe, daß ihr alle drei vergrößerte Pupillen habt. Ich sehe, daß ihr alle blaß, dünn und unterernährt seid. Aber ich kann nicht begreifen, warum ihr euch solche Sorgen wegen der Behandlungskosten macht, wo eure Uhren so teuer aussehen, und jemand mit einem teuren und exklusiven Geschmack eure Kleider ausgesucht haben muß – von dem ich allerdings nicht begreife, warum er euch Sachen gekauft hat, die so schlecht sitzen. Ihr sitzt hier mit goldenen Uhren, tragt teure Sachen, die furchtbar dreckig sind, und ihr erzählt mir Halbwahrheiten. Deshalb werde ich euch jetzt ein paar Dinge erzählen, die ganze Wahrheiten sind!« Seine Stimme wurde kräftig und ernst. »Ich vermute, daß eure kleine Schwester an lebensgefährlicher Blutarmut leidet. Und weil sie so anämisch ist, ist sie für unzählige Infektionskrankheiten anfällig. Ihr Blutdruck ist gefährlich niedrig. Und es gibt da noch einen Faktor in ihrem Krankheitsbild, den ich nicht richtig analysieren kann. Und deshalb wird Carrie morgen in ein Krankenhaus gebracht, ob ihr nun eure Eltern anrufen wollt oder nicht. Ihr könnt ja eure Armbanduhren versetzen, um für ihr Leben zu bezahlen. Nun... wenn wir sie noch heute abend ins Krankenhaus bringen, dann kann man gleich morgen früh mit den Untersuchungen anfangen.«

»Tun Sie, was Sie für notwendig halten«, erklärte Chris dumpf.

»Moment mal!« rief ich, sprang auf und stellte mich direkt vor den Schreibtisch des Arztes. »Mein Bruder hat Ihnen nicht alles erzählt!« Ich warf Chris über die Schulter einen bösen Blick zu, den er mit einer wilden Warnung in seinen Augen beantwortete, nur ja nicht die volle Wahrheit zu enthüllen. Bitter dachte ich, mach dir keine Sorgen, ich werde unsere kostbare Mutter schon so gut schützen, wie ich kann!

Ich glaube, Chris verstand, denn ihm traten Tränen in die Augen. Hatte sie ihn nicht genug verletzt, daß er noch immer ihretwegen weinen konnte? Seine Tränen ließen mich innerlich auch weinen, nicht für sie, aber für ihn, weil er sie so liebte, und für mich, weil ich ihn so liebte; für all das, was wir gemeinsam erlebt und ertragen hatten... Er nickte, als wolle er sagen, nur zu, erzähl ihm alles, und dann begann ich mit meiner Geschichte, die für den Arzt das Unglaublichste gewesen sein muß, was er jemals in seiner Praxis zu hören bekommen hat. Anfangs merkte ich ihm an, daß er meinte, ich würde lügen oder zumindest übertreiben.

»... und nachdem Daddy bei dem Unfall ums Leben gekommen war, erzählte Mammi uns, daß wir völlig verschuldet wären und daß sie keine Möglichkeit hätte, genug Geld für uns fünf zu verdienen. Sie begann Briefe an ihre Eltern nach Virginia zu schreiben. Zunächst erhielt sie keine Antwort, aber eines Tages kam dann ein Brief. Sie erzählte uns, ihre Eltern lebten in einem schönen, großen Haus in Virginia und wären unglaublich reich, aber weil sie ihren Halbonkel geheiratet hätte, wäre sie enterbt worden. Nun würden wir alles aufgeben müssen, was wir besaßen. Wir mußten unsere Fahrräder in der Garage lassen und durften nicht einmal unseren Freunden auf Wiedersehen sagen, und noch an demselben Abend bestiegen wir einen Zug, der uns nach Virginia, in die Blue Ridge Mountains, brachte.

Wir waren nicht unglücklich, von nun an in einem so reichen Haus zu leben, aber wir hatten unsere Sorgen, wie wohl das Treffen mit einem Großvater ausgehen würde, der uns als so grausam beschrieben worden war. Unsere Mutter erzählte uns, daß sie uns erst einmal eine Zeitlang verstecken müßte, bis sie die Zuneigung ihres Vaters zurückgewonnen hätte. Eine Nacht nur, sagte Mammi, höchstens vielleicht zwei oder drei, dann würde sie uns die Treppe hinunterführen zu ihrem Vater. Er litt an einer tödlichen Herzkrankheit und kam nie die Treppe herauf, so daß wir dort oben sicher versteckt waren, solange wir nicht zuviel Lärm machten. Die Großmutter, die als einzige eingeweiht war, gab uns zum Spielen den Dachboden. Er war riesig – und voller Dreck, Gerümpel, Spinnen, Mäusen und Ungeziefer. Und dort spielten wir dann und versuchten, das Beste aus unserer Zeit zu machen, bis Mammi die Gunst ihres Vaters zurückgewonnen haben würde und uns die Treppe hinunter in das Leben reicher, glücklicher Kinder führte. Doch schon bald mußten wir herausfinden, daß unser Großvater unserer Mutter die Ehe mit seinem Halbbruder niemals verzeihen würde, und wir immer die ›Satansbrut‹ sein würden. Wir mußten dort unter dem Dach leben, bis er starb.«

Ich fuhr fort, trotz der ungläubigen Blicke des Arztes, die mir weh taten. »Und, als ob es noch nicht gereicht hätte, in einem Zimmer eingeschlossen leben zu müssen, mit nur einem Dachboden als Spielplatz, mußten wir bald auch noch feststellen, daß selbst die Großmutter uns aus tiefster Seele haßte. Sie gab uns eine lange Liste mit strengen Gesetzen und Regeln, die wir unter Androhung schlimmster Strafen zu befolgen hatten. Wir durften niemals aus den Fenstern sehen oder die schweren Vorhänge auch nur das kleinste Stückchen beiseiteziehen, um ein wenig Licht hereinzulassen. Zu Anfang waren die Mahlzeiten, die uns die Großmutter jeden Morgen in einem Picknickkorb brachte, noch recht gut, aber mit der Zeit wurden sie immer eintöniger, bis wir nur noch Sandwiches, Kartoffelsalat und gebratenes Huhn bekamen. Nie gab es Süßigkeiten, denn davon hätten wir schlechte Zähne bekommen können, und zu einem Zahnarzt durften wir nicht gehen. Natürlich hatten wir in unserem Gefängnis wunderschöne Geburtstagsfeiern, zu denen Mammi uns Kuchen, Gebäck und Eis brachte, und die tollsten Geschenke, die man sich wünschen konnte. Jede Wette, daß sie uns wirklich alles besorgte, was man für Geld kaufen kann, um uns für das zu entschädigen, was uns das Leben in diesem gräßlichen Versteck nicht geben konnte. Aber mit ihren Büchern, ihren Spielen, ihren Platten, ihren teuren Kleidern konnte sie uns weder für den Verlust unserer Gesundheit, noch für die Zerstörung unseres Selbstwertgefühls entschädigen. Und, was das Schlimmste war, langsam begannen wir auch den Glauben an sie zu verlieren.

Ein Jahr verging, und im nächsten Sommer kam Mammi

überhaupt nicht mehr zu uns herauf. Dann tauchte sie schließlich im Oktober wieder auf, um uns zu erzählen, daß sie zum zweitenmal geheiratet hatte und den Sommer über auf Hochzeitsreise in Europa gewesen war. Ich hätte sie umbringen können! Warum hatte sie uns nichts davon erzählt? Aber sie war fortgegangen, ohne uns auch nur mit einem Wort darauf vorzubereiten! Sie brachte uns teure Geschenke – Kleider, die inzwischen zu klein für uns waren – und dachte, damit wäre alles wieder gutgemacht, obwohl längst nichts mehr gutzumachen war. Schließlich schaffte ich es, Chris davon zu überzeugen, daß wir aus diesem Haus fliehen mußten und die Aussicht auf unser Erbe am besten ganz vergaßen. Er wollte zunächst nicht fort, weil er noch immer dachte, daß der Großvater jeden Tag sterben könnte, und Chris wollte auf das College und dann Medizin studieren und Arzt werden – wie Sie.«

»Ein Arzt wie ich ...«, wiederholte Dr. Sheffield und seufzte seltsam. Seine Augen strahlten in warmer Sympathie, aber da war auch noch etwas anderes, Dunkleres in ihnen. »Das ist eine ungewöhnliche Geschichte, Cathy, und es fällt nicht leicht, sie zu glauben.«

»Einen Moment!« rief ich. »Ich bin noch nicht fertig. Das Schlimmste habe ich ihnen noch gar nicht erzählt! Der Großvater starb tatsächlich, und er nahm unsere Mutter wieder in sein Testament auf, so daß sie sein gigantisches Vermögen erbte – aber er ließ noch eine zusätzliche Klausel in sein Testament setzen, die ihr verbot, jemals Kinder zu haben. Sollte sich jemals herausstellen, daß sie ihrem ersten Mann Kinder geboren hatte, würde sie alles verlieren, was er ihr hinterließ, und auch alles, was sie von seinem Geld gekauft hatte.«

Ich machte eine Pause. Ich sah zu Chris hinüber, der blaß und elend dasaß und mich mit flehenden Augen schmerzerfüllt anstarrte. Aber er brauchte sich keine Sorgen zu machen. Ich hatte nicht vor, etwas von Cory zu erzählen. Ich wandte mich wieder dem Arzt zu. »Nun, dieser geheimnisvolle, schwer zu deutende Faktor im Krankheitsbild, mit dem Sie solchen Kummer haben – die Sache, die Carrie und auch uns manchmal Brechreiz verursacht: Sehen Sie, als unsere Mutter erst einmal erfahren hatte, daß sie niemals uns *und* das Geld behalten konnte, entschloß sie sich, uns loszuwerden. Die Großmutter begann, uns in ihrem täglichen Picknickkorb mit Zucker bestreute Berliner mitzubringen. Wir aßen sie, hocherfreut über die Abwechslung, ohne zu wissen, daß sie außer mit Zucker auch mit Arsen bestreut waren.«

Und damit hatte ich es also gesagt.

Vergiftete Berliner, mit denen uns unsere Gefangenschaft versüßt werden sollte, während wir schon begonnen hatten, mit Hilfe eines von Chris geschnitzten hölzernen Nachschlüssels Ausflüge in das nächtliche Haus zu unternehmen, um unsere Flucht vorzubereiten. Wir wurden langsam vergiftet, während wir Nacht für Nacht Raubzüge in das Schlafzimmer unserer Mutter unternahmen, auf denen wir alles Kleingeld einsammelten, was wir lose herumliegend fanden – für die Reisekasse.

»In diesem einen Zimmer lebten wir drei Jahre, vier Monate und sechzehn Tage, völlig abgeschlossen von der Außenwelt.«

Als ich meine lange Geschichte schließlich zu Ende erzählt hatte, saß Dr. Sheffield eher still da und sah mich voller Mitgefühl, Schrecken und Betroffenheit an. »Verstehen Sie nun?« fügte ich hinzu. »Sie können uns nicht zwingen, zur Polizei zu gehen und unsere Geschichte zu erzählen! Man würde unsere Großmutter und unsere Mutter ins Gefängnis werfen, aber wir würden selbst noch viel mehr darunter leiden! Nicht nur, weil die Geschichte in die Presse gezerrt würde, sondern weil man uns trennen würde. Man würde uns in ein Heim stecken oder uns unter gesetzliche Vormundschaft stellen, aber wir haben uns geschworen, immer zusammenzubleiben, immer!«

Chris starrte zu Boden. Er sprach, ohne aufzublicken: »Kümmern Sie sich um unsere Schwester. Tun Sie alles, was nötig ist, um sie wieder gesund zu machen, und Cathy und ich werden einen Weg finden, unsere Schulden zu bezahlen.«

»Chris«, sagte der Doktor auf seine langsame, geduldige Art. »Du und Cathy, ihr seid auch mit Arsen vergiftet, und ihr werdet genauso untersucht werden müssen wie Carrie. Seht euch doch nur an! Ihr seid abgemagert, blaß und schwach. Ihr braucht gutes Essen, Ruhe und viel frische Luft und Sonne. Vielleicht gibt es eine Möglichkeit, wie ich euch helfen kann.«

»Sie sind für uns ein Fremder, Herr Doktor«, erklärte Chris respektvoll, »und wir können von niemandem Mitleid oder Geld erwarten. Wir würden so etwas auch nicht annehmen.

Cathy und ich sind so schwach und krank nicht. Carrie ist diejenige, um die es schlecht steht.«

Aufgebracht wirbelte ich herum und starrte Chris an. Wir wären Narren gewesen, die Hilfe dieses freundlichen Mannes abzulehnen, nur um uns die Reste eines Stolzes zu retten, den man uns schon viel zu oft gebrochen hatte. Auf dieses eine Mal würde es nun nicht mehr ankommen.

»... ja«, fuhr der Arzt fort, als hätten Chris und ich bereits gerade unser Einverständnis mit seinem großzügigen Angebot erklärt, »die Kosten für einen ambulanten Patienten sind nicht so hoch, wie für einen stationären – kein Zimmer und keine Verpflegung, die ihr zu zahlen hättet. Also, hört mal zu, das ist nur ein Vorschlag, den ihr selbstverständlich ablehnen könnt – übrigens, wohin wollt ihr denn nun eigentlich?«

»Nach Sarasota, Florida«, meinte Chris leise. »Cathy und ich haben auf dem Dachboden an Seilen zwischen den Dachbalken geturnt, um uns fit zu halten. Deshalb dachten wir, mit einiger Übung könnten wir in einem Zirkus Trapezkünstler werden.«

Der Arzt sah uns nur noch trauriger an: »Ganz im Ernst, Chris, mir gefällt der Gedanke überhaupt nicht, daß ihr auf diese Art euer Leben riskieren wollt, und als Arzt glaube ich, darf ich nicht erlauben, daß ihr in diesem Zustand eure Reise fortsetzt. Meine persönliche und berufliche Ethik sagt mir, daß ich euch nicht ohne ausreichende Behandlung hier weglassen kann. Ich gebe zu, das, was man praktische Vernunft nennt, rät mir dringend, auf Distanz zu gehen und keinen Gedanken daran zu verschwenden, was aus drei so merkwürdigen Figuren wie euch wird. Denn eure grauenvolle Geschichte könnte schließlich nur ein Berg wilder Lügen sein, mit denen ihr meine Sympathie erschwindeln wollt.« Er lächelte jedoch freundlich, um seinen letzten Worten die Schärfe zu nehmen. »Doch meine Intuition sagt mir, daß ich eure Geschichte glauben kann. Eure teuren Kleider, eure Uhren und die Hausschuhe an euren Füßen, eure blasse Haut und eure gequälten Blicke, das alles beweist mir, daß ihr die Wahrheit sagt.«

Was für eine Stimme er hatte, hypnotisierend, weich und melodisch, mit einem leichten Südstaaten-Akzent. »Nun kommt«, sagte er und wandte sich mit seinem ganzen Charme mehr an mich, auch wenn er bei Chris nicht ohne Wirkung blieb, »denkt nicht mehr an Stolz und Almosen. Bleibt hier bei mir, in meinem Haus mit zwölf leeren, einsamen Zimmern. Gott muß Henrietta Beech in diesen Bus geschickt haben, damit sie euch herführen konnte. Henny ist ungeheuer eifrig und läßt nicht zu, daß es in diesem Haus nur den kleinsten Fleck gibt, aber sie beklagt sich ständig darüber, daß zwölf Zimmer und vier Bäder für eine ältere Frau langsam einfach zuviel werden. Hinter dem Haus habe ich auch noch einen riesigen Garten. Ich muß zwei Gärtner als Hilfen beschäftigen, denn mir fehlt einfach die Zeit, um mich selbst so um den Garten zu kümmern, wie er es verdiente.« Hier richtete er seine schimmernden Augen direkt auf Chris. »Du kannst dir deinen Aufenthalt hier damit verdienen, daß du mir den Rasen mähst, die Hecken schneidest und den Garten auf den Winter vorbereitest. Cathy kann im Haus mithelfen.« Er warf mir einen fragenden, leicht spöttischen Blick zu, begleitet von einem Augenzwinkern. »Kannst du kochen?«

Kochen? Wollte er mich auf den Arm nehmen? Wir waren drei Jahre lang eingeschlossen gewesen und hatten nicht einmal einen Toaster gehabt, um uns morgens das Brot knusprig zu machen. »Nein!« fuhr ich ihn an. »Ich kann nicht kochen. Ich bin Tänzerin. Wenn ich erst eine berühmte Primaballerina bin, werde ich eine Frau anstellen, die mir die Küche besorgt, genau wie Sie eine haben. Ich habe nicht vor, mich von irgendeinem Mann an den Herd stellen zu lassen, ihm die Teller abzuwaschen, das Essen zu kochen und Babys auf die Welt zu bringen! Das ist nichts für mich!«

»Ich verstehe«, antwortete er mit teilnahmsvollem Blick.

»Das sollte nicht undankbar klingen«, versuchte ich zu erklären. »Selbstverständlich werde ich versuchen, Mrs. Beech so gut zu helfen, wie ich kann. Ich werde mir auch Mühe geben zu lernen, für sie zu kochen – und auch für Sie, Herr Doktor.«

»Gut«, sagte er. Er lachte mit den Augen, in denen es lustig funkelte, während er die Finger unter dem Kinn zusammenlegte und lächelte. »Du wirst also eine Primaballerina, und Chris wird ein berühmter Arzt, und das erreicht ihr, indem ihr nach Florida flieht, um dort im Zirkus aufzutreten? Natürlich bin ich noch aus einer etwas verstaubten Generation und kann eure Gedanken nicht recht nachvollziehen, weil ich dafür zu altmodisch denke. Aber, sagt mal, glaubt ihr wirklich, daß das realistische Pläne sind?«

Jetzt, wo wir aus unserem dämmrigen Dachboden ausgebrochen waren und die Dinge im Licht des normalen Alltags betrachteten . . . nein, das waren keine realistischen Vorstellungen. Sie klangen kindisch und völlig aus der Luft gegriffen.

»Ihr müßt euch darüber im klaren sein, daß ihr bei jedem Zirkus in Konkurrenz zu professionellen Artisten treten würdet, die von Kindheit an für ihren Beruf trainiert haben«, fuhr er fort. »Ihr müßt zugeben, gegen solche Leute hättet ihr kaum eine Chance. Es wäre jedenfalls alles andere als einfach. Trotzdem, da ist etwas in euren Augen, an dem man merkt, daß ihr verdammt entschlossene junge Leute seid, und ohne Zweifel werdet ihr es irgendwie schaffen, das auch zu erreichen, was ihr euch vorgenommen habt. Aber wie steht es mit eurer Schulbildung? Was soll aus Carrie werden, wenn ihr beim Zirkus arbeitet? Ihr braucht mir das nicht zu beantworten«, sagte er schnell, als ich den Mund öffnen wollte. »Ich bin sicher, ihr habt auch dafür überzeugende Pläne, aber jetzt ist die falsche Zeit für so etwas. Als erstes müßt ihr euch um die Gesundheit von Carrie und um eure Gesundheit kümmern. Jeden Tag könntet ihr beide genauso einen Zusammenbruch erleiden, wie Carrie ihn gerade hinter sich hat, und ihr wärt dann genauso hilflos wie sie. Ihr habt ja schließlich alle drei unter den gleichen miserablen Umständen die letzten Jahre verbracht.«

Alle vier, nicht alle drei, flüsterte etwas in meinem Kopf, aber ich sagte nichts über Cory.

»Wenn Sie uns anbieten wollen, bei Ihnen zu leben, bis Carrie wieder auf den Beinen ist«, erklärte Chris, ohne daß das Mißtrauen aus seinen Augen verschwunden wäre, »sind wir Ihnen ausgesprochen dankbar. Wir werden hart arbeiten, und sobald wir Ihnen jeden Cent zurückbezahlt oder abgearbeitet haben, werden wir Sie nicht weiter belästigen.«

»Genau das will ich euch anbieten. Und ihr braucht mir nichts dafür zu bezahlen, außer daß ihr mir im Haus und im Garten ein wenig bei der Arbeit helft. Ich brauche diese Hilfe, sie kommt mir sehr gelegen. Es ist also kein Mitleid und kein Almosen, was ich euch anbiete, sondern eine Art Geschäftsvereinbarung, von der wir alle unsere Vorteile haben.«

Ein neues Zuhause

So hat es also angefangen. Wir zogen in das große Haus des Doktor Paul Sheffield ein und in sein Leben. Heute weiß ich, daß wir im Grunde jemand waren, auf den er schon immer gewartet hatte. Wir wurden sein Lebensinhalt, als hätte er überhaupt kein eigenes Leben gehabt, bevor wir zu ihm gekommen waren. Aber er vermittelte uns den Eindruck, daß wir ihm einen Gefallen taten, sein Leben mit ihm zu teilen, daß wir ihm etwas schenkten. Und wir brauchten so sehr jemanden, an den wir glauben konnten. Doch im Grunde hatten wir ihn in jener ersten halben Stunde einfach überrumpelt. Das weiß ich inzwischen auch.

Er gab Carrie und mir ein großes Schlafzimmer mit zwei Betten und vier hohen, nach Süden blickenden Fenstern, durch die der Raum immer hell und freundlich war, und zwei kleinen Fenstern nach Osten. Chris und ich sahen uns an und fühlten einen Schmerz, dessen Gemeinsamkeit furchtbar und erschrekkend war. Zum erstenmal nach so langer Zeit würden wir in getrennten Schlafzimmern schlafen müssen. Ich wollte mich nicht von ihm trennen und die Nacht nur noch mit Carrie verbringen, die mich niemals vor meinen Alpträumen schützen konnte, wie er es getan hatte. Ich glaube, unser guter Doktor spürte etwas, das ihm sagte, es wäre besser für ihn, sich jetzt zurückzuziehen, denn er entschuldigte sich und verschwand den Flur hinunter. Erst danach begann Chris zu sprechen: »Wir müssen vorsichtig sein, Cathy. Wir wollen doch nicht, daß er Verdacht schöpft...«

»Es gibt gar nichts, weswegen er Verdacht schöpfen könnte. Es ist vorbei«, antwortete ich, aber ich sah ihm dabei nicht in die Augen, denn ich fühlte schon damals, daß es niemals vorbei sein würde. Oh, Mammi, was hast du angerichtet, uns vier in einem Zimmer eingeschlossen aufwachsen zu lassen! Von allen Menschen hättest du am besten wissen müssen, was daraus entstehen mußte! »Nie«, flüsterte Chris. »Gib mir einen Gutenachtkuß. Hier gibt es keine bösen Träume, die dich in der Nacht quälen.«

Er küßte mich, ich küßte ihn, wir sagten gute Nacht. Mit Tränen in den Augen sah ich meinem Bruder nach, als er aus dem Zimmer ging und mir schnell noch einen Blick über die Schulter zuwarf.

Kaum hatte sich die Tür geschlossen, begann Carrie laut zu weinen. »Ich kann nicht ganz alleine in einem Bett schlafen«, schluchzte sie, »dann falle ich doch raus! Cathy, warum ist dieses Bett so klein?«

Es endete damit, daß Chris und der Doktor zurückkommen mußten und die beiden Betten zu einem großen Doppelbett zusammenschoben. So gefiel es Carrie schon wesentlich besser, doch blieb zwischen den Betten ein Spalt, und ich merkte im Laufe der Nacht, daß immer einer von uns beiden genau zwischen den Matratzen lag.

Ich liebte das Zimmer, das Dr. Sheffield uns gegeben hatte. Es war wunderschön mit seiner hellblauen Tapete und den farblich darauf abgestimmten Vorhängen. Jede von uns hatte einen bequemen Stuhl mit zitronengelbem Polster, und die Möbel waren alle beige. Genau die Art von Zimmer, die ein junges Mädchen gerne hat, nichts Düsteres, keine Bilder mit Höllendarstellungen an den Wänden. Die Hölle war nur noch in meinen Gedanken, weil ich zu oft an das denken mußte, was hinter uns lag. Mammi hätte eine andere Lösung finden können, wenn sie es nur wirklich gewollt hätte!

»Sie mußte uns nicht in diesem furchtbaren Zimmer einschließen! Es war die Gier nach diesem verdammten Vermögen, das Verlangen nach dem Leben im Reichtum, pure Habgier ... und Cory liegt deshalb jetzt unter der Erde!«

»Vergiß es, Cathy«, meinte Chris, als wir uns zum zweitenmal gute Nacht sagten.

Ich hatte furchtbare Angst, ihm zu erzählen, was ich zu fühlen glaubte. Ich drückte meinen Kopf an seine Brust, so daß ich ihm nicht in die Augen sehen mußte. »Chris, es war Sünde, was wir getan haben, nicht wahr?«

»Es wird nie wieder geschehen«, erwiderte er steif, dann riß er sich von mir los und rannte aus dem Zimmer, als würde ich ihn verfolgen. Ich wollte gut sein, ein gutes Leben führen und niemanden verletzen, besonders nicht Chris. Und trotzdem mußte ich mitten in der Nacht aus meinem Bett kriechen und zu Chris schleichen. Er schlief, und ohne ihn aufzuwecken kuschelte ich mich neben ihn. Aber er wurde wach, als er die Bettfedern quietschen hörte. »Cathy, was, zum Teufel, machst du denn hier?«

»Es stürmt draußen so«, flüsterte ich, »laß mich nur einen kleinen Augenblick neben dir liegen, dann verschwinde ich wieder.« Keiner von uns bewegte sich. Wir wagten nicht einmal zu atmen. Und dann, ohne überhaupt zu begreifen, wie es geschah, lagen wir uns in den Armen, und er küßte mich. Küßte mich mit solcher Leidenschaft, daß ich den Kuß beantwortete, auch wenn ich es eigentlich gar nicht wollte. Es war schlecht und böse! Und doch wollte ich nicht wirklich, daß er aufhörte. Die schlafende Frau in mir erwachte und bestimmte meine Gefühle. Ich wollte das, was er auch so sehr wünschte. Aber ich – der denkende, abwägende Teil meiner Persönlichkeit jedenfalls – stieß ihn zurück. »Was machst du? Ich dachte, du hättest versprochen, daß so etwas nie wieder passieren würde.«

»Du bist zu mir gekommen ...«, sagte er mit rauher Stimme.

»Aber nicht dafür!«

»Wofür hältst du mich, Cathy? Du darfst das nie wieder tun!«

Ich verließ ihn und weinte in meinem eigenen Bett, denn er war weit weg und konnte mich nicht trösten, wenn meine Alpträume kamen. Niemand war hier, der mich in den Arm nehmen konnte, niemand gab mir etwas von seiner Stärke ab. Dann erinnerte ich mich an die Worte meiner Mutter, die mich mit quälenden Gedanken verfolgten – glich ich ihr wirklich so sehr? War ich dabei, die gleiche Art schwache, anschmiegsame Frau zu werden, die immer einen Mann zu ihrem Schutz brauchen würde? Nein! Ich würde selbst mit allem fertig werden, auch mit meinen Alpträumen.

Ich glaube, es war am nächsten Tag, als Dr. Sheffield mir die vier Bilder brachte, damit ich etwas für die Wände in unserem Zimmer hatte, Ballerinas in vier verschiedenen Positionen. Für Carrie brachte er eine Vase aus Milchglas mit vier entzückenden

Veilchen. Er hatte bereits Carries Leidenschaft für alles bemerkt, was rosa und purpur war. »Ihr könnt alles tun, um euch in diesem Zimmer zu Hause zu fühlen«, erklärte er uns. »Wenn euch die Tapeten nicht gefallen, lassen wir das Zimmer im Frühjahr renovieren.« Ich starrte ihn an. Im Frühjahr würden wir doch gar nicht mehr hier sein.

Carrie saß auf ihrem Bett und hielt begeistert die Vase in der Hand, während ich mich mühsam aufraffte, das zu sagen, was ich sagen mußte. »Wir werden im Frühjahr nicht mehr hier sein. Wir können es uns nicht leisten, uns in Zimmern zu sehr zu Hause zu fühlen, die wir bald wieder verlassen müssen, auch wenn Sie es uns hier so schön wie möglich machen wollen.

Er stand schon in der Türe, drehte sich aber bei diesen Worten zu mir um und sah mich lange schweigend an. Er war groß, gut 1,80 m, und seine Schultern waren so breit, daß sie den ganzen Türrahmen ausfüllten.

»Ich dachte, es würde dir hier gefallen«, sagte er schließlich in einem herausfordernden Ton, einen eigenartigen Blick in den dunklen Augen.

»Mir gefällt es hier ja auch!«, antwortete ich schnell. »Uns allen gefällt es hier, aber wir können Ihre Hilfsbereitschaft schließlich nicht für immer ausnutzen.« Er nickte, ohne mir zu erwidern, und ging, und ich wandte mich Carrie zu, die mich mißbilligend anfunkelte.

Jeden Tag nahm Dr. Sheffield Carrie mit ins Krankenhaus. Zunächst weinte sie jedesmal und weigerte sich mitzugehen, solange ich nicht auch dabei war. Sie erzählte uns phantastische Geschichten, was man im Krankenhaus alles mit ihr anstellte, und beklagte sich wegen all der bohrenden Fragen, mit denen man sie dort überhäufte.

»Carrie, wir erzählen nie Lügen, das weißt du. Wir drei sagen uns gegenseitig immer die Wahrheit. Aber wir laufen nicht herum und erzählen jedem von dem Leben, das wir auf dem Dachboden geführt haben – verstanden?«

Sie starrte mich mit ihren großen, gequälten Augen an. »Ich erzähle niemandem, daß Cory in den Himmel gegangen ist und mich allein gelassen hat. Ich erzähle niemandem davon, nur Dr. Sheffield.«

»Du hast ihm davon erzählt?«

»Ich konnte doch gar nicht anders.« Carrie vergrub den Kopf in ihrem Kissen und begann zu weinen.

Nun wußte er also von Cory und davon, daß Carries Zwillingsbruder in einem Krankenhaus an Lungenentzündung gestorben sein sollte. Mit traurigen Augen fragte er Chris und mich an diesem Abend nach den Einzelheiten von Corys Krankheit und wollte die näheren Umstände seines Todes wissen.

Wir drängten uns Schulter an Schulter in eine Ecke des Sofas im Wohnzimmer, als er uns erklärte: »Ich freue mich, euch mitteilen zu können, daß durch das Arsen keine bleibenden Schäden an Carries inneren Organen entstanden sind, wie wir alle ja zunächst befürchtet haben. Schaut mich nicht so an. Ich habe nichts von eurem Geheimnis verraten, aber ich mußte dem Krankenhauslabor schließlich sagen, wonach sie suchen sollten. Ich habe ihnen eine Geschichte erzählt, daß ihr das Gift versehentlich zu euch genommen hättet, ein Unfall. Und eure Eltern wären gute Freunde von mir, und ich hätte euch bei mir aufgenommen, um euch behandeln zu können und vielleicht auch zu adoptieren, weil eure Eltern ins Ausland gegangen sind.«

»Carrie wird es also überleben?« flüsterte ich und verging fast vor Erleichterung.

»Ja, sie wird leben – wenn niemand versucht, sie am Trapez zu trainieren.« Er lächelte wieder. »Ich habe für euch beide morgen einen Untersuchungstermin ansetzen lassen, falls ihr nichts dagegen habt. Die Untersuchung übernehme ich natürlich selbst.«

Ich war überhaupt nicht scharf darauf, mich vor ihm auszuziehen und mich am ganzen Körper abtasten zu lassen. Auch wenn Chris mir sagte, daß es albern wäre, auch nur den geringsten Gedanken daran zu verschwenden, ein Arzt von vierzig könnte auch nur das kleinste erotische Vergnügen daran gewinnen, ein Mädchen in meinem Alter vor sich zu haben. Aber als er mir das erklärte, sah er mir nicht in die Augen, so daß ich nicht sicher sein konnte, was er wirklich dabei dachte. Vielleicht hatte Chris recht, denn als ich auf dem Untersuchungstisch lag, ganz nackt, schien Dr. Sheffield nicht mehr jener Mann zu sein, dessen Augen mir ständig folgten, solange wir uns im privaten Teil seines Hauses aufhielten. Er nahm an mir die gleichen

Untersuchungen vor wie an Carrie, aber er stellte mir wesentlich mehr Fragen. Fragen, die mir unangenehm waren.

»Du hast schon seit mehr als zwei Monaten keine Menstruation gehabt?«

»Ich hatte sie auch nie regelmäßig, wirklich nicht. Die erste Blutung kam, als ich zwölf war. Ich habe mir schon Sorgen deswegen gemacht, aber Chris las darüber in einem der medizinischen Bücher nach, die Mammi ihm für sein Studium gekauft hat. Er erklärte mir, daß zuviel Angst und Streß die Periode bei einem Mädchen länger hinauszögern können. Sie glauben doch nicht... ich meine... es ist doch alles in Ordnung mit mir, oder?«

»Es gibt jedenfalls nichts Auffälliges. Du scheinst völlig normal zu sein, sieht man einmal davon ab, daß du zu dünn bist, zu blaß und an leichter Blutarmut leidest. Bei Chris ist es genauso, aber als Junge ist bei ihm die Blutarmut nicht so ausgeprägt. Ich werde euch allen dreien Vitamintabletten verschreiben.«

Ich war froh, als es endlich vorbei war und ich mich wieder anziehen und aus der Praxis fliehen konnte, wo mich die Frauen, die für Dr. Sheffield arbeiteten, recht komisch ansahen. Ich rannte direkt in die Küche. Mrs. Beech bereitete gerade das Abendessen vor. Sie lächelte mich strahlend an, als ich hereinkam, ihr Gesicht ein richtiger schwarzer Mond, der freundlich aufging, die Haut so glänzend wie öliges Plastik. Die Zähne, die sie mir dabei zeigte, waren die weißesten, perfektesten Zähne, die ich je gesehen hatte.

»Himmel, bin ich froh, daß es vorbei ist!« sagte ich, ließ mich auf einen Stuhl fallen und griff nach einem Messer, um die Kartoffeln zu schälen. »Ich mag nicht, wenn Ärzte an mir herumfummeln. Ich habe Dr. Sheffield viel lieber, wenn er einfach nur ein Mann ist. Sobald er diesen langen weißen Kittel anzieht, verändert sich irgend etwas mit seinen Augen. Ich kann dann nicht mehr lesen, was er denkt. Und ich bin sehr gut darin, etwas von den Augen abzulesen, Mrs. Beech.«

Sie grinste mich mit spöttischer Komplizenschaft an, zog dann aus ihrer Schürzentasche den ständig griffbereiten Notizblock und schrieb schnell eine der knappen Bemerkungen, die sie so rasant und treffend produzieren konnte. Obwohl sie seit einiger Zeit versuchte, uns die Zeichensprache beizubringen, war noch keiner von uns soweit, daß er mit diesen Taubstummengesten eine fließende Unterhaltung mit ihr hätte führen können. Ich mochte es auch einfach gern, wenn sie ihre meist sehr witzigen Notizen schrieb. *Doktor sagt*, stand da, *junge Leute brauchen viel gutes, frisches Obst und Gemüse, viel mageres Fleisch, aber wenig Desserts und Kohlehydrate. Ihr sollt Formen bekommen, aber durch Muskeln, nicht durch dicke Bäuche.*

In den zwei Wochen, in denen wir nun schon Mrs. Beechs köstliche Mahlzeiten zu uns nahmen, hatte selbst Carrie ein wenig zugenommen. Ja, sie aß jetzt mit wahrer Begeisterung, was bei ihr wirklich eine bemerkenswerte Erscheinung war. Während ich die Kartoffeln schälte, setzte Mrs. Beech unsere geschriebene Unterhaltung fort. *Elfenmädchen, von jetzt an nennst du mich nur Henny. Keine Mrs. Beech mehr da.*

Sie war der erste dunkelhäutige Mensch, den ich näher kennenlernte, und obwohl ich mich am Anfang in ihrer Gegenwart nicht recht wohl gefühlt hatte, war das Gefühl der Fremdheit in den letzten zwei Wochen einem tiefen gegenseitigen Vertrauen gewichen. Ich hatte schnell gelernt, daß sie nur eine einfache Frau mit einer anderen Hautfarbe, aber mit den gleichen Gefühlen, Hoffnungen und Ängsten war, wie wir sie alle hatten.

Ich liebte Henny, ihr breites Lächeln, ihre riesigen geblümten Kittel, und am meisten liebte ich die Weisheit, die aus ihren kleinen bunten Notizzetteln sprach. Später lernte ich auch, ihre Zeichensprache zu verstehen, obwohl ich darin niemals so gut wurde, wie es ihr »Doktor-Sohn« war.

Paul Scott Sheffield war ein seltsamer Mann. Er sah oft traurig aus, wenn es nach außen gar keinen sichtbaren Grund gab, warum er traurig sein sollte. Dann lächelte er und sagte: »Ja, Gott hat es gut mit Henny und mir gemeint, als er euch drei an jenem Tag in den Bus gesetzt hat. Ich habe eine Familie verloren und lange um sie getrauert, und dann hat ein gütiges Schicksal mir eine neue komplette Familie ins Haus geschickt.«

»Chris«, sagte ich an diesem Abend, als wir uns wieder einmal nur zögernd voneinander trennen konnten, »als wir früher in unserem verschlossenen Zimmer gelebt haben, da warst du der Mann, das Familienoberhaupt sozusagen. Manchmal ist es schon ein komisches Gefühl, Dr. Sheffield hier immer um uns zu haben, ihn alles, was wir tun, beobachten lassen zu müssen. Und bei allem, was wir sagen, hört er zu.«

Er errötete. »Ich weiß, der Doktor ist dabei, meinen Platz einzunehmen. Um ehrlich zu sein«, und er schwieg einen Moment, während sich seine Wangen noch mehr röteten, »es gefällt mir gar nicht, daß er meinen Platz in deinem Leben einnimmt, aber ich bin sehr dankbar für das, was er für Carrie getan hat.«

Irgendwie ließ das, was unser Doktor für uns tat, Mammi im Vergleich nur noch tausendfach schlechter wirken. Zehntausendfach schlechter!

Der nächste Tag war Chris' achtzehnter Geburtstag, den ich nie vergessen werde. Ich war völlig überrascht über die Geburtstagsparty mit den vielen schönen Geschenken, die Dr. Sheffield für Chris vorbereitet hatte. Geschenke, die Chris' Augen aufleuchten ließen und die uns dann beiden so eindringlich vor Augen führten, wie tief wir in *seiner* Schuld standen. Wieviel hatten wir nicht schon von ihm angenommen. Und doch machten wir schon heimlich Pläne, ihn bald zu verlassen. Carrie ging es längst gut genug, die Reise fortzusetzen.

Nach der Geburtstagsfeier saßen Chris und ich auf der Veranda hinter dem Haus und schmiedeten weitere Pläne. Ein einziger Blick in sein Gesicht sagte mir, daß Chris im Grunde nicht den einzigen Mann verlassen wollte, der ihm helfen konnte – und auch würde –, sein großes Ziel zu erreichen, das Medizinstudium.

»Ich mag die Art wirklich nicht, wie er dich ansieht, Cathy. Seine Augen verfolgen dich wirklich die ganze Zeit. Männer in seinem Alter finden Mädchen in deinem Alter oft unwiderstehlich, und du bist ständig hier bei ihm, so unmittelbar in seiner Reichweite.«

Finden Männer Mädchen in meinem Alter unwiderstehlich? Wie faszinierend, das zu wissen. »Aber Ärzte haben doch jede Menge hübsche Sprechstundenhilfen, die sich ihnen gern zur Verfügung stellen«, meinte ich lahm. Wohl wissend, daß ich alles tun würde, um Chris zu helfen, damit er sein Ziel erreichte, fast bis zum Mord. »Erinnerst du dich noch an den Tag, als wir hierher kamen? Er redete damals davon, was für eine Konkurrenz wir beim Zirkus wahrscheinlich zu erwarten haben. Chris, er hat recht. Wir können niemals in einem Zirkus arbeiten. Das war nur ein alberner Kindertraum.«

Er starrte mit zusammengezogenen Augenbrauen ins Leere. »Das weiß ich auch.«

»Chris, er wirkt so einsam. Vielleicht sieht er mich einfach deshalb ständig an, weil es hier sonst nichts Interessantes anzusehen gibt.« Trotzdem faszinierend zu erfahren, daß Männer von vierzig Mädchen von fünfzehn ausgeliefert waren. Wie wunderbar, über sie jene Macht zu spüren, die meine Mutter immer so meisterhaft zu nutzen gewußt hatte.

»Chris, wenn Dr. Sheffield nun das Richtige sagt, ich meine, wenn er uns wirklich ehrlich bei sich behalten will, würdest du dann bleiben?«

Er runzelte die Stirn und betrachtete eingehend die Hecken, die er vor kurzem so sorgfältig geschnitten hatte. Nachdem er lange überlegt hatte, sagte er langsam: »Stellen wir ihn auf die Probe. Wenn wir ihm sagen, daß wir ihn verlassen wollen, und er sagt nichts, um uns daran zu hindern, dann gibt er uns damit auf seine höfliche Art zu verstehen, daß wir im Grunde für ihn keine so wichtige Rolle spielen.«

»Ist das wirklich fair, ihn so auf die Probe zu stellen?«

»Ja. Das ist eine gute Art, ihm die Gelegenheit zu geben, uns loszuwerden, ohne sich deswegen am Ende noch schuldig fühlen zu müssen. Weißt du, die Leute tun manchmal einfach nette Sachen, weil sie glauben, sie müßten sie tun, und nicht weil sie es wirklich wollen.«

»Oh!«

Als wir am nächsten Abend wieder auf der Veranda saßen, gesellte sich Paul zu uns. Paul. In meinen Gedanken begann ich schon, ihn so zu nennen – wurde vertraut mit ihm, familiär, mochte ihn mehr und mehr. Er sah immer so beiläufig elegant aus, so sauber und adrett, wenn er da in seinem weißen Lieblingskorbstuhl saß und verträumt Zigarettenrauch in die Abendluft blies. Carrie saß vor uns auf der obersten Stufe der Treppe zum Garten. Pauls Garten war phantastisch. Eine Marmortreppe führte neun Stufen tief hinab. Es gab eine kleine japanische Brücke, rot lackiert, die sich über einen Bach schwang. Überall standen nackte Statuen von Männern und

Frauen, geschickt, aber unauffällig und unaufdringlich plaziert, die dem Garten eine Atmosphäre des Verführerischen, der Liebe zur weltlichen Schönheit gaben. Sie waren klassische Statuen, oder besser, Kopien klassischer Statuen, graziös und elegant und doch ... ich erkannte diesen Garten, wußte, was er war. Denn ich war schon vorher hier gewesen, in meinen Träumen.

»Meine Rosen, das sind alles altmodische Rosen, bei denen man den schweren Geruch noch nicht weggezüchtet hat«, erklärte Paul uns gerade. »Warum pflanzt man Rosen eigentlich noch, wenn man das besondere Parfüm ihres Duftes nicht mag? Eine Schau. Diese neuen Gartenrosen sind nichts für mich.«

Im schwindenden rötlichen Licht der Abenddämmerung traf sich der Blick seiner schimmernden Augen mit meinen. Ich spürte, wie mein Herz schneller schlug. Ich fragte mich, wie seine Frau wohl gewesen sein mochte und was für ein Gefühl es wohl sein könnte, von jemandem wie ihm geliebt zu werden. Schuldbewußt wichen meine Augen seinem langen, forschenden Blick aus. Ich wollte nicht, daß er mitbekam, was in mir vorging.

»Du siehst so verwirrt aus, Cathy, warum?« Seine Frage schien mich ein wenig zu verspotten, so als wisse er schon um all meine geheimsten Gedanken. Chris warf mir einen harten, warnenden Blick zu.

»Ach, das ist nur Ihr roter Pullover«, meinte ich dümmlich. »Hat Henny Ihnen den gestrickt?«

Er kicherte leise, dann blickte er auf den hübschen Pullover, den er trug. »Nein, der ist nicht von Henny. Meine ältere Schwester hat ihn mir zum Geburtstag gestrickt und dann per Post geschickt. Sie lebt auf der anderen Seite der Stadt.«

»Warum schickt Ihnen Ihre Schwester ein Geschenk, anstatt es Ihnen selbst zu überreichen?« fragte ich. »Und warum haben Sie uns nicht von Ihrem Geburtstag erzählt? Wir hätten Ihnen auch gerne etwas geschenkt.«

»Nun«, begann er, schlug die Beine übereinander, um sich bequem in seinem Sessel zurückzulehnen, »mein Geburtstag ist gerade gewesen, bevor ihr hier aufgetaucht seid. Ich bin vierzig geworden, für den Fall, daß Henny euch das noch nicht erzählt haben sollte. Seit dreizehn Jahren bin ich Witwer, und meine

Schwester Amanda hat kein Wort mehr mit mir gesprochen seit jenem Tag, an dem meine Frau und mein Sohn bei einem Unfall ums Leben kamen.« Seine Stimme wurde immer leiser, bis er schließlich schweigend, düster und abwesend ins Leere starrte.

Tote Blätter raschelten auf der Wiese. Eine leichte Brise wehte sie mir vor die Füße, wo sie wie braune, vertrocknete, tote Mäuse liegen blieben. Meine Gedanken kehrten unwillkürlich zu einer gewissen verhängnisvollen Nacht zurück, als Chris und ich so verzweifelt gebetet hatten, während wir uns auf dem kalten Schieferdach umklammert hielten, und der Mond auf uns herabgesehen hatte wie das zornige Auge Gottes. Würden wir nicht für diese eine furchtbare Sünde einen Preis bezahlen müssen? Die Großmutter hätte gesagt, ja! Ihr verdient die schlimmste Bestrafung! Eine Satansbrut seid ihr! Ich wußte es schon immer!

Und während ich noch so mit meinen düsteren Gedanken saß, meldete Chris sich zu Wort. »Dr. Sheffield, Cathy und ich haben darüber mehrfach gesprochen, und wir glauben, daß Carrie sich inzwischen soweit erholt hat, daß wir Sie wieder verlassen können. Wir sind Ihnen zutiefst verpflichtet für alles, was Sie für uns getan haben, und wir werden Ihnen alles bis auf den letzten Cent zurückzahlen, auch wenn wir ein paar Jahre dafür brauchen werden ...« Seine Hände griffen schnell nach meiner Hand und drückten sie fest, um mich zu warnen, jetzt nichts anderes zu sagen.

»Nun warte mal, Chris«, unterbrach ihn Dr. Sheffield, richtete sich in seinem Stuhl gerade auf und setzte beide Füße fest vor sich auf den Boden. Ganz offensichtlich wurde es jetzt ernst. »Du solltest keinen Augenblick glauben, ich hätte nicht gewußt, daß dies kommen würde. Jeden Abend habe ich mich vor dem nächsten Morgen gefürchtet, weil ich Angst haben mußte, ihr wärt dann vielleicht verschwunden. Ich habe mir inzwischen die gesetzlichen Bestimmungen genau angesehen, die ich beachten müßte, wenn ich euch offiziell adoptieren wollte. Dabei fand ich heraus, daß es gar nicht so kompliziert ist, wie ich mir vorgestellt habe. Es scheint, daß die meisten Kinder, die von zu Hause fortlaufen, behaupten, sie wären Waisen. Deshalb müßt ihr vor Gericht nachweisen, daß euer Vater wirklich tot ist. Falls er noch lebt, benötige ich seine Zustimmung und natürlich auch die eurer Mutter.«

Mir stockte der Atem! Die Zustimmung unserer Mutter? Das bedeutete, wir mußten sie wiedersehen! Und ich wollte sie nicht wiedersehen, nie!

Er sprach weiter, während seine sanften Augen meine Abneigung gegen diese Vorstellung deutlich zu erkennen schienen. »Das Gericht würde eure Mutter zu einer Anhörung vorladen. Wenn sie in diesem Staat lebte, müßte sie innerhalb von drei Tagen erscheinen, aber da sie in Virginia wohnt, wird man ihr drei Wochen Zeit lassen. Falls sie sich in dieser Zeit nicht meldet, wird das Vormundschaftsgericht meine vorübergehende Vormundschaft über euch in eine permanente umwandeln – aber nur, wenn ihr dem Gericht erklärt, daß ihr mit meiner Betreuung einverstanden seid.«

»Sie sind wunderbar!« rief ich. »Aber unsere Mutter wird nicht vor Gericht erscheinen. Sie will uns vor der ganzen Welt geheimhalten, denn wenn etwas über unsere Existenz herauskommt, verliert sie ihr Vermögen. Selbst ihr Mann würde sich wahrscheinlich von ihr abwenden, wenn er wüßte, auf welche Art sie ihre Kinder jahrelang versteckt hat. Sie können jede Wette darauf eingehen, daß sie eine permanente Vormundschaft über uns zugesprochen bekommen, wenn Sie sie beantragen – aber es könnte Ihnen am Ende leid tun, das getan zu haben!«

Chris Finger drückten meine Hand noch fester, und Carrie sah mit großen, besorgten Augen zu mir auf.

»In ein paar Wochen ist Weihnachten. Wollt ihr mich jetzt alleine lassen, damit ich wieder meine Feiertage so einsam verbringen muß wie bisher? Ihr seid jetzt schon über drei Wochen bei mir, und ich habe den Nachbarn erzählt, daß ihr Kinder von Verwandten seid, die kürzlich verstorben sind. Henny und ich haben über die Sache lange nachgedacht. Sie hat dabei die gleichen Gefühle. Sie findet wie ich, daß ihr drei gut zu uns paßt. Wir wollen beide, daß ihr bei uns hier im Haus bleibt. Junge Leute machen aus diesem Haus erst wieder ein richtiges Zuhause. Ich fühle mich durch eure Anwesenheit gesünder und glücklicher, als ich mich seit Jahren gefühlt habe. Seit dem Tod meiner Familie habe ich mich nie richtig daran gewöhnen können, als Junggeselle leben zu müssen.« Seine

Stimme klang noch überzeugter und entschlossener. »Ich fühle, das Schicksal hat mich dazu bestimmt, euch in meine Obhut zu nehmen. Ich akzeptiere die Tatsache, daß ihr von Gott gesandt seid, um mir die Gelegenheit zu geben, die Fehler wieder gutzumachen, die ich in der Vergangenheit begangen habe.«

Puh! Von Gott gesandt! Ich war schon mehr als zur Hälfte überzeugt. Ich wußte, daß die Menschen immer einen Grund dafür finden, wenn sie etwas unbedingt haben wollen; nur zu gut wußte ich das. Und trotzdem stiegen mir Tränen in die Augen, als ich Chris fragend ansah. Er hielt meinem Blick stand und schüttelte verwundert den Kopf, als könne er nicht begreifen, was ich wollte. Sein Griff um meine Hand wurde eisern, noch immer sah er nur mich an und nicht Paul.

»Es tut uns leid, daß Sie Ihre Frau und Ihren Sohn verloren haben. Aber wir können sie Ihnen nicht ersetzen, und ich weiß auch nicht, ob wir richtig gehandelt haben, als wir Ihnen drei Kinder aufbürdeten, die nicht Ihre eigenen sind. Sie sollten darüber auch nachdenken und es so sehen, wie ich es gerade gesagt habe. Sie werden es verdammt schwer haben, jemals eine neue Frau zu finden, wenn Sie in eine neue Ehe gleich drei Adoptivkinder mitbringen.«

»Ich habe nicht vor, wieder zu heiraten«, antwortete Paul mit einer seltsamen Betonung. Dann fügte er etwas vage hinzu: »Meine Frau hieß Julia und mein Sohn Scotty. Er war erst drei Jahre alt, als er starb.«

»Oh«, stöhnte ich, »wie schrecklich, einen so jungen Sohn zu verlieren und die Frau noch dazu.« Ich konnte den Schmerz dieser schlecht verheilten Wunde förmlich spüren und fühlte seine Trauer, als wäre es meine eigene. »Starben sie bei einem Autounfall wie unser Vater?«

»Einem Unfall«, erwiderte er scharf, »aber nicht in einem Auto!«

»Unser Vater war erst sechsunddreißig, als er starb, und wir hatten gerade für ihn die Geburtstagsfeier vorbereitet mit Geschenken, Kuchen und Überraschungen ... aber er kam nie an, statt dessen kamen zwei Polizisten ...«

»Ja, Cathy«, sagte er sanft, »du hast mir davon erzählt. Erwachsen zu werden ist für niemanden einfach, und wenn man jung ist und dann auch noch auf sich allein gestellt, ohne eine angemessene Erziehung, mit wenig Geld, ohne Familie, ohne Freunde...«

»Wir sind nicht allein. Wir haben einander!« unterbrach ihn Chris schroff, um ihn noch weiter auf die Probe zu stellen.

Paul redete unbeeindruckt weiter. »Wenn ihr mich nicht haben wollt und das, was ich euch geben kann, euch nicht genug ist, dann geht nach Florida und habt meinen Segen dazu. Werft von mir aus alles weg, was ihr euch schon erarbeitet habt – Chris für sein Medizinstudium, Cathy an Balletttraining und Carrie, sie würde hier ein glückliches und gesundes Leben führen können. Glaubt nicht, daß ihr es in Florida schaffen werdet, ohne in Abhängigkeit von irgend jemand anderem zu geraten. Also überlegt es euch, wollt ihr bei mir bleiben und mir helfen mein Leben auszufüllen, um auch eure Ziele erreichen zu können? Oder wollt ihr es in der harten, unbekannten Welt dort draußen versuchen?«

Ich saß auf dem Verandageländer, so nahe an Chris gedrängt wie möglich, meine Hände in seinen Händen. Ich wollte bleiben. Ich wollte das haben, was Paul Chris geben konnte, ganz zu schweigen von dem, was er Carrie und mir bot.

Alles hier gefiel mir, nahm mich gefangen, begeisterte mich – die selbst im Spätherbst noch warme, weiche Luft und der sanfte Schimmer in Pauls Augen. Selbst das Geklapper von Hennys Töpfen und Pfannen wurde für mich zu einer magischen Musik, und mein Herz, auf dem so lange eine schwere Last gelegen hatte, begann sich zum erstenmal seit Jahren leichter und freier zu fühlen. Vielleicht gab es doch Vollkommenheit, auch hier in der wirklichen Welt, nicht nur in Märchenbüchern. Vielleicht waren wir doch gut genug, um aufrecht und stolz unter Gottes blauem Himmel zu leben. Vielleicht waren wir doch keine vergifteten Pflanzen, die aus bösem Samen in verbotener Erde gewachsen waren.

Und mehr als alles, was der Doktor gesagt hatte oder was seine vertrauenerweckenden, schimmernden Augen mir versprachen, waren es, glaube ich, die Rosen, die hier immer noch blühten, obwohl der Winter längst hätte hier sein müssen – es war der Duft dieser Rosen, der mich mit seinem süßen Parfüm überwältigte und mir sagte, daß ich hier nicht mehr fortgehen würde.

Aber letztten Endes trafen nicht Chris und ich die Entscheidung. Carrie war es. Plötzlich sprang sie von der Treppe auf und lief Paul in die ausgestreckten Arme. Sie klammerte sich an ihn und schlang ihm ihre dünnen Arme fest um den Nacken. »Ich will nicht weggehen! Ich liebe dich!« rief sie wie verrückt. »Ich will nicht nach Florida und in den Zirkus! Ich will überhaupt nirgendwo anders hin!« Und dann schluchzte sie los, heulte und weinte, ließ all den Schmerz endlich frei heraus, den sie seit Corys Tod in sich angestaut und den sie so lange unterdrückt hatte. Paul hielt sie auf dem Arm und setzte sie dann auf seinen Schoß, während er ihr die feuchten Wangen küßte, bevor er begann, ihr mit seinem Taschentuch behutsam die Tränen abzuwischen.

»Ich liebe dich auch, Carrie. Ich wollte immer schon ein kleines Mädchen wie dich mit blonden Locken und großen blauen Augen haben.« Aber er sah dabei nicht Carrie an. Er sah mich an.

»Und ich möchte auch Weihnachten noch hier sein«, schluchzte Carrie. »Ich habe noch nie den Weihnachtsmann gesehen, kein einziges Mal.« Natürlich hatte sie schon einmal den Weihnachtsmann gesehen, vor vielen Jahren, als unsere Eltern die Zwillinge mit zum Weihnachtseinkauf in das große Spielwarengeschäft genommen hatten, und Daddy die beiden fotografierte, während ein riesiger Weihnachtsmann sie auf den Knien hielt. Aber das hatte sie sicher vergessen.

Ich fühlte mich glücklich darüber, daß ein Fremder so einfach in unser Leben getreten war und uns viel Liebe schenken wollte, nachdem unsere eigenen Verwandten uns nichts anderes als den Tod gewünscht hatten.

Unsere zweite Chance

Carrie hatte entschieden. Wir blieben. Selbst wenn sie nicht den Ausschlag gegeben hätte, wir wären wohl trotzdem geblieben. Was hätten wir sonst tun sollen?

Wir versuchten Dr. Sheffield das Geld zu geben, was uns noch übriggeblieben war. Er lehnte ab. »Das Geld behaltet ihr schön für euch selbst. Ihr habt schließlich hart gearbeitet, es euch zu beschaffen, nicht wahr? Ich habe bereits mit meinem Anwalt die Einzelheiten besprochen, so daß jetzt die Formalitäten in die Wege geleitet werden können, um eure Mutter vor das Vormundschaftsgericht laden zu lassen. Ich weiß, daß ihr glaubt, sie wird nicht kommen, aber man kann ja nie wissen. Wenn wir das Glück haben, daß mit der Adoption alles glatt geht, werde ich euch ein wöchentliches Taschengeld geben und ihr könnt an mich die gleichen Anforderungen stellen, wie ihr sie an eure leiblichen Eltern stellen würdet. Niemand kann sich frei und glücklich fühlen, ohne wenigstens ein bißchen Geld in der Tasche zu haben.« Er erzählte uns auch, daß es endlich an der Zeit sei, uns wie ganz normale Teenager einzukleiden und die Sachen zu kaufen, die man für die Schule braucht.

Ein paar Tage vor Weihnachten fuhr er mit uns in ein Kaufhaus, das mit seiner Weihnachtsdekoration, seinen tausend elektrischen Kerzen und den riesigen bunten Girlanden auf mich wirkte wie ein Märchenland. Ich glühte vor Begeisterung. Chris und Carrie ging es nicht anders – und selbst der Doktor war hingerissen. Es bereitete ihm immer ein ganz besonderes Vergnügen, zu sehen, wie wir uns über etwas freuten.

Zunächst wagte ich mir nur sehr zögernd Kleider herauszusuchen, hängte alles wieder zurück, bis Paul schließlich ungeduldig wurde: »Um Himmels willen, Cathy, glaub nicht, daß wir jede Woche so einkaufen gehen können. Ich möchte gerne, daß ihr euch heute ausreichend Kleidung kauft, um damit gut über den Winter zu kommen. Chris, du kannst schon mal in die Herrenabteilung gehen und dich da einkleiden lassen, inzwischen kümmere ich mich um unsere jungen Damen.«

Es entging mir nicht, daß alle jungen Mädchen in unserer Umgebung meinem Bruder nachsahen, als er sich auf den Weg in die Herrenabteilung machte.

Nun waren wir also endlich auf dem Weg, wieder ganz normale Kinder zu werden. Doch plötzlich heulte Carrie los, daß das ganze Kaufhaus in seinen Grundfesten erzitterte! Ihr Geschrei ließ die Verkäuferinnen zusammenzucken. Alle Kunden drehten sich nach uns um.

Chris kam sofort zurückgelaufen, um zu sehen, wer seine kleine Schwester umbringen wollte. Sie stand mit weit gespreizten Beinen da, den Kopf zurückgeworfen. Tränen der Wut und der Verzweiflung rollten ihr über die Wangen. »Was ist denn hier los?« fragte Chris. Dr. Sheffield zuckte nur hilflos die Schultern.

Männer – was wußten die schon? Carrie war ganz klar deshalb außer sich, weil man ihr Babysachen in den üblichen Pastelltönen vorzulegen gewagt hatte. Babysachen! Alles andere war zu groß, und es ließ sich natürlich auch nichts in Rot oder in Purpur finden – nichts, aber auch absolut gar nichts, was Carrie hätte gefallen können! Und dann hatte die herzlose, herausgeputzte Blondine mit den gefärbten Haaren, während sie Paul einladend anlächelte, vorgeschlagen: »Versuchen Sie es doch in der Babyabteilung.«

Carrie war acht! Die Babyabteilung auch nur zu erwähnen, war schon eine Beleidigung für sie. »Ich kann doch in der Schule nicht in Strampelanzügen rumlaufen!« schluchzte sie. Sie preßte ihr Gesicht gegen meinen Bauch und umklammerte meine Hüften. »Cathy, laß nicht zu, daß ich rosa oder blaue Babysachen tragen muß! Alle lachen mich aus! Das weiß ich bestimmt! Ich will purpur und rot – keine Babyfarben!«

Paul versuchte sie zu beruhigen. »Liebling«, tröstete er sie, »ich liebe blonde Mädchen mit blauen Augen in pastellfarbenen Kleidern. Warum wartest du nicht noch mit diesen grellen Farben, bis du ein paar Jahre älter bist?«

Mit solchen bittersüßen Komplimenten war jemand, der so

stur sein konnte wie Carry, nicht zu beeindrucken. Sie funkelte ihn an, ballte die Fäuste, holte mit dem Fuß zu einem Tritt aus und hob zu neuem Gebrüll an, als eine dickliche Dame mittleren Alters, die jemanden wie Carrie als Enkelin haben mußte, sich einmischte und mit ruhiger Stimme vorschlug, man könne die Kleider ja auch nähen lassen. Carrie zögerte unsicher, sah von mir zu Paul und zurück, dann zu Chris und schließlich zu der Verkäuferin.

»Das ist die perfekte Lösung!« rief Paul begeistert und atmete sichtbar auf. »Wir kaufen eine Nähmaschine, und Cathy näht dir die tollsten Kleider in deinen Lieblingsfarben. Warte ab, du wirst hinreißend aussehen.«

»Will aber nicht hinreißend aussehen – will nur meine schönen leuchtenden Farben.« Carrie zog noch immer ein Gesicht, brüllte aber nicht weiter. Dafür fiel mir das Kinn herunter. Ich war eine Tänzerin, keine Näherin! »Cathy weiß nicht, wie man schöne Kleider näht«, sagte sie. »Cathy weiß überhaupt nichts, nur wie man tanzt.«

Das war echte Loyalität. Nun, natürlich würde ich mich nicht dagegen wehren, Paul bei den Anschaffungskosten für unsere Kleidung sparen zu helfen. Er hatte schon genug für uns ausgegeben. Trotzdem war mir nicht recht wohl bei der Vorstellung, jetzt für die Familie richtig die Rolle der braven Hausfrau an der Nähmaschine zu übernehmen.

Immerhin hatten wir eine Lösung für das Problem gefunden, die uns eine weitere Szene im Kaufhaus ersparte. Ich konnte mich beruhigt meinen eigenen Einkäufen zuwenden, während Paul und Chris meine Fähigkeiten als Schneiderin Carrie plausibel zu machen versuchten.

Mit Einkaufstaschen beladen machten wir uns endlich auf den Heimweg. Vorher besuchten wir noch einen Friseur, und ich machte einen Ausflug in einen Schönheitssalon; außerdem gingen wir noch in das teuerste Schuhgeschäft der Stadt. Ich besaß danach mein erstes Paar hochhackiger Pumps und ein Dutzend Nylonstrümpfe. Meine ersten Nylonstrümpfe, mein erster BH – und der Gipfel von allem, eine ganze Einkaufstasche voller Kosmetik. Ich hatte eine halbe Ewigkeit gebraucht, sie mir auszusuchen, während Paul hinter mir gestanden und mich mit eigenartigen Blicken gemustert hatte. Chris stand daneben und knurrte vor sich hin, ich würde gar kein Rouge brauchen oder Lippenstifte oder Lidschatten, Wimperntusche und Augenstifte. »Du weißt überhaupt nicht, was es bedeutet, ein Mädchen zu sein«, antwortete ich ihm mit einem seltenen Anflug völliger Überlegenheit. Das hier war mein erster Einkaufstag seit Ewigkeiten, und davon wollte ich mit allem zurückkommen, was ich jemals auf Mammis legendärem Ankleidetisch gesehen hatte.

Kaum hatten wir alles aus dem Auto geladen, da rannten Chris, Carrie und ich schon die Treppe hinauf in unsere Zimmer, um unsere neuen Sachen anzuziehen. Seltsam, daran zu denken, wie oft wir früher teure, neue Kleider bekommen hatten, ohne daß sie uns nur ein einziges Mal so glücklich gemacht hätten wie heute. Was hatten sie uns auch in einem verschlossenen Zimmer genützt, wo niemand uns je darin bewundern konnte.

Trotzdem konnte ich mich nicht dagegen wehren, daß ich mir plötzlich wünschte, Mammi würde mich in meinen herrlichen neuen Sachen sehen. Was für eine Ironie, daß ich mich gerade jetzt nach einer Mutter sehnte, von der ich doch eigentlich wußte, ich würde sie mein Leben lang hassen. Ich setzte mich auf die Bettkante und dachte darüber nach.

Mein Blick fiel auf Corys Banjo, das an der Wand gegenüber Carries Bett stand, so daß sie es immer sehen konnte. Warum mußten immer wir es sein, die unser Leben lang zu leiden haben würden. Warum erwischte es Mammi nicht? Und da fiel es mir plötzlich ein! Bart Winslow war aus South Carolina! Ich lief sofort hinunter in Pauls Arbeitszimmer und holte mir seinen großen Atlas. Dann lief ich zurück in mein Zimmer, wo ich mich eingehend mit der Karte von South Carolina befaßte. Ich fand Clairmont... aber ich traute meinen Augen nicht, als ich sah, daß es die Nachbarstadt von Greenglenna war.

Das war mehr als Zufall, mußte mehr als Zufall sein. Ich starrte zur Decke, während mir die Gedanken durch den Kopf rasten. Gott hatte es so eingerichtet, daß wir irgendwie in Mammis Nähe geblieben waren – falls sie jemals die Heimatstadt ihres Bart besuchte jedenfalls. Gott wollte mir also die Gelegenheit geben, daß ich ihr selbst ein paar kleine Stiche versetzen konnte. Sobald ich Zeit hatte, würde ich nach Greenglenna fahren und mir dort alle Informationen über Bart und seine Familie beschaffen, an die ich herankam. Ich bekam fünf Dollar Taschengeld pro Woche von Paul – das reichte, um eines der Klatschblätter zu abonnieren, in denen ausführlich über die gesellschaftlichen Aktivitäten und soweit wie möglich natürlich auch über das Privatleben der reichen Leute von Foxworth Hall und Umgebung berichtet wurde.

Ja, ich war nicht mehr in Foxworth Hall, aber es würde mir kein Schritt entgehen, den *sie* in der Öffentlichkeit unternahm. Früher oder später würde Mammi wieder von mir hören, und sie würde erfahren, daß ich niemals vergessen oder verzeihen konnte. Irgendwann und auf eine Art, die ich selbst noch nicht wußte, würde ich es ihr heimzahlen – zehnfach!

Nachdem ich das entschieden hatte, konnte ich zu Chris und Carrie ins Wohnzimmer hinuntergehen und mich von Henny und Paul bewundern lassen. Hennys breites Lächeln strahlte wieder einmal heller als die Sonne. Doch über Pauls Augen legte sich bald ein Schatten, als würde ihn meine Modenschau eher verunsichern. Ich sah weder Bewunderung noch Zustimmung in seinem Blick. Plötzlich stand er auf und verließ das Zimmer mit der wenig überzeugenden Entschuldigung, er hätte noch Schreibarbeiten zu erledigen.

In allen häuslichen Dingen wurde Henny meine Lehrmeisterin. Sie brachte mir bei, wie man Kekse in einer Eisenpfanne backen kann, und versuchte mir zu zeigen, wie man einen Teig locker anrührt.

Henny hat schlechte Augen, stand auf dem Zettel, *kann das Nadelöhr nicht mehr finden. Würdest du bitte »Doktor-Sohns« fehlenden Hemdknopf annähen, ja?*

»Klar«, willigte ich ohne besondere Begeisterung ein, »natürlich kann ich Knöpfe annähen, ich kann auch häkeln und stricken und sticken. Meine Mutter hat mir das alles beigebracht, damit ich etwas hatte, um mir die Zeit auszufüllen.« Plötzlich versagte mir die Stimme. Mir war nach Weinen zumute. Ich sah Mutters schönes Gesicht vor mir. Ich sah Daddy. Ich erinnerte mich daran, wie Mammi damals die Babysachen für die Zwillinge gestrickt hatte. Ich konnte nicht anders, als meinen Kopf in Hennys Schürze vergraben und laut zu schluchzen. Henny konnte nicht sprechen, aber ihre weiche Hand auf meiner Schulter sagte mir, daß sie mich verstand. Als ich unter Tränen zu ihr aufblickte, weinte sie mit. Dicke Tränen, die ihr über die schwarzen Wangen liefen. »Weine nicht, Henny. Ich werde sehr gerne deine Näharbeiten übernehmen und Dr. Paul seine fehlenden Knöpfe annähen. Er hat unser Leben gerettet, und es gibt nichts, was ich nicht für ihn tun würde.« Sie warf mir einen eigenartigen Blick zu, dann stand sie auf und holte einen Korb mit mindestens einem Dutzend Hemden, an denen Knöpfe fehlten.

Chris verbrachte jede verfügbare Minute mit Dr. Sheffield, der ihm, so gut er konnte, dabei half, sich auf eine besondere Schule vorzubereiten, in der er in einem Jahr einen Abschluß erreichen würde, der ihm den Collegebesuch erlaubte. Unser größtes Problem war Carrie. Sie konnte lesen und schreiben, aber sie war körperlich so zurückgeblieben. Wie sollte sie es schaffen, an einer normalen Schule zurechtzukommen, wo die Kinder sie sicher ständig hänseln würden?

Paul schlug schließlich vor, sie in einer Privatschule unterzubringen, deren Lehrer er kannte und wo man sich besonders um Carrie kümmern konnte. Mir fiel ein Stein vom Herzen, denn meine schlimmste Sorge war es gewesen, daß Carrie wegen ihres unterentwickelten Körpers und ihres großen Kopfes Zielscheibe des Klassenspottes werden könnte. Was für ein schönes, gut gewachsenes Kind war Carrie doch früher gewesen, und was hatten diese verlorenen drei Jahre ohne Sonne und frische Luft aus ihr gemacht. Einer würde dafür büßen müssen!

Ich hatte tödliche Angst, Mammi würde doch noch am Tag der Anhörung auftauchen. Aber ich war mir im Grunde sicher, daß sie nicht kam. Es gab für sie nichts zu gewinnen, sie würde nur alles verlieren. Was waren wir für sie schon anderes, als eine gefährliche Belastung? Und dann wartete da vielleicht das Gefängnis, eine Anklage wegen Mordes...

Wir saßen sehr still neben Paul auf der Bank, in unseren besten neuen Sachen, blickten auf die Tür zum Gerichtssaal und warteten und warteten und warteten. Innerlich war ich zum Zerreißen gespannt und stand dicht davor, jeden Augenblick laut loszuweinen. Sie wollte uns nicht. Wieder hatte sie uns überdeutlich gemacht, wie wenig wir ihr bedeuteten – warum sonst war sie nicht erschienen? Selbst der Richter sah uns mitleidig an, so daß ich mich nur noch elender fühlte – und so verdammt wütend auf sie! Wie konnte sie das ihren Kindern antun – ihre eigenen Kinder verleugnen? Was für eine Mutter war sie überhaupt? Ich wollte das Mitleid des Richters nicht oder das von Paul. Ich hielt den Kopf aufrecht, starrte geradeaus und biß mir auf die Zunge, damit ich nicht doch noch zu weinen begann. Ich wagte kaum einen Blick auf Chris' Gesicht mit den leeren, erloschenen Augen zu werfen, denn ich wußte, daß sein Herz sich in der gleichen stummen Qual wand wie meines. Carrie hatte sich in Pauls Schoß zusammengekauert, das Gesicht an seiner Brust, während seine Hände sie beruhigend streichelten und er ihr etwas ins Ohr flüsterte. Es schien mir, als sagte er: »Mach dir nichts draus, es ist alles in Ordnung. Du hast mich als Vater und Henny als Mutter. Solange ich lebe, wird es dir nie an etwas fehlen.«

In dieser Nacht weinte ich. Meine Kissen saugten sich voll mit Tränen um eine Mutter, die ich einmal so sehr geliebt hatte, daß es mir die Seele zerriß, an die Tage zurückzudenken, als Daddy noch lebte und wir ein richtiges Zuhause hatten. Aber am meisten weinte ich um Cory, den seine eigene Mutter auf dem Gewissen hatte. Und als ich an ihn dachte, da hörte ich auf zu weinen und wurde im Inneren kalt und bitter. Böse Gedanken der Rache verdrängten meine Trauer. Wenn man jemanden angreifen und vernichten will, dann versucht man am besten, so zu denken, wie er denkt. Was würde Mammi am tiefsten verletzen? Sie würde nicht mehr an uns denken wollen. Sie würde versuchen, so gut wie möglich zu vergessen, daß wir überhaupt existierten. Nun, ich wollte es sie nicht vergessen lassen. Zu diesem und allen weiteren Weihnachten bekam sie von mir eine Karte, auf der stand: »Von den vier Meißners, die du nicht haben wolltest.« Dann fiel mir noch etwas Besseres ein: »Den drei überlebenden Meißners, die du nicht haben willst, und dem Toten, den du nie zurückgebracht hast.« Ich konnte sie mir direkt vorstellen, wie sie die Karte anstarrte und von sich selbst dachte, ich habe nur getan, was ich tun mußte.

Langsam wurde ich ruhiger. Ich stand auf und ging hinaus auf die obere Veranda, um mir den Mond anzusehen. Am Geländer sah ich Chris stehen, der auch zum Mond hinaufstarrte. Seinen hängenden Schultern, die sonst immer so stolz und gerade waren, sah ich an, daß er innerlich genauso blutete wie ich. Auf Zehenspitzen lief ich zu ihm, damit er mich nicht kommen hörte. Aber als ich näher kam, drehte er sich um und streckte mir die Arme entgegen. Ohne nachzudenken drückte ich mich an ihn. Er trug den warmen, dicken Bademantel, den Mammi ihm zu Weihnachten geschenkt hatte, auch wenn der längst zu klein war. Er würde einen anderen finden, wenn er dieses Jahr unter den Weihnachtsbaum schaute – einen neuen von mir, in den ich sein Monogramm gestickt hatte – CFS – denn er wollte niemals mehr Foxworth genannt werden, nur Sheffield.

Wir sahen uns tief in die Augen. Zwei Augenpaare, die sich so sehr glichen. Ich liebte ihn, wie ich die bessere Seite von mir selbst liebte, meine hellere, glücklichere Seite.

»Cathy«, flüsterte er und strich mir mit einer Hand sanft über den Rücken, einen feuchten Schimmer in den Augen, »wenn dir nach Weinen ist, dann weine nur, ich verstehe dich. Weine für mich mit. Ich habe gehofft, gebetet, daß Mammi doch noch auftauchen würde und uns irgendwie erklären könnte, warum sie getan hat, was sie getan hat – irgendeine Erklärung, wie unwahrscheinlich sie auch gewesen wäre.«

»Eine vernünftige Erklärung für Mord?« fragte ich bitter. »Die würde ihr im Traum nicht einfallen, dafür ist sie einfach nicht schlau genug. Es gibt keine Entschuldigung für Mord.« Er sah so elend aus, daß ich ihm einfach über die Wangen streicheln mußte. Ich spürte, daß ich noch immer voller Liebe für ihn war, als er sein Gesicht in meinen Haaren vergrub und leise schluchzte. Wieder und wieder murmelte er meinen Namen, so als wäre ich die einzige Person auf der Welt, die wirklich da war und auf die man sich verlassen konnte.

Irgendwie fanden seine Lippen meine, und wir küßten uns, küßten uns mit so viel Leidenschaft, daß sein Verlangen ihn überwältigte und er versuchte, mich in sein Zimmer zu ziehen. »Ich möchte dich nur in den Armen halten, sonst nichts. Bald werde ich fortgehen, um diese Spezialschule zu besuchen, und ich brauche für mein Leben noch etwas mehr, an dem ich mich festhalten kann – gib mir dieses bißchen mehr, Cathy, bitte.« Bevor ich ihm antworten konnte, hatte er mich schon wieder in seinen Armen und küßte mich mit so sehr brennenden Lippen, daß ich Angst bekam – und meine Leidenschaft erwachte wie seine.

»Halt! Nicht!« rief ich, aber er ließ sich nicht aufhalten, streichelte mir die Brüste und zog mein Nachthemd nach unten, so daß er sie küssen konnte. »Chris!« zischte ich aufgebracht. »Du darfst das jetzt nicht, Chris. Wenn du erst einmal von hier fort bist und deine Schule besuchst, dann wird alles, was du für mich fühlst, dahinschwinden, so als ob es niemals etwas zwischen uns gegeben hätte. Wir werden uns beide dazu zwingen, andere zu lieben, damit wir uns wieder sauber fühlen können. Wir dürfen nicht den gleichen Fehler machen wie unsere Eltern, wir dürfen nicht deren Leben wiederholen.«

Er drückte mich noch fester an sich und sagte kein Wort, doch ich wußte genau, was er dachte. Es würde keine anderen geben außer mir. Er würde es nicht zulassen. Eine Frau hatte ihn so furchtbar verletzt und verraten, hatte sein Vertrauen so grausam mißbraucht, als er jung war und so verwundbar. Nun gab es nur noch mich, der er vertrauen konnte.

Er löste sich von mir und trat einen Schritt zurück. In seinen Augenwinkeln schimmerten Tränen. Es war meine Pflicht, jetzt und hier das Band zwischen uns zu zerreißen. Zu seinem eigenen Besten.

Ich konnte nicht einschlafen. Ich hörte ihn nach mir rufen und fühlte, wie er nach mir verlangte. Ich stand auf und schlich den Flur hinunter und kroch noch einmal in sein Bett, wo er auf mich wartete. »Du wirst niemals von mir freikommen, Cathy, nie. Solange du lebst, gehörst du mir und ich dir.«

»Nein!«

»Ja!«

»Nein!« Aber ich küßte ihn, dann sprang ich aus seinem Bett und rannte zurück in mein Zimmer, warf die Tür hinter mir zu und schloß mich ein. Was war los mit mir? Ich hätte niemals in sein Zimmer gehen dürfen und mich in sein Bett legen. War ich wirklich so schlecht, wie die Großmutter gesagt hatte?

Nein, das war ich nicht.

Das konnte ich nicht sein!

ZWEITER TEIL

Süße Träume

Es war Weihnachten. Der Baum berührte fast die vier Meter hohe Decke, und darunter lagen genügend Geschenke für zehn Kinder! Carrie war hingerissen von allem, was der Weihnachtsmann ihr mitgebracht hatte. Chris und ich hatten unser letztes Geld aus der so mühsam zusammengestohlenen Reisekasse dazu verwendet, Paul einen hübschen roten Hausmantel zu kaufen, und Henny bekam ein wunderschönes Nachthemd aus rubinroter Seide. Ganz schwindelig vor Begeisterung hielt sie es sich vor den mächtigen Bauch. Dann schrieb sie uns eine Dankesnote: *Tolles Kleid für Kirche. Alle Freundinnen müssen neidisch sein.* Paul probierte seinen wunderbaren Hausmantel an. Der Mantel paßte ausgezeichnet.

Danach kam erst die allergrößte Überraschung. Paul kam zu mir herüber und zog fünf große gelbe Eintrittskarten aus seiner Hosentasche. Wenn er sich ein Jahr lang hingesetzt hätte, um darüber nachzudenken, was mir die größte Freude machen würde, ihm hätte nichts Besseres einfallen können. Dort in seiner großen feingliedrigen Hand hielt er aufgefächert Karten für *Der Nußknacker*, aufgeführt von der Rosencoff-Ballettschule.

»Soweit ich gehört habe, soll das eine sehr gute Aufführung sein«, erklärte Paul. »Ich verstehe selbst nicht viel von Ballett, aber ich habe mich umgehört, und man sagt, *Der Nußknacker* ist das Beste, was es zur Zeit hier in der Umgebung zu sehen gibt. Diese Ballettschule hat Klassen für Anfänger, Aufbauschüler und Fortgeschrittene. In welche könntest du denn gehen?«

»Die für Fortgeschrittene!« verkündete Chris entschieden, während ich Paul nur anstarren konnte, zu glücklich, um ein Wort herauszubringen. »Cathy war Anfängerin, als wir unser

Leben auf dem Dachboden begannen, aber da oben zwischen den staubigen Dachpfeilern ist etwas Wunderbares mit ihr geschehen – der Geist von Anna Pawlowa verirrte sich zu uns und schlich sich in Cathys Körper. Und Cathy brachte sich selbst bei, auf *pointe* zu tanzen.«

An diesem Abend saßen wir alle, Henny eingeschlossen, verzaubert in der dritten Reihe, ganz in der Mitte. Die Tänzer auf der Bühne waren nicht nur gut – sie waren außergewöhnlich gut! Besonders der hübsche junge Mann, der die Titelrolle tanzte und laut Programm Julian Marquet hieß. Wie in einem Traum folgte ich Paul während der Pause hinter die Bühne, denn ich sollte die Tänzer sogar selbst treffen.

Er führte uns zu einem Paar, das vor der Künstlergarderobe stand. »Madame, George«, sagte er zu einer kleinen Frau, die geschmeidig wie ein Seehund wirkte und nicht viel größer war, als der zarte, kleine Mann neben ihr. »Dies ist meine Pflegetochter Catherine, von der ich Ihnen erzählt habe. Und das hier ist ihr Bruder Christopher, und diese kleine Schönheit ist unsere Carrie. Henrietta Beech kennen Sie ja schon ...«

»Ja, natürlich«, sagte die Dame, die wie eine Tänzerin aussah, wie eine Tänzerin redete und ihr schwarzes Haar streng nach hinten zusammengebunden trug wie eine Tänzerin. Über schwarzen Ballettstrümpfen trug sie ein leichtes schwarzes Chiffonkostüm und darüber einen Bolero aus Leopardenfell. Ihr Mann, George, wirkte still, sehnig, das Gesicht blaß, mit ungewöhnlich schwarzem Haar und die Lippen so rot, daß sie wie aus geronnenem Blut aussahen. Sie waren wirklich ein passendes Paar, denn sie hatte die gleichen tiefroten Lippen und die gleichen Augen wie schwarze Kohle. Zwei schwarze Augenpaare musterten mich und dann Chris. »Bist du auch ein Tänzer?« fragten sie meinen Bruder. Puh, ob sie immer simultan sprachen?

»Nein! Ich tanze nicht«, sagte Chris und wirkte richtig aufgebracht.

»Ach, das ist aber schade«, seufzte Madame mit tiefem Bedauern. »Ihr beiden hättet so ein phantastisches Paar auf der Bühne abgegeben. Die Leute würden sich darum reißen, solche Schönheiten sehen zu dürfen wie dich und deine Schwester.« Sie warf einen Blick auf Carrie, die sich verängstigt an meine Hand klammerte, und entschloß sich offenbar, über unsere Kleine besser nichts zu sagen.

»Chris will Arzt werden«, erklärte Paul.

»Pah!« schnaubte Madame Rosencoff, als wäre Chris nicht ganz normal. Sie und ihr Mann wandten nun den Simultanblick ihrer Ebenholzaugen mir zu und betrachteten mich mit einer Intensität, daß es mir heiß und kalt über den Rücken lief.

»Du hast Taanz studiert?« (Sie sprach das »a« in Tanz immer seltsam gedehnt aus, als wären es zwei.)

»Ja«, sagte ich mit kleinlauter Stimme.

»Mit welchem Alter hast du angefangen?«

»Als ich vier war.«

»Und jetzt bist du ...?«

»Im April werde ich sechzehn.«

»Gut. Sehr gut.« Sie rieb sich ihre langen knochigen Hände. »Elf Jahre regelmäßiges Training. In welchem Alter hast du angefangen auf *pointe* zu laufen?«

»Zwölf.«

»Wundervoll!« rief sie aus. »Ich habe nie Mädchen richtig auf *pointe* tanzen lassen, bevor sie dreizehn waren, es sei denn, sie waren wirklich exzellent.« Dann runzelte sie mißtrauisch die Stirn. »Bist du denn wirklich exzellent oder nur mittelmäßig?«

»Ich weiß nicht.«

»Du meinst, es hat dir nie jemand gesagt, wie gut du bist?«

»Nein.«

»Dann kannst du nur mittelmäßig sein.« Sie schniefte verächtlich, wandte sich ihrem Mann zu und wollte uns mit einer arroganten Handbewegung fortschicken.

»Einen Augenblick mal!« schnappte Chris, der rot im Gesicht aussah und sehr wütend war. »Auf der ganzen Bühne ist heute abend keine Tänzerin, die so gut ist wie Cathy! Nicht eine! Das Mädchen da draußen, das die Clara tanzt – sie ist manchmal regelrecht aus dem Takt – Cathy ist *immer* in der Musik. Ihr Timing ist perfekt, ihr Gehör ist perfekt; selbst wenn Cathy zur gleichen Melodie tanzt, variiert sie jedesmal, so daß ihre Bewegungen nie völlig gleich sind. Sie improvisiert ständig, um noch besser, noch schöner und noch beeindruckender zu wirken. Sie können sich glücklich schätzen, eine Tänzerin wie Cathy für

Ihre Truppe zu bekommen.«

Die dunklen Augen richteten sich auf ihn. »Du bist also eine Autorität in Ballettfragen?« erkundigte sie sich ungehalten. »Du weißt, wie man die begabten Tänzer von der Masse unterscheidet?«

Chris stand da, wie in einem Traum, und sprach, als sollten seine Worte diesen Traum zur Wirklichkeit machen, auch wenn seine Stimme einen heiseren Unterton hatte, dem man die Voreingenommenheit seines Urteils nur zu deutlich anhörte. »Ich weiß nur, was ich sehe und was ich fühle, wenn Cathy tanzt. Ich weiß, daß, sobald die Musik beginnt, und Cathy beginnt, sich nach der Musik zu bewegen, mir das Herz stillsteht. Sie tanzt nicht einfach eine Rolle, sie *ist*, was immer sie tanzt – man ist gezwungen, ihr jede Bewegung zu glauben, weil sie selbst in ihrer Rolle denkt, und in ihrer ganzen Gruppe da draußen gibt es kein Mädchen, das es schafft, mich mit seinem Tanz wirklich ins Herz zu treffen. Also, machen Sie nur zu und lehnen Sie sie ab und lassen Sie eine andere Balletttruppe davon profitieren, da Sie zu dumm sind, ein Talent zu erkennen.«

Madames Blick ruhte lang und durchdringend auf Chris, und auch unser Doktor starrte ihn verblüfft an. Dann wandte sich Madame Rosencoff langsam wieder mir zu, und ihre Augen maßen mich von Kopf bis Fuß, wogen mich, prüften meine Muskeln, meine Beine, meinen Rücken. »Morgen, pünktlich um ein Uhr. Du kommst in mein Studio zu einer Tanzprobe.« Das war keine Frage, sondern ein Befehl – und zwar einer, gegen den es keinen Widerspruch gab – und aus bestimmten Gründen wurde ich darüber wütend, obwohl ich doch eigentlich hätte froh sein müssen.

»Morgen ist zu früh«, sagte ich. »Ich habe kein Kostüm, keine Ballettstrümpfe, keine Schuhe.« All diese Sachen hatte ich auf dem Dachboden von Foxworth Hall zurücklassen müssen.

»Tut nichts zur Sache«, entließ sie uns, begleitet von einer unnachahmlich arroganten Bewegung ihrer knochigen Hände. »Wir werden dir alles geben, was du brauchst. Komm einfach, so wie du bist, und sei nicht zu spät, denn wir verlangen von unseren Tänzern Disziplin in allen Dingen, dazu gehört auch absolute Pünktlichkeit.« Wir waren entlassen, und Ihre Hoheit zog sich mit ihrem Mann zurück, während wir mit offenen

Mündern dastanden. Sprachlos fiel mein Blick auf den Tänzer in der Garderobentür, Julian Marquet, der alles mitgehört haben mußte. In seinen dunklen Augen schimmerten Interesse und Bewunderung. »Du kannst dich hoch geehrt fühlen«, sagte er zu mir. »Für gewöhnlich nehmen sie und George niemanden auf, der nicht Monate oder manchmal auch Jahre auf einen Probetanz warten mußte, Catherine.«

An diesem Abend lag ich dann später weinend in Chris' Armen. »Ich bin doch ganz aus der Übung«, schluchzte ich. »Ich weiß genau, daß ich mich morgen nur lächerlich machen werde. Es ist nicht fair, daß sie mir keine Zeit gibt, mich länger vorzubereiten. Ich muß mich doch erst wieder ein wenig lockern. Ich werde steif sein, plump und schwerfällig, und sie werden mich nicht nehmen. Ich weiß, daß sie mich nicht nehmen!«

»Nun komm, Cathy, mach dich nicht verrückt«, sagte er und drückte mich fest. »Ich habe dich hier gesehen, wie du dich am Bettpfosten festgehalten hast und deine *pliés* und *tendus* gemacht hast. Du bist nicht aus der Übung, nicht steif oder schwerfällig – du hast einfach nur Angst. Du hast Lampenfieber, das ist alles. Aber du brauchst dir gar keine Sorgen zu machen. Du bist phantastisch, das weiß ich, und du weißt das auch.«

Er drückte mir noch einen schnellen Gutenachtkuß auf die Lippen und ging zur Tür. Auf der Schwelle meinte er noch: »Ich werde heute nacht auf Knien für dich beten, wie wir es früher gemacht haben. Und ich werde morgen mitgehen, denn ich will ihre Gesichter sehen, wenn du ihnen vortanzt – niemand wird es für möglich halten, was für ein Tanzwunder du bist.«

Mit diesen Worten verschwand er. Ich blieb voller Sehnsucht und Verlangen nach ihm zurück. Hellwach und mit den widersprüchlichsten Gefühlen lag ich unter meiner Decke. Morgen war mein großer Tag, meine große Chance, zu zeigen, ob ich das gewisse Etwas hatte, um ganz nach oben zu kommen. Ich mußte die Beste sein, etwas anderes würde es nicht geben. Ich mußte der Star des amerikanischen Balletts werden, denn ich wollte es allen zeigen, Mammi, der Großmutter, Paul, Chris, allen! Ich war nicht schlecht oder böse oder eine Satansbrut. Ich war einfach nur ich – die beste Ballerina der Welt!

Ich warf mich von einer Seite auf die andere und schreckte

immer wieder aus neuen Alpträumen hoch, während Carrie friedlich neben mir schlief. In meinen Träumen machte ich beim Probetanzen natürlich alles falsch, und was noch viel schlimmer war, ich machte in meinem ganzen Leben alles falsch. Ich endete als eine häßliche, verschrumpelte alte Frau, die in einer großen Stadt auf der Straße bettelte. Im Dunkeln schlich ich mich an meiner Mutter vorbei und bat sie aus dem Schatten um ein Almosen. Sie war noch immer jung und schön und reich gekleidet, in Pelzen und Juwelen, begleitet von einem ewig jungen und ewig treuen Bart Winslow.

In Schweiß gebadet wachte ich auf. Es war noch immer dunkel. Was für eine lange Nacht. Ich schlich mich die Treppe hinunter ins Wohnzimmer zum Weihnachtsbaum, dessen Lichter zu meiner Überraschung brannten. Chris lag auf dem Boden unter dem Baum und starrte in die Zweige hinauf. So hatten wir beide früher als kleine Kinder vor dem Weihnachtsbaum gelegen. Ich legte mich neben ihn. Gemeinsam mit ihm starrte ich in die funkelnde Märchenwelt des Weihnachtsbaumes.

»Ich dachte, du hättest es vergessen«, murmelte Chris, ohne in meine Richtung zu sehen. »Erinnerst du dich noch, als wir in Foxworth Hall Weihnachten feierten, war der Baum immer winzig klein und stand auf dem Tisch, und wir konnten nie unter ihm liegen. Laß uns das nie vergessen, so soll es nie mehr sein. Selbst wenn unsere nächsten Weihnachtsbäume nur zwanzig Zentimeter groß sind, hängen wir sie unter der Decke auf, damit wir darunter liegen können.«

Wie er das sagte, beunruhigte mich irgendwie. Langsam wandte ich den Kopf um, musterte sein Profil lange. Er sah so schön aus, wunderschön, wie er da mit seinem goldenen Haar im flackernden Licht lag. Und als er mir dann den Kopf zuwandte, um mir in die Augen zu sehen, schien auch in seinen Augen ein goldenes Licht zu leuchten. »Du siehst... richtig göttlich aus«, sagte ich. »Das schönste Zuckerwerk sieht man in deinen Augen und die Kronjuwelen von England noch dazu.«

»Nein – das ist genau das, was ich in deinen Augen sehe, Cathy. Du bist eine wundervolle Schönheit in deinem weißen Nachthemd. Ich liebe dich in weißen Nachthemden mit blauen Seidenschleifen. Ich liebe die Art, wie dein Haar sich als goldener Fächer um deinen Kopf legt.« Er rückte näher an mich, so daß sein Kopf auf meinem Haar lag. Noch näher, bis sein Kinn meine Stirn berührte. Sein warmer Atem strich mir über das Gesicht. Ich bog den Kopf weit zurück. Ich fühlte mich wie in einem Traum, völlig unwirklich, als seine warmen Lippen meinen weichen Hals küßten. Mir stockte der Atem. Für einen langen, sehr, sehr langen Moment lag ich einfach da und wartete darauf, daß seine Lippen wieder verschwinden würden. Ich wollte selbst von ihm abrücken, aber irgendwie schaffte ich es nicht. Ein süßer Frieden legte sich über mich, in meinem Körper breitete sich eine sanfte, kitzelnde Erwartung aus. »Küß mich nicht wieder so«, flüsterte ich, drängte mich noch enger an ihn und drückte seinen Kopf fest an meinen Hals.

»Ich liebe dich«, stöhnte er. »Für mich wird es nie eine andere geben als dich. Noch als alter Mann werde ich mich an diese Nacht unter dem Weihnachtsbaum erinnern, in der ich dich so in meinen Armen halten durfte.«

»Chris, mußt du wirklich von hier weggehen und Arzt werden? Könntest du nicht hier in Clairmont bleiben und irgend etwas anderes machen?«

Er hob den Kopf und blickte von oben in meine Augen. »Cathy, warum mußt du mich das fragen? Mein ganzes Leben lang habe ich mir nichts anderes gewünscht, aber du weißt doch...«

Ich mußte wieder weinen. Ich wollte nicht, daß er fortging. Dann begann ich sein Gesicht mit einer Strähne meines Haares zu kitzeln, bis er laut stöhnte und meine Lippen küßte. So ein weicher Kuß, ein sanfter Kuß, dem man doch deutlich anmerkte, daß er gerne leidenschaftlich geworden wäre, aber Angst hatte, ich könnte ihm meine Lippen entziehen. Er begann mir wilde, verrückte Sachen ins Ohr zu flüstern, daß ich wie ein Engel aussähe, was für einen wunderbaren Körper ich hätte, was für eine herrliche Haut... Seine zitternden Hände begannen die winzigen Knöpfe meines Nachthemdes aufzuknöpfen – hinunter bis zur Taille. Ich schloß die Augen und war wieder auf dem Dachboden, als er mir versehentlich die Schere in die Seite gestochen hatte und ich blutete und furchtbare Schmerzen hatte und seine Lippen brauchte, damit er mir diese Schmerzen wegküßte.

»Wie wundervolle Brüste du hast«, flüsterte er mit einem

leisen Seufzer und begann sie zu streicheln. »Ich erinnere mich noch daran, als du ganz flach warst und dann langsam immer mehr Formen bekamst. Damals hast du immer weite Blusen getragen, damit niemand etwas davon merkte. Warum hast du dich dafür geschämt?«

Meine Arme zogen ihn noch fester an mich, und meine Lippen suchten seine, und vielleicht waren es meine Finger, die seinen Schlafanzug aufgeknöpft haben, so daß seine nackte Brust auf meiner lag. Wir verschmolzen in einer heißen Woge ungestillter Lust, bis ich plötzlich aufschrie: »Nein, das wäre Sünde!«

»Dann laß uns sündigen!«

»Dann verlaß mich nie! Hör auf damit, Arzt werden zu wollen! Bleib bei mir! Geh nicht fort, laß mich nicht allein! Ich habe Angst vor mir selbst, wenn du nicht bei mir bist. Manchmal mache ich verrückte Sachen. Chris, bitte, laß mich nicht allein. Ich bin doch nie ohne dich gewesen, bitte bleib hier!«

»Ich muß doch Arzt werden«, erwiderte er und stöhnte gequält. »Um alles andere kannst du mich bitten, und ich werde immer ja sagen, aber verlange nicht von mir, daß ich das einzige aufgebe, wofür ich bisher gelebt habe. Du würdest doch auch nicht das Tanzen aufgeben – oder würdest du das?«

Ich wußte nicht mehr, was geschah, als ich seinen verlangenden Küssen nachgab und das Feuer zwischen uns zu einer überwältigenden Höllenflamme der Begierde wurde. »Manchmal liebe ich dich so sehr, daß ich einfach nicht weiß, wie ich damit fertig werden soll«, rief er. »Wenn ich dich nur ein einziges Mal haben könnte! Ich würde dir nicht weh tun, du würdest nur Spaß daran haben.«

Seine Zunge öffnete mir wieder die Lippen. »Ich liebe dich, oh, wie ich dich liebe! Ich träume von dir, denke den ganzen Tag nur an dich.« Seine Lippen wanderten über meinen ganzen Körper, bis er keuchte, und ich von der Begierde meines Körpers überwältigt wurde. In meinen Gedanken wollte ich ihn fortstoßen, aber mein Körper ließ das nicht zu.

»Nicht hier«, rief er zwischen seinen Küssen, »oben in meinem Zimmer!«

»Nein! Ich bin deine Schwester, und dein Zimmer liegt zu nah bei dem von Paul. Er würde uns hören.«

»Dann machen wir's in deinem Zimmer. Carrie wacht auch wenn das Haus zusammenfällt nicht auf, wenn sie einmal schläft.«

Bevor ich noch richtig begriff, wie mir geschah, hatte er mich auf seinen Armen die Treppe hinaufgetragen, und wir fielen zusammen auf mein Bett. Wir waren beide nackt, als er dann mit dem fortfuhr, was er unten begonnen hatte. Ich wollte nicht! Ich wollte, daß so etwas nie wieder passierte! »Hör auf!« wimmerte ich und rollte mich unter ihm weg. Ich fiel aus dem Bett auf den Boden. Wie der Blitz war er über mir und begann mit mir zu ringen. Wir drehten uns und rollten über den Boden, zwei nackte Körper, die plötzlich an etwas Hartes stießen.

Das brachte ihn wieder zu sich. Verblüfft starrte er auf den Karton mit Keksrollen, einem Brot, Äpfeln, Apfelsinen, einem Pfund Käse, einer Packung Butter und verschiedenen Dosen mit Thunfisch, Bohnen und Tomatensaft. Daneben lagen der herausgefallene Büchsenöffner, Becher, Teller und Bestecke. »Cathy! Warum stiehlst du Paul Essen und versteckst es unter deinem Bett?«

Ich schüttelte den Kopf und war mir selbst nicht im geringsten klar darüber, warum ich diese Sachen versteckt hatte. Dann stand ich auf, griff nach meinem Nachthemd, das er mir ausgezogen hatte, und hielt es betont schamhaft vor meine Blöße. »Geh! Laß mich alleine! Verlaß sofort mein Zimmer! Ich liebe dich nicht anders als man einen Bruder liebt, Christopher, nur wie einen Bruder!«

Er legte den Arm um mich und preßte die Stirn an meine Schulter. »Es tut mir leid, Liebes. O Liebling, ich weiß, warum du das Essen versteckt hast. Du hast das Gefühl, du müßtest immer etwas für Notfälle bereit haben – du hast Angst, eines Tages würde uns wieder jemand bestrafen. Begreifst du nicht, daß ich immer der einzige sein werde, der dich wirklich versteht? Laß mich dich nur noch ein einziges Mal lieben, nur noch einmal in unserem ganzen Leben. Laß mich dir einmal die Freude daran geben, die du beim erstenmal nicht empfinden konntest. Nur einmal!«

Ich schlug ihn ins Gesicht. »Nein!« Ich spie es ihm regelrecht entgegen. »Nie wieder! Du hast mir das versprochen, und ich dachte, du würdest dein Versprechen halten! Wenn du ein Arzt werden mußt und fortgehen mußt und mich hier allein lassen mußt – dann wird es immer nur ein *Nein* geben.« Ich unterbrach mich, das hatte ich nicht sagen wollen. »Chris ... sieh mich nicht so an, bitte!«

Langsam zog er sich seinen Schlafanzug an und warf mir einen letzten gequälten Blick zu. »Es gibt für mich kein sinnvolles Leben, wenn ich nicht Arzt werden kann.«

Ich hielt mir die Hand vor den Mund, um mich selbst am lauten Weinen zu hindern. Was war nur los mit mir? Wie konnte ich nur von ihm verlangen, den Traum seines Lebens aufzugeben? Ich war doch nicht wie meine Mutter, die jeden anderen leiden lassen würde, nur um das zu bekommen, was sie haben wollte. Schluchzend warf ich mich in seine Arme. In meinem Bruder hatte ich meinen einzigen, großen, wahren Liebhaber gefunden, dessen Liebe sich nie erfüllen würde. Später, als ich alleine mit weit offenen Augen in meinem Bett lag und in die Dunkelheit starrte, erkannte ich an dem hoffnungslosen, schalen Gefühl in meinem Inneren, daß es das böse Geflüster des Windes auch dort gab, wo keine Berge in die Wolken ragten.

Die Tanzprobe

Es war der zweite Weihnachtstag. Um ein Uhr mußte ich in Greenglenna sein, der Heimat von Bart Winslow und der Rosencoff-Ballettschule.

Wir quetschten uns alle in Pauls Wagen, und wir kamen gerade fünf Minuten vor der Zeit an.

Madame Rosencoff sagte mir, ich könne sie Madame Marisha nennen, falls ich angenommen würde. Falls ich nicht angenommen würde, brauchte ich sie sowieso nie wieder anzureden. Sie trug ein schwarzes Trikot, das alle Formen ihres phantastisch schlanken, durchtrainierten Körpers zeigte, dem man nicht ansehen konnte, daß sie schon mindestens fünfzig war. Ihre Brustspitzen drückten sich hart durch das schwarze Gewebe, als wären sie aus Stahl. Ihr Mann George trug ebenfalls ein enganliegendes schwarzes Trikot, das seinen sehnigen Körper betonte, bei dem sich das beginnende Alter allerdings mit einem Bauchansatz abzeichnete. Zwanzig Mädchen und drei Jungen waren zum Vortanzen angetreten.

»Was willst du für eine Musik haben?« fragte Madame. (Es schien, daß ihr Mann niemals etwas sagte, doch er ließ seine schwarzen Augen keine Sekunde von mir.)

Dornröschen, erklärte ich tapfer und herausfordernd, denn für mich war die Rolle der Prinzessin das Schwierigste, was es im klassischen Repertoire gab – warum hätte ich also etwas weniger Anspruchsvolles wählen sollen? »Ich kann das Rosen-Adagio ganz allein tanzen«, rühmte ich mich.

»Wundervoll«, erwiderte sie sarkastisch. Dann fügte sie beißend hinzu: »Ich habe mir gleich gedacht, als ich dich gesehen habe, daß du ein Dornröschen bist.« Und schon wünschte ich mir, ich hätte mir etwas weniger Schwieriges ausgesucht.

»In welcher Farbe möchtest du dein Ballettkostüm haben?«

»Rosa.«

»Dachte ich es mir.«

Sie warf mir ein ausgeblichenes rosa Trikot zu und dann noch ein Paar Ballettschuhe, das sie völlig beiläufig und wahllos aus einer langen Reihe von Ballettschuhen in der Ecke herausgriff. Und, so unglaublich das klingt, die Schuhe paßten perfekt.

Kaum hatte ich mich umgezogen und mir das Haar hochgesteckt, damit Madame meine Nackenmuskulatur studieren konnte, da tauchte sie auch schon wieder auf und holte mich aus der Garderobe. Ihre schwarzen Augen musterten mich kritisch. »Nicht schlecht. Komm mit«, befahl sie und marschierte vor mir her. Durch das Trikot konnte ich jeden Muskel an ihren Beinen arbeiten sehen. Warum hatte sie es nur so weit kommen lassen? Niemals würde ich so sehr trainieren, daß ich mir meine Beine mit solchen Muskelpaketen an Waden und Schenkeln verdarb.

Sie führte mich in einen Raum mit einer runden, von Stühlen umgebenen Bühne, die spiegelglatt poliert wirkte, aber dann doch nicht so rutschig war, wie sie aussah. Ringsum an den Wänden standen Stühle für Zuschauer, und in ihnen sah ich Chris, Carrie, Henny und Paul. Jetzt wünschte ich mir, ich hätte sie nicht gebeten, mit hierher zu kommen. Wenn ich versagte, würden sie die Zeugen meiner Demütigung sein. Es waren noch zehn oder elf andere Leute da, denen ich aber keine besondere Aufmerksamkeit schenkte. Die Mädchen und Jungen der Ballettgruppe drängten sich in den entfernten Ecken, um zuzusehen. Ich spürte noch viel mehr Lampenfieber, als ich mir vorgestellt hatte. Sicher, seit unserer Flucht aus Foxworth Hall hatte ich ein wenig geübt, aber nicht mit der gleichen verbissenen Hingabe wie früher auf dem Dachboden. Ich hätte die ganze letzte Nacht aufbleiben sollen und alle Übungen bis zum Umfallen wiederholen, dann wäre ich jetzt vielleicht einfach zu müde, um aufgeregt und nervös sein zu können.

Ich wünschte mir, daß ich als letzte an der Reihe sein würde, damit ich aus den Fehlern der anderen lernen konnte oder sah, wofür sie gelobt wurden. Auf diese Art hätte ich wenigstens einen gewissen Eindruck davon bekommen, was man hier von mir erwartete.

George selbst setzte sich hinter den Flügel. Ich versuchte

verzweifelt, den Kloß in meiner Kehle herunterzuschlucken. Der Mund war mir ausgetrocknet, und in meinem Bauch kribbelten tausend Ameisen, während ich nach Chris' Augen suchte, in deren wundervollem Blick ich allein die ausreichende Kraft fand. Und wie immer war er da, lächelte mir zu, sandte mir einen unsichtbaren Strom des Zutrauens und der niemals versiegenden Bewunderung. Mein lieber, geliebter Christopher Meißner, du warst immer da, wenn ich dich brauchte. Was wäre ohne dich aus mir geworden. Ich betete zu Gott, daß ich Chris' Erwartungen nicht enttäuschen würde.

Paul konnte ich nicht ansehen. Er wollte für mich ein Vater sein, aber er war kein Talisman für mich wie Chris. Versagte ich und enttäuschte ihn, würde er mich wieder mit anderen Augen sehen. Ich würde allen Zauber für ihn verlieren. Nichts Besonderes würde er mehr an mir sehen; ich wäre nur noch einfach ein überspanntes Mädchen.

Jemand berührte mich am Arm, und ich zuckte zusammen. Ich wirbelte herum, und vor mir stand Julian Marquet. »Hals- und Beinbruch«, flüsterte er mir zu und lächelte mich mit seinen schönen weißen Zähnen an. Seine schwarzen Augen funkelten verführerisch und aufmunternd. Er war größer als die meisten Tänzer, fast 1,80 m, und schon bald sollte ich erfahren, daß er gerade neunzehn war. Seine Haut war so hell wie meine, aber im Kontrast zu seinem dunklen Haar wirkte er viel zu blaß. Sein starkes Kinn hatte ein energisches Grübchen, und auch auf seinen beiden Wangen tauchten beim Sprechen zwei spöttische Grübchen auf. Ich dankte ihm für die Aufmunterung, von seinem guten Aussehen ausgesprochen beeindruckt. »Heh!« sagte er, als ich ihn anlächelte, mit gedämpfter Stimme. »Du bist wirklich ein hübsches Mädchen. Schade, daß du noch ein Kind bist.«

»Ich bin kein Kind!«

»Was bist du dann, eine gesetzte Dame von achtzehn?«

Ich lächelte, denn es schmeichelte mir, daß ich schon so alt wirkte. »Könnte sein, könnte aber auch nicht sein.«

Er grinste mich an, als hätte ich ihm damit alle Fragen beantwortet. Nach der Art zu urteilen, in der er dann zu verstehen gab, daß er einer der heißesten Tänzer einer New Yorker Truppe war, hatte ich so vielleicht wirklich alles Nötige gesagt. »Ich bin nur die Ferien über hier, um Madame einen Gefallen zu tun. Bald gehe ich wieder zurück nach New York, wo ich hingehöre.« Er warf einen Blick in die Runde, als würde ihn die ›Provinz‹ längst zu Tode langweilen, während mein Herz einen Sprung machte. Ich hoffte, er würde zu den Tänzern gehören, mit denen ich hier arbeitete.

Wir wechselten noch ein paar schnelle Worte, und dann klang schon meine Melodie auf. Plötzlich war ich wieder alleine auf dem Dachboden, um mich her hingen die Papierblumen von den Dachbalken. Niemand war bei mir, außer dem geheimen Geliebten, der immer ein paar Schritte vor mir in den Schatten tanzte, ohne mich je sein Gesicht sehen zu lassen. Ich tanzte los, zuerst noch ängstlich, und dann lief es einfach von selbst. Ich hielt die Augen offen und wandte mein Gesicht immer den Zuschauern zu, aber ich nahm niemanden wahr. Mein besonderer Zauber kam und legte sich über mich wie immer. Ich brauchte nicht den Takt mitzuzählen. Ich war eins mit der Musik und kannte jeden Schritt, denn ich war selbst die Musik und konnte gar nichts falsch machen. Und wie immer tauchte in den Schatten jener Mann auf, der vor mir hertanzte – nur, daß ich diesmal sein Gesicht sehen konnte. Sein wunderschönes blasses Gesicht mit den dunklen, blitzenden Augen und dem blauschwarzen Haar und den rubinroten Lippen. Julian!

Ich sah ihn wie in einem Traum, wie er mir die starken Arme entgegenstreckte und auf ein Knie fiel, das andere Bein graziös zurückgestreckt. Seine Augen signalisierten mir, daß ich in seine Arme springen sollte. Begeistert, ihn dort vor mir zu sehen, einen richtigen Berufstänzer, einen Profi, war ich schon halb über die Bühne auf ihn zugelaufen, als ein furchtbarer Schmerz durch meinen Unterleib zuckte. Ich brach zusammen und schrie laut auf. Zu meinen Füßen bildete sich eine große rote Lache Blut. Blut lief mir die Beine herunter, tropfte mir auf meine rosa Ballettschuhe. Ich war zu schwach, um wieder auf die Beine zu kommen, und konnte nur liegenbleiben, um aus weiter Ferne aufgeregte Stimmen zu hören. Irgendwo waren auch die von Paul und Chris darunter. Dann tauchte Chris' besorgtes Gesicht für einen Augenblick über mir auf. In seinen Augen stand überdeutlich, was er für mich empfand. Das tröstete mich und erschreckte mich zugleich, denn ich wollte nicht, daß Paul diesen verliebten Blick sah. Chris sagte irgend etwas, daß ich keine Angst zu haben brauchte, dann wurde es schwarz um mich, und mein Auftritt war wirklich zu Ende.

Und meine Karriere als Tänzerin, die noch gar nicht angefangen hatte, war auch schon zu Ende.

Irgendwann wachte ich aus Träumen voller böser Hexen auf, um Chris an meinem Krankenhausbett sitzen zu sehen. Er hielt meine schlaffe Hand ... und diese blauen Augen, o Gott, diese Augen ... »Hallo«, sagte er weich und drückte vorsichtig meine Finger. »Ich habe schon länger darauf gewartet, daß du endlich mal wieder zu dir kommst.«

»Hallo.«

Er lächelte und küßte mich auf die Wange. »Eins muß ich dir sagen, Catherine Meißner, du weißt schon, wie man einen Tanz dramatisch beendet.«

»Ja, so was ist eben Talent. Echtes Talent. Ich glaube, ich versuche es besser mal mit der Schauspielerei, da sind dramatische Rollen eher gefragt.«

Er zuckte unbeeindruckt die Schultern. »Da kämst du sicher auch gut an, aber ich glaube nicht, daß du wirklich damit anfängst.«

»O Chris«, sprudelte es schwach aus mir hervor, »du weißt doch, daß ich mir jetzt alle Chancen ruiniert habe. Warum mußte ich nur so bluten?« Ich wußte, daß man mir die Angst von den Augen ablesen konnte. Angst, die er nur zu deutlich sah, und deren Grund er kannte. Er beugte sich über mich, um mich in den Arm zu nehmen und mich an seine Brust zu ziehen.

»Man hat im Leben immer mehr als eine Chance, Cathy, das weißt du ja inzwischen. Was dir gefehlt hat, war eine Abrasio.«

»*Was* hat mir gefehlt?«

Er lächelte, weil er wieder einmal meine medizinischen Kenntnisse überschätzt hatte. »Das ist die Ausschabung der Gebärmutterschleimhaut mit einer Kürette. Deine ausgebliebenen Blutungen haben sich sozusagen festgesetzt und kamen dann alle auf einmal.«

Unsere Augen trafen sich. »Das war alles, Cathy ... alles, sonst nichts.«

»Wer hat denn den Eingriff gemacht?« flüsterte ich und hatte Angst, es könnte Paul gewesen sein.

»Ein Gynäkologe namens Dr. Jarvis, ein Freund von unserem Doktor. Paul sagt, er wäre der beste Frauenarzt in der ganzen Umgebung.«

Ich lag in meinen Kissen und wußte nicht, was ich denken sollte. Warum mußte so etwas ausgerechnet in einem Augenblick passiert sein, als ich mich bemühte, vor allen Leuten, die mir wichtig waren, den besten Eindruck zu machen. Mein Gott, warum war das Leben immer so grausam zu mir?

»Meine liebe Catherine, mach mal erst richtig die Augen auf«, empfahl Chris. »Du machst aus dieser Sache viel mehr, als sie in Wirklichkeit bedeutet. Sieh doch einmal auf deinen Nachttisch und schau dir die schönen Blumen darauf an, echte Blumen, keine aus Papier. Ich hoffe, du hast nichts dagegen, wenn ich einmal einen Blick auf die Karten darunter werfe.«

Natürlich hatte ich nichts dagegen, wenn er das tat, und schon bald saß er mit den Karten neben mir auf dem Bett und schob mir einen kleinen weißen Umschlag in die zittrigen Hände. Zuerst hatte ich gedacht, die Blumen wären von Paul, doch dann dämmerte mir langsam etwas, und ich zog die Karte aus dem Umschlag. Mit bebenden Fingern klappte ich sie auf und las:

> Hoffe, Du erholst Dich schnell.
> Ich erwarte Dich nächsten Montag,
> pünktlich um drei Uhr.
>
> *Madame Marisha*

Marisha! Sie hatte mich angenommen! »Chris, die Rosencoffs wollen mich haben!«

»Natürlich wollen die das«, erwiderte er sanft. »Sie müßten wirklich dumm sein, wenn sie jemanden wie dich nicht haben wollten. Aber diese Frau jagt mir eine Gänsehaut über den Rücken. Sie ist nicht der Typ, von dem ich gerne mein Leben kontrolliert sehe, auch wenn sie so eine winzige Person ist. Aber ich denke, du wirst schon mit ihr klarkommen. Du kannst ihr ja immer blutend vor die Füße fallen.«

Ich setzte mich auf und nahm ihn in die Arme. »Es scheint wirklich mit uns zu klappen, Chris, nicht wahr? Glaubst du, daß wir es wirklich schaffen? Können wir wirklich so viel Glück haben?«

Er nickte, lächelte und wies dann auf einen anderen Blumenstrauß, den Julian Marquet mir mit einer eigenen Karte geschickt hatte, auf der kurz stand: *Ich sehe dich, wenn ich aus New York zurückkomme, Catherine, also vergiß mich nicht.* Über Chris' Schulter sah ich, während er mich noch immer fest an sich gedrückt hielt, wie Paul ins Zimmer kam und an der Tür zögernd stehenblieb, als er uns so eng umschlungen sah. Dann lächelte er breit und trat näher. Wir lösten uns schnell voneinander.

Zurück in die Schule

Dann kam der Tag im Januar, an dem wir uns trennen mußten. Wir hatten beide unsere Aufnahmeprüfungen abgelegt, und zu meiner und Chris' Überraschung waren sie ganz erstaunlich gut ausgefallen. Ich hatte die Zulassung für die zehnte Klasse bekommen, Carrie für die dritte, und Chris war in die Oberschule aufgenommen worden, in der er in einem Jahr seine Collegezulassung erhalten sollte.

Carrie war von dem Gedanken, von nun an eine Privatschule zehn Meilen außerhalb der Stadt besuchen zu müssen, alles andere als begeistert. Sie heulte tagelang und verkündete lautstark, daß sie keine halbe Stunde auf dieser Schule bleiben würde. Einen Tag, nachdem Carrie in diese Internatsschule gebracht werden würde, sollte auch Chris uns verlassen. Ich würde alleine bei Henny und Dr. Paul zurückbleiben, um die Oberschule am Ort zu besuchen – und wir hatten uns einen Eid geschworen, uns nie, nie zu trennen. Ich hatte mich übrigens gezwungen, meine geheimen Lebensmittelvorräte unbemerkt wieder zurückzulegen, so daß niemand außer Chris je davon erfuhr.

Am Tag vor ihrer Abreise saß Carrie auf meinem Schoß und jammerte noch immer. »Ich will aber einfach nicht da hin«, schluchzte sie. »Warum kann ich denn nicht auf deine Schule gehen, Cathy? Warum muß denn ich ganz allein woanders hin?« »Ganz allein?« Ich lachte, um zu verbergen, daß ich im Grunde unter den gleichen Ängsten litt wie sie. »Du wirst dort nicht allein sein, Liebling. Da sind mindestens hundert andere Mädchen in deinem Alter, mit denen du von morgens bis abends zusammen bist. Ich gehe auf eine Oberschule, aber du mußt eben erst einmal die Grundschule besuchen. Anders geht es nicht.« Ich streichelte ihr über das lange, schimmernde Haar, das ihr in Kaskaden um das süße Porzellangesicht fiel. Oh, sie war so ein hübsches kleines Ding. Was für eine kleine Schönheit wäre sie gewesen, wenn der große Kopf im Verhältnis zu ihrem zierlichen Körper nicht so unproportioniert gewesen wäre. »Carrie, du hast vier Menschen, die dich furchtbar liebhaben: Dr. Paul, Henny, Chris und mich. Wir alle wollen das Beste für dich, und selbst wenn du ein paar Meilen von uns getrennt bist, haben wir dich doch ständig in unseren Gedanken und in unserem Herzen bei uns. Und an jedem Wochenende kommst du ja auch nach Hause. Und, ob du es glaubst oder nicht, eine Schule ist überhaupt kein langweiliger, verlorener Ort, wo man sich nicht wohl fühlen kann. Es wird dir Spaß machen, bestimmt! Du bekommst ein hübsches Zimmer, das du mit einem Mädchen in deinem Alter teilen kannst. Ich weiß, daß es ganz toll ist, wenn man mit vielen anderen Mädchen zusammen leben und spielen kann. Ihr werdet geheime Clubs und Banden haben, und nachts flüstern und kichern und euch bis morgens früh im Bett die verrücktesten Geschichten erzählen. Es wird dir gefallen.«

Nach langem Weinen fügte Carrie sich schließlich in ihr Schicksal, aber ihre flehenden Augen verrieten mir, daß sie es nur tat, weil sie uns und ihrem geliebten Paul einen Gefallen tun wollte – Paul, ihrem großen Wohltäter, für den sie alles tun würde. Für ihn würde sie nachts auf einem Nagelbrett schlafen. Und diese Mädchenschule war für sie nichts anderes als ein Brett voller Nägel, auf dem sie sich die nächsten Jahre abquälen mußte.

Um ihr den Aufbruch zu erleichtern und sie zu trösten, schenkte Paul ihr einen kleinen roten Koffer aus Leder, zu dem auch noch die passende Kosmetiktasche kam, in der sich ein goldener Kamm, Bürste, Spiegel und ein paar Tuben und Fläschchen befanden, sowie eine lederne Mappe mit Briefpapier in der gleichen Farbe. »Das ist ja wu-u-nderba-ar!« rief sie begeistert, denn mit allem, was rot und glänzend war, ließ sich ihr Herz noch immer im Sturm erobern. »Ich wußte gar nicht, daß man solche schönen roten Koffer mit goldenen Spiegeln und solchen Sachen darin kaufen kann.«

»Das ist die schönste Kosmetiktasche, die ich je gesehen habe«, versicherte ich ihr eifrig. »Da kannst du eine Zahnbürste reinlegen, deine Zahnpasta, deine Seife und deine anderen Toilettensachen.«

»Ich denk' aber gar nicht dran, die ollen Sachen aus dem Bad in so einen schönen Koffer zu tun.«

Darüber mußten wir alle laut lachen. Danach rannte ich die Treppe hinauf in mein Zimmer, um eine kleine Schachtel zu holen, die ich für Carrie vorbereitet hatte. Nachdenklich hielt ich die Schachtel eine Weile in der Hand, nachdem ich sie aus meiner Schublade gekramt hatte, und überlegte mir, ob ich wirklich die damit verbundenen alten Erinnerungen wecken sollte. Doch ich tat es.»In dieser Schachtel sind ein paar alte Freunde von dir, Carrie. Wenn du in Miss Deans Schule für die gehobene Erziehung junger Damen bist, kannst du immer einmal einen Blick in diese Schachtel werfen, wenn du dich allein fühlst. Zeig den Inhalt nicht jedem, nur ganz besonderen Freunden.«

Sie bekam große Augen, als sie die winzigen Porzellanpuppen sah, zu denen auch das kleine Baby gehörte, das Carrie so sehr geliebt hatte. Ich hatte die ganze Porzellanfamilie aus dem riesigen, berühmten Puppenhaus von Foxworth Hall gestohlen, mit dem Carrie endlose Stunden in unserem Zimmer unter dem Dachboden gespielt hatte. Sogar die kleine Wiege war dabei.

»Mr. und Mrs. Parkins«, keuchte Carrie, Freudentränen in den großen blauen Augen, »und das kleine Clara-Baby! Wo kommen die denn her?«

»Du weißt, wo sie herkommen.«

Sie sah mich groß an und hielt mit ausgestreckten Händen die Schachtel vor sich, in der die zerbrechlichen Püppchen auf Watte lagen, ein unbezahlbares Erbe. »Cathy, wo ist Mammi?«

O Gott! Das war genau die Frage, die ich befürchtet hatte. »Carrie, du weißt doch, daß wir ausgemacht haben, allen zu erzählen, unsere Eltern sind tot.«

»Ist Mammi denn tot?«

»Nein ... aber wir müssen so tun, als wäre sie es.«

»Warum?«

Noch einmal erklärte ich Carrie ganz von vorne, warum wir niemandem erzählen durften, wer wir wirklich waren und daß unsere Mutter noch lebte, weil wir sonst wieder in diesem furchtbaren Zimmer in Foxworth Hall enden würden. Sie saß auf dem Boden neben ihrem glänzenden neuen Koffer, die Schachtel mit den Puppen auf dem Schoß und starrte mit gequälten Augen zu mir auf, ohne mich wirklich zu begreifen.

»Hast du verstanden, Carrie? Du darfst niemandem erzählen, daß du eine andere Familie hast als Chris, Dr. Paul, Henny und mich.«

Sie nickte, aber verstanden hatte sie nichts. Ich sah es an ihren zitternden Lippen und dem sehnsüchtigen Blick – im Grunde wollte sie noch immer ihre Mammi zurück.

Schließlich schafften wir es doch irgendwie, diesen furchtbaren Tag hinter uns zu bringen, an dem Paul und ich mit Chris zu der zehn Meilen außerhalb von Clairmont liegenden Schule fuhren, um Carrie dort in die Obhut von Miss Dean Dewhurst zu geben. Die Schule machte einen guten Eindruck auf mich, aber auf Carrie offenbar einen verheerenden. Doch sie nahm sich eisern zusammen und schaffte es sogar, uns zum Abschied anzulächeln. »Ich schaffe es schon, Cathy. Am Wochenende holt ihr mich ja wieder nach Hause.«

Und am Tag darauf war dann der Abschied von Chris an der Reihe. Es tat verdammt weh, ihm dabei zu helfen, seine Sachen für das Internat zusammenzupacken. Chris und ich sahen uns den ganzen Tag nicht in die Augen. Wir konnten es einfach nicht ertragen.

Seine Schule lag noch viel weiter entfernt. Paul mußte dreißig Meilen weit fahren, bevor wir vor dem alten Gebäude aus roten Ziegeln ankamen, das in einem weiten Park lag und an der Vorderfront die obligatorische Reihe weißer Säulen aufwies. Paul spürte, daß wir eine Weile allein sein wollten, und murmelte als flüchtige Entschuldigung, er würde sich gerne den Park etwas ansehen. Natürlich waren Chris und ich dann nicht wirklich allein. Wir standen in einer Ecke der Vorhalle, und ständig gingen junge Leute an uns vorbei und warfen uns neugierige Blicke zu. Ich hätte mich so gerne in seine Arme geworfen, seine Wange an meiner gefühlt. Ich hätte so gerne gehabt, daß es ein richtiger Abschied von unserer Liebe gewesen wäre, so ausführlich und vollständig, daß wir beide gewußt hätten, die Sache läge jetzt hinter uns. »Chris«, stammelte ich, den Tränen nahe, »was soll ich nur mit dir machen?«

In seinen blauen Augen schimmerten wechselnde Farben, das

Kaleidoskop seiner Gefühle. »Cathy, es wird sich nichts ändern«, flüsterte er heiser und umklammerte meine Hände. »Wenn wir uns das nächste Mal sehen, werden wir noch immer die gleichen Gefühle füreinander haben. Ich liebe dich. Ich werde dich immer lieben – ob Recht oder Unrecht, ich kann es nicht ändern. An der Schule hier werde ich mich völlig in meine Studien vertiefen, damit ich einfach nicht genug Zeit habe, dich zu vermissen und daran zu denken, was wohl gerade in deinem Leben vorgeht.«

»Und so wirst du am Ende noch der jüngste Arzt, den die Universitätsannalen bisher verzeichnet haben«, versuchte ich ihn aufzuziehen, doch meine Stimme klang so gebrochen wie seine. »Heb dir bitte noch ein bißchen Liebe für mich auf, versteck sie irgendwo tief in deinem Herzen, genau wie ich mir meine Liebe für dich gut aufheben werde. Aber wir dürfen nicht den gleichen Fehler machen wie unsere Eltern.«

Er seufzte tief und ließ den Kopf hängen. Seine Augen waren starr auf den Boden gerichtet. Vielleicht studierte er das Muster der Fliesen, vielleicht hing sein Blick aber auch an meinen hochhackigen Schuhen, durch die meine Beine noch hübscher aussahen.

»Paß gut auf dich auf.«

»Natürlich«, erwiderte ich. »Paß du gut auf dich auf. Arbeite nicht zu viel. Sieh zu, daß du auch ein wenig Spaß hast, und schreib mir wenigstens täglich einmal. Ich glaube, es hat keinen Zweck, wenn wir unser ganzes Geld für Telefongespräche ausgeben.«

»Cathy, du bist einfach furchtbar hübsch. Vielleicht zu hübsch. Ich sehe dich an, und dann sehe ich unsere Mutter vor mir. Du bist ganz sie, die Art, wie du deine Hände bewegst und deinen Kopf auf die Seite legst. Du solltest unseren Doktor nicht zu sehr mit deinem Charme verwöhnen. Ich meine, er ist schließlich auch nur ein Mann. Er hat keine Frau mehr – und du wirst mit ihm jetzt ohne mich im selben Haus leben.« Er sah mich plötzlich scharf an. »Stürz dich nicht in irgendeine andere Geschichte, nur um deinen Gefühlen für mich zu entfliehen. Das ist mir sehr ernst, Cathy.«

»Ich verspreche dir, schön brav zu sein.« Es war ein sehr schwaches Versprechen, nachdem er selbst in mir jene Urtriebe geweckt hatte, die besser noch geschlafen hätten, bis ich alt genug war, mit ihnen umgehen zu können. Jetzt sehnte ich mich nach nichts so sehr, wie nach der Erfüllung als Frau durch jemanden, bei dem ich kein schlechtes Gewissen haben brauchte.

»Paul«, erklärte Chris zögernd, »ist ein großartiger Bursche. Ich mag ihn sehr. Carrie liebt ihn. Was empfindest du für ihn?«

»Die gleiche Zuneigung wie du und Carrie. Dankbarkeit. Daran kann nichts Falsches sein.«

»Er ist dir doch nicht irgendwann mal zu nahe gekommen?«

»Nein, was denkst du von ihm? Du weißt, was für ein anständiger Mann er ist.«

»Aber ich sehe, mit welchen Blicken er dich verfolgt, Cathy. Du bist so jung, so hübsch und so ... lebenshungrig.« Er unterbrach sich und wurde rot, so daß er schuldbewußt zur Seite blickte, bevor er weiterredete. »Es kommt mir häßlich vor, und ich fühle mich sehr elend dabei, dich das zu fragen, nachdem er so viel für uns getan hat. Aber manchmal kommt es mir so vor, als habe er uns nur bei sich aufgenommen, weil er dich haben will.«

»Chris, er ist fünfundzwanzig Jahre älter als ich. Wie kannst du so was denken?«

Chris sah erleichtert aus. »Du hast recht«, sagte er. »Du bist seine Pflegetochter und viel zu jung. In seinem Krankenhaus muß er genug Schönheiten haben, die hinter ihm her sind und mit denen er zufrieden sein kann. Ich glaube, du bist vor ihm sicher.«

Lächelnd zog er mich dann sanft in die Arme und drückte mir einen weichen, zärtlichen Abschiedskuß auf die Lippen. »Es tut mir leid wegen Weihnachten«, erklärte er, nachdem der Kuß vorbei war.

Mein Herz krampfte sich zusammen, als ich dann aus seinen Armen zurücktrat, um ihn endlich alleinzulassen. Wie sollte ich leben, ohne ihn in meiner Nähe zu wissen? Das gehörte auch zu den Dingen, die *sie* uns angetan hatte. Wir waren durch unsere schrecklichen Erfahrungen so voneinander abhängig geworden, wie Geschwister es sonst nie sind. Ihr Fehler, alles war ihre Schuld! Alles, was in unserem Leben falsch war, lag an ihrer unseligen Gier nach dem Erbe von Foxworth Hall.

»Lies abends nicht zu lange, Chris, sonst mußt du bald eine Brille tragen.« Er grinste, versprach es mir und winkte mir in einer zögernden Abschiedsgeste zu. Keiner von uns brachte das Wort »Auf Wiedersehen« über die Lippen. Ich wirbelte auf dem Absatz herum, als ich die Tränen in meinen Augen spürte, und rannte die große Freitreppe hinunter in den hellen Sonnenschein hinaus. In Pauls Wagen kauerte ich mich auf dem Sitz zusammen und weinte los, wie Carrie es tat, wenn sie unglücklich war.

Plötzlich tauchte Paul von irgendwoher auf und setzte sich schweigend hinter das Steuer. Er ließ den Wagen an, legte den Rückwärtsgang ein und fuhr zurück, um zu wenden. Zu meinen geröteten Augen und dem nassen Taschentuch in meinen Händen sagte er kein Wort. Er fragte mich auch nicht, warum ich so stumm dasaß, wo doch sonst ständig irgendwelche albernen Bemerkungen aus mir hervorsprudelten.

Riesige Bäume säumten die breite Straße, krumme, knorrige Äste reckten sich schwarz in den blauen Winterhimmel. »Das da vorn sind Magnolien«, sagte Paul, »es ist ein Jammer, daß sie gerade nicht blühen, aber es dauert nicht mehr lange. Unsere Winter hier sind kurz. Eines solltest du dir übrigens unbedingt merken: Berühre niemals eine Magnolienblüte, nicht einmal mit deinem Atem. Sonst verwelkt sie sofort und stirbt.«

Er warf mir einen spöttischen Blick zu, so daß ich mir nicht sicher war, ob er das gerade ernst gemeint hatte.

»Bevor du mit deinem Bruder und deiner Schwester kamst, fürchtete ich mich regelrecht davor, in die Straße zu meinem Haus einzubiegen. Ich war immer so alleine, niemand wartete auf mich. Jetzt bin ich fröhlich, wenn ich nach Hause fahre. Es tut gut, sich wieder glücklich fühlen zu können. Ich danke dir, Cathy, daß ihr nach Süden gefahren seid und nicht nach Norden oder Westen.«

Sobald wir zu Hause angekommen waren, ging Paul in sein Büro, und ich lief die Treppe hinauf, um mir die Einsamkeit mit Übungen an meinem Ballettbarren zu vertreiben. Paul kam nicht zum Abendessen; das machte alles noch schlimmer. Auch nach dem Essen tauchte er nicht mehr auf, so daß ich früh zu Bett ging. Ganz allein. Ich war ganz allein. Carrie war nicht mehr da. Mein verläßlicher Christopher Meißner, auch er hatte mich verlassen. Zum erstenmal mußten wir heute nacht unter getrennten Dächern schlafen. Ich vermißte Carrie. Ich fühlte mich elend, verlassen und verängstigt. Ich brauchte jemanden.

Das Schweigen des großen Hauses und die tiefe Dunkelheit der Nacht raunten mir ständig in den Ohren. Allein, du bist allein, allein, niemand kümmert sich um dich, niemand vermißt dich, für niemanden bist du wichtig. Ich mußte an meine Essensvorräte denken. Jetzt tat es mir leid, daß ich sie nicht mehr zur Sicherheit bei mir behalten hatte. Dann fiel mir ein, daß mir etwas warme Milch guttun würde. Warme Milch half schließlich beim Einschlafen – und tiefer Schlaf, genau das brauchte ich jetzt.

Ich, eine Verführerin?

Unten im Wohnzimmer schien warmes, rotes Licht aus dem Kamin. Die dicken Holzscheite glühten nur noch dunkelrot, und Paul saß in seinem warmen roten Hausmantel in seinem hohen Lehnstuhl und zog bedächtig an seiner Pfeife.

Ich starrte auf seinen von Pfeifenrauch umgebenen Kopf und sah vor mir jemanden, der sich genauso nach Nähe und Wärme sehnte, nach dem Gefühl, geliebt zu werden, wie ich. Wie so oft benahm ich mich wie eine Närrin und schlich auf meinen nackten Füßen lautlos zu ihm. Wie schön, daß er unser Geschenk so gerne anzog. Auch ich trug ein Geschenk von ihm – ein durchsichtiges türkisfarbenes Nachtjäckchen aus feinster Seide, das ich über ein Nachthemd in der gleichen Farbe geworfen hatte.

Er blickte überrascht auf, mich mitten in der Nacht plötzlich dicht neben seinem Stuhl zu entdecken. Er sagte kein Wort, denn das hätte den Zauber gebrochen, der uns einen Augenblick lang auf seltsame Art miteinander verband.

Es gab eine Menge über mich selbst, das ich nicht wußte, und ich verstand den Impuls nicht, der mich trieb, ihm mit meiner Hand über die Wange zu streicheln. Seine Haut fühlte sich rauh an und stachelig, so als hätte er eine Rasur nötig. Er lehnte den Kopf zurück gegen den Sessel und hob mir sein Gesicht entgegen.

»Warum streichelst du mich, Catherine?«

Die Frage klang hart und kalt. Ich hätte mich von seiner Stimme zurückgewiesen und verletzt fühlen können, aber seine Augen waren weiche, warme, unergründliche Seen des Verlangens, und ich hatte ein Verlangen wie dieses schon gesehen, wenn auch noch nicht in solchen Augen, wie er sie hatte. »Magst du es nicht, gestreichelt zu werden?«

»Nicht von einem verführerischen jungen Mädchen in durchsichtigem Nachthemd, das fünfundzwanzig Jahre jünger ist als ich.«

»Vierundzwanzig Jahre und sieben Monate«, korrigierte ich ihn, »und meine Großmutter mütterlicherseits hat einen Mann von fünfundfünfzig geheiratet, als sie gerade sechzehn geworden war.«

»Sie war verrückt, und er muß es auch gewesen sein.«

»Meine Mutter hat erzählt, daß sie ihm eine gute Frau gewesen ist«, fügte ich hinzu.

»Warum bist du nicht oben in deinem Bett und schläfst?« fuhr er mich an.

»Ich kann nicht schlafen. Ich glaube, ich bin zu aufgeregt, weil ich morgen zum erstenmal in die Schule gehe.«

»Dann wäre es das Beste für dich, wenn du jetzt schnell einschliefst.«

Ich entfernte mich einige Schritte von ihm. Ich wollte wirklich gehen, denn ich hatte noch immer in erster Linie den Gedanken an warme Milch im Kopf, aber es gesellten sich jetzt andere Gedanken dazu, die wesentlich verführerischer waren. »Dr. Paul...«

»Ich hasse es, wenn du mich so nennst«, unterbrach er mich. »Rede mich mit meinem Vornamen an oder rede überhaupt nicht mit mir.«

»Ich habe das Gefühl, daß ich dir irgendwie meinen Respekt zeigen muß, denn du verdienst ihn so sehr.«

»Ich pfeife auf den Respekt! Ich bin nicht anders wie alle Männer. Ein Arzt ist nicht unfehlbar, Catherine.«

»Warum nennst du mich Catherine?«

»Warum sollte ich dich nicht Catherine nennen? Es ist doch dein richtiger Name, und er hört sich viel erwachsener an als Cathy.«

»Vor einem Augenblick oder so, als ich deine Wange berührt habe, hast du mich mit deinen Augen angefunkelt, als hättest du es gar nicht gerne, daß ich erwachsen werde.«

»Du bist eine kleine Hexe. Von einer Sekunde zur nächsten verwandelst du dich aus einem naiven kleinen Mädchen in eine verführerische, provozierende Frau, die genau zu wissen scheint, was sie tut, wenn sie mir die Hand auf die Wange legt.«

Meine Augen wichen seinem Blick nach diesem direkten Angriff aus. Mir war heiß und unwohl, und ich wünschte mir, ich wäre direkt in die Küche gegangen. Ich starrte die wertvollen, schönen Bücher an und die überall aufgebauten kleinen Kunstgegenstände, an denen er so hing. Alles, was ich sah, erinnerte mich daran, daß er nach nichts solche Sehnsucht hatte wie nach Schönheit.

»Catherine, ich möchte dich etwas fragen, was mich eigentlich wirklich nichts angeht. Aber es muß trotzdem sein. Was ist zwischen dir und deinem Bruder?«

Mir begannen die Knie nervös zu zittern. O Gott, sah man es unseren Gesichtern an, unseren Augen, unseren Blicken?

Warum mußte er diese Frage stellen? Es ging ihn wirklich nichts an. Er hatte kein Recht, mich darüber auszufragen. Die Vernunft hätte mir sagen müssen, daß es besser war, sich auf die Zunge zu beißen, als die Worte von mir zu geben, mit denen ich jetzt auf eine lahme, verschämte Weise seine Frage beantwortete.

»Würde es dich sehr schockieren, zu hören, daß Chris und ich uns in dieser Ewigkeit, die wir zusammen eingesperrt waren, nicht ausschließlich als Bruder und Schwester begegnet sind? Chris hat mir auf dem Dachboden einen Übungsbalken gebaut, so daß ich täglich meine Ballettübungen machen und daran glauben konnte, daß ich eines Tages eine große Ballerina sein würde. Und während ich auf dem weichen, verfaulten Holz tanzte, saß er in dem Dachboden-Schulraum und brütete über alten Lexikas und seinen medizinischen Büchern. Aber er hörte auch meine Tanzmusik und irgendwann kam er. Er stand in den Schatten der riesigen Dachbalken, sah mir zu und ...«

»Erzähl weiter«, drängte Paul mich, als ich schwieg. Ich stand mit gesenktem Kopf da, war in die Vergangenheit zurückgekehrt und hatte ihn ganz vergessen. Da beugte er sich plötzlich vor, griff nach mir und zog mich auf seinen Schoß. »Sag mir, wie es weitergegangen ist.«

Ich wollte es ihm nicht erzählen, aber seine Augen waren so brennend und verlangend, daß er eine völlig andere Person zu sein schien.

Ich schluckte mehrmals, bevor ich zögernd weitererzählte. »Musik hatte mir schon immer etwas ganz Besonderes bedeutet.

Schon als ich noch ein kleines Mädchen war. Ich kann völlig in ihr aufgehen, mich in ihr verlieren, und wenn ich tanze, bin ich eins mit der Musik. Aber wenn ich aus dem Zauberreich der Musik zurückkehrte, dann brauchte ich jemand, der mich liebte, sonst hätte ich mich in der Wirklichkeit furchtbar einsam und verloren gefühlt. Und ich habe vor nichts solche Angst, wie vor diesem Gefühl.«

»Du hast also auf dem Dachboden getanzt«, wiederholte er, »und bist durch dein Zauberreich der Musik geschwebt, und der einzige, der dir mit seiner Liebe half, in die Wirklichkeit zurückzufinden, war dein Bruder?« In seinen Augen brannte ein eisiges Feuer, als er das sagte. »Stimmt das? Aber das war eine andere Liebe als die Liebe, die ihr für eure Zwillinge empfunden habt? Die hast du geliebt wie eine Mutter ihre Kinder, das weiß ich. Ich sehe es jedesmal, wenn du Carrie ansiehst oder etwas über Cory erzählst. Aber was für eine Art von Liebe empfindest du für Christopher? Ist sie mütterlich? Die Liebe einer Schwester? Oder ist es –« Er unterbrach sich, wurde rot und schüttelte mich. »Was hast du mit deinem Bruder gemacht, als ihr da oben eingeschlossen wart, ganz für euch alleine?«

Von Panik überwältigt, schüttelte ich energisch den Kopf und stieß seine Hände von meinen Schultern. »Chris und ich sind immer anständig gewesen! Wir haben uns alle Mühe gegeben, es zu sein. Die größte Mühe!«

»Die größte Mühe?« fuhr er mich aufgebracht an. Seine Augen verfolgten mich mit einem drohenden bohrenden Blick, als wäre der freundliche, gütige ältere Herr, den ich immer in ihm gesehen hatte, nur eine Maske gewesen. »Was, zum Teufel, heißt, die größte Mühe?«

»Das ist alles, was du wissen mußt!« zischte ich und erwiderte seinen Blick aus Augen, in denen eine heiße rote Wut glühte, die der seinen in nichts nachstand. »Du wirfst mir wohl vor, ich wolle dich verführen. Aber in Wirklichkeit tust *du* das. Du sitzt da und frißt mich mit den Augen auf! Du ziehst mich mit deinen Blicken aus. Du nimmst mich mit deinen Augen zu dir ins Bett. Und dabei redest du über Ballettschulen und schickst meinen Bruder aufs College, während du im stillen genau weißt, daß du dafür irgendwann deinen Preis haben willst. Und ich weiß genau, was für eine Art Preis das ist.« Ich riß mein Nachtjäckchen über der Brust auf, so daß er den spitzengesäumten Ausschnitt meines Nachthemdes vor sich hatte. »Schau dir an, was für Geschenke du mir gemacht hast. Ist das die Art von Nachthemd, die ein fünfzehnjähriges Mädchen trägt? Nein! So etwas trägt eine Braut in ihrer Hochzeitsnacht! Und du hast es mir gegeben, und du hast Chris' Stirnrunzeln gesehen, aber du hattest nicht einmal den Anstand, rot zu werden.«

Sein Lachen verspottete mich. Ich roch den starken roten Wein, den er so gerne vor dem Schlafengehen trank. Sein Atem strich warm über mein Gesicht, sein Gesicht war mir so nahe, daß ich die schwarzen, drahtigen Stoppeln auf seiner Haut überdeutlich sehen konnte. Es war der Wein, der ihn so handeln ließ, dachte ich. Nur der Wein. Jede Frau auf seinem Schoß wäre ihm jetzt recht – jede! Spielerisch berührte er meine Brustspitzen, tippte sie eine nach der anderen an und wagte dann, seine Hand in meinen Ausschnitt zu schieben, so daß er die junge Brust streicheln konnte, die von dieser unerwarteten Liebkosung prickelnd brannte. Meine Brustwarzen wurden hart, und ich keuchte fast so schwer wie er. »Würdest du dich für mich ausziehen, Catherine?« flüsterte er auf eine herausfordernd spöttische Art. »Würdest du dich nackt auf meinen Schoß setzen und mich gewähren lassen? Oder würdest du mir diesen venezianischen Aschenbecher über den Kopf schlagen?«

Er starrte mich an und wirkte plötzlich schockiert darüber, wo seine Hand hingerutscht war. Er riß sie aus meinem Nachthemd, als hätte er sich an meinem Fleisch verbrannt. Schnell zog er mir das Nachtjäckchen über der Brust zusammen und versteckte wieder, was seine hungrigen Augen vorhin verschlungen hatten. Sein Blick hing an meinen Lippen, die halb offen standen und seinen Kuß erwarteten, und ich glaube, er hatte eigentlich auch vorgehabt, mich zu küssen. Aber dann gewann er seine Kontrolle völlig zurück und stieß mich von sich. In diesem Moment krachte über uns ein Donnerschlag, und ein gewaltiger Blitz fuhr in einen Telefonmast in der Nähe. Ich sprang hoch und schrie laut auf.

So plötzlich, wie er seine Hände von mir genommen hatte, verwandelte er sich wieder in den beherrschten, zurückgezogenen Arzt – einen verschlossenen, einsamen Mann, der darauf achtete, niemandem zu nahe zu kommen. Wie klug ich war, das in meiner ganzen Unschuld sofort erkannt zu haben, bevor er mich anfuhr: »Was, zum Teufel, hast du hier halbnackt auf meinem Schoß zu suchen? Warum hast du zugelassen, was ich da gerade getan habe?«

Ich sagte nichts darauf. Er schämte sich. Ich konnte es deutlich im Licht des heruntergebrannten Feuers und dem grellen Flackern der Blitze sehen. Durch seinen Kopf schossen alle möglichen quälenden, schuldbewußten, sich selbst verdammenden Gedanken. Doch ich wußte, daß es meine Schuld war. Es war immer meine Schuld.

»Es tut mir leid, Catherine, was über mich gekommen ist, als ich mich eben so benommen habe.«

»Ich verzeihe dir.«

»Warum verzeihst du mir?«

»Weil ich dich liebe.«

Wieder zuckte sein Kopf hoch, so daß ich ihn im Profil sehen und in seinen Augen lesen konnte. »Du liebst mich nicht«, sagte er ruhig. »Du bist nur dankbar für das, was ich für dich getan habe.«

»Ich liebe dich. Und ich gehöre dir, wie und wann immer du mich willst. Und du kannst sagen, daß du mich nicht liebst, aber du lügst dabei, denn ich sehe es jedesmal in deinen Augen, wenn du mir nachblickst.« Ich drängte mich nah an ihn und drehte seinen Kopf so, daß er mir ins Gesicht blicken mußte. »Als Mammi uns das alles angetan hat, da habe ich mir geschworen, ich würde nie jemandem meine Liebe verweigern, wenn er sie braucht, und ich sie erwidern kann. Am ersten Tag, als ich hierher kam, sah ich schon die Liebe in deinen Augen. Du mußt mich nicht heiraten, liebe mich einfach, wann immer du es brauchst.«

Er hielt mich in seinen Armen, und wir sahen gemeinsam dem Gewitter zu. Der Winter kämpfte gegen den Frühling, und diesmal gelang es ihm, noch einmal Sieger zu bleiben. Bald hagelte es nur noch, Donner und Blitz zogen weiter, und ich fühlte mich so ... so wie jemand, der das Richtige getan hat. Wir waren uns so ähnlich, er und ich. »Warum hast du keine Angst vor mir?« fragte er mich sanft, während seine große zärtliche Hand mir über die Haare und den Rücken streichelte. »Du weißt, daß du nicht hier sein solltest in meinen Armen. Daß du dich nicht von mir auf diese Art streicheln lassen darfst.«

»Paul...«, begann ich zögernd, »ich bin nicht schlecht, und Chris ist das auch nicht. Als wir damals zusammen eingeschlossen waren, haben wir ehrlich versucht, alles zu tun, was in unserer Macht stand, damit zwischen uns nichts passierte. Die Großmutter gab uns eine lange Liste von Regeln, die wir strikt befolgen mußten. Es war uns sogar verboten, einander auch nur anzusehen. Inzwischen glaube ich zu wissen, warum. Aber unsere Augen trafen sich so oft mit langen wortlosen Blicken, mit denen er mich trösten konnte, wenn ich seinen Trost mehr brauchte, als alles andere auf der Welt. Das war doch nichts Schlechtes?«

»Ich hätte nicht danach fragen sollen. Natürlich mußtet ihr beide euch ansehen. Dazu habt ihr schließlich eure Augen bekommen.«

»So wie wir diese drei langen Jahre leben mußten, konnte ich einfach nicht viel über Mädchen in meinem Alter wissen. Aber schon als ganz kleines Mädchen war ich von allen schönen Dingen hingerissen. Aber mehr als alles andere, mehr noch als die Sonne, Blumen und frische Luft, liebte ich die Musik. Sie wärmt mich von innen und holt mich auf Zauberreisen in Marmorpaläste oder in wundervolle magische Wälder, und ohne diese Musik in meinem Inneren hätte ich die Jahre auf dem Dachboden nicht überstanden. Als ich damals zu meiner Musik tanzte, da tanzte in meinen Gedanken immer ein dunkelhaariger Mann mit mir. Wir berührten einander niemals, auch wenn ich es immer wieder versuchte. Ich sah niemals sein Gesicht, so sehr ich es mir auch wünschte. Einmal habe ich ihn bei seinem Namen gerufen, aber als ich aufwachte, konnte ich mich an seinen Namen nicht mehr erinnern. Deshalb glaube ich einfach, daß ich im Grunde nur in ihn verliebt bin, wer immer er auch sein mag. Jedesmal, wenn ich einen Mann mit dunklem Haar sehe, der sich auf graziöse Art bewegt, kommt es mir vor, als könnte er dieser Mann sein.«

Er lächelte und spielte mit seinen Fingern in meinem losen Haar. »Nein, was für ein romantisches Mädchen du doch bist!«

»Du willst mich auf den Arm nehmen. Du glaubst, ich bin noch ein Kind. Du glaubst, es wäre überhaupt nicht aufregend, mich zu küssen.«

Grinsend akzeptierte er die Herausforderung und senkte seine Lippen ganz langsam meinem Mund entgegen. Oh! So fühlte sich das also an – ein Kuß von einem Fremden. Ein warmes Prickeln lief durch meinen Körper, und ich spürte Erregung an all jenen Stellen, an denen ein »Kind« in meinem Alter sie nicht spüren sollte. Erschrocken riß ich mich von ihm los. Ich war böse und gottlos, die Satansbrut, das war ich!

Und Chris würde völlig schockiert sein!

»Was, zum Teufel, machen wir hier eigentlich?« knurrte er wütend, als mein Zauber plötzlich von ihm abgefallen war. »Was für ein kleines Teufelsbiest bist du eigentlich, daß du mich dazu bringst, dich hier so intim zu küssen? Du bist sehr schön, Catherine, aber du bist trotzdem nur ein Kind.« Dann verdunkelte eine bestimmte Art von Erkenntnis seinen Blick, als er sich meine Motive durch den Kopf gehen ließ. »Nun hör mal zu. Das eine mußt du irgendwie in deinen hübschen Kopf hineinbekommen – du bist mir nichts schuldig, gar nichts! Was ich für dich getan habe, für deinen Bruder und deine Schwester, habe ich gerne und freiwillig getan, ohne dafür irgendeinen Lohn zu erwarten. Ohne irgendeine Art von Bezahlung zu wünschen – hast du das verstanden?«

»Aber ... aber ...«, stammelte ich. »Ich habe es immer schon gehaßt, wenn der Regen nachts so wild gegen die Fenster trommelt. Zum erstenmal fühle ich mich heute hier im Haus warm und beschützt, weil ich bei dir in deinen Armen vor dem Feuer sitze.«

»Beschützt?« spottete er böse. »Du denkst, du wärest bei mir sicher, wenn du so auf meinem Schoß sitzt und mich auf diese Art küßt? Was denkst du, woraus ich gemacht bin?«

»Aus dem gleichen Material wie alle anderen Männer auch, nur aus besserem.«

»Catherine«, sagte Paul mit einer sanfteren und freundlicheren Stimme, »ich habe in meinem Leben schon so viele Fehler gemacht, und ihr drei gebt mir endlich eine Gelegenheit, etwas davon wieder gutzumachen. Sollte ich noch einmal so weit gehen, daß ich Hand an dich lege wie vorhin, dann will ich, daß du laut um Hilfe rufst. Und wenn niemand da ist, dann rennst du in dein Zimmer oder greifst dir den nächsten schweren

Gegenstand und schlägst ihn mir über den Kopf.«

»Ohhhh«, flüsterte ich, »und ich dachte, du liebst mich!« Tränen tropften mir über die Wangen. Ich fühlte mich wieder wie ein kleines Kind, das dafür bestraft wurde, nicht genug bekommen zu können. Wie albern von mir, zu glauben, daß die Liebe heute schon an meine Tür geklopft hätte. Er hob mich sanft von seinem Schoß und stellte mich auf meine Füße. Aber er behielt seine Hände auf meinen Hüften, während er mich eindringlich ansah.

»Mein Gott, du bist wirklich schön und begehrenswert«, erklärte er mit einem Seufzer. »Aber führe mich nicht zu sehr in Versuchung, Catherine – zu deinem eigenen Besten!«

»Du brauchst mich ja nicht zu lieben.« Mein Kopf war gebeugt, so daß meine Haare mein Gesicht verbargen, und ich aus diesem sicheren Versteck schamlos sagen konnte: »Benutze mich einfach, wenn du mich brauchst; das ist genug. Mein Körper gehört dir.«

Er lehnte sich in seinem Sessel zurück und nahm die Hände von meinen Hüften. »Catherine, laß mich nie wieder so ein Angebot aus deinem Mund hören. Du lebst in einem Märchenland, nicht in der Realität. Kleine Mädchen können sich sehr weh tun, wenn sie anfangen, die Spiele von Erwachsenen zu spielen. Hebe deinen Körper für den Mann auf, den du einmal heiratest – und warte um Gottes willen, bis du erwachsen bist. Werf dich nicht gleich in Sexspiele mit dem ersten Mann, der dich begehrt.«

Ich wich vor ihm zurück und fürchtete mich vor ihm, während er aufstand und mir folgte, so daß ich in Reichweite seiner Arme blieb. »Schönes Kind, die Augen von ganz Clairmont sind auf dich und mich gerichtet. Man beobachtet uns und stellt Spekulationen an. Für meine Praxis bin ich auf einen guten Ruf angewiesen, und auch mein Gewissen möchte ich mir gerne von dieser Belastung freihalten. Deshalb halt dich fern von mir, ich bin auch nur ein Mann, kein Heiliger.«

Erschrocken wich ich noch weiter von ihm ab. Mich packte die Angst vor dem, was ich heute nacht angefangen hatte. Ich floh die Treppe hinauf, als wäre mir jemand auf den Fersen. Denn im Grunde war er gar nicht der Typ von Mann, den ich wollte. Ein Arzt, vielleicht ein Frauentyp – aber bestimmt nicht der Mann, der mir meine Träume einer ewig treuen, ewig jungen, romantischen Liebe erfüllen konnte.

Die Schule, auf die Paul mich schickte, war sehr groß und modern. Sie hatte sogar ihr eigenes Schwimmbad. Meine Klassenkameradinnen fanden, daß ich gut aussähe und eine komische Aussprache hätte, wie ein Yankee. Manchmal lachten sie über mein langgezogenes »a«. Ich mochte es nicht, ausgelacht zu werden. Es gefiel mir nicht, anders zu sein. Ich wollte einfach so sein, wie alle anderen Mädchen in meinem Alter auch, aber ich mußte erfahren, wie sehr ich mich bereits von ihnen unterschied. Wie hätte es auch anders sein können. *Sie* hatte aus mir etwas anderes gemacht. Ich wußte, daß auch Chris sich an seiner Schule einsam fühlte, denn auch er war in den vergangenen drei Jahren aus dem Schritt mit der Welt gekommen. Ich machte mir auch wegen Carrie Sorgen, für die das Alleinsein noch viel schwieriger sein mußte als für uns. In meinen Gedanken verfluchte ich Mammi tausendmal dafür, daß sie uns zu Außenseitern gemacht hatte. Und meine Klassenkameradinnen ließen mich auf jede nur mögliche Art spüren, daß ich nie zu ihnen gehören würde.

Nur an einem Platz hatte ich das Gefühl, wirklich dazu zu gehören. Sofort nach Schulschluß lief ich zu einem Bus und fuhr direkt zur Ballettschule. In meiner Schultasche lagen unter den Büchern immer das Trikot und die anderen Ballettsachen. Im Umkleideraum teilten die Mädchen all ihre Geheimnisse. Sie erzählten sich lächerliche Geschichten über Sex und manchmal ziemlich böse Witze. Sex lag in der Luft, umgab uns überall wie ein heißer Sommerwind. Jungmädchenhaft und albern diskutierten sie ausführlich, ob sie sich ihren Körper für ihren späteren Ehemann aufheben sollten. Sollten sie beim Petting die Kleider ausziehen – sollten sie es »bis zum Schluß« machen –, und wie konnte man einem Typ wieder entkommen, wenn man ihn erst völlig »unschuldig« scharf gemacht hatte?

Weil ich mich so viel weiser als die anderen fühlte, trug ich zu solchen Unterhaltungen nie etwas bei. Wenn ich gewagt hätte, von meiner Vergangenheit zu erzählen, diesen einsamen Jahren mit ihrer verbotenen, heißen Liebe, ich konnte mir richtig vorstellen, wie ihnen da die Augen aus dem Kopf getreten wären. Aber daraus hätte ich ihnen keinen Vorwurf machen können. Nein, ich machte niemandem einen Vorwurf, außer derjenigen, die dafür verantwortlich war, daß alles so gekommen war. Mammi!

Eines Abends kam ich nach Hause und schrieb meiner Mutter einen langen, haßerfüllten Brief – und dann wußte ich nicht, an welche Anschrift ich ihn schicken sollte. Ich legte den Brief zur Seite, bis ich die Adresse in Greenglenna herausgefunden hatte. Eines war klar, ich wollte um jeden Preis vermeiden, daß sie unseren Aufenthaltsort erfuhr. Sie hatte zwar die Gerichtsvorladung erhalten, aber in dieser Vorladung stand weder Pauls Anschrift noch irgendeine nähere Angabe über uns. Es war nur ein Gerichtsformular mit Standardformulierungen gewesen. Doch früher oder später würde sie von mir zu hören bekommen.

Rasch hatte ich bei Madame die leichten Übungen wiederholt und kam zu den schwierigeren Sachen, die weh taten und endlose Wiederholungen verlangten. Samstags, wenn ich keine Schule hatte, übten wir oft acht bis zehn Stunden. Zwischendurch gingen wir vier- oder fünfmal unter die Dusche, wenn wir von Schweiß klebten.

Zu hören, daß ich gut war, exzellent sogar, hob mich in den siebten Himmel... Also hatte ich von den Jahren auf dem Dachboden wenigstens für das Tanzen etwas gewonnen. Das ging mir immer wieder durch den Kopf, wenn ich tanzte und tanzte und tanzte, und George auf dem alten Flügel spielte. Und dann war da noch Julian.

Irgend etwas zog ihn immer wieder zurück nach Clairmont. Erst hatte ich gedacht, seine Besuche wären nur Egotrips. Er wolle sich gerne sehen, wie er in unserer Mitte seine Solos tanzte und unsere Augen an jeder seiner Bewegungen klebten. Seine unglaublich graziösen Sprünge schienen die Schwerkraft aufzuheben, und doch kehrte er von diesen *grand jetés* weich wie eine Feder auf den Boden zurück. In seinen wirbelnden Drehungen verschwamm sein muskulöser Körper zu einer Woge der Schönheit. Nachher stand er mit mir in einer Ecke und erklärte mir, daß es *seine* Art zu tanzen war, die seiner Vorführung den besonderen Reiz gab.

»Wirklich, Cathy, du hast überhaupt noch kein Ballett gesehen, solange du nicht in New York gewesen bist.« Er gähnte, als langweile ihn alles grenzenlos, und wandte seine forschenden, schwarzen Augen Norma Belle zu, die in ihrem dünnen, halbdurchsichtigen weißen Trikot an uns vorbeirauschte. Schnell fragte ich ihn, warum er so oft nach Clairmont zurückkam, wenn New York doch der einzige richtige Platz für einen Tänzer wie ihn war.

»Um meine Mutter und meinen Vater zu besuchen«, sagte er mit einer gewissen Gleichgültigkeit. »Madame ist meine Mutter.«

»Oh, das wußte ich nicht.«

»Natürlich nicht. Ich laufe nicht herum und binde es jedem auf die Nase.« Dann lächelte er hinreißend hinterhältig. »Bist du noch Jungfrau?« Ich sagte ihm, daß ihn das nichts anginge, und darüber mußte er laut lachen. »Du bist viel zu gut für dieses Provinznest, Cathy. Du bist anders. Ich weiß nicht genau, was es ist, aber gegen dich wirken alle anderen Mädchen plump und langweilig. Was ist dein Geheimnis?«

»Was ist deines?«

Er grinste und legte mir die Hände flach auf die Brust. »Ich bin einfach Klasse, das ist alles. Ich bin der beste Tänzer, den es gibt. Und die ganze Welt wird das bald erfahren.« Wütend schlug ich ihm die Hände zur Seite. Ich trat ihm kräftig auf den Fuß und wich einen Schritt zurück. »Laß das!«

So plötzlich, wie er sich mit mir befaßt hatte, verlor er jedes Interesse und ließ mich einfach stehen, so daß ich verwirrt hinter ihm her starrte.

An den meisten Tagen fuhr ich vom Ballett direkt nach Hause und verbrachte meine Zeit mit Paul. Wenn er nicht übermüdet war, bereitete es immer viel Spaß, mit ihm zusammenzusein. Er erzählte mir von seinen Patienten, ohne sie mit Namen zu nennen. Oder er gab Geschichten aus seiner Kindheit zum besten, wie er immer schon ein Arzt werden wollte, genau wie Chris. Nach dem Abendessen mußte er immer sofort los, um die Runde durch seine drei Krankenhäuser zu machen, zu denen auch eines in Greenglenna gehörte. Ich half Henny solange beim Aufräumen, während ich sehnsüchtig auf Pauls Rückkehr wartete. Manchmal sahen wir zusammen fern, und manchmal ging er mit mir ins Kino. »Bevor du hier warst, ging ich nie ins Kino.«

»Nie?« fragte ich.

»Na, jedenfalls fast nie«, sagte er. »Ich hatte natürlich hin und wieder ein paar Verabredungen, bevor du gekommen bist, aber seit ihr hier seid, löst sich meine Zeit in nichts auf. Ich komme zu nichts mehr.«

»Das liegt daran, daß du so viel mit mir redest«, erklärte ich ihm und neckte ihn mit meinen Fingern, mit denen ich ihm spielerisch über die glattrasierten Wangen streichelte. »Ich glaube, inzwischen weiß ich mehr über dich, als über irgend jemanden sonst auf der Welt, außer Chris und Carrie.«

»Nein«, sagte er mit fester Stimme, »ich erzähle dir nicht alles über mich.«

»Warum nicht?«

»Du brauchst nicht alle meine dunklen Geheimnisse zu kennen.«

»Ich habe dir doch meine eigenen dunklen Geheimnisse erzählt, und du hast dich nicht mit Entsetzen von mir abgewandt.«

»Geh ins Bett, Catherine!«

Ich lief noch einmal zu ihm und küßte ihn flüchtig auf eine Wange, die sehr gerötet war. Dann stürmte ich die Treppe hinauf. Oben auf dem Treppenabsatz drehte ich mich um und sah ihn, wie er unten in der Tür lehnte und mir nachsah, als würde ihn nichts so faszinieren, wie der Anblick meiner langen Beine unter dem kurzen rosa Babydoll-Nachthemd.

»Und lauf bitte nicht so halbnackt durchs Haus!« rief er zu mir hinauf. »Du solltest immer einen Bademantel tragen.«

»Paul, du hast mir dieses Ding doch geschenkt. Ich dachte mir, du würdest mich gerne darin sehen. Ich dachte, daß ich dir darin besonders gefalle.«

»Du denkst zuviel.«

Morgens stand ich sehr früh auf, schon vor sechs, so daß ich noch mit Paul zusammen frühstücken konnte. Er mochte es gerne, wenn ich ihm dabei Gesellschaft leistete, obwohl er es nicht sagte. Ich merkte es ihm deutlich an. Er war meinem Zauber verfallen, ich hatte ihn verhext. Mehr und mehr lernte ich so zu sein wie Mammi.

Ich hatte den Eindruck, er versuchte mir auszuweichen. Aber ich ließ es nicht zu. Er war derjenige, von dem ich lernen konnte, was ich über mich wissen mußte.

Sein Zimmer lag am anderen Ende des Flurs, weit entfernt von meinem. Ich wagte nie, nachts zu ihm zu gehen, wie ich zu Chris gegangen war. Chris und Carrie fehlten mir furchtbar. Wenn ich morgens aufwachte, tat es mir weh, sie nicht im Zimmer bei mir zu sehen. Es schmerzte mich noch mehr, daß sie dann auch nicht am Frühstückstisch saßen. Und wenn Paul nicht dort gesessen hätte, glaube ich, hätte ich jeden Tag mit Tränen begonnen anstatt mit einem aufgesetzten Lächeln.

»Lächle für mich, meine Catherine«, sagte Paul eines Morgens, als ich stumm auf meinen Teller mit Eiern und Schinken starrte. Ich blickte überrascht auf, denn in seiner Stimme klang etwas mit, als würde er mich heute besonders brauchen.

»Sprich meinen Namen nie wieder so aus«, erwiderte ich heiser. »Chris hat mich immer seine Lady Cath-er-ine genannt, und ich mag es nicht, wenn mich irgend jemand anders seine Catherine nennt.«

Er sagte kein einziges Wort darauf, legte nur die Zeitung aus der Hand, stand auf und ging in die Garage. Von dort fuhr er jeden Morgen zu seinen Krankenhäusern, danach hielt er seine Sprechstunden hier im Haus ab, und ich bekam ihn bis zum Abendessen nicht mehr zu Gesicht. Ich sah nie genug von ihm, nie genug von allen, die mir am Herzen lagen.

Nur an den Wochenenden, wenn Chris und Carrie zu Hause waren, schien er wirklich glücklich mit mir zu sein. Aber wenn Chris und Carrie dann wieder an ihre Schulen zurückgekehrt waren, trat etwas Besonderes zwischen uns, das uns trennte und zugleich näherbrachte – ein winziger Funke, der von einem zum anderen übersprang und mir sagte, daß er sich zu mir genauso hingezogen fühlte, wie ich mich zu ihm. Ich fragte mich, ob er dafür wirklich die gleichen Gründe hatte wie ich. Versuchte er den Erinnerungen an seine Julia zu entkommen, indem er sein Herz für mich öffnete? Genauso wie ich versuchte, mich auf diese Art von Chris zu lösen?

Aber die Scham, die ich für meine Gefühle empfand, mußte größer sein als seine, so dachte ich damals jedenfalls. Mir schien es, als könne ich die einzige mit einer düsteren, häßlichen

Vergangenheit sein. Ich dachte im Traum nicht daran, daß jemand, der so großherzig und edelmütig wie Paul war, auch düstere Seiten in seinem Leben haben konnte.

Zwei Wochen vergingen, und Julian kam wieder einmal aus New York zurück. Diesmal sorgte er dafür, daß nicht zu übersehen war, wem sein Interesse galt. Er war nur meinetwegen nach Clairmont gekommen. Ich fühlte mich geschmeichelt, aber ich kam mir auch ein wenig linkisch vor, denn er hatte bereits den großen Erfolg, von dem ich noch träumte. Er fuhr mit einem alten, selbst zusammengeflickten Auto durch die Gegend, dessen Teile alle vom Schrottplatz stammten. »Wenn man mal vom Tanzen absieht, mache ich nichts so gerne, wie an alten Autos basteln«, erklärte er mir, als er mich nach der Ballettprobe nach Hause fuhr. »Wenn ich eines Tages reich bin, werde ich große, tolle Wagen fahren, drei oder vier oder vielleicht auch sieben, für jeden Wochentag einen anderen.«

Ich lachte. Das klang so überheblich und überstieg alles Denkbare. »Bekommt man so viel Geld als Tänzer?«

»So wie ich tanze, werde ich eines Tages an das große Geld rankommen«, erwiderte er zuversichtlich. Ich wandte den Kopf und sah mir sein hübsches Profil an. Wenn man die einzelnen Teile seines Gesichtes Stück für Stück betrachtete, fand man durchaus Fehler darin, denn seine Nase hätte schöner sein können, und seine Haut hätte etwas mehr Farbe haben können. Seine Lippen waren zu voll und zu rot und vielleicht auch zu leidenschaftlich. Aber wenn man alles zusammen betrachtete, dann sah er einfach außergewöhnlich gut aus. »Cathy«, begann er und warf mir einen langen Seitenblick zu, während sein winziges Auto furchtbar schaukelte, »du würdest von New York begeistert sein. Es gibt dort so viel zu sehen und zu tun, man kann dort so großartige Erfahrungen machen. Der Doktor, mit dem du zusammenlebst, ist ja nicht dein richtiger Vater. Du solltest nicht hier hängenbleiben, nur um ihm einen Gefallen zu tun. Denk darüber nach, wie du so bald wie möglich nach New York kommen kannst.« Er legte mir den Arm um die Schulter und zog mich zu seinem Sitz hinüber. »Was für ein Team wären wir zwei, du und ich.« Mit einer weichen, lockenden Stimme malte er mir unser Leben in New York in den schönsten Farben aus. Dabei wurde ganz deutlich, daß ich unter seinem Schutz stehen und in seinem Bett schlafen würde.

»Ich kenne dich gar nicht«, antwortete ich und wand mich aus seinem Arm. »Ich kenne deine Vergangenheit nicht, und du kennst meine nicht. Wir haben überhaupt nichts gemeinsam, wir wissen nicht, ob wir zusammenpassen, und wenn mir deine Aufmerksamkeit auch schmeichelt, jagst du mir doch Angst ein.«

»Warum? Ich will dich doch nicht vergewaltigen.«

Ich haßte ihn, weil er das gesagt hatte. Ich hatte absolut keine Angst davor, daß er mich vergewaltigen könnte. Im Grunde wußte ich gar nicht, warum ich mich vor ihm fürchtete; ich glaube, es war eher die Angst vor meiner eigenen Schwäche. »Erzähl mir, wer du bist, Julian. Erzähl mir von deiner Kindheit, von deinen Eltern. Erzähl mir, warum du glaubst, du wärst ein Gottesgeschenk für die Tanzwelt und für jede Frau, die dir über den Weg läuft.«

Nachdenklich zündete er sich eine Zigarette an – was nicht gerade das war, was ich mir gewünscht hatte. »Laß uns heute abend zusammen ausgehen. Ich lade dich ein, und dann wirst du die Antworten bekommen, die du haben möchtest.«

Wir waren vor Pauls Haus angekommen. Julian hielt unten vor der Auffahrt, und ich blickte zu den Fenstern hinauf, die in dem rötlichen Abendlicht sanft schimmerten. Es kam mir so vor, als könnte ich Hennys dunklen Schatten hinter einem Fenster geschäftig hin- und herhuschen sehen. Sie schien plötzlich stehenzubleiben und aus dem Fenster zu sehen, wer da wohl vor unserem Haus angehalten hatte. Ich dachte an Paul, aber mehr als an irgend jemand sonst dachte ich an Chris, die bessere Hälfte meines Charakters. Ob Chris mit Julian einverstanden wäre? Wahrscheinlich nicht, aber ich sagte trotzdem ja und verabredete mich für nach dem Abendessen. Es war das erste Mal, daß ich mich von jemandem für den Abend einladen ließ. Es sollte ein denkwürdiger Abend werden!

Mein erstes Rendezvous

Ich zögerte, das Thema Julian bei Paul zur Sprache zu bringen. Es war Samstagabend, und Chris und Carrie waren zu Hause, und eigentlich hätte ich mit ihnen und Paul ins Kino gehen sollen. Nur mit Mühe schaffte ich es schließlich, mich dazu zu zwingen, von meiner Verabredung mit Julian Marquet zu erzählen. »Du hast doch nichts dagegen, Paul, wenn ich heute abend ausgehe?«

Er warf mir ein müdes Lächeln zu. »Ich glaube, es wird langsam Zeit, daß du mit den Rendezvous anfängst. Er ist doch nicht viel älter?«

»Nein«, flüsterte ich und fühlte mich ein wenig enttäuscht, daß er gar nichts dagegen einzuwenden hatte.

Julian tauchte pünktlich um acht bei uns auf. Er trug einen schicken neuen Anzug, seine Schuhe glänzten, sein widerspenstiges Haar war sorgfältig zurückgekämmt, sein Benehmen von so perfekter Höflichkeit, daß er gar nicht er selbst zu sein schien. Er schüttelte Paul die Hand, küßte Carrie auf die Wange. Chris starrte ihn an. Er und Carrie waren gerade von einer Fahrradtour zurückgekommen, als ich mit der Neuigkeit über mein erstes Rendezvous herausrückte. Und als mir Julian jetzt in meinen neuen Sommermantel half, merkte ich Chris deutlich an, daß ihm die Sache gar nicht gefiel.

Wir fuhren zu einem sehr eleganten französischen Restaurant mit gedämpfter Beleuchtung und Rockmusik im Hintergrund. Mit überraschender Sicherheit las Julian die Weinkarte, kostete dann mit Kennermiene von der Flasche, die der Ober uns servierte, und erlaubte mit einem Nicken, daß mir eingeschenkt wurde. Es wirkte alles so neu und fremd auf mich, daß ich richtig Angst bekam, ich könnte mich falsch benehmen und lächerlich machen. Julian reichte mir die Menükarte. Mir zitterten so die Hände, daß ich sie ihm gleich zurückgab und ihn bat, für mich mitzubestellen. Ich konnte das Französisch auf der Karte nicht verstehen, aber er schien mit der Karte gut zurechtzukommen, denn er hatte schnell für uns das Dinner zusammengestellt. Als dann der Salat und die Hauptgänge kamen, war alles wirklich so gut, wie Julian es versprochen hatte.

Ich trug ein neues, tief ausgeschnittenes Kleid, für das ich eigentlich noch viel zu jung war. Ich bemühte mich, einen weltgewandten Eindruck zu machen, auch wenn ich das absolut nicht war.

»Du bist sehr schön«, sagte er, während ich gerade das gleiche von ihm dachte. Dabei hatte ich ein seltsames Gefühl im Magen, als wäre ich gerade dabei, einen anderen mit ihm zu betrügen. »Viel zu schön, um hier in der Provinz zu bleiben und deine Talente von meiner Mutter ausbeuten zu lassen, die sie nur verschleißen wird. Ich tanze noch keine Hauptrolle, wie ich es dir erzählt habe, Cathy. Ich tanze nur in der zweiten Reihe. Ich wollte Eindruck auf dich machen. Aber eins weiß ich ganz genau, wenn wir beide Partner werden, dann können wir ganz groß herauskommen. Zwischen uns beiden gibt es einen bestimmten Zauber, wie ich ihn mit einer anderen Tänzerin nie gespürt habe. Natürlich müßtest du auch erst einmal in der Truppe anfangen. Aber Madame Zolta würde schnell erkennen, daß dein Talent das anderer Mädchen in deinem Alter und mit deiner Erfahrung weit überragt. Du würdest bald deine Solos bekommen. Sie ist eine alte Krähe, diese Madame Zolta, aber dumm ist sie nicht. Cathy, ich habe mir die Füße blutig getanzt, um dahin zu kommen, wo ich heute bin – aber ich könnte es für dich alles viel einfacher machen. Wenn du mich im Rücken hast, würdest du es zehnmal schneller schaffen als ich. Wir wären zusammen ein sensationelles Team. Das ideale Paar für die Bühne! Dein heller Typ paßt genau zu meinem dunklen – auf der Bühne wirken wir wie füreinander geschaffen.« Er redete weiter und weiter und überzeugte mich beinahe, daß ich im Grunde schon fast ein Star war, während ich tief in meinem Innern doch wußte, daß ich gar nicht so gut war und vor allem noch lange nicht gut genug für New York. Und dann gab es da Chris, den ich ja nicht mehr sehen konnte, wenn ich nach New York ging; und Carrie, die mich an den Wochenenden so sehr brauchte. Und da war auch noch Paul, der zu mir gehörte und in meinem Leben eine wichtige Rolle eingenommen hatte. Wenn ich nur gewußt hätte welche!

Nach dem Essen führte Julian mich auf die Tanzfläche, und bald tanzten wir einen Rock 'n Roll, wie ihn sonst niemand im ganzen Lokal aufs Parkett legen konnte. Die anderen Paare hörten auf zu tanzen, bildeten einen Kreis um uns und applaudierten. Mir wurde von Julians Nähe und dem vielen Wein ganz schwindelig. Auf dem Rückweg fuhr Julian in eine abgelegene Seitenstraße, unter deren großen Bäumen oft Autos mit Liebespaaren parkten, um sich einig zu werden, wie die Nacht weitergehen sollte. Ich jedenfalls wußte nicht, wie unsere Nacht enden sollte, und war für jemand so hinreißenden wie Julian einfach noch nicht schlau genug.

»Cathy, Cathy, Cathy«, flüsterte er, küßte meinen Nacken und meine Ohrläppchen, während seine Hand nach meinen Schenkeln tastete.

»Hör auf!« rief ich. »Nicht! Ich kenne dich noch nicht genug! Du bist mir zu stürmisch!«

»Du benimmst dich wie ein kleines Kind«, erklärte er mir verärgert. »Ich fliege den ganzen Weg von New York hierher, nur um mit dir zusammenzusein, und du erlaubst mir nicht einmal, daß ich dich küsse.«

»Julian«, fuhr ich ihn aufgebracht an, »fahr mich sofort nach Hause!«

»Ein Kind. Einfach ein verdammtes, viel zu hübsches kleines Mädchen«, murmelte er aufgebracht und erheblich abgekühlt, »das die Männer lockt, aber am Ende nicht die Nerven hat, das zu Ende zu bringen, was es angefangen hat. Werde erwachsen, Cathy. Ich habe nicht vor, lange hinter dir herzulaufen.«

Er gehörte doch zu meiner Welt, meiner verlockenden, strahlenden Tanzwelt, und plötzlich bekam ich Angst, ihn zu verlieren. »Warum nennst du dich eigentlich Marquet, wenn deine Eltern doch eigentlich Rosencoff heißen?« fragte ich ihn, um aus dieser peinlichen Situation herauszukommen.

Lächelnd lehnte er sich zurück und wandte mir den Kopf zu. »Okay, wenn du dich lieber unterhalten willst. Ich glaube, du und ich, wir sind uns viel ähnlicher, als du wahrhaben möchtest. Madame und George sind meine Mutter und mein Vater, aber sie haben in mir im Grunde nie einen Sohn gesehen, besonders mein Vater nicht. Für meinen Vater bin ich einfach die Fortsetzung seiner eigenen Karriere. Falls ich ein großer Tänzer werde, dann könnte ich das nicht mir zuschreiben, sondern es wäre nur, weil ich *sein* Sohn bin und *seinen* Namen trage. Um mit dieser Vorstellung ein für allemal zu brechen, habe ich meinen Namen geändert. Ich nahm einfach einen Künstlernamen an, wie es andere Tänzer ja auch tun, wenn sie als Profis zur Bühne gehen.« Er grinste ein wenig verlegen. »Weißt du, wie oft ich in meinem Leben Fußball gespielt habe? Nie! Sie haben es mir nicht erlaubt. Fußball kam für mich überhaupt nicht in Frage. Tänzer spielen nicht Fußball. Und außerdem hätte ich auch nie Zeit dafür gehabt. Ich mußte so oft und so lange für das Ballett üben, daß ich danach zu müde für irgend etwas anderes war. George ließ mich schon, als ich noch ein kleiner Junge war, nie Vater zu ihm sagen. Inzwischen würde ich ihn nicht einmal Vater nennen, wenn er mich auf den Knien darum bitten würde. Ich habe alles dafür gegeben, ihm zu gefallen, aber es ist mir nie gelungen, seine Anerkennung zu erringen. Er hat an allem etwas auszusetzen gehabt, fand an jedem Tanz noch einen kleinen Fehler, der zu verbessern gewesen wäre. Wenn ich es also jetzt in New York schaffe, dann werde ich aus eigener Kraft zum Star, und niemand braucht je zu erfahren, daß er mein Vater ist oder Marisha meine Mutter. Du tätest mir also einen großen Gefallen, wenn du es nicht in der ganzen Ballettklasse herumerzählen würdest. Sie wissen nämlich nichts davon. Ist das nicht komisch? Ich habe ihm geschworen, daß ich nie wieder tanzen werde, wenn er gegenüber irgend jemand auch nur einmal erwähnt, daß ich sein Sohn bin. Das brachte ihn fast um, und deshalb ließ er mich nach New York gehen, weil er glaubte, ich würde es ohne seinen Namen nicht schaffen. Aber ich habe es geschafft, ohne seine Hilfe. Mag er sich auch jetzt noch so sehr darüber ärgern. Aber jetzt erzähl mir von dir. Warum lebst du bei diesem Doktor und nicht bei deinen eigenen Eltern?«

»Meine Eltern sind tot«, erzählte ich ihm, unglücklich über diese Frage. »Doktor Paul war ein Freund meines Vaters, deshalb nahm er uns bei sich auf. Wir taten ihm leid, und er wollte nicht zulassen, daß man uns in ein Heim steckte.«

»Glück für dich«, meinte er mit einer gewissen Bitterkeit.

»Ich habe nie solches Glück gehabt.« Dann beugte er sich zu mir, bis seine Stirn auf der meinen ruhte, und unsere Lippen nur noch wenige Zentimeter voneinander getrennt waren. Ich fühlte seinen heißen Atem auf meinen Wangen. »Cathy, ich möchte mit dir nichts falsch machen und dir nichts Falsches sagen. Ich wünsche mir, daß du zu dem Besten wirst, was ich je angefangen habe. Ich bin der dreizehnte in einer langen Linie von Tänzern, von denen die meisten Ballerinas geheiratet haben. Was glaubst du, wie man sich da fühlt? Es ist nicht einfach, aus so einer Familie zu kommen, da kannst du Gift drauf nehmen. Ich bin nicht glücklich. Seit ich achtzehn geworden bin, habe ich in New York gearbeitet. Und letzten Februar wurde ich zwanzig. Das heißt, ich bin jetzt seit zwei Jahren am Broadway und noch immer kein Star. Aber mit dir könnte ich es werden. Ich muß George einfach beweisen, daß ich der Beste bin, besser als er je gewesen ist. – Ich habe noch nie mit jemandem darüber gesprochen, aber ich habe mich am Rücken verletzt, als ich als kleiner Junge eine zu schwere Maschine gehoben habe. Darunter habe ich ständig zu leiden, auch wenn es mich nicht am Tanzen hindert. Deshalb ist es nicht einfach so, daß du ideal für mich bist, weil du so wenig wiegst, sondern an deinen Proportionen scheint etwas zu sein, was perfekt zu meinen paßt. Trotz meiner Schwierigkeiten beim Heben hatte ich schon größere und schwerere Partnerinnen, aber auch welche, die wesentlich leichter und kleiner als du waren. Keine davon paßte so gut zu mir wie du ... In allen Bewegungen, mit allem was du tust, ergänzen wir uns auf ideale Weise. Cathy, komm mit mir nach New York, bitte.«

»Und du würdest es nicht ausnutzen, wenn ich das täte?«

»Ich wäre dein Schutzengel.«

»New York ist so groß ...«

»Ich kenne es wie meine Westentasche. Du wirst dich dort auch bald so gut zurechtfinden wie ich.«

»Aber da sind noch meine Schwester und mein Bruder. Ich möchte sie jetzt nicht allein lassen, noch nicht.«

»Aber du wirst es schließlich doch irgendwann tun müssen. Je länger du hierbleibst, desto schwerer wird dir später die Trennung fallen. Du mußt erwachsen werden, Cathy, und eine unabhängige Persönlichkeit werden. Das kannst du nie schaffen, wenn du zu Hause bleibst und immer andere über dein Leben bestimmen läßt.« Er sah zur Seite, einen bitteren Zug im Gesicht. Er tat mir leid, und ich fühlte mich zu ihm hingezogen.

»Das kann schon sein. Laß mich darüber in Ruhe nachdenken.«

Chris saß auf der oberen Veranda, vor meinem Schlafzimmer, als ich mich auszog. Als ich ihn dort draußen im Schlafanzug sah, trieben mich seine hängenden Schultern zu ihm.

»Na, wie ist es gelaufen?« fragte er mich, ohne mich anzusehen. Meine Hände tasteten nervös an meinem Hals herum.

»Ganz gut, glaube ich. Wir hatten ein tolles Dinner mit viel Wein. Ich glaube, Julian war ein klein wenig betrunken. Ich vielleicht auch.«

Er wandte sich zu mir um, um mir in die Augen zu blicken. »Ich mag ihn nicht, Cathy! Ich wünschte mir, er bliebe in New York und ließe dich in Ruhe! Nach dem, was ich von all den anderen Mädchen und Jungen in deiner Ballettgruppe gehört habe, hat Julian dich schon so deutlich zu seiner Partnerin gemacht, daß kein anderer Tänzer sich noch mit dir auf die Bühne wagt. Cathy, er ist aus New York. Das sind dort schnelle Burschen, und du bist erst fünfzehn!« Er kam zu mir und nahm mich in den Arm.

»Mit wem hast du deine Rendezvous?« fragte ich ihn mit einem unterdrückten Schluchzen. »Erzähl mir nicht, daß du dich nie mit Mädchen verabredest an deiner Schule.«

Seine Wange lag auf meiner, als er langsam antwortete: »Ich habe noch kein Mädchen getroffen, das auch nur im geringsten mit dir zu vergleichen wäre.«

»Wie kommst du denn mit deiner Schule voran?« fragte ich ihn in der Hoffnung, ihn so auf ein anderes Thema zu bringen.

»Prima. Wenn ich mich nicht gerade durch die Fachbücher wühle, die ich im ersten Semester beim Medizinstudium brauchen werde, dann bereite ich mich auf das College vor.«

»Und was machst du in deiner freien Zeit?«

»Was für freie Zeit? Ich habe keine freie Zeit. Und wenn ich sie doch einmal habe, dann mache ich mir Gedanken darüber, was aus dir wird. Ich arbeite gerne für die Schule, Cathy. Es würde mir dort Spaß machen, und ich hätte echte Freude am

Lernen, wenn du mir nicht ständig im Kopf herumgingst. Ich warte sehnsüchtig auf das Wochenende, an denen ich dich und Carrie wiedersehen kann.«

»O Chris ... Du mußt versuchen, mich zu vergessen und eine andere zu finden.«

Aber ein einziger Blick in seine gequälten Augen verriet mir, daß es nicht leicht sein würde zu beenden, was schon vor so langer Zeit begonnen hatte.

Ich mußte jemand anderes finden, und dann würde Chris endlich begreifen, daß es vorbei war, für immer vorbei. Meine Gedanken flogen zu Julian, der sich so abmühte zu beweisen, daß er ein besserer Tänzer war als sein Vater. Genau wie ich, die so sehr danach verlangte, in jeder Beziehung besser zu sein als meine Mutter.

Als Julian das nächste Mal aus New York kam, war ich bereit für ihn. Als er mich um das nächste Treffen bat, zierte ich mich nicht mehr. Warum sollte es nicht Julian sein. Wir hatten schließlich wirklich die gleichen Ziele. Und dann, nach dem Kino und einem Drink in einem netten kleinen Lokal, fuhren wir wieder in die verschwiegene Straße, die es in jeder Stadt für Liebespaare zu geben scheint. Diesmal erlaubte ich ihm etwas weiterzugehen, als mich nur zu küssen. Aber schon bald atmete er heiß und schnell und berührte mich so erfahren an den richtigen Stellen, daß ich spürte, wie ich sein Verlangen zu erwidern begann, ohne es eigentlich zu wollen. Er drückte mich nach hinten, so daß ich über beide Sitze zu liegen kam. Plötzlich begriff ich, was er gerade mit mir tun wollte – und ich griff nach meiner Handtasche und schlug sie ihm ins Gesicht. »Stop! Ich habe dir doch schon gesagt, daß du dir mehr Zeit mit mir nehmen sollst!«

»Du hast es haben wollen!« tobte er. »Du kannst mich nicht erst provozieren und dann sitzenlassen. Ich bin nicht der Typ, mit dem man spielt.«

Ich mußte an Chris denken und begann zu weinen. »Julian, bitte! Ich mag dich, ehrlich. Aber gib mir doch die Chance, mich richtig in dich zu verlieben. Bitte hör auf, mich so zu bedrängen. Das ist einfach zu schnell für mich.«

Er packte meinen Arm und drehte ihn mir brutal auf den Rücken, bis ich glaubte, er würde ihn mir brechen, und vor

Schmerzen laut schrie. Doch als ich losschrie, ließ er mich sofort los.

»Sieh mal, Cathy, ich bin wirklich schon sehr in dich verliebt, aber kein Mädchen darf mit mir herumspielen, wie mit einem dummen Jungen vom Lande. Es gibt jede Menge Mädchen, mit denen ich es leichter haben würde – deshalb brauche ich dich gar nicht so sehr, wie ich gedacht habe, für gar nichts.«

Natürlich brauchte er mich nicht. Niemand brauchte mich im Grunde, außer Chris und Carrie, doch Chris brauchte mich aus den falschen Gründen. Mammi hatte ihn so verbogen und verdreht, bis er sich nur noch mir zuwenden konnte, und jetzt kam er nicht mehr von mir los. Das würde ich ihr nie verzeihen. Sie mußte für all das Böse bezahlen, was sie uns angetan hatte. Wenn er und ich etwas Unrechtes getan hatten, dann waren wir von *ihr* dazu gezwungen worden.

In dieser Nacht grübelte ich wieder einmal, wie ich ihr dies heimzahlen könnte. Und dann kam ich darauf, was sie am tiefsten verletzen mußte. Ich würde ihr das wegnehmen, was ihr am teuersten war. Zwei Dinge, die für sie wichtiger waren als Geld – von dem hatte sie genug. Ich würde ihr ihren guten Ruf wegnehmen und ihren jungen Ehemann.

Dann weinte ich wieder, weinte um Chris, weinte um Carrie und um Cory und stellte mir vor, wie er wohl inzwischen aussehen mußte, wo er doch schon so lange unter der Erde war.

Draußen begann es heftig zu regnen. Die Regentropfen hämmerten ihr Staccato auf das Dach und trugen mich mit ihrem düsteren Rhythmus in Träume, die ich mir im Augenblick am wenigsten wünschte. Ich war wieder in diesem düsteren, verschlossenen Zimmer mit Spielzeug und Büchern überall über den Boden verstreut, den dunklen Möbeln und den Gemälden mit Höllenbildern an den Wänden. Ich saß in dem alten hölzernen Schaukelstuhl, der schon fast auseinanderfiel, und auf meinem Schoß hielt ich einen geisterhaften kleinen Bruder, der mich Mammi nannte. Wir schaukelten und schaukelten, und unter uns knarrten die Dielen. Und der Wind heulte um das Haus, und der Regen trommelte gegen die verhangenen Fenster, und unter uns, über uns, um uns herum drohte das gigantische Anwesen mit seinen zahllosen Räumen, uns zu verschlingen.

Der Regen war immer das Schlimmste gewesen, dann war es kühl und feucht im Zimmer, und auf dem Dachboden lag alles in einem öden Zwielicht, aus dem uns von den Wänden tote, blasse Gesichter anstarrten. Graue eiserne Bänder legten sich um mein Herz, das Grau wurde wie der ewige graue Taft der Großmutter. Ein Grau, das sich über meine Gedanken senkte und sie mit Angst und Verwirrung erfüllte.

An Schlaf war nicht zu denken, also stand ich aus dem Bett auf und schlüpfte in ein dünnes Negligé. Aus Gründen, über die ich mir selbst nicht im klaren war, schlich ich mich zu Pauls Schlafzimmer und öffnete vorsichtig seine Tür. Die Uhr auf seinem Nachttisch stand auf zwei Uhr – und er war noch immer nicht zu Hause! Niemand war im Haus, nur Henny, die so weit, weit weg war – im anderen Flügel des Hauses in ihrem freundlichen kleinen Zimmer hinter der Küche.

Ich schüttelte den Kopf und starrte auf Pauls ordentlich gemachtes Bett. Was für eine verrückte Idee von Chris, unbedingt Arzt werden zu wollen! Er würde keine einzige Nacht Ruhe haben in diesem Beruf. Und draußen regnete es und regnete. In regnerischen Nächten passieren viele Unfälle. Was war, wenn Paul tödlich verunglückte? Was sollte dann aus uns werden? Paul, Paul, schrie ich stumm, während ich die Treppe hinunter und ins Wohnzimmer lief, um vom Fenster aus die Auffahrt zu übersehen. Ich hoffte, dort draußen einen weißen Wagen zu sehen, der vor dem Haus parkte oder gerade von der Straße in die Auffahrt einbog. Lieber Gott, betete ich, laß ihn keinen Unfall haben. Bitte, bitte – nimm ihn uns nicht fort wie Daddy!

»Cathy, warum bist du nicht in deinem Bett?«

Ich drehte mich schnell um. Da saß Paul bequem in seinem Lieblingssessel und rauchte im Dunkeln eine Zigarette. Von der Straße fiel gerade noch genug Licht ins Zimmer, um zu sehen, daß er wieder den roten Hausmantel trug, den wir ihm zu Weihnachten geschenkt hatten. Mir wurde ganz schwindelig vor Erleichterung, daß er lebte und in Sicherheit war und nicht in einem Leichenschauhaus lag. Morbide Gedanken. Daddy, ich kann mich kaum noch daran erinnern, wie du ausgesehen hast oder wie deine Stimme geklungen hat.

»Ist etwas nicht in Ordnung, Catherine?«

Nicht in Ordnung? Warum nannte er mich nachts immer Catherine, wenn er am Tag nur Cathy zu mir sagte? Alles war nicht in Ordnung! Aus den Klatschblättern, die ich mir an die Ballettschule schicken ließ, hatte ich erfahren, daß Mrs. Bartholomew Winslow ein zweites »Winterhaus« erworben hatte, und zwar in Greenglenna. Es wurde gerade teuer renoviert, denn für meine Mutter und ihren geliebten Mann war nur das Beste gut genug. Meine ganze Wut und Verzweiflung lud ich jetzt bei Paul ab. »Wie lange bist du schon zu Hause?« fuhr ich ihn scharf an. »Ich habe da oben gelegen und mir solche Sorgen um dich gemacht, daß ich nicht einschlafen konnte! Und du sitzt die ganze Zeit hier herum. Du warst heute nicht beim Abendessen, gestern hast du auch nicht mit uns gegessen, und du hast auch vergessen, daß du mich gestern abend ins Kino eingeladen hattest. Ich hatte mich schön gemacht, mir ein besonders schönes Kleid angezogen und saß den ganzen Abend herum, habe auf dich gewartet, und du hast es einfach vergessen! Warum gestattest du deinen Patienten, so mit deiner Zeit umzugehen, daß du überhaupt kein Privatleben mehr hast?«

Eine ganze Weile antwortete er gar nichts. Als ich schon wieder den Mund öffnete, erklärte er in mildem Ton: »Das klingt ja wirklich sehr aufgebracht. Die einzige Entschuldigung, die ich dir anbieten kann, ist die bekannte, daß ich ein Arzt bin. Und einem Arzt gehört seine Zeit nie selbst. Es tut mir leid, daß ich unser Kino vergessen habe. Ich möchte mich entschuldigen, weil ich dich nicht angerufen habe, um dir zu sagen, daß wir im Krankenhaus einen Notfall hatten.«

»Vergessen – wie konntest du das vergessen? Gestern hast du vergessen, mir die Sachen mitzubringen, die ich dir extra aufgeschrieben hatte, so daß ich dann, nachdem ich stundenlang auf dich warten mußte, nicht mal Shampoo hatte, um mir die Haare zu waschen.«

»Das tut mir leid. Manchmal habe ich einfach andere Dinge im Kopf als Kino und deine Kosmetik.«

»Wirst du jetzt sarkastisch?«

»Ich versuche nur, nicht die Beherrschung zu verlieren. Es wäre schön, wenn du dein Temperament auch etwas besser unter Kontrolle hättest.«

»Ich bin nicht verrückt!« schrie ich ihn an. Er war so sehr wie

Mammi, so kontrolliert, so beherrscht und ruhig, wie ich es nie sein konnte. Ihn berührte nichts. Deshalb konnte er da sitzen und mich so ansehen. Ihm machte es nichts aus, wenn er Versprechen gab, die er dann brach – genau wie sie! Ich lief auf ihn zu und holte mit der Hand zu einem Schlag aus, aber er packte mein Handgelenk. Er hielt meine Hand fest und starrte mich völlig überrascht an. »Wolltest du mich wirklich schlagen, Catherine? Ist das so furchtbar wichtig für dich, ins Kino zu gehen, daß du nicht verstehen kannst, wenn ich einmal keine Zeit dafür habe? Komm, entschuldige dich jetzt dafür, daß du mich angeschrien hast, und ich entschuldige mich dafür, daß ich dich habe sitzenlassen.«

Was mich quälte, war wesentlich mehr als nur, nicht ausreichend beachtet worden zu sein! Nirgendwo gab es jemanden, auf den ich mich wirklich verlassen konnte – nur Chris, aber der war tabu für mich. Nur Chris, der nie vergessen würde, was ich brauchte und wünschte.

Mir schauderte, was für eine Art von Mensch war ich eigentlich? Glich ich Mammi so sehr, daß ich alles, was ich mir wünschte, um jeden Preis haben mußte? Hatte ich vor, Paul dafür bezahlen zu lassen, was ich ihretwegen geworden war? Er trug an allem keine Schuld. »Paul, es tut mir leid, daß ich so laut geworden bin. Ich verstehe dich natürlich.«

»Du mußt sehr müde sein. Vielleicht hast du in der letzten Zeit etwas zu verbissen für dein Ballett trainiert. Du solltest diese Sache einfach nicht so ernst nehmen.«

Wie konnte ich ihm nur erklären, daß ich einfach die Beste sein mußte? Und die Beste zu sein, das verlangte endlose Stunden härtester Arbeit. Ich verzichtete gerne dafür auf die Freizeitvergnügen anderer Mädchen in meinem Alter. Einen Freund, der kein Tänzer war, wollte ich nicht. Ich wollte auch keine Freundinnen, die nicht tanzten. Nichts durfte sich zwischen mich und mein großes Ziel drängen, und doch ... dort vor mir saß ein Mann, der mir sagte, daß er mich brauchte, und den es schmerzte, wenn ich böse mit ihm war.

»Ich habe heute etwas über meine Mutter gelesen«, murmelte ich. »In der Zeitung stand, daß sie sich ein Haus gekauft hat, um es renovieren zu lassen und den Winter über darin zu leben. Sie bekommt immer alles, was sie haben will. Ich bekomme nie etwas. Deshalb war ich vorhin so häßlich zu dir und vergaß alles, was du für mich getan hast.« Ich wich einige Schritte zurück und kämpfte mit dem Schmerz, den mir jetzt meine eigene Scham bereitete. »Seit wann bist du denn zurück?«

»Seit halb zwölf«, antwortete er. »Ich habe das Steak gegessen, das Henny für mich noch im Backofen hatte. Aber ich kann nicht schlafen, wenn ich so übermüdet bin wie heute. Und ich mag es auch nicht, wenn der Regen so auf das Dach hämmert.«

»Weil der Regen dich immer daran erinnert, daß du einsam bist?« Er schenkte mir ein müdes, angedeutetes Lächeln.

»Ja, irgend etwas in dieser Art muß es wohl sein. Woher weißt du das?«

Man sah seinem Gesicht selbst in dem schwachen Licht deutlich genug an, was in seinem Inneren vorging. Er saß hier und dachte an sie, seine Julia, seine tote Frau. Wenn er traurig aussah, dann waren seine Gedanken immer bei Julia. Ich kam zu seinem Sessel und strich ihm ganz impulsiv über die Wangen. »Warum rauchst du eigentlich? Wie kannst du deinen Patienten sagen, sie sollten es sich abgewöhnen, wenn du selbst so viel rauchst?«

»Woher weißt du, was ich meinen Patienten erzähle?« fragte er mich mit dieser weichen Stimme, bei der es mir immer warm über den Rücken lief. Ich lachte nervös und erzählte ihm, daß er die Tür zu seinem Sprechzimmer oft halb offen ließ und ich seine Patientengespräche so im Flur hören konnte, auch wenn ich wirklich nicht darauf lauschte. Er sagte mir, ich solle gefälligst ins Bett gehen und nicht nachts irgendwo herumstehen, wo ich nicht hingehörte – und daß er rauchen würde, soviel es ihm Spaß mache.

»Manchmal benimmst du dich wie eine alte Ehefrau. Stellst mir solche Fragen und regst dich darüber auf, daß ich vergessen habe, für dich in die Drogerie zu gehen. Bist du sicher, daß dieses Shampoo für dein Leben absolut unerläßlich ist?«

So wie er jetzt mit mir redete, mußte ich mir dumm und albern vorkommen, und das machte mich wieder wütend. »Ich habe dich doch nur darum gebeten, diese Sachen mitzubringen, weil du an einem Drogeriegroßmarkt vorbeikommst, wo sie viel billiger sind. Ich wollte einfach Geld sparen, das weißt du doch. Von jetzt an werde ich dich nie wieder darum bitten, mir etwas mitzubringen! Wenn du mich zum Essen in ein Restaurant einlädst oder ins Kino, dann werde ich von nun an darauf vorbereitet sein, daß du mich unter Umständen sitzenläßt, dann kann ich nicht mehr von dir enttäuscht werden. Ich werde mich einfach daran gewöhnen müssen, von jedem immer das Schlechteste zu erwarten.«

»Catherine! Du kannst mich hassen, wenn es das ist, was du willst. Du kannst mich für alles bezahlen lassen, was du durchgemacht hast. Bestrafe mich dafür, mach mich fertig, und dann kannst du vielleicht ins Bett gehen und brauchst dich nicht mehr weinend in den Kissen zu wälzen und nach deiner Mutter zu rufen wie ein dreijähriges Kind.«

Verblüfft starrte ich ihn an. »Ich soll nach meiner Mutter rufen?«

»Ja«, sagte er, »ich habe dich nachts schon viele Male gehört, wie du ihren Namen gerufen hast.« Ich sah das Mitleid in seinen Augen. »Du brauchst dich nicht dafür zu schämen, daß du ein Mensch bist, Catherine. Wir erwarten alle, daß uns unsere Mütter helfen, wenn wir einsam sind. Und wenn wir später erwachsen werden, dann erinnern wir uns daran, wie sie uns getröstet hat.«

Ich wollte nicht über sie sprechen, deshalb trat ich näher zu Paul. »Julian ist wieder in der Stadt. Ich bin heute abend mit ihm ausgegangen, nachdem du mich ja immer sitzenläßt. Julian meint, ich wäre jetzt soweit für New York. Er glaubt, daß ich bei seiner Tanzlehrerin, Madame Zolta, viel schneller weiterkomme als bei seiner Mutter. Er sagt, daß wir zusammen ein brillantes Paar auf der Bühne wären.«

»Und was denkst du?«

»Ich denke, daß ich noch nicht gut genug bin für New York, daß es noch zu früh dafür ist«, flüsterte ich. »Aber er ist so furchtbar überzeugt von mir, und er drängt mich so, daß ich manchmal fast alles glaube, was er sagt.«

»Laß dir Zeit, Catherine. Julian ist ein hübscher junger Mann mit genug Arroganz für zehn. Laß dich von niemandem beeinflussen, der dich vielleicht nur ausnutzen will.«

»Ich träume jede Nacht davon, in New York auf der Bühne zu stehen. Unten sitzt meine Mutter im Parkett und starrt mich mit ungläubigen Augen an. Sie will mich umbringen. Ich will, daß sie mich tanzen sieht und anerkennen muß, was ich der Welt alles geben kann, mehr als sie jemals könnte.«

Er stöhnte leise. »Warum bist du so versessen darauf, dich zu rächen? Ich dachte, als ich euch drei hier bei mir aufnahm und versucht habe, alles dafür zu tun, euch ein neues Zuhause zu geben, hättet ihr Frieden gefunden und vergeben. Kannst du nicht vergeben und vergessen? Wenn es für uns arme Menschenwesen überhaupt eine Chance gibt, Gott nahe zu sein, dann, indem wir lernen, zu vergessen und zu verzeihen.«

»Du und Chris«, erwiderte ich bitter, »für euch ist es leicht, von Vergeben und Verzeihen zu reden – ihr seid ja keine Opfer gewesen. Aber ich habe meinen jüngeren Bruder verloren, den ich geliebt habe wie meinen eigenen Sohn. Wie habe ich Cory geliebt, und sie hat ihn umgebracht. Dafür hasse ich sie und werde sie immer hassen! Es gibt Millionen Gründe für mich, sie zu hassen. Also erzähle mir nichts von Vergeben und Vergessen – sie wird mir für alles bezahlen, was sie getan hat. Sie hat uns belogen, hat uns auf die niederträchtigste Art verraten! Ich weiß nicht, wie man verzeiht! Ich weiß nur, wie man haßt! Und du weißt nicht, was das ist, solchen Haß zu spüren, wie ich ihn in der Brust trage!«

»Du meinst, das wüßte ich nicht?« fragte er mit flacher Stimme.

»Nein, das weißt du nicht!«

Er zog mich auf seinen Schoß, als ich zu schluchzen begann und mir die Tränen in Strömen über das Gesicht liefen. Er tröstete mich, wie es ein Vater getan hätte, mit kleinen Küssen und zärtlichen, streichelnden Händen. »Catherine, ich habe da auch eine Geschichte zu erzählen. Vielleicht ist sie genauso schlimm wie deine. Vielleicht kannst du von dieser Geschichte etwas lernen, was ich auch erst lernen mußte.«

Ich starrte zu seinem Gesicht hinauf. Er hielt mich in den Armen wie ein kleines Kind, und ich legte meinen Kopf gegen seine Schulter. »Willst du mir von Julia und Scotty erzählen?«

»Ja.« Seine Stimme bekam einen harten Unterton. Seine Augen blickten starr zu den regennassen Fenstern, und seine Finger drückten fest meine Hand. »Du glaubst, nur deine Mutter hätte denen etwas antun können, die sie liebt – nun, da irrst du dich. So etwas geschieht jeden Tag. Manchmal ist der Grund dafür

Geld, aber es gibt auch genug andere Gründe.« Er hielt inne, seufzte und erzählte dann langsam weiter. »Ich hoffe, wenn du meine Geschichte gehört hast, dann kannst du ins Bett gehen und deine Rache vergessen. Wenn du sie nicht vergißt, dann wirst du am Ende dir selber mehr weh tun als allen anderen.«

Das glaubte ich nicht, weil ich es einfach nicht glauben wollte. Aber ich war neugierig, endlich die Geschichte zu hören, wie Julia und Scotty beide am gleichen Tag gestorben waren.

Als Paul dann von Julia zu erzählen begann, bekam ich Angst vor dem Ende seiner Geschichte. Ich schloß die Augen und hätte mir am liebsten die Ohren zugehalten, denn ich wollte zu meinem eigenen Schmerz nicht noch den um einen anderen toten kleinen Jungen aufgebürdet bekommen. Aber er erzählte es schließlich, um mir zu helfen, auch wenn mir nicht zu helfen war.

»Julia und ich kannten uns schon aus dem Sandkasten. Später hatte sie nie einen anderen Freund, und ich nie eine andere Freundin. Julia gehörte mir, und ich sorgte dafür, daß jeder andere Junge das schnell merkte. Niemals gab ich ihr oder mir die Chance, Erfahrungen mit anderen zu machen und daraus zu lernen – und das war ein furchtbarer Fehler. Wir waren leichtfertig genug zu glauben, daß unsere Liebe nie vergehen würde. Je älter Julia wurde, um so schöner wurde sie auch. Ich hielt mich für den glücklichsten Jungen auf der Welt, und sie hielt mich für vollkommen. Wir hatten uns gegenseitig ein Podest gebaut und den anderen darauf plaziert, himmelhoch über dem Rest der Welt. Sie sollte die perfekte Arztfrau werden, ich der perfekte Ehemann, und wir wollten drei Kinder haben. Julia war ein Einzelkind, immer von ihren Eltern verwöhnt. Sie vergötterte ihren Vater, und sie sagte immer, ich wäre wie er.« Seine Stimme wurde dunkler und gequälter, und man hörte die Schmerzen heraus, die es ihm bereitete, darüber zu sprechen.

»An Julias achtzehntem Geburtstag steckte ich ihr einen Verlobungsring an den Finger. Ich war neunzehn. Als ich auf das College kam, dachte ich ständig an sie hier in Clairmont und sorgte mich, welcher Mann ihr wohl nachstellen würde. Ich hatte furchtbare Angst, sie zu verlieren, wenn wir nicht bald heirateten. Deshalb heirateten wir, als sie neunzehn war und ich zwanzig.«

Seine Augen starrten ins Leere, und seine Arme drückten mich fest an seine Brust. »Julia und ich hatten uns viele Male geküßt, wir hatten uns oft in den Armen gehalten, aber sie erlaubte mir nie irgendwelche intimeren Zärtlichkeiten – das habe zu warten, bis sie meinen Ehering trug, verlangte sie stets. Deshalb hatte ich bei anderen sexuelle Erfahrungen gesammelt. Sie aber war eine Jungfrau, und irgendwie dachte sie, ich wäre das auch. Ich nahm unsere Ehe nicht auf die leichte Schulter und bemühte mich, für sie der ideale Mann zu sein, mit dem sie wirklich glücklich werden konnte. Ich liebte sie sehr. Nun, in unserer Hochzeitsnacht brauchte sie zwei Stunden, um sich auszuziehen. Dann kam sie in einem langen weißen Nachthemd aus dem Bad, und ihr Gesicht war so weiß wie das Nachthemd. Ich sah ihr an, daß sie entsetzliche Angst hatte. Ich wollte so zärtlich und so liebevoll zu ihr sein, daß sie keine Angst zu haben brauchte, meine Frau zu sein. Aber sie konnte keine Freude daran finden, Cathy. Ich gab mir alle Mühe, sie irgendwie zu erregen, doch sie wich mit entsetzten, weit aufgerissenen Augen vor mir zurück und schrie laut, als ich versuchte, ihr das Nachthemd auszuziehen. Ich ließ von ihr ab und dachte mir, es in der nächsten Nacht noch einmal zu versuchen, denn sie flehte mich an, ihr mehr Zeit zu lassen. In der Nacht darauf spielte sich alles genauso ab, nur daß es noch schlimmer wurde. ›Warum, warum kannst du nicht einfach mit mir im Bett liegen und mich in deinen Armen halten?‹ fragte sie unter Tränen. ›Warum mußt du so etwas Häßliches tun?‹

Ich war selbst im Grunde noch ein Kind, und ich wußte nicht, wie ich mit einer solchen Situation fertig werden sollte. Ich liebte sie, ich begehrte sie, und am Ende vergewaltigte ich sie – jedenfalls hat sie es so empfunden, wie sie mir immer wieder erzählte. Aber ich liebte sie noch immer. Ich liebte sie mehr als alles andere in meinem Leben, und ich wollte einfach nicht glauben, daß sie die falsche Frau für mich war. Deshalb las ich alle erreichbaren Aufklärungsbücher und versuchte auf nur alle erdenkliche Arten, sie sexuell zu erregen – aber sie fühlte sich davon nur angeekelt. Nachdem ich mein Medizinstudium abgeschlossen hatte, begann ich zu trinken, und schließlich fand ich eine andere Frau, die froh war, mich in ihrem Bett zu haben. Die Jahre vergingen. Julia hielt sich von mir zurück, putzte mein

Haus, wusch meine Kleider, bügelte meine Hemden und nähte mir die fehlenden Knöpfe an. Sie war so schön und so begehrenswert und immer in meiner Nähe. Manchmal konnte ich mich nicht beherrschen, dann nahm ich sie mit Gewalt, auch wenn sie nachher jedesmal lange weinte. Schließlich stellte sie fest, daß sie schwanger war. Ich war begeistert und glaube, sie war es auch. Nie wurde ein Kind mehr geliebt und umsorgt als unser Sohn, und glücklicherweise gehörte es zu der Sorte Kinder, die nicht davon verdorben werden, wenn man sie zu sehr verwöhnt.«

Seine Stimme wurde noch tiefer und leiser, während ich mich enger in seine Arme kuschelte und mich vor dem fürchtete, was jetzt kommen würde, denn ich wußte, es würde schrecklich sein.

»Nach Scottys Geburt erklärte mir Julia klipp und klar, daß sie nun ihre Pflicht getan hätte und daß ich sie von nun an in Ruhe zu lassen hätte. Irgendwie war ich froh, aus ihrem Schlafzimmer auszuziehen, aber ich war auch tief verletzt. Ich sprach mit ihrer Mutter über unser Problem, und ihre Mutter deutete etwas über ein dunkles Geheimnis in Julias Vergangenheit an – einen Cousin, der irgend etwas Schreckliches mit Julia gemacht hatte, als sie erst vier war. Ich erfuhr nie genau, was das gewesen war, aber es muß meiner Frau für den Rest ihres Lebens grauenvolle Angst vor jeder Art von Sexualität eingejagt haben. Ich schlug Julia vor, wir sollten zusammen zu einem Eheberater oder einem Psychologen gehen. Doch sie meinte, so etwas könne sie nicht ertragen – warum ich sie denn nicht einfach in Ruhe lassen könnte. Danach ließ ich sie wirklich in Ruhe. Irgendwo gibt es immer Frauen, die das Verlangen eines einsamen Mannes zu erfüllen bereit sind, und in meiner Praxis hatte ich eine hübsche Sprechstundenhilfe, die mir zu verstehen gab, daß sie jederzeit für mich da war. Unsere Affäre dauerte mehrere Jahre lang. Eines Tages sagte sie mir, sie würde ein Kind von mir erwarten. Ich konnte es erst gar nicht glauben, denn sie hatte mir gesagt, daß sie die Pille nahm. Ich wollte nicht einmal glauben, daß sie wirklich von mir schwanger war, denn ich wußte, sie hatte auch andere Liebhaber. Deshalb sagte ich ihr, daß ich mich nicht von meiner Frau scheiden lassen und Scotty verlieren würde, um der Vater eines Kindes zu werden, das vielleicht nicht einmal mein eigenes war. Da explodierte sie und schrie, sie würde die ganze Stadt davon erfahren lassen, und das tat sie dann auch. Als ich an diesem Abend nach Hause kam, empfing mich eine Frau, wie ich sie noch nie erlebt hatte. Julia beschimpfte mich wild, daß ich ihr untreu wäre, während sie sich alle Mühe mit mir gegeben hätte und mir den Sohn geboren, den ich so sehr haben wollte. Und nun hätte ich sie betrogen, alle meine Versprechen gebrochen, und die ganze Stadt würde über sie klatschen und lachen! Sie drohte, sich umzubringen. Ich versuchte, sie zu beruhigen, aber sie schrie mich an, daß sie mir das heimzahlen würde. Sie würde mir so weh tun, wie ich ihr weh getan hatte. Schon vorher hatte sie mit Selbstmord gedroht, ohne jedoch irgendwelche ernsthaften Versuche zu machen.

Dann kam Scottys dritter Geburtstag. Es war im Juni. Sie plante eine Kinderparty für ihn und lud sechs kleine Gäste ein, die normalerweise natürlich mit ihren Müttern gekommen wären. Es war an einem Samstag. Ich war zu Hause und spielte mit Scotty, der schon ganz aufgeregt wegen seiner Geburtstagsfeier durchs Haus rannte. Er hatte ein großes Spielzeugboot von mir geschenkt bekommen und trug dazu seinen geliebten Matrosenanzug. Julia kam in einem hübschen blauen Kleid mit ihm die Treppe herunter, das herrliche schwarze Haar mit einem blauen Seidenband zusammengebunden. Scotty hielt seine Mutter an der Hand und in der anderen trug er sein tolles Segelboot. Julia sagte mir, sie hätte Angst, es wären nicht genug Süßigkeiten für die Party im Haus. Weil es so ein schöner Tag war, wollten sie und Scotty eben in den nächsten Laden laufen und noch etwas kaufen. Ich bot ihr an, sie zu fahren. Sie lehnte ab. Ich bot ihr an, mit ihnen zusammen zu gehen. Sie sagte mir, es wäre ihr lieber, wenn ich im Haus bleiben würde, falls von den Gästen jemand schon früher kam. Also setzte ich mich draußen auf die Veranda und wartete. Drinnen war alles geschmückt und auf dem Tisch standen mehrere riesige Kuchen, die Henny gebakken hatte.

Gegen zwei Uhr kamen die ersten Gäste. Aber Julia und Scotty waren noch immer nicht zurück. Ich begann mir Sorgen zu machen, deshalb stieg ich ins Auto und fuhr zu dem Laden, in der Hoffnung, sie würden mir unterwegs entgegenkommen. Ich sah sie nirgendwo. Ich fragte im Laden nach ihnen, doch niemand wollte sie heute dort gesehen haben. Nun war ich ernsthaft beunruhigt. Ich fuhr alle Straßen in der Umgebung ab, hielt nach ihnen Ausschau und fragte die Passanten, ob sie eine Frau in einem blauen Kleid mit einem kleinen Jungen im Matrosenanzug gesehen hätten. Ich glaube, erst beim fünften oder sechsten Versuch fand ich einen Jungen auf einem Fahrrad, der mir erzählte, ja, er hätte eine Dame im blauen Kleid gesehen, mit einem kleinen Jungen an der Hand, der ein Segelboot trug. Er wies mich in die Richtung, die sie genommen hatten.

Sie waren zum Fluß hinuntergegangen! Ich fuhr mit dem Wagen so nah ans Ufer heran, wie ich konnte, dann sprang ich hinaus und rannte den lehmigen Fußpfad an der Böschung entlang, entsetzliche Angst im Herzen, es könnte schon zu spät sein. Ich wollte nicht glauben, daß sie so etwas wirklich getan haben könnte. Ich beruhigte mich mit dem Gedanken, daß Scotty nur sein Boot hatte schwimmen lassen wollen. Ich rannte so schnell, daß ich Seitenstechen bekam, und dann sah ich sie. Sie trieben beide im Wasser, das Gesicht nach unten. Julia hielt Scotty eng umklammert, der ganz offenbar versucht hatte, sich aus ihrem Griff zu befreien. Sein kleines Boot trieb ein kleines Stückchen weiter auf dem Wasser. Das blaue Band aus ihrem Haar hatte sich gelöst, und ihre schwarzen Locken bedeckten die beiden wie Tang. Das Wasser war nur knietief.«

Es schnürte mir die Kehle zusammen, und ich mußte mich leise räuspern, aber er schien es nicht zu hören. Er fuhr fort: »Ich sprang ins Wasser und riß die beiden in meine Arme. In Sekunden hatte ich sie ans Ufer geschleppt. Julia schien noch etwas Leben in sich zu haben, aber Scotty atmete nicht mehr. Deshalb wandte ich mich zunächst in einem verzweifelten Versuch ihm zu, tat alles, um ihn wiederzubeleben. Aber er war tot. Schließlich kümmerte ich mich um Julia. Sie begann zu keuchen und Wasser zu spucken. Sie öffnete nicht die Augen, aber nach einiger Zeit atmete sie wieder regelmäßig. Ich trug die beiden in mein Auto und fuhr sie in das nächste Krankenhaus, wo man alles versuchte, um Julia am Leben zu erhalten, aber vergeblich.«

Paul schwieg und starrte mir eindringlich in die Augen. Dann meinte er: »Das ist meine Geschichte für ein Mädchen, das glaubt, sie wäre die einzige, die gelitten hätte, sie wäre die einzige, die einen lieben Menschen verloren hätte, und sie wäre die einzige, die trauern müßte. Ich spüre die gleichen Schmerzen, wie du sie empfindest, aber dazu habe ich noch mein schlechtes Gewissen. Ich hätte wissen müssen, wie gemütskrank Julia längst war. Nur ein paar Tage vor Scottys Geburtstag hatten wir *Medea* im Fernsehen gesehen, und sie zeigte sich außergewöhnlich fasziniert davon, obwohl sie sich sonst aus Theater nicht viel machte. Wie dumm war ich, nicht zu begreifen, was in ihrem Kopf vorging. Doch selbst jetzt kann ich nicht verstehen, wie sie unseren Sohn umbringen konnte, wenn sie ihn doch mehr liebte, als alles andere auf der Welt. Sie hätte sich doch von mir scheiden lassen können und ihn bei sich behalten. Ich hätte ihn ihr niemals fortgenommen. Aber das wäre für Julia keine ausreichende Rache gewesen. Sie mußte das töten, was ich am meisten liebte – meinen Sohn.«

Ich konnte nicht sprechen. Was für eine Frau war diese Julia gewesen? Wie meine eigene Mutter? Meine Mutter hatte gemordet, um reich zu sein, Julia aus Rache. Würde ich auch so etwas tun können? Nein, nein, natürlich nicht. Ich hatte eine bessere Art entdeckt, mich zu rächen, denn Mammi würde weiterleben und leiden, und kein Tod würde sie erlösen.

»Es tut mir leid«, erklärte ich mit gebrochener Stimme. So leid tat es mir, daß ich ihn auf die Wange küssen mußte. »Aber du kannst doch andere Kinder haben. Du kannst wieder heiraten.« Ich legte meine Arme um seinen Nacken, als er den Kopf schüttelte.

»Vergiß Julia«, rief ich und zog seinen Kopf an meine Brust, »hast du mir nicht die ganze Zeit von Vergeben und Vergessen erzählt? Verzeih dir selbst und vergiß, was mit Julia passiert ist. Ich erinnere mich an meine Mutter und meinen Vater; sie waren immer liebevoll und zärtlich zueinander. Seit ich ein kleines Mädchen war, weiß ich, daß Männer geliebt und gestreichelt werden müssen. Wie oft habe ich meiner Mutter zugesehen, wie sie unseren Daddy besänftigt hat, wenn er wütend war. Sie überhäufte ihn mit Küssen, mit warmen, weichen Blicken und zärtlichen Berührungen.« Ich bog meinen Kopf zurück und lächelte ihn an, wie ich gesehen hatte, daß meine Mutter meinen Vater immer anlächelte. »Sag mir, wie eine Frau in ihrer Hochzeitsnacht sein soll. Ich würde meinen Mann nie enttäuschen wollen.«

»Ich denke gar nicht daran, dir so etwas zu erzählen!«

»Dann laß mich einfach so tun, als wenn du mein frischgebakkener Ehemann wärst, und ich käme gerade aus dem Bad und hätte mich ausgezogen. Oder soll ich mich vielleicht hier vor dir ausziehen? Was meinst du?«

Er räusperte sich und versuchte mich von seinem Schoß zu schieben, aber ich hing an ihm wie eine Klette. »Ich glaube, du solltest ins Bett gehen und nicht darüber nachdenken, für jemanden die Ehefrau zu spielen.«

Ich blieb, wo ich war. Wieder und wieder küßte ich ihn, und bald erwiderte er das Drängen meiner Lippen. Ich fühlte, wie seine Wange heiß wurde, dann stand er mit mir auf den Armen auf und ging zur Treppe. Ich glaubte, er wolle mich in sein Bett tragen. Ich hatte Angst und schämte mich – aber ich war auch erregt und begierig. Doch er trug mich auf dem schnellsten Weg in mein eigenes Zimmer, zögerte dann aber neben meinem Bett. Er drückte mich fest und verzweifelt an sich, hielt mich in seinen Armen, während der Regen unablässig gegen die Fenster prasselte. Paul schien vergessen zu haben, wer ich war. Er rieb seine rauhe Wange zärtlich an meiner, streichelte mich mit seinem Kopf. Und wie immer, mußte ich den Mund aufmachen und alles verderben.

»Paul.« Meine furchtsame Stimme riß ihn aus seiner tiefen Versunkenheit, die vielleicht der Anfang zu der heiß ersehnten Ekstase gewesen wäre, nach der mein Körper so verlangte, wenn ich nur stillgeblieben wäre.

»Als wir damals eingeschlossen waren, nannte die Großmutter uns immer Satansbrut. Sie erzählte uns, wir wären aus dem Samen des Bösen in verbotener Erde gewachsen, und aus uns könne niemals irgend etwas Gutes werden. Sie brachte es so weit, daß wir an uns selbst zweifelten und nicht mehr wußten, ob wir überhaupt ein Recht hatten, am Leben zu sein. War es so furchtbar, was unsere Mutter getan hatte, als sie ihren drei Jahre älteren Halbonkel heiratete? Keine Frau hätte ihm je widerstehen können. Ich weiß, daß ich es bestimmt nicht gekonnt hätte. Er war wie du. Unsere Großeltern hielten uns für eine gottlose Sünde unserer Eltern, und sie verachteten uns, selbst die süßen kleinen Zwillinge. Wir waren die Frucht der Sünde, aus der nur neue Sünde entstehen konnte. Hatten sie recht? Hatten sie ein Recht, uns umzubringen?«

Ich hatte genau die richtigen Worte gefunden, um ihn wieder

auf den Boden der Tatsachen zurückzuholen. Schnell legte er mich in mein Bett. Er wandte den Kopf zur Seite, so daß ich nicht mehr in seinen Augen lesen konnte. Ich hasse es, wenn Leute ihre Augen verstecken, damit sie die Wahrheit vor mir verbergen können.

»Ich glaube, deine Eltern waren sehr verliebt und sehr jung«, sagte er mit einer fremden, angespannten Stimme, »so verliebt, daß sie einfach keine Zeit hatten, über die Zukunft und die Konsequenzen ihrer Liebe nachzudenken.«

»Ach!« schrie ich außer mir. »Du glaubst, die Großeltern hatten recht – und wir sind böse und schlecht!«

Er fuhr herum und sah mir direkt in die Augen, einen wilden Zug um den Mund und die vollen leidenschaftlichen Lippen leicht geöffnet. »Du kannst dir nicht alles, was ich sage, so zurechtbiegen, wie du es für deine Rache brauchst. Es gibt keinen Grund, keinen einzigen, der einen Mord rechtfertigt, außer er geschieht in Selbstverteidigung. Du bist nicht schlecht. Deine Großeltern waren bigotte Narren, für die ihre Moralvorstellungen wichtiger waren, als ihre eigenen Kinder es hätten sein müssen, und die die Tatsachen dieser Welt einfach nicht akzeptieren wollten. Sie hätten allen Grund gehabt, auf die vier prachtvollen Enkel stolz zu sein. Man könnte sagen, daß eure Eltern mit der Entscheidung, Kinder zu haben, ein kalkulierbares Risiko eingegangen sind, aber dieses Risiko hat sich gelohnt. Gott und das Schicksal waren auf eurer Seite und gaben euch zuviel Schönheit, Freude am Leben und vielleicht auch zu viele Talente. Mit Sicherheit ist dabei ein junges Mädchen herausgekommen, das schon die Gefühle einer erwachsenen Frau hat – Gefühle, die für dein Alter einfach noch unpassend sind.«

»Paul?«

»Sieh mich nicht so an, Catherine.«

»Ich weiß nicht, wie ich dich ansehe.«

»Schlaf jetzt, Catherine Sheffield, auf der Stelle!«

»Wie hast du mich gerade genannt?« fragte ich, als er zur Tür ging.

Er lächelte mir zu. »Das war kein Freudscher Versprecher, falls du das denkst. Dollanganger ist einfach ein zu langer Name. Sheffield würde viel besser klingen. Wir können deinen Nachnamen ganz legal ändern lassen.«

»Oh.« Mir wurde ganz elend vor Enttäuschung.

»Sieh mal, Catherine«, sagte er und blieb in der Türe stehen. Er war so groß, daß fast kein Licht mehr aus dem Flur hereinfiel. »Du spielst da ein gefährliches Spiel. Du versuchst, mich zu verführen. Du bist sehr hübsch, und es fällt schwer, dir zu widerstehen. Aber dein Platz in meinem Leben ist der einer Tochter – nichts sonst.«

»Hat es an jenem Tag im Juni geregnet, als du Julia und Scotty begraben hast?«

»Was für einen Unterschied macht das schon? Jeder Tag, an dem man jemanden begräbt, den man liebt, ist ein Regentag!« Und er verschwand den Flur hinunter und schlug die Tür seines Zimmers hart hinter sich zu.

Ich hatte es also zweimal versucht, und er hatte mich zweimal abgelehnt. Jetzt wußte ich, daß ich meinen hübschen, zerstörerischen Weg bis zum Ende fortsetzen würde, daß ich mich bis ganz nach oben tanzen würde – bis zum Starruhm. Und so würde ich es Mammi zeigen, die ja nichts anderes konnte, als stricken und schöne Augen machen. Sie würde sehen, was ihre Tochter erreichte, ohne ihren Körper verkaufen zu müssen und ihre Kinder für eine Erbschaft zu opfern!

Eines Tages sollte die ganze Welt wissen, daß ich besser war als Anna Pawlowa. Und irgendwann sollte meine Mutter mit ihrem hübschen Mann auf eines der Feste kommen, die man mir zu Ehren gab, auf meinen großen Premierenball. Sie würde dann schon alt aussehen, erschöpft, verlebt, aber ich würde jung und hinreißend sein. Und die Augen ihres Bart würden an mir hängen, und er würde mir die Hand küssen und sagen: »Du bist die schönste Frau, die ich je gesehen habe, und die begabteste.« Seine Augen würden mir sagen, daß er mich liebte, zehnmal mehr liebte, als er sie je geliebt hatte. Und dann hatte ich ihn, und sie war allein. Ich würde ihm erzählen, wer ich war, und er würde es mir erst nicht glauben wollen. Aber dann würde er begreifen. Und dann haßte er sie! Er würde ihr das ganze Vermögen abnehmen. Aber was würde dann aus dem ganzen Geld werden? Mein Gedankenfluß stoppte. Was wurde aus dem Geld, wenn Mammi die Erbschaft rückwirkend wieder aberkannt bekam? Würde es dann an die Großmutter fallen? Wir würden nichts bekommen können. Nicht Chris, Carrie und ich, denn wir existierten ja gar nicht als Foxworths. Dann lächelte ich mir selbst zu, denn mir fielen die vier Geburtsurkunden ein, die ich in den Bezügen unserer alten Koffer gefunden hatte. Ich mußte lachen. O Mammi, was für dumme Sachen du doch immer gemacht hast! Man stelle sich vor, die Geburtsurkunden in unseren Koffern zu verstecken und es dann zu vergessen! Mit diesen Urkunden konnte ich beweisen, daß es Cory wirklich gegeben hatte. Ohne sie stünde ihr Wort gegen meines, falls die Polizei nicht in Gladstone den Arzt suchte, der Mammi von den Zwillingen entbunden hatte. Aber da war ja auch noch unser alter Babysitter, Mrs. Simpson – und Jim Jonston. Ich hoffte, daß keiner von ihnen verzogen war und sie sich beide noch an die vier Meißner-Püppchen erinnern konnten.

Ich wußte, daß ich böse war, genau wie die Großmutter es immer gesagt hatte, zum Schlechten geboren. Ich war bestraft worden, bevor ich je etwas Böses tun konnte, warum sollte ich jetzt also nicht das passende Verbrechen zu dieser Strafe begehen? Es gab keinen Grund, warum ich mich mein Leben lang damit abquälen sollte, daß ich mich in einer elenden Lage einmal in die Arme meines Bruders geflüchtet hatte. Jetzt würde ich mich dem Mann hingeben, der mich am meisten brauchte. Wenn es Sünde war, ihm zu geben, was er mit seinen Augen erflehte und mit seinen Worten von sich wies, dann wollte ich sündig sein!

Während ich immer schläfriger wurde, stellte ich mir vor, wie es zwischen uns sein würde. Ich würde ihm keine Chance lassen, mir noch länger auszuweichen. Ich wußte, daß er mich nicht verletzen konnte. Er würde es nicht ertragen, mir weh zu tun. Deshalb würde er mich in sein Bett nehmen und sich selbst sagen, daß er es tun mußte, weil ich es brauchte. So würde er keine Schuldgefühle haben. Alle Schuld würde allein bei mir liegen. Und Chris würde mich hassen und sich einer anderen zuwenden, wie es sein mußte.

Schöner als alle Rosen

Im April 1961 wurde ich sechzehn. Da war ich also in dem blühenden, reifen Alter, in dem alle Männer, jung oder alt, und besonders die über vierzig, mir auf der Straße nachsahen. Wenn ich an der Bushaltestelle wartete, fuhren die Autos mit Männern am Steuer langsamer, damit der Fahrer einen ausgiebigen Blick auf mich werfen konnte.

Und wenn ich die Männer begeisterte, war ich selbst von mir noch viel mehr hingerissen. Ich blieb vor jedem Spiegel in Pauls Haus stehen und sah darin, manchmal zu meiner eigenen Überraschung, ein reizendes, atemberaubend schönes Mädchen. Und dann immer wieder diese wundervolle Erkenntnis – das war ja ich!

Ich war betörend, und ich wußte es. Julian kam oft aus New York herübergeflogen, um mich mit seinen begehrlichen Blikken zu verfolgen und mir zu sagen, daß er wußte, was er wollte, ganz im Gegensatz zu mir. Chris sah ich nur an den Wochenenden. Aber ich wußte, daß er mich noch immer mehr liebte, als er je eine andere lieben würde.

Chris und Carrie kamen an meinem Geburtstagswochenende nach Hause. Wir lachten und nahmen uns in den Arm und redeten so schnell, als hätten wir nie genug Zeit, uns alles zu erzählen, besonders Chris und ich. Eigentlich wollte ich Chris davon erzählen, daß Mammi bald nach Greenglenna ziehen würde. Doch dann sagte ich mir, daß er alles versuchen würde, mich an meinen Plänen zu hindern, sobald er davon erfuhr. Nach einer Weile zog Carrie sich von uns zurück, setzte sich in eine Sofaecke und sah unseren Wohltäter mit großen traurigen Augen an. Diesen großen, gutaussehenden Mann, der mir sagte, ich solle jetzt mein bestes Kleid anziehen. »Warum trägst du nicht das Kleid, das wir dir für besondere Gelegenheiten gekauft haben? Weil dein Geburtstag ist, lade ich euch alle zu einem Festmahl in mein Lieblingsrestaurant ein.«

Sofort lief ich die Treppe hinauf und begann, mich umzuziehen. An meinem Geburtstag wollte ich so schön sein wie überhaupt möglich. Mein Gesicht brauchte eigentlich wirklich kein Make-up, aber ich schminkte mich ausgiebig, mit allem, was dazugehörte, besonders die Augen, und legte meine Haare mit einem Lockenstab in Form. Meine Nägel schimmerten wie Perlen, und ich zog mein bestes Abendkleid in hellstem Rosa an. Oh, wie schön kam ich mir vor, als ich mich vor dem großen Kristallspiegel drehte, den Paul mir für meine Eitelkeit gekauft hatte.

»Meine Lady Catherine«, rief Chris mir von der Tür zu, »du siehst wirklich phantastisch aus, aber es gehört sich einfach nicht, sich selbst so zu bewundern, daß man sein eigenes Spiegelbild küßt. Wirklich, Cathy, laß dich von anderen mit Komplimenten eindecken – du brauchst sie dir nicht selbst zu machen.«

»Ich fürchte, daß niemand mir diese Komplimente macht«, verteidigte ich mich. »Deshalb muß ich mir immer selbst sagen, daß ich gut aussehe. Bin ich wirklich schön, nicht nur hübsch?«

»Ja«, meinte er in einem komischen, gereizten Tonfall, »ich halte es für ganz ausgeschlossen, daß ich jemals ein schöneres Mädchen sehen werde, als du es heute bist.«

»Glaubst du, daß ich mit den Jahren noch schöner geworden bin?«

»Ich habe nicht vor, dir noch irgendwelche weiteren Komplimente zu machen! Kein Wunder, daß die Großmutter damals alle Spiegel zerbrochen hat. Wenn ich klug genug wäre, täte ich das besser auch. Du leidest echt an Narzißmus!«

Ich runzelte die Stirn, denn es gefiel mir gar nicht, an diese alte Frau erinnert zu werden. »Du siehst auch phantastisch aus, Chris«, versicherte ich ihm mit einem strahlenden warmen Lächeln. »Ich schäme mich nicht, jemandem die Komplimente zu machen, die er verdient hat. Du siehst so gut aus wie Daddy.«

Jedesmal, wenn er wieder von der Schule nach Hause kam, wirkte er noch männlicher und noch hübscher. Doch wenn ich genauer hinsah, entdeckte ich eine besondere, fremde Klugheit in seinen Augen – eine bestimmte Art von Lebensweisheit, die ihn viel trauriger machte, als er eigentlich war. Er wirkte auch trauriger als ich und verwundbarer. Eine Kombination, die ich extrem anziehend fand. »Warum bist du nicht glücklich?« fragte ich ihn. »Fühlst du dich vom Leben enttäuscht? Ist es nicht so, wie du es dir gewünscht hast, als wir eingeschlossen waren und so viele Träume von einer großen Zukunft träumten? Tut es dir leid, daß du dich entschlossen hast, Arzt zu werden? Möchtest du nicht lieber ein Tänzer sein?«

Ich suchte seine Augen, die mir immer alles verrieten, aber er senkte den Kopf, um sie vor mir zu verbergen. Seine Hände legten sich um meine Hüften, aber meine Hüften waren nicht so klein oder seine Hände nicht so groß. Hielt er mich gar nicht wirklich fest, berührten mich nur seine Fingerspitzen? War das nur noch ein Spiel, was einmal so ernst für uns gewesen war? Ich legte den Kopf auf die Seite, um ihm in die Augen zu sehen, und dort sah ich die Liebe, nach der ich suchte – und dann wünschte ich mir, ich hätte sie nicht gesehen.

»Chris, du hast mir noch keine Antwort gegeben.«

»Warum fragst du?«

»Dein Leben, deine Schule, läuft alles so, wie du es dir gewünscht hast?«

»Was läuft schon so, wie man es sich gewünscht hat?«

»Das klingt aber zynisch. So rede ich sonst, nicht du.«

Er hob den Kopf und lächelte breit. O Gott! »Ja«, sagte er, »das Leben draußen ist so, wie ich es mir vorgestellt habe. Anders als du bin ich immer realistisch gewesen. Mir gefällt meine Schule, und ich habe dort Freunde gefunden.«

Er blickte wieder zur Seite, und über seine Augen legte sich der Schatten einer verbotenen Sehnsucht. »Aber ich vermisse dich noch immer. Es fällt mir schwer, von dir getrennt zu sein, und ich frage mich ständig, was du gerade tust.« Sanft fügte er dann hinzu: »Herzlichen Glückwunsch zum Geburtstag, meine Lady Cath-er-ine.« Ein ganz leichter, hingehauchter Kuß, der gerade noch erlaubt war. »Gehen wir«, meinte er dann resolut und nahm mich bei der Hand. »Alle warten schon auf unsere eitle, verwöhnte Lady.«

Hand in Hand kamen wir die Treppe hinab. Paul und Carrie erwarteten uns schon mit feierlicher Miene, und auch Henny war bei ihnen. Irgendwie wirkte das Haus seltsam, verstohlen und erwartungsvoll, aber auch ein wenig unheimlich, denn außer im Flur war es überall dunkel. Wie komisch.

Plötzlich klangen in der Dunkelheit überall Stimmen auf: »Herzlichen Glückwunsch, herzlichen Glückwunsch!« Ein ganzer Chor schallte mir entgegen, und dann schaltete jemand das Licht ein. Da warteten alle Mitglieder meiner Ballettgruppe und stürmten mir und Chris entgegen.

Henny trug eine kniehohe Geburtstagstorte herein, die sich nach obenhin verjüngte wie der Turm zu Babel. Stolz erzählte Carrie jedem, daß sie mit Henny den ganzen Tag daran gearbeitet hatte. Ich möchte bei allem Erfolg haben, was ich mir vornehme, wünschte ich mir mit geschlossenen Augen, als ich die Kerzen ausblies. Jedes Jahr komme ich dir näher, Mammi, und bald wird die Zeit gekommen sein, daß ich den Kampf mit dir aufnehme und dir gewachsen bin.

Ich blies so kräftig, daß Wachs über die Torte spritzte. Mir gegenüber sah ich Julian. Seine Ebenholzaugen stellten mir wie immer die gleiche Frage.

Jedesmal wenn ich versuchte, einen Blick von Chris zu erhaschen, sah er in eine andere Richtung oder zu Boden. Carrie drängte sich dicht an Paul, der in einiger Entfernung von unserer Gratulantengruppe saß und versuchte einen möglichst lockeren Eindruck zu machen. Sobald ich alle Geschenke ausgepackt hatte, stand Paul auf, nahm Carrie auf den Arm und verschwand mit ihr die Treppe hinauf.

»Gute Nacht, Cathy!« rief Carrie mir noch zu, das kleine Gesicht glücklich und müde. »Das ist die schönste Geburtstagsparty, die ich je erlebt habe.«

Tränen drängten sich in meine Augen; sie war jetzt fast neun Jahre alt und alle Geburtstagsfeiern, an die sie sich erinnern konnte, außer der von Chris im letzten November, waren nichts als verzweifelte Versuche gewesen, aus nichts ein wenig Fröhlichkeit zu zaubern.

»Warum blickst du so traurig drein?« erkundigte sich Julian und zog mich an sich. »Freu dich – denn du hast mich zu deinen Füßen liegen.«

Ich haßte ihn, wenn er sich so aufführte. Er versuchte auf jede nur mögliche Art deutlich zu machen, daß ich zu ihm gehörte und nur zu ihm. Sein Geschenk war ein hübscher Lederbeutel, in den ich meine Ballettsachen packen konnte. Ich schüttelte ihn ab, denn heute nacht wollte ich nicht nur als sein Besitz gelten. Alle Mädchen, die sich noch nicht in Julian verliebt hatten, verliebten sich sofort unsterblich in Chris, und das trug nicht im geringsten dazu bei, meinen Bruder Julian sympathischer werden zu lassen. Ich weiß nicht, wie sie es schafften, aber schließlich standen Chris und Julian in einer Ecke, schrien sich an und standen dicht davor, eine Prügelei anzufangen. »Es ist mir ganz egal, was du davon hältst!« verkündete Chris laut auf seine eisige Art, der ich die gespannte Ruhe vor dem Sturm anmerkte. »Meine Schwester ist für dich zu jung und noch nicht bereit, in New York aufzutreten!«

»Du... du!« schrie Julian zurück. »Was verstehst du schon vom Tanz? Du hast ja keine Ahnung! Du kannst ja nicht mal deine Füße schnell bewegen, ohne daß du darüber stolperst!«

»Das mag schon so sein«, erwiderte Chris mit unterkühlter Wut, »dafür habe ich andere Fähigkeiten. Und wir reden nicht über mich, sondern über meine Schwester und darüber, daß sie noch nicht alt genug ist. Ich will nicht, daß du sie überredest, mit dir nach New York zu gehen, solange sie noch nicht einmal ihre Oberschule abgeschlossen hat!«

Mein Blick huschte von einem zum anderen. Es fiel schwer, eine Entscheidung zu treffen, wer von den beiden besser aussah. Mir wurde richtig übel, weil sie ihre Feindschaft allen so offen zeigen mußten, und noch viel mehr, weil ich mir so gewünscht hatte, daß die beiden sich mögen würden. Ich stand zitternd dicht davor, ihnen zuzurufen, hört damit auf! Aber dann bekam ich kein Wort über die Lippen.

»Cathy«, rief Chris, ohne seine Augen auch nur eine Sekunde von Julian zu lassen, der jeden Moment auf ihn einschlagen konnte – jedenfalls ballte er schon die Fäuste. »Glaubst du ehrlich, daß du schon gut genug für einen Auftritt in New York bist?«

»Nein...«, erwiderte ich fast flüsternd.

Julians Augen funkelten mich wutentbrannt an, denn er war jetzt seit Monaten ständig hinter mir her, drängte mich jede Sekunde, in der wir zusammen waren, endlich mit ihm nach New York zu kommen, seine Freundin zu werden und seine Tanzpartnerin. Ich wußte, warum er dies so sehr wollte – mein

Gewicht, meine Größe, meine Körperbalance paßten perfekt zu ihm. Es war von gar nicht zu überschätzender Wichtigkeit, den richtigen Partner zu haben, wenn man einen wirklich sensationellen *pas de deux* tanzen wollte. »Geh zum Teufel!« rief Julian und rannte zur Tür hinaus, die er heftig hinter sich zuschlug. So endete also meine Geburtstagsfeier. Alle gingen unangenehm berührt nach Hause. Chris schlich sich in sein Zimmer hinauf, ohne mir gute Nacht zu wünschen. Mit Tränen in den Augen begann ich, im Wohnzimmer die Reste der Feier aufzuräumen. An einem Sessel entdeckte ich ein Loch, das jemand mit einer unvorsichtig gehaltenen Zigarette hineingebrannt haben mußte. Jemand hatte eines von Pauls kostbaren handgeblasenen Gläsern zerbrochen – eine durchsichtige Rose aus schimmerndem Kristall. Ich hob es auf und dachte darüber nach, wo ich ihm einen Ersatz dafür kaufen könnte. Mit der anderen Hand strich ich bedauernd über das Loch im Sesselpolster.

»Mach dir keine Gedanken wegen der Rose«, klang Pauls Stimme plötzlich hinter mir auf. »Es war nur eine billige Imitation. So etwas kann man immer wieder kaufen.«

Ich wandte mich um, um ihn anzusehen. Er stand ganz lässig in der Tür zum Flur und sah mich mit seinen weichen, freundlichen Augen an. »Es war so eine wunderschöne Rose«, schluchzte ich, »und ich weiß, daß sie sehr teuer ist. Ich möchte dir gerne eine andere kaufen, wenn ich nur irgendwo ein Duplikat finden könnte, und wenn ich es könnte, würde ich dir sogar noch eine viel schönere kaufen . . .«

»Vergiß es.«

»Ich möchte dir noch mal ganz besonders für die wunderbare Spieluhr danken.« Nervös fuhren meine Hände über mein großzügiges Dekolleté und bedeckten meine Büste. »Mein Vater hat mir einmal eine silberne Spieluhr mit einer Ballerina darin geschenkt, aber die mußte ich damals zurücklassen . . .« Meine Stimme erstarb, und ich brachte nichts mehr heraus, denn Erinnerungen an meinen Vater erweckten in mir immer das Gefühl trauriger Hoffnungslosigkeit.

»Chris hat mir von der Spieluhr erzählt, die dein Vater dir geschenkt hat, als du ein kleines Mädchen warst, und ich habe versucht, eine ähnliche zu finden. Ist es mir gelungen?«

»Ja«, antwortete ich, obwohl das eigentlich nicht stimmte.
»Schön. So, nun geh aber ins Bett. Vergiß das Chaos, Henny räumt morgen auf. Du siehst müde aus.«

Schnell war ich oben in meinem Zimmer, wo zu meiner Überraschung Chris auf mich wartete.

»Was ist zwischen dir und Julian?« fuhr er mich heftig an.

»Nichts ist zwischen uns!«

»Lüg mich nicht an, Cathy! Wegen nichts fliegt er nicht alle paar Tage von New York hierher!«

»Kümmere dich bitte um deinen eigenen Kram!« erwiderte ich böse. »Ich versuche ja auch nicht dir zu erzählen, was du zu tun und zu lassen hast. Deshalb erwarte ich, daß du das bei mir auch läßt! Du bist kein Heiliger, und ich bin kein Engel. Das Problem ist, du bist auch nur einer von diesen Männern, die denken, sie könnten tun, was immer sie wollten, während ich schön brav in der Ecke stehe und geduldig darauf warte, daß sich jemand dazu herabläßt, mir zu sagen, wo es langgeht! Also paß auf, dieser Typ von Frau bin ich nicht! Niemand wird mich je herumstoßen und mir sagen, was ich zu tun habe – nie wieder! Paul nicht! Madame nicht! Julian nicht – und du auch nicht!« Er wurde blaß, während er mir zuhörte und sich mit Mühe beherrschte, mich nicht zu unterbrechen. »Ich will, daß du dich nicht in mein Leben mischst, Christopher. Ich werde tun, was ich tun muß, um ganz nach oben zu kommen – alles werde ich dafür tun!«

Er funkelte mich mit seinen himmelblauen Augen an, aus denen es gefährlich blitzte. »Das heißt, du würdest mit jedem Mann schlafen, wenn es dich weiterbringt.«

»Ich werde tun, was ich tun muß!« fauchte ich zurück, obwohl ich mir über diese Konsequenz noch gar keine Gedanken gemacht hatte.

Er schien dicht davor zu stehen, mich zu schlagen, und ballte in dem verzweifelten Versuch, sich zu beherrschen, die Hände. »Cathy«, sagte er in verletztem Ton, »was ist über dich gekommen? Ich hätte nie gedacht, daß du jemals eine billige Opportunistin werden könntest.«

Ich sah ihn bitter an. Für was hielt er sich denn? Wir hatten das unheimliche Glück gehabt, über einen unglücklichen, einsamen Mann zu stolpern, den wir jetzt ausnutzten, wofür wir irgendwann bezahlen müssen. Unsere Großmutter hatte uns immer gesagt, daß es nichts umsonst gibt. Aber irgendwie konnte ich Chris nicht noch mehr verletzen, und ich konnte nichts gegen Paul sagen, der alles für uns tat, was in seiner Macht stand. Ich hatte allen Grund, genau zu wissen, daß Paul dafür keine Belohnung erwartete.

»Cathy«, flehte er, »jedes Wort, was du gerade gesagt hast, tut mir weh. Wie kannst du so mit mir reden, wo du doch weißt, wie sehr ich dich liebe und respektiere? Es vergeht kein Tag, an dem ich mich nicht nach dir sehne. Ich lebe ausschließlich für die Wochenenden, an denen ich dich und Carrie wiedersehe. Wende dich nicht ab von mir, Cathy, ich brauche dich. Ich habe dich immer gebraucht. Es macht mich halb wahnsinnig, Angst haben zu müssen, daß ich in deinem Leben keine wichtige Rolle mehr spiele.« Er hielt mich an den Händen und hätte mich an seine Brust gezogen, aber ich riß mich los und wandte ihm den Rücken zu. Wie konnte ich jetzt noch sagen, was falsch war und was richtig, wenn es niemand mehr zu interessieren schien?

»Chris«, begann ich mit gebrochener Stimme, »es tut mir leid, daß ich so mit dir geredet habe. Es ist mir sehr wichtig, was du denkst, aber ich fühle mich in meinem Inneren so furchtbar zerrissen. Ich habe das Gefühl, ich müßte alles sofort haben, um mich für das zu entschädigen, was wir durchmachen mußten. Julian will, daß ich mit ihm nach New York gehe. Ich glaube nicht, daß ich dafür schon soweit bin, und ich habe auch noch nicht die nötige Disziplin – Madame erzählt mir das die ganze Zeit, und sie hat recht. Julian sagt, er liebt mich und will für mich sorgen. Aber ich bin nicht sicher, was Liebe eigentlich ist – nicht einmal, ob er mich überhaupt wirklich liebt oder mich nur braucht, damit ich ihm bei seiner Karriere helfe. Doch sein Ziel ist mein Ziel. Also, erkläre mir, wie ich herausfinden soll, ob er mich liebt oder mich nur ausnutzen will!«

»Hast du schon mit ihm geschlafen?« fragte er flach und mit leerem Blick.

»Nein! Natürlich nicht!«

Er legte mir schwer den Arm um die Schulter und drückte mich fest an seine Seite. »Warte wenigstens noch ein Jahr, Cathy. Hör auf Madame Marisha, nicht auf Julian. Sie versteht mehr davon als er.« Er schwieg und hob meinen Kopf, so daß ich ihm in die Augen sehen mußte. Ich studierte sein schönes, männliches Gesicht und fragte mich, warum er nicht weitersprach.

Es kam mir vor, als bestünde ich vom Scheitel bis zur Sohle aus unstillbarer Sehnsucht nach einer romantischen Liebe, aber auch nach körperlicher Erfüllung. Und ich fürchtete mich vor dem, was ich in mir spürte. Ich fürchtete mich davor, so zu sein wie Mammi. Jedesmal, wenn ich in den Spiegel sah, erblickte ich ein Gesicht, das dem meiner Mutter von Tag zu Tag mehr glich. Es faszinierte mich und begeisterte mich, aber paradoxerweise haßte ich mich gleichzeitig dafür, daß ich ihr Spiegelbild war. Nein, nein, ich würde nicht sein wie sie, äußerlich vielleicht, aber nicht in meinem Inneren. Meine Schönheit war mehr als nur eine Larve.

Das sagte ich mir auch, als ich an einem der nächsten Tage nach Greenglenna fuhr. Im dortigen Rathaus verschwendete ich meinen Charme an einen jungen Mann, der mir aufgrund einiger, wie ich selbst fand, nicht sehr überzeugender Vorwände, einen Blick in die Geburtsregister gewährte. So fand ich heraus, daß Bart Winslow acht Jahre jünger war als meine Mutter. Ich entdeckte auch, daß meine Mutter Barts Geburtshaus, den alten Familiensitz der Winslows, gekauft hatte und besorgte mir die Adresse. Es befand sich in einer ruhigen, von Ulmen gesäumten Straße, und während sich alle anderen Häuser in mehr oder weniger heruntergekommenem Zustand befanden, wurde bei Winslows von mehreren Handwerkerkolonnen fleißig renoviert. Um das ganze Haus stand ein Gerüst, und man setzte gerade neue Fenster ein.

An einem anderen Tag sah ich mir das Zeitungsarchiv in der Stadtbibliothek von Greenglenna an, wo ich einiges über die Familie Winslow fand. Zu meinem Entzücken schien sich einer der Klatschspalten-Chronisten ganz Bart Winslow und seiner unglaublich reichen und legendär schönen Frau mit ihrem geldaristokratischen Hintergrund verschrieben zu haben. »Die Erbin eines der größten Vermögen unseres Landes.«

Ich kopierte mir diese Spalte und brachte sie Chris mit. Überschrift und Datum hatte ich abgeschnitten, denn ich wollte nicht, daß er etwas über Mammis baldigen Einzug in Greenglenna erfuhr. Er wirkte unangenehm berührt, nachdem er den Zeitungsausschnitt gelesen hatte. »Cathy, wo hast du das her?«

Ich zuckte die Schultern. »Ich habe an einem Zeitungsstand ein Klatschmagazin aus Virginia gefunden.«

»Sie ist also wieder in Europa«, meinte er mit einem seltsamen Unterton. »Ich frage mich, warum sie so oft verreist.« Er sah mich aus seinen blauen Augen an, und ein weicher, verträumter Zug legte sich über sein Gesicht. »Erinnerst du dich noch an den Sommer, als sie auf ihrer Hochzeitsreise war?«

Erinnern? Als ob ich den je vergessen könnte. Als ob ich mir je erlauben würde, diesen Sommer zu vergessen. Eines Tages, wenn ich reich und berühmt sein würde, würde Mammi wieder von mir hören. Und auf diesen Tag sollte sie sich am besten gut vorbereiten, denn ich baute mir Stück für Stück eine unfehlbare Strategie für meine Rache auf.

Julian kam jetzt nicht mehr so oft nach Greenglenna wie vor meiner Geburtstagsparty. Chris schien ihm Angst eingejagt zu haben. Ich wußte nicht, ob ich darüber froh sein sollte. Wenn er jetzt seine Eltern besuchte, ignorierte er mich weitgehend. Er begann seine ganze Aufmerksamkeit Lorraine Duval zu widmen, meiner besten Freundin. Es verletzte mich und irgendwie brachte es mich gegen ihn auf, aber auch gegen Lorraine. Ich zog mich in die hinterste Ecke unseres Übungsraumes zurück, wenn sie einen leidenschaftlichen *pas de deux* zusammen tanzten. Bei dieser Gelegenheit entschloß ich mich, doppelt soviel zu trainieren wie bisher, denn jetzt wollte ich es auch Julian zeigen! Ich würde jedem zeigen, woraus ich gemacht war.

Ein niedliches kleines Ballettröckchen, und darunter war Stahl!

Die Eule auf dem Dach

Ich muß nun einen Zwischenfall aus Carries Leben erzählen, denn dies ist genauso ihre Geschichte, wie die von Chris und mir. Im Rückblick scheint es mir, wenn ich über Carries Leben nachdenke, daß ihre Erlebnisse in »Miss Emily Dean Calhoun's Schule für die gehobene Erziehung junger Damen« Carries Bild von sich selbst nachhaltig prägten und so zu ihren späteren Problemen beitrugen. Es ist eine Geschichte, die zu erzählen mir heute noch weh tut.

Aus den Bruchstücken, die ich von Carrie selbst, von ihrer Lehrerin Miss Dewhurst und einigen anderen Schülerinnen erfuhr, gelang es mir, ungefähr den Alptraum zu rekonstruieren, den Carrie dort durchgemacht haben muß.

In den ersten Wochen schien alles gutzugehen. Zwar wirkte Carrie wieder in sich gekehrt, sie erzählte nichts über ihre Schule, aber sie brach auch nicht in Tränen aus, wenn Paul sie am Sonntagabend dorthin zurück fuhr. Sie freute sich, wenn wir an den Wochenenden wieder alle zusammen waren, doch sie lachte fast nie, und ihre großen blauen Augen hingen ständig verzweifelt an Paul. Sie flehten um seine Aufmerksamkeit, doch die galt meist mir, und Carrie schien das mehr zu spüren als jeder andere von uns. Auch wenn sie nicht wieder krank wurde, schien sie in eine ähnliche Apathie verfallen zu sein wie nach Corys Tod.

Wenn Paul sie zurückbrachte, fuhr ich mit. Wir gaben ihr Abschiedsküsse und rieten ihr, nett zu sein und sich Freundinnen zu suchen: »... und wenn du uns brauchst, du weißt ja, daß du uns jederzeit anrufen kannst.«

»Ja«, antwortete sie leise mit niedergeschlagenen Augen. Ich drückte sie an mich und erzählte ihr noch einmal, wie sehr ich sie liebte und daß sie es nur sagen müßte, wenn sie unglücklich sei. »Ich bin nicht unglücklich«, antwortete sie und warf Paul einen langen, traurigen Blick zu.

Es war wirklich eine schöne Schule. Ich hätte selbst gerne als kleines Mädchen so eine Schule besucht. Die Mädchen hatten jeweils zu zweit ein eigenes Zimmer, das sie in ihrer Hälfte nach eigenem Geschmack dekorieren durften. Es mußte nur alles hübsch dezent und »damenhaft« sein. Hier im Süden legte man größten Wert darauf, die Mädchen zu sanfter, passiver Feminität zu erziehen. Besonders in den besseren Kreisen gehörte es sich so, daß ein Mädchen still, schüchtern, hilflos und ohne jede eigene Meinung war, die sie in Widerspruch zu einem Mann hätte bringen können – laß niemals einen Mann wissen, daß du mehr Hirn haben könntest, nie und nimmer. Wenn ich genauer darüber nachdenke, muß ich zugeben, daß diese Schule für mich doch nicht das Richtige gewesen wäre.

Weil Carrie die kleinste der ganzen Schule war, wurde ein Mädchen namens Sissy Towers zu ihrer Zimmernachbarin bestimmt, das die Zweitkleinste nach Carrie war. Sissy hatte ziegelrotes Haar, grüne schmale Augen und feine, papierweiße Haut. Dazu einen bösen, hinterhältigen Charakter, den sie jedoch nur zeigte, wenn keine Erwachsenen in der Nähe waren und sie ein hilfloses Opfer unter ihren Mitschülern gefunden hatte. Und was das Schlimmste von allem war, sie überragte Carrie noch um gut zwanzig Zentimeter.

Einige Monate lang ging trotzdem alles gut, denn Sissy merkte wohl, daß Carrie unter dem besonderen Schutz der Schulleiterin stand. Vielleicht gab Sissy sich auch tatsächlich zunächst Mühe, irgendwie mit Carrie Freundschaft zu schließen oder wenigstens in Kontakt zu kommen. Doch Carries verschlossenes, ängstliches Wesen verlangte ein Einfühlungsvermögen, das Sissys Möglichkeiten bei weitem überstieg. Wahrscheinlich legte Sissy Carries Verschlossenheit am Ende als Arroganz aus und fühlte sich zutiefst gekränkt. Wochenlang rächte sie sich dafür mit kleinen Bosheiten, doch eines Tages begann sie in der nachmittäglichen Freizeit, die die Kinder ohne Aufsicht auf ihren Zimmern verbringen durften, ein widerwärtiges, grausames Spiel. Was der konkrete Anlaß dafür gewesen sein mag, konnte ich nie herausfinden.

»Carrie ist ein Zwerg ... ein Zwerg ... ein Zwerg«, sang Sissy laut, und dann kletterte sie auf ihr Arbeitspult und begann Carrie mit lauter Stimme anzupreisen wie eine Jahrmarktkuriosität: »Hereinspaziert! Hereinspaziert! Zahlen Sie zehn Cent, und sehen Sie die kleinste Frau der Welt! Erleben Sie des Däumlings kleine Schwester! Hereinspaziert, hier wartet das komischste Mädchen der Welt – das Monster mit dem winzigen Körper und den riesigen Augen, die kleine Eule ohne Federn! Sehen Sie den größten Kopf auf den schmalsten Schultern! Und für einen halben Dollar dürfen Sie unser kleines Monster auch nackt sehen!«

Die Sache endete damit, daß ein ganzer Trupp von Carries Mitschülerinnen im Zimmer stand und mitspielte. Sie zahlten Sissy ein paar Cent und wollten das kleine Monster nackt sehen. Carrie hockte völlig entsetzt und verängstigt in der Ecke auf dem Boden, verbarg ihr Gesicht vor Scham hinter den langen Haaren und wäre am liebsten gestorben. Als sie überhaupt nicht mehr ein noch aus wußte, griff sie zu der einzigen Waffe, die sie kannte – ihrem furchtbaren Geschrei. Carrie hatte das Stimmvolumen einer ganzen Schulklasse. Sie riß den Kopf zurück und brüllte laut los. Die anwesenden Mädchen hatten inzwischen begonnen sich zu zanken, denn einigen war die Sache doch zu weit gegangen. In Sekunden entwickelte sich daraus eine handfeste Prügelei, in der Sissy besonders eifrig mitmischte.

Als die Erzieherinnen aus dem ganzen Haus zusammengelaufen kamen, herrschte in dem Zimmer ein solcher Tumult, daß niemand sofort begriff, was dort eigentlich vorging. Entsetzt erstarrten die Mädchen, sobald sie Miss Dewhurst ins Zimmer stürmen sahen, denn die Schulleiterin war bekannt dafür, daß sie keinen Aufruhr duldete und die Disziplin stets mit strengen Strafen wieder herstellte. Alle wurden schlagartig still, nur eine nicht. Carrie hatte die Augen fest zusammengekniffen und brüllte weiter, was das Zeug hielt, die Hände zu weißen kleinen Fäusten geballt.

Die Mädchen versuchten, den Vorfall, so gut es ging, zu vertuschen, als Miss Dewhurst sie ungehalten anfuhr, und nutzten Carries anhaltendes Geschrei, alles auf ihre neue Mitschülerin zu schieben. »Sie hat angefangen«, verkündete Sissy. »Ich möchte ein anderes Zimmer haben. Die spinnt ja, die macht uns alle verrückt!« Miss Dewhurst ahnte wohl, was hinter der Sache steckte. Sie erklärte den Missetäterinnen, daß sie zur Strafe am Wochenende nicht nach Hause durften, und versuchte dann, Carrie zu beruhigen. »Miss Dollanganger, haben Sie sich so weit beruhigt, daß Sie mir erzählen können, was vorgefallen ist?«

Carrie war längst nicht mehr ansprechbar. Sie war wieder zurück in dem grauenvollen Zimmer auf Foxworth Hall, als die furchtbare Großmutter mir befohlen hatte, mich nackt auszuziehen, damit sie mir den Rücken blutig schlagen konnte. Diese Erinnerung hatte sie völlig in Panik geraten lassen, und der einzige Schutz, den sie gegen die Grausamkeit des Lebens besaß, war ihr Geschrei. Miss Dewhurst war erschrocken und gerührt. Sie ahnte, um was es ging, denn sie hatte es seit vierzig Jahren mit verwöhnten kleinen Mädchen zu tun und wußte genau, wie gemein und grausam Kinder sein können. »Miss Dollanganger, wenn Sie mir nicht erzählen, was passiert ist, dann muß ich Sie bestrafen wie die anderen Mädchen auch, und Sie dürfen an diesem Wochenende nicht nach Hause. Ich weiß, daß Sie eine schwere Zeit hinter sich haben, und möchte Ihnen gerne helfen. Aber Sie müssen mir jetzt erzählen, was los ist!«

Vorsichtig blickte Carrie zwischen ihren Haaren hindurch vom Boden auf. Sie sah eine ältere Frau über sich gebeugt, groß und mit streng zurückgebundenem Haar, das blaue Kleid wirkte fast grau. Und grau war die Farbe, wie sie die schreckliche Großmutter immer trug. Und die Großmutter tat furchtbare Dinge. Sie hatte irgendwie dafür gesorgt, daß Cory starb – jetzt kam sie, um auch Carrie zu holen!

»Ich hasse dich, du gräßliche alte Frau, ich hasse dich, ich hasse dich!« brüllte Carrie wieder und wieder, bis Miss Dewhurst schließlich aus dem Zimmer floh und die Schulärztin kommen ließ, damit sie Carrie ein Beruhigungsmittel spritzte.

Als Miss Dewhurst an diesem Freitag bei uns anrief, nahm ich den Hörer ab. Sie erzählte mir, daß zwölf Mädchen sich schlecht benommen und die Schulordnung verletzt hätten, und Carrie wäre eine davon. »Es tut mir wirklich leid. Aber ich kann Ihre Schwester nicht bevorzugen und ihr Privilegien geben. Wenn ich die anderen bestrafe, dann darf ich bei ihr keine Ausnahme machen. Sie ist mit den anderen zusammen in einem Zimmer gewesen und hat ihren Aufruhr nicht beendet, als ich sie dazu aufforderte.«

Beim Abendessen besprach ich den Anruf mit Paul. »Es ist ein schlimmer Fehler, Carrie am Wochenende in der Schule bleiben zu lassen, Paul. Du weißt, daß wir ihr versprochen haben, sie könne jedes Wochenende nach Hause kommen. Sie ist einfach zu klein und still, um irgendeinen Aufruhr zu veranstalten. Deshalb ist es nicht fair, wenn sie mitbestraft wird.«

»Aber Cathy«, meinte Paul und legte seine Gabel hin. »Miss Dewhurst hat auch noch bei mir in der Praxis angerufen, nach dem Gespräch mit dir. So eine Schule kann man ohne eine gewisse Disziplin nicht führen, und wenn Carrie sich schlecht benommen hat, dann sollte sie auch mit den anderen bestraft werden. Wenn sie bevorzugt wird, macht sie das nur noch mehr zur Außenseiterin. Und ich respektiere in dieser Sache, wie Miss Dewhurst sich entschieden hat, auch wenn dir das nicht gefällt.«

Auch Chris war mit Paul einer Meinung, sobald er bei seinem Wochenendbesuch von dem Vorfall erfahren hatte. »Du weißt genausogut wie ich, Cathy, daß Carrie sich beherrschen kann, wenn sie wirklich will. Aber wenn sie richtig losbrüllt und nicht mehr aufhört, wird man verrückt davon – es kann einem das Trommelfell platzen.«

Ohne Carrie wurde das Wochenende zu einer mittleren Katastrophe. Ich mußte immer an sie denken. Ich grübelte, machte mir Sorgen, fragte mich, ob wir wirklich richtig gehandelt hatten. Es kam mir vor, als würde ich sie nach mir rufen hören. Ich schloß die Augen und sah ihr kleines weißes Gesicht mit großen aufgerissenen Augen, aus denen namenlose Angst sprach. Aber es mußte doch alles mit ihr in Ordnung sein! Schließlich kümmerte sich jemand um sie. Was konnte einem kleinen Mädchen schon an einer so teuren Schule passieren, die unter der Aufsicht einer so verantwortungsbewußten, erfahrenen Pädagogin stand wie Miss Emily Dewhurst?

Wenn Carrie traurig war und nicht mehr ein noch aus wußte und niemanden in ihrer Nähe hatte, der sie liebte, dann zog sie sich in die Vergangenheit zurück. Sie suchte Trost bei den winzigen Porzellanpuppen, die sie sorgfältig unter ihren Kleidern in der Schublade versteckt hatte. Um Carrie weitere Hänseleien zu ersparen, war Sissy in ein anderes Zimmer verlegt worden. Carrie hatte also jetzt als einziges Mädchen an der ganzen Schule ein Zimmer für sich allein. Aber sie war noch nie in ihrem Leben wirklich allein gewesen. Keine einzige Nacht ihrer neun Jahre hatte Carrie allein in einem Zimmer verbracht. Doch jetzt war sie es, und nicht nur das. Jedes Mädchen an der Schule haßte sie, denn alle sahen in ihr den Grund für das ausgefallene Wochenende.

Deshalb wollte sie ihre Puppen aus dem Versteck holen, Mr. und Mrs. Parkins und das liebe kleine Clara-Baby, und sich zum Trost mit ihnen unterhalten, wie sie es damals immer getan hatte, als wir auf dem Dachboden eingeschlossen waren.

»Und Cathy«, erzählte sie mir später, »ich dachte mir, vielleicht ist Mammi oben bei Gott im Himmel in dem schönen Garten mit Cory und Daddy. Ich war so böse mit euch, mit dir und Chris, weil ihr Dr. Paul erlaubt habt, daß er mich auf diese furchtbare Schule schickte. Du weißt doch, wie gerne ich bei euch bin. Und ich haßte dich! Ich haßte alle und jeden! Ich haßte Gott, weil er mich so klein gemacht hatte, daß die Leute über meinen großen Kopf und meinen kleinen Körper lachen mußten! Es war so dunkel in meinem Zimmer, Cathy, und ich hatte so ein unheimliches Gefühl. Du weißt ja, daß ich nachts immer eine Lampe brennen haben möchte. Aber das durfte man dort nicht. Es wäre mir sogar lieber gewesen, wenn die ekelhafte Sissy zurückgekommen wäre. Besser mit ihr im Zimmer schlafen, als so allein sein zu müssen. Schließlich knipste ich doch meine kleine Leselampe an. Ich dachte mir, wenn ich meine kleinen Puppen zu mir ins Bett holen würde, dann hätte ich wenigstens ein bißchen Gesellschaft. Ganz vorsichtig wollte ich sein und mich im Schlaf nicht bewegen, damit ich ihre zierlichen Porzellanköpfchen nicht zerbrach.

Ich hatte Mr. und Mrs. Parkins und ihr Baby immer in der untersten Schublade von meinem Kleiderschrank unter meinen Pullovern versteckt. Als ich in der Schublade herumtastete, fanden meine Finger schnell etwas Hartes, das in Watte eingewickelt war. Aber als ich dann genau hinsah, Cathy, als ich es auspackte und in der Hand hielt, da war es gar nicht mehr die Puppe, sondern nur ein kleines Hölzchen! Da packte ich auch schnell die anderen aus, und auch sie waren nur noch Hölzchen – nur etwas größere. Ich mußte laut weinen. Meine kleine Puppenfamilie war weg. Alles hatte sich in Holz verwandelt. Da wußte ich, daß Gott mich niemals größer machen würde, wenn er meine hübschen kleinen Puppen in Holz verwandelte.

Etwas Komisches passierte dann mit mir, als würde ich mich auch in Holz verwandelt haben. Ich fühlte mich steif und ausgetrocknet, und vor meinen Augen wurde es ganz dunkel. Ich verkroch mich in eine Ecke, kauerte mich so klein zusammen, wie es nur ging, und wartete darauf, daß etwas Furchtbares passieren würde. Die Großmutter hatte doch immer gesagt, es würde etwas Schreckliches passieren, wenn ich nicht gut auf die Puppen achtgab, nicht wahr?« Sie wollte kein weiteres Wort mehr erzählen, aber durch ihre Mitschülerinnen erfuhr ich schließlich, was sich danach abgespielt haben muß.

Um Mitternacht schlichen sich die zwölf reichen, verwöhnten kleinen Mädchen, die Miss Dewhurst zur Strafe am Wochenende in der Schule behalten hatte, in Carries Zimmer. Zwölf Mädchen, alle in den weißen Baumwollnachthemden, der offiziellen Nachtkleidung ihrer Schule, drängten in Carries Zimmer. Jedes hielt eine einzelne Kerze so vor sich, daß sein Gesicht von unten geisterhaft beschienen wurde. Der Anblick hätte ausgereicht, auch ein weniger ängstliches Mädchen als Carrie in Angst und Schrecken zu versetzen. Carrie geriet vor Panik förmlich in Trance.

Sie bauten sich im Halbkreis um Carrie auf und begannen mit einer Art Ritual, das unter den geheimen Mädchenbanden der Schule üblich war. Nachdem das Gesinge und Getue einen schaurigen Höhepunkt erreicht hatte, ohne daß Carrie auch nur im geringsten begriffen hätte, was man von ihr wollte, stellte Sissy Towers die entscheidende Frage:

»Willst du in unseren Geheimbund aufgenommen werden? Willst du die dreizehnte Hexe von Greenglenna werden, kleine Carrie? Heute wollen wir dich zu einer von uns machen, denn auch wenn du ein bißchen komisch aussiehst, sollst du von nun an zu unserer Gemeinschaft gehören.«

Unter anderen Umständen hätte Carrie dieses Angebot sicher sehr zu schätzen gewußt, aber im Augenblick konnte sie nur auf die wogenden Schatten der kleinen weißen Hexen starren – Dämonen, die von der Großmutter geschickt waren, um Carrie in die Hölle zu holen. Noch immer ohne zu begreifen, schaffte sie es schließlich trotzdem, schwach zu nicken.

»Gib uns das, was dir am Liebsten ist, oder du mußt furchtbar leiden«, verlangte Sissy, »denn das ist Brauch bei den weißen Hexen.«

»Aber ich habe nichts«, flüsterte Carrie ehrlich überzeugt.

»Die Puppen, die hübschen kleinen Porzellanpuppen, gib uns die«, intonierte der Hexenchor. »Deine Kleider sind uns zu klein, wir wollen deine Kleider nicht. Gib uns deine hübschen Puppen, gib uns deinen hübschen Porzellanmann mit der Frau und dem Baby. Gib sie uns, und wir machen dich zu einer weißen Hexe.«

»Sie sind weg«, weinte Carrie und fürchtete sich davor, daß man sie nun in etwas noch Häßlicheres verhexen würde, als sie sowieso schon war. »Sie haben sich in Hölzchen verwandelt.«

»Haha! Was für eine Geschichte! Du lügst! Jetzt mußt du leiden, kleine Eule, jetzt mußt du tausend Qualen ertragen, um eine von uns zu werden – oder du mußt sterben. Du hast die Wahl.«

Die Entscheidung fiel unter diesen Umständen natürlich nicht schwer. Carrie nickte und versuchte, nicht mehr zu schluchzen.

»In Ordnung, von dieser Nacht an wirst du, Carrie Dollanganger, eine von uns sein – eine weiße Hexe, niemand darf dich mehr verspotten.«

Es tut mir weh, mir vorzustellen, wie sie ihr dann die kleinen Hände auf den Rücken banden, die Augen verbanden und sie durch den Flur und weiter die Treppen hinauf führten, immer weiter, bis sie nach draußen kamen. Carrie fühlte die kühle Nachtluft, den rissigen Schiefer unter ihren nackten Füßen und folgerte daraus sofort, daß die Mädchen sie auf das Dach gebracht haben mußten. Es gab nur eine einzige Sache, die Carrie noch mehr fürchtete als die Großmutter, und das war das Dach – jedes Dach! Die Mädchen hatten Carries Schreie schon vorausgeahnt und sie deshalb auch noch geknebelt. »Jetzt setz dich ruhig und still hier hin, wie es sich für eine Eule gehört«, verkündete Sissy Towers. »Hock hier auf dem Dach neben dem Kamin unter dem Vollmond bis morgen früh, und dann bist du eine von uns.«

Verzweifelt wehrte Carrie sich dagegen, auf das Dach gesetzt zu werden, aber es waren zu viele. Und dann nahmen sie plötzlich, was noch viel schlimmer war, ihre Hände weg und ließen sie dort in der Dunkelheit auf dem Dach sitzen – ganz allein. Sie hörte, wie leise Schritte sich entfernten und in der Ferne geflüstert wurde, dann das sachte Schlagen einer Türe.

Cathy, Cathy, schrie Carrie stumm. Chris, Chris, kommt und rettet mich. Dr. Paul, warum hast du mich nur auf diese Schule geschickt? Will mich denn niemand bei sich haben? Schluchzend, blind, geknebelt und gefesselt schob Carrie sich Zentimeter um Zentimeter über das Dach zurück in die Richtung, aus der sie die letzten Geräusche der Mädchen gehört hatte. Sie muß auf dem Bauch gekrochen sein. So wie sie es mir später erzählt hat, war es nicht nur ihr Instinkt, der sie heil über das Dach führte, sondern sie konnte irgendwo in der Ferne in dem aufziehenden Frühlingsgewitter die süße Stimme von Cory singen hören, der sein melancholisches Lied von der Sonne und dem Weg nach Hause spielte.

»O Cathy, es war so seltsam und unheimlich da oben, hoch auf dem Dach. Und der Wind begann zum Sturm zu werden, es regnete immer fester, der Donner grollte und durch meine Augenbinde sah ich grelle Blitze zucken – aber die ganze Zeit hörte ich Cory singen, und sein Gesang führte mich zu der Dachtüre zurück, einer Falltüre, die ich irgendwie mit dem Fuß aufklappte. Dann stürzte ich die Treppe hinunter! Ich fiel in das Dunkel, und ich hörte, wie einer meiner Knochen brach. Dann kam der Schmerz, der mich wie ein großer Hund anfiel und so fest biß, daß ich gar nichts mehr sehen und hören konnte. Und Cory ging fort.«

Der Sonntagmorgen kam. Paul, Chris und ich saßen am Frühstückstisch. Chris hatte ein heißes Brötchen in der Hand, von Henny frisch aufgebacken. Er bestrich es gerade mit Butter, als das Telefon im Flur läutete. Ich stöhnte, denn ich hatte gerade mein erstes Käsesoufflé serviert, und das mußte heiß gegessen werden. »Könntest du nicht mal gehen, Cathy?« fragte Paul. »Ich möchte wirklich lieber dein köstliches Soufflé probieren, bevor es kalt ist. Es sieht hinreißend aus und duftet himmlisch.«

»Du bleibst sitzen und ißt mein Soufflé«, sagte ich sofort,

sprang auf und lief ans Telefon. »Ich halte dir schon irgendwie diese nervtötende Mrs. Wiliamson mit ihren Migräneanfällen vom Hals ...«

Er lachte leise und warf mir einen amüsierten Blick nach, während er erleichtert wieder zu seiner Gabel griff. Auf meine kühlste Art hauchte ich ins Telefon: »Bei Dr. Sheffield, privat.«

»Hier spricht Emily Dean Dewhurst«, erwiderte eine feste Stimme vom anderen Ende der Leitung. »Bitte holen Sie sofort Dr. Sheffield an den Apparat!«

»Miss Dewhurst!« rief ich sofort alarmiert. »Hier ist Cathy, Carries Schwester. Ist mit Carrie alles in Ordnung?«

»Sie und Dr. Sheffield werden hier sofort gebraucht!«

»Miss Dewhurst ...«

Aber sie ließ mich nicht ausreden. »Es scheint, daß Ihre kleine Schwester unter sehr mysteriösen Umständen verschwunden ist. Sonntags morgens gehen die Mädchen, die am Wochenende in der Schule bleiben müssen, unter meiner Aufsicht gemeinsam in die Kirche. Ich holte sie selbst aus ihren Zimmern, aber Carrie war nicht da.« Mein Herz schlug schneller, und ich fürchtete mich vor dem, was ich nun zu hören bekommen würde, aber mit einem Finger schaltete ich geistesgegenwärtig die Telefonsprechanlage ein, so daß Chris und Paul über Lautsprecher im Eßzimmer mithören konnten. Paul brauchte diese Anlage für seine Arztgespräche.

»Wo war sie?« fragte ich mit schwacher Stimme.

Miss Dewhurst erwiderte beherrscht: »Ich ordnete sofort eine gründliche Durchsuchung der ganzen Schulgebäude vom Keller bis zum Dach und unseres Parks an, aber Ihre Schwester konnten wir nirgendwo finden. Wenn Ihre Schwester ein anderes Kind gewesen wäre, hätte ich vielleicht angenommen, sie könnte ausgerissen und auf dem Weg nach Hause sein. Aber es gab da etwas, im Verhalten der anderen Mädchen, das mir sagte, zumindest einige von ihnen wissen etwas über Carries Verbleib, trauen sich aber nicht, mir davon zu erzählen, weil sie Angst vor Strafe haben.«

Ich atmete tief durch. »Wollen Sie damit sagen, daß sie noch immer nicht wissen, wo Carrie ist?«

Paul und Chris hatten aufgehört zu essen. Durch die offene Tür konnte ich sehen, wie sie besorgt zu mir herüberblickten.

Es war fast Mittag. Wir frühstückten immer sehr spät. Wenn Carrie jetzt noch immer nicht wieder aufgetaucht war, dann mußte ihr etwas Ernstes zugestoßen sein ...

Ich hätte laut losschreien können. Wie konnte diese Miss Dewhurst nur so unbeteiligt davon berichten? Warum nur wurden uns alle furchtbaren Dinge, die in unserem Leben passierten, von flachen, unbeteiligten Stimmen mitgeteilt?

In Pauls Wagen rasten wir alle drei über den Highway zu Carries Schule. Ich saß vorne zwischen Paul und Chris gezwängt. Mein Bruder hatte schon seinen Koffer dabei, damit er mit dem Bus weiter zu seiner eigenen Schule fahren konnte, sobald wir wußten, was mit Carrie los war. Er hielt meine Hände fest an sich gedrückt, um mir zu versichern, daß Carrie leben würde! »Du brauchst nicht so besorgt zu schauen, Cathy«, sagte Chris, legte mir den Arm um die Schulter, zog mich noch näher zu sich. »Du weißt ja, wie Carrie ist. Sie hat sich wahrscheinlich irgendwo versteckt und antwortet einfach niemandem. Erinnerst du dich noch, wie sie damals auf dem Dachboden war? Sie hat viel zu viel Angst vor der Dunkelheit, um nachts alleine fortzulaufen. Sie muß sich irgendwo versteckt haben. Jemand wird sie verletzt haben, und nun versucht sie alle damit zu bestrafen, daß sie sich nicht zeigt. Das hat sie selbst bei Cory schon mal so gemacht.«

O Gott! Ich wünschte, Chris hätte nicht auch noch den Dachboden erwähnen müssen, wo Cory einmal fast in einer alten Truhe erstickt wäre, bevor er dann doch zu Daddy in den Himmel kam.

Chris küßte mir die Wange und wischte mir die Tränen ab. »Komm, wein doch nicht. Es ist ihr schon nichts passiert. Es gibt dort doch keinen Dachboden mit alten Truhen.«

»Was soll das heißen, sie wissen nicht, wo meine Pflegetochter ist?« fuhr Paul mit harter Stimme eine sehr kühle Miss Dewhurst an. »Ich bin bisher davon ausgegangen, daß die Mädchen in dieser Schule vierundzwanzig Stunden beaufsichtigt werden.«

Wir standen im Büro von Miss Emily Dean Dewhurst. Diesmal saß sie nicht wie sonst hinter ihrem beeindruckenden, breiten Schreibtisch, sondern lief ruhelos auf und ab. »Wirklich, Dr. Sheffield, so etwas ist noch nie an unserer Schule vorgefallen. Noch nie ist ein Mädchen hier im Haus verschwunden. Wir werfen jede Nacht einen Blick in die Zimmer, ob die Mädchen auch in ihren Betten liegen, wie es sich gehört, und Carrie war in ihrem Bett. Ich habe sie selbst darin gesehen, denn ich wollte sie wegen des ausgefallenen Wochenendes trösten, aber sie weigerte sich, mich anzusehen oder nur mit mir zu sprechen.

Alle Lehrerinnen, die an diesem Wochenende Dienst haben, wurden zu der Suche herangezogen, und wir haben jedes der Mädchen ausführlich befragt. Doch keines wollte etwas mit der Geschichte zu tun haben, auch wenn ich einigen das nicht abnehme. Ich kann es natürlich nicht aus ihnen herausprügeln, deshalb weiß ich nicht, wie es jetzt weitergehen soll.«

»Warum haben Sie uns nicht sofort benachrichtigt, als Carrie vermißt wurde?« fragte Paul. Ich fand, daß uns längere Diskussionen jetzt nichts einbrachten und verlangte, Carries Zimmer sehen zu dürfen. Miss Dewhurst ging bereitwillig auf diesen Wunsch ein, um Pauls Zorn zu entkommen. Während wir ihr alle drei die Treppe hinauf folgten, überschüttete sie uns mit einer Flut von Entschuldigungen, wie schwierig die angemessene Betreuung von Hunderten kleiner, schlecht erzogener Mädchen sei. Als wir schließlich in Carries Zimmer ankamen, hatte sich uns ein ganzer Schwarm von Schülerinnen angeschlossen, die hinter unserem Rücken flüsterten, daß Chris und ich Carrie ja so unheimlich ähnlich sähen, nur wären wir nicht so »komisch verwachsen«.

Chris fuhr stirnrunzelnd herum. »Kein Wunder, daß Carrie sich hier nicht wohl fühlt, wenn ihr so über sie redet!« Ich kannte Carrie besser als jeder andere und versuchte mich in ihre Position zu versetzen. Also, wenn ich in Carries Alter wäre, würde ich dann aus einer Schule weglaufen, die mir ungerechterweise die Heimfahrt verboten hatte? Ja! Genau das würde ich tun. Aber ich war nicht Carrie. Und ich würde sicher auch nicht nur mit einem Nachthemd angezogen weiterlaufen. Alle ihre kleinen Schuluniformen und auch ihre anderen Kleider, von Henny und von mir genäht, fanden sich in ihrem Schrank. Alles, was Carrie mit an die Schule genommen hatte, lag an seinem Platz. Nur die Porzellanpuppen fehlten.

Noch immer vor Carries Schublade kniend, blickte ich zu

Paul auf und hielt ihm die Watte entgegen, in der sich statt der Puppen kleine Holzstücke befanden. »Ihre Puppen sind nicht da«, sagte ich dumpf, ohne zu wissen, was ich von den Hölzchen halten sollte. »Und soweit ich sehen kann, fehlt von ihren Kleidern nichts bis auf eines ihrer Nachthemden. Carrie würde doch nicht in einem Nachthemd nach Hause gehen. Sie muß noch irgendwo im Haus sein – an einem Ort, den noch niemand durchsucht hat.«

»Wir haben aber alles durchsucht!« verkündete Miss Dewhurst ungeduldig, als hätte ich in dieser Angelegenheit überhaupt nichts zu sagen, und als ob der Doktor, um dessen Gunst sie sich so verzweifelt trotz seiner vorwurfsvollen, harten Blicke bemühte, der einzige wäre, den Carries Verschwinden etwas anginge. Aus irgendeinem Grund, den ich nicht erklären kann, fiel mein Blick auf ein rothaariges, schuldbewußt zur Seite sehendes Mädchen, in dem ich Carries Zimmerkameradin erkannte. Vielleicht lag es an ihren unruhigen Blicken oder an der Art, in der sie die große, aufgenähte Tasche ihrer Schürze befingerte; jedenfalls brachte mich ihr Anblick sofort auf einen bestimmten Gedanken. Sie trat unruhig von einem Fuß auf den anderen, und ihre Augen konnten meinem Blick nicht begegnen, während ihre Hände schnell von der Tasche zuckten und sich hinter ihrem Rücken verbargen. Es war eine große aufgenähte Tasche, die sich verdächtig wölbte.

»Du bist doch Carries Zimmerkameradin?«

»Gewesen«, murmelte sie.

»Was hast du da in deiner Tasche?« Ihr Mund zuckte unsicher, während ihre Augen mich grün anfunkelten. »Das geht Sie nichts an!«

»Miss Towers!« fuhr Miss Dewhurst dazwischen, »beantworten Sie Miss Dollangangers Frage!«

»Das ist mein Portemonnaie.« Sissy Towers starrte mich herausfordernd an.

»Das ist aber ein dickes Portemonnaie«, erwiderte ich und packte blitzschnell zu. Ich schnappte mir Sissy Towers im Genick. Während sie nach meinem Arm schlug, griff ich mit der anderen Hand in ihre Schürze und zog einen blauen Seidenschal heraus. Aus dem Schal rollten Mr. und Mrs. Parkins und die Babypuppe Clara. Ich hob die drei Porzellanpuppen auf und nahm mir wieder Sissy Towers vor: »Wie kommst du zu den Puppen meiner Schwester?«

»Das sind meine Puppen!« rief das hinterhältige kleine Biest, die Augen zu schmalen Schlitzen zusammengekniffen. »Die habe ich von meinen Eltern geschenkt bekommen. Miss Dewhurst, sagen Sie, daß ich sofort meine Puppen wiederhaben darf!«

»Du verlogene kleine Hexe!« zischte ich und stand dicht davor, ihr in das freche kleine Gesicht zu schlagen. »Du hast diese Puppen meiner Schwester gestohlen. Und deshalb ist Carrie wahrscheinlich zur Zeit in großer Gefahr!« Ich wußte es. Ich fühlte es. Carrie brauchte Hilfe und zwar schnell. »Wo ist meine Schwester?« Ich kochte vor Wut, und irgend etwas muß an mir gewesen sein, vor dem selbst die verstockte Sissy Towers es mit der Angst zu tun bekam. Sie schlug die Augen nieder und schwieg, aber einige der anderen Mädchen hatten jetzt Sissys gemeinen Trick mit den Hölzchen durchschaut. Einige Minuten später wußten wir ungefähr, was sich in der letzten Nacht abgespielt hatte.

Auf der ganzen Welt gab es nichts, was Carrie mehr fürchtete als ein Dach – jedes Dach! Böse Erinnerungen stiegen in mir auf an damals, als Chris und ich versucht hatten, die Zwillinge nach draußen auf das Dach von Foxworth Hall zu schleppen, damit sie nach jahrelanger Gefangenschaft wenigstens ein bißchen Sonne und Luft bekam. Doch Carrie und Cory drehten regelrecht durch und wurden halb wahnsinnig vor Angst, so daß wir das Experiment schnell wieder aufgegeben hatten.

»Ich will mir selbst den Dachboden ansehen«, sagte ich zu Miss Dewhurst. Sie versicherte prompt, daß der Dachboden bereits gründlichst durchsucht worden sei und man immer wieder nach Carrie gerufen habe. Aber sie kannten Carrie ja nicht so gut wie ich. Sie wußten nicht, daß meine kleine Schwester sich in ein Niemandsland zurückziehen konnte, wenn sie sich in einem Schockzustand befand – ein Niemandsland, in dem es keine Sprache mehr gab.

Die gesamte Lehrerschaft, Chris, Paul und ich stiegen gemeinsam die Treppe hinauf. Oben erwartete mich ein beängstigend vertrauter Anblick, ein riesiger, staubiger, dämmriger

Raum. Aber dieser hier war nicht mit alten, von verstaubten Laken bedeckten Möbeln und Überbleibseln einer langen Vergangenheit gefüllt, sondern mit schweren Holzkisten, die in endlosen Reihen aufeinandergestapelt waren. Wahrscheinlich enthielten sie die Klassenarbeiten der letzten zehn Generationen.

Carrie war hier. Ich konnte es fühlen. Ich spürte ihre Nähe, als würde sie leise nach mir rufen, aber als ich in die Runde blickte, sah ich überall nur Kistenstapel. »Carrie!« rief ich so laut ich konnte. »Ich bin es, Cathy. Du brauchst dich nicht zu verstecken, wenn du Angst hast! Ich bin da! Ich habe dir deine Puppen mitgebracht, und Dr. Paul und Chris sind auch hier. Wir wollen dich nach Hause holen, und du brauchst nie wieder auf so eine Schule zu gehen!« Ich stieß Paul an. »Los, sag du ihr das auch.«

Seine sonst meist so gedämpfte, weiche Stimme klang überraschend kräftig und laut. »Carrie, melde dich, wenn du mich hören kannst. Es ist genauso, wie deine Schwester gesagt hat. Wir sind gekommen, um dich nach Hause zu bringen. Es tut mir leid, Carrie. Ich hatte gehofft, es würde dir hier gefallen. Jetzt weiß ich, daß du hier nicht glücklich werden kannst. Carrie, bitte komm raus, wir brauchen dich.«

Es schien mir, als hätte ich ein leises Wimmern gehört. Mit Chris auf den Fersen lief ich in die Richtung, aus der es gekommen sein mußte. Mit Dachböden kannte ich mich ja aus. Ich wußte, wie man hier zu suchen hatte.

Abrupt blieb ich stehen, und Chris rannte mir in den Rücken. Ein paar Meter vor uns, in den dunklen Schatten, zwischen zwei dicht beieinanderstehenden Kistenstapeln, erspähte ich Carrie, noch immer in ihrem Nachthemd, schmutzig, blutig, gefesselt, geknebelt und dem Tuch vor den Augen. In dem schwachen Licht konnte man sie fast nur an dem Schimmer ihrer hellen Haare erkennen. Eines ihrer Beine war seltsam verdreht. »Mein Gott«, flüsterten Chris und Paul im gleichen Atemzug, »ihr Bein ist gebrochen.«

»Vorsicht«, hielt Paul mich mit gesenkter Stimme zurück und packte mich mit beiden Händen an den Schultern, als ich impulsiv zu Carrie stürzen wollte. »Sieh dir mal die Kistenstapel an. Der eine steht schon fast auf der Kippe. Eine unvorsichtige

Bewegung von dir, und die ganzen Kisten stürzen auf dich und Carrie.«

Irgendwo hinter uns stöhnte eine der Lehrerinnen leise und begann zu beten. Wie Carrie es geschafft hatte, sich blind und gefesselt zwischen diese Kistenstapel zu quetschen, war uns allen ein Rätsel. Ein Erwachsener paßte nicht in den schmalen Zwischenraum, aber ich würde es gerade noch schaffen – dank meines Balletts war ich ja mehr als beweglich.

Während ich sprach, überlegte ich mir schon, wie ich vorgehen mußte. »Carrie, tu bitte jetzt genau das, was ich dir sage. Beweg dich nicht nach rechts oder links. Bleib flach auf dem Bauch liegen und hör darauf, woher meine Stimme kommt. Ich werde jetzt zu dir hineinkriechen und dich unter den Armen fassen. Dann ziehe ich dich langsam zu mir. Heb den Kopf, damit du dir nicht auf dem Boden das Gesicht verschrammst. Dr. Paul packt mich an den Füßen und zieht uns dann beide heraus.«

»Sag ihr, daß ihr das Bein dabei weh tun wird.«

»Hast du Dr. Paul gehört, Carrie? Du wirst Schmerzen am Bein haben, aber bitte, bewege es nicht. Alles ist in ein oder zwei Sekunden vorbei, und Dr. Paul macht dein Bein dann schnell wieder gesund.«

Es schien Stunden zu dauern, bis ich mich Zentimeter für Zentimeter durch den schmalen Spalt geschoben hatte, während über mir die Kistenstapel bedrohlich schwankten. Als ich sie dann endlich unter die Schultern gefaßt hatte, hörte ich Paul rufen: »Alles klar, Cathy!« Er zog mich zurück, schnell und mit aller Kraft. Und schon donnerten die Kistenstapel herunter! Überall wirbelte Staub auf. Ehe sich die allgemeine Verwirrung noch gelegt hatte, war ich schon an Carries Seite, nahm ihr die Fesseln und den Knebel ab, während der Doktor sich um ihr Bein kümmerte. Carrie klammerte sich fest an mich, kniff die Augen vor Schmerz zusammen, traute sich aber nicht einen Laut von sich zu geben, als sie die vielen Lehrer um uns stehen sah.

Im Krankenwagen saß ich dann zusammen mit Chris neben Carrie auf einer Bank, und jeder von uns hielt sie an einer Hand. Paul fuhr mit seinem Auto hinter uns her, um den Chirurgen zu überwachen, der Carries gebrochenes Bein richten würde. Neben Carrie auf dem Kopfkissen der Bahre lagen die drei Porzellanpuppen mit ihrem starren Lächeln. Carrie warf uns und ihnen immer wieder erschöpfte, aber erleichterte Blicke zu und bemühte sich, ein wenig zu lächeln.

Carries gebrochenes Bein verhinderte die lange Urlaubsreise, die Paul für uns alle geplant hatte. Wieder erzürnte ich im Inneren gegen Mammi. Auch das war ihre Schuld; wir wurden immer für das bestraft, was sie im Grunde zu verantworten hatte. Es war ungerecht, daß Carrie jetzt im Bett liegen mußte und wir nicht auf Reisen gehen konnten – während unsere Mutter strahlend in der Welt herumflog, von einer Jet Set-Party zur nächsten eilte und das Leben in vollen Zügen genoß! Die Klatschspalten berichteten ausführlich über Mammis Besuch an der französischen Riviera. Ich schnitt diese Meldungen aus, wie alles, was ich über Mammi finden konnte, und klebte sie in mein großes Album der Rache. Einen der Artikel zeigte ich Chris, bevor ich den Ausschnitt einklebte. Ich gab ihm nur wenige von den Meldungen zu lesen, die ich über Mammi fand. Ich wollte nicht, daß er merkte, wie ich jeden Schritt der Foxworth-Winslows in den Zeitungen verfolgte. Chris warf nur einen kurzen Blick darauf, schüttelte den Kopf und sagte mir, ich solle es vergessen.

Aber ich würde nie vergessen. In diesem Sommer begann ich, ihr regelmäßig Briefe von ihren Meißners zu schicken, damit sie nicht vergaß, womit sie sich ihr Set Jet-Leben erkauft hatte. Jedesmal, wenn ich einen der Briefe in den Kasten geworfen hatte, wünschte ich ihn mir wieder zurück und schämte mich ein wenig. Chris würde mich dafür hassen, falls er je davon erfuhr, das wußte ich genau. Er empfand noch immer so viel für seine geliebte Mutter, daß er es nie zugelassen hätte, ihr solche Briefe zu schreiben.

Meine Furcht, Carries Bein würde schlecht verheilen und sie noch zusätzlich verkrüppeln, erwies sich als grundlos. Es dauerte nur knapp einen Monat, dann wurde ihr der Gips abgenommen, und sie lief wieder genauso wie früher.

Als es auf den Herbst zuging, überlegten Chris, Paul und ich, wie es nun mit Carries Schule weitergehen sollte. Wir waren uns alle drei einig, sie nicht mehr zu Miss Dewhurst zurückzuschikken. Schließlich kamen wir zu der Entscheidung, daß die beste

Lösung eine öffentliche Schule in der Nähe war, von der Carrie jeden Nachmittag nach Hause kommen konnte. Sie brauchte nur in einen Bus zu steigen und drei Straßen weiter zu fahren. Am Nachmittag brachte sie derselbe Schulbus um drei wieder nach Hause. Dort setzte sie sich zu Henny in die gemütliche Küche, während ich meine Nachmittage wie immer in der Ballettschule verbrachte.

Der September ging rasch vorbei und auch der November, ohne daß Carrie an ihrer neuen Schule auch nur eine einzige Freundin gefunden hätte. Nichts wünschte sie sich so sehr wie dazuzugehören, aber sie blieb wie bisher ein Außenseiter. Sie sehnte sich nach jemandem in ihrem Alter, der Cory ersetzen konnte. Aber man begegnete ihr unter den Mitschülern immer nur mit Mißtrauen, Ablehnung und Spott. Es schien so, als würde Carrie für immer allein durch die langen Flure ihrer Grundschule wandern müssen, ohne je Spielgefährten zu finden.

»Cathy«, sagte Carrie immer zu mir, »niemand mag mich.«

»Das kommt schon noch. Früher oder später werden sie schon merken, was für ein lieber, wunderbarer Spielkamerad du bist. Und du hast ja uns alle hier zu Hause, die dich lieben und bewundern. Denk deshalb nicht soviel darüber nach, wie du den andern gefällst. Mach dir nichts draus, wenn sie komisch zu dir sind.« Sie lächelte matt und schniefte leise, denn sie machte sich wohl etwas daraus – kein Wunder!

Nachts betete sie vor dem Einschlafen zu Gott, er möge sie doch ein bißchen wachsen lassen, wenigstens noch ein kleines bißchen. Ihre Schwierigkeiten führte sie alle auf ihren kleinen Körper zurück, der so häßlich unproportioniert war. »Ich bin ganz schlecht, Cathy!« schluchzte sie nachts manchmal, kroch in mein Bett und kuschelte sich eng an mich. »Alle finden mich so häßlich und mögen mich nicht. Sie mögen meinen Körper nicht, weil er so klein ist, und sie mögen meinen Kopf nicht, weil er so groß ist, und mein schönes Gesicht und meine langen schimmernden Haare mögen sie auch nicht, weil sie glauben, daß ein Zwerg wie ich so etwas nicht verdient!«

Ich versuchte sie zu trösten, so gut ich konnte, und ich hatte immer ein schlechtes Gewissen dabei. Ich sah, wie ihre Augen oft an mir und meinem Körper hingen. Und ich spürte, daß sie sich ständig mit mir verglich und sich dann noch viel häßlicher vorkam.

Einmal ging Carrie nachmittags in die Sprechstunde, schlüpfte irgendwie in das Sprechzimmer, als Paul gerade keinen Patienten bei sich hatte. Paul erzählte mir später davon.

»Sie kam zu mir, Cathy, und sagte, man hätte ihr von einer Maschine erzählt, mit der man Menschen strecken könnte. Irgendwer muß sie damit aufgezogen haben, aber sie hat es in ihrer Verzweiflung für bare Münze genommen. Und nun wollte sie, daß ich sie mit dieser Maschine behandele. Ich mußte sie natürlich enttäuschen.«

Ich sah ihm an, was er bei diesem Gespräch empfunden haben mußte. Am liebsten hätte ich ihn in den Arm genommen. »Gibt es denn gar nichts, was die moderne Medizin für Carrie tun kann?« fragte ich ihn und griff nach seiner Hand.

»Ich würde meine Seele dafür geben, Carrie zu helfen«, erwiderte er und drückte meine Hand fest. »Ich studiere die gesamte Fachliteratur, Cathy, auf der Suche nach einer Behandlungsmöglichkeit. Irgendwie werden wir es schaffen, aber wir brauchen viel Geduld – wir alle.«

Mammis Schatten

Wir lebten nun seit eineinhalb Jahren bei unserem Doktor, und was für eine erstaunliche und aufregende Zeit das war. Ich kam mir vor wie ein Maulwurf, der sich ans Tageslicht gegraben hatte und nun feststellte, daß die Welt über ihm ganz anders aussah, als er sie sich vorgestellt hatte.

Ich hatte mir gedacht, nachdem wir nun tatsächlich aus Foxworth Hall entkommen waren, würde das Leben mich jetzt auf direktem Weg zu Ruhm, Glück und Reichtum führen. Genug Talent dafür besaß ich. Ich sah es jeden Tag in den bewundernden Augen von Madame und George. Madame wies mich auf jeden kleinen Fehler in meinen Bewegungen hin. Aber jede ihrer kritischen Bemerkungen ließ mich spüren, daß sie mich der Mühe für wert befand, nicht nur eine gute Tänzerin aus mir zu machen, sondern eine der Weltklasse.

Im Herbst des nächsten Jahres ging Chris aufs College und begann mit seinem Medizinstudium. Ich sah ihn jetzt nicht mehr so oft, denn zu seinem größten Bedauern schaffte er es nicht, an jedem Wochenende heimzukommen. Carrie klammerte sich an Henny und an ihre Porzellanpuppen. Sie hörte auf, sich über ihren kleinen Wuchs zu beklagen, aber ihre traurigen, sehnsüchtigen Augen erzählten mir, was in ihrem Kopf vorging, wenn sie auf der Straße anderen Kindern ihres Alters nachsah.

Immer häufiger schrieb ich Mammi kurze Haßbriefe. Ich gönnte ihr keinen einzigen ruhigen Tag bei ihrem süßen Leben. Niemals blieb sie lange genug an den Orten, an denen die Klatschjournalisten sie gesichtet hatten, um meine Briefe zu empfangen. Oder falls sie sie doch bekommen haben sollte, merkte ich jedenfalls keine Reaktion darauf. Ich erwartete, daß die Briefe eines Tages mit dem Stempel *Adresse unbekannt* an mich zurückgingen, aber auch das geschah nie. Früher oder später wußte ich, würde sie nach Greenglenna kommen, um dort auf Bart Winslows ehemaligem Familiensitz zu leben, der inzwischen fertig renoviert war.

Kein Besuch in Greenglenna verging, ohne daß ich nach ihr Ausschau hielt. Ich drehte mich nach jeder blonden Frau um, die an mir vorbeikam. Ich ging in die teuren, exklusiven Geschäfte, weil ich sie dort zu treffen hoffte. Doch dann lief sie mir ganz beiläufig über den Weg, als ich eines Samstags für Madame Marisha eine Besorgung zu erledigen hatte. Vor mir auf dem Bürgersteig gingen ein Mann und eine Frau, die eigentümlich vertraut wirkten. Mir stand fast das Herz still! Das waren sie! Sie da so einfach an seiner Seite spazierengehen zu sehen, brachte mich völlig aus der Fassung. Ein Klumpen schnürte mir die Kehle zu. Ich ging schneller und wagte mich bis dicht hinter die beiden, die mich in dem Menschengedränge überhaupt nicht bemerkten. Aber wenn sie sich umdrehten, mußten sie mich sofort erkennen – und was würde ich dann tun? Ihr ins Gesicht spucken? O ja, das hätte ich gerne gemacht. Ich hätte ihr ein Bein stellen können, damit sie der Länge nach hinfiel, und vorbei wäre es mit ihrer stolzen Eleganz. Das hätte mir gefallen. Aber ich tat nichts dergleichen, sondern lief zitternd, ein flaues Gefühl im Magen, hinter ihnen her und hörte ihrem Gespräch zu.

Es war fast schon tollkühn, wie ich mich an diesem Tag verhielt, denn sie gingen kaum mehr als einen Meter vor mir. Doch sie wandten sich nie um. Meine Mutter war nicht der Typ, der sich umdreht oder nach anderen Passanten schaut. Sie war es gewohnt, selbst im Mittelpunkt der Aufmerksamkeit zu stehen. Wie eine Königin unter Bettlern stolzierte sie mit ihrem jungen Mann durch die Straßen, als gäbe es außer ihr überhaupt niemanden in der ganzen Stadt.

Die Unterhaltung zwischen meiner Mutter und ihrem Mann war im Grunde belanglos. Sie besprachen, in welchem Restaurant sie heute abend essen sollten und machten sich Gedanken über die Möbel, die sie heute in Greenglenna gekauft hatten, und ob man nicht doch besser einen Innenarchitekten aus New York darum gebeten hätte. »Ich bin so entzückt, daß wir ein passendes Mahagoni-Schränkchen für die Nische in der Halle gefunden haben«, sagte sie mit einer Stimme, die mich zurück in meine Kindheit versetzte. »Weißt du, dieses Schränkchen erinnert mich so an eines, das wir gekauft hatten, kurz bevor Chris den Unfall hatte.«

O ja. Dieses Mahagoni-Schränkchen hatte zweitausend Dollar gekostet und war unbedingt notwendig gewesen, um der Garderobe eine stilvollere Note zu geben. Dann starb Daddy in seinem Auto, und alles, was wir auf Kredit gekauft hatten, auch das Mahagoni-Schränkchen, wurde gepfändet.

Ich folgte ihnen, um herauszufinden, wo sie lebten. Es war mir fast gleichgültig, ob sie mich dabei sahen. Und da waren wir dann, direkt vor Bart Winslows bestens renoviertem Haus. Während ich hinter ihnen hergelaufen war, hatte ich einen Racheplan nach dem anderen geschmiedet, hatte verzweifelt gegrübelt, was sie im Augenblick wohl am meisten verletzen würde. Und was tat ich – ich verlor die Nerven! Ich war so in Rage, daß ich einfach nichts tun konnte! Ich ließ sie einfach ins Haus gehen, und das war es! Wütend über mich selbst fuhr ich nach Hause, stellte mich vor meinen großen Spiegel und haßte mich selbst dafür, daß ich ihr so ähnlich sah. Zur Hölle mit ihr! Ich griff nach dem schweren Briefbeschwerer auf meinem Empire-Sekretär, den Paul mir zum Geburtstag geschenkt hatte, und warf ihn auf mein Spiegelbild! Da, Mammi! Da hast du es! In tausend Stücke bist du zerbrochen! Dann heulte ich los, und später mußte ein Handwerker kommen, der einen neuen Spiegel in den kostbaren alten Rahmen einsetzte. Was für eine Närrin war ich doch. Jetzt mußte ich auch noch das Geld anbrechen, von dem ich ein besonders schönes Geschenk für Pauls zweiundvierzigsten Geburtstag hatte kaufen wollen.

Eines Tages würde ich es ihr heimzahlen, und zwar auf eine Art, die nur ihr weh tun würde, nicht mir mit. Es würde mehr sein als nur ein zerbrochener Spiegel. Viel, viel mehr.

Ein Geburtstagsgeschenk

Viele meiner schönsten Pläne wurden von Medizinerkongressen und Patienten mit nächtlichen Herzanfällen durchkreuzt. An jenem besonderen Tag, um den es jetzt geht, beeilte ich mich, von der Schule besonders schnell nach Hause zu kommen, und ließ mein Ballett ausfallen. In der Küche fand ich Henny bei den Vorbereitungen eines umfangreichen Feinschmeckermenüs, das ich selbst zusammengestellt hatte – alles Pauls Lieblingsgerichte. Es wurde ein arbeitsreicher Nachmittag, bei dem ich unter anderem zu der Feststellung kam, daß mir gut essen mehr Spaß machte als gut zu kochen.

Ich holte gerade eine Pastete aus der Backröhre, als Chris durch die Hintertür gelaufen kam, sein Geschenk unter dem Arm. »Bin ich zu spät?« fragte er außer Atem. »Ich kann nicht später als bis neun Uhr bleiben. Ich habe morgen früh um halb acht eine Prüfung.«

»Du kommst gerade rechtzeitig«, sagte ich, riß mir die Schürze ab und stürzte nach oben, um mich zu baden und umzuziehen. »Du deckst mit Henny den Tisch und kümmerst dich um die Salate«, rief ich noch über die Schulter. Eigentlich war es natürlich unter seiner Würde, den Tisch zu decken, aber an diesem besonderen Abend ließ er sich widerspruchslos in die Pflicht nehmen.

Ich wusch mir das Haar und drehte mir große Lockenwickler hinein, und ich malte mir die Fingernägel mit einem glänzenden Rosa an. Auch die Fußnägel bekamen eine Lackierung. Dann schminkte ich mir die Augen und legte Make-up auf, worin ich inzwischen Expertin war, dank Madame Marisha und der freundlichen Unterweisung diverser Verkäuferinnen in den Kosmetiksalons von Greenglenna. Als ich fertig war, hätte mich niemand mehr für ein Mädchen, das gerade erst siebzehn war, halten können. Ich schwebte die Treppe hinunter und wurde von meinem Bruder mit so bewundernden Blicken empfangen, daß ich mir wie neugeboren vorkam. Henny grinste über beide Wangen.

Und dann warteten wir alle neben dem festlich geschmückten Geburtstagstisch. Chris hatte den Raum sogar noch mit ein paar Girlanden geschmückt. Schließlich setzten wir uns schon einmal, denn Paul kam nicht pünktlich, um seine »Überraschungsparty« genießen zu können. Als er auch zwei Stunden später noch nicht zu Hause war, begann ich unruhig auf und ab zu laufen, wie Mammi es an jenem sechsunddreißigsten Geburtstag von Daddy getan hatte, an dem er nicht mehr zu uns zurückgekehrt war.

Um neun Uhr blieb Chris nichts anderes übrig als aufzubrechen. Dann begann Carrie zu gähnen und zu stöhnen. Wir gaben ihr etwas von allen Desserts und schickten sie ins Bett. Sie schlief inzwischen in ihrem eigenen Zimmer, das in ihren leuchtenden Lieblingsfarben tapeziert war. Nun saß ich alleine mit Henny vor dem Fernseher, während der Braten vertrocknete, der Salat verwelkte und die Soßen eindickten. Schließlich gähnte auch Henny und machte ihre Gute Nacht-Geste. Ich blieb allein zurück, mein Fest war ruiniert, und lief voller Sorgen wieder vor den Fenstern auf und ab. Um halb elf hörte ich Pauls Wagen von der Straße einbiegen. Und dann marschierte er auch schon durch die Hintertür herein, die beiden Koffer in der Hand, die er mit nach Chicago genommen hatte. Er rief mir einen schnellen Gruß zu und wollte schon die Treppe hinauf, als er etwas in meinem Blick bemerkte. »He...«, sagte er und warf einen ahnungsvollen Blick ins Eßzimmer, wo er die Festtafel entdeckte. »Habe ich es wieder irgendwie geschafft, dir einen von deinen wundervollen Einfällen zu verderben?«

Es schien ihm so verdammt gleichgültig zu sein, drei Stunden zu spät nach Hause zu kommen, daß ich ihn hätte auf der Stelle umbringen können, wenn ich ihn nicht so geliebt hätte. Wie den meisten Menschen fiel mir nichts Besseres ein, um meine Sorgen zu verbergen, als ausfallend zu werden: »Warum mußtest du überhaupt zu diesem verdammten Medizinerkongreß? Konntest du dir nicht denken, daß wir dir gerne eine schöne Geburtstagsfeier bereitet hätten? Und dann rufst du an, sagst uns genau, wann wir dich zurückerwarten können, aber jetzt kommst du, ohne mit der Wimper zu zucken, einfach drei Stunden später hereinspaziert …«

»Mein Flug hatte Verspätung …«, versuchte er zu erklären.

»Ich mache mir hier Mühe für dich, backe dir einen Kuchen nach dem Originalrezept deiner Mutter«, fuhr ich ihm dazwischen, »und dann kommst du einfach nicht!« Ich stürmte an ihm vorbei in die Küche und riß den Braten aus dem Ofen.

»Es ist unverzeihlich«, meinte Paul entschuldigend und mit einem gequälten Blick. »Falls du noch nicht gegessen haben solltest, würdest du dann so lieb sein, dich mit mir an den Tisch zu setzen und zu genießen, was sicherlich ein wunderbares Geburtstagsdinner geworden wäre. Hab doch Gnade mit mir, Cathy. Ich habe schließlich keinen Einfluß auf das Wetter und kann schlecht selbst das Flugzeug fliegen.«

Ich nickte ungehalten, gab aber zu verstehen, daß ich zumindestens ein gewisses Verständnis für solche Ausreden aufbrachte. Er lächelte und streichelte mir sanft mit dem Handrücken über die Wange. »Du siehst absolut hinreißend aus«, flüsterte er mit seiner warmen, weichen Stimme, »deshalb entstelle dein Gesicht nicht länger mit diesem häßlichen Stirnrunzeln und wärme alles auf. Ich bin in zehn Minuten wieder unten.«

Zehn Minuten später war er frisch geduscht, rasiert und umgezogen. Beim Licht von vier Kerzen nahmen wir am langen Eßtisch Platz, ich zu seiner Linken. So wie ich das Essen vorbereitet hatte, brauchte ich zwischendurch nicht aufzustehen und in die Küche zu laufen. Alles stand auf einem Servierwagen bereit. Die warmen Gänge wurden auf vorgewärmten Tellern serviert, der Champagner stand in einem Eiskübel. »Der Champagner ist von Chris«, erklärte ich. »Er beginnt sich zu einem Kenner in solchen Dingen zu entwickeln.«

Paul hob die Flasche aus dem Eis und warf einen Blick auf das Etikett. »Das ist ein guter Jahrgang, der teuer gewesen sein muß. Dein Bruder scheint unter meinem guten Einfluß zu stehen.«

Wir aßen langsam. Es kam mir vor, als ruhten seine Blicke während des Essens ständig auf mir, denn immer, wenn ich aufblickte, sah er mich an. Als er nach Hause gekommen war, hatte er müde und abgespannt ausgesehen, nun wirkte er wie ausgewechselt. Zwei lange, lange Wochen war er fort gewesen. Tote Wochen, in denen ich seine Anwesenheit in der Türe vermißt hatte, wenn ich an meinem Übungsbalken vor dem Frühstück trainierte und mein Herz auf der wundervollen Musik zu ihm schwamm.

Als wir mit dem Hauptgang fertig waren, lief ich in die Küche und trug einen riesigen Kokosnußkuchen ins Eßzimmer, auf dem grüne Miniaturkerzen aus einem Kreis roter Zuckergußrosen ragten. In die Mitte hatte ich, so gut ich es konnte, mit einem Spritzbeutel »Herzlichen Glückwünsch zum Geburtstag« geschrieben. »Was denkst du?« fragte Paul mich, nachdem er die Kerzen ausgeblasen hatte.

»Was meinst du damit?« erkundigte ich mich, während ich vorsichtig den Kuchen mit seinen sechsundzwanzig Kerzen auf dem Tisch plazierte – sechsundzwanzig Kerzen, denn so alt kam Paul mir vor und dieses Alter hätte ich ihm gerne gegeben. Ich fühlte mich sehr erwachsen und bereit, es mit allen Spielen der Erwachsenenwelt aufzunehmen. Mein kurzes Abendkleid aus feuerrotem Chiffon mit Spaghettiträgern war tief ausgeschnitten. Aber falls ich mit meinen Bemühungen, als raffinierte Verführerin zu wirken, Erfolge hatte, entsprach das in keiner Weise mehr meinem inneren Aufruhr. Ich fühlte mich eher wie ein verunsichertes Kind.

»Mein Schnurrbart – er dürfte dir sicher aufgefallen sein. Du starrst ihn jetzt seit einer halben Stunde unentwegt an.«

»Er ist ganz nett«, stammelte ich und wurde so rot wie mein Kleid. »Steht dir gut.«

»Seit du hier eingezogen bist, läßt du ständig durchblicken, wieviel anziehender und interessanter ich doch mit einem Schnurrbart aussehen würde. Und jetzt, nachdem ich mir zwei Wochen lang für dich einen habe wachsen lassen, sagst du, er sei ganz nett. Das klingt ja nicht gerade, als ob du sehr von ihm begeistert wärst, Catherine.«

»Es ist nur, weil... weil... Du siehst so unheimlich gut aus«, stotterte ich, »daß ich einfach nicht die richtigen Worte dafür finde. Ich fürchte, Thelma Murkel ist in der Erfindung von Schmeicheleien wesentlich besser als ich.«

»Wo, zum Teufel, hast du das schon wieder her? Woher kennst du sie?« Er kniff seine wunderschönen Augen erregt zusammen und funkelte mich an. Mein Gott, das hätte er sich ja nun wirklich denken können. Klatsch gibt es überall. Also erzählte ich ihm: »Ich bin in dieses Krankenhaus gegangen, in dem Thelma Murkel die Stationsschwester von der dritten Etage ist. Und dann habe ich mich vor dem Schwesternzimmer auf die Wartebank gesetzt und sie mir mal ein paar Stunden in Ruhe angesehen. Also meiner Meinung nach sieht sie eigentlich nicht besonders gut aus, hübsch, aber eigentlich nicht schön. Und irgendwie wirkte sie sehr herrschsüchtig auf mich. Und sie flirtet mit allen Ärzten im Haus, nur für den Fall, daß du das noch nicht gemerkt haben solltest.«

Er lachte laut, und seine Augen lachten mit. Thelma Murkel war die Stationsschwester im Clairmont-Memorial-Hospital, und jeder dort wußte, daß sie seit Jahren nichts anderes im Kopf hatte, als die zweite Mrs. Paul Sheffield zu werden. Aber sie war nur eine Schwester in einem sterilen weißen Kittel, viele Meilen weit weg, und ich saß hier vor seiner Nase mit meinem verführerischen neuen Parfüm, das seine Sinne verwirrte (wie die Werbung es versprochen hatte – ein bezaubernder, verhexender, lockender Duft, dem kein Mann widerstehen konnte). Was für eine Chance hatte Thelma Murkel mit ihren neunundzwanzig Jahren gegen eine junge Schönheit wie mich?

Ich hatte einen leichten Schwips von Chris' Champagner und bekam gar nicht mehr richtig mit, wie Paul schließlich seine Geschenke auspackte, die Carrie, Chris und ich so liebevoll von unserem gesparten Taschengeld gekauft hatten. Ich hatte ihm einen kleinen Wandbehang mit einem wunderhübschen Hexenhäuschen unter großen, überhängenden Bäumen und umgeben von bunten Blumenhecken gestickt. Chris hatte den Entwurf für mich gezeichnet, und ich hatte wochenlang daran gearbeitet, bis es zu einem perfekten kleinen Kunstwerk geworden war.

»Das ist wirklich eine hinreißende Stickerei!« verkündete Paul mit echter Ehrfurcht. Ich konnte mir nicht helfen, aber ich mußte an die Großmutter denken, und wie sie damals unser mit so viel Mühen und Sorgfalt gemaltes Bild als Weihnachtsgeschenk abgelehnt hatte, um uns ein für allemal klarzumachen, daß wir nie ihre Zuneigung gewinnen konnten. »Vielen Dank, Catherine, daß du dir solche Mühe mit einem Geschenk für mich gemacht hast. Ich werde es in meinem Sprechzimmer aufhängen, wo es alle meine Patienten sehen können.«

Tränen flossen mir über die Wangen und spülten mein Make-up weg. Ich versuchte verzweifelt sie zurückzuhalten, bevor er entdecken würde, daß mich nicht allein das Kerzenlicht so schön machte, sondern daß ich mich stundenlang für ihn geschminkt hatte. Aber er bemerkte weder meine Tränen noch mein Taschentuch, das ich schnell aus meinem tiefen Ausschnitt geangelt hatte. Er bewunderte noch immer die kleine Stickerei. Dann legte er das Geschenk endlich doch zur Seite und warf mir einen Blick aus Augen zu, die ebenfalls verräterisch feucht schimmerten. »Es ist eine viel zu schöne Nacht, um schon ins Bett zu gehen«, meinte er mit einem Blick auf seine Uhr. »Am liebsten würde ich jetzt noch ein wenig im Mondschein durch den Garten spazieren. Hast du auch manchmal Lust auf solche nächtlichen Spaziergänge?«

Lust? Ich bestand ja fast nur noch aus Lust auf irgendwelche Dinge, die entweder zu erwachsen waren oder einfach außerhalb meiner Reichweite lagen. Als ich dann an seiner Seite durch den magischen Zauber des japanischen Gartens wanderte, über die kleine rotlackierte Brücke, und wir die Marmorstufen Hand in Hand hinaufstiegen, da fühlte ich mich, als würde er mich in ein verzaubertes Traumland führen. Das mochte nicht zuletzt an den Marmorstatuen liegen, die hier überall in ihrer kühlen, nackten und perfekten Schönheit unter dem Mond schimmerten.

Eine kräftige warme Brise wehte über die Hecken, und Paul duckte sich, um dem Wind zu entkommen, während ich aufrecht dastand und darüber lächelte, daß hoher Wuchs auch ein paar Probleme mit sich brachte, die ich mir ersparte. »Du lachst ja über mich, Catherine«, sagte er, genau wie Chris es tat, wenn er mich aufziehen wollte und die Silben meines Namens so komisch langzog. Meine Lady Cath-er-ine.

Ich lief voraus und die kleine Marmortreppe zum Mittelpunkt des Gartens hinunter, wo Rodins »Der Kuß« inmitten einer kleinen runden Wiese stand. Alles schien silbrig-blau und unwirklich, und der Mond war so groß und hell, strahlend und lächelnd. Dunkle Wolkenbänke trieben über sein Gesicht und ließen es einmal unheimlich aussehen und im nächsten Moment fröhlich lachen. Ich seufzte, denn so war es auch in jener seltsamen Nacht gewesen, als Chris und ich uns auf dem Dach in Foxworth Hall in den Armen lagen und uns beide davor fürchteten, für immer im Fegefeuer schmoren zu müssen.

»Es ist ein Jammer, daß du mit mir hier bist und nicht mit dem hübschen Jungen, der dein Tanzpartner ist«, sagte Paul und riß mich aus meinen Erinnerungen.

»Julian?« fragte ich überrascht. »Der ist diese Woche in New York. Aber ich erwarte ihn nächstes Wochenende zurück.«

»Oh«, meinte Paul. »Dann gehört also die nächste Woche ihm und nicht mir.«

»Das hängt davon ab ...«

»Wovon?«

»Manchmal bin ich gerne mit ihm zusammen und manchmal nicht. Manchmal ist er nur ein großer Junge, und ich will einen Mann. Dann wirkt er wieder sehr reif und männlich, weiß genau, was er will, und das beeindruckt mich. Und wenn ich mit ihm tanze, dann verliebe ich mich wahnsinnig in die Prinzen, deren Rollen er spielt. Er sieht so hinreißend gut in seinen Kostümen aus.«

»Ja«, sagte Paul. »Das ist mir auch schon aufgefallen.«

»Sein Haar ist rabenschwarz, während deines mehr eine warme, tiefbraune Tönung hat.«

»Ich nehme an, rabenschwarz ist wesentlich romantischer als tiefbraun?« zog er mich auf.

»Das hängt davon ab.«

»Catherine, du bist durch und durch eine Frau – hör auf, mir mit solchen rätselhaften Bemerkungen den Kopf zu verwirren.«

»Ich bin überhaupt nicht rätselhaft. Ich versuche dir nur gerade zu erzählen, daß Liebe und Romantik eben nicht ausreicht. Ich muß mir Fähigkeiten erarbeiten, mit denen man durchs Leben kommen kann, ohne seine Kinder einschließen zu müssen, um ein Vermögen zu erben, das man nicht selbst erworben hat. Ich will sicher sein, daß ich mir meinen Lebensunterhalt selber verdienen kann und zurechtkomme, auch wenn wir mal keinen Mann haben, der uns zur Seite steht.«

»Catherine, Catherine«, sagte er mit seiner sanften Stimme und nahm mich fest an beiden Händen. »Wie sehr muß deine Mutter dich verletzt haben. Du klingst so erwachsen, so hart. Laß dich von deinen bitteren Erinnerungen nicht des schönsten

Lebensinhalts berauben, der zärtlichen, warmen Liebe, die du geben und empfangen kannst. Ein Mann kümmert sich gerne um die Frau, die er liebt, und um seine Kinder. Ein Mann liebt es, wenn man sich auf ihn stützt, zu ihm aufschaut und ihn respektiert. Eine aggressive, dominante Frau ist eines von Gottes schreckenerregendsten Geschöpfen.«

Ich riß mich von ihm los und rannte zu der Schaukel, auf deren Brett ich mich schwang. Ich stieß mich fest ab und schwebte hoch hinauf, höher und höher, und flog zurück auf den Dachboden und zu der Schaukel dort, wo die Nächte lang und stickig gewesen waren. Aber jetzt war ich hier, frei, draußen unter dem Mond und den Sternen, und schaukelte wie verrückt, um mich zurück auf den Dachboden zu bringen! Es war das Wiedersehen mit Mammi und ihrem hübschen Mann gewesen, das mich wieder in meine alte Verzweiflung getrieben hatte. Deshalb stieg jetzt all das in meinen Gedanken wieder hoch, was ich so lange verdrängen wollte, bis ich alt genug war, um damit fertig zu werden. Ich schaukelte so wild, daß mir das Kleid vor das Gesicht wehte und ich nichts mehr sehen konnte. Mir wurde schwindelig, ich rutschte von der Schaukel und fiel zu Boden. Paul rannte zu mir, beugte sich über mich und hob mich in seine Arme. »Hast du dich verletzt?« fragte er und küßte mich, bevor ich ihm antworten konnte. Nein, keine Verletzungen. Ich war eine Tänzerin, die wußte, wie man richtig fällt. Er begann die liebevollen Worte zu murmeln, die ich so sehr hören wollte, während seine Küsse langsamer kamen und länger anhielten. Und dann ließ mich ein Blick in seine Augen viel betrunkener werden, als der prickelnde Champagner es je vermocht hätte.

Meine Lippen öffneten sich unter seinem langen Kuß. Ich stöhnte, weil seine Zunge die meine berührte. Seine Küsse wurden immer heißer – alles wurde heiß und feucht, meine Augenlider, meine Wangen, mein Kinn, Nacken, Schultern, Brüste, während seine Hände mich endlos streichelten und zu meinen intimsten Stellen vordrangen.

»Catherine«, keuchte er und riß sich von mir los. Mit brennenden Augen starrte er auf mich herab. »Du bist noch ein Kind. Wir dürfen das nicht zulassen. Ich habe geschworen, daß so etwas nie zwischen uns passieren darf, nicht zwischen dir und mir.« Vergebliche Worte, die ich auslöschte, indem ich meine Arme um seinen Hals schlang. Meine Finger wühlten sich in sein dichtes Haar, während ich heiser murmelte: »Ich hätte dir gerne einen silbernen Cadillac zum Geburtstag geschenkt, aber ich hatte nicht das Geld dafür. Deshalb dachte ich, ich schenke dir das Zweitbeste – mich.«

Er raunte sanft: »Das darf ich nicht von dir annehmen – du verdienst mich nicht.« Ich lachte und küßte ihn, küßte ihn schamlos, lang und tief.

»Paul, du bist es, der mich verdient! Du hast mir schon zu viele verlangende Blicke zugeworfen, um mir noch einreden zu können, du wolltest mich nicht. Wenn du das sagst, dann lügst du. Du denkst, ich wäre ein Kind. Aber ich bin schon vor langer Zeit erwachsen geworden. Du brauchst mich nicht zu lieben, das macht mir nichts. Ich liebe dich, und das ist genug für mich. Ich weiß, daß du mich auf die Art lieben wirst, in der ich geliebt werden möchte, denn selbst wenn du es dir nicht zugibst, du liebst mich doch.«

Der Mond ließ seine Augen aufleuchten. Und als er dann sagte: »Nein, du bist verrückt, dir das vorzustellen«, erzählten mir seine Augen etwas ganz anderes.

So wie es mir vorkam, zeigte gerade seine Zurückhaltung, wie sehr er mich wirklich liebte. Wenn er mich weniger geliebt hätte, dann hätte er sich längst begierig genommen, was ich ihm so bereitwillig anbot. Als er dann einen Versuch machte, aufzustehen und sich meinem lockenden Körper zu entziehen, nahm ich seine Hand und legte sie dorthin, wo sie mir die meiste Lust bereiten konnte. Er stöhnte. Und er stöhnte noch lauter, als ich mit meiner Hand dorthin griff, wo es ihm am meisten Lust bereitete. Ich sperrte alle Gedanken an das aus, was Chris denken würde oder was für eine verdorbene Sünderin ich in den Augen der Großmutter jetzt war. War es nun eine glückliche Fügung für mich, daß mir das Buch aus Mammis Nachttischschublade so detailliert gezeigt hatte, wie man die Lust eines Mannes erregt und befriedigt, oder war es das Gegenteil?

Ich dachte, wir wollten gleich dort auf dem Gras unter den Sternen bleiben, aber er hob mich auf und trug mich zurück ins Haus. Leise schlich er mit mir im Arm die Hintertreppe hinauf. Keiner von uns sagte ein Wort, doch meine Lippen sprachen ohne Unterbrechung in zärtlichen Küssen zu ihm. Von irgendwo weit weg, aus dem kleinen Zimmer hinter der Küche, hörte ich Hennys Fernseher, in dem sie sich die Mitternachtstalkshow ansah.

Er legte mich auf sein Bett, und dann begann er schon mit den Augen sein Liebesspiel, und in diesen Augen ertrank ich. Alles um mich verschwamm, während meine Gefühle wie eine Sturmflut aufbrandeten und uns hinwegspülten. Wir preßten unsere nackten Körper aufeinander und hatten zunächst einfach damit genug, das erregende Gefühl dieser wunderbaren Nähe zu teilen. Jede Berührung seiner Lippen, seiner Hände jagte warme Ströme durch meinen Körper, bis ich schließlich verrückt danach war, ihn in mich eindringen zu fühlen, nicht länger zärtlich, sondern wild und verlangend. Und er versuchte mit der gleichen verbissenen Wildheit den Höhepunkt zu erreichen, dem auch ich nachjagte.

»Catherine! Komm, komm!«

Wovon redete er da? Ich lag unter ihm und tat, was ich konnte. Wohin sollte ich kommen? Er war glatt und schlüpfrig vor Schweiß. Ich hatte meine Beine um seine Hüften gelegt und spürte, welche furchtbare Anstrengung es ihn kostete, sich zurückzuhalten, während er mir weiter sein ›komm, komm, komm‹ zurief. Dann stöhnte er und gab auf.

Die wunderbare Wärme seines heißen Samens jagte fünf- oder sechsmal in meinen Körper, und dann war es vorbei, alles vorbei, und er verließ mich. Und ich hatte noch gar keinen Berggipfel erreicht oder Glocken läuten gehört oder das Gefühl gehabt, zu explodieren – nichts von dem, was er offenbar erlebt hatte. Ich sah es seinem Gesicht an, das so entspannt und zufrieden wirkte, eine stille Freude in den halb geschlossenen Augen. Wie einfach hatten Männer es doch, dachte ich. Ich wollte immer noch mehr. Die Zündschnur zu meinem großen Feuerwerk hatte schon gebrannt, und dann war sie einfach wieder erloschen. Nur seine schläfrigen Hände blieben mir noch, die meinen Körper überall streichelten, bis Paul eingeschlafen war. Sein schweres Bein lag noch zwischen meinen. Da lag ich nun und starrte mit Tränen in den Augen an die Decke. Leb wohl, Christopher Meißner – jetzt bist du frei.

Die Sonne schien durch das Fenster und weckte mich früh. Paul hatte sich auf die Ellbogen gestützt und blickte verträumt auf mich herab. »Du bist so schön, so jung, so begehrenswert. Es tut dir doch jetzt nicht leid? Ich hoffe, du wünschst dir jetzt nicht, es wäre anders gekommen?« Ich kuschelte mich eng an seinen nackten Körper. »Erklär mir doch bitte eine Sache. Warum hast du mich immer aufgefordert, ich sollte kommen?« Er lachte schallend auf.

»Catherine, mein Liebes«, brachte er schließlich heraus. »Ich habe mich fast dafür umgebracht, nicht zu kommen, bevor du deinen Orgasmus hattest. Und jetzt liegst du da mit deinen großen, unschuldigen blauen Augen und fragst mich, was ich von dir gewollt habe! Ich habe gedacht, deine Spielgefährten im Ballett hätten dir in dieser Richtung alles erklärt. Erzähl mir nicht, daß es auch nur eine Sache gäbe, über die du nichts in irgendwelchen Büchern nachgelesen hast!«

»Naja, ich habe da mal in Mammis Nachttisch ein Buch gefunden... Aber ich habe mir eigentlich nur die Fotos angeschaut. Den Text habe ich nie gelesen, das hat Chris getan, aber der war auch viel öfter unten in Mammis Schlafzimmer als ich.«

Er räusperte sich. »Ich könnte dir natürlich erklären, was ich damit gemeint habe, aber es dir in der Praxis zu zeigen, würde viel mehr Spaß machen. Sag mal, hast du wirklich überhaupt keine Vorstellung davon?«

»Natürlich habe ich die«, verteidigte ich mich. »Man fühlt sich von einem Blitzstrahl getroffen, so daß man die Besinnung verliert und sich in seine Atome auflöst, die dann durchs Zimmer schweben, bis sie sich wieder vereinen, und man mit einem hinreißenden Prickeln in die Wirklichkeit zurückkehrt, leuchtende Sterne in den Augen – wie du sie hattest.«

»Catherine, mach nicht, daß ich dich zu sehr liebe.« Es klang so ernst, als könne er von zuviel Liebe körperliche Schmerzen bekommen.

»Ich will versuchen, dich genauso zu lieben, wie du es haben möchtest.«

»Erst will ich mich aber rasieren«, sagte er und schlug die Decke zurück, um aus dem Bett zu springen.

Ich zog ihn zurück zu mir. »Mir gefällt es aber sehr gut, wie du gerade aussiehst, so dunkel und gefährlich.«
Bereitwillig gab ich mich allem hin, was Paul sich wünschte. Wir

entwickelten raffinierte Arrangements, um unser Verhältnis vor Henny geheimzuhalten. An Hennys freien Tagen wusch ich heimlich Pauls Bettwäsche. Jeden Morgen, nachdem ich mit ihm geschlafen hatte, bezogen wir sein Bett frisch, und ich versteckte unser Laken in meinem Schrank. Carrie hätte in einer anderen Welt leben können, so wenig bekam sie von dem mit, was zwischen Paul und mir vorging. Aber wenn Chris nach Hause kam, mußten wir noch diskreter sein und sahen uns nicht einmal an, denn ein einziger verliebter Blick hätte Chris alles gesagt. Ich hatte ein seltsames Gefühl gegenüber Chris, als würde ich ihn betrügen. Oder eigentlich mehr, als ob ich ihn verraten hätte.

Ich wußte nicht, wie lange die Beziehung zwischen Paul und mir halten würde. Ich sehnte mich nach unsterblicher Leidenschaft und endloser Ekstase. Doch mein mißtrauisches zweites Ich flüsterte mir wieder einmal zu, daß eine so schöne Sache, wie die zwischen Paul und mir, nicht lange gutgehen konnte. Er würde bald genug von mir haben, einem Kind, dessen geistige Fähigkeiten weit unter seinen Ansprüchen lagen. Und dann würde er wieder seine alten Gewohnheiten aufnehmen – vielleicht mit Thelma Murkel. Vielleicht war Thelma Murkel mit ihm auch auf diesem Kongreß in Chikago gewesen. Doch ich war klug genug, ihn nie danach zu fragen, was er tat, wenn ich nicht bei ihm war. Ich wollte ihm all das geben, was Julia ihm verweigert hatte, ohne daran irgendwelche Bedingungen zu knüpfen und ihm seine Freiheit zu nehmen.

Und der Gedanke an die Großmutter mit ihrem Gerede von Sünde und verbotenen Dingen machte alles noch zehnmal aufregender, denn nichts ist so aufregend wie Verbotenes. Ich kam mir so raffiniert und verdorben vor, gefiel mir darin und fürchtete mich zugleich davor, daß Chris davon erfahren könnte. Es war so furchtbar wichtig für mich, was er von mir dachte. Bitte, lieber Gott, laß Chris verstehen, warum ich es tue. Und ich liebe Paul, ich liebe ihn wirklich!

Im Spätherbst hatte Chris ein paar Tage frei und kam zu uns. Als wir eines Abends alle zusammen nach dem Essen noch am Tisch saßen, fragte Paul jeden von uns, was wir uns zu Weihnachten wünschten. Es würde unser drittes Weihnachtsfest mit Paul sein. Ende Januar hatte ich meine Abschlußprüfung an der

Oberschule. Mein nächstes Ziel stand im Grunde längst fest, auch wenn ich noch immer zögerte, es laut zu verkünden: New York.

Als ich an der Reihe war, erklärte ich Paul meinen Weihnachtswunsch. Ich wollte Foxworth Hall sehen. Chris riß die Augen auf, und Carrie begann zu weinen. »Kommt nicht in Frage!« sagte Chris fest. »Wir werden keine frisch verheilten Wunden aufreißen.«

»Meine Wunden sind noch nicht verheilt!« verkündete ich ebenso entschieden. »Und sie werden auch nie heilen, solange die Gerechtigkeit nicht siegt.«

Ein Blick auf Foxworth Hall

Kaum waren mir diese Worte über die Lippen, da schrie Chris: »Nein! Warum kannst du die Vergangenheit nicht endlich Vergangenheit sein lassen?«

»Weil ich nicht so bin wie du, Christopher! Du machst dir selber vor, daß Cory nicht an Arsenvergiftung, sondern an Lungenentzündung gestorben ist, weil du so ruhiger schlafen kannst! Doch du selbst bist es damals gewesen, der mich davon überzeugt hat, daß *sie* ihn vergiftet hat! Warum können wir also nicht in Virginia Erkundigungen einziehen und herausfinden, ob Corys Tod in irgendeinem Krankenhaus registriert ist?«

»Cory könnte an Lungenentzündung gestorben sein. Er hatte alle Symptome.« Wie matt das klang; Chris wußte genau, daß er sie nur in Schutz nehmen wollte.

»Nun mal einen Augenblick«, sagte Paul, der sich aus der Sache herausgehalten hatte und sich erst jetzt zu Wort meldete, als er die Wut in meinem Blick aufflammen sah. »Wenn Cathy meint, sie müßte sich Gewißheit verschaffen, warum nicht, Chris? Wenn eure Mutter ihn allerdings unter falschem Namen in ein Krankenhaus eingeliefert hat, dürfte es nicht einfach sein, seine Spur zu finden.«

»Sie wird auch einen falschen Namen auf sein Grab gesetzt haben«, meinte Chris und warf mir einen langen, haßerfüllten Blick zu. Paul machte sich darüber laut Gedanken und überlegte, wie man ein Grab finden könnte, wenn man den Namen auf dem Grabstein nicht weiß. Doch ich wußte eine Antwort darauf. Falls sie Cory in einem Krankenhaus mit einem bestimmten falschen Namen hatte eintragen lassen, dann würde sie diesen Namen selbstverständlich auch für das Begräbnis benutzt haben. »Und Paul, als Doktor müßtest du doch alle Krankengeschichten einsehen können?«

»Bist du sicher, daß wir uns wirklich auf diese Suche machen sollen?« fragte er. »Es wird euch allen einige unangenehme Erinnerungen zurückbringen und, wie Chris schon sagte, alte Wunden wieder aufreißen.«

»Meine Wunden sind nicht verheilt und werden auch nie verheilen! Ich möchte wenigstens Blumen auf Corys Grab legen können. Ich glaube, daß es auch für Carrie ein Trost sein wird, wenn wir sein Grab kennen und es manchmal besuchen können. Chris, wenn du absolut dagegen bist, kannst du ja hierbleiben!«

Trotz Chris' Einwänden tat Paul alles, um meinen Wunsch zu erfüllen. Chris begleitete uns schließlich doch nach Charlottesville. Er saß mit Carrie auf dem Rücksitz. Paul klapperte alle Krankenhäuser der Umgebung ab und verschwendete seinen Charme an die Oberschwestern, bis sie ihm einen Blick in die Einlieferungslisten gewährten. Wir anderen saßen stundenlang draußen im Wagen und warteten und warteten. Aber es war kein achtjähriger Junge vor zwei Jahren, gegen Ende Oktober, an Lungenentzündung gestorben! Die nächsten Tage wanderten wir über die Friedhöfe von Charlottesville, aber dort war kein Kind zu der in Frage kommenden Zeit begraben worden, das auch nur annähernd Corys Alter hatte.

Die ganze Suche kostete uns fast eine Woche Urlaub, ohne auch nur den kleinsten Hinweis auf Cory zu bringen. Soweit der Rest der Welt wußte, war von Oktober bis November 1960 kein männliches Kind zwischen sieben und zehn Jahren in der Nähe von Charlottesville gestorben! Chris drängte, wir sollten zurück nach Hause fahren. Er versuchte mir einzureden, daß ich Foxworth Hall lieber doch nicht sehen sollte. Das brachte mich wieder in Wut und bestätigte mich erst recht in meinem Vorhaben. Chris und ich standen dicht davor, uns anzuschreien, als Paul sich zu meiner Überraschung einschaltete. »Um ehrlich zu sein, Chris, ich würde selbst auch gerne das Haus sehen. Ihr habt mir so viel davon erzählt, daß ich jetzt einfach neugierig bin.« Mit Paul wollte Chris sich nicht streiten.

Er gab nach und hüllte sich auf dem Rücksitz in Schweigen, während Paul in die Straße zu den Bergen einbog, über die Mammi und ihr Mann schon so oft mit einem ihrer vielen Wagen gebraust sein mußten. Als Carrie die Berge sah, begann sie zu weinen. Paul erkundigte sich an einer Tankstelle nach dem

Weg zu Foxworth Hall. Wir hätten ihn leicht führen können, aber dazu hätten wir erst einmal den Haltepunkt an der Bahnstrecke finden müssen. Nur von dort kannten wir den Weg.

»Schöne Gegend«, meinte Paul, als wir weiterfuhren. Schließlich tauchte das riesige Haus auf, das abgeschieden von den anderen Anwesen ziemlich hoch an einem Berghang lag. »Da ist es!« rief ich furchtbar aufgeregt. Es war groß wie ein Hotel und hatte zwei weitläufige Flügel, die T-förmig das Hauptgebäude erweiterten. Die der Straße zugewandte Front bestand ganz aus roten Ziegeln mit schwarzen Fensterläden. Das schwarze Schieferdach war so steil und mit so scharfem First, daß einem schon vom bloßen Anblick schwindelig wurde – wie hatten wir damals nur die Nerven haben können, darauf herumzuklettern? Ich zählte die acht Kamine und die vier Fensterfluchten des Dachbodens.

»Da oben, Paul«, wies ich auf die zwei Fenster unter dem Dach des Nordflügels, hinter denen wir so lange als Gefangene gelebt hatten. Völlig überraschend heulte Carrie laut los. »Ich will meine Mammi!« schrie sie. »Cathy, Chris, in dem Haus da haben wir mit Cory gewohnt! Laß uns reingehen! Ich will zu Mammi! Bitte, bitte, laß mich meine richtige Mammi sehen!«

Sie bettelte und weinte furchtbar. Woher konnte sie sich nur an das Haus erinnern? In der Nacht, als wir damals von Mammi hierher gebracht worden waren, war es stockdunkel gewesen. Und an dem Morgen, als uns endlich die Flucht gelang, hatten wir uns schnell durch die Hintertür davongeschlichen. Was sagte Carrie mit solcher Sicherheit, daß dies unser altes Gefängnis war? Dann wußte ich es. Es waren die Häuser weiter den Hang hinunter. Die Straße endete hier oben in einer Sackgasse, hoch über den anderen stattlichen Anwesen. Wir hatten oft zwischen den Vorhängen durch auf all diese reichen, großen Häuser hinabgesehen. Verbotene Blicke waren das gewesen – aber in den langen Jahren hatten wir sie oft genug gewagt und würden sie nie wieder vergessen.

Was war letzten Endes bei dieser langen Reise rausgekommen? Nichts, überhaupt nichts, wenn man von einem weiteren Beweis dafür absah, daß unsere Mutter uns praktisch in allem angelogen hatte. Ich grübelte tagelang darüber. Selbst wenn ich in der

Wanne saß und Paul mir geduldig und vorsichtig das lange Haar wusch. Wir waren oft nackt zusammen im Bad, und ich schämte mich nicht im geringsten.

»Paul«, fragte ich mit gesenkten Augen, »ist das eigentlich Sünde, was wir tun? Ich muß immer an die Großmutter und ihr Gerede von uns als Satansbrut denken. Sag mir, daß alles gut ist, wenn man sich liebt.«

»Sieh mich an«, erwiderte er sanft, während er mich zärtlich abtrocknete, »ein nackter Mann, wie Gott ihn schuf und Gott ihn haben wollte.« Er ließ das Handtuch fallen und zog mich in seine nackten Arme. Er drückte mich fest an sich und redete liebevoll zu mir, und mit jedem Wort sagte er mir, daß unsere Liebe schön, gut und richtig war.

Ich konnte nicht sprechen. Es schoß mir durch den Kopf, wie schnell sich die Prüderie in ihr Gegenteil verwandelt hatte, die uns die Großmutter damals mit so viel Nachdruck hatte aufzwingen wollen. Nach dem Bad endeten wir wie fast immer in seinem Bett.

Als wir unsere Leidenschaft befriedigt hatten, lag ich in seinem Arm und dachte nach über all die Dinge, die mich als Kind schockiert hätten. Dinge, die ich einmal für brutal und häßlich gehalten hatte, weil ich sie nur als sexuellen Akt und nicht als Ausdruck von Liebe sah. Wie seltsam, daß die Menschen so viel Lust empfinden können, die sie ihrem Körper oft einfach nicht erlauben.

Oh, ich konnte Paul überall küssen und fühlte keine Scham dabei, denn ihn zu lieben, war schöner als aller Rosenduft an einem Sommertag, schöner als zur wundervollsten Musik mit den besten Partnern zu tanzen.

So war die Liebe mit Paul für mich, als ich siebzehn war und er zweiundvierzig. Er heilte mich, soweit das damals möglich war, machte mich wieder zu einem ganzen Menschen, und den Schmerz um Cory vergrub ich tief in meinem Innersten.

Es gab genug Hoffnung für Chris, denn er lebte.

Es gab Hoffnung für Carrie, daß sie wachsen würde und auch eines Tages Liebe finden.

Und vielleicht, falls sich die Dinge richtig entwickelten – dann gab es Hoffnung auch für mich.

Auf dem Weg nach oben

Julian kam nicht mehr so oft von New York, wie er es früher getan hatte, und seine Mutter und sein Vater beklagten sich laut darüber. Wenn er kam, tanzte er besser als je zuvor, aber ich sah ihn kein einziges Mal mehr in meine Richtung blicken. Allerdings hatte ich den Verdacht, daß seine Blicke noch oft genug an mir hingen, solange ich es nur selbst nicht sehen konnte. Ich wurde immer besser, disziplinierter, kontrollierte meinen Körper vollendeter... und ich arbeitete hart. Oh, ich arbeitete verdammt hart!

Gleich vom ersten Tag an war ich in die offizielle Ballettgruppe der Rosencoff-Schule aufgenommen, mit der Madame in der Öffentlichkeit auftrat. Aber ich war nur Mitglied des *corps de ballet*, keine Solotänzerin. In diesem Jahr planten wir zu Weihnachten alternierende Aufführungen von *Der Nußknacker* und *Aschenbrödel.*

Nachdem die anderen früher gegangen waren, hatte ich an einem Freitagnachmittag das Tanzstudio ganz für mich allein und verlor mich in der Welt der Zuckerfee, um dieser Rolle eine ganz besondere persönliche Note zu geben, als Julian plötzlich mit mir tanzte. Er folgte mir wie mein Schatten, tanzte jede meiner Bewegungen nach, selbst meine Pirouetten, als wollte er mich damit verspotten.

Als ich aufhörte, runzelte er die Stirn und griff dann nach einem Handtuch, um sich das Gesicht und die Haare abzutrocknen. Ich machte noch einige Zehenübungen und wollte dann in den Umkleideraum gehen. Für heute abend wollte Paul mich zum Dinner ausführen.

»Cathy, warte!« rief Julian. »Ich weiß, daß du mich nicht ausstehen kannst...«

»Das stimmt nicht.« Er lächelte dreist und beugte sich zu

einem Kuß über mich, vor dem ich zurückweichen wollte. Aber ich stand an der Wand, und er stützte rechts und links von mir die Hände dagegen, so daß ich zwischen seinen Armen gefangen war. »Du weißt, daß ich meine, du sollst die Clara oder das Aschenbrödel tanzen.« Er küßte mich unter meinem Ohr auf den Hals. »Wenn du nett zu mir bist, könnte ich dafür sorgen, daß du beide Hauptrollen bekommst.«

Ich duckte mich und ergriff die Flucht. »Hör auf damit, Julian!« schimpfte ich. »Du erwartest für solche Wohltaten eine Belohnung, und daran bin ich nicht interessiert.«

Zehn Minuten später hatte ich mich geduscht und umgezogen und wollte gerade das Haus verlassen, als Julian ebenfalls in seinen Straßenkleidern neben mir auftauchte. »Cathy, im Ernst, ich glaube, du bist jetzt soweit für New York. Marisha denkt das auch.« Er lächelte geringschätzig dazu, als wäre das Urteil seiner Mutter in dieser Sache nicht gerade von besonderer Bedeutung. »Es ist kein Haken dabei, jedenfalls nicht von meiner Seite. Ich will nicht mehr von dir, als du mir zu geben bereit bist.« Ich wußte nicht, was ich darauf antworten sollte, deshalb sagte ich gar nichts.

Ich bekam wirklich die Hauptrollen in beiden Rosencoff-Aufführungen. Ich hatte gedacht, die anderen Mädchen würden darauf mit Neid und Eifersucht reagieren, aber statt dessen klatschten sie Beifall, als Madame ihre Entscheidung bekanntgab, und gratulierten mir mit ehrlicher Überzeugung. Die Probenarbeit wurde eine hektische, aber wunderschöne Zeit, in der wir alle ausgezeichnet zusammenarbeiteten. Und dann kam mein Debüt als Aschenbrödel.

Julian klopfte nicht einmal an, als er in die Mädchengarderobe kam, um mich in meinem Kostüm aus bunten Lumpen zu begutachten. »Sei nicht so verdammt nervös. Das sind auch nur Menschen, die da draußen im Zuschauerraum sitzen. Du glaubst doch nicht etwa, daß ich zurück hierher in die Provinz kommen würde, um mit einem Mädchen zu tanzen, das nicht zumindest sensationell ist?«

Während wir dann hinter der Bühne standen, legte er mir den Arm um die Schulter und zählte mit mir zusammen die Takte bis zu meinem Auftritt, wofür ich ihm aus ganzem Herzen dankbar war. Er schaffte es tatsächlich, mir etwas von seinem

Selbstvertrauen abzugeben. Sein eigener Auftritt war erst viel später dran. Im dunklen Zuschauerraum konnte ich weder Paul noch Chris oder Carrie erkennen. Ich zitterte am ganzen Körper, als die Scheinwerfer aufflammten und die Ouvertüre ausklang, und dann hob sich der Vorhang. Mein unerträgliches Lampenfieber war schlagartig verschwunden, und mein seltsames kinästhetisches Gedächtnis ergriff Besitz von mir. Die Musik begann mich zu führen und jede meiner Bewegungen zu diktieren. Ich war nicht mehr Cathy oder Catherine oder sonst irgend jemand, ich war Aschenbrödel! Ich kehrte die Asche aus dem Herd und blickte neidisch auf meine verhaßten Schwestern, die sich für den Ball schön machten, während ich mich verzweifelt fragte, ob die Liebe nie den Weg in mein Leben finden würde.

Falls ich Fehler machte, falls meine Technik nicht perfekt gewesen war, ich merkte nichts davon. Ich war in meinen eigenen Tanz verliebt und von dem Gefühl begeistert, vor einem großen Publikum meine Schönheit und mein Können zeigen zu dürfen. Ich liebte das Leben und alles, was es mir außerhalb von Foxworth Hall bot.

Rote, gelbe und weiße Rosen wurden mir auf die Bühne gereicht. Als das Publikum aufstand, um uns stehend Beifall zu spenden, war ich völlig außer mir. Dreimal überreichte ich Julian eine Rose, jeweils von einer anderen Farbe. Jedesmal sprachen unsere Augen miteinander. Sieh doch, sagte mir sein Blick, zusammen können wir jedes Publikum verzaubern! Wir sind das perfekte Bühnenpaar!

Während der Premierenfeier bedrängte mich Julian wieder. »Nun hast du einen Vorgeschmack davon bekommen, was Erfolg ist«, erklärte er mir mit weicher, schmeichelnder Stimme und bewundernden Blicken. »Kannst du auf den Applaus verzichten? New York wartet auf dich. Cathy, wir sind das ideale Paar. Ich tanze mit dir besser als mit jeder anderen Ballerina. O Cathy, wir beide zusammen hätten es bald bis an die Spitze des internationalen Balletts gebracht. Ich schwöre dir, daß ich mich immer um dich kümmern werde und du dich in New York nie einsam fühlen mußt.«

»Ich weiß nicht«, erwiderte ich unsicher, obwohl mich seine Bewunderung begeisterte. »Ich muß erst noch den Schulabschluß hinter mich bringen, das ist Ende Januar. Aber glaubst du denn wirklich, ich wäre jetzt gut genug? In New York müßte ich gegen die Besten antreten.«

»Du bist die Beste! Vertraue mir, glaube mir. Madame Zoltas Ballett ist nicht das größte und bekannteste, aber sie hat das gewisse Etwas, um mit unserer Truppe auch die älteren und angeseheneren zu überflügeln – wenn sie erst einmal zwei so phantastische Tänzer hat wie uns!«

Ich fragte ihn, was für ein Mensch Madame Zolta sei. Irgendwie gewann er durch diese Frage die Überzeugung, er hätte mich schon fast gewonnen, und hauchte mir lächelnd einen schnellen Kuß auf die Lippen. »Du wirst von Madame Zolta begeistert sein! Sie ist Russin und die freundlichste, netteste, rücksichtsvollste alte Dame, die du je getroffen hast. Sie wird wie deine Mutter zu dir sein.« Gott bewahre, schoß es mir durch den Kopf. »Sie weiß alles über den Tanz. Sie ersetzt uns den Arzt und den Psychologen und Vater und Mutter. Sie ist alles, was wir brauchen. Das Leben in New York ist wie das auf dem Mars, wenn man es mit diesem Provinznest vergleicht – eine fremde Welt, eine bessere Welt. In kürzester Zeit wirst du dich in diese Stadt verliebt haben. Ich werde dich in die teuersten Restaurants und Clubs ausführen. So was hast du noch nicht erlebt. Ich werde dich mit Fernsehstars bekannt machen, Filmschauspielern, Regisseuren, Komponisten.«

Ich versuchte Chris, Carrie und Paul anzusehen, aber Julian stellte sich mir in den Blick. Ich sah nur noch ihn. »Das ist die Art von Leben, für die du geboren bist, Cathy«, erklärte er mir, und diesmal klang es todernst und ehrlich überzeugt. »Wofür hast du so lange trainiert und dich abgequält, wenn nicht für das ganz große Publikum? Kannst du hier in Clairmont den Erfolg erringen, den du für dein Leben brauchst?«

Nein. Das konnte ich nicht.

Aber Paul war hier. Chris und Carrie waren hier. Wie konnte ich sie verlassen?

»Cathy, komm mit mir nach dort, wo du hingehörst, ins Rampenlicht, auf die Bühne, in den Rosenregen. Komm mit mir, Cathy, und hilf mir, damit unsere Träume Wirklichkeit werden.«

Oh, war er in dieser Nacht überzeugend. Mein erster Erfolg

war mir zu Kopf gestiegen, und obwohl ich nein sagen wollte, nickte ich und flüsterte: »Ja ... ich komme mit, aber nur wenn du mich abholst und mit mir nach New York fliegst. Ich bin noch nie mit dem Flugzeug geflogen, und ich wüßte nicht, wie ich mich zurechtfinden sollte, wenn ich allein in New York ankäme.«

Er nahm mich zärtlich in seine Arme und drückte mich sanft an sich. Seine Lippen küßten meine Haare. Über seine Schultern blickte ich zu Chris und Paul, die in unsere Richtung starrten, beide erstaunt und ein wenig verletzt.

Im Januar 1963 schloß ich die Oberschule ab. Es war kein besonders überragendes Examen, keine Noten, wie Chris sie nach Hause brachte, aber ich schaffte es.

Chris kam mit seinem Studium so rasch voran, daß er das College bereits nach drei Jahren, statt der üblichen vier abschließen würde. Er hatte bereits wegen seiner hervorragenden Leistungen mehrere Stipendien zugesprochen bekommen, die Pauls finanzielle Belastungen verminderten. Aber Paul sagte nie auch nur ein einziges Wort darüber, daß wir ihm etwas zurückzahlen sollten – keinen Cent. Es galt allerdings als ausgemacht, daß Chris nach seinem Arztexamen in Pauls Praxis eintreten würde. Ich wunderte mich sehr darüber, wie Paul ein kleines Vermögen für uns ausgab, ohne sich je zu beklagen, und als ich ihn schließlich danach fragte, erklärte er mir: »Ich genieße das Gefühl, zu wissen, daß ich dabei helfe, der Welt einen so überragenden Arzt zu geben wie Chris – und die große Ballerina, die du einmal sein wirst.« Aber er sah furchtbar traurig aus, als er das sagte. »Was Carrie angeht, hoffe ich, daß sie sich entscheidet, bei mir zu bleiben und einen Jungen aus Clairmont zu heiraten, so daß ich sie oft um mich haben kann.«

»Wenn ich dich verlasse, dann gehst du wieder zu Thelma Murkel, nicht wahr?« fragte ich mit einer gewissen Bitterkeit, denn im Grunde sollte er mir immer treu sein, selbst wenn ich Hunderte von Meilen von ihm entfernt lebte.

»Vielleicht«, sagte er.

»Du wirst nie eine andere so lieben, wie du mich liebst?«

Er lächelte. »Nein. Wie sollte ich jemanden so lieben können, wie ich dich liebe? Keine andere könnte sich so ihren Weg in mein Herz tanzen, wie du es getan hast, oder?«

»Paul, nimm mich nicht auf den Arm. Ein Wort von dir, und ich bleibe hier. Für dich würde ich auf New York verzichten.«

»Wie kann ich dich mit meinen Worten hier festhalten, wenn du deinem Schicksal folgen mußt? Du bist zur Tänzerin geboren und nicht dazu, die Frau eines langweiligen kleinen Provinzarztes zu werden.«

Heirat! Er hatte Frau gesagt! Noch nie hatte er von mir als seiner Frau gesprochen.

Furchtbar wurde es für mich, Carrie von meiner Entscheidung erzählen zu müssen. Ihr Weinen und Schreien war mitleiderregend und schallte mir noch tagelang in den Ohren.»Du darfst nicht weggehen!« brüllte sie, tränenüberströmt. »Du hast versprochen, daß wir immer alle zusammenbleiben, und jetzt seid ihr beide weg, Chris und du! Nimm mich mit! Nimm mich bitte mit!« Sie schlug mit ihren Fäusten auf mich ein, trat nach mir und versuchte mit allen Mitteln, mich auch etwas von dem Schmerz spüren zu lassen, den wir ihr zufügten – und ich wußte selbst nicht, wie ich mit dem schrecklichen Gefühl fertig werden sollte, ohne Carrie zu leben. »Bitte, versuch doch zu verstehen, Carrie. Ich komme doch zurück, und Chris besucht dich doch auch – wir werden dich doch nicht vergessen.«

»Ich hasse dich!« schrie sie. »Ich hasse euch beide. Ich hoffe, daß du in New York stirbst! Ich hoffe, daß ihr beide tot umfallt, Chris und du!« Es war Paul, der mich rettete.

»Du hast doch noch immer mich und Henny«, tröstete er sie und nahm sie auf den Arm. »Wir gehen niemals irgendwo anders hin. Und wenn Cathy fort ist, dann bist du unsere einzige Tochter, unser ein und alles. Komm, trockne dir die Tränen ab, lächle und freu dich für deine Schwester. Denk doch mal daran, daß Cathy dafür die ganzen langen Jahre, die ihr eingeschlossen wart, gelebt hat.«

Es tat mir so weh, daß ich mich fragte, ob ich wirklich eine Karriere als Tänzerin so erstrebenswert fand, wie ich immer gedacht hatte. Chris warf mir einen langen, traurigen Blick zu, dann trug er meine Koffer zum Wagen. Er ging sehr schnell, und er stieß die Haustür mit dem Fuß auf, denn er wollte nicht, daß ich hinter ihm herkam und seine Tränen sah. Als wir dann alle einstiegen, stand er ein paar Meter neben Pauls weißem Auto und sah mich gefaßt an, das Gesicht ohne jede Regung.

Henny fuhr mit, denn sie wollte nicht alleine zu Hause weinen müssen. Ihre so beredsamen braunen Augen sprachen mit mir und wünschten mir alles Glück der Welt, während ihre Hände ständig damit beschäftigt waren, Carrie die Tränen von den Wangen zu wischen.

In der Flughafenhalle ging Julian bereits unruhig auf und ab und warf ständig Blicke auf die Uhr. Er fürchtete wohl, daß ich es mir im letzten Augenblick doch noch anders überlegen würde. In seinem neuen Anzug sah er fabelhaft aus, und als ich dann endlich kam, leuchteten seine Augen auf. »Gott sei Dank, ich dachte schon, ich wäre umsonst hierher geflogen – und das würde ich kein zweites Mal tun.«

Mit Paul hatte ich schon am Abend vorher einen sehr privaten Abschied gefeiert. Seine Worte klangen mir noch in den Ohren, als ich jetzt ins Flugzeug stieg. »Wir haben beide gewußt, Catherine, daß es nicht ewig dauern würde. Ich könnte ja dein Vater sein.«

Paul half mir, das Gepäck auf die Waage zu stellen, und stand dabei dicht neben mir, während die anderen sich nicht mit in der Schlange angestellt hatten. »Danke, Catherine«, flüsterte er so, daß weder Chris noch Julian es hören konnten, »für alles. Du darfst nie mit Bedauern zurückschauen. Vergiß mich. Vergiß die Vergangenheit. Konzentriere dich auf deinen Tanz und warte, bevor du dich in jemand anderen verliebst – sieh ihn dir genau an und such dir jemanden in deinem Alter aus.«

Mit einem unterdrückten Schluchzen fragte ich: »Und was wird aus dir?«

Er zwang sich ein Lächeln ab und versuchte dann aufmunternd zu lächeln. »Mach dir keine Sorgen um mich. Ich habe die Erinnerung an eine wunderbare Ballerina, und das ist für mich mehr als genug.«

Ich brach in Tränen aus! Erinnerungen! Was war das schon? Nur etwas, mit dem man sich selbst quälen konnte! Tränenblind drehte ich mich um und fand mich in Chris' Armen. Mein Christopher Meißner, der jetzt fast 1,90 m groß war, mein ritterlicher und galanter Beschützer. Schließlich gelang es mir, mich von ihm loszureißen, und ich nahm seine beiden Hände und sah ihm lange in die Augen. Auch wir beide teilten viel, mehr sogar als Paul und ich. Leb wohl, mein wandelndes, allwissendes, fröhliches, sprechendes Lexikon, mein Mitgefangener der Hoffnung... Du brauchst nicht um mich zu weinen... Weine um dich selbst... Oder weine überhaupt nicht. Es ist aus. Akzeptiere das, Chris, so wie ich das schon lange getan habe und du es doch irgendwann tun mußt. Du bist nur mein Bruder. Ich bin nur eine Schwester für dich, und die Welt ist voller schöner Frauen, die dich lieben werden, wie ich es nie könnte.

Ich wußte, daß er jeden dieser unausgesprochenen Gedanken hörte, aber er sah mich noch immer mit so viel gar nicht geschwisterlicher Liebe in den Augen an, daß alles nur noch mehr weh tat.

»Cathy«, sagte er schließlich heiser und laut genug, damit Julian es hören konnte, »ich habe keine Angst, daß du es nicht schaffen könntest. Ich weiß, daß du deinen Weg machen wirst, wenn du nur nicht so verdammt impulsiv bist! Laß dich nicht immer wieder zu Dingen hinreißen, die du später bereust. Bitte, versprich mir, über alles gründlich nachzudenken, bevor du dich irgendwo Hals über Kopf hineinstürzt. Nimm dir Zeit mit dem Sex und mit der Liebe. Warte, bis du alt genug bist, um zu wissen, was du für einen Mann haben willst, bevor du dir einen aussuchst.«

Ich konnte darauf nur vielsagend lächeln, denn ich hatte in Paul bereits meine Wahl getroffen. Meine Augen huschten zu Paul, der sehr ernst wirkte, dann zu Julian, der die Stirn runzelte und erst Chris, danach Paul einen bösen Blick zuwarf. »Laß du dir auch Zeit mit der Liebe und dem Sex«, versuchte ich in einem lockeren Ton mit Chris zu scherzen. Ich drückte ihn noch einmal fest an mich, und es tat weh, ihn loszulassen. »Und schreib mir oft und komm mit Paul, Carrie und Henny, sooft du kannst, nach New York – oder komm allein, aber besuch mich bitte. Versprochen?«

Er versprach es mit einem stummen Nicken. Und dann saß ich auch schon neben Julian im Flugzeug am Fenster. Da es mein erster Flug war, hatte mir Julian großzügigerweise den Fensterplatz eingeräumt. Wie verrückt winkte ich meinen Lieben zu, die ich durch das Fenster gar nicht sehen konnte.

Julian, der auf der Bühne so selbstsicher und erwachsen wirkte, war mit einem schluchzenden, heimwehkranken Mädchen an seiner Schulter, das sich schon beim Abheben wünschte, zu Hause geblieben zu sein, völlig überfordert. »Du hast ja mich«, meinte er besänftigend. »Hab ich dir nicht versprochen, mich immer um dich zu kümmern? Das werde ich auch, darauf kannst du dich verlassen. Ich werde alles, was in meiner Macht steht, tun, um dich glücklich zu machen.« Er grinste mich an und küßte mich leicht auf den Mund. »Aber, Liebes, ich fürchte, daß ich in einer Beziehung etwas übertrieben habe, nämlich was den Charme von Madame Zolta angeht. Wie du bald selbst herausfinden kannst, hat sie auch ihre Schattenseiten.«

Ich starrte ihn an. »Was willst du damit sagen?«

Er räusperte sich und erzählte mir ohne die geringsten Hemmungen, was er bei seinem ersten Treffen mit dieser früher weltberühmten russischen Tänzerin erlebt hatte. »Ich will dir nicht die Überraschung verderben, die du beim ersten Treffen mit dieser Schönheit erlebst. Du mußt sie dir einfach selbst ansehen und dir dein Urteil bilden. Aber vor einem möchte ich dich schon jetzt warnen, Madame Zolta faßt jeden an. Sie liebt es, deinen Körper zu befühlen, tastet jeden deiner Muskeln ab, wie hart und fest sie sind. Ob du es glaubst oder nicht, sie hat mir sogar an den Hosenschlitz gefaßt, um zu fühlen, was ich da aufzuweisen habe.«

»Nein! Das ist nicht möglich!«

Er lachte vergnügt und legte mir den Arm um die Schulter. »O Cathy, was für ein Leben werden wir führen, du und ich! Der Himmel wird dir gehören, wenn du erst einmal herausgefunden hast, daß du die exclusiven Rechte am hübschesten und begabtesten Tänzer besitzt, der je geboren wurde.« Er zog mich noch näher an sich und flüsterte mir ins Ohr: »Ganz zu schweigen davon, was für ein talentierter Liebhaber ich bin.«

Ich lachte mit – und schob ihn zur Seite. »Auf jeden Fall bist du die selbstgefälligste und arroganteste Person, die ich je getroffen habe. Und ich glaube, wenn du etwas unbedingt haben willst, kannst du auch ganz schön skrupellos sein.«

»Und ob!« sagte er, in mein Gelächter einstimmend. »Genau das bin ich und noch viel mehr, wie du bald herausfinden wirst. Jedenfalls habe ich ja auch vor nichts zurückgeschreckt, um dich dorthin zu bekommen, wo ich dich haben wollte, oder?«

New York, New York

Als unser Flugzeug in New York landete, erwarteten uns ein Schneesturm und arktische Kälte. Der Frost zerbiß mir regelrecht die Nase. Ich hatte ganz vergessen, wie kalt der Winter sein kann. Der Wind fegte eisig durch die hohen Straßen und schien mir die Haut vom Gesicht fetzen zu wollen. Meine Lungen schienen sich bei jedem Atemzug mit Eis zu füllen. Ich keuchte, lachte und wandte mich zu Julian um, der unser Taxi bezahlte. Während er noch damit beschäftigt war, zog ich aus meinem Mantel meinen roten Schal, den Henny für mich gestrickt hatte. Julian half mir dabei, meinen Hals und meinen Kopf so einzuwickeln, daß nur noch die Augen freiblieben. Dann kramte ich aus meiner Tasche einen weiteren roten Schal, den ich für ihn gestrickt hatte.

»Oh, vielen Dank. Ich hätte nie geglaubt, daß du dir um meine Gesundheit Sorgen machst.« Aber er schien sich ehrlich darüber zu freuen, als er ihn sich verlegen um den Hals schlang.

An diesem Tag hatte die Kälte seine Wangen so rot werden lassen wie seine Lippen, und in Verbindung mit seinem blauschwarzen Haar, das sich in breiten Locken über seinen Mantelkragen legte, und den feurigen schwarzen Augen, machte ihn das zu einer männlichen Schönheit, die jeder Frau den Atem raubte. »Okay«, sagte er, »jetzt halte dich bereit und stimme dich seelisch darauf ein, das personifizierte Ballett zu treffen, meine liebe, hinreißende, süße Tanzlehrerin, von der du einfach begeistert sein mußt.«

Schon allein der Umstand, in New York zu sein, war für mich so aufregend und irgendwie auch beängstigend, daß ich mich so dicht an Julian drängte wie nur möglich, und alle Passanten bewundernd anstarrte, weil sie es wagten, sich einem so furchtbaren Wetter auszusetzen.

Das Gepäck ließen wir beim Pförtner eines riesigen Gebäudes zurück, und in meinem Bemühen, Julian nicht von der Seite zu weichen, bekam ich kaum etwas von meiner Umgebung mit, bis wir uns im Büro unserer Ballettmeisterin, Madame Zolta Korovenskov, befanden. Ihre Haltung und die Arroganz, die sie ausstrahlte, erinnerten mich sofort an Madame Marisha. Aber diese Frau war viel älter, wenn man all diese Fältchen um die Augen wie die Jahresringe eines Baumes zählte.

Wie eine Königin erhob sie sich hinter ihrem breiten Schreibtisch und trat zu uns. Ihr feines weißes Haar war hinter dem Kopf fest zusammengebunden, als wollte sie damit die unzähligen Fältchen ihres vertrockneten Gesichtes glattziehen. Sie war kaum 1,60 m groß, doch ihre Autorität gab ihr noch gut vierzig Zentimeter dazu. Auf einer langen, erstaunlich dünnen Nase balancierte sie eine winzige Lesebrille. Mit zusammengekniffenen Mäuseaugen spähte sie uns über die Brillengläser hinweg an.

Julian hatte das Pech, ihr erstes Opfer zu werden. Ihr verschrumpelter kleiner Pflaumenmund öffnete sich, und ich wartete darauf, daß jetzt ein Lächeln ihre Pergamenthaut verziehen würde. Die Stimme dazu stellte ich mir krächzend wie die einer Hexe vor. In beidem irrte ich mich.

»So!« fuhr sie Julian an. »Du nimmst dir also frei, wann du willst, und kommst zurück, wann du willst, und denkst wohl, ich bin außer mir vor Freude, dich wiederzusehen! Pah! Mach das noch ein einziges Mal, und ich schmeiß' dich raus! Wer ist das Mädchen da bei dir?«

Julian schenkte der alten Hexe sein charmantestes Lächeln und legte schnell einen Arm um sie. »Madame Zolta Korovenskov, darf ich Ihnen Miss Catherine Doll vorstellen, die wunderbare Tänzerin, von der ich Ihnen schon seit Monaten vorschwärme – sie war auch der Grund, warum ich ohne Ihre Erlaubnis nach Clairmont fliegen mußte.«

Sie musterte mich eingehend aus sehr interessierten Knopfaugen. »Du kommst also auch aus dem Nirgendwo?« zischte sie dann. »Du hast noch den Blick der Kleinstadt in den Augen, wie ihn mein schwarzer Teufel hier auch einmal hatte. Er ist ein sehr guter Tänzer, aber kein so guter, wie er selbst glaubt. Kann ich ihm da glauben, was er von dir erzählt hat?«

»Ich nehme an, Madame, Sie müssen mich tanzen sehen und sich selbst ein Urteil bilden.«

»Kannst du tanzen?«

»Wie ich schon gesagt habe, Madame, warten Sie und urteilen Sie selbst.«

»Sehen Sie, Madame!« versicherte Julian eifrig. »Cathy hat Feuer und das gewisse Etwas! Sie sollten ihre Beine bei den *Fouettés* wirbeln sehen. Sie ist so schnell, daß ihre Bewegungen verschmelzen!«

»Ha!« schnaubte Madame, begann mich zu umkreisen und starrte mein Gesicht so an, daß ich rot wurde. Sie befühlte meine Arme, meinen Rumpf, sogar meine Brüste, dann griff sie mir mit ihren knochigen Händen in den Nacken und betastete dort die Muskelstränge. Die rücksichtslosen Hände wanderten meinen ganzen Körper rauf und runter, während ich am liebsten laut schreien wollte, daß ich doch keine Sklavin auf dem Markt sei. Ich war dankbar, daß sie mir wenigstens nicht zwischen die Beine griff wie bei Julian. Ich rührte mich nicht und ließ die Inspektion über mich ergehen, während mir das Blut in den Wangen brannte. Interessiert bemerkte Madame die Röte in meinem Gesicht und lächelte sarkastisch.

Als sie mit meinem Körper fertig war und seinen Wert gründlich abgeschätzt hatte, vertiefte sie sich in meine Augen, als wollte sie mir in die Seele kriechen. Es kam mir vor, als tränke sie mit ihren Augen meine Jugend und nahm sie mir fort, indem sie ihren eigenen Durst nach Leben damit stillte. Schließlich berührte sie mein Haar. »Wann hast du vor zu heiraten?« feuerte sie plötzlich ab.

»Irgendwann so um die Dreißig vielleicht, oder vielleicht auch gar nicht.« Ich fühlte mich äußerst unwohl bei dieser Frage. »Aber auf jeden Fall werde ich damit warten, bis ich reich und berühmt bin und die beste Primaballerina der Welt.«

»Pah! Du hast eine Menge Illusionen über dich selbst. Große Tänzerinnen haben gewöhnlich keine hübschen Gesichter. Schönheiten denken, sie brauchten kein Talent. Die Schönheit nährt sich aus sich selbst und stirbt schnell. Sieh mich an. Einmal war ich jung und sehr schön. Und was siehst du jetzt vor dir?«

Sie war alles andere als eine Schönheit, und falls sie das jemals gewesen sein sollte, war nicht mehr die geringste Spur davon geblieben.

Als spürte sie meine Zweifel, deutete sie mit einer arroganten Geste zu den Fotos an den Wänden, auf ihrem Schreibtisch und in ihren Bücherregalen. Alle zeigten dieselbe hübsche junge Ballerina. »Ich«, verkündete sie stolz. Ich konnte es kaum glauben. Es waren alte Fotos mit vergilbten Farben, die Kostüme waren längst aus der Mode, aber das Mädchen darauf war wirklich eine Schönheit. Sie schenkte mir ein breites, amüsiertes Lächeln, tätschelte mir die Schulter und meinte: »Gut. Das Alter kommt zu jedem und macht jeden gleich. Bei wem hast du gelernt, bevor du zu Marisha Rosencoff gekommen bist?«

»Miss Denise Daniele.« Ich zögerte und scheute mich davor, ihr von den Jahren zu erzählen, in denen ich meine eigene Lehrerin gewesen war.

»Ah«, seufzte sie und schaute traurig drein, »wie oft habe ich selbst Denise Daniele tanzen sehen, so eine brillante Tänzerin. Aber dann hat sie den alten Fehler gemacht und sich verlibbt. Ende einer vielversprechenden Karriere. Punkt. Das war's. Jetzt nur noch Lehrerin.« Ihre Stimme schwoll bei jedem Wort an und ab, zitterte, wurde lauter und verlor ihre Kraft wieder. Sie sagte »Libbe« statt Liebe, so daß es hart und ausländisch klang und fast wie ein Schimpfwort. »Großkopf Julian sagt, daß du große Tänzerin bist, aber da muß ich dich selbst erst einmal tanzen sehen. Und dann entscheide ich, ob man deine Schönheit durchgehen lassen kann.« Sie seufzte wieder. »Trinkst du?«

»Nein.«

»Warum ist deine Haut so blaß? Gehst du nie in die Sonne?«

»Ich bekomme leicht einen Sonnenbrand.«

»Ah ... du und dein gelibbter Julian – beide solche Angst vor der Sonne.«

»Ich bin nicht Julians Geliebte!« zischte ich zwischen zusammengebissenen Zähnen und warf ihm einen wütenden Blick zu, denn er mußte mich hier so ausgegeben haben.

Nichts an diesem schnellen Blickwechsel entging den schwarzen flinken Knopfaugen.

»Julian, hast du mir nicht erzählt, daß ihr beide verlibbt seid?«

Er wurde rot und senkte die Augen. Wenigstens einmal besaß er den Anstand, einen leicht beschämten Eindruck zu machen.

»Madame, die Liebe ist wohl allein auf meiner Seite, muß ich zu meiner Schande gestehen. Cathy empfindet nichts für mich... Aber das wird sie, früher oder später.«

»Fein«, zwitscherte die alte Hexe zu meiner Überraschung mit einer süßen Vogelstimme. »Du bringst also große Leidenschaft für sie auf, sie für dich keine – da wird mein Julian sich aber als Tanzpartner auf der Bühne Mühe geben. Er wird einen sensationellen Libbhaber tanzen, unsere Kasse wird überlaufen, ich sehe es schon kommen!«

Das war wohl auch der Hauptgrund, warum sie mich sofort annahm, denn sie wußte, daß Julian von dem unstillbaren Verlangen nach mir auf der Bühne getrieben wurde, während mich die Sehnsucht danach trieb, jemandem im Parkett zu gefallen. Im Rampenlicht war Julian alles für mich, schön, romantisch und leidenschaftlich – mein Traum-Geliebter. Wenn wir unsere ganzen Tage und Nächte durchgetanzt hätten, wären wir das ideale Liebespaar gewesen. Aber wie die Dinge standen, verflogen alle meine Gefühle für ihn sofort, wenn die Musik aufhörte und er sich wieder in den glatten, arroganten Burschen mit der scharfen Zunge verwandelte. Ich ging jede Nacht allein ins Bett und dachte an Paul, wie er einsam im Mondlicht durch seinen Garten spazierte, aber ich verbat mir, von Chris zu träumen.

Ich bekam sofort ein kleines Appartement, zwölf Querstraßen vom Tanzstudio entfernt. Zwei andere Tänzerinnen teilten sich die drei engen Räume und das winzige Bad mit mir. Zwei Stockwerke über uns lebte Julian mit zwei Kollegen in einem Appartement, das genauso klein war. Seine Zimmernachbarn waren Alexis Tarrell und Michael Michele, beide Anfang Zwanzig und beide genauso entschlossen wie Julian, die besten männlichen Ballettänzer ihrer Generation zu werden. Ich war erstaunt, die Feststellung machen zu müssen, daß Madame Zolta Alexis für den Besten hielt, Michael den zweiten Rang gab und Julian erst den dritten. Ich fand bald heraus, warum sie ihn so nach hinten setzte – er hatte keinen Respekt vor ihrer Autorität. Er wollte alles auf seine eigene Art machen, und deshalb bestrafte sie ihn oft.

Meine Zimmergefährtinnen waren so unterschiedlich wie Tag und Nacht. Jolanda Lange war halb Engländerin und halb

Araberin, und diese exotische Mischung machte aus ihr eine der aufregendsten, dunkelhaarigen, großäugigen Schönheiten, die ich bisher gesehen hatte. Sie war groß, fast so groß wie meine Mutter. Ihre Brüste, die sie gerne und oft zur Schau stellte, waren klein, hart und mit riesigen dunklen Warzen. Es machte ihr Spaß, sich nackt sehen zu lassen, und ich merkte bald, daß ihre Brüste ihrer Persönlichkeit glichen – unterentwickelt, hart und boshaft. Jolanda wollte, was sie wollte, sofort und auf der Stelle und tat alles dafür, es auch zu bekommen. In weniger als einer Stunde überschüttete sie mich mit tausend Fragen und erzählte mir noch in der gleichen Stunde ihre ganze Lebensgeschichte. Ihr Vater war ein britischer Diplomat gewesen, der eine Bauchtänzerin geheiratet hatte. Sie hatte schon überall gelebt, alles ausprobiert und kannte alles. Sie war mir sofort unsympathisch.

April Summers kam aus Kansas City, Missouri. Sie hatte weiches braunes Haar und blaugrüne Augen. Sie war schüchtern und sprach meist nur im Flüsterton. Wenn die laute, raumfüllende Jolanda durch die Zimmer stürmte, schien April überhaupt keine Stimme mehr zu haben. Jolanda liebte alles, was laut war. Solange sie in den Zimmern war, spielten das Radio, der Plattenspieler oder der Fernseher.

April und ich wurden gute Freundinnen, noch bevor wir unseren ersten Tag zusammen verbracht hatten. Sie war achtzehn und hübsch genug, um eigentlich jedem Mann zu gefallen. Aber aus einem seltsamen Grund schien sich keiner der Jungen an der Ballettakademie auch nur im geringsten für April zu interessieren. Es war Jolanda, hinter der sie alle her waren, und ich merkte schnell genug, warum – sie war leicht zu haben.

Was mich anging, die Jungen sahen mich und wollten sich sofort mit mir verabreden, aber Julian gab deutlich genug zu verstehen, daß ich nicht frei war – ich gehörte ihm. Er erzählte jedem, wir wären ein Paar. Auch wenn ich das bei jeder Gelegenheit abstritt, erzählte er den Jungen, sobald ich außer Hörweite war, ich wäre hinreißend altmodisch und schämte mich zuzugeben, daß ich mit ihm »in Sünde lebte«. Natürlich glaubten sie ihm mehr als mir. Warum hätten sie auch die Wahrheit glauben sollen, wenn eine Lüge doch so viel aufregender war?

Trotzdem war ich eigentlich recht glücklich. Bald kam ich

mir vor, als wenn ich in New York geboren wäre. Ich bewegte mich nur noch im Laufschritt, wie jeder New Yorker es zu tun hat – beeil dich, vergeude keine Sekunde, du mußt noch so viel beweisen, damit niemand anderes mit einem hübschen Gesicht und noch mehr Talent dir zuvorkommt. Es war ein berauschendes Spiel, aufregend und erschöpfend, das viel verlangte und viel gab, wenn man, wie ich, sofort die Führung übernahm. Wie dankbar war ich Paul, daß er mir wöchentlich einen Scheck schickte, denn bei Madame Zoltas Ballett verdiente ich nicht einmal genug, um meine Kosmetik zu bezahlen.

Julian wich nicht von meiner Seite, war mir ständig wie ein Schatten auf den Fersen und verhinderte jedes Treffen mit einem anderen Mann. Je nach meiner Laune und dem Stadium meiner Erschöpfung, denn der Tanz verlangte meinem Körper das Letzte ab, war ich mehr oder weniger glücklich, ihn um mich zu haben. Er war wenigstens kein Fremder.

Eines Tages im Juni sagte Madame Zolta: »Dein Name ist albern! Such dir einen anderen! Catherine Doll – was für ein Name für eine Tänzerin! Ein unpassender, langweiliger Name, der überhaupt nicht zu dir paßt!«

»Nun mal einen Augenblick, Madame!« bellte ich zurück und gab meine Übungsposition auf. »Ich habe mir diesen Namen ausgedacht, als ich sieben Jahre alt war, und mein Vater mochte ihn sehr. Es ist die Kurzform von Dollanganger. Ihm gefiel er, deshalb werde ich ihn behalten, ob er nun albern klingt oder nicht!« Es lag mir auf der Zunge, ihr zu erzählen, daß ich Madame Naverena Zolta Korovenskov auch nicht gerade für einen besonders lyrischen Namen hielt.

»Diskutier nicht mit mir herum, Mädchen, such dir einen anderen!« Sie hämmerte mit ihrem schwarzen Spazierstock auf den Boden. Aber wenn ich meinen Namen ändern würde, wie sollte meine Mutter dann jemals erfahren, daß ich es bis ganz nach oben geschafft hatte? Und sie mußte es erfahren! Doch die boshafte kleine Hexe in ihrem altmodischen Kostüm da vor mir schwang bedrohlich ihren Stock und jagte mich über die Bühne, während Julian grinsend daneben stand. Madame Zoltas feuriger Blick machte mir klar, daß an der Namensänderung kein Weg vorbeiführte.

Ich entschloß mich also, den Nachnamen von Doll zu Dahl

zu ändern, was in den meisten Bundesstaaten, besonders in Virginia, fast genauso ausgesprochen wurde. »Klingt etwas besser«, meinte Madame säuerlich, »aber nicht viel.«

Madame Zolta saß mir ständig im Nacken. Sie quälte mich und trieb mich an. Sie kritisierte. Sie jammerte, wenn ich in meinem Ausdruck zu erfinderisch war, und sie jammerte, wenn ich auf diese persönliche Note verzichtete. Sie mochte die Art nicht, in der ich mein Haar trug, es war auch zu viel Haar. »Schneid es ab!« befahl sie, aber ich weigerte mich, auch nur einen halben Zentimeter abzuschneiden, denn ich hielt mein langes Haar bei der Dornröschen-Rolle für ideal. Sie schnaubte verächtlich, als ich das sagte. (Verächtliches Schnauben war ihre bevorzugte Meinungsäußerung.) Wenn sie nicht so eine wunderbar begabte Lehrerin gewesen wäre, hätten wir sie alle gehaßt wie die Pest. Aber schon ihr hartes, forderndes Wesen trieb uns dazu, alles zu versuchen, um ihr ein Lächeln zu entlocken.

Eines Nachmittags, nachdem die offiziellen Übungsstunden vorbei waren, tanzte ich mit ein paar anderen Tänzerinnen verrückt und ausgelassen nach einem gerade populären Song. Madame kam zufällig herein, sah mich und explodierte: »Wir tanzen hier klassisches Ballett! Das ist hier keine Schule für Modetänze!« Ihr ausgetrocknetes, verschrumpeltes Gesicht zog sich zusammen, bis sie fast an einen Schrumpfkopf erinnerte, über den sich jeder Kopfjäger gefreut hätte. »Du, Dahl, erklär mir den Unterschied zwischen klassischem und modernem Tanz.«

Julian zwinkerte mir zu und ließ sich dann auf seine Ellbogen zurücksinken. Er lag lang ausgestreckt auf dem Parkett und hatte nur elegant den Oberkörper hochgereckt. »Kurz und bündig, Madame«, setzte ich mit der Arroganz meiner Mutter an, »kann man sagen, daß die moderne Form des Balletts in erster Linie aus wilden Zuckungen und Zurschaustellung des Körpers besteht, während die klassische mit den Zehen arbeitet, wirbelt, springt und niemals zu verführerisch oder provokativ wirkt. Und sie erzählt eine Geschichte.«

»Wie recht du hast«, bestätigte sie eisig. »Und jetzt machst du, daß du nach Hause ins Bett kommst. Da kannst du zucken und dich zur Schau stellen. Nur für den Fall, daß du das nötig hast. Hier will ich so etwas nie wieder sehen!«

Moderne und klassische Form konnten durchaus kombiniert werden und dem Tanz eine besondere Note geben. Die Verbohrtheit der alten Hexe brachte mich so in Wut, daß ich zurückschrie: »Ich kann Sie nicht ausstehen, Madame! Ich kann Ihr altes graues Rattenkostüm nicht mehr sehen, das man schon vor dreißig Jahren hätte wegwerfen sollen! Ich hasse Ihr Gesicht, Ihre Stimme, wie Sie gehen und wie Sie reden! Suchen Sie sich eine andere Tänzerin. Ich geh' nach Hause!« Ich stürmte von der Bühne in den Umkleideraum, während mir alle anderen Ballettmitglieder entgeistert hinterherstarrten.

Ich riß mir das Trikot vom Körper und begann meine Unterwäsche anzuziehen. Und dann kam diese grimmige alte Natter, die Lippen fest zusammengepreßt, ein böses Funkeln in den Augen, in die Garderobe marschiert. »Wenn du nach Hause gehst, dann kannst du gleich dort bleiben! Für immer!«

»Ich habe auch nicht vor zurückzukommen!«

»Ohne das Ballett verwelkst du und stirbst!«

»Sie sind eine Närrin, wenn Sie so was wirklich glauben!« Ich fuhr sie ohne jeden Respekt vor ihrem Alter oder ihren Erfahrungen an. »Ich kann mein Leben auch ohne das Ballett leben und glücklich werden – also zur Hölle mit Ihnen, Madame Zolta!«

Als hätte ich damit einen bösen Zauber gebrochen, lächelte mich die alte Hexe plötzlich strahlend und freundlich an. »Ah ... du hast Temperament. Ich habe mich schon gefragt, ob du wirklich wild werden kannst. Es tut richtig gut, mal wieder zur Hölle gewünscht zu werden. Die Hölle ist sowieso netter als der Himmel. Aber jetzt mal im Ernst, Catherine«, sagte sie in einem freundlichen Ton, freundlicher als ich sie je erlebt hatte, »du bist eine wunderbar begabte Tänzerin, meine beste sogar. Aber du bist so impulsiv, daß du viel zu oft die klassischen Bewegungen aufgibst und alles machst, was dir gerade in den Kopf kommt. Ich versuche nur, dich zu unterrichten. Du kannst alles erfinden, was du willst, aber halte es klassisch, elegant und schön.« Tränen schimmerten in ihren Augen. »Du bist mein Sonnenschein. Wußtest du das nicht? Du bist die Tochter, die ich nie hatte. Ich habe solche Angst, das Leben könnte dir deinen Zauber stehlen, deine kindliche Begeisterung. Wenn du an diesem Ausdruck festhältst, hast du bald die Welt zu Füßen liegen.«

»Es tut mir leid, Madame«, entschuldigte ich mich unbeholfen. »Ich hätte Sie nicht anschreien dürfen, aber Sie haben ständig etwas an mir auszusetzen, und ich bin so erschöpft und habe Heimweh.«

»Ich weiß, ich weiß«, tröstete sie mich und zog mich in ihre Arme. Sie strich mir zärtlich über den Kopf. »So jung in einer fremden Stadt zu sein, das ist nicht einfach. Aber denk daran, ich wollte nur endlich herausbekommen, woraus du gemacht bist. Eine Tänzerin ohne Feuer ist keine Tänzerin.«

Ich war schon sieben Monate in New York und arbeitete selbst an den Wochenenden, bis ich todmüde ins Bett fiel, als Madame Zolta mich endlich für soweit hielt, daß sie mir eine Hauptrolle mit Julian als Partner gab. Madame wechselte regelmäßig die Hauptrollen, so daß niemand unter ihren Ballettmitgliedern zu sehr zum Star wurde, und obwohl sie mir mehrfach angedeutet hatte, daß sie mich gerne als Clara im *Nußknacker* sehen würde, hielt ich das zunächst nur für einen Ansporn und nicht für ein Versprechen. Doch dann wurde es Wirklichkeit. Unser Ballett gehörte nicht zu den berühmtesten und stand in Konkurrenz zu einer ganzen Reihe bekannterer Gruppen, deshalb war es ein richtiger kleiner Geniestreich von Madame, uns mit dem *Nußknacker* einen Fernsehauftritt zu besorgen, der über Weihnachten von fast allen Sendern des Landes ausgestrahlt werden sollte. Das würde uns fast auf einen Schlag bundesweit bekannt machen.

Ich rief Paul sofort an, um ihm die große Neuigkeit zu erzählen. In der Zwischenzeit war ich nur zwei kurze Wochenenden in Clairmont gewesen. Deshalb war ich sofort hingerissen von Pauls Vorschlag, mich mit Chris und Carrie in New York besuchen zu kommen. Es war die beste Idee, die ich seit Monaten gehört hatte. »Und bring auf jeden Fall Chris mit«, sagte ich. »Er wird begeistert von all den hübschen Ballerinas sein, mit denen ich ihn bekannt machen kann. Aber du, Paul, du schaust besser keiner anderen nach als mir.«

Anfang August war die Aufzeichnung der Fernsehproduktion vom *Nußknacker*. Julian und ich sahen uns die Aufzeichnung im Studio auf dem Monitor an, nachdem sie fertig geschnitten war, und als sie vorbei war, nahm Julian mich in den Arm. Zum erstenmal sagte er mit einem so ehrlichen Ernst, daß ich ihm glauben konnte: »Ich liebe dich, Cathy. Bitte, nimm mich nicht so auf die leichte Schulter!«

Wir hatten uns kaum von der *Nußknacker*-Produktion erholt, da rutschte Jolly aus und verstauchte sich den Knöchel, und April war gerade auf Besuch bei ihren Eltern, so daß ich plötzlich die Titelrolle von *Dornröschen* bekam! Da Julian für die Fernsehaufzeichnungen zwei Rollen gehabt hatte, dachten Alexis und Michael, sie wären jetzt als meine Partner an der Reihe. Madame Zolta runzelte die Stirn und sah erst Julian an, dann mich. »Alexis, Michael, ich verspreche euch die nächsten beiden Hauptrollen, aber laßt Julian mit Catherine tanzen. Die beiden haben ihre ganz persönliche Harmonie, wenn sie zusammen tanzen. Und ich will einfach ausprobieren, wie das bei *Dornröschen* wirkt.«

Es wurde mein erster großer Auftritt vor dem New Yorker Publikum, und Paul kam mit den anderen zur Premiere. Während ich auf der Bühne mit Julian tanzte, wechselte ich, wie immer, in eine andere Welt. Es gab niemanden außer uns beiden, Prinz und Prinzessin im verwunschenen Schloß. Selbst Paul und Chris waren sofort vergessen, als der Vorhang sich hob und das Rampenlicht aufflammte. Nach einem leidenschaftlichen *pas de deux* schwebte ich auf Julians Hand, perfekt balanciert, von der Bühne.

Der Applaus donnerte und schwoll immer wieder an, der Vorhang hob und senkte sich. Es war, als wollte der Beifall überhaupt nicht mehr enden. Julian und ich bekamen für uns allein acht Vorhänge. Rote Rosen wurden mir von überall auf die Bühne gereicht. Unter all den Rosen tauchte plötzlich eine einzelne Margarite auf. Ich wußte sofort, von wem sie kam, ohne einen Blick auf das kleine Kärtchen daran werfen zu müssen. Sie war von Chris. Daddys vier Margariten – und diese hier hatte er in einem Kühlschrank frischgehalten, damit er sie mir als eine Erinnerung an das, was wir gewesen waren, auf die Bühne werfen konnte.

Wie blind starrte ich in die Menschenmassen, deren Gesichter verschwammen, und suchte nach denen, die ich liebte. Aber alles, was ich sah, war der Dachboden, der düstere, riesige Raum mit seinen verstaubten Papierblumen, den Blumen der Nacht, und dort drüben in der Nähe der Treppe stand Chris im Schatten, neben dem alten Sofa und der riesigen Truhe; brennendes Verlangen in seinen Augen, während er mir zusah, wie ich tanzte und tanzte.

Ich begann zu weinen, und das Publikum war hingerissen. Sie gaben mir einen stehenden Applaus. Ich wandte mich zur Seite und überreichte Julian eine rote Rose, und wieder gab es tosenden Beifall. Und er küßte mich! Vor Tausenden von Menschen wagte er es, mich zu küssen – und das war kein respektvoller Kuß, kein Bühnenkuß, sondern ein wilder, leidenschaftlicher und besitzergreifender.

»Der Teufel soll dich dafür holen!« zischte ich ihn an und fühlte mich erniedrigt.

»Und dich soll er dafür holen, daß du mich nicht willst!« zischte Julian zurück.

»Ich gehöre dir nicht!«

»Doch, das wirst du!«

Meine Familie erwartete mich hinter der Bühne, um mich mit begeistertem Lob zu überschütten. Chris war noch größer geworden, aber Carrie hatte sich kaum verändert – vielleicht ein bißchen größer, aber nicht viel. Ich küßte Hennys große, runde Wangen. Erst dann kam ich dazu, Paul anzusehen. Unsere Blicke trafen sich und ließen sich nicht mehr los. Liebte er mich noch immer, wollte er mich noch, brauchte er mich noch? Er hatte meinen letzten Brief nicht beantwortet. Aber als ich ihn dann angerufen hatte, klang er ganz wie früher.

Nach der Vorstellung gab es eine Premieren-Party, die uns einige von Madame Zoltas reichen Mäzenen spendiert hatten. »Behaltet eure Kostüme an«, befahl sie uns. »Unsere Ballettfans sind ganz wild, Tänzerinnen in den Kostümen aus der Nähe sehen zu dürfen – aber nehmt das Bühnen-Make-up ab und schminkt euch mit euren eigenen Sachen, als wolltet ihr groß ausgehen. Ihr müßt bestechend schön aussehen, in der Öffentlichkeit nicht weniger als auf der Bühne.«

Auf der Party gab es Tanzmusik, und Chris forderte mich zu einem Walzer auf, den Tanz, den ich ihm vor so vielen Jahren beigebracht hatte. »Ist das noch immer alles, was du tanzen kannst?« zog ich ihn auf.

Er grinste selbstzufrieden. »Ich kann nicht dafür, aber du hast das ganze tänzerische Talent mitbekommen und ich den ganzen Verstand.«

»Bemerkungen dieser Art könnten mich leicht auf den Gedanken bringen, daß es mit deinem Verstand auch nicht weit her ist.«

Er lachte wieder und zog mich noch enger an sich. »Abgesehen davon, habe ich es gar nicht nötig, gut zu tanzen, um bei den Mädchen Eindruck zu machen. Sieh dir nur deine Freundin Jolanda an. Sie ist ja auch nicht gerade häßlich, und sie schaut mir schon den ganzen Abend nach.«

»Die schaut jedem gutaussehenden Jungen nach! Da brauchst du dich nicht besonders geschmeichelt zu fühlen. Wenn du willst, schläft sie heute nacht mit dir, und morgen nacht schläft sie mit dem nächsten.«

»Bist du auch so?« schoß er mit zusammengekniffenen Augen zurück.

Ich lächelte ihn hinterhältig an und dachte mir, nein, ich wäre wie Mammi, süß und cool, und in der Lage, die Männer um den Finger zu wickeln – ich lernte es jedenfalls.

Um mir selbst den Beweis dafür zu geben, blinzelte ich Paul zu. Denn ich wollte sehen, ob er sofort reagieren würde. Schnell war Paul auf den Beinen und kam prompt mit seiner graziösen Art auf die Tanzfläche, um mich von Chris in Empfang zu nehmen. Mein Bruder preßte die Lippen zusammen, dann verzog er sich in Richtung Jolanda. Direkt von mir zu ihr! Wenige Minuten später waren die beiden verschwunden.

»Ich nehme an, nach Julian ist das Tanzen mit mir wie mit einem Tanzbär«, meinte Paul augenzwinkernd, der besser tanzen konnte als Chris. Selbst als die Musik in einen schnelleren Rhythmus wechselte und ein Beat gespielt wurde, machte Paul zu meiner Überraschung mit, und er konnte ohne Mühe ausgelassen die Hüften schwingen wie ein Collegestudent. Ich war begeistert. »Paul, du bist wunderbar!« Er lachte und sagte, bei mir würde er sich wieder jung fühlen. Es machte ungeheuer Spaß, ihn so entspannt und ausgelassen zu erleben. Ich ließ mich bei meinem Tanz auch richtig gehen.

Carrie und Henny wirkten müde und fühlten sich nicht mehr recht wohl auf der Party. Carrie rieb sich ständig die Augen. Kurz nach zwölf setzten wir Henny und Carrie vor ihrem Hotel ab. Dann fuhren Paul und ich zu einem stillen italienischen Café und saßen uns eine Weile schweigend an einem winzigen Tischchen gegenüber. Er trug noch immer seinen Schnurrbart – keinen kurzen wie ein Dandy, sondern einen dicken, breiten Schnäuzer, der ihm über die leidenschaftlichen Lippen hing. Er hatte ein paar Pfund zugenommen. Aber das tat seinem guten Aussehen keinen Abbruch. Er nahm meine beiden Hände, zog sie an sein Gesicht und begann seine Wangen daran zu reiben. Und während er das tat, fragten seine Augen mit brennendem Verlangen und zwangen mich zu der Frage: »Paul, hast du eine andere gefunden?«

»Hast du inzwischen einen anderen Mann?«

»Ich habe zuerst gefragt.«

»Ich suche nach keiner anderen.«

Es war eine Antwort, die mein Herz schneller schlagen ließ, denn es war schon so lange her, und ich liebte ihn so sehr. Ich sah ihm zu, wie er bezahlte. Dann holte er mir meinen Mantel und half mir hinein. Unsere Augen trafen sich – und dann eilten wir fast im Laufschritt aus dem Café in das nächste Hotel, wo wir uns als Mr. und Mrs. Paul Sheffield eintrugen. In einem dunkelrot tapezierten Zimmer zog er mir mit so verführerischer Langsamkeit die Kleider aus, daß ich schon bereit war, noch bevor er vor mir auf die Knie fiel und mich überall zu küssen begann. Dann hielt er mich in seinen Armen, streichelte mich, liebkoste mich, erregte mich, bis wir wieder eins wurden wie früher.

Danach streichelten seine Finger meine Lippen, und er sah mich sehr zärtlich an. »Catherine, was ich da unten in das Hotelbuch geschrieben habe, das ist mir Ernst«, sagte er und küßte mich weich.

Ich starrte ihn ungläubig an. »Paul, du darfst mich nicht verspotten.«

»Aber das war nicht spöttisch gemeint, Catherine. Ich habe dich so furchtbar vermißt, seit du nach New York gegangen bist. Jetzt weiß ich, daß ich ein Narr war, uns beiden die Chance nehmen zu wollen, unser Glück zu finden. Du hast hier deine ersten Erfolge. Ich möchte dieses Leben mit dir teilen. Ich möchte nicht mehr hinter Chris' Rücken herumschleichen und mir auch aus dem Kleinstadtklatsch nichts mehr machen müssen. Ich will für immer bei dir sein. Ich möchte, daß du meine Frau wirst.«

»O Paul«, rief ich und schlang ihm die Arme um den Hals. »Ich werde dich immer lieben, das verspreche ich dir!« Tränen stiegen mir in die Augen, so erleichtert und glücklich war ich über seinen Antrag, den er mir endlich doch noch gemacht hatte.

In dieser Nacht schliefen wir nicht. Wir lagen die ganze Zeit engumschlungen wach und planten, wie unsere Hochzeit und unsere Ehe werden sollten. Ich würde natürlich beim Ballett bleiben, dafür würden wir irgendeine Lösung finden. Nur ein Schatten lag über unserem Glück. Wie sollten wir es Chris sagen? Wir entschieden, bis Weihnachten damit zu warten, wenn ich nach Clairmont zurückkommen würde. Bis dahin mußte ich aus meinem Glück ein Geheimnis machen und es vor der Welt verstecken, damit niemand ahnte, daß ich bald Mrs. Paul Sheffield sein sollte.

Neue Kämpfe

Der Herbst dieses Jahres wurde meine Zeit des Glücks, des wachsenden Erfolgs und meiner Liebe für Paul. Ich dachte, daß mein Schicksal jetzt endlich in meinen eigenen Händen lag und nichts mich mehr von meinem Weg abbringen könnte. Nichts hatte ich mehr zu fürchten, gar nichts. Ich konnte es kaum erwarten, der Welt von meiner Verlobung mit Paul zu erzählen. Aber ich schaffte es irgendwie, mein Geheimnis zu wahren. Ich erzählte niemandem etwas, weder Julian noch Madame Zolta, denn es stand so viel auf dem Spiel, und ich durfte den richtigen Zeitpunkt nicht verpassen, die Dinge in meinem Sinne zu ordnen. Ich brauchte Julian dringend als Partner, genauso wie er mich brauchte. Und ich brauchte Madame Zoltas Bestätigung, um das nötige Selbstvertrauen auf der Bühne zu haben. Wenn sie erst erfuhr, daß ich heiraten wollte, würde sie mir wahrscheinlich keine Hauptrollen mehr geben, denn auf dem Weg zu einer Hausfrau, die sowieso das Ballett über kurz oder lang aufgab, wäre ich für sie eine verlorene Investition. Aber ich wollte noch immer berühmt werden. Ich wollte Mammi noch immer zeigen, wieviel mehr ich konnte als sie.

Nachdem Julian und ich jetzt einen gewissen Bekanntheitsgrad erreicht hatten, begann Madame Zolta uns auch etwas besser zu bezahlen. Eines Samstags, ziemlich früh am Morgen, stürzte Julian in mein Appartement, packte mich um die Hüften und schwang mich im Kreis um sich. »Rat mal, was passiert ist? Die alte Hexe hat mir erlaubt, ihren Cadillac auf Raten zu kaufen, die sie mir von der Gage abzieht! Er ist noch keine drei Jahre alt, Cathy.« Er grinste hinterhältig. »Natürlich hätte ich mir einen brandneuen gewünscht. Aber da war eine gewisse Ballettmadame, die Angst hatte, ihr bester Tänzer könnte sich nach einem anderen Engagement umsehen und ihre beste Tänzerin gleich mitnehmen. So blieb ihr gar nichts anderes übrig, als ihren guten Cadillac fast zu verschenken.«

»Erpresser!« rief ich. Er lachte und griff nach meinen Händen, und wir rannten nach draußen, um uns seinen neuen Wagen anzusehen, der vor dem Appartementhaus geparkt war. Ich holte tief Luft, denn der Wagen sah absolut neu aus. »Oh, Julian, der ist wirklich herrlich! Du hättest sie nie dazu erpressen können, wenn sie dir ihren Liebling nicht gerne hätte geben wollen – sie weiß genau, wie sehr du ihn pflegen und verwöhnen wirst, und daß du ihn nie verkaufst.«

»O Cathy«, strahlte er mit unterdrückten Tränen in den Augen, »verstehst du denn nicht, warum ich dich so liebe? Wir sind uns so ähnlich – warum kannst du mich nicht wenigstens ein bißchen lieben?« Stolz öffnete er mir die Tür und bot mir das besondere Privileg, das erste Mädchen sein zu dürfen, das er in seinem eigenen Cadillac spazierenfuhr.

Es wurde ein wilder und verrückter Tag. Wir fuhren durch den Centralpark, dann nach Harlem, über die George-Washington-Brücke und zurück. Es regnete in Strömen, aber das störte uns nicht. Im Auto war es warm und gemütlich.

Dann fing Julian wieder damit an. »Cathy ... ich glaube, du wirst mich nie lieben können?« Das war eine Frage, die er mir mindestens ein- oder zweimal am Tag stellte, in der einen oder anderen Form. Ich hätte ihm am liebsten von meiner Verlobung mit Paul erzählt, um damit allen Fragen ein Ende zu machen. Aber ich bewahrte standhaft mein Geheimnis.

»Es ist, weil du noch Jungfrau bist, nicht wahr? Ich wäre so sanft und zärtlich, Cathy ... gib mir eine Chance, bitte.«

»Großer Himmel, Julian, ist das eigentlich alles, an was du denken kannst?«

»Ja!« schnaubte er. »An nichts anderes denke ich seit Monaten! Und ich habe dieses Spiel satt, das du hier mit mir spielst!« Er lenkte den Wagen mitten in das dichteste Verkehrsgewühl. »Du bist ein schlimmes Biest! Wenn wir tanzen, machst du mich scharf, und hinter der Bühne trittst du mir zwischen die Beine!«

»Bring mich nach Hause, Julian! Ich finde diese Gespräche abscheulich!«

»Und ob! Ich bring' dich jetzt nach Hause, darauf kannst du dich verlassen!« fauchte er mich von der Seite an, während ich mich an die verriegelte Seitentür drängte. Er warf mir einen wutentbrannten Blick zu und trat dann hart auf das Gaspedal. Wir jagten durch die verregneten Straßen, und sooft ich einen Seitenblick auf ihn warf, sah ich, welches böse Vergnügen es ihm bereitete, mir mit dieser verrückten Raserei Angst zu machen. Er lachte wild und verrückt, dann bremste er so abrupt, daß ich mir den Kopf an der Windschutzscheibe stieß. Blut tropfte mir aus einer Platzwunde an der Stirn. Bevor ich wieder richtig zu mir gekommen war, hatte er mir die Handtasche weggerissen, die Tür entriegelt und mich aus dem Wagen in den strömenden Regen geworfen.

»Zum Teufel mit dir, Catherine Dahl!« schrie er mir nach, während ich im Regen stand und mich weigerte, darum zu betteln, wieder ins Auto zu dürfen. Meine Handtasche war weg. Kein Portemonnaie, kein Geld. »Das war deine erste und letzte Fahrt in meinem Wagen. Ich hoffe, du kennst dich in dieser Gegend aus!« Er verabschiedete sich mit einem gemeinen Grinsen. »Nun sieh mal schön zu, wie du nach Hause kommst, du puritanische Heilige«, sagte er noch, »falls du das schaffst.«

Dann fuhr er davon und ließ mich im strömenden Regen an einer Straßenecke stehen, irgendwo in Brooklyn, wo ich noch nie in meinem Leben gewesen war. Ich hatte keinen Cent in der Tasche. Ich konnte nicht einmal jemanden anrufen oder mit der U-Bahn fahren, und das Wetter wurde immer schlimmer. Schon nach wenigen Minuten war ich naß bis auf die Knochen. Ich wußte, daß ich mich hier in einer unsicheren Gegend befand, in der alles passieren konnte ... Und er hatte mich hier ausgesetzt, obwohl er doch geschworen hatte, mich immer zu beschützen.

Ich lief los, ohne auch nur die geringste Ahnung zu haben in welche Richtung, doch dann entdeckte ich ein Taxi und winkte wild. Nervös beobachtete ich dann das Taximeter. Wie die Meilen klickten – und die Dollars! Du verdammter Mistkerl, Julian, mich so weit weg von unserem Appartementhaus rauszuwerfen! Endlich kamen wir vor dem Haus an – mit fünfzehn Dollar auf dem Zähler!

»Was, soll das heißen, Sie haben's nicht bei sich?« fuhr mich der Taxifahrer an. »Da fahren wir doch gleich zur nächsten Polizeiwache weiter!«

Wir verhandelten hin und her. Ich versuchte ihm irgendwie

zu erklären, daß er sein Geld nur bekommen konnte, wenn er mich ins Haus ließ, es ihm zu holen. Und die ganze Zeit lief der Zähler weiter. Schließlich ließ er sich doch überreden. Ich lief, so schnell ich konnte, ins Haus. Der Aufzug kroch nach oben und knirschte auf dem ganzen Weg verdächtig. Jedesmal wenn ich das Ding benutzte, hatte ich Angst, es würde zwischen zwei Stockwerken hängen bleiben. Schließlich öffnete sich aber doch die Tür in der richtigen Etage, und ich raste über den Flur zu unserem Appartement, gegen dessen Tür ich wild hämmerte und betete, daß April oder Jolanda nicht gerade unterwegs waren. Der verrückte Julian hatte auch meine Schlüssel in der Handtasche!

»Immer mit der Ruhe!« rief Jolanda. »Ich komme ja schon. Wer ist denn da?«

»Cathy! Laß mich schnell rein! Ich habe da unten einen Taxifahrer mit laufendem Wagen warten!«

Endlich ging die Tür auf. Sie trug nur einen Bademantel und hatte das Haar noch eingeschäumt. »Du siehst aus wie eine frische Wasserleiche«, begrüßte sie mich einladend. Ich stieß sie zur Seite und stürzte in mein Zimmer, wo ich eine kleine Kassette mit meiner Notkasse unter der Wäsche herauswühlte. Dann stöhnte ich laut. Der kleine Schlüssel, mit dem ich meine Schatzkiste aufschließen konnte, war mit allem anderen zusammen in der Handtasche, die Julian mir abgenommen hatte. Hoffentlich hatte er sie nicht weggeworfen! »Bitte, Jolly, leih mir fünfzehn Dollar und ein paar Cent für Trinkgeld.«

Sie musterte mich hinterhältig, während sie damit begann, ihr langes schwarzes Haar abzutrocknen. »Was bekomme ich denn für solche kleinen Gefälligkeiten von dir?«

»Du bekommst alles, was du haben willst, aber gib mir sofort das Geld.«

»Okay – dieses Versprechen reicht mir, aber vergiß es nicht.«

Langsam zog sie einen Zwanzigdollarschein aus ihrem dicken Portemonnaie. »Gib das dem Fahrer und laß ihn die fünf als Trinkgeld behalten. Dann hast du keinen Ärger mehr mit ihm, und ich bekomme alles, was ich mir wünsche. Nicht vergessen!« Ich nickte, riß ihr den Schein aus der Hand und rannte raus.

Kaum hielt der Taxifahrer den Zwanziger in der Hand, da strahlte er über beide Backen und tippte sich freundlich an die

Mütze. »Hat mich gefreut, Mädchen. Auf Wiedersehen.«

Ich war so durchgefroren, daß ich mich erst einmal in die Wanne mit heißem Wasser legte. Aber erst nachdem ich den Rand abgeschrubbt hatte, den Jolly wie immer hinterlassen hatte.

Mein Haar war noch naß, als ich mich dann in frischen Sachen auf den Weg zu Julian machen wollte, um meine Handtasche zurückzuverlangen. Doch im Flur stellte sich mir Jolly in den Weg. »Warte mal, Cathy... Du hältst doch dein Versprechen, nicht war? Alles, was ich mir wünsche?«

»Klar«, erwiderte ich angewidert, »was willst du denn haben?«

Sie lächelte und lehnte sich mit verschränkten Armen provozierend gegen die Wand. »Deinen Bruder... Ich möchte, daß du ihn nächstes Wochenende hierher einlädst.«

»Mach dich nicht lächerlich! Chris ist auf dem College. Er kann doch nicht hierher fliegen, wann er Lust hat.«

»Du kannst ihn herholen, wann immer du willst, das weiß ich genau. Sag ihm, daß du krank bist, sag ihm, daß du ihn dringend brauchst, was auch immer, aber schaff ihn mir her! Deine zwanzig Dollar kannst du dann behalten.«

Ich starrte sie feindselig an. »Nein! Ich habe genug Geld, um es dir zurückzugeben... Ich lasse nicht zu, daß Chris an eine wie dich gerät.«

Noch immer nur in ihrem Bademantel, ohne etwas darunter, begann sie sich gekonnt die Lippen zu schminken. Sie brauchte dazu nie einen Spiegel. »Cathy, mein Liebes, dein guter, kostbarer Bruder hat sich bereits mit Leuten wie mir eingelassen.«

»Das glaube ich dir nicht! Du bist nicht sein Typ!«

»Mmm«, schnurrte sie, »laß mich dir mal etwas verraten, Puppengesicht. Es gibt auf der ganzen Welt keinen Kerl, der auf meinen Typ nicht steht. Und das gilt auch für deinen lieben Bruder und deinen Verlobten Julian!«

»Du lügst!« schrie ich. »Chris würde so was wie dich nicht mit der Kneifzange anfassen – und was Julian angeht, der kann es von mir aus mit zehn Huren wie dir treiben!«

Plötzlich wurde sie puterrot im Gesicht und kam mit ausgestreckten Händen auf mich zu, die langen roten Fingernägel wie spitze Krallen vorgestreckt. »Dreckstück!« zischte sie. »Wage es nicht, mich eine Hure zu nennen! Ich nehme kein Geld dafür, was ich den Männern gebe – und dein Bruder steht sehr auf das, was ich anzubieten habe. Geh doch und frag ihn, wie oft er schon ...«

»Halt den Mund!« kreischte ich. »Ich glaube dir kein einziges Wort! Er ist viel zu klug, als in dir etwas anderes zu sehen als die Befriedigung seiner körperlichen Bedürfnisse ... Sonst bist du höchstens Straßendreck für ihn!«

Sie wollte nach mir greifen, aber ich stieß sie hart von mir weg, so heftig, daß sie zu Boden stürzte. »Du bist nichts anderes als eine miese, schnell verbrauchte Herumtreiberin, Jolanda!« schrie ich sie kochend vor Wut an. »Nicht einmal gut genug, daß mein Bruder sich die Füße an dir abwischen würde. Du kannst mit so vielen Männern schlafen, wie du willst, aber laß mich in Ruhe und laß die Finger von meinem Bruder!«

Ihre Nase blutete ... Ich hatte gar nicht gewußt, daß ich so hart zuschlagen konnte. Sie kam schnell wieder auf die Beine, aber aus irgendeinem Grund wich sie vor mir zurück. »Niemand darf so mit mir reden und glauben, daß es ihm nicht leid tun wird ... Diesen Tag wirst du noch bereuen, Catherine! Ich bekomme deinen Bruder, und ich werde dir auch noch Julian wegnehmen. Und wenn er mir gehört, dann wirst du herausfinden, daß du ohne ihn ein Nichts bist! Eine zweitklassige Stepptänzerin, die Madame Zolta längst herausgeworfen hätte, wenn Julian nicht so auf sie stehen würde, weil er scharf auf Jungfrauen ist.«

Was sie mir da entgegenschrie, konnte durchaus die Wahrheit sein. Vielleicht hatte sie recht, daß ich ohne Julian nichts Besonderes mehr sein würde. Ich fühlte mich elend und haßte sie. Haßte sie auch dafür, daß sie Chris und mein Bild von ihm so beschmutzt hatte. Ich warf meine Kleider in meine Koffer, fest entschlossen, nach Clairmont zurückzukehren, ehe ich noch eine weitere Stunde mit jemandem wie Jolanda zusammenlebte!

»Hau nur ab!« zischte sie mir zwischen zusammengebissenen Zähnen zu. »Reiß nur aus, du kleines prüdes Biest – was für ein Dummkopf du doch bist. Ich bin keine Hure! Ich bin nur nicht der Typ, der Männer anmacht und sie dann sitzenläßt – das ist der Unterschied zwischen uns. Im Gegensatz zu dir bin ich wenigstens ehrlich und möchte um keinen Preis mit dir tauschen!«

Ohne weiter auf ihre Worte zu achten, packte ich meine Koffer fertig und schleppte sie nach draußen in den Flur. Was ich nicht mehr in ihnen unterbringen konnte, hatte ich in Plastikbeutel und meine lederne Ballettasche gestopft. In der Tür drehte ich mich noch einmal um, und ich sah, daß Jolanda in ihrem Zimmer, dessen Tür weit offen stand, ausgestreckt auf dem Bett lag. »Ich habe wirklich Angst vor dir, Jolanda. Ich fürchte mich so, daß ich laut lachen könnte. Ich bin schon mit Leuten fertig geworden, die zehnmal größer und gefährlicher waren, als du dir vorstellen kannst, und ich lebe immer noch ... deshalb halte dich von mir fern, oder du wirst diejenige sein, die diesen Tag einmal bereut!«

Minuten, nachdem ich die Tür meines ehemaligen Appartements hinter mir zugeschlagen hatte, stand ich vor Julians Tür. Mein Gepäck hatte ich an den Griffen zusammengeknotet und zerrte es hinter mir her. Mit beiden Fäusten hämmerte ich los. »Julian!« schrie ich. »Wenn du da bist, dann mach sofort auf und gib mir meine Handtasche zurück. Öffne sofort die Tür, oder du wirst mich nie mehr in deinem Leben als Partnerin auf der Bühne haben!«

Er öffnete die Tür gerade schnell genug. Bis auf ein Handtuch, das er um die Hüften geschlungen hatte, war er nackt. Bevor ich wußte, wie mir geschah, hatte er mich in sein Zimmer gezogen und auf sein Bett geworfen. Entsetzt blickte ich in die Runde und hoffte, irgendwo Alexis oder Michael zu sehen. Aber zu meinem Pech schien Julian das ganze Appartement für sich alleine zu haben. »Klar«, knurrte er mich böse an. »Du bekommst deine verdammte Handtasche schon – aber erst beantwortest du ein paar Fragen!«

Ich sprang vom Bett hoch – und er warf mich einfach wieder zurück, sprang hinterher und setzte seine Knie auf meine Arme, so daß ich mich nicht mehr rühren konnte. »Laß mich sofort los, du Tier!« kreischte ich. »Ich bin sechs Straßen in strömendem Regen gelaufen und habe mich fast zu Tode gefroren – laß mich aufstehen und gib mir endlich meine Handtasche zurück!«

»Warum kannst du mich nicht lieben?« erwiderte er, nahm die Knie weg und hielt mich nur noch mit den Händen fest. »Ist es, weil du in jemanden anderes verliebt bist? Wer ist es? Ist es dieser große Doktor, der dich bei sich aufgenommen hat? Er ist es, stimmt's?«

Ich hatte furchtbare Angst vor ihm und schüttelte verzweifelt den Kopf. Nie hätte ich ihm in diesem Augenblick die Wahrheit sagen können. Er wirkte fast wahnsinnig vor Eifersucht. Sein Haar war noch naß und hing ihm wirr in die Stirn. Er mußte gerade aus der Dusche gekommen sein. Wasser tropfte mir ins Gesicht. »Cathy, es ist jetzt drei Jahre her, seit wir uns kennengelernt haben, und wir sind uns immer noch nicht nähergekommen. Ich habe alles versucht, deshalb kann es an mir nicht gelegen haben – es muß an dir liegen! Wer ist es?«

»Niemand!« log ich. »Du bist einfach der Falsche für mich! Alles, was ich an dir mag, Julian, ist deine Art zu tanzen!«

Das Blut schoß ihm ins Gesicht. »Du denkst wohl, ich wäre blind und dämlich?« fragte er außer sich, als würde er jeden Moment explodieren. »Aber ich bin nicht blind, ich bin nicht dumm, und ich habe genau gesehen, was für Blicke du diesem Doktor zuwirfst – und so wahr mir Gott helfe, den gleichen Blick hast du in den Augen, wenn du deinen Bruder ansiehst! Also spiel hier nicht die Moralische, Catherine, denn ich habe noch nie einen Bruder und eine Schwester gesehen, die sich so fasziniert angestarrt haben! So starrt man seinen Liebhaber an!«

Ich schlug ihn ins Gesicht! Er schlug zurück, doppelt so hart. Ich versuchte ihn abzuschütteln und mich freizukämpfen, aber er wand sich wie ein Aal. Wir rollten vom Bett auf den Boden, und ich fürchtete schon, er würde mir die Kleider runterreißen und mich vergewaltigen – aber er tat nichts dergleichen. Er hielt mich nur am Boden unter sich fest und atmete schwer, während er sich bemühte, seine aufgewühlten Gefühle wieder unter Kontrolle zu bekommen. Erst als ihm das gelungen war, begann er zu sprechen: »Du gehörst mir, Cathy, ob du es willst oder nicht ... du bist mein. Und wenn jemals ein Mann zwischen uns kommt, dann bringe ich ihn um. Und dich auch. Denk daran, bevor du ein Auge auf irgendeinen anderen wirfst.«

Er gab mir die Handtasche zurück und befahl mir nachzuzählen, ob nichts fehlte. Ich hatte zweiundvierzig Dollar und zweiundsechzig Cent im Portemonnaie gehabt. Es war alles noch da.

»Verrückte wie du gehören in eine Anstalt, Julian. Du kannst mir nicht vorschreiben, wen ich zu lieben habe, und du kannst mich nicht zwingen, dich zu lieben. Wenn du dir vorgenommen hättest, mich heute ein für allemal loszuwerden, hättest du es nicht besser machen können. Jetzt kann ich dich nicht einmal mehr in meiner Nähe ertragen. Und was unsere Tanzerei angeht, vergiß es!« Ich schlug ihm die Tür vor der Nase zu und lief davon. Aber als ich am Aufzug ankam, hatte er die Tür schon wieder aufgerissen und fluchte hinter mir her: »Der Teufel soll dich holen, Cathy ... und du kannst dir nur wünschen, daß er dich holt, bevor ich mit dir fertig bin!«

Nach diesen schrecklichen Szenen mit Jolanda und Julian ging ich direkt zu Madame Zolta und erklärte ihr, daß ich nicht länger mit einem Mädchen das Appartement teilen könnte, bei dem ich Angst haben müßte, die Augen ausgekratzt zu bekommen, um mir die Karriere zu ruinieren.

»Sie hat einfach Angst vor dir, Catherine, das ist alles. Jolanda war der Superstar meines kleinen Balletts, bis du gekommen bist. Jetzt fühlt sie sich natürlich von dir bedroht. Du mußt dich mit ihr vertragen ... Komm, sei ein gutes Mädchen, geh zu ihr und entschuldige dich irgendwie, auch wenn sie im Unrecht ist.«

»Nein, Madame. Ich kann nicht mehr mit ihr zusammenleben, ausgeschlossen. Wenn Sie mir also keine höhere Gage geben können, dann muß ich mir ein anderes Engagement suchen. Und sollte ich keines finden, dann gehe ich zurück nach Clairmont.«

Sie stöhnte, schlug die knochigen Hände über ihrem Totenschädel zusammen und ließ hin und wieder ein »oh-oh-oh« vernehmen. Wenn es an die Darstellung großer Gefühle geht, sind Russen einfach großartig. »Okay ... du erpreßt mich. Kann ich nicht anders. Kriegst also etwas mehr Geld, und ich besorge dir ein billiges Appartement für dich allein. Aber das wird nicht so hübsch sein wie das alte.«

Pah! Das alte sollte hübsch gewesen sein? Aber sie hatte recht. Das einzige Appartement, das sich für mich finden ließ, hätte man komplett in Pauls kleinstem Schlafzimmer unterbringen können, alle beiden Räume inklusive Dusche. Aber es gehörte mir ganz allein ... Die erste eigene Wohnung meines Lebens, und für ein paar Tage war ich mit nichts anderem beschäftigt, als es mir so gut einzurichten wie möglich – was mir ungeheuren Spaß machte. Doch ich schlief schlecht hier, wachte nachts oft auf und lag in der Dunkelheit, während um mich herum das alte Gebäude knarrte und knackte. Paul fehlte mir sehr. Chris fehlte mir. Der Wind wehte ums Haus, und da war niemand in einem anderen Bett, in das ich mit meiner Hand hinüberfassen konnte, der mich mit sanften Worten und leuchtenden blauen Augen tröstete.

Ich hatte Chris' Bild vor Augen, als ich mich an meinen kleinen Küchentisch setzte und einen Brief an Mrs. Winslow schrieb. Ich schickte ihr die Kritiken meines ersten großen Auftritts als Dornröschen. Und auf die Rückseite der Kopien schrieb ich:

> Es dauert nicht mehr lange, Mrs. Winslow.
> Denken Sie jede Nacht daran, bevor Sie einschlafen.
> Denken Sie daran, daß es mich noch irgendwo
> gibt, daß ich lebe, und daß ich an Sie denke
> und meine Pläne schmiede.

Mitten in der Nacht rannte ich mit dem Brief zum nächsten Briefkasten, damit ich es mir nicht anders überlegen konnte und ihn zerriß. Dann warf ich mich auf mein Bett und schluchzte. O Gott, würde ich denn nie von ihr frei sein? Nie! Und trotz meiner Tränen ertappte ich mich kurz danach schon wieder bei dem Gedanken, was ich ihr Furchtbares antun könnte, damit sie so leiden würde, wie ich gelitten hatte. Mach dir eine schöne Zeit, Mammi, denn sie wird nicht mehr lange dauern!

Eines Morgens erwachte ich von einem wilden Geklopfe an meiner Tür. »Cathy, laß mich rein! Du glaubst nicht, was ich für Neuigkeiten bringe!« Es war Julians Stimme.

»Verschwinde!« rief ich verschlafen, raffte mich schließlich auf und warf mir einen Morgenmantel über, damit er mir nicht noch die Tür einschlug. »Hör mit diesem Gehämmer auf!« rief ich ihm durch die Tür zu. »Ich habe dir noch nicht verziehen, und das werde ich auch nie!« Trotzdem ließ ich ihn schließlich herein.

Kaum hatte ich den Riegel zurückgezogen, da drückte er auch schon die Tür auf, stürmte herein, nahm mich in den Arm und verpaßte mir einen langen, heißen Kuß, während ich noch halb gähnte. »Madame Zolta... Gerade als du gestern aus dem Studio gegangen warst, brachte sie uns die Neuigkeit. Wir gehen auf Tournee nach London! Zwei Wochen lang! Wir sind eingeladen! Cathy, Madame ist ganz entzückt, daß man uns in Europa offiziell zur Kenntnis zu nehmen beginnt!«

»Wirklich?« fragte ich und fühlte mich von seiner Begeisterung angesteckt. Ich taumelte in meine winzige Küche... Kaffee, ich brauchte erst einen Kaffee, bevor ich irgendeinen klaren Gedanken fassen konnte.

»Mein Gott, bist du morgens immer so daneben?« erkundigte sich Julian, drängte sich hinter mir in die Küche und schnappte sich einen meiner zwei Stühle, um sich darauf zu setzen. »Wachwerden, Cathy! Vergib mir, küß mich, sei wieder meine Freundin. Morgen kannst du mich so viel hassen, wie du willst, aber heute sollst du mich lieben. Das ist der Tag, für den wir beide geboren wurden – Cathy, wir werden Stars! Ich weiß, daß wir es sind! Madame Zoltas Ballett hat nie große Beachtung gefunden, bevor wir die Solos getanzt haben. Es ist nicht ihr Erfolg, es ist unserer!«

Seine Bescheidenheit verdiente einen Orden. »Du hast schon gefrühstückt?« fragte ich ihn und hoffte, daß dem so war. Ich hatte nur noch zwei Scheiben Schinken, und die wollte ich gerne selbst essen.

»Klar, hab' ich. Schnell ein paar Bissen, bevor ich zu dir gerast bin, aber ich könnte noch etwas vertragen.« Natürlich konnte er noch etwas vertragen. Er konnte immer noch etwas vertragen... Und dann war ich endlich richtig wachgeworden... London...! Unser Ballett war nach London eingeladen! Ich wirbelte herum und rief: »Julian, du willst mich doch nicht auf den Arm nehmen? Das stimmt doch, was du da erzählt hast? Wir fliegen wirklich über den Atlantik, wir alle?«

Er sprang auf. »Ja, das ganze Ballett! Das ist unsere große Chance, ganz nach vorne zu kommen! Wir sind auf dem Weg zur Weltklasse. Und du und ich, wir werden die Stars sein! Denn zusammen sind wir das beste Paar der Welt, du weißt das genausogut wie ich.«

Ich teilte mein bescheidenes Frühstück mit ihm und hörte ihm zu, wie er unsere lange und phantastische Karriere in den schönsten Farben ausmalte. Wir würden reich werden, und irgendwann würden wir uns dann von der Bühne zurückziehen, unsere Ballettschule eröffnen und Kinder haben, das würde mir doch gefallen? Ich haßte es, ihm seine gute Laune verderben zu müssen, aber ich mußte es sagen. »Julian, ich liebe dich nicht, deshalb werden wir nie heiraten. Wir werden zusammen nach London fliegen und zusammen tanzen, und ich werde dir auf der Bühne mein Bestes geben – aber ich werde einen anderen heiraten. Ich bin schon verlobt. Diese Heirat steht schon lange fest.«

Sein langer, ungläubiger Blick war so haßerfüllt, daß ich mir von seinen Augen regelrecht geohrfeigt vorkam. »Du lügst«, tobte er. Ich schüttelte den Kopf. »Du verdammtes Biest hast mich die ganze Zeit an der Nase herumgeführt!« schrie er und stürmte aus meinem Appartement.

Winterträume

Über Weihnachten flog ich nach Hause. Die unschöne Geschichte mit Julian war vergessen, so sehr freute ich mich darauf, Paul wiederzusehen und ihm meine große Neuigkeit zu überbringen.

Gott sei Dank hatte ich Paul, zu dem ich fliehen konnte. Und ich wollte nicht zulassen, daß Julian mir die Weihnachtsfreude verdarb, denn zu Weihnachten wollten Paul und ich unsere Verlobung bekanntgeben. Und die einzige Person, die mein Glück jetzt noch aufhalten konnte, war Chris. Es wurde unser bisher schönstes Weihnachtsfest – jedenfalls bis fast zum Ende. Die Geschenke waren wunderbar. Am Weihnachtsmorgen saßen wir alle im Wohnzimmer auf dem Boden inmitten bunter Geschenkpapierberge und strahlten uns an. Als wir schließlich alles ausgepackt hatten – Chris hatte mir einen mit Liebe ausgesuchten kleinen Diamantanhänger geschenkt – tauchte Paul plötzlich noch mit einem weiteren Paket auf, das in goldene Folie eingeschlagen und von einer riesigen roten Seidenschleife gekrönt war. Für mich. Meine Hände zitterten, während ich das Papier aufriß, und Paul sah mich erwartungsvoll an. Ein Mantel aus Silberfuchs! »Genau der Mantel, den du für die kalten New Yorker Winter brauchst«, sagte er. In seinen Augen schimmerte die ganze Wärme und Liebe, die er für mich empfand. »Das ist zuviel«, keuchte ich, »aber er ist hinreißend, absolut wunderbar, er gefällt mir!«

Er lächelte – er war so leicht glücklich zu machen. »Jedesmal, wenn du ihn trägst, wirst du an mich denken müssen, und er wird dich auch an den kühlen Londoner Nebeltagen wärmen.«

Ich erzählte ihm, daß es der schönste Mantel sei, den ich je gesehen hätte. Doch ich hatte ein ungutes Gefühl dabei. Der Pelz erinnerte mich an Mammi und ihre Schränke voller Pelzmäntel, die sie sich nur dadurch hatte verschaffen können, daß sie uns eingesperrt und vor der Welt versteckt hatte.

Chris sah plötzlich angespannt zwischen Paul und mir hin und her. Irgend etwas an meinem Gesicht mußte meine Liebe zu Paul verraten haben. Mein Bruder runzelte die Stirn und warf Paul einen langen, verletzten Blick zu. Dann verließ er den Raum. Irgendwo oben wurde eine Tür heftig zugeschlagen. Paul tat so, als wäre ihm nichts Besonderes aufgefallen. »Und sieh noch mal da drüben in die Ecke, Catherine – da ist ein Geschenk, das für uns alle zusammen sein soll.«

Dort stand ein großer Farbfernseher, zu dem Carrie jetzt lief. »Er hat ihn nur gekauft, Cathy, damit wir dich in Farbe sehen können, wenn du im *Nußknacker* tanzt. Ich darf das Gerät nicht anfassen.«

»Aber nur, weil es so verteufelt lange dauert, bis man das Bild richtig eingestellt hat«, entschuldigte Paul sich.

Während des ganzen Weihnachtstages sah ich nicht mehr viel von Chris, außer während der Mahlzeiten. Er trug den hellblauen Pullover, den ich für ihn gestrickt hatte und der zu meinem eigenen Erstaunen ausgezeichnet saß. Aber nichts von meinen Geschenken konnte sich mit dem Diamantanhänger vergleichen, in dessen Schatulle ich noch ein Kärtchen mit einem kleinen Gedicht fand, das mir das Herz bluten ließ. Ich haßte es, daß ich ihm noch immer so viel bedeutete. Und doch, wenn ich später darüber nachdachte, hätte ich es noch mehr gehaßt, wenn er weniger für mich empfunden hätte.

An diesem Abend machten wir es uns alle vor dem neuen Farbfernseher bequem. Ich streckte mich neben Pauls Beinen auf dem Boden aus, Carrie dicht an meiner Seite. Paul saß in seinem Lieblingssessel. Chris, in bewußter Entfernung von unserer Gruppe auf dem entfernten Ende des Sofas, schien mit seinen Gedanken und Gefühlen noch wesentlich weiter von uns entfernt zu sein. Deshalb fühlte ich mich schließlich nicht ganz so glücklich, wie ich es hätte sein sollen, als ich meinen Namen über den Bildschirm flimmern sah. Eine Aufzeichnung, im August aufgenommen und erst jetzt in Hunderten von Städten überall im Land zu sehen. Die Bühnendekoration wirkte im Fernseher noch viel bunter und märchenhafter, als sie mir im Studio vorgekommen war. Ich starrte mich als Clara an – sah ich wirklich so aus? Ich vergaß, wo ich war, merkte kaum, wie ich mich an Pauls Knie lehnte und seine Finger mir durch die Haare strichen – ich stand wieder auf der Bühne und wirbelte auf Julian zu, der gerade aus dem häßlichen Nußknacker in den schönen Prinzen verwandelt wurde.

Als es vorbei war, fand ich langsam wieder in die Wirklichkeit zurück. Meine ersten Gedanken galten meiner Mutter. Lieber Gott, laß sie diesen Abend zu Hause vor dem Fernseher verbringen. Laß sie sehen, wen sie versucht hat, umzubringen. Laß sie weinen, trauern, verzweifeln ... bitte, bitte, bitte!

»Was soll ich sagen, Cathy«, erklärte Paul ehrfürchtig. »Keine Ballerina könnte in dieser Rolle besser sein als du. Und Julian war ebenfalls super.«

»Ja«, meinte Chris kühl, stand auf, kam zu uns und nahm Carrie auf seinen Arm. »Ihr wart beide hervorragend – aber das war nicht die Kinderaufführung, an die ich mich noch von damals erinnern kann, als ich selbst klein war. Ihr beiden habt da eine leidenschaftliche Liebe getanzt. Wirklich, Cathy, schaff dir diesen Burschen vom Hals und zwar schnell!« Mit diesen Worten marschierte er aus dem Zimmer und brachte Carrie die Treppe hinauf ins Bett.

»Ich glaube, dein Bruder ist mißtrauisch«, kommentierte Paul mild, »nicht nur wegen Julian, auch wegen mir. Er behandelt mich schon den ganzen Tag wie einen Rivalen. Er wird nicht glücklich sein, wenn er unsere Neuigkeit erfährt.«

Weil ich, wie andere auch, unangenehme Dinge gerne so lange wie möglich hinauszögerte, schlug ich vor, ihm erst morgen davon zu erzählen. Dann, als ich mich auf Pauls Schoß kuschelte und wir uns in den Arm nahmen, gaben wir uns endlich die leidenschaftlichen Küsse, die wir bis jetzt zurückgehalten hatten. Ich sehnte mich so nach ihm. Nachdem wir alle Lampen ausgeschaltet hatten, stahlen wir uns die hintere Treppe hinauf in Pauls Zimmer und liebten uns in seinem Bett, wie sich nur zwei Menschen lieben können, die lange getrennt waren. Später schliefen wir ein, wachten auf und liebten uns noch einmal. Im Morgengrauen küßte ich ihn noch einmal lange, dann schlüpfte ich in meinen Morgenmantel, um mich in mein eigenes Zimmer zu schleichen. Gerade als ich aus Pauls Zimmer in den Flur trat, öffnete Chris zu meinem größten Entsetzen seine Tür. Er bemerkte mich sofort und starrte mich mit einem verblüfften Blick an. Ich drehte schnell den Kopf zur Seite und schämte mich so, daß ich hätte weinen können. Keiner von uns sagte etwas. Er faßte sich als erster wieder und lief zur Treppe, aber auf dem halben Weg warf er mir über die Schulter noch einen Blick zu, voller Wut und Ekel. Ich fühlte mich sterbenselend. Schnell warf ich noch einen Blick in Carries Zimmer, die tief in ihre roten Kissen gekuschelt schlief. Dann lag ich auf meinem Bett und überlegte verzweifelt, was ich zu Chris sagen könnte, um zwischen uns wieder alles in Ordnung zu bringen. Warum spürte ich tief in meinem Herzen noch immer das Gefühl, daß ich ihn verraten hatte?

Der Tag nach Weihnachten war der Tag, an dem man die Geschenke umtauschen konnte, die man nicht mochte, die einem nicht gefielen oder die nicht paßten. Ich zwang mich, zu Chris zu gehen, der im Garten arbeitete und wild mit der Heckenschere an Pauls Rosenbüschen herumschnitt. »Chris, ich muß mit dir sprechen und dir ein paar Dinge erklären.«

Er explodierte. »Paul hat kein Recht, dir einen so teuren Pelzmantel zu schenken! So ein Geschenk sieht aus, als wärest du seine Geliebte! Cathy, gib ihm diesen Mantel zurück! Und vor allem hör endlich mit dem auf, was du da mit ihm machst!«

Ich nahm ihm erst einmal die Schere aus der Hand, bevor er Pauls geliebte Rosen völlig ruinieren konnte. »Chris, es ist nicht so schlecht, wie du es im Augenblick siehst... Paul und ich... ja also, wir wollen im Frühjahr heiraten. Wir lieben uns beide, deshalb ist nichts Schlechtes daran, was wir miteinander haben. Es ist keine Affäre, die morgen vergessen sein kann. Er braucht mich, und ich brauche ihn.« Ich trat dicht hinter ihn, als er mir den Rücken zuwandte, um sein Gesicht zu verbergen. »Auf diese Art ist es besser für mich und auch besser für dich«, sagte ich sanft. Ich schlang meine Arme um seine Hüfte und reckte mich an ihm vorbei, so daß ich ihm ins Gesicht sehen konnte. Er wirkte schockiert, wie ein bisher gesunder Mann, der gerade von einer tödlichen Krankheit erfahren hat – und der jetzt alle Hoffnung aufgeben muß.

»Er ist zu alt für dich!«

»Ich liebe ihn.«

»So, du liebst ihn also. Was ist mit deiner Karriere? Wirfst du seinetwegen all die Jahre voller harter Arbeit und alle deine Träume fort? Willst du dein Wort brechen? Du weißt doch, daß wir uns geschworen haben, unsere Ziele im Leben zu erreichen und uns nicht durch das, was uns diese verlorenen Jahre angetan haben, davon abbringen zu lassen.«

»Paul und ich haben ausführlich darüber gesprochen. Er versteht mich. Er wird mein Leben tolerieren ...«

»Tolerieren? Was versteht ein Doktor schon vom Leben einer Ballerina? Du wirst doch nie bei ihm sein. Er wird alleine hier sein, während du irgendwo durch die Welt reist, umgeben von Männern deines eigenen Alters. Du bist ihm nichts schuldig, Cathy, gar nichts! Wir werden ihm jeden Cent zurückzahlen, den er für uns ausgegeben hat. Wir werden ihm immer den Respekt entgegenbringen, den er verdient, und auch die Liebe – aber du bist ihm nicht dein Leben schuldig.«

»Bin ich das nicht?« flüsterte ich, von Schmerzen um Chris gequält. »Ich glaube, daß ich ihm mein Leben verdanke. Du weißt, wie ich mich gefühlt habe, als wir hierher kamen. Ich dachte, man könnte sich auf niemanden verlassen und niemandem vertrauen. Ich erwartete, daß uns nur das Schlimmste passieren könnte, und ohne ihn wäre es auch genauso gekommen. Aber ich liebe ihn nicht einfach dafür, was er getan hat. Ich liebe ihn, weil er so ist, wie er ist. Chris, du siehst ihn nicht mit meinen Augen und wirst das auch nie können.«

Er wirbelte herum und nahm mir die Schere aus der Hand. »Und was ist mit Julian? Du willst also Paul heiraten und weiter mit Julian tanzen? Du weißt, daß Julian verrückt nach dir ist. Man sieht es ihm an; nicht nur auf der Bühne.«

Erschüttert wich ich zurück. Chris ging es nicht nur um Julian und Paul, sondern um jeden Mann. »Es tut mir leid, daß ich dir die Weihnachtsferien verdorben habe«, sagte ich, »aber auch du wirst eine andere finden. Du hast Paul gern, das weiß ich. Und wenn du einmal in Ruhe darüber nachdenkst und ehrlich bist, dann weißt du auch, daß wir die Richtigen füreinander sind, trotz des Altersunterschiedes und allem anderen.« Mit diesen Worten ging ich und ließ Chris im Garten mit seiner Heckenschere allein.

Für den Abend hatte Paul ein großes Essen mit uns in seinem Lieblingsrestaurant geplant, während dem er mir seinen Verlobungsring an den Finger stecken wollte. Am liebsten wären wir natürlich ganz alleine bei Kerzenschein gewesen, aber Paul wollte Chris und Carrie auf jeden Fall dabei haben. Von nun an sollte alles zwischen uns ganz offen sein. Eine richtige offizielle Verlobung.

Ich machte mich gerade für den großen Anlaß fertig, als Chris in mein Schlafzimmer kam und Carrie hinausschickte: »Geh nach unten fernsehen«, sagte er mit einer Schärfe, wie ich es bei ihm und Carrie noch nie erlebt hatte. »Ich will mit deiner Schwester reden.« Carrie warf uns beiden einen eigenartigen Blick zu, bevor sie aus dem Zimmer stürzte.

Kaum hatte sie die Tür hinter sich geschlossen, als Chris an meine Seite trat und meine Schultern packte. Er schüttelte mich wild. »Willst du wirklich mit dieser Farce weitermachen? Du liebst ihn nicht! Du liebst noch immer nur mich! Ich weiß es! Cathy, bitte, tu mir das nicht an! Ich weiß, daß du mich befreien willst, indem du Paul heiratest. Aber das ist nicht der richtige Grund, um mit jemandem eine Ehe einzugehen.« Er ließ den Kopf hängen, nahm die Hände von meinen Schultern und sah aus, als würde er sich furchtbar schämen. Seine Stimme wurde so leise, daß ich mich anstrengen mußte, jedes Wort mitzubekommen. »Ich weiß, was ich für dich empfinde, ist falsch und darf nicht sein. Ich weiß, daß ich eine andere suchen sollte, so wie du dir jemand anders gesucht hast ... aber ich kann nicht damit aufhören, dich zu lieben. Ich denke den ganzen Tag an dich, jeden Tag. Nachts träume ich von dir. Ich wünsche mir, daß ich wach werde und du wieder bei mir im Zimmer bist. Ich wünsche mir, daß ich ins Bett gehe und weiß, daß du bei mir bist, nahe bei mir, wo ich dich sehen kann und berühren kann.« Er mußte schluchzen, bevor er weiterreden konnte. »Ich kann es nicht ertragen, dich an der Seite eines anderen Mannes zu sehen! Verdammt, Cathy, ich will dich! Du hast doch sowieso nicht vor, Kinder zu bekommen, warum kann ich es dann nicht sein?«

Ich trat einen Schritt zurück, als er meine Schultern losließ. Während er dann sprach, ging ich zu ihm, nahm ihn in den Arm. Er klammerte sich an mich, als wäre ich die einzige Frau auf der

Welt, die ihn vor dem Ertrinken retten könnte. Aber wir würden beide ertrinken, wenn ich tat, was er sich wünschte. »O Chris, was soll ich da sagen? Mammi und Daddy haben ihren großen Fehler begangen, als sie heirateten – und wir mußten den Preis dafür bezahlen. Wir können nicht riskieren, ihren Fehler zu wiederholen!«

»Doch, wir können!« rief er wild. »Wir brauchen ja gar keine sexuelle Beziehung zu haben! Wir können einfach zusammen leben, zusammen sein wie Bruder und Schwester, mit Carrie bei uns. Bitte, bitte, ich flehe dich an, heirate Paul nicht!«

»Halt den Mund!« schrie ich. »Laß mich allein!« Ich schlug nach ihm und wollte ihn so verletzen, wie jedes seiner Worte mich verletzt hatte. »Du machst, daß ich mich so schuldig fühle und so schämen muß! Chris, ich habe versucht, für dich das Beste zu tun, als wir beide Gefangene waren. Wir haben uns einander zugewandt, aber nur, weil wir sonst niemanden hatten! Wenn es andere gegeben hätte, dann hättest du mich nie begehrt, und ich hätte keinen Blick an dich verschwendet. Du bist nur ein Bruder für mich, Chris, und ich will, daß du da bleibst, wo du hingehörst... und das ist nicht in meinem Bett!«

Dann hielt er mich in den Armen, und ich konnte nicht anders, als meine Wange gegen sein rasendes Herz zu pressen. Es fiel ihm schwer, seine Tränen zurückzuhalten. Ich wollte, daß er endlich vergaß... aber jede Sekunde, in der er mich an sich preßte, gab ihm neue Hoffnung. Und dann spürte ich, daß er durchaus erregt war! Und er wollte mir einreden, wir könnten platonisch zusammenleben! »Laß mich gehen, Chris. Wenn du mich für den Rest deines Lebens lieben mußt, dann behalte es für dich. Ich will nie wieder etwas davon hören. Ich liebe Paul, und nichts, was du sagen könntest, wird mich davon abhalten!«

»Du belügst dich selbst«, murmelte er mit gebrochener Stimme und drückte mich noch fester an sich. »Ich habe gesehen, wie du mich anschaust, bevor du zu ihm blickst. Du willst mich, und du willst ihn. Du willst jeden und alles! Ruiniere nicht Pauls Leben, er hat schon genug mitgemacht! Er ist zu alt für dich – das Alter macht doch etwas aus! Er wird alt und sexuell am Ende sein, wenn du erst deine Blüte erreichst! Selbst mit Julian wärst du besser dran!«

»Christopher, du bist eifersüchtig, weil ich früher als du

meine große Liebe gefunden habe! Und jetzt steh nicht da und starr mich mit deinen himmelblauen Augen an – du hast schon viele Affären gehabt! Ich weiß, daß du mit Jolanda Lange geschlafen hast und, Gott weiß, wem noch. Und was hast du ihnen erzählt? Natürlich hast du ihnen genauso erzählt, daß du sie liebst, wie mir! Ich liebe dich nicht mehr! Ich liebe Paul, und nichts auf der Welt kann uns von unserer Heirat abbringen! Und du erst recht nicht!«

Er stand da, mit bleichem Gesicht und am ganzen Körper zitternd, und dann sagte er in einem heiseren Flüstern: »Es gibt etwas! Ich könnte ihm von uns beiden erzählen ... Er würde dich dann nicht mehr haben wollen.«

»Du würdest ihm nichts davon erzählen. Dafür bist du viel zu anständig, und abgesehen davon, er weiß es längst.«

Einen langen, langen Augenblick starrten wir uns an ... dann rannte er aus dem Zimmer und schmetterte hinter sich die Tür so fest zu, daß neben dem Rahmen ein Riß an der Wand erschien.

Nur Carrie begleitete Paul und mich zu unserem Verlobungsdinner. »Zu schade, daß Chris sich nicht wohl fühlt. Ich hoffe, er hat sich keine Grippe geholt ... die grassiert hier zur Zeit überall.«

Nach dem köstlichen Hauptgang schob Paul mir einen Ring mit einem zweikarätigen Diamanten auf den Finger. Ich tat mein Bestes, um eine fröhliche, festliche und schöne Feier aus unserer Verlobung zu machen. Lächelte, warf ihm lange, romantische Blicke zu und stieß mit ihm auf eine lange und glückliche Zukunft an. Wir tanzten unter den riesigen Kristall-Lüstern, und ich hielt die Augen geschlossen, während ich daran dachte, daß Chris zu Hause in seinem Zimmer auf und ab ging und seinen Haß gegen mich nährte.

»Wir werden so glücklich sein, Paul«, flüsterte ich und tanzte in meinen hochhackigen Silberschuhen auf den Zehenspitzen. Ja, so würde unser gemeinsames Leben sein. Leicht. Süß. Mühelos. Genau wie der fröhliche, altmodische Walzer, den wir tanzten. Denn wenn man wahrhaftig liebt, dann gab es keine Probleme, mit denen die Liebe nicht fertig geworden wäre.

Ich ... und meine Idee.

April-Närrin

Wenn Madame Zolta uns vor Weihnachten schon hart rangenommen hatte, dann nahm sie uns jetzt in einem solchen Trainingspensum an die Kandare, daß die Welt für uns nur noch aus Ballett und Schlafen bestand. Sie hielt uns Vorträge darüber, wie perfekt das *Royal-Ballett* sei, strikt klassisch – aber wir würden alles auf unsere einmalige amerikanische Art tanzen, klassisch ... aber viel schöner und einfallsreicher.

Julian war absolut gnadenlos, ein wahrer Dämon. Ich begann ihn wirklich zu hassen! Wir tropften beide vor Schweiß, und unser Haar hing uns in Strähnen vom Kopf. Mein Trikot klebte mir am Körper. Julian trug nur eine enge Ballethose. Er schrie mich an, als wäre ich taub: »Verdammt, mach es endlich einmal richtig! Ich will nicht die ganze Nacht im Studio verbringen.«

»Hör auf, mich anzuschreien! Ich kann gut hören!«

»Dann mache es einmal richtig! Erst drei Schritte, dann hüpfst du, und dann springst du hoch, so daß ich dich auffange. Und, in Gottes Namen, laß dich diesmal sofort nach hinten fallen! Halt dich nicht so steif aufrecht in dem Moment, in dem ich dich fange, sondern laß dich einfach nach hinten fallen – wenn du es überhaupt schaffst, heute irgend etwas richtig oder graziös auf die Bühne zu bekommen.«

Genau da lag meine Schwierigkeit. Ich traute ihm nicht mehr. Ich hatte Angst, daß er versuchen würde, mich zu verletzen. »Julian, du brüllst herum, als ob ich mit Absicht alles falsch machen würde!«

»Dann mach es richtig!« Die Wut lag nicht nur in seiner Stimme, sondern auch in seinen schwarzen Augen, und ich war furchtbar in Angst, daß er nur darauf warten würde, mich fallen zu lassen – mit Absicht. Die beste Gelegenheit zur Rache! Wir übten natürlich weiter. Und wieder brachte ich es nicht über mich, nach hinten zu fallen und ihm zu vertrauen. Diesmal warf er mich auf den Boden, wo ich keuchend und nach Luft schnappend liegen blieb und mich fragte, warum ich nicht endlich mit diesem Spiel aufhörte.

»Du bist außer Atem?« fragte er sarkastisch und baute sich vor mir auf. Seine nackten Füße stießen mich in die Seite. Auf seiner nackten Brust glitzerte der Schweiß und tropfte auf mich herab. »Ich mache hier die ganze harte Arbeit, und du legst dich bequem hin und sagst, du wärst fertig. Was hast du eigentlich da unten in Clairmont angestellt? Hast du deine ganze Energie bei deinem Doktor verbraucht?«

»Halt den Mund! Ich bin müde von zwölf Stunden ununterbrochenem Training. Das ist alles!«

»Wenn du müde bist, dann muß ich noch zehnmal so müde sein. Also steh auf und laß es uns noch einmal versuchen. Und mach es diesmal richtig, verdammt noch mal!«

»Fluch hier nicht mit mir rum! Such dir eine andere Partnerin! Du hast mich schon einmal fallen lassen, und mein Knie hat mir drei Tage lang weh getan – wie kann ich da hochspringen und mich in deine Arme fallen lassen. Du wärst dazu fähig, mich für immer zum Krüppel zu machen!«

»Selbst wenn ich dich hassen würde, würde ich dich nicht fallen lassen. Und, Cathy, ich hasse dich nicht. Noch nicht.«

Nach endlosen weiteren Versuchen, in denen ich meine Schritte so lange wiederholte, bis mir schien, es gäbe für mich gar keine andere Möglichkeit der Bewegung, schaffte ich es schließlich doch. Und selbst Julian konnte lächeln und mir gratulieren.

Dann kam die Premiere von *Romeo und Julia*. Während der letzten Proben erwischte Madame Jolanda, die für die Julia vorgesehen war, mit glasigem Blick und unkonzentrierten Bewegungen. Madame brauchte nur einen Blick, um festzustellen, daß unsere Jolly Gras geraucht hatte. Damit war Jolanda als Julia gestorben, und die Rolle ging prompt an mich. Jollys Haß auf mich steigerte sich entsprechend.

Romeo und Julia wurde unser bisher größter Erfolg. Als Liebespaar waren Julian und ich einfach umwerfend. In der Premierennacht drängte ich mich, ganz schwindelig im Kopf vom vielen Applaus, an den Fotografen und Autogrammjägern vorbei, so schnell ich konnte, in meine Garderobe. Es sollte noch eine große Party in der Nacht geben, die Feier unseres Erfolgs, bevor das Ballett nach London abflog. Schnell schminkte ich mich ab und tauschte mein letztes Bühnenkostüm gegen ein kurzes Abendkleid in Veilchenblau. Madame Zolta klopfte an meine Türe und rief laut: »Catherine, hier ist eine Dame aus Clairmont, die sagt, sie wäre den ganzen Weg hierher geflogen, nur um dich tanzen zu sehen. Komm, mach deine Tür auf und laß sie kurz mit dir reden. Wir warten mit der Party auf dich.«

Eine hochgewachsene, attraktive Frau trat ein. Dunkelhaarig, dunkeläugig, in teuren Kleidern, die ihrer Figur schmeichelten. Aus einem seltsamen Grund kam es mir so vor, als hätte ich sie schon einmal getroffen oder als würde sie mich an jemanden erinnern. Sie musterte mich von Kopf bis Fuß. Erst danach sah sie sich in meiner kleinen Garderobe um, in der an den Wänden Koffer über Koffer gestapelt waren, in denen meine Kostüme für England bereits fertig verpackt lagen, jeder Koffer schon mit der Versandadresse. Ich wartete ungeduldig, daß sie ihren Spruch aufsagte, damit ich endlich den Mantel anziehen und gehen konnte.

»Ich glaube nicht, daß wir uns kennen«, sagte ich, um die Sache zu beschleunigen.

Sie lächelte eigenartig, dann setzte sie sich uneingeladen und schlug ihre hübschen Beine übereinander. Rhythmisch tippte sie mit der Spitze eines ihrer hochhackigen schwarzen Pumps auf den Boden.

»Natürlich kennen Sie mich nicht, mein liebes Kind ... Aber ich weiß eine Menge über Sie.«

Etwas an ihrem süßen und zu freundlichen Ton warnte mich, und ich bereitete mich innerlich darauf vor, daß sie etwas mit mir plante – eine böse Sache. Ich konnte es an dem boshaften Blick ihrer Augen sehen, der in Widerspruch zu ihrem falschen Lächeln stand.

»Sie sind sehr hübsch, vielleicht sogar schön.«

»Vielen Dank.«

»Sie tanzen außergewöhnlich gut – das überrascht mich. Doch um in einem Ballett zu tanzen, das auf dem besten Wege ist, eines der besten New Yorks zu werden, wie ich gehört habe, muß man wohl gut sein.«

»Nochmals vielen Dank«, sagte ich und dachte, sie würde offenbar nie zur Sache kommen.

Sie machte eine lange Pause, bevor sie weitersprach, als wolle sie meine Spannung voll auskosten. Ich griff nach meinem Mantel und versuchte, ihr damit zu signalisieren, daß ich im Aufbruch begriffen war.

»Ein hübscher Pelz«, erklärte sie. »Ich nehme an, mein Bruder hat Ihnen den geschenkt. Ich habe gehört, er wirft sein Geld aus dem Fenster wie ein betrunkener Seemann. Verschwendet seine ganzen Ersparnisse an drei Kinder, die mit einem Bus angekommen sind und sein Leben übernommen haben.« Sie lachte leise und sarkastisch, diese Art von Lachen, wie kultivierte Frauen es pflegen. »Nachdem ich Sie gesehen habe, weiß ich jetzt auch warum. Obwohl ich schon von anderen gehört habe, daß Sie hübsch genug sein sollen, um jeden Mann zum Narren zu machen. Trotzdem hätte ich mir nicht vorstellen können, daß ein Kind wie Sie so verführerisch, leidenschaftlich und unschuldig zur gleichen Zeit aussehen kann. Sie sind eine ganz besondere Mischung, Miss Dahl. So eine Mischung muß einen Mann von der Art meines Bruders sofort trunken machen und ihm zu Kopf steigen.« Sie schnaubte verächtlich. »Es gibt nichts Besseres als die Kombination von Jugend, langem blondem Haar, einem schönen Gesicht und vollen Brüsten, um selbst in den besten Männern das Tier zu wecken.« Sie seufzte, als täte ich ihr leid. »Ja, das ist das Problem, wenn man zu jung und zu hübsch ist. Männer entwickeln dann meist ihre schlimmsten Seiten. Paul dreht ja nicht zum erstenmal durch, wissen Sie. Sie sind nicht seine erste kleine Freundin, obwohl er noch keiner einen Pelzmantel und einen Diamantring geschenkt hat. Gerade so, als könne er Sie wirklich heiraten.«

Das war Pauls Schwester Amanda – die komische Schwester, die ihm Pullover strickte und sie ihm per Post schickte, aber sich weigerte, auf der Straße ein Wort mit ihm zu wechseln.

Amanda stand auf und begann um mich herum zu schleichen, eine Katze auf dem Sprung. Ihr Parfüm roch orientalisch, süß und schwer. Ich hatte es ständig in der Nase, während sie mich umkreiste und offenbar dachte, sie hätte eine furchtsame Beute vor sich. »Was für eine makellose Haut Sie haben«, sagte sie und streichelte mir über die Wange, »so fest und wie Porzellan. Sie werden diese Haut nicht mehr haben, und auch Ihr langes Haar nicht, wenn Sie erst mal fünfunddreißig sind. Und er wird Ihrer schon lange vorher müde werden. Er liebt junge Frauen, sehr junge. Er mag sie, wenn sie hübsch, intelligent und talentiert sind. Ich muß zugeben, daß er einen guten Geschmack hat. Sehen Sie«, meinte sie mit ihrem haßerfüllten Lächeln, »mir ist es im Grunde verdammt egal, was er tut, solange es in den Grenzen des Anstands bleibt und keine Auswirkung auf mein eigenes Leben hat.«

»Raus hier«, schaffte ich über die Lippen zu bringen. »Sie kennen Ihren Bruder überhaupt nicht. Er ist ein ehrenwerter und großzügiger Mann, und es gibt überhaupt keine Möglichkeit, daß er irgendeinen negativen Einfluß auf Ihr Leben oder das von irgend jemandem anderen haben könnte.« Sie lächelte mitleidig. »Mein liebes Kind, begreifen Sie denn gar nicht, daß Sie dabei sind, seine berufliche Existenz zu ruinieren? Sind Sie denn wirklich so dumm, anzunehmen, von dieser Affäre würde niemand in Clairmont etwas bemerkt haben? Von morgens bis abends höre ich das Gerede und den Klatsch – wirft sein Geld jugendlichen Straftätern nach, die aus irgendeiner Anstalt ausgerissen sind und sich an ihn herangemacht haben. Er läßt sich von ihnen ausnutzen und bald wird er am Ende sein, und von seiner Praxis wird ihm auch nichts mehr bleiben!« Sie redete sich richtig in Rage, und ich fürchtete, sie könnte mir jeden Augenblick mit ihren roten Nägeln das Gesicht zerkratzen.

»Verschwinden Sie! Raus!« befahl ich wütend. »Ich weiß alles über Sie, Amanda, denn ich habe auch einiges Gerede zu hören bekommen! Ihr Problem ist, daß Sie glauben, Ihr Bruder schuldet Ihnen den Rest seines ganzen Lebens, weil Sie geholfen haben, ihm das Studium zu finanzieren. Aber ich habe ihm bei seinen Büchern geholfen, und ich weiß, daß er Ihnen alles zurückgezahlt hat und noch zehn Prozent Zinsen dazu – deshalb schuldet er ihnen gar nichts! Sie sind eine Lügnerin, die versucht, ihn in meinen Augen herabzusetzen. Aber damit haben Sie keinen Erfolg. Ich liebe ihn und er liebt mich. Und nichts, was Sie sagen, kann uns an unserer Heirat hindern!«

Sie lachte wieder, hart und gnadenlos, dann wurde ihr Gesicht böse und entschlossen. »Sie haben mir hier keine Befehle zu geben! Wenn ich fertig bin, dann gehe ich – aber keine Minute früher, bevor ich nicht gesagt habe, was ich Ihnen mitteilen muß! Ich bin extra hierher geflogen, um mir sein neuestes kleines Schätzchen anzusehen, sein Tanzpüppchen ... und glauben Sie mir, Sie werden nicht seine letzte sein. Deshalb sagte Julia schon immer zu mir ...«

Ich fuhr ihr dazwischen: »Jetzt aber wirklich raus! Wagen Sie nicht, noch ein einziges Wort über ihn zu sagen. Ich weiß von Julia. Er hat mir davon erzählt. Wenn Sie ihn anderen in die Arme getrieben hat, kann ich ihm keine Schuld dafür geben. Sie war ja gar keine Frau. Sie war eine Haushälterin, eine Köchin – nur eine Ehefrau war sie ihm nicht!«

Sie lachte vergnügt – mein Gott, sie mußte von ihrem eigenen Lachen begeistert sein, denn sie lachte bei jeder Gelegenheit! Sie schien die Szene zu genießen, denn in mir hatte sie jemand gefunden, der zurückschlug und ein würdiger Gegner war. »Armes Mädchen! Das ist doch der gleiche alte Spruch, mit dem jeder Mann sich bei seiner neuesten Eroberung entschuldigt. Julia war eine der liebsten, süßesten, treuesten und wunderbarsten Frauen, die je gelebt haben. Sie tat alles für ihn, was sie konnte, nur um ihm zu gefallen. Ihr einziger Fehler lag darin, daß sie ihm nicht jede Art von Sex geben konnte, die er verlangte, ihm nicht seine ausgefallenen Sexwünsche erfüllte – deshalb, das muß ich zugeben, hatte er einen Grund, sich anderen zuzuwenden, Mädchen wie Sie. Ich räume gerne ein, daß die meisten verheirateten Männer irgendwelche Verhältnisse haben. Aber sie machen daraus nicht das, was er gemacht hat!«

Ich haßte diese widerwärtige Hexe jetzt und hätte sie am liebsten geschlagen. »Was hat er denn so Furchtbares gemacht? Was hat er denn Schreckliches getan? Julia hat ihren dreijährigen Sohn ertränkt – es gibt nichts auf der Welt, weswegen ich mein eigenes Kind umbringen würde! Ich könnte nie so versessen auf Rache sein!«

»Da muß ich zustimmen«, sagte sie jetzt wieder in einem milderen Ton. »Das war eine Wahnsinnstat von Julia. Scotty war so ein hübscher, lieber kleiner Junge – aber Paul hat sie zu dem getrieben, was sie getan hat. Ich verstehe, was in ihrem Kopf vorgegangen sein muß. Scotty war für Paul das Liebste auf der Welt. Wenn man jemanden emotional vernichten will, dann tötet man das, was er am meisten liebt.«

O Gott, diese Frau! Diese grauenvolle Amanda!

»Und jetzt trägt er ein Büßerhemd, nicht wahr?« fragte sie auf eine herabsetzende Art, während ihre dunklen, hübschen Augen befriedigt glühten. »Er quält sich, bestraft sich, gibt sich selbst die Schuld. Er sehnt sich nach seinem Sohn, und dann kommen Sie vorbei, und er macht Ihnen ein Kind. Glauben Sie nicht, die ganze Stadt wüßte nichts von Ihrer Abtreibung! Wir wissen Bescheid! Wir wissen alles!«

»Sie lügen«, schrie ich. »Es war keine Abtreibung! Ich hatte Schwierigkeiten mit meinen Tagen und bekam deshalb eine Abrasio.«

»Im Krankenhaus ist es aber so verzeichnet«, sagte sie genüßlich. »Sie waren mit einem mißgebildeten Embryo schwanger – einem zweiköpfigen Ding mit drei Beinen, Zwillingen, die sich nicht richtig getrennt hatten. Sie armes Ding, wissen Sie denn wirklich nicht, daß so eine Ausschabung eine Abtreibung ist?«

Ich ertrank, ich versank in schwarzen, wirbelnden Fluten ... zwei Köpfe? Drei Beine? O Gott, das Monsterbaby, vor dem ich mich so fürchtete! Aber Paul hatte mich damals noch gar nicht angerührt. Paul nicht! »Nun weinen Sie nicht«, beruhigte sie mich, und ich zuckte vor der Berührung ihrer großen, mit Diamanten beringten Hand zurück. »Die Männer sind alle Tiere, und ich nehme an, er hat Ihnen einfach nichts davon gesagt. Aber begreifen Sie denn nicht, daß Sie ihn nicht heiraten können? Ich bin doch nur zu Ihrem eigenen Besten hierhergekommen. Sie sind schön, jung und hoch begabt, und daß Sie in Sünde mit einem verheirateten Mann leben, ist pure Verschwendung für ein so wunderbares Mädchen wie Sie. Heben Sie sich für etwas Besseres auf.«

Tränen ließen mir alles vor den Augen verschwimmen. Ich rieb mir die Augen, wie ein kleines Kind es tut, ein einsames Kind in einer verrückten Erwachsenenwelt, während ich ungläubig ihr zufriedenes, freundlich lächelndes Gesicht anstarrte. »Paul ist kein verheirateter Mann. Paul ist Witwer. Julia ist tot. Sie hat sich an dem Tag selbst umgebracht, als sie Scotty ertränkte.«

Wie eine Mutter tätschelte sie mir die Schulter. »Nein, Kind, Julia ist nicht tot. Julia lebt in einer Anstalt, in die mein Bruder sie gesteckt hat, nachdem sie Scotty ertränkte. Sie ist noch immer vor dem Gesetz seine Frau, ob sie nun bei Verstand ist oder nicht.«

Sie drückte mir einen Stapel Fotos in meine kraftlose Hand, Bilder einer abgemagerten, erbärmlich aussehenden Frau, die in einem Krankenhausbett lag. Ihre Augen standen weit offen und starrten ins Leere, und ihr dunkles Haar lag in langen Strähnen über die Kissen ausgebreitet. Doch ich hatte zu viele Bilder von Julia gesehen, um sie nicht sofort zu erkennen, auch wenn sie sich noch so furchtbar verändert hatte.

»Übrigens«, setzte Pauls Schwester noch hinzu, bevor sie mich mit den Fotos in der Hand allein ließ, »Ihre Vorstellung hat mir sehr gefallen. Sie sind eine wunderbare Tänzerin. Und dieser junge Mann mit Ihnen auf der Bühne – er ist eine Sensation. Nehmen Sie ihn. Er ist ganz offensichtlich in Sie verliebt.« Dann verließ sie mich, und ich war allein mit meinen zerbrochenen Träumen und wachsender Verzweiflung. Wie konnte ich es nur jemals lernen, in dieser Welt von Täuschung und Verrat um mein Leben zu kämpfen?

Julian brachte mich zu dem großen Empfang, den es zu unseren Ehren gab. Menschentrauben hingen ständig an uns, gratulierten uns, überhäuften mich mit Komplimenten und Schmeicheleien. Doch das bedeutete mir nichts. Ich konnte nur daran denken, daß Paul mich belogen hatte. Mir Lügen erzählt, mich zu seiner Verlobten gemacht hatte, obwohl er wußte, daß er verheiratet war – Lügen, ich haßte Lügen!

Nie war Julian liebevoller und rücksichtsvoller zu mir als an diesem Abend. Oder besser gesagt, er war mir einfach nie angenehmer gewesen. Während einem dieser altmodischen langsamen Tänze hielt er mich eng umschlungen, drückte mich so an sich, daß ich jeden harten Muskel seines schlanken, durchtrainierten Körpers fühlen konnte. »Ich liebe dich«, flüsterte er. »Ich habe solche Sehnsucht nach dir, daß ich nachts nicht schlafen kann. Ich möchte dich in den Armen halten und dich lieben. Wenn du es mir nicht bald erlaubst, dann werde ich verrückt.« Er vergrub sein Gesicht in meinem hochgesteckten

Haar. »Ich habe noch nie eine gehabt, die ganz unberührt war wie du. Cathy, bitte, bitte liebe mich, liebe mich.«

Sein Gesicht verschwamm über mir im Glitzern der Lampen. Er wirkte wie der Gott eines Traumes, schön und vollkommen, und doch und doch... »Julian, was wäre, wenn ich dir nun sagen würde, daß ich gar nicht so unberührt bin im Bett?«

»Aber das bist du! Ich weiß, daß du es bist!«

»Woher weißt du das denn?« kicherte ich leicht betrunken. »Ist etwas in mein Gesicht geschrieben, das dir sagt, ich wäre noch Jungfrau?«

»Ja«, sagte er überzeugt. »Deine Augen. Deine Augen sagen mir, daß du nicht weißt, wie es ist, von einem Mann geliebt zu werden.«

»Julian, ich fürchte, du weißt noch nicht viel.«

»Du unterschätzt mich, Cathy. In der einen Minute behandelst du mich wie einen kleinen Jungen und in der nächsten, als wäre ich ein hungriger Wolf, der dich auffressen will. Laß mich einmal mit dir schlafen, dann wirst du wissen, daß du noch nie von einem Mann berührt worden bist.«

Ich lachte. »Na gut. Aber nur eine Nacht.«

»Wenn du mich erst eine Nacht gehabt hast, dann wirst du mich nie mehr gehen lassen wollen«, warnte er mich, und seine Augen glühten und funkelten.

»Julian ... ich liebe dich nicht.«

»Aber du wirst es – morgen früh.«

»O Julian«, sagte ich mit einem langen Gähnen, »ich bin müde und ein bißchen betrunken – komm, geh und laß mich besser allein.«

»Nicht um mein Leben, lieber Schatz. Du hast ja gesagt, und daran halte ich mich. Heute nacht bin ich es... und für jede weitere Nacht deines Lebens bin ich es auch, so wie du für mich.«

An einem regnerischen Samstagmorgen, als unser ganzes Gepäck bereits in den Taxis verstaut war, die draußen darauf warteten, uns zum Flughafen zu bringen, standen Julian und ich mit unseren besten Freunden als Zeugen und Gratulanten an unserer Seite im Stadthaus, und ein Beamter sprach die Worte, die uns aneinander banden, »bis der Tod euch scheidet«. Als ich mit meinem Schwur an der Reihe war, zögerte ich und spürte, daß ich am liebsten weggerannt und das nächste Flugzeug zu Paul genommen hätte. Er würde am Boden zerstört sein, sobald er davon erfuhr. Und dann war da Chris. Aber Chris war es immer noch lieber, mich mit Julian verheiratet zu sehen als mit Paul. Das hatte er mir selbst gesagt.

Julian stand dicht an meiner Seite. In seinen dunklen Augen schimmerten weich Liebe und Stolz. Ich konnte nicht weglaufen. Ich konnte nur das sagen, was man von mir erwartete, und dann war ich mit dem Mann verheiratet, von dem ich mir geschworen hatte, daß ich mich kein einziges Mal auch nur von ihm intim berühren lassen würde. Nicht nur Julian war stolz und glücklich, auch Madame Zolta, die strahlte und uns mit ihren Segenswünschen, Wangenküssen und mütterlichen Tränen überhäufte. »Du hast das Richtige getan, Catherine. Ihr werdet so glücklich zusammen sein, so ein schönes Paar... Aber vergiß nicht, daß ihr keine Babys haben wollt!«

»Liebling, Süße, Allerliebste«, flüsterte Julian mir ins Ohr, als wir im Flugzeug über dem Atlantik waren, »schau nicht so traurig. Heute ist unser Freudentag! Ich schwöre dir, daß es dir niemals leid tun wird. Ich werde dir ein phantastischer Ehemann sein. Ich werde nie eine andere lieben als dich.«

Mein Kopf fiel gegen seine Schulter, und dann schluchzte ich los. Ich weinte um all das, was ich mir für meinen Hochzeitstag erträumt hatte. Wo waren meine Blumenmädchen, das Glokkengeläut, das weiße Kleid? Wo war das große Fest und meine große Liebe? Und wo war meine Mutter, die daran schuld war, daß alles in meinem Leben falsch lief? Wo?

Es schien, als könne das Flugzeug nie mehr aus dem Unwetter über New York herauskommen. Vor dem Fenster sah ich nur graue Nebel wallen. Eiskrusten legten sich über das Fenster, und es kam mir vor, als seien sie die Vorboten des Lebens, das jetzt vor mir lag. Auch um mein Herz legte sich eine Eiskruste. Heute nacht mußte ich mit einem Mann schlafen, den ich nicht einmal mochte, wenn er auf der Bühne in seinem prächtigsten Kostüm einen Märchenprinz spielte, der sich mir zu Füßen legte.

Aber um Julian gerecht zu werden, muß ich zugeben, daß er im Bett all das war, dessen er sich gerühmt hatte. Ich vergaß, wer da bei mir lag, und stellte mir vor, er wäre ein anderer, während er meinen Körper küßte und küßte, bis es keine Stelle mehr gab, die seine Lippen nicht liebkost hatten. Bevor er noch damit fertig war, war ich schon bereit für ihn und wollte ihn in mir spüren. Nur zu sehr sehnte ich mich danach, mich in der Ekstase mit ihm zu verlieren ... und so die nagenden Gedanken zu vergessen, daß ich gerade den schlimmsten Fehler meines Lebens begangen hatte.

Und ich hatte schon viele Fehler begangen.

Labyrinth der Lüge

Es wurde eine anstrengende, aber wunderbare Zeit in London. Durch die Arbeit mit dem königlichen Ballett lernte ich viel und verbesserte meinen Stil noch weiter, und in Covent Garden feierte ich meine ersten wirklichen internationalen Triumphe. Meine Mischung aus klassischen und modernen Ausdrucksformen fand ein begeistertes Echo bei der europäsichen Kritik, und Madame Zoltas Ballett errang sich den Ruf, nicht nur gut, sondern etwas faszinierend Neues zu sein.

Ich war von der Pracht der Royal Opera beeindruckt, Premieren dort sind unvergleichlich. Aber einen ebenso bleibenden Eindruck hinterließen die grauenvoll miserablen sanitären Einrichtungen hinter der Bühne. Die Engländer schienen ausreichend beheizte Garderoben für etwas Unanständiges zu halten, und ich kann mich an keinen einzigen Probentag erinnern, an dem ich nicht völlig durchgefroren auf die Bühne kam. Wenn man dann anschließend duschen wollte, reichte das warme Wasser kaum, um sich die Haare zu waschen.

Die ganze Zeit wich Julian nicht von meiner Seite. Respekt vor der Intimsphäre und dem Privatbereich war etwas, von dem er noch nie gehört hatte. Selbst im Bad hatte ich ihn ständig um mich, so daß ich immer schnell rannte, um die Tür vor ihm abschließen zu können. Es dauerte selten länger als eine Minute, bis er dann wütend dagegen hämmerte und rief: »Laß mich rein, Cathy! Ich muß etwas mit dir besprechen.«

Nicht nur das, er versuchte mir förmlich in den Kopf zu kriechen, um alles über meine Vergangenheit, jeden meiner Gedanken, jedes meiner Gefühle zu erfahren. »Und als deine Mutter und dein Vater bei diesem Autounfall starben, was passierte dann?« fragte er und hielt mich in seiner eisernen Umarmung. Warum konnte er das nie oft genug hören? Zum hundertsten Mal erzählte ich ihm, wie Chris, Carrie und ich zu Doktor Paul kamen, als wir gemeinsam vor dem Waisenhaus ausgerissen waren, in das man uns nach dem Tod unserer Eltern stecken wollte. Ich kam mir dabei jedesmal wie bei einem Polizeiverhör vor, in dem der Inspektor die gleiche Frage ständig wiederholt, um endlich einen Widerspruch in der Aussage des Verbrechers herauszufinden. »Henny traf uns im Bus und schleppte uns zu ihrem ›Doktor-Sohn‹. Ich glaube, wir taten ihm einfach leid. Er nahm uns bei sich auf... und das ist die ganze Geschichte.«

»Die ganze Geschichte«, wiederholte Julian langsam. »An dieser Geschichte fehlt noch verteufelt viel, was du mir nie erzählst. Auch wenn ich mir den Rest denken kann. Er sah ein hübsches, junges, attraktives Mädchen als Belohnung, deshalb war er so verdammt großzügig mit euch. Cathy – wie intim warst du eigentlich wirklich mit ihm?«

»Ich habe ihn geliebt, und ich hatte vor, ihn zu heiraten.«

»Warum hast du es dann nicht getan?« brach es aus ihm heraus. »Warum hast du am Ende mir dein Ja-Wort gegeben?«

Takt und Feingefühl hatten noch nie zu seinen Tugenden gehört. Ich wurde wütend, weil er mich zwang, etwas zu erklären, das ich nicht erklären wollte. »Du hast mich doch die ganze Zeit bedrängt!« tobte ich. »Du hast mich glauben gemacht, ich könnte lernen, dich zu lieben – aber das glaube ich nicht mehr! Wir haben einen Fehler gemacht, Julian! Einen schrecklichen Fehler!«

»Sag so was nie wieder, hörst du!« schluchzte Julian, als hätte ich ihn furchtbar verletzt, und ich mußte an Chris denken. Ich konnte schließlich nicht durchs Leben laufen und jeden fertigmachen, der mich liebte, deshalb schwand meine Wut schnell, und ich erlaubte Julian, mich in seine Arme zu ziehen. Er küßte mich in den Nacken. »Cathy, ich liebe dich so sehr. Mehr, als ich jemals eine Frau lieben wollte. Ich habe nie jemand gehabt, der mich um meiner selbst willen geliebt hat. Danke dafür, daß du wenigstens versucht hast, mich zu lieben, selbst wenn du jetzt sagst, daß du es nicht kannst.«

Es schmerzte, das Zittern in seiner Stimme zu hören. Er wirkte wie ein kleiner Junge, der darum bettelte, daß etwas Unmögliches passieren sollte, etwas ganz Undenkbares, und vielleicht tat ich ihm unrecht. Ich wandte mich zu ihm und legte ihm die Arme um den Hals. »Ich möchte dich ja lieben, Julian. Ich habe dich geheiratet, und ich fühle mich dir verbunden, deshalb werde ich versuchen, dir die beste Frau zu sein, die ich sein kann. Aber stelle nicht solche Anforderungen an mich, dränge mich nicht so – laß meine Liebe geduldig wachsen, während ich dich besser kennen und verstehen lerne. Du bist fast ein Fremder für mich, auch wenn wir uns jetzt schon über drei Jahre kennen.«

»Cathy, um mich zu lieben, wirst du lernen müssen, eine Menge Fehler zu übersehen«, erklärte Julian mit stockender Stimme, als wäre er überzeugt davon, daß im Grunde niemand so viele Fehler übersehen könnte. »Stell mich nicht auf einen hohen Podest, erwarte keinen vollkommenen Gatten von mir. Du weißt, daß ich dort oben auf tönernen Füßen stünde. Und wenn du versuchst, aus mir einen Märchenprinzen zu machen, wie du ihn dir ersehnst... das geht schief. Du hast auch deinen Doktor auf so einen Podest gestellt. Ich glaube, du bist so ein Typ Frau, die alle Männer, wenn sie sie liebt, so hoch in den Himmel hebt, daß sie nur furchtbar abstürzen können. Liebe mich einfach nur und versuche das nicht zu sehen, was dir nicht an mir gefällt.«

Ich hatte keine große Begabung, Fehler zu übersehen. Ich hatte Mammis immer schon gesehen, als Chris sie nie wahr haben wollte. Ich mußte jede Münze umdrehen, um mir die Rückseite genau anzusehen. Komisch. Pauls dunkle Seite schien allein Julias Fehler und Schuld zu sein, bis Amanda mit ihrer Horrorgeschichte ankam. Noch ein Grund, Mammi zu hassen, denn sie war der Grund, warum ich meinem Instinkt nicht mehr traute und nicht mehr wagte, mich auf meine Gefühle zu verlassen!

Nachts, wenn Julian längst eingeschlafen war, stand ich wieder auf und setzte mich ans Fenster, um stundenlang in die regnerischen Londoner Nächte hinauszustarren. Oft waren die Hotelfenster von Eisblumen geschmückt. Das Wetter schien mir sagen zu wollen, was auf mich wartete. Der Frühling war weit fort bei Paul in seinem Garten... und alles hatte ich nur mir selbst zuzuschreiben. Ich hätte Amanda nicht glauben müssen. Ich betete zu Gott, daß ich nicht auch in meinem Inneren

Mammi so ähnlich werden würde wie in meinem Aussehen.

Unsere Wochen in London waren ausgefüllt, erschöpfend und aufregend – aber mir graute vor der Zeit, wenn wir wieder zurück in New York sein würden. Wie lange würde ich es noch herauszögern können, Paul alles zu beichten? Nicht für immer. Früher oder später würde er es erfahren müssen.

Kurz vor Frühlingsanfang flog ich mit Julian von New York nach Clairmont. Wir nahmen ein Taxi zu Pauls Haus. Der Garten blühte schon, und es wirkte alles so schön und heimisch auf mich, als hätte ich mein ganzes Leben bei Paul und Henny verbracht. Ich brachte es nicht über das Herz, Julian gleich mit hinein zu nehmen. »Würde es dir etwas ausmachen, hier draußen auf der Veranda zu warten, bis ich Paul alles erzählt habe?« fragte ich. Zu meiner Überraschung nickte er nur stumm. Ich hatte Streit erwartet. Doch Julian setzte sich lächelnd in einen der weißen Korbstühle. Es war zufällig genau der, in dem Paul an jenem Tag gesessen hatte, als wir von Henny hierher gelotst worden waren. Damals war er vierzig gewesen. Jetzt war er dreiundvierzig, ein Mann, der schon so viel mitgemacht hatte, und der die Schmerzen nicht verdiente, die ich ihm jetzt zufügen würde.

Niemand hörte, wie ich die Tür öffnete. Niemand schien meine Schritte auf den harten Fliesen im Flur zu hören. Paul döste im Wohnzimmer vor dem Kamin in seinem Lieblingssessel. Er hatte die langen Beine vor sich ausgestreckt und auf einen Kaminhocker gelegt, die Schuhe ausgezogen und die Füße überkreuzt. Carrie saß im Schneidersitz neben seinem Stuhl auf dem Boden. Wie immer suchte sie die Nähe dessen, der sie liebte. Sie war völlig in ihr Spiel mit den kleinen Porzellanpuppen vertieft. Mit ihrem roten, leuchtenden Kleid und den Schleifen im Haar sah sie fast selbst wie eine hübsche kleine Puppe aus. Meine Augen wanderten wieder zu Paul. In seinem leichten Schlaf trug das Gesicht einen Ausdruck seltsam gespannter Erwartung. Seine Finger zuckten unruhig, und sein Kopf bewegte sich leicht, als träume er heftig ... vielleicht von mir. Dann wandte er den Kopf in meine Richtung, ohne aufzuwachen. Fühlte er selbst in seinem Schlaf meine Nähe?

Langsam, sehr langsam schlug er die Augen auf, zwinkerte

und gähnte ... dann starrte er mich benommen an, als wäre ich ein Rest seines Traumes, der nicht vor seinen Augen verschwinden wollte. »Catherine«, murmelte er, »bist du das?«

Carrie hörte die Frage, sprang auf und warf sich in meine Arme. Sie schrie laut meinen Namen, während ich sie auffing und hoch in die Luft warf. Ich drückte ihr kleines Gesicht an mich und küßte sie so wild und oft, daß sie schließlich schrie: »Cathy, ich bekomme ja gar keine Luft mehr!« Sie sah so hübsch und gesund aus, in bester körperlicher Verfassung. »Cathy, warum bist du nur so lange weggeblieben? Wir haben jeden Tag auf deine Rückkehr gewartet, gewartet und gewartet, daß du endlich wieder bei uns bist. Aber du bist nie gekommen. Wir hatten schon Pläne für die Hochzeit gemacht, aber als du dann nicht mehr geschrieben hast, meinte Dr. Paul, wir sollten besser warten. Warum hast du uns nicht einmal eine Postkarte geschrieben. Chris sagte immer, du hättest furchtbar viel Arbeit mit dem Ballett.« Sie entzog sich meinen Armen und rutschte auf den Boden. Neben Pauls Stuhl bezog sie Stellung und starrte mich anklagend an. »Cathy ... du hast uns vergessen, nicht wahr? Alles, was für dich noch wichtig ist, heißt Ballett. Du brauchst keine Familie mehr, nur noch das Tanzen.«

»Doch, ich brauche eine Familie«, sagte ich abwesend, während ich mich ganz auf Paul konzentrierte und in seinen Augen zu lesen versuchte, was in seinem Kopf vorging.

Paul stand auf und kam auf mich zu. Seine Augen hingen an meinen. Wir umarmten uns, und Carrie beobachtete uns genau, als wolle sie dabei studieren, wie eine Frau sich zu dem Mann verhalten muß, den sie liebt. Pauls Lippen berührten meine nur flüchtig. Aber diese Berührung spürte ich durch meinen ganzen Körper, was ich bei Julian nie erlebte. »Du hast dich verändert«, sagte er auf seine langsame, sanfte Art. »Du hast abgenommen. Und müde siehst du auch aus. Warum hast du nicht telefoniert oder ein Telegramm geschickt? Ich hätte dich doch am Flughafen abgeholt.«

»Du siehst auch etwas dünner aus«, sagte ich mit einem heiseren Flüstern. Die fehlenden Pfunde standen ihm wesentlich besser als mir. Sein Schnurrbart wirkte noch dunkler und dicker. Ich strich ihm liebevoll darüber und wußte gleichzeitig, daß ich das eigentlich nicht mehr durfte. Und er hatte ihn sich nur wachsen lassen, um mir einen Gefallen zu tun.

»Es hat schon ein bißchen weh getan, keine Post mehr von dir zu bekommen. Hast du aufgehört zu schreiben, als dein Terminplan zu voll wurde?«

»So etwa. Es war eine furchtbar anstrengende Zeit in London ... Ich bin nicht mal dazugekommen, mir die Stadt richtig anzusehen.«

»Catherine, stimmt irgend etwas nicht? Du wirkst so fremd.« Carrie starrte mich an, als hätte Paul mit diesen Worten auch ihre Gedanken ausgedrückt. Mein Blick wanderte durch den großen Raum, der mit den vielen kleinen Kunstwerken angefüllt war, die Paul so liebte. Es war noch immer am einfachsten, irgendwo in die Runde zu blicken, wenn man vorgeben wollte, daß alles in Ordnung war. Doch es war ja längst gar nichts mehr so, wie es sein sollte.

»Catherine, sag doch etwas!« rief Paul. »Es stimmt doch etwas nicht mit dir!«

Ich setzte mich in den nächsten Sessel, meine Knie waren weich und meine Kehle ausgetrocknet. Warum konnte ich nie das Richtige tun? Wie hatte er mich anlügen und hintergehen können, wenn er doch wissen mußte, wieviel Lügen und wieviel Verrat schon hinter mir lagen? Und wie schaffte er es, mich noch immer so arglos und vertrauenerweckend anzusehen. »Wann kommt Chris nach Hause?«

»Freitag, dann beginnen seine Osterferien.« In seinem langen Blick lag eine unausgesprochene Frage, als wunderte es ihn, warum ich nicht in so enger Verbindung mit Chris stand, daß ich über seine Ferien Bescheid wußte. Dann kam Henny und mußte in den Arm genommen und gedrückt und geküßt werden ... und dann hätte ich es eigentlich nicht länger aufschieben dürfen ... doch ich fand wieder einen Weg. »Paul, ich habe Julian mit nach Hause gebracht ... Er wartet draußen auf der Veranda. Du hast doch nichts dagegen?«

Ein seltsamer, irritierter Blick, und Paul nickte. »Natürlich nicht. Bitte ihn herein.« Dann wandte er sich an Henny. »Leg noch zwei Gedecke auf, Henny.« Julian kam herein und zeigte sich von seiner besten Seite. Ich hatte ihm zu verstehen gegeben, daß er noch niemanden von unserer Heirat wissen lassen durfte. Unsere Eheringe hatten wir beide abgenommen. Es wurde eines meiner eigenartigsten und stillsten Abendessen. Schließlich bat Paul mich um ein Gespräch unter vier Augen und entschuldigte sich förmlich bei Julian dafür, so als hätte er die Frau eines Todkranken in seine Praxis zu bitten, um sie schonend über den Zustand ihres Mannes aufzuklären. Julian nickte und lächelte zu Carrie hinüber. Sie strahlte zurück.

Paul und ich verzogen uns zu einem Spaziergang durch den herrlichen Garten. An den Rosenbüschen hingen schon die ersten Knospen. »Was ist los, Catherine?« fragte Paul. »Du kommst nach Hause und bringst einen anderen Mann mit. Vielleicht erklärt das schon alles, und ich brauche gar keine weiteren Fragen zu stellen.«

Schnell ergriff ich seine Hände und drückte sie fest an mich. »Warte! Sag nichts!« Stockend und mühsam erzählte ich ihm dann vom Besuch seiner Schwester. Ich erzählte ihm, daß ich nun davon wüßte, was aus Julia geworden war. Er hätte mir davon erzählen müssen, daß sie noch am Leben war, auch wenn ich seine Gründe verstehen würde. »Warum hast du versucht, mich glauben zu machen, sie wäre tot? Glaubtest du, ich wäre noch so ein Kind, daß man mir das alles nicht zumuten kann? Ich habe dich doch um deiner selbst willen geliebt, nicht, weil ich mich in deiner Schuld fühlte. Und ich hätte dich auch weiter geliebt, wenn du mir nicht die Ehe versprochen hättest. Ich habe das gar nicht von dir erwartet. Ich wäre gerne immer deine Geliebte geblieben – aber du hättest mir einfach von Julia erzählen müssen! Lügen!« weinte ich. »Oh, wie ich Lügen hasse! Du, ausgerechnet du hast mich auch belogen! Außer Chris gibt es niemanden auf der Welt, dem ich mehr vertraut habe als dir.« Wir standen zwischen den nackten Marmorstatuen, die uns mit ihrem kalten, starren Lächeln verspotteten. Sie lachten über eine gescheiterte Liebe. Denn jetzt waren wir wie sie, erstarrt und kalt.

»Amanda«, sagte er und rollte ihren Namen auf der Zunge wie etwas Bitteres, das er gleich ausspucken wollte. »Amanda und ihre Halbwahrheiten. Du fragst warum – aber warum hast du mir diese Frage nicht gestellt, bevor du nach London geflogen bist. Warum hast du mir keine Chance gegeben, mich zu verteidigen?«

»Wie kann man Lügen verteidigen!« schlug ich böse zurück,

denn ich wollte, daß es ihm mindestens genauso weh tat wie mir damals, als Amanda mich in meiner Garderobe heimgesucht hatte. Er löste sich von mir und ging ein paar Schritte zu seiner ältesten Eiche, gegen die er sich lehnte und eine Zigarette anzündete.

»Paul, es tut mir leid. Erzähl mir bitte, was du zu deiner Verteidigung zu sagen hast.«

Er zog lange an seiner Zigarette und atmete den Rauch dann sehr langsam aus. »Erinnerst du dich noch«, begann er und nahm sich die Zeit, ganz von vorne anzufangen, »wie ihr damals hier eingezogen seid? Du warst damals so verbittert über Corys Tod und das, was deine Mutter getan hatte. Wie konnte ich dir da meine eigene Geschichte erzählen, nachdem du selbst gerade so viel Furchtbares durchgemacht hattest. Woher sollte ich auch wissen, daß wir einmal heiraten würden. Du warst für mich damals einfach nur ein schönes Kind, das viel durchgemacht hatte, auch wenn du mir gleich sehr nahegegangen bist. Ich habe immer sehr tief für dich empfunden, vom ersten Augenblick an. Und jetzt empfinde ich immer noch genausoviel, wenn du mich so mit deinen anklagenden Augen ansiehst. Doch du hast recht, ich hätte es dir erzählen sollen.« Er seufzte schwer.

»Ich habe dir erzählt, was an Scottys drittem Geburtstag passiert ist. Aber ich habe dich belogen, als ich dir von ihrem Tod erzählte. Sie starb nicht im Krankenhaus, als ich sie einlieferte. Sie lag im Koma, aus dem sie nie wieder aufwachte, aber sie lebte weiter.«

»Koma?« flüsterte ich. »Sie lebt noch und ist noch immer im Koma?« Er lächelte bitter und sah dann zum Mond hinauf, und es kam mir vor, als würde der Mond sarkastisch zurücklächeln. Dann wandte Paul sich wieder mir zu und sah mir fest in die Augen. »Ja, Julia lebte weiter, ihr Herz schlug, und bevor du mit deinem Bruder und deiner Schwester in mein Leben kamst, fuhr ich fast jeden Tag in die Klinik, um sie zu besuchen. Vielleicht tat ich es nur, um mich selbst mit diesen Besuchen zu bestrafen. Sie konnte meine Anwesenheit nicht mehr wahrnehmen. Sie konnte nicht mehr sprechen, sich nicht mehr bewegen oder auch nur denken. Ihr Gehirn war tot, auch wenn sie physisch weiterlebte. Jahrelang wurde sie intravenös ernährt, ohne daß sich an ihrem Zustand je etwas geändert hätte. Im

Grunde starb sie mit sechsundzwanzig, denn von da an war sie nur noch eine lebende Leiche. Es fällt mir immer noch schwer, mir vorzustellen, wie eine Frau ihr geliebtes Kind mit eigenen Händen ertränken konnte ... und doch hat sie das getan, nur um mich zu treffen.« Er schwieg, schnippte die Asche von seiner Zigarette und wandte mir seine gequälten Augen zu. »Julia erinnert mich an deine Mutter... Beide konnten alles tun, solange sie sich nur selbst gerechtfertigt dabei fühlten.«

»Paul, wann hast du Julia das letztemal gesehen? Hat sie denn keine Chance, sich jemals wieder zu erholen?« Ich begann zu weinen.

Er nahm mich in den Arm und küßte mich auf die Stirn. »Weine nicht um sie, meine schöne Catherine. Für Julia ist längst alles vorbei. Sie hat endlich Frieden gefunden. In dem Jahr, als wir begannen uns zu lieben, starb sie – einen Monat, nachdem wir zum erstenmal zusammen waren.« Er nahm mein Gesicht zwischen seine Hände und küßte mir mit sanften Lippen die Tränen von den Wangen. »Nun lächle und sage die Worte, die ich in deinen Augen sehe, sage, daß du mich liebst. Als du Julian mit hier nach Hause gebracht hast, dachte ich, zwischen uns wäre es vorbei. Aber jetzt sehe ich dir an, daß es niemals vorbei sein wird. Wir werden es schaffen, egal, was sich uns in den Weg stellt, weil zwei Menschen, die sich wahrhaftig lieben, am Ende alles besiegen.«

Oh ... wie konnte ich es ihm jetzt noch sagen? »Julia ist tot?« fragte ich zitternd und völlig am Boden zerstört. Ich haßte mich selbst, und ich haßte Amanda! »Amanda hat mich angelogen ... Sie wußte, daß Julia tot war, und ist trotzdem nach New York geflogen, um mir eine Lüge zu erzählen? Paul, was für eine Frau ist das?«

Er drückte mich so fest an sich, daß mir die Rippen weh taten, aber ich klammerte mich genauso an ihn, denn ich wußte, daß ich es jetzt zum letztenmal tun konnte. Ich küßte ihn wild und hingebungsvoll. In dem Wissen, daß ich seine Lippen nie wieder auf den meinen fühlen würde. Er lachte glücklich und in dem Gefühl all meiner Liebe und Hingabe für ihn sagte er mit fester Stimme: »Ja, meine Schwester wußte, daß Julia gestorben ist. Sie war selbst auf dem Begräbnis, auch wenn sie wie immer kein Wort mit mir gewechselt hat. Weine jetzt bitte nicht mehr. Laß mich deine Tränen abtrocknen.« Mit seinem großen Taschentuch tupfte er mir die Wangen und die Augenwinkel ab und hielt es dann so, daß ich hineinschneuzen konnte.

Ich hatte wie ein Kind gehandelt. Ein impulsives, ungeduldiges Kind – genau das, wovor Chris mich so gewarnt hatte. Ich hatte Paul verraten, der mir so vertraute. »Ich verstehe Amanda immer noch nicht«, sagte ich und schluchzte wieder los, um den furchtbaren Augenblick der Wahrheit so lange hinauszuzögern wie nur irgendwie möglich. Ich erzählte ihm von der Abtreibung und dem zweiköpfigen Embryo. Da lachte er laut, und ich hätte ihn am liebsten dafür ins Gesicht geschlagen. Aber das war nur wieder meine verdammte Impulsivität. Er erzählte mir, daß die Geschichte absoluter Unsinn sei. Alles nur Lügen, Klatsch und Geschwätz. Wie sehr wollte ich ihm das glauben, aber es blieb ein nagender Zweifel. Da war diese eine Nacht mit Chris gewesen, und ich wußte, daß ich mit diesem Zweifel mein Leben lang für diese Nacht bezahlen würde.

Und zwischen meinen Tränen und meinem Lachen fühlte ich, wie ich innerlich immer mehr erstarb. Ich wurde tot und leer. Meine Tränen gingen mir aus. Schließlich brachte ich es mit heiserer Stimme heraus: »Paul, ich kann dich nicht heiraten.« Und dann redete ich zusammenhanglos weiter. »Weißt du, das war doch furchtbar dumm von Mammi, unsere Geburtsurkunden in unseren Koffern zu verstecken, nicht wahr? Ich fand sie natürlich in den schlecht geflickten Kofferbezügen. Ohne meine Geburtsurkunde hätte ich nie einen Paß beantragen können, und ich brauchte sie auch, um nachzuweisen, daß ich für eine Heirat schon alt genug bin. Siehst du, einige Tage bevor unser Ballett nach London flog, machten Julian und ich noch einen Bluttest, und unsere Heirat war eine ganz nüchterne, formlose Angelegenheit. Nur Madame Zolta und die Ballettmitglieder waren bei uns, und selbst als ich dann mein Ja-Wort gab und Julian die Treue schwor... Ich dachte nur an dich und Chris dabei und haßte mich selbst und wußte, daß ich einen furchtbaren Fehler beging.«

Paul sagte kein Wort. Er taumelte zurück und wankte zu einer Marmorbank, auf die er sich fallen ließ. Für einige Minuten saß er einfach da und starrte mich an, dann ließ er den Kopf sinken und verbarg sein Gesicht in den Händen.

Ich stand. Er saß. Seine Gedanken wanderten weit fort, und ich wartete darauf, bis er wieder zu mir und in die Wirklichkeit zurückfand. Ich dachte, er würde mich anschreien. Aber seine Stimme war dann nur ein sanftes Flüstern, als er endlich wieder sprach. »Komm, setz dich eine Weile zu mir. Halt mir die Hand. Gib mir Zeit, mich damit abzufinden, daß zwischen uns alles vorbei ist.« Ich tat, um was er mich gebeten hatte, und wir hielten uns bei den Händen und starrten gemeinsam in den Nachthimmel hinauf, in dem Diamanten zwischen dunklen Wolken schimmerten.

»Ich werde nie wieder Ballettmusik hören können, ohne an dich zu denken ...«

»Paul, es tut mir so leid. Ich wünschte mir, ich hätte auf meine Gefühle gehört, die mir sagten, daß Amanda gelogen haben mußte. Aber ich war dort, wo die Ballettmusik spielte, und du warst so weit weg, und Julian war immer bei mir und warb um mich, erzählte mir, wie er mich liebte und brauchte. Und ich habe ihm geglaubt und mir selbst eingeredet, du würdest mich nicht wirklich lieben. Ich kann es einfach nicht ertragen, ohne jemanden zu leben, der mich ständig liebt.«

»Ich bin sehr glücklich, daß er dich liebt«, sagte Paul. Dann stand er schnell auf und ging in Richtung Haus. Er schritt so schnell aus, daß ich ihn nicht mehr einholen konnte, auch als ich ihm nachlief. »Sag kein Wort mehr! Laß mich allein, Catherine! Lauf mir nicht nach! Du hast das Richtige getan – daran darfst du nie zweifeln! Ich war ein alter Narr, der mit einer jungen Närrin gespielt hat, und du brauchst mir nicht zu sagen, daß ich es hätte besser wissen sollen – das weiß ich längst selbst!«

Verlorene Liebe

Taub und versteinert wie eine von Pauls Marmorstatuen saß ich auf der Veranda und starrte in den Nachthimmel hinauf, auf dem sich die Wolken zu einem Frühjahrssturm sammelten. Julian kam irgendwann heraus und setzte sich zu mir. In seinen Armen begann ich leise zu weinen. »Warum?« fragte er. »Du liebst mich doch ein kleines bißchen, nicht wahr? Dein Doktor kann so verletzt nicht sein. Er war sehr freundlich und ehrlich zu mir. Er hat mir auch gesagt, daß ich auf die Veranda gehen und dich trösten soll.«

In diesem Augenblick kam Henny zu uns und signalisierte mir mit ihren blitzschnellen Handbewegungen, daß ihr »Doktor-Sohn« seine Sachen für eine Reise packte, während ich hier bleiben sollte.

»Was hat sie dir da gerade mitgeteilt?« fragte Julian unangenehm berührt. »Verdammt, das ist, als ob man im Ausland ist und niemanden verstehen kann. Ich fühle mich so ausgeschlossen, wenn ihr euch unterhaltet.«

»Bleib hier und warte!« befahl ich und dann lief ich ins Haus, die Treppe hinauf in Pauls Zimmer, wo er gerade Hemden in einen offenen Koffer auf seinem Bett warf. »Halt!« rief ich verzweifelt, »es gibt keinen Grund, warum du wegfahren mußt! Das ist doch dein Haus. Ich werde gehen. Ich werde Carrie mitnehmen, dann brauchst du mich nie wieder zu sehen!« Er wandte sich um und warf mir einen bitteren, langen Blick zu, ohne mit dem Packen aufzuhören.

»Cathy, du hast mir die Frau genommen, die ich mir gewünscht habe, und jetzt willst du mir auch noch meine Tochter wegnehmen. Carrie ist mein eigenes Fleisch und Blut, und sie würde in deine Art von Leben gar nicht passen. Laß sie bei mir und Henny bleiben. Laß mir etwas, das mir allein gehört. Ich werde zurückkommen, bevor ihr abreist... und du solltest wissen, daß Julians Vater sehr, sehr krank ist.«

»George ist krank?«

»Ja. Vielleicht weißt du nicht, daß er schon seit Jahren ein schweres Nierenleiden hat, und er hängt jetzt schon seit Monaten an der Dialysemaschine. Ich glaube nicht, daß er noch lange lebt. Er ist nicht mein Patient, aber ich bin, sooft ich konnte, bei ihm vorbeigegangen, nicht zuletzt, um etwas über Julian und dich zu hören. Würdest du mich jetzt bitte allein lassen, Cathy, und mich nicht zwingen, Dinge zu sagen, die ich später bedauern würde.«

Ich weinte mit dem Gesicht nach unten auf meinem Bett, bis Henny kam und mich tröstete. Ihre kräftigen, mütterlichen Hände streichelten mir beruhigend über den Rücken. »Henny«, schluchzte ich, »was soll ich nur tun? Ich bin doch jetzt mit Julian verheiratet, und ich kann keine Scheidung von ihm verlangen. Er hängt so sehr von mir ab. Er glaubt an mich und kann nicht ohne mich leben.«

Henny zuckte ihre breiten Schultern und kritzelte mir eine ihrer Bemerkungen: »Große Schwester immer schon großer Kummer. Ein verletzter Mann reicht aus. ›Doktor-Sohn‹ stark und überlebt Enttäuschung. Aber junger Tänzer kein starker Mann. Geh runter und nimm deinen Mann an der Hand. Am Ende wird schon alles gut, warte ab.«

Ich hielt mich an Hennys Anweisung und gesellte mich zu Julian ins Wohnzimmer. Dort erzählte ich ihm dann auch über den kritischen Zustand seines Vaters. Sein bleiches Gesicht wurde noch weißer. Nervös kaute er an seiner Oberlippe. »Ist es wirklich so ernst?«

Ich hatte bisher immer angenommen, daß Julian sich nicht viel aus seinem Vater machte, deshalb war ich von seiner Reaktion überrascht. In diesem Augenblick kam Paul mit seinen Koffern herunter und bot uns an, uns ins Krankenhaus zu fahren. »Und denkt daran, mein Haus hat genug Zimmer. Es gibt keinen Grund, warum ihr zwei überhaupt daran denken sollt, Geld für ein Hotel auszugeben. Bleibt hier, solange ihr wollt. Ich bin in ein paar Tagen zurück.«

George lag in einem Privatzimmer, und Madame Marisha war bei ihm. Als ich George im Bett liegen sah, holte ich tief Luft. Er war so abgemagert, daß er fast wie ein Skelett aussah. Madame Marisha saß neben seinem Bett und starrte in sein Gesicht, das fast schon ein Totenschädel war, so dünn spannte sich die Haut über die Knochen. Sie flüsterte ihm unablässig etwas ins Ohr. Ihre Stimme klang zärtlich und verzweifelt dabei, aber dann blickte sie auf und entdeckte Julian, und mit ihrer gewohnten alten Autorität herrschte sie Julian an: »Aha. Da bist du also endlich. Nach all den Telegrammen, die ich dir geschickt habe. Was hast du mit ihnen gemacht, weitergetanzt und sie in den nächsten Papierkorb geworfen?«

Verblüfft sah ich von Madame zu ihm.

»Meine liebe Mutter«, erwiderte er kalt, »wir waren auf Tournee, wie du ja wohl weißt. Wir hatten wichtige Engagements, die meine Frau und ich selbstverständlich einhalten mußten.«

»Du herzloser Kerl!« zischte sie und winkte ihn dann näher heran. »Nun sag etwas Freundliches und Liebevolles zu dem Mann auf dem Bett, oder ich sorge dafür, so wahr mir Gott helfe, daß es dir leid tut, je geboren zu sein!«

Man merkte Julian deutlich an, wie schwer es ihm fiel, sich dem Mann auf dem Bett zu nähern. Schließlich gab ich ihm einen leichten Stoß in den Rücken, während seine Mutter in eine Handvoll rosa Spitzen schluchzte. »Hallo, Vater«, war alles, was er herausbrachte, und schließlich schaffte er noch ein: »Tut mir leid, daß du so krank bist.« Dann trat er schnell wieder an meine Seite und faßte nach meiner Hand. Ich spürte, daß er am ganzen Körper zitterte.

»Sieh doch mal, mein Liebling, mein Schatz, mein Bester, mein Herzblatt«, säuselte Madame Marisha wieder mit weichster Stimme in Georges Ohr und strich ihm das stumpfe, schwarze Haar glatt. »Schlag deine Augen auf und sieh mal, wer Tausende von Meilen zu dir an dein Krankenbett geflogen ist. Dein eigener Julian und seine Frau. Den ganzen Weg von London sind sie sofort hierhergekommen, als sie hörten, daß du krank bist. Sieh sie dir doch zusammen an, was für ein wunderbares Paar – bitte, schlag doch die Augen auf, bitte sieh doch.«

Auf dem Bett schlug das blasse, ausgemergelte Wrack eines

Mannes vorsichtig die Augen auf. Wir standen am Fußende des Bettes, aber er schien uns nicht sehen zu können. Madame stand auf und stieß uns näher heran. Sie hielt Julian an den Schultern fest, damit er nicht wieder zurückweichen konnte. George öffnete die Augen noch ein bißchen mehr und lächelte dünn. »Ah, Julian«, seufzte er. »Danke schön, daß du gekommen bist. Ich habe dir so viel zu sagen – Dinge, die ich dir schon früher hätte sagen sollen...« Seine Stimme drohte zu versagen. Er flüsterte stockend: »Ich... wollte... dir... so... viel...«. Dann brach er ab. Ich wartete darauf, daß er weitersprechen würde – wir warteten und warteten. Ich sah, wie seine jetzt weit geöffneten Augen glasig wurden und sein Kopf zurücksank. Madame schrie auf. Ein Doktor und eine Krankenschwester kamen hereingeeilt, wiesen uns die Tür und beugten sich über George.

Wir warteten draußen im Flur, eine jämmerliche Gruppe, bis der weißhaarige Arzt zu uns herauskam und uns sagte, womit wir schon gerechnet hatten. »Manchmal ist der Tod eine Erlösung«, fügte er noch hinzu. »Es wundert mich sowieso, wie er das so lange durchgehalten hat...«

Ich starrte Julian an, denn wir hätten schon früher zurückkommen können. Aber Julian verschloß sich vor meinem Blick und sagte kein Wort. »Er war dein Vater!« schrie Madame, während ihr die Tränen über die Wangen liefen. »Zwei Wochen lang hat er gelitten und durchgehalten, um dich noch einmal zu sehen, bevor er sich selbst zu sterben erlauben konnte!«

Julian wirbelte herum, das blasse Gesicht mit der flammenden Röte einer bösen Wut überzogen. »Madame, was hat mein Vater mir schon gegeben? Er war kein Vater für mich, nur mein Tanzlehrer. Für ihn war ich nur ein Stück seiner eigenen Persönlichkeit, die Verlängerung seines eigenen Ruhmes. Aber zum Teufel mit dir und mit ihm, ich habe meinen eigenen legalen Künstlernamen... ich bin Julian Marquet, nicht George Rosencoff, und sein Name wird nicht fortleben und mir etwas von dem stehlen, was ich mir selbst erkämpft habe.«

In dieser Nacht hielt ich Julian in den Armen und verstand ihn, wie ich ihn noch nie zuvor verstanden hatte. Während er weinte, weinte ich mit ihm um einen Vater, den Julian zu verachten vorgab, während er ihn im Grunde doch sehr geliebt haben mußte. Und ich weinte auch für George, denn wie furchtbar mußte es gewesen sein, nicht mehr das sagen zu können, was er schon vor vielen Jahren hätte sagen sollen.

So legte sich dann über unsere Begeisterung und unser Glück, das wir von unseren Londoner Erfolgen mit nach Clairmont gebracht hatten, der Friedhofsnebel. Madame Marisha hakte sich bei mir unter, als das Begräbnis vorbei war und wir zwischen den Gräbern entlang zu den Wagen gingen. »Sei gut zu meinem Sohn, Catherine«, schluchzte sie leise. »Hab Geduld mit ihm, wenn er sich wild aufführt. Er hat kein einfaches Leben gehabt, und vieles von dem, was er über seinen Vater erzählt, ist wahr. Jetzt will ich dir noch etwas Wichtiges mitteilen. Mein Julian bringt dir eine Liebe entgegen, die wirklich abgöttisch ist. Du bist sein Heiligtum. Er glaubt, daß du das Beste bist, was ihm im Leben je widerfahren ist. Für ihn bist du ohne jeden Makel. Wenn du Fehler hast, dann versteck sie vor ihm. Er würde sie nicht verstehen. Er hat über Jahre furchtbar unter deiner Zurückweisung gelitten. Aber jetzt ist er dein Mann, und du solltest ihm freigiebig all die Liebe schenken, an der es ihm früher gefehlt hat, denn mir ist es nicht gegeben, anderen meine Gefühle zu zeigen. Ich habe das immer gewollt, aber irgendwie konnte ich ihm keine Zärtlichkeit geben. Nimm ihn oft in den Arm, Catherine, streichle ihn, er braucht das so sehr. Habe Verständnis für seine düsteren Stimmungen, und wenn sie über ihn kommen, dann liebe ihn noch dreimal soviel. Auf diese Art wirst du seine besten Seiten fördern, denn er hat großartige Fähigkeiten. Er muß sie haben, denn er ist Georges Sohn.« Sie küßte mich, und dann verabschiedete sie sich von mir, nicht ohne mir vorher das Versprechen abgenommen zu haben, sie zusammen mit Julian hin und wieder zu besuchen. »Findet irgendwo in eurem Leben eine kleine Ecke für mich«, sagte sie mit trauriger Stimme. Aber als ich es ihr versprach und einen Blick zu Julian hinüberwarf, starrte er uns beide nur böse an.

Chris kam über Ostern nach Hause. Seine Begrüßung von Julian fiel nicht gerade begeistert aus. Ich bemerkte sofort, daß Julian ihn aus schmalen, mißtrauischen Augen verfolgte.

Kaum waren Chris und ich unter vier Augen, da fuhr er mich an: »Warum hast du ihn geheiratet? Warum konntest du nicht warten? Wie konntest du damals nur eine so gute Intuition haben, als wir eingeschlossen waren, und nun hier draußen jedes Gefühl für das Richtige verlieren! Es war ein Fehler von mir, daß ich deine Heirat mit Paul mißbilligt habe, nur weil er so viel älter ist. Und ich gebe auch zu, daß ich eifersüchtig war und überhaupt nicht wollte, daß du jemand heiratest. Ich hatte einen Traum von dir und mir... nun... du weißt ja, was ich meine. Aber wenn es eine Wahl zwischen Paul und Julian gegeben hätte, dann wäre es immer Paul gewesen! Er ist es, dem wir alles zu verdanken haben, und er würde nie etwas anderes als das Beste für uns wollen. Mir gefällt Julian nicht. Er wird dich zerstören.« Er zögerte, dann wandte er mir den Rücken zu, so daß ich sein Gesicht nicht mehr sehen konnte. Einundzwanzig war er und begann, eine besondere Art von kraftvoller Männlichkeit auszustrahlen. In ihm entdeckte ich viel von unserem Vater wieder – und von unserer Mutter. Und wenn ich wollte, dann konnte ich die Dinge so zurechtbiegen, wie sie mir gerade am besten ins Konzept paßten, und deshalb dachte ich mir, er wäre im Grunde doch mehr wie Mammi als wie unser Vater. Ich wollte ihm das gerade an den Kopf werfen, doch dann brachte ich es nicht über die Lippen. Er war nicht im geringsten wie unsere Mutter!

Chris war stark... sie war schwach. Er war ehrlich und aufrecht, sie besaß keinerlei Ehre. »Chris... mach es nicht noch schwerer für mich. Laß uns Freunde bleiben. Julian ist hitzköpfig und arrogant und noch eine Menge anderer Dinge auch, die an der Oberfläche irritieren, aber darunter ist er ein kleiner Junge.«

»Aber du liebst ihn nicht«, erwiderte Chris, ohne mir in die Augen zu sehen.

Eine Stunde, bevor wir zum Flughafen fahren mußten, bog Pauls Wagen in die Auffahrt ein. Er lächelte mich an, wie er mich immer angelächelt hatte, als hätte sich nichts zwischen uns verändert. Er erzählte Julian irgendeine Geschichte von einem Kongreß, auf dem er so lange aufgehalten worden sei, und daß es ihm furchtbar leid täte wegen Julians Vater. Dann begrüßte er alle anderen, schlug Chris auf herzliche Männerart auf die Schulter und gab Carrie ein paar Süßigkeiten. Erst ganz zum Schluß kam ich an die Reihe.

»Hallo, Cathy.«

Das sagte mir so viel. Ich war nicht länger Catherine, eine Frau, die er als ebenbürtige Partnerin lieben konnte. Ich war wieder an den Platz der Tochter zurückgekehrt.

Julian ging nach oben, um unsere Koffer fertigzupacken, während ich mich traute, Paul in den Garten zu verfolgen, trotz des strafenden Blickes von Chris. Ich traf Paul auf den Knien an, damit beschäftigt, ein paar Büschel Unkraut auszureißen. Als er meine Schritte hörte, stand er schnell auf und wischte sich den Schmutz von der Hose. Dann starrte er nach irgendwo hinter mir, als wäre ich das Letzte, was er im Augenblick sehen wollte.

»Paul ... heute wäre unser Hochzeitstag gewesen.«

»Ja? Das habe ich ganz vergessen.«

»Du hast es nicht vergessen«, sagte ich und rückte näher. »Damals hast du gesagt, der erste Frühlingstag, das wäre der richtige Start in ein neues Leben. Ich war so ein Dummkopf, Amanda zu glauben. Und noch viel dümmer bin ich gewesen, weil ich nicht erst mit dir geredet habe, bevor ich Julian heiratete.«

»Laß uns davon nicht mehr sprechen«, erwiderte er mit einem schweren Seufzer. »Es ist jetzt alles vorbei und vergessen.« Freiwillig kam er so nah zu mir, daß ich mich in seine Arme drücken konnte. »Cathy, ich bin weggefahren, um allein zu sein. Ich brauche Zeit, um nachzudenken. Als du den Glauben an mich verloren hattest, da hast du dich impulsiv, aber zu Recht dem Mann zugewandt, der dich seit Jahren liebt und verehrt. Jeder Dummkopf, der Augen im Kopf hat, kann das sehen. Und wenn du ehrlich zu dir selbst bist, dann wirst du dir zugeben, daß du Julian genauso lange liebst, wie er dich. Ich glaube, daß du deine Liebe für ihn irgendwo zwischen deinen Ballettkostümen versteckt hast, weil du dich so sehr in meiner Schuld geglaubt hast ...«

»Hör auf, mir so etwas zu erzählen! Ich liebe dich und nicht ihn. Ich habe dich immer geliebt!«

»Du bist einfach durcheinander, Cathy ... Du willst mich, du willst ihn, du willst Sicherheit, du willst Abenteuer. Du glaubst, du könntest alles bekommen, aber das kannst du nicht. Ich habe dir schon vor langer Zeit gesagt, daß ich einfach schon zu alt für dich bin. Wir haben uns viel Mühe gegeben, uns gegenseitig einzureden, daß die Jahre zwischen uns nichts ausmachen könnten, aber sie würden uns doch trennen. Und es wären nicht nur die Jahre gewesen, auch die Entfernung zwischen uns. Du wärst immer irgendwo auf Tournee, und ich säße hier, ein Provinzarzt, der sich nur für wenige Wochen im Jahr von seiner Praxis losreißen kann. Und dann bin ich eben auch an erster Stelle Arzt und an zweiter Stelle Ehemann – früher oder später hättest du das herausgefunden und dich am Ende doch Julian zugewandt.« Er lächelte und küßte mir sanft die Tränen von den Wangen, mit denen ich immer so verschwenderisch umging, und er sagte mir, daß wir vom Schicksal doch die richtigen Karten ausgeteilt bekommen hätten. »Und wir werden uns weiterhin sehen – es ist ja nicht so, als hätten wir uns für immer verloren – und ich habe meine Erinnerungen an eine wunderbare, aufregende Zeit mit dir.«

»Du liebst mich nicht!« rief ich anklagend. »Du hast mich nie geliebt, sonst würdest du die Sache nicht so einfach hinnehmen können!«

Er lachte leise und zog mich sanft an der Nase, wie ein Vater es tun würde. »Liebe Catherine, meine heißblütige, besitzergreifende Ballerina, welcher Mann könnte dich nicht lieben? Woher hast du nur so viel über die Liebe gelernt, während du in diesem kalten, dämmrigen Dachzimmer eingesperrt warst?«

»Aus Büchern«, sagte ich, aber meine Lektionen waren nicht alle aus Büchern bezogen.

Seine Hände fuhren mir durchs Haar, und seine Lippen waren dicht vor meinen. »Ich werde niemals das schönste Geburtstagsgeschenk meines Lebens vergessen.« Sein Atem strich mir warm über die Wangen. »Und jetzt sage ich dir, wie es von nun an sein wird«, verkündete er entschieden. »Du und Julian, ihr geht zurück nach New York und werdet das Beste aus euch machen. Du wirst ihm die beste Frau sein, die du einem Mann sein kannst. Ihr beide werdet alles tun, um diese verdammte Welt mit eurem Tanz zu verzaubern, und du faßt den Entschluß, nie mit Bedauern zurückzublicken, und vergißt mich.«

»Und du – was wird aus dir?«

Er hob die Hand und strich sich über seinen Schnurrbart. »Du wärst überrascht, wenn du wüßtest, was dieser Bart für meinen Sexappeal getan hat. Ich werde ihn mir nie wieder abrasieren.«

Wir lachten beide, und es war ein echtes, offenes Lachen, das von Herzen kam. Dann nahm ich seinen Diamantring aus der Tasche und wollte ihn Paul zurückgeben. »Nein! Ich möchte, daß du diesen Ring behältst. Du kannst ihn versetzen, falls du jemals in Geldschwierigkeiten kommst. Niemand weiß, was die Zukunft bringt.«

Julian und ich flogen zurück nach New York und suchten wochenlang, bis wir das richtige, gemütliche kleine Apartement fanden. Er wünschte sich etwas wesentlich Eleganteres, aber wir verdienten noch nicht genug, um uns ein Penthouse leisten zu können, wie Julian es sich vorstellte. »Früher oder später werden wir schon eine große Wohnung haben«, versicherte Julian, »mit großen Fenstern voller Blumen.«

»Wir haben doch gar nicht die Zeit, uns um Blumen zu kümmern«, sagte ich, denn ich hatte meine bitteren Erfahrungen damit, welche Mühen es verlangt, Topfblumen gesund und am Leben zu erhalten. »Und wenn wir Carrie besuchen, dann können wir uns immer an Pauls Garten freuen.«

»Mir gefällt dein Doktor nicht.«

»Er ist nicht mein Doktor!« Ich hatte plötzlich ein seltsames Angstgefühl. »Warum magst du Paul nicht? Alle mögen ihn, und das zu Recht.«

»Jaja, das weiß ich«, antwortete er knapp und legte seine Gabel zur Seite. Er warf mir einen düsteren Blick über seinen Teller zu. »Das Problem ist nur, meine liebe Frau, daß es mir scheint, daß du ihn zu sehr magst. Und was noch dazukommt, mit deinem Bruder kann ich mich auch nicht besonders anfreunden. Deine kleine Schwester ist in Ordnung. Du kannst sie gerne zu uns einladen. Aber vergiß niemals, keine Sekunde, daß ich jetzt in deinem Leben an erster Stelle komme. Nicht Chris, nicht Carrie und am allerwenigsten dieser Doktor, mit dem du da verlobt warst. Ich bin nicht blind, Cathy. Ich habe bemerkt, welche Blicke er dir zuwirft, und wenn ich auch nicht genau weiß, wie weit es zwischen euch beiden schon gegangen ist, läßt du diese Sache jetzt besser ein für allemal ruhen!«

Panik schnürte mir die Kehle zu. Mein Bruder und meine Schwester waren Teile von mir, sie gehörten untrennbar zu meiner Person. Was hatte ich nur getan? Ich hatte die böse Vorahnung, daß mir gegenüber ein eifersüchtiger Kerkermeister saß, der mich in seiner Liebe genauso einsperren würde, wie ich es in dem furchtbaren Zimmer von Foxworth Hall gewesen war! Nur diesmal würde ich an einer unsichtbaren Kette hängen, mit der er mich jederzeit zurückzerren würde, wenn ich mich ihm zu entziehen versuchte. Aber dann dachte ich an das, was Julian durchgemacht hatte und wie sehr es den Schrecken meiner eigenen Kindheit glich, der verzweifelten Angst, nicht geliebt zu werden. Vielleicht hatte Paul doch recht gehabt. Durch Amanda hatte das Schicksal die Karten richtig verteilt. Und vielleicht würde ich eines Morgens aufwachen und Julians bleiches Gesicht mit seinen schwarzen Stoppeln neben mir in den Kissen sehen und wissen, daß ich ihn liebte, mehr als jeden anderen auf der Welt.

DRITTER TEIL

Träume werden wahr

Die nächsten Jahre vergingen wie im Flug. Während Julian und ich hart arbeiteten, um uns einen Weg an die Spitze der Ballettwelt zu bahnen, schaffte Chris sein Medizinstudium in Rekordzeit. In seinem letzten Jahr am College begann er sogar schon gleichzeitig seine medizinische Fachausbildung. Paul prophezeite ihm, er würde der jüngste »Dr. med.« der Staaten werden.

Oft war ich durch mein Training und die Proben monatelang so eingespannt, daß ich kaum merkte, was in der Welt um mich herum vorging. Chris besuchte mich einige Male, aber schon bei seinem ersten Besuch gab es eine so böse Szene mit Julian, daß Chris von da an nur noch im Hotel übernachtete. Bei den wenigen Gelegenheiten, die er hatte, nach New York zu kommen, verhielten wir uns von da an wie ein heimliches Liebespaar und trafen uns so, daß Julian nichts davon merkte. Chris' Rekordstudium forderte seinen Preis, wir sahen uns nur sehr selten.

Carrie besuchte uns wesentlich öfter. Sie bewunderte Julian, und er revanchierte sich dafür mit Komplimenten. Er nannte sie »kleine Elfe«. Und er war der einzige, über dessen Anspielungen auf ihre Körpergröße sie lachen konnte, ohne sich verletzt zu fühlen. Mit fünfzehn verbrachte Carrie ihren ersten Sommer bei uns in New York. Es war eine herrliche Zeit für mich, und ich dankte Julian aus tiefstem Herzen, daß er sich mit meiner Schwester so viel Mühe gab.

Unsere Ballettkarriere führte von einem Premierenerfolg zum nächsten, aber irgendwie schafften wir den ganz großen Durchbruch nie. Wir bekamen gute Kritiken, internationale Anerkennung, Einladungen zu Festspielen, Fernsehauftritte. Nur wirklich große Namen der Ballettwelt waren wir noch immer nicht geworden, da waren immer noch andere, an deren Ruhm wir nicht herankamen. Manchmal kam es mir auch so vor, als verhinderte Madame Zolta aus Angst, uns zu verlieren, unseren endgültigen Durchbruch.

So reihte sich Monat an Monat, Jahr an Jahr, und dann kam der Frühling, auf den wir uns schon so lange gefreut hatten. Julian und ich verbrachten in Spanien unseren ersten richtigen Urlaub seit unserer Hochzeit. Fünf Jahre und drei Monate waren wir nun verheiratet, und doch gab es Zeiten, in denen Julian auf mich noch immer wie ein Fremder wirkte. Madame Zolta hatte uns selbst diesen Urlaub vorgeschlagen und gemeint, es wäre eine gute Idee, ihn in Spanien zu verbringen, wo wir dabei gleich ein wenig den Flamenco studieren könnten. In einem gemieteten Wagen fuhren wir von Stadt zu Stadt und sahen uns die wunderbare spanische Küste an. Wir liebten die langen späten Abendessen und die schläfrigen Siestanachmittage, aber am meisten liebten wir die spanische Musik und den spanischen Tanz.

Madame Zolta hatte uns einen Reiseplan für die ganze Tour ausgearbeitet, mit dem wir viel Geld sparen konnten. Noch immer war unsere Gage nicht so, daß wir bei einem Europaurlaub nicht hätten auf das Geld achten müssen. Deshalb mieteten wir uns an den Orten, an denen wir länger bleiben wollten, ein kleines Ferienhaus und kochten uns das Essen selber. In so einem Ferienhaus hatten wir uns auch gerade häuslich eingerichtet, als Chris' Einladung zu seiner Examensfeier uns erreichte. Sie war uns durch ganz Spanien von Post zu Post gefolgt und hatte uns hier in der Nähe von Barcelona eingeholt.

Mein Herz machte einen Sprung, als ich unter den postlagernden Briefen, die an dieser Station unserer Reise auf uns warteten, einen dicken cremefarbenen Umschlag erspähte. Ich wußte sofort, daß das nur die Ankündigung von Chris' Universitätsabschluß sein konnte. Sein lang ersehnter »Doktor der Medizin«! Ich öffnete den Brief sehr vorsichtig mit einem Taschenmesser, denn ich wollte den Umschlag unbedingt für mein Album aufheben, in dem ich alles über Chris, Mammi und mich sammeite. Außer der formellen Einladung zu seiner Examensfeier fand ich noch eine kleine Karte, auf die Chris in aller Bescheidenheit geschrieben hatte:

Zu meinem Bedauern muß ich Dir eingestehen, daß ich das beste Examen unter zweihundert anderen abgelegt habe. Wage es nicht, Dich mit irgendeiner Entschuldigung um meine Approbations-Feier zu drücken. Ich kann meinen Doktor-Titel unmöglich annehmen, wenn Du mir nicht dabei zusiehst. Das kannst Du auch Julian sagen, falls er Dich nicht fahren lassen will.

Die einzige Schwierigkeit bestand darin, daß Julian und ich einen Vertrag für eine Fernsehproduktion von *Giselle* unterschrieben hatten. Sie war eigentlich für Juni angesetzt, aber jetzt wollte man schon Mitte Mai mit den Proben beginnen. Wir waren sicher, daß dieser Fernsehauftritt uns endlich auch zu den Publikumstars machen würde, die zu werden wir uns schon so lange bemühten.

Es schien mir an diesem Abend der richtige Zeitpunkt zu sein, Julian die Neuigkeit mitzuteilen. Wir waren in unser hübsches kleines Haus zurückgekehrt, nachdem wir den Tag mit der Besichtigung romantischer, halbverfallener Kastelle verbracht hatten. Nach dem Essen saßen wir auf unserer Terrasse und nippten an Gläsern mit dem schweren Rotwein, von dem ich immer Kopfschmerzen bekam und auf den Julian so verrückt war. Erst nach zwei Gläsern wagte ich es, vorsichtig die Sprache auf Chris' Examensfeier Anfang Mai zu bringen. »Wir haben wirklich ausreichend Zeit dorthin zu fliegen, Chris diesen Gefallen zu tun und rechtzeitig für die Proben zu *Giselle* wieder in New York zu sein.«

»Komm, hör auf damit, Cathy!« erwiderte er ungeduldig. »Du hast eine schwierige Rolle vor dir und durch unseren Urlaub mehrere Wochen lang nicht geprobt. Und du brauchst auch noch etwas Erholung.«

Ich widersprach. Zwei Wochen waren genug Zeit ... und eine Fernsehaufzeichnung dauerte so lange nicht. Das war keine sehr anstrengende Sache. »Bitte, Liebling, laß uns hinfliegen. Es würde mich krank machen, wenn ich nicht dabei sein könnte, wenn mein Bruder seinen Doktor verliehen bekommt. Wie würde es dir denn gehen, wenn dein Bruder vor dem großen Ziel seines Lebens stünde?«

»Kommt nicht in Frage!« fuhr er mich an. Seine Augen

wurden zu schmalen Schlitzen und funkelten erregt. »Ich habe es so verdammt satt, dauernd Chris hier, Chris da zu hören. Und wenn ich nicht seinen Namen ständig in den Ohren hab', dann ist es dieser Paul. Du fliegst nicht!«

Ich flehte ihn an, doch Verständnis zu haben. »Er ist doch mein einziger Bruder, und seine Approbation ist für mich genauso wichtig wie für ihn. Du glaubst vielleicht, er und ich hätten verglichen mit dir eine bequeme Kindheit zusammen verbracht, aber ich kann dir versichern, unser Leben war alles andere als ein Zuckerlecken.«

»Deine Vergangenheit ist etwas, über das du sonst nie mit mir reden willst. Dann brauchst du jetzt auch nicht damit anzufangen. Cathy, du bist jetzt meine Frau und dein Platz ist an meiner Seite.« Er geriet richtig außer sich. »Dein Paul wird ja wohl mit Carrie dabei sein, so daß es deinem Bruder nicht an Beifall fehlt, wenn er seinen verdammten Doktor bekommt!«

»Du kannst mir nicht befehlen, was ich zu tun oder zu lassen habe! Ich bin deine Frau, nicht deine Sklavin!«

»Ich will davon nichts mehr hören«, sagte er, stand auf und griff nach meinen Armen. »Gehn wir ins Bett, Süße. Ich bin müde.« Ohne ein Wort ließ ich mich von ihm ins Schlafzimmer ziehen. Dort begann ich mich auszuziehen. Aber er stellte sich neben mich und half mir dabei – die Art, auf die er mir zu verstehen gab, daß dies eine Nacht der Liebe werden sollte, oder besser des Sex. Ich schob seine Hände zur Seite. Stirnrunzelnd legte er sie mir wieder auf die Schultern und strich mir mit den Lippen über den Nacken. Er streichelte mir die Brüste, bevor er meinen BH aufhakte. Ich schrie »nein« und schlug ihm auf die Hände. Aber er fummelte weiter an meinem BH. Wie man eine Maske wechselt, tauschte er den Ärger in seinem Gesicht gegen einen verträumten romantischen Ausdruck.

Es hatte Zeiten gegeben, in denen Julian auf mich wie die Verkörperung männlicher Eleganz und des perfekten Gentleman wirkte. Ganz zu schweigen von seiner Rolle als vollendeter Liebhaber. Aber es gab auch Zeiten, in denen ich ihn aus tiefstem Herzen verabscheute. Dies war so ein Augenblick. »Ich werde fliegen, Julian. Du kannst mitkommen oder in New York auf mich warten. Oder du kannst von mir aus auch hierbleiben und dich in die Sonne legen. Ich fliege auf jeden Fall zu Chris.

Diesmal wirst du mich nicht hindern! Diese Sache ist zu wichtig!«

Er hörte mir still zu und lächelte dann auf eine Art, die mir eine Gänsehaut über den Rücken jagte. »Jetzt hör mal zu, geliebte Gattin, als wir geheiratet haben, bin ich dein Herr und Meister geworden, und an meiner Seite ist dein Platz im Leben, bis ich dir einen Tritt verpasse, was ich bisher aber noch nicht getan habe. Du wirst mich nicht hier in Spanien alleinlassen, wo ich doch kein Wort Spanisch spreche. Du kannst vielleicht von Schallplatten lernen, ich nicht.«

»Du solltest mir nicht drohen, Julian«, erwiderte ich kühl, obwohl ich spürte, wie mich langsam Panik überkam. »Ohne mich hast du niemanden, der für dich da ist, wenn man einmal von deiner Mutter absieht. Und da deine Mutter dir gleichgültig ist, wer bleibt dir noch, wenn ich dich verlasse?«

Er holte lässig aus und schlug mir rechts und links ins Gesicht. Ich schloß die Augen und nahm mir vor, alles widerstandslos über mich ergehen zu lassen, solange ich nur zu Chris fliegen durfte. Ich erlaubte ihm, mich auszuziehen und mit mir zu tun, was er wollte, auch als er meine Schenkel so hart packte, daß es weh tat. Ich konnte mich ganz aus mir selbst zurückziehen, so als stünde ich neben mir und hätte mit allem, was er meinem Körper antat, nichts zu tun. Ich schaltete einfach ab, nur manchmal waren die Schmerzen zu groß.

»Versuche nicht, dich davonzuschleichen«, warnte er mich. Seine Worte klangen gedämpft und weit weg, denn während er redete, küßte er mich am ganzen Körper – er spielte mit mir wie eine Katze mit der Maus. »Schwöre mir, daß du hierbleibst und das Examen des geliebten Bruderherz verpaßt – bleibe bei deinem Mann, der dich braucht, der dich anbetet und der ohne dich nicht leben kann.«

Er wollte mich aufziehen, doch er brauchte mich wirklich, wie ein Kind auf seine Mutter angewiesen ist. Das war es, was ich geworden war – seine Mutter in allen Dingen außer beim Sex. Ich mußte seine Anzüge aussuchen, seine Socken und seine Hemden, seine Kostüme, seine Trainingstrikots, doch er weigerte sich ständig, mich die Haushaltskasse führen zu lassen.

»Etwas so Unfaires werde ich nie versprechen. Chris ist nach New York gekommen, um deine Auftritte zu sehen, und du hast dich von ihm bewundern lassen. Nun muß er auch bekommen, was er verdient. Er hat hart dafür gearbeitet.« Ich riß mich von ihm los und sprang aus dem Bett. Ich suchte mir ein schwarzes Spitzennachthemd heraus, das er an mir liebte. Ich haßte schwarze Nachthemden und schwarze Unterwäsche; sie erinnerten mich an Callgirls – und an meine eigene Mutter, die eine besondere Vorliebe für schwarze Wäsche hatte. »Steh von den Knien auf, Julian. Du benimmst dich lächerlich. Du kannst mich durch nichts daran hindern, wenn ich gehen will. Wenn du mich schlägst, wird jeder die Spuren sehen, und du bist längst so an mein Gewicht und meinen Körper gewöhnt, daß du eine andere Tänzerin überhaupt nicht mehr vernünftig balancieren kannst.«

Wütend kam er auf mich zu. »Du bist nur wütend über mich, weil wir es noch nicht weit genug gebracht haben, nicht wahr? Du gibst mir die Schuld daran, daß unsere letzte Tournee geplatzt ist. Doch deshalb hat Madame Zolta uns ja freigegeben, damit ich mich erholen kann und mit neuen Kräften zurückkomme, wie sie mir nur meine Frau mit ihrer Liebe geben kann. Cathy, ich weiß nicht, wie ich irgendein anderes Vergnügen finden kann, als unseren Tanz auf der Bühne. Denk daran, daß es andere Wege gibt, jemanden zu verletzen und zu demütigen, als ihn zu schlagen – Dinge, die keine Spuren hinterlassen, außer an deinem Ego.«

Ich Dummkopf lächelte, wo ich es doch hätte besser wissen müssen, als ihn in dieser Situation noch weiter herauszufordern. »Was ist los mit dir, Julian? Hat unser Sexspiel deine Lust nach Perversitäten nicht ausreichend befriedigt? Warum suchst du dir nicht wie sonst ein paar Schulmädchen, denn ich bin nicht die richtige Partnerin für so was.«

Ich hatte ihm das noch nie offen ins Gesicht gesagt. Er wußte nicht, daß ich über seine Verhältnisse mit sehr jungen Mädchen informiert war. Als ich es zuerst entdeckte, hatte ich mich verletzt gefühlt, aber dann fand ich heraus, daß er sie nur wie Papiertaschentücher benutzte, die man wegwirft, wenn sie schmutzig sind. Danach kam er wieder zu mir zurück, sagte, wie er mich liebte und brauchte und daß ich die einzige in seinem Leben wäre.

Langsam schlich er wie ein Panther auf mich zu, was mir nur

zu deutlich verriet, daß es jetzt ernst wurde. Aber ich hielt den Kopf hochgereckt, denn ich wußte, daß ich mich innerlich vor seinen Sexangriffen zurückziehen konnte, und er konnte es sich nicht leisten, mich ernsthaft zu verletzen. Einen halben Meter vor mir blieb er stehen. Ich hörte die Uhr auf dem Nachttisch ticken.

»Cathy, du wirst tun, was ich dir sage, wenn du nicht weißt, was gut für dich ist.« Er war grausam in dieser Nacht, gemein und häßlich. Er zwang mich zu Dingen, die nur aus Liebe gegeben werden dürfen. Er wagte es, mich zu beißen. Und diesmal würde ich nicht nur einen blauen Fleck haben, sondern den ganzen Körper voll davon. »Und ich werde einfach jedem erzählen, daß du krank bist. Du hast so schlimm deine Tage, daß du zur Zeit nicht proben kannst – und du wirst auch nicht ans Telefon kommen, denn ich binde dich am Bett fest und verstecke deinen Paß.« Er grinste und schlug mich leicht ins Gesicht. »Nun, Süße, was machst du denn da!«

Lächelnd und wieder er selbst, setzte Julian sich am nächsten Morgen nackt an den Frühstückstisch, streckte seine langen, schön geformten Beine aus und fragte beiläufig: »Was gibt's denn zum Frühstück?« Er streckte die Arme nach mir aus, so daß ich zu ihm lief und ihm die Lippen küßte, wie er das morgens erwartete. Ich lächelte, strich ihm eine Locke seines wirren Haares aus der Stirn und schüttete ihm seinen Morgenkaffee ein. Dann sagte ich: »Guten Morgen, Liebling. Wie immer dein altes Lieblingsfrühstück. Spiegeleier mit Schinken. Für mich gibt's ein Käseomelett.«

»Es tut mir leid, Cathy«, murmelte er, »warum versuchst du immer, das Schlechteste an mir hervorzulocken? Ich benutzte doch diese kleinen Mädchen auch nur, um dich zu schonen.«

»Wenn sie nichts dagegen haben, dann habe ich es auch nicht... Aber zwing mich nie wieder zu dem, was ich letzte Nacht tun mußte. Ich kann sehr gut hassen, Julian. Ich bin darin, jemanden zu hassen, mindestens so gut wie du, wenn du jemanden zu etwas zwingen willst. Und ich bin eine Expertin, wenn es gilt, mir meine Rache aufzuheben.«

Ich servierte ihm seinen Teller mit drei Eiern und zwei großen Scheiben gebratenem Schinkenspeck. Kein Toast und keine

Butter. Wir aßen beide schweigend. Er saß mir gegenüber, glattrasiert, sauber und von dem Geruch von Seife und Rasierwasser umgeben. Auf seine besondere dunkle und exotische Art war er der schönste Mann, den ich je gesehen hatte.

»Cathy ... du hast heute noch gar nicht zu mir gesagt, daß du mich liebst.«

»Ich liebe dich, Julian.«

Eine Stunde nach dem Frühstück durchwühlte ich wie verrückt alle Zimmer auf der Suche nach meinem Paß, während Julian auf dem Bett schlief, zu dem ich ihn gezerrt hatte, nachdem er in der Küche von der kräftigen Dosis Schlafmittel vom Stuhl gesunken war, mit der ich ihm den Kaffee gewürzt hatte.

Er war im Verstecken nicht halb so gut wie ich im Finden. Ich entdeckte meinen Paß unter seinem Bett in seiner blauen Reisetasche. Schnell warf ich ein paar Kleider in meinen Koffer. Als ich gepackt hatte und für den Aufbruch fertig war, beugte ich mich noch einmal über ihn und gab ihm einen Abschiedskuß. Er atmete tief und regelmäßig, und auf seinen Lippen lag ein leichtes Lächeln. Vielleicht verdankte er dem Schlafmittel angenehme Träume. Obwohl ich keinen Augenblick gezögert hatte, ihm das Schlafmittel zu geben, überlegte ich jetzt doch, ob ich das Richtige getan hatte. Dann schüttelte ich meine Zweifel mit einem Achselzucken ab und machte mich auf den Weg zur Garage. Ja, ich tat, was ich tun mußte. Ich ließ ihm eine Notiz da, damit er wußte, wo ich hingefahren war.

Paul und Carrie holten mich in North Carolina am Flughafen ab. Ich hatte Paul seit drei Jahren nicht mehr gesehen. Schon in der Ankunftshalle konnten wir keinen Blick mehr voneinander wenden. »Ich freue mich so, daß du kommen konntest«, sagte er, »auch wenn es mir leid tut, daß Julian nicht dabei sein kann.«

»Julian bedauert das auch sehr«, erwiderte ich und musterte Pauls Gesicht. Er war der Typ Mann, der von Jahr zu Jahr immer nur besser aussieht. Der Bart, zu dem ich ihn überredet hatte, war noch immer da, und wenn er lachte, zeigten sich tiefe Grübchen in seinen Wangen.

»Suchst du nach einem grauen Haar?« versuchte er mich aufzuziehen, als ich ihn zu lange und vielleicht mit zu viel Begeisterung anschaute. »Wenn du eins findest, sag mir Bescheid, damit ich es von meinem Friseur färben lassen kann. Ich habe entschieden, daß ich noch nicht alt genug für graue Haare bin. Deine Frisur gefällt mir übrigens ausgezeichnet. Sie macht dich noch hübscher, falls dies überhaupt möglich ist. Aber du siehst zu mager aus. Dir fehlt Hennys gute Küche. Sie ist hier bei uns in der kleinen Küche unseres Motels und bäckt die kleinen Teigtaschen, die dein Bruder so gerne mag. Das ist ihr Geschenk an ihn dafür, daß er ihr nächster ›Doktor-Sohn‹ wird.«

»Hat Chris mein Telegramm bekommen? Weiß er, daß ich komme?«

»Aber natürlich! Er ist uns richtig auf den Nerv gefallen, weil er fürchtete, daß Julian dich nicht kommen lassen würde. Daß Julian nicht dabei sein wollte, wußte er von Anfang an. Ehrlich, Cathy, wenn du nicht heute hier wärst, hätte ich ernsthafte Zweifel, ob Chris seinen Doktor überhaupt annehmen würde.«

Neben Paul zu sitzen, Henny einen Stuhl weiter rechts und Carrie links neben mir, während Christopher oben auf dem Podium sein Diplom und seinen Doktorhut entgegennahm, um dann seine Dankansprache zu halten, brachte mir Tränen in die Augen und ein solches Glücksgefühl im Herzen, daß es schon weh tat. Er war so wunderbar in seiner Rede, daß ich wirklich weinte. Paul, Henny und Carrie bekamen ebenfalls feuchte Augen. Alle meine Erfolge auf der Bühne ließen sich nicht mit dem Stolz vergleichen, den ich in diesem Augenblick empfand. Und Julian hätte auch hier bei uns sein müssen, um endlich ein Teil meiner Familie zu werden, gegen die er sich mit solch sturer Arroganz wehrte.

Ich dachte auch an unsere Mutter, die heute neben uns gehört hätte. Ich wußte, daß sie in London war, denn ich verfolgte noch immer ihre Jet-Set-Reisen um die Welt. Noch immer wartete ich darauf, daß sie mir irgendwann über den Weg laufen würde. Aber es schien, als wäre sie ständig auf der Flucht vor mir. Immer war sie gerade an einem anderen Ort als dem, wo wir auftraten.

Ich konzentrierte meine Aufmerksamkeit wieder auf die Bühne und betrachtete Chris hinter dem Rednerpult. Er war fast fertig mit seiner Danksagung. Ich weiß nicht, wie er es schaffte, mich in der Menge zu finden, aber gerade als ich hochsah, blickte er mir direkt in die Augen. Unsere Blicke trafen sich in einem stummen Zwiegespräch, und über Hunderte von Köpfen hinweg teilten wir unsere jubelnde Freude. Wir hatten es geschafft! Beide von uns! Hatten unsere Ziele erreicht, waren das geworden, was wir uns als Kinder gewünscht hatten. Im Grunde hatten die verlorenen Jahre von Foxworth Hall uns in unserem Lebensweg nicht aufhalten können – wenn da nicht Corys Tod gewesen wäre, wenn unsere Mutter uns nicht verraten hätte, wenn Carrie inzwischen die richtige Körpergröße gehabt hätte.

Nach der Verleihung gab es ein großes Festessen der Universität. Carrie plapperte die ganze Zeit begeistert drauflos, aber Chris und ich konnten uns nur stumm über unsere Teller anstarren, jeder vergeblich bemüht, die richtigen Worte für den anderen zu finden.

»Doktor Paul ist mit seiner Praxis in ein neues medizinisches Zentrum umgezogen, Cathy«, sprudelte Carrie atemlos heraus. »Es gefällt mir überhaupt nicht, daß er jetzt den ganzen Tag so weit weg ist, aber ich werde seine Sekretärin werden! Ich bekomme eine brandneue knallrote Schreibmaschine! Und niemand wird je eine bessere Sekretärin in seinem Vorzimmer haben, darauf kannst du dich verlassen! Ich werde sein Wartezimmer führen, seine Termine überwachen, seine Buchführung machen und jeden Tag essen wir zusammen zu Mittag.« Sie warf Paul ein strahlendes Lächeln zu. Es schien, als wäre es ihm gelungen, ihr die Sicherheit und das fröhliche Selbstvertrauen wiederzugeben, die sie durch Corys Tod verloren hatte. Aber wie ich später auf traurige Weise herausfinden sollte, war das nur Carries Fassade für Paul, Chris und mich, während es in ihrem Inneren ganz anders aussah.

Chris runzelte die Stirn und fragte, warum Julian nicht mitgekommen war. »Er wollte ja kommen, Chris, er hatte es wirklich vor«, log ich. »Aber er hat im Augenblick so viele Bühnenverpflichtungen, daß er einfach nicht die Zeit aufbringen konnte. Er hat mich gebeten, dir seine Glückwünsche zu überbringen. Wir haben zur Zeit wirklich sehr knappe Termine. Ich kann auch leider nur zwei Tage bleiben. Nächsten Monat treten wir in einer Fernsehproduktion von *Giselle* auf, für die ich unbedingt proben muß.«

Später feierten wir Chris noch einmal im Restaurant eines teuren Hotels. Das war die Gelegenheit, bei der wir Chris die Geschenke geben konnten, die wir jeder für diesen besonderen Anlaß vorbereitet hatten. Noch immer hatten wir die kindische Angewohnheit, unsere Geschenke zu schütteln, bevor wir sie auspackten. Aber der große Karton, den Chris von Paul bekam, ließ sich nicht schütteln, weil er zu schwer war. »Bücher!« tippte Chris sofort richtig. Es waren sechs riesige, zehn Zentimeter dicke medizinische Nachschlagewerke, die ein kleines Vermögen gekostet haben müssen. »Ich konnte nicht mehr als sechs davon tragen«, erklärte Paul. »Der Rest des Lexikons wartet zu Hause auf dich.« Ich starrte Paul bei diesen Worten an und erkannte, daß sein Haus unser einziges richtiges Zuhause war. Chris hob sich mein Geschenk absichtlich bis ganz zum Schluß auf, in der Erwartung, es würde die größte Überraschung sein. So hatten wir es früher bei Geburtstagen auch immer gemacht, um uns die Vorfreude möglichst lange zu erhalten. Es war auch viel zu groß und zu schwer, um es zu schütteln, und ich hatte Chris auch gewarnt, daß es zerbrechlich sei. Aber er lachte, denn wir führten uns vor dem Auspacken immer in die Irre. »Nein, das sind noch mehr Bücher – nichts sonst kann so schwer sein.« Er lachte mich herausfordernd und schelmisch an wie ein kleiner Junge.

»Ich gebe dir einen kleinen Tip, mein Christopher Meißner, und du darfst raten. In diesem Karton ist das Ding, was du dir immer mehr als alles andere gewünscht hast – und das unser Vater dir für den Tag versprochen hat, an dem du deinen Doktor verliehen bekommst.« Warum hatte ich das nur mit einer so zärtlichen Stimme gesagt, daß Paul die Augen zusammenkniff, und ich sah, wie sich Chris' Wangen röteten. Vergaßen wir denn nie und veränderten uns nie? Würden wir immer zuviel füreinander empfinden? Chris löste vorsichtig die Seidenschleife und packte es aus, ohne das Papier zu zerreißen. Als er dann den letzten Bogen Papier zurückschlug, traten ihm Tränen der Erinnerung in die Augen. Seine Hände zitterten, während er vorsichtig eine kleine Mahagonitruhe mit schimmerndem Messingschloß und Messinggriffen aus dem Karton hob.

Er warf mir einen gequälten Blick zu, als könne er es einfach nicht fassen, daß ich mich nach all den Jahren noch daran erinnert hatte.

»Oh, zum Teufel, Cathy«, sagte er mit einer Stimme, die vom Überfluß seiner Gefühle gebrochen war, »ich hätte nie gehofft, daß ich so etwas einmal besitze. Du hättest nicht so viel ausgeben dürfen... Es muß dich ein Vermögen gekostet haben... Du hättest das nicht tun dürfen.«

»Aber ich wollte es dir schenken, und es ist kein Original, Chris. Es ist nur der exakte Nachbau eines John-Cuff-Mikroskopes. Der Mann in dem Geschäft, wo ich es gekauft habe, erklärte mir aber, daß schon dieses Duplikat ein seltenes Sammlerstück ist. Und es funktioniert natürlich.« Er schüttelte den Kopf, während er seine Finger über die Messing- und Elfenbeininstrumente und die verschieden großen Linsen wandern ließ, die in dem Kasten fein säuberlich neben dem Mikroskop eingepackt waren. Ich sagte schwach: »Für den Fall, daß du entschließen solltest, in deiner spärlich bemessenen freien Zeit eigene wissenschaftliche Forschungen zu betreiben.«

»Da hast du wirklich ein Geschenk gefunden«, erwiderte er mit belegter Stimme, und eine der Tränen in seinen Augenwinkeln begann ihm die Wange herabzulaufen. »Du hast dich also noch an den Tag erinnert, als Daddy mir so ein Mikroskop für meine Approbation versprochen hat.«

»Wie hätte ich das vergessen können? Der kleine Katalog mit den antiken Mikroskopen war doch das einzige, was du außer deinen Kleidern mitgenommen hast, als wir nach Foxworth Hall gefahren sind. Und Paul, jedesmal, wenn Chris eine Fliege erschlug oder eine Spinne fing, dann wünschte er sich dieses Mikroskop. Einmal hat er mir sogar erzählt, er wollte der Mäusemann der Dachböden werden und eine wissenschaftliche Arbeit darüber schreiben, warum Mäuse so jung sterben.«

»Sterben Mäuse denn jung?« fragte Paul ernsthaft. »Woher wußtet ihr, daß sie jung waren. Habt ihr Jungmäuse gefangen und irgendwie markiert?« Chris' Blick kreuzte sich mit meinem. Ja, wir hatten zusammen in einer anderen Welt gelebt damals, als wir jung und eingekerkert auf diesem düsteren Dachboden waren, wo wir den ganzen Tag Mäuse beobachten konnten, die das Essen aus unserem Picknickkorb stehlen wollten, besonders eine Maus namens Micki.

Nun würde ich nach New York zurückkehren müssen und mich Julians Zorn stellen. Aber vorher wollte ich noch ein wenig mit meinem Bruder allein sein. Paul ging mit Henny und Carrie ins Kino, während ich mit Chris auf dem Campus seiner Universität spazierenging. »Und sieh mal da oben das Fenster im zweiten Stock, das fünfte von der Ecke aus gezählt – das war mein Zimmer, in dem ich mit Hank die ganzen Jahre gelebt habe. Wir waren eine Gruppe von acht Freunden, die während des ganzen Studiums zusammen arbeiteten und lernten. Wir trafen sogar unsere Verabredungen mit Mädchen gemeinsam.«

»Oh«, seufzte ich. »Hattest du viele Verabredungen?«

»Nur an den Wochenenden. Das Studium ließ mir in der Woche keine Zeit. Du glaubst gar nicht, welche enormen Mengen von Wissen über Chemie, Physik und Biologie und andere Dinge, die auf den ersten Blick gar nichts mit Medizin zu tun haben, wir uns aneignen mußten.«

»Das will ich im Augenblick eigentlich nicht hören. Mit wem hattest du Verabredungen?«

Er nahm mich bei der Hand und zog mich an seine Seite. »Soll ich sie dir eine nach der anderen mit vollem Namen aufzählen? Das würde einige Stunden dauern. Ich habe sie alle gerne gemocht... aber keine von ihnen so gern, daß ich mich in sie hätte verlieben können, wenn es das ist, was du wissen willst.«

Ja, genau das wollte ich wissen. »Ich habe mir schon gedacht, daß du nicht lebst wie ein Mönch. Aber es würde irgendwie sehr zu meinem Seelenfrieden beitragen, wenn ich wüßte, daß du endlich das richtige Mädchen gefunden hast, das du liebst.«

»Ich habe ein Mädchen, das ich liebe«, antwortete er. »Ich kenne sie schon mein ganzes Leben. Wenn ich nachts schlafengehe, träume ich von ihr, höre sie über mir tanzen und meinen Namen rufen. Und ich werde wach, um sie zu trösten und ihr den Teer aus den Haaren zu waschen. Ich träume davon, wie ich ihr die Schmerzen von den Striemen des Stocks küsse... und ich träume von einer gewissen Nacht, als sie und ich auf dem kalten Schieferdach lagen und in den Nachthimmel starrten, und sie sagte, der Mond wäre das Auge Gottes, das verdammend auf uns herabsähe. Das also, Cathy, ist das Mädchen, von dem ich verfolgt und beherrscht werde und das alle Stunden überschattet, die ich mit anderen Mädchen verbringe, die es einfach nie schaffen, an das Vorbild heranzukommen. Und ich hoffe, daß du mit dem zufrieden bist, was du hier zu hören bekommst.«

Ich bewegte mich wie in einem Traum, und in diesem Traum nahm ich ihn in meine Arme und blickte in sein Gesicht hinauf, sein wunderschönes Gesicht, das auch mich in meinen Träumen verfolgte. »Liebe mich nicht mehr, Chris. Vergiß mich. Mach das, was ich getan habe, nimm die erste, die an deine Tür klopft, und laß sie herein.«

Er lächelte ironisch und löste schnell meine Arme von seinen Schultern. »Ich habe genau das getan, Catherine Meißner. Ich habe die erste eingelassen, die je an meine Tür geklopft hat – und jetzt kann ich sie nicht mehr hinauswerfen. Aber das ist mein Problem, nicht deines.«

»Aber ich verdiene es nicht, dort zu sein. Ich bin kein Engel, keine Heilige ... Du solltest das wissen.«

»Engel, Heilige, Satansbrut, gut oder böse, du hast mich zu deinem Mann gemacht bis zu dem Tag, an dem ich sterbe. Und wenn du zuerst stirbst, dann werde ich dir bald folgen.«

Dunkle Wolken

Chris und Paul, ganz zu schweigen von Carrie, redeten auf mich ein, mit ihnen nach Clairmont zu kommen und ein paar Tage mit der Familie zu verbringen wie früher. Als ich erst dort war, von all dem gemütlichen Komfort umgeben, den Paul so liebte, dem Zauber seines Hauses und seines Gartens, spürte ich mich regelrecht umgarnt. Ich sagte mir selbst, daß es so immer für mich sein würde, wenn ich Paul geheiratet hätte. Keine Probleme. Ein schönes, leichtes Leben. Doch dann wanderten meine Gedanken zu Julian, ich fragte mich, wie es ihm wohl ging, und ich mußte an all die Gemeinheiten denken, mit denen er versucht hatte, jeden Kontakt zwischen mir und Paul oder Chris zu unterbinden. Ich zweifelte nicht daran, daß er, sobald er aus Spanien zurück war, mit Absicht meine Zimmerpflanzen eingehen lassen würde, nur um mich zu bestrafen.

Ich muß etwas Unheimliches an mir haben, dachte ich gerade, während ich von der Veranda über Pauls herrlichen Garten sah. Ich war nicht so schön oder so unvergeßlich oder so unersetzlich für jeden Mann, und doch ... Ich stand da und ließ zu, daß Chris hinter mich trat und seine Arme um meine Schultern legte. Ich legte meinen Kopf gegen seine Brust, seufzte und sah zum Mond hinauf. Derselbe alte Mond war schon einmal Zeuge unserer Schande gewesen und noch immer da, um unsere weiteren Sünden mitzuerleben. Ich tat nichts, ich schwöre, daß ich nichts anderes tat, als ihn nur seine Arme um meine Schultern legen zu lassen. Vielleicht preßte ich mich ein wenig an ihn, als er mich so eng umarmte. »Cathy, Cathy«, seufzte er und küßte mein Haar, »manchmal hat das Leben ohne dich überhaupt keinen Sinn für mich. Ich könnte meinen Doktor an den Nagel hängen und in die Südsee segeln, wenn du mit mir kommen würdest ...«

»Und Carrie hier zurücklassen?«

»Wir könnten sie doch mitnehmen.« Ich dachte, er würde mir einfach seine Wunschträume erzählen, wie wir es als Kinder getan hatten. »Ich würde ein Segelboot kaufen, mit dem wir Touristen durch die Gegend fahren können, und falls es einen Unfall gäbe oder jemand krank würde, hätten wir gleich einen Doktor an Bord.« Dann küßte er mich mit der Leidenschaft eines Mannes, der halb verrückt vor unerfüllter Sehnsucht ist. Ich wollte den Kuß nicht erwidern, aber ich tat es, und er versuchte, mich in sein Zimmer zu ziehen.

»Halt!« rief ich. »Ich will dich nur als Bruder haben! Laß mich! Such dir eine andere!«

Verwirrt und verletzt wirkend wich er von mir zurück. »Was für eine Frau bist du eigentlich, Cathy? Du hast meinen Kuß erwidert – du erwiderst meine Umarmung – und jetzt reißt du dich los, als wollte ich dir Gewalt antun!«

»Du kannst mich ja dafür hassen!«

»Cathy, ich könnte dich nie hassen.« Er lächelte mich bitter an. »Es gibt Zeiten, in denen ich dich gerne hassen möchte, Zeiten, in denen ich glaube, daß du genauso bist wie unsere Mutter, aber ich kann nie mehr aufhören, jemanden zu lieben, wenn ich erst damit angefangen habe!« Er ging in sein Zimmer und schlug die Tür zur Veranda hinter sich zu. Ich blieb sprachlos draußen in der Nacht stehen.

Nein! Ich war nicht wie Mammi, das konnte doch nicht sein! Ich hatte seinen Kuß nur erwidert, weil ich noch immer meine verlorene Identität suchte. Julian wollte mich zu seinem Spiegelbild machen. Julian wollte mir meine Kraft stehlen und sie als seine eigene ausgeben. Er wollte alle Entscheidungen von mir treffen lassen, so daß er nie für einen Fehler verantwortlich zu machen war. Ich versuchte noch immer, mir selbst zu beweisen, daß ich etwas wert war. *Sieh her, Großmutter, ich bin nicht schlecht oder böse. Sonst würde mich doch nicht jeder so sehr lieben.* Ich war noch immer die selbstsüchtige, ichbezogene, lebenshungrige Dachbodenmaus, die sich wieder und wieder beweisen mußte, daß sie es wert war, im Sonnenlicht leben zu dürfen.

Auch an jenem anderen Tag saß ich gerade auf der hinteren Veranda und dachte darüber nach. Carrie pflanzte unten im

Garten Blumen. Chris kam aus dem Haus und warf mir lässig die Abendzeitung zu. »Da ist ein Artikel drin, der dich wahrscheinlich interessieren wird«, meinte er beiläufig. »Ich habe überlegt, ob ich ihn dir überhaupt zeigen soll, aber dann schien es mir doch das Beste, du liest es selbst.«

> Das Ballett-Ehepaar Julian Marquet und Catherine Dahl, unsere beiden Ballettstars aus Clairmont, scheinen sich getrennt zu haben. Zum erstenmal wird Julian Marquet bei einer großen Fernsehproduktion von *Giselle* mit einer anderen Partnerin auftreten. Es heißt, daß Frau Dahl erkrankt ist, und es gibt Gerüchte, daß das Paar sich trennen will.

Es stand noch wesentlich mehr da, unter anderem auch die Neuigkeit, daß Jolanda Lange meinen Platz einnehmen sollte! Das war unsere Möglichkeit, den wirklichen Durchbruch zu schaffen, und er setzte Jolanda auf meinen Platz! Zur Hölle mit ihm. Warum wurde er nie erwachsen. Er verdarb uns jede Chance. Er konnte doch Jolanda gar nicht richtig heben, sie war viel zu schwer für seinen verletzten Rücken.

Chris warf mir einen seltsamen Blick zu, bevor er fragte: »Was willst du jetzt unternehmen?« Ich schrie ihn an: »Gar nichts!« Für eine Sekunde oder zwei war er sprachlos.

»Cathy, er wollte nicht, daß du zu meiner Approbation gekommen bist, nicht wahr? Deshalb hat er Jolanda deine Rolle gegeben. Ich habe dich gewarnt, dich nicht von ihm managen zu lassen. Madame Zolta als Managerin hätte dich wesentlich fairer behandelt.«

Ich stand auf und lief auf der Veranda hin und her. Unser ursprünglicher Vertrag mit Madame Zolta war vor zwei Jahren ausgelaufen, und unsere Verpflichtungen ihr gegenüber beschränkten sich zur Zeit auf zwölf Vorstellungen pro Jahr. Für den Rest der Zeit waren Julian und ich freie Künstler und konnten auftreten, mit wem wir wollten.

Sollte Julian seine Jolanda haben. Sollte er sich doch zum Narren machen – hoffentlich ließ er sie fallen! Sollte er seine Sexspiele mit Schulmädchen haben... Mich kümmerte das nicht. Dann rannte ich ins Haus und die Treppe hinauf in mein

Zimmer, wo ich mich mit dem Gesicht nach unten auf das Bett warf und vor Wut heulte.

Alles wurde noch schlimmer durch den Umstand, daß ich am Tag zuvor einen geheimgehaltenen Besuch beim Gynäkologen gemacht hatte. Zwei ausgefallene Perioden hatten bei einer Frau mit so unregelmäßigen Tagen wie mir eigentlich keine große Bedeutung. Ich mußte nicht schwanger sein. Wahrscheinlich nur wieder falscher Alarm... aber falls ich doch ein Kind bekam, dann betete ich um die Kraft, es abtreiben lassen zu können. Für mein Leben konnte ich kein Baby gebrauchen. Ich wußte, daß ein Kind sofort zum Mittelpunkt meiner ganzen Welt werden würde, und dann hatte die *Libbe* der Ballettwelt wieder eine der besten Ballerinas gestohlen.

Ich weiß nicht recht, was mich eigentlich dazu trieb, am nächsten Tag Madame Marisha zu besuchen. Es war ein seltsames Gefühl, wieder in ihrer Ballettschule zu stehen und den Drill der jungen Mädchen mitzuerleben, die schon in wenigen Jahren an meine Stelle treten würden. Dann würde aus mir eine andere Madame Marisha werden, die Jahre würden dahinfliegen, und dann war ich auch schon eine Madame Zolta, und meine ganze Schönheit würde es nur noch auf alten, vergilbten Fotos geben.

Madame Marisha freute sich über meinen Besuch. Aber sie war der Typ Frau, mit dem ich mich keine zehn Minuten unterhalten konnte, ohne daß wir dicht davorstanden, uns anzuschreien. Sie hatte von der Geschichte mit Julian und Jolanda gehört, und sie überhäufte mich mit Vorwürfen, daß ich für einen Besuch in Clairmont meine und Julians Karriere riskiert hatte.

Auch wenn ich diese Frau im Grunde nie gemocht hatte und auch nie mögen würde, erkannte ich doch, daß ihre Sorge um Julian und mich ehrlich war. Und hinter ihrer exaltierten Art, mich zu schimpfen, stand die tiefe Verzweiflung darüber, ihrem Julian nie die Mutter gewesen zu sein, die er für eine gesunde Entwicklung seiner Persönlichkeit gebraucht hätte. Alles, was sie mir erzählte, war wichtig für mich, denn es half mir, Julian besser zu verstehen. Ich begriff, welche Qual seine Kindheit für ihn gewesen sein mußte, und wieder wurde mir deutlich, wie sehr er von mir abhängig war. Gegen meinen Willen bekam ich ein schlechtes Gewissen, weil ich ihn in Spanien auf diese Art zurückgelassen hatte. Genau wie für mich war für ihn nichts wichtiger, als einen Menschen zu haben, dem er wirklich vertrauen konnte, und ich hatte dieses Vertrauen gebrochen.

Schließlich stand ich dicht davor, in Tränen auszubrechen, und wehrte mich nur noch matt: »Ich bin nicht seine Mutter, keine Priesterin und keine Göttin.« Ich stand auf und wollte zur Tür gehen, denn ich konnte es nicht länger ertragen. »Ich weiß nicht, ob ich Julian seine jungen Mädchen abgewöhnen kann, aber ich gehe zurück zu ihm und werde es so versuchen, wie Sie es mir gesagt haben. Ich werde ihn anschreien, mit ihm schimpfen und sagen, daß mir seine Untreue das Herz aus der Brust reißt und daß ich es nicht länger ertragen kann. Ich verspreche, daß ich nie wieder mit Gleichgültigkeit darauf reagiere. Ich will verständnisvoller sein und ihm das Gefühl geben, daß ich ihn wirklich liebe. Und ich werde ihm sagen, daß ich es nicht ertragen kann, wenn er mit irgendeiner anderen schläft.«

Sie kam zu mir und nahm mich in den Arm. »Armes Kind«, tröstete sie, »wenn ich so hart zu dir gewesen bin, dann war das nur zu deinem Besten. Du mußt meinen Sohn davon abhalten, sich selbst zu zerstören. Wenn du ihn rettest, dann rettest du dich selbst. Aber ich habe gelogen, als ich sagte, du wärst ein Nichts ohne Julian. Er ist derjenige, der ohne dich nichts wäre! Aber er ist selbstmörderisch veranlagt, das habe ich schon immer gewußt. Er sucht den Tod. Er denkt, er wäre nicht gut genug für das Leben, weil sein Vater ihn niemals davon überzeugen konnte, daß er das war. Und ich bin genauso daran schuld wie George. Julian hat Jahr für Jahr darauf gewartet, daß sein Vater ihn als Sohn anerkennt und um seiner selbst willen liebt. Genausolange hat er darauf gewartet, daß George zu ihm sagte, ja, du bist sogar ein besserer Tänzer, als ich es gewesen bin, und ich bin stolz auf das, was du bist, und du bist meine Liebe wert. Aber George hat immer geschwiegen. Geh du jetzt zurück nach New York und erzähl Julian, daß George ihn immer geliebt hat. Daß er mir das viele Male gesagt hat. Erzähl ihm auch, daß sein Vater stolz auf ihn gewesen ist. Erzähl es ihm, Catherine. Flieg zurück und überzeuge Julian davon, wie sehr du ihn brauchst und ihn liebst. Sag ihm, wie sehr es dir leid tut, ihn verlassen zu haben. Flieg so schnell wie möglich, bevor er sich etwas Schreckliches antut!«

Wieder war es an der Zeit, mich von Paul, Carrie und Henny zu verabschieden. Nur mußte ich mich diesmal nicht von Chris verabschieden. Er hatte mit dem Fuß aufgestampft: »Nein! Ich komme mit! Ich laß dich nicht allein zu einem Verrückten zurückkehren. Wenn du dich wieder mit ihm vertragen hast, und ich weiß, daß alles in Ordnung ist – nur dann lasse ich dich allein.«

Carrie weinte auf dem Flughafen, wie immer, und Paul hielt sich im Hintergrund. Nur seine Augen sagten mir, daß ich jederzeit wieder einen Platz in seinem Herzen finden könnte.

Ich versuchte die beiden aus dem Flugzeugfenster so lange im Auge zu behalten wie möglich, und ich sah, wie Paul Carrie an ihrer kleinen Hand hielt, während sie mit der anderen winkte und winkte, bis das Flugzeug abgehoben hatte. Dann lehnte ich mich bequem in meinen Sessel zurück und legte meinen Kopf gegen Chris' Schulter. Ich bat ihn, mich erst bei unserer Ankunft in New York zu wecken. »Du bist ja vielleicht eine schöne Reisebegleitung«, knurrte er, aber schon spürte ich seine Wange an meinem Haar, er döste auch vor sich hin. »Chris«, sagte ich schläfrig, »erinnerst du dich noch an das Buch über Raymond und Lily, die immer nach dem magischen Ort mit dem purpurnen Gras suchten, an dem alle Wünsche erfüllt würden? Wäre es nicht wunderbar, aus dem Fenster zu blicken und purpurnes Gras unter uns zu sehen?«

»Jaja«, sagte er genauso schläfrig wie ich, »danach halte ich auch immer Ausschau.«

Das Flugzeug landete gegen drei Uhr in La Guardia. Heißes, schwüles Wetter. Die Sonne blitzte immer wieder stechend zwischen Gewitterwolken hervor. Wir waren beide müde. »Um diese Zeit wird Julian im Theater bei den Proben sein. Sie machen Probeaufnahmen für die Fernsehsendung. Es wird viele Proben geben, denn wir haben in diesem Theater noch nie getanzt, und man braucht einige Zeit, um das richtige Gefühl für den Raum zu bekommen, den man für seinen Tanz hat.«

Chris schleppte sich hinter mir mit meinen beiden schweren Koffern ab, während ich seine leichte Reisetasche trug. Ich lächelte ihm über die Schulter zu und freute mich, daß er bei mir war, obwohl Julian darüber vor Wut kochen würde. »Halt dich von nun an bitte im Hintergrund ... und laß dich am besten gar nicht von ihm sehen, wenn alles gut läuft. Wirklich, Chris, ich bin sicher, daß er froh ist, mich wiederzusehen. Er ist nicht gefährlich.«

»Klar«, meinte Chris düster. Wir stahlen uns in das abgedunkelte Theater. Die Bühne war angestrahlt, die Fernsehkameras in Position und jederzeit bereit, gute Szenen mitzuschneiden. Der Regisseur, der Choreograph und der Produzent saßen nebeneinander in der ersten Reihe.

Nach der Hitze draußen begann ich in dem riesigen Theatersaal zu frösteln. Chris nahm eine Wolljacke aus einer meiner Taschen und legte sie mir um die Schultern, nachdem wir uns beide in eine der hinteren Reihen direkt neben dem Mittelgang gesetzt hatten. Fast automatisch legte ich meine beiden Beine auf die Sessellehne vor mir. Obwohl ich fröstelte, glitzerte das Ballett auf der Bühne unter den heißen Scheinwerfern vor Schweiß. Es schien gerade eine kurze Unterbrechung gegeben zu haben. Alle blickten zu Boden, um nicht von dem grellen Licht geblendet zu werden. Ich suchte Julian, aber ich konnte ihn nirgendwo sehen. Doch schon mein Gedanke an ihn schien auszureichen, um Julian auf die Bühne zu rufen. Mit einer Folge wirbelnder Sprünge kam er aus der Dekoration getanzt. In seinem engen weißen Trikot mit den grünen Fußwärmern sah er wie immer phantastisch aus.

»Oh, verdammt!« flüsterte Chris mir ins Ohr. »Manchmal vergesse ich ganz, wie sensationell er auf der Bühne ist. Kein Wunder, daß jeder Ballettkritiker ihn für den kommenden Star dieses Jahrzehnts hält, sobald er nur etwas Disziplin lernen würde. Hoffentlich geschieht das bald ... und das gilt auch für dich, Cathy.« Ich lächelte, denn ich wußte, wie sehr ich selber mehr Disziplin brauchte. »Ja«, erwiderte ich, »ja, natürlich auch für mich.«

Kaum hatte Julian seine Solos hinter sich, da pirouettierte Jolanda Lange auf die Bühne, ganz in Rot. Sie war hübscher als je zuvor! Für ein Mädchen ihres hohen Wuchses tanzte sie außergewöhnlich gut. Das heißt, sie tanzte ausgezeichnet, bis Julian einen *pas de deux* mit ihr begann, und dann ging alles daneben. Er griff nach ihrer Hüfte und bekam ihre Schenkel zu fassen, schnell mußte er seinen Griff wechseln, so daß sie in seine Arme rutschte und fast gestürzt wäre, bevor er sie wieder sicher zu fassen bekam. Ein Tänzer, der eine Ballerina fallen ließ, würde bald keine Partnerin mehr finden. Sie versuchten den gleichen Sprung noch einmal, aber es sah nicht viel besser aus. Jolanda wirkte verkrampft und Julian unerfahren.

Selbst in den hinteren Reihen konnten wir ihren lauten Fluch hören. »Du Idiot!« keuchte sie. »Ich sehe ja aus, wie bei einem Kinderfest – wenn du mich fallen läßt, sorg' ich dafür, daß du nie wieder auf der Bühne stehst!«

»Aus!« rief der Regisseur, stand auf und blickte ungehalten zwischen Julian und Jolanda hin und her. Die anderen Ballettmitglieder traten unruhig von einem Fuß auf den anderen, murmelten aufgebracht und warfen dem Paar in der Mitte der Bühne verärgerte Blicke zu, weil die Probe nicht voranging. Nach dem verschwitzten, erschöpften Aussehen des ganzen Balletts schien die Sache schon längere Zeit nicht so zu laufen, wie man es sich wünschte. »Marquet!« rief der Regisseur, den ich dafür kannte, daß er wenig Geduld mit jemandem hatte, der ihn mehr als zwei mißlungene Einstellungen kostete. »Was, zum Teufel, ist mit Ihrem Rhythmus los? Ich dachte, Sie hätten mir gesagt, daß Sie dieses Ballett kennen. Soweit ich mich erinnere, haben Sie in den letzten drei Tagen keine einzige Einstellung richtig hinbekommen.«

»Ich?« brüllte Julian zurück. »Das bin nicht ich ... das ist sie – sie springt zu früh!«

»Alles klar«, meinte der Regisseur sarkastisch, »es ist immer ihr Fehler und nie einer von Marquet.« Er versuchte seine Ungeduld unter Kontrolle zu bekommen, denn er wußte, daß ihm Julian aus dem Theater rennen würde, wenn man ihn zu sehr kritisierte.

»Wann ist Ihre Frau denn endlich gesund genug, daß sie wieder auf die Bühne kann?«

Jolanda schrie los: »He, wartet einen Augenblick! Ich bin doch nicht den ganzen Weg von Los Angeles hierher geflogen, um mich jetzt gegen Catherine auswechseln zu lassen! Das läuft nicht! Ich habe einen Vertrag unterschrieben! Das gibt Ärger!«

»Miss Lange«, sagte der Regisseur glatt, »Sie sind nur als

Ersatz engagiert worden, aber solange wir einen Ersatz brauchen, lassen Sie uns jetzt weiterproben. Marquet, Lange, aufpassen – wir fangen von vorne an – und beten Sie, daß es diesmal wenigstens so wirkt, als hätten wir es mit Profis zu tun.«

Ich lächelte, als ich hörte, daß sie nur als Ersatz auf der Bühne stand. Ich hatte geglaubt, Julian hätte meinen Vertrag ganz auflösen lassen. Wie es aussah, war sie nur für die Zeit engagiert, in der ich nicht selbst auftreten konnte.

Es bereitete mir ein abartiges Vergnügen, Julian dabei zuzusehen, wie er Jolanda zum Narren hielt. Doch als die Tänzer auf der Bühne verzweifelt aufstöhnten, stöhnte ich mit ihnen und teilte ihre Verzweiflung. Fast gegen meinen Willen begann Julian mir leid zu tun, wie er so verzweifelt versuchte, die richtige Balance für Jolanda zu finden. Jeden Augenblick würde der Regisseur »die Zehnte« rufen, und dann würde ich auf die Bühne gehen.

Vorne in der ersten Reihe drehte Madame Zolta plötzlich ihren faltigen Giraffenhals zu mir um, und die scharfen kleinen Mäuseaugen erspähten mich sofort mit ihrem Adlerblick. »He, du, Catherine!« rief sie voller Enthusiasmus. »Komm, setz dich zu mir.«

»Entschuldige mich eben, Chris«, flüsterte ich. »Ich muß da oben rauf und Julian retten, bevor er seine und meine Karriere ruiniert. Es wird schon alles in Ordnung gehen. Schließlich wird er mir hier vor versammeltem Publikum nichts antun.«

Sobald ich neben Madame Zolta saß, zischte sie: »Sooo, du bist also doch nicht so krank! Man muß Gott auch für Kleinigkeiten danken! Dein Mann da oben bringt uns gerade beide um unseren guten Ruf. Ich hätte es besser wissen müssen, als ihn immer nur mit dir tanzen zu lassen, so daß er jetzt mit keiner anderen Partnerin mehr zurecht kommt.«

»Madame«, fragte ich, »wer hat denn Jolanda zu meiner Ersatztänzerin bestimmt?«

»Dein Mann, mein Libbes«, flüsterte sie grausam. »Du hast ihn ja zu deinem Manager gemacht – das war pure Dummheit. Er ist unmöglich! Er ist so uneinsichtig wie ein kleiner Junge! Wenn er dein Gesicht nicht bald sieht, wird er völlig verrückt – oder wir werden verrückt. Jetzt lauf und zieh dich um und rette mich vor dem völligen Ruin!«

Ein paar Minuten später war ich umgezogen, hatte mir das Haar zurückgebunden und wärmte mich am Übungsbarren der Garderobe auf. Schnell spürte ich, wie das Blut warm durch meine Beine pulsierte. Ich kam nie aus der Übung. Auch in Clairmont war kein Tag vergangen, an dem ich nicht stundenlang trainiert hatte.

Am abgedunkelten Bühnenaufgang zögerte ich. Ich war auf alles vorbereitet, dachte ich, was Julian bei meinem Anblick tun könnte. Aber was würde das sein? Während ich ihn auf der Bühne ein Solo tanzen sah, stieß mich plötzlich jemand brutal zur Seite. »Du bist ausgewechselt!« zischte Jolanda. »Du gehst raus und bleibst draußen! Du hast deine Chance gehabt und sie dir vermasselt – jetzt gehört Julian mir! Hast du das gehört – er gehört mir! Ich habe in deinem Bett geschlafen, mich mit deinem Make-up geschminkt und deinen Schmuck getragen – ich habe in allem deinen Platz eingenommen.«

Ich ignorierte sie und wollte kein Wort von dem, was sie da sagte, glauben. Als Giselles Auftritt an der Reihe war, versuchte Jolande mich festzuhalten – da schlug ich wütend zurück und warf sie auf den Boden. Sie wimmerte vor Schmerz, während ich auf die Bühne glitt und mit meinen perfekten kleinen Schritten zu Julian tänzelte... Ich war das schüchterne kleine Bauernmädchen, das sich unsterblich in Luis verliebt hatte. Die anderen auf der Bühne hielten die Luft an, als sie mich sahen. Erleichterung leuchtete in Julians dunklen Augen auf – aber nur kurz. »Hallo«, rief er kühl, als ich in seine Nähe kam und mit meinen dunklen, langen Wimpern klimperte, um Luis noch mehr zu verzaubern. »Warum bist du zurückgekommen? Haben deine Doktoren dich rausgeworfen? Hatten sie schon genug von dir?«

»Du bist ein widerwärtiges, rücksichtsloses Ekel, Julian, Jolanda an meine Stelle zu setzen. Du weißt, wie ich sie verabscheue!«

Er drehte dem Zuschauerraum den Rücken zu, als er mir zuzischte, während er exakt den Rhythmus wahrte: »Klar, ich weiß, daß du sie haßt. Deshalb wollte ich sie ja.« Er verzog seine schönen roten Lippen zu einem häßlichen Grinsen. »Hör zu, meine Tanzpuppe. Niemand macht mich zum Narren, besonders nicht meine Frau, und kommt zurück und alles ist einfach wie vorher. Mein Liebling, mein Herz, ich will dich nicht mehr, ich brauch' dich nicht mehr, und du kannst es mit jedem Mann treiben, mit dem es dir Spaß macht! Scher dich nur zum Teufel und aus meinem Leben!«

»Du meinst nicht, was du sagst«, erwiderte ich, während wir beide perfekt unsere Rollen tanzten und niemand Schnitt rief. Warum sollten sie auch, wenn alles so phantastisch lief?

»Du liebst mich nicht«, flüsterte er bitter. »Du hast mich nie geliebt. Egal, was ich getan oder gesagt habe, und jetzt ist es mir verdammt egal! Ich habe dir das Beste gegeben, was ich geben kann, und es war nicht genug. Deshalb, liebe Cath-er-ine – gebe ich dir jetzt das!« Bei den letzten Worten, die er plötzlich geschrien hatte, brach er aus seinem Tanzschritt, sprang hoch in die Luft und mir mit aller Gewalt direkt auf die Füße. Sein ganzes Gewicht traf mich wie ein Hammerschlag auf die Zehen.

Ich stieß einen kleinen Schmerzensschrei aus, da tänzelte Julian schon wieder zurück zu mir und faßte mich unter das Kinn. »Nun, Libbes, wirst du ja sehen, wer die Giselle mit mir tanzt. Du ja wohl nicht.«

»Schnitt, die Zehnte!« brüllte der Regisseur zu spät, um mich zu retten.

Julian packte meine Schultern und schüttelte mich wild, als wäre ich eine Stoffpuppe. Ich starrte ihn mit vor Schmerz zusammengekniffenen Augen an und erwartete alles. Dann wirbelte er plötzlich davon und ließ mich mitten auf der Bühne stehen, allein, auf zwei verletzten Füßen, die so schmerzten, daß ich mich nicht zu bewegen wagte. Ich ließ mich auf den Boden sinken und starrte auf meine schnell anschwellenden Zehen.

Aus dem dunklen Zuschauerraum sprang Chris auf die Bühne, um mir zu helfen. »Zum Teufel mit diesem verdammten Mistkerl, der dir das angetan hat!« schrie er und fiel neben mir auf die Knie, um mir die Ballettschuhe vorsichtig auszuziehen und meine Füße zu untersuchen. Sanft versuchte er, meine Zehen zu bewegen, aber ich schrie sofort laut vor Schmerz. Dann nahm er mich auf den Arm und drückte mich eng an seine Brust. »Das kommt schon wieder in Ordnung, Cathy. Ich werde dafür sorgen, daß deine Zehen sauber verheilen. Aber ich fürchte, du hast an jedem Fuß ein paar gebrochen. Du brauchst schnell einen guten Orthopäden.«

»Bring Catherine sofort zu unserem Orthopäden«, befahl Madame Zolta, die sich über meine blau angelaufenen Füße beugte. Dann warf sie Chris einen scharfen Blick zu, den sie erst wenige Male gesehen hatte. »Du bist also Catherines Bruder, der diesen ganzen Ärger verursacht hat?« fragte sie. »Bring sie schnell zum Arzt. Wir sind für so was versichert. Aber ihr Mann, dieser idiotische Dummkopf! Ich werfe ihn raus!«

Der dreizehnte Tänzer

Meine Füße wurden beide geröntgt. Die Aufnahmen zeigten, daß drei Zehen an meinem linken Fuß und der kleine Zeh an meinem rechten gebrochen waren. Gott sei Dank waren die beiden großen Zehen heil geblieben, sonst hätte ich wahrscheinlich nie wieder tanzen können. Eine Stunde später trug Chris mich aus der Arztpraxis. Mein linker Fuß war bis zum Knie eingegipst, während der kleine Zeh nur einen festen Verband erhalten hatte, da er zum Heilen nicht solchen Schutz brauchte. Mir gingen noch immer die süßsauren letzten Worte des Orthopäden durch den Kopf. »Kann sein, daß Sie wieder tanzen können, hängt ganz davon ab.« Von was es abhing, sagte er nicht.

Also fragte ich Chris. »Sicher«, erklärte er mir zuversichtlich, »wirst du wieder tanzen können. Manchmal ist ein Arzt gerne besonders pessimistisch, damit er der besonderen Bewunderung seines Patienten sicher ist, wenn dann doch alles gut heilt.« Ein wenig unbeholfen versuchte Chris mich zu stützen, während ich den Schlüssel zu meinem und Julians Appartement herauskramte und aufschloß. Dann hob Chris mich wieder auf den Arm, trug mich hinein und stieß die Tür hinter uns mit dem Fuß zu. Er versuchte, es mir auf einem unserer weichen Sofas so bequem wie möglich zu machen. Ich preßte dabei die Augen fest zusammen, weil jede Bewegung Schmerzwellen durch meine Beine jagte.

Chris schob mir vorsichtig Kissen unter die Beine, damit sie hochlagen und die Schwellung besser zurückging. Dann bekam ich sanft ein Kissen in den Rücken geschoben ... und die ganze Zeit sagte er kein Wort ... kein einziges Wort.

Weil er so stumm war, öffnete ich die Augen und studierte sein Gesicht, das dicht über mir war. Er versuchte es mit dem professionellen, unbetroffenen Arztblick, aber es gelang ihm nicht. Sooft seine Augen zur Seite wanderten, sah ich ihm an, wie sehr er schockiert war. Ängstlich blickte ich in die Runde. Meine Augen traten mir fast aus dem Kopf. Das Kinn fiel mir herunter. Das Zimmer! Diese Schweinerei! O Gott, es war furchtbar!

Unser Appartement war eine Ruine! Alle Bilder, die Julian und ich so sorgfältig ausgewählt hatten, waren von den Wänden gerissen und lagen zerfetzt auf dem Boden. Selbst die beiden Pastellbilder, auf denen Chris mich im Ballettkostüm porträtiert hatte. Die Vorhänge waren heruntergerissen. Lampen lagen mit zertretenen Schirmen auf dem Boden. Meine bestickten Kissen, an denen ich auf unseren langen Atlantikflügen gearbeitet hatte, waren aufgerissen und zerschnitten. Die Blumen waren aus den Töpfen gerissen. Zwei gläserne Vasen, die Paul mir zur Hochzeit geschenkt hatte, nachträglich, lagen in Scherben. Alles, was uns lieb und teuer gewesen war, hatte jemand zerstört, zertrampelt, zerfetzt.

»Vandalen«, sagte Chris weich. »Einfach Vandalen.« Er lächelte und küßte mich auf die Stirn. »Ganz ruhig«, bat er, dann stand er auf, um sich die anderen Zimmer anzusehen, während ich zurücksank und leise in das Kissen schluchzte. Oh, wie er mich hassen mußte, um das getan zu haben! Kurz danach kam Chris mit einem seltsam ruhigen Gesichtsausdruck zurück; in seinen Augen lag diese gefährliche Ruhe vor dem Sturm, wie ich sie schon einige Male bei ihm gesehen hatte. »Cathy«, begann er und setzte sich vorsichtig neben mir auf die Sofakante, »ich weiß nicht, was ich davon halten soll. All deine Kleider und deine Schuhe sind ruiniert. Dein Schmuck ist über den ganzen Schlafzimmerboden verteilt, die Ketten zerrissen, die Ringe zertreten, die Armreife verbogen. Es sieht so aus, als hätte jemand mit voller Absicht alles, was dir gehört, zerstört und Julians Sachen schön säuberlich ausgespart.« Er gab mir einen tröstenden Händedruck. Seine Augen blickten besorgt und verwirrt. Vielleicht sprangen die Tränen, die ich verzweifelt zurückhielt, von meinen Augen zu seinen. Mit einem verräterischen Schimmer in den Augenwinkeln streckte er mir dann die Hand entgegen, um mir auf seiner Handfläche meinen diamantenen Verlobungsring von Paul zu zeigen. Der Platinring war zu einem krummen Oval verbogen, der Diamant fehlte. Er mußte herausgebrochen worden sein.

Ich hatte ein starkes Schmerzmittel gespritzt bekommen, damit meine gebrochenen Zehen mich nicht zu sehr quälten. Ich fühlte mich benommen und schwindelig, und irgendwie sehr weit weg, so als hätte ich mit allem hier nichts zu tun. Etwas in meinem Inneren schrie und schrie, da war wieder dieser furchtbare Haß – der Wind heulte ums Haus, und als ich die Augen schloß, sah ich überall um mich herum die nebelverhangenen Berge, die mir den Blick auf die Sonne stahlen – wie oben auf dem Dachboden.

»Julian«, sagte ich schwach, »muß das getan haben. Er muß vor uns hier gewesen sein und seine Wut an meinen Sachen ausgelassen haben. Alles, was heil geblieben ist, gehört ihm.«

»Zum Teufel mit diesem Mistkerl!« rief Chris. »Wie oft hat er seine Wut schon an dir ausgelassen? Wie viele blaue Flecken – einen habe ich gesehen, aber wie viele waren es noch?«

»Bitte, hör auf davon«, meinte ich schläfrig und abwesend. »Er hat mich nie geschlagen, ohne hinterher zu weinen und mich um Verzeihung zu bitten.«

»Cathy«, begann Chris zögernd und schob die Reste des Verlobungsrings in seine Jackentasche, »ist alles in Ordnung mit dir? Du siehst aus, als würdest du gleich die Besinnung verlieren. Ich mache dir ein Bett zurecht, damit du dich ausruhen kannst. Bald bist du eingeschlafen und hast das alles hier vergessen, und wenn du aufwachst, bringe ich dich hier weg. Weine nicht wegen der Kleider und der anderen Sachen, die er dir gegeben hat, denn ich werde dir bessere und schönere geben. Und was den Ring von Paul angeht, ich suche das ganze Schlafzimmer ab, bis ich den Diamanten gefunden habe.«

Er suchte und suchte nach dem Diamanten, aber er konnte ihn nicht finden, und darüber muß ich eingeschlafen sein. Als ich die Augen wieder aufschlug, lag ich ausgezogen in einem frischen Bett unter einem dünnen Laken, und Chris saß an meiner Seite. Er sah mich müde an, und es kam mir vor, als hätte er schon Stunden dort gesessen. Ein Blick aus dem Fenster sagte mir, daß es schon Abend wurde. Jeden Augenblick konnte Julian nach Hause kommen und mich hier mit Chris finden – und dann würde es erst richtig losgehen!

»Chris ... hast du mich ausgezogen und in dieses Nachthemd gesteckt!« fragte ich benommen, denn ich blickte auf die blauen Ärmel meines Lieblingsnachthemdes.

»Ja. Ich dachte, du könntest darin etwas bequemer schlafen als in einem Hosenanzug, dessen Bein bis zur Hüfte für den Gips aufgeschlitzt ist. Und außerdem bin ich ja Arzt, das weißt du doch noch? Ich bin daran gewohnt, nackte Patientinnen zu sehen, ohne mir etwas daraus zu machen.«

Ich fühlte mich leicht erholt, aber noch immer angenehm müde. Lange lag ich einfach still in der zunehmenden Dämmerung. Chris war da, wie er immer da war, wenn ich ihn brauchte. Er konnte mich immer trösten, wenn ich niemanden sonst hatte. An seiner Seite konnte ich auch den unbekannten Schrecken entgegensehen, die auf mich bei Julians Rückkehr warteten. »Er muß verrückt geworden sein oder Drogen nehmen«, meinte Chris schließlich leise. »Ich kann dich auf keinen Fall hier mit ihm allein lassen ...«

»Er nimmt keine Drogen und ganz bestimmt nicht auf der Bühne!« verteidigte ich Julian, denn aus irgendeinem Grund wollte ich das Gute in ihm schützen und alles andere vergessen, falls ich je Gelegenheit dazu bekam.

»Er ist dir auf die Zehen gesprungen, als du diese Zehen brauchtest, um mit ihm zu tanzen – also erzähl mir nicht, daß wir es mit jemandem zu tun haben, der bei klarem Verstand ist. Als du in der Garderobe warst, um dich umzuziehen, hörte ich ein Gespräch zwischen zwei Tänzerinnen, die beide meinten, seit Julian mit Jolanda zusammen ist, wäre er völlig ausgewechselt. Alle vermuten, daß er Drogen nimmt. Deshalb bin ich auf diesen Gedanken gekommen.« Er unterbrach sich kurz, und dann fügte er zögernd hinzu: »Abgesehen davon weiß ich genau, daß Jolanda alles schluckt und spritzt, was sie bekommen kann.«

Ich war müde, hatte Schmerzen und begann mir Sorgen darüber zu machen, daß Julian sich noch immer nicht hatte blicken lassen. Da war ja auch noch die Möglichkeit eines Babys, über dessen Schicksal entschieden werden mußte – von mir entschieden. »Chris, bleib ruhig hier. Aber wenn er kommt, dann laß mich mit ihm reden und verzieh dich ganz in den Hintergrund. Versprochen?«

Er nickte, während ich merkte, wie ich langsam wieder eindämmerte. Außer dem Bett unter mir und meiner Müdigkeit schien nichts mehr real zu sein. Faul und ohne nachzudenken, wollte ich mich bequem auf die Seite drehen. Mein Bein rutschte mir von dem Kissenberg am Fußende. Vor Schmerz schrie ich auf.

»Cathy... beweg dich nicht«, sagte Chris und legte mein Bein schnell wieder auf dem Kissen zurecht. »Laß mich neben dir liegen und dich in den Arm nehmen, bis er kommt. Ich verspreche dir, daß ich nicht einschlafe. Sobald ich ihn an der Türe höre, wecke ich dich, springe auf und verzieh' mich.« Er lächelte mich an, um mich etwas aufzuheitern. Und ich nickte ihm zu und freute mich über die warmen starken Arme, in denen ich erleichtert Schlaf suchen konnte.

Wie in einem Traum fühlte ich seine sanften Lippen über meine Wangen streichen, meine Haare berühren, meine Augenlider und schließlich meine Lippen. »Ich liebe dich so sehr«, hörte ich ihn sagen. Einen Moment lang war ich völlig desorientiert, und es kam mir so vor, als wäre Julian zurückgekommen und würde sich auf seine Art bei mir entschuldigen wollen... deshalb drehte ich mich ein wenig auf die Seite und beantwortete seine Küsse, legte den Arm um ihn und vergrub meine Finger in seinem starken, dunklen Haar. Dann merkte ich es. Das Haar zwischen meinen Fingern, das ich da fühlte, war nicht stark und kraus, sondern seidig und weich wie mein eigenes. »Chris!« rief ich, »aufhören!«

Seine Leidenschaft hatte ihn mitgerissen, und meine schwachen Worte erreichten ihn nicht mehr. »Cathy, dich nur in den Armen zu halten, dich bei mir zu haben! Diesmal weiß ich, wie ich dir die Freude geben kann, die ich dir früher nicht geben konnte. Bitte, wenn du mich je geliebt hast – verlasse Julian, bevor er uns beide zerstört!«

Ich schüttelte den Kopf und versuchte mich gegen meine Müdigkeit zu wehren, mich darauf zu konzentrieren, was er da sagte und was er mit mir tat. Sein blondes Haar war jetzt unter meinem Kinn, während er meine nackten Brüste küßte. Er sah die Abwehr in meinen Augen nicht, aber er hörte meine Stimme. »Christopher – ich bekomme ein Baby von Julian. Ich war bei einem Gynäkologen, vor ein paar Tagen in Clairmont – deshalb bin ich länger bei Paul geblieben, als ich ursprünglich vorhatte. Julian und ich bekommen ein Kind.«

Er riß sich von mir los, als hätte ich ihn ins Gesicht geschlagen, und seine süße Ekstase war schlagartig verschwunden. Die Hände vor das Gesicht geschlagen, saß er neben mir auf der Bettkante. Dann schluchzte er: »Du schaffst es immer, mich zu besiegen, Cathy! Erst Paul, dann Julian ... und jetzt ein Baby.«

Plötzlich sah er mir gerade in die Augen. »Komm mit mir und laß mich der Vater für dieses Kind sein! Julian ist dazu sowieso nicht in der Lage. Wenn ich dich schon nie anrühren darf, dann laß mich wenigstens mit dir zusammenleben, so daß ich dich jeden Tag sehen und deine Stimme hören kann. Manchmal wünsche ich mir, es wäre wieder so wie früher in Foxworth Hall ... nur du und ich und unsere Zwillinge.«

Ein Schweigen, das wir beide nur zu gut kannten, senkte sich auf uns herab und hüllte uns in unsere eigene geheime Welt, in der die Sünde und gottlose Gedanken herrschten, und wir würden dafür zahlen, zahlen, wenn wir je ... aber nein, es würde kein »wenn wir« geben ...

»Chris, ich will das Kind von Julian bekommen.« Ich sagte das mit einer resoluten Entschlossenheit, die mich selbst überraschte.« Ich will ein Kind mit Julian – denn ich liebe ihn, Chris – und ich habe ihm so viel Schlechtes angetan. Ich hatte immer dich und Paul vor Augen, deshalb habe ich nie erkannt, was ich an ihm habe, und darum bin ich ihm nie eine gute Frau gewesen. Sonst hätte er auch diese kleinen Mädchen nicht gebraucht. Ich werde dich immer lieben ... aber das ist eine Liebe, die zu nichts führen kann, deshalb werde ich sie mir versagen. Und du wirst sie auch aufgeben! Verabschiede dich endlich von einer Vergangenheit und einer Catherine Meißner, die es längst nicht mehr gibt und geben kann.«

»Du verzeihst ihm, daß er dir die Zehen gebrochen hat?« fragte Chris erstaunt.

»Er hat mich so lange angefleht, ihm zu sagen, daß ich ihn liebe, und ich habe es nie getan. Immer habe ich ihn mit zweifelnden Augen angesehen, habe ihn wie durch eine dunkle Brille betrachtet und mich dagegen gewehrt, irgend etwas Gutes und Wahres bei ihm anzuerkennen außer seinem Tanz. Ich habe nicht begriffen, daß allein seine Liebe zu mir, selbst als ich ihn immer ablehnte, etwas Gutes und Wahres bedeutete. Deshalb laß mich jetzt, Chris – selbst wenn ich nie wieder tanzen werde, habe ich sein Kind ... und er wird seine eigene große Karriere ohne mich machen.«

Er schlug die Tür hinter sich zu, und kaum war ich allein, da versank ich auch schon in einen unruhigen Schlaf mit unruhigen Träumen. Ich träumte von Bart Winslow, dem zweiten Mann meiner Mutter. Wir tanzten im großen Ballsaal von Foxworth Hall, und die Treppe hinauf, hinter einem Lüftungsgitter versteckten sich zwei Kinder, die uns zusahen. Ein riesiger Weihnachtsbaum reckte sich bis in den Himmel, und unter ihm tanzten wir mit Hunderten von anderen Paaren, aber sie waren alle nur aus transparentem Zellophan. Nur Bart und ich in unserer Schönheit waren aus gesundem Fleisch, aus Blut und Muskeln. Plötzlich hörte Bart auf zu tanzen, nahm mich in seine Arme und trug mich die Treppe hinauf. Oben legte er mich in das herrliche Schwanenbett. Mein schönes Abendkleid aus grüner Seide mit Chiffoneinsätzen aus hellerem Grün schmolz unter der Berührung seiner brennenden Hände – und dann sah ich seine prachtvolle Männlichkeit über mir stehen, sie wollte in mich eindringen, aber dann begann etwas zu schreien und zu kreischen, und jeder Schrei klang genau wie das Klingeln eines Telefons.

Ich schreckte aus meinen Träumen hoch ... Warum hatte das nächtliche Klingeln eines Telefons nur immer etwas so Bedrohliches? Verschlafen griff ich nach dem Hörer. »Hallo?«

»Mrs. Julian Marquet?«

Ich wachte noch etwas mehr auf und rieb mir mit der anderen Hand die Augen. »Ja, am Apparat.«

Eine weibliche Stimme am anderen Ende der Leitung nannte mir ein Krankenhaus. »Mrs. Marquet, würden Sie bitte so schnell wie möglich zu uns kommen? Lassen Sie sich nach Möglichkeit von jemand anderem fahren. Ihr Mann hat einen Autounfall gehabt und wird zur Zeit noch operiert. Bringen Sie alle Papiere mit. Versicherungskarte und alles, was sie an medizinischen Befunden über ihn haben. Mrs. Marquet ... sind Sie noch da?«

Nein. Ich war nicht mehr da. Ich war zurück in Gladstone, Pennsylvania, und ich war zwölf Jahre alt. Zwei Autobahnpolizisten hielten in einem weißen Auto vor dem Haus... dann kamen sie mit schnellen Schritten zur Tür, um unsere Geburtstagsfeier zu unterbrechen, weil Daddy tot war. Gestorben bei einem Autounfall auf der Greenfild-Autobahn.

»Chris! Chris!« schrie ich und fürchtete entsetzt, er wäre gegangen.

»Ich bin hier. Ich komme schon. Ich weiß, wann du mich brauchst.«

In dieser kalten, einsamen Stunde vor der Morgendämmerung kamen Chris und ich im Krankenhaus an. Wir wurden in das übliche sterile Wartezimmer geführt, wo wir saßen und warteten und warteten, um endlich zu erfahren, ob Julian den Unfall und die Operation überleben würde. Es war fast schon Mittag, als er dann endlich aus dem Operationstrakt in die Intensivstation gebracht wurde.

Er lag auf einem Bett, das auf mich im ersten Augenblick wie eine fahrbare Folterbank wirkte. Sein Gesicht war noch weißer als sonst und von Schrammen bedeckt. Der Kopf kahlrasiert und von schimmernden Metallklammern gehalten. Um den Hals lag ein breiter Gipskragen. Mein Gott! Hatte er das Genick gebrochen? Ein Bein war bis zur Hüfte eingegipst und hing an einer Art Galgen. Sie hatten ihn drei Stunden lang operiert, um wenigstens die schlimmsten inneren Verletzungen unter Kontrolle zu bekommen, und danach noch stundenlang seine Knochen eingerichtet.

»Wird er es überleben?« rief ich aus.

»Er ist auf der Liste der kritischen Patienten, Mrs. Marquet«, antwortete man mir ruhig. »Falls er andere nahe Angehörige hat, würden wir Ihnen empfehlen, sich mit ihnen in Verbindung zu setzen.«

Chris übernahm den Anruf bei Madame Marisha, denn ich hatte tödliche Angst, Julian könnte jeden Augenblick sterben, und ich würde die einzige Chance verpassen, ihm zu sagen, daß ich ihn liebte. Falls das geschehen wäre, dann hätte es mich für den Rest meines Lebens verfolgt und heimgesucht.

Tage vergingen. Julian kam immer nur kurz zu Bewußtsein. Er starrte mich mit blicklosen Augen an, ohne zu verstehen. Manchmal sprach er, aber seine Stimme war so belegt und undeutlich, daß ich ihn nicht verstehen konnte. Ich vergab ihm all seine kleinen Sünden und auch die großen, wie man es leicht tut, wenn der Tod vor der Tür steht. Ich mietete mir im Krankenhaus in seiner Nähe ein Bett, damit ich hin und wieder schlafen konnte, aber ich hatte keine einzige Nacht Ruhe. Ich ließ mich immer sofort zu ihm rufen, sobald er zu sich kam, damit ich bei ihm sein konnte und er mich sah und wußte, daß ich ihn liebte und mir sein Leben so viel wert war. »Julian«, flüsterte ich mit heiserer Stimme, »bitte stirb nicht, bleib bei mir!«

Unsere Ballettfreunde kamen einzeln oder in kleinen Gruppen ins Krankenhaus, um so gut zu trösten, wie sie konnten. Julians Zimmer war mit Blumen von Hunderten von Verehrerinnen angefüllt. Madame Marisha kam aus South Carolina geflogen und marschierte in ihrem furchtbaren schwarzen Kleid ins Zimmer. Ohne jedes Anzeichen von Schmerz oder Bedauern musterte sie das bewußtlose Gesicht ihres einzigen Kindes. »Besser er stirbt gleich«, sagte sie flach, »als daß er aufwacht und feststellen muß, daß er für sein Leben verkrüppelt ist.«

»Wie können Sie so etwas sagen?« kochte ich und hätte sie am liebsten verprügelt. »Er lebt – und er ist nicht verloren. Sein Rückgrat hat nichts abbekommen. Er wird wieder laufen und tanzen können!«

Ungläubiger Schmerz schimmerte in ihren Ebenholzaugen auf – und dann lag sie, die nie irgendwelche Gefühle außer Zorn und Ärger gezeigt hatte, weinend in meinen Armen. »Sag das noch einmal, sag, daß er wieder tanzen wird – oh, du darfst nicht lügen, er muß einfach wieder tanzen!«

Fünf schreckliche Tage vergingen, bevor Julian seine Augen wieder so weit unter Kontrolle hatte, daß er seine Umgebung erkannte. Da er den Kopf nicht bewegen konnte, drehte er nur die Augen in meine Richtung. »Hal-lo.«

»Hallo, mein Träumer. Ich dachte, du wolltest überhaupt nicht mehr wach werden«, erwiderte ich.

Er lächelte ein schmales, ironisches Lächeln. »So viel Glück habe ich nicht gehabt, Cathy, Liebes.« Seine Blicke wanderten an seinem eingegipsten Bein entlang. »Ich wäre lieber tot als das hier.«

Es war nicht einfach, mich vorsichtig auf dem Krankenhausbett neben ihn zu legen, aber irgendwie schaffte ich es. Und dann strich ich ihm durch sein wirres Haar, durch das, was noch übrig war. Meine freie Hand streichelte seine Brust. »Julian, du bist nicht gelähmt. Mit deinem Rückgrat ist nichts passiert. Dein Nervensystem ist nur in einer Art Schockzustand, könnte man sagen.«

Er hätte seinen unverletzten Arm um mich legen können, aber er hielt ihn steif an seiner Seite. »Du lügst«, sagte er bitter. »Ich kann von der Hüfte abwärts nichts fühlen, keinen einzigen verdammten Knochen. Nicht einmal deine Hand auf meiner Brust spüre ich. Scher dich zum Teufel! Du liebst mich nicht! Du hast nur gewartet, bis ich sterbe, und wolltest mir dazu noch ein paar süße Worte auf den Weg geben! Ich will und brauche dein Mitleid nicht – verschwinde endlich hier und laß dich nie wieder blicken!«

Ich stand vom Bett auf und griff nach meiner Handtasche. Die Tränen liefen mir über die Wangen und ihm genauso. »Den Hals sollst du dir dafür brechen, was du mit unserem Appartement gemacht hast!« wütete ich los, als ich wieder sprechen konnte. »Du hast meine Kleider zerrissen!« Ich geriet so in Wut, daß ich am liebsten in sein verschwollenes Gesicht geschlagen hätte. »Du hast alle teuren, schönen Stücke ruiniert, die wir später einmal unseren Kindern geben wollten. Jetzt ist uns nichts mehr Schönes geblieben.«

Er grinste zufrieden. »Ja, davon ist für niemanden mehr etwas übrig.« Er gähnte, als wollte er mich damit hinauswerfen, aber ich wollte mich so nicht fortschicken lassen. »Kinder haben wir ja, Gott sei Dank, keine. Werden auch nie welche haben. Kannst eine billige Scheidung haben. Heirate irgendeinen anderen und ruinier dessen Leben auch noch.«

»Julian«, sagte ich und fühlte einen tiefen, traurigen Schmerz. »Habe ich dein Leben ruiniert?«

Er blinzelte, als wollte er diese Frage lieber nicht beantworten, aber ich fragte ihn wieder und wieder, bis ich ihn schließlich zwang, mir zu sagen: »Nicht ganz ruiniert – wir hatten da ein paar Augenblicke.«

»Nur ein paar?«

»Nun ... vielleicht waren es mehr als ein paar. Aber du brauchst dein Leben jetzt nicht an einen Invaliden zu verschwenden. Hau ab, solange du noch kannst. Ich bin nicht gut genug für dich, du weißt das ja. Ich habe dich auch oft genug betrogen.«

»Wenn du das noch einmal tust, kratze ich dir die Augen aus!«

»Verschwinde, Cathy, ich bin müde.« Er klang schläfrig. Aus einer der vielen Ampullen an seinem Bett tropfte ständig Beruhigungsmittel in seine Adern. »Für Leute wie uns sind Kinder sowieso nichts.«

»Leute wie uns ...?«

»Ja, Leute wie uns.«

»Wie unterscheiden wir uns denn von anderen Eltern?«

Spöttisch und halb im Schlaf lachte er leise, ein bitteres kleines Lachen. »Wir sind nicht real. Wir gehören nicht zum Rest der Menschheit.«

»Aber was sind wir dann?«

»Tanzpuppen, das ist alles. Tanzende Clowns, die Angst vor wirklichen Menschen und einem Leben in der wirklichen Welt haben. Deshalb bevorzugen wir die Phantasiewelt der Bühne. Wußtest du das nicht?«

»Nein, das wußte ich nicht. Ich dachte immer, wir wären richtige, wirkliche Menschen.«

»Ich habe deine Sachen nicht so zugerichtet, das war Jolanda. Aber ich habe zugesehen.«

Ich fühlte mich elend und hatte Angst, daß er die Wahrheit sagte. War ich nur eine Puppe? Würde ich nie meinen Weg in der wirklichen Welt außerhalb des Theaters finden können? War ich am Ende genauso von anderen abhängig wie Mammi?

»Julian ... ich liebe dich, ich liebe dich ehrlich. Ich dachte, ich würde jemanden anderen lieben, weil es mir so seltsam vorkam, meine Liebe von einem Menschen auf den nächsten übertragen zu können. Als ich ein kleines Mädchen war, glaubte ich immer, die Liebe würde nur einmal im Leben zu mir kommen, und das wäre dann die einzige, richtige große Liebe. Aber das war falsch.«

»Laß mich jetzt bitte allein. Ich will nicht hören, was du mir zu sagen hast, nicht jetzt. Es ist mir jetzt alles verdammt egal.«

Tränen tropften von meinem Gesicht auf seines herab. Er schloß die Augen und wollte mich nicht mehr sehen, nicht mehr hören. Ich küßte ihn auf die Lippen, aber sie blieben hart, zusammengepreßt und beantworteten meinen Kuß nicht. Dann spie er aus: »Schluß! Du ekelst mich an!«

»Ich liebe dich, Julian«, schluchzte ich, »und es tut mir leid, wenn ich das zu spät erkannt habe und zu spät gesagt habe – aber laß du es nicht zu spät sein. Ich erwarte dein Kind, das vierzehnte in einer langen Ahnenreihe von Tänzern ... und dieses Kind ist mir mein ganzes Leben wert, selbst wenn du mich nicht mehr lieben kannst. Mach nicht die Augen zu und tu so, als wolltest du mich nicht mehr hören, denn du wirst Vater werden, ob du nun willst oder nicht.«

Er wandte mir seine dunklen, schimmernden Augen zu, und jetzt sah ich, warum sie schimmerten, denn sie standen voller Tränen. Tränen des Selbstmitleids oder der Verzweiflung oder, ich weiß nicht wovon. Aber er sprach dann freundlicher zu mir, und es klang irgend etwas wie Liebe aus seiner Stimme. »Ich möchte dir den guten Rat geben, Cathy, dieses Kind loszuwerden, und zwar schnell. Vierzehn ist keine glücklichere Zahl als dreizehn.«

Im Zimmer nebenan hielt Chris mich die ganze Nacht in seinem Arm. Früh am nächsten Morgen wachte ich auf. Jolanda war bei dem Unfall aus dem Wagen geschleudert worden. Und heute wurde sie beerdigt. Vorsichtig löste ich mich aus Chris' Armen. Ich legte ihm den Kopf bequem zurecht, ohne daß er aufwachte, bevor ich hinüberlief und einen schnellen Blick in Julians Zimmer werfen wollte. Neben seinem Bett saß eine Nachtschwester, die fest eingeschlafen war. Ich stand in der Tür und sah ihn mir in dem grünlichen, schwachen Licht der Notbeleuchtung an. Er schlief sehr tief. Aus irgendeinem Grund blieb mein Blick schließlich an der Flasche mit der Kochsalzlösung hängen, von der ein dünner Schlauch unter die Decke zu der Kanüle in seinem Arm führte. Die Lösung lief so schnell ab, daß ich es direkt an den Meßstrichen der Flasche verfolgen konnte. Ich rannte zurück und schüttelte Chris wach. »Chris«, rief ich, während er versuchte zu sich zu kommen, »diese Lösung, die Julian intravenös bekommt, läuft so furchtbar schnell. Ich glaube, da stimmt was nicht.«

Kaum war ich mit meiner Erklärung fertig, da rannte Chris auch schon in Julians Zimmer. Er schaltete beim Eintreten die große Deckenlampe an und weckte die eingeschlafene Schwester. »Wie können Sie einfach einschlafen! Sie sind hier, um den Patienten zu betreuen!« Während er das sagte, schlug er die Decke zurück. Und da lag Julians Arm offen vor uns, die Nadel steckte noch in seiner Vene, aber dicht über der Nadel war der Schlauch abgeschnitten. »O Gott«, seufzte Chris, »eine Luftblase muß sein Herz erreicht haben.«

Ich starrte auf die schimmernde Schere, die Julian so locker in seiner schlaffen rechten Hand hielt.

»Er hat sich selbst den Schlauch durchgeschnitten«, flüsterte ich, »er hat den Schlauch abgeschnitten, und jetzt ist er tot.«

»Wo hat er die Schere her?« fuhr Chris die zitternde Krankenschwester an. Es war die kleine Verbandsschere aus der Tasche ihres Kittels. »Sie muß mir aus der Tasche gefallen sein«, erklärte sie mit schwacher Stimme. »Ich schwöre, daß ich mich nicht daran erinnern kann, sie verloren zu haben – oder vielleicht hat er sie mir herausgezogen, als ich mich über ihn beugte ...«

»Ist schon in Ordnung«, sagte ich dumpf. »Wenn er es nicht auf diese Art getan hätte, dann hätte er eine andere gefunden. Ich hätte es wissen müssen und Sie warnen. Das Leben hatte für ihn keinen Sinn mehr, wenn er nicht tanzen konnte. Ohne den Tanz gab es für ihn überhaupt kein Leben.«

Julian wurde neben seinem Vater begraben. Auf den Grabstein ließ ich mit Zustimmung von Madame Marisha meißeln: *Hier ruht Julian Marquet Rosencoff, geliebter Gatte für seine Frau Catherine und der dreizehnte einer langen Reihe von großen russischen Ballettänzern.* Vielleicht verriet diese Inschrift nur, daß ich ihn in seinem Leben nicht genug geliebt hatte, aber ich wollte ihn so begraben haben, wie er selbst es sich gewünscht hätte – oder wie ich mir jedenfalls vorstellte, daß es ihm gefiel.

Chris, Paul, Carrie und ich blieben kurz vor Georges Grab stehen, und ich beugte meinen Kopf, um Julians Vater meinen Respekt zu bezeugen. Einen Respekt, den ich auch Julian hätte geben sollen. Friedhöfe mit ihren Marmorengeln, ihren süßlich lächelnden Heiligen und friedlich heiteren Totenmasken – wie ich Friedhöfe haßte!

»Catherine«, sagte Paul, als wir alle in der großen schwarzen Limousine saßen, »dein Zimmer ist noch immer wie früher für dich da. Komm nach Hause und lebe mit Carrie und mir, bis du dein Kind auf die Welt bringst. Chris wird auch in der Nähe sein, er leistet hier am Krankenhaus von Clairmont sein Assistenzjahr ab.« Ich sah zu Chris hinüber, der auf dem Notsitz uns gegenüber saß, und ich wußte, daß er bald einen wichtigen Platz an einem wesentlich wichtigeren Krankenhaus einnehmen würde. »Wenn es dir nichts ausmacht, Cathy«, sagte er mit niedergeschlagenen Augen, »dann wäre ich ganz froh, wenn ich hier in deiner Nähe sein dürfte, bis mein Neffe oder meine Nichte auf die Welt kommt.«

Madame Marisha fuhr hoch, so daß sie fast mit dem Kopf an das Autodach gestoßen wäre. »Ist das von Julian?« rief sie. »Warum hast du mir nicht vorher etwas davon gesagt? Wie wunderbar!« Sie glühte regelrecht auf und die Trauer schmolz von ihr ab wie Schnee unter einer Heizsonne. »Jetzt ist Julian überhaupt nicht tot – denn er wird einen Sohn haben, der genauso sein wird wie er.«

»Es könnte auch ein Mädchen sein, Madame«, sagte Paul sanft, während er nach meiner Hand griff. »Ich weiß, daß Sie sich nach einem Jungen wie Ihrem eigenen Sohn sehnen, aber ich würde mir ein kleines Mädchen wie Cathy oder Carrie wünschen ... aber wenn es ein Junge ist, ich habe nichts dagegen.«

»Nichts dagegen?« schrie Madame. »Gott in seiner unendlichen Weisheit und Gnade wird Catherine einen kleinen Julian senden und nichts anderes! Und er wird tanzen, und er wird den Ruhm erreichen, vor dem der Sohn meines George schon so dicht gestanden hat!«

Intermezzo für drei

Während mein Kind in mir wuchs, fand ich langsam zu der Identität zurück, die ich verloren hatte, denn das Ballett hatte mein eigentliches Ich in einer Art embryonalem Zustand gehalten, so als hätte mein Verlangen nach Erfolg mich von der restlichen Welt abgeschirmt. Ich stand nun mit beiden Beinen fest auf dem Boden der Realität, und der Traum eines schillernden Starruhms trat in den Hintergrund. Nicht, daß ich nicht Sehnsucht nach der Bühne und dem Applaus gehabt hätte, dann und wann jedenfalls. Oh, ich hatte schon meine traurigen Momente – aber ich hatte auch ein sicheres Mittel, sie wieder loszuwerden. Ich wandte meine Gedanken meiner Mutter zu und dem, was sie uns angetan hatte. Da ist ein weiterer Tod, an dem du Schuld hast, Mammi.

Ich schrieb ihr einen weiteren Brief mit Drohungen und bitteren Vorwürfen, in dem ich von Julians Tod berichtete und ihr die Schuld dafür gab. Den Brief schickte ich an ihre Adresse in Greenglenna, aber dann erfuhr ich aus der Zeitung, daß sie gerade in Japan war. Japan! Sie kam wirklich in der Welt herum.

Ich verwandelte mich in eine Frau, die ich nie zuvor gesehen hatte. Im Spiegel sah ich, wie meine Schlankheit dahinschwand. Zuerst war ich erschrocken darüber. Ich sah meine Brüste runder und voller werden, während meine Taille sich verlor und mein Bauch sich wölbte. Ich haßte es, mich nicht mehr so graziös bewegen zu können, aber meine Hände liebten es, über meinen Bauch zu streicheln und nach dem kleinen Körper darin zu tasten.

Eines Tages fiel mir auf, daß ich im Grunde ja viel glücklicher dran war, als die meisten Witwen. Ich hatte schließlich zwei Männer, die mich brauchten. Männer, die mich immer wieder auf ihre subtile Art wissen ließen, daß sie jederzeit Julians Platz einzunehmen bereit waren. Und ich hatte Carrie, für die ich das große Vorbild war, nach dem sie ihr eigenes Leben gestalten wollte. Liebe, süße kleine Carrie. Sie war jetzt sechzehn und hatte noch nie einen Freund gehabt, eine Einladung oder eine Verabredung. Nicht, daß sie es nicht hätte haben können, wenn sie selbst nur ein einziges Mal ihre geringe Körpergröße vergessen hätte. Chris überredete seine Freunde, seine jüngere Schwester auszuführen, die vor Sehnsucht nach einer wilden Romanze fast starb. Aber sie beklagte sich bei mir: »Chris braucht über mich keine Rendezvous für dich zu arrangieren. Dieser Collegestudent hat gar nichts mit mir vor. Er versucht nur, sich über mich an meine große Schwester heranzumachen.« Ich lachte, weil das wirklich albern war. Niemand hätte auch nur das geringste Interesse an mir haben können, in dem Zustand, in dem ich mich gerade befand, schwanger, eine Witwe und zu alt für jeden Collegejungen.

Carrie war davon nicht zu beeindrucken. »Seit du wieder hier wohnst, hat Dr. Paul mich kein einziges Mal mehr ins Kino oder zum Essen eingeladen, wie er das sonst immer getan hat. Ich habe immer so getan, als wäre er nicht mein Beschützer, sondern mein Freund, und das war so ein wunderbares Gefühl, weil alle Frauen ihm nachsehen, Cathy.«

Ich seufzte, denn auch ich sah Paul noch immer nach. Ich nahm Carrie in den Arm und tröstete sie und sagte ihr, daß auch auf sie die Liebe schon hinter der nächsten Ecke warten würde. »Es wird jemand in deinem Alter sein, Carrie, und er wird dich so lieben wie du bist, wenn er dich erst einmal richtig kennengelernt hat.« Still entzog sie sich meinen Armen und ging in ihr Zimmer. Nichts, was ich ihr je sagte, würde sie überzeugen.

Madame Marisha kam oft vorbei, um nach meinem Wohlbefinden und dem von Julians Kind zu sehen. Bei solchen Gelegenheiten überhäufte sie mich mit Anweisungen und Ratschlägen, denen man nicht widersprechen durfte. »Und du mußt auf jeden Fall deine Ballettübungen fortsetzen. Spiel Julians Baby den ganzen Tag Ballettmusik vor, damit ihn schon die Liebe zur Schönheit der Musik erfüllt, bevor er geboren ist. Schon in deinem Inneren wird er wissen, daß auf ihn das Ballett wartet.« Sie warf einen schnellen Blick auf meine Füße, die endlich verheilt waren. »Was machen deine Zehen jetzt?«

»Oh, die sind wieder in Ordnung«, antwortete ich dumm, obwohl sie manchmal schmerzten, wenn es regnete.

Henny kümmerte sich von morgens bis abends um mich und ließ nicht zu, daß ich auch nur eine Hand rührte. In den letzten Jahren war sie erstaunlich schnell gealtert. Ich machte mir Sorgen um sie. Sie gab sich zwar Mühe mit der strengen Diät, die beide ihrer »Doktor-Söhne« nachdrücklich verschrieben hatten, aber im Grunde aß sie immer noch alles, was ihr unter die Nase kam, ohne auf Kalorien oder Cholesterin zu achten.

Meine Trauerzeit verging schnell. Mit Julians Kind im Bauch kam sie mir jedenfalls kurz vor, weil ich ja ein Stück von ihm bei mir behalten hatte. Bald stand Weihnachten vor der Tür, und ich war so unförmig geworden, daß ich mich am liebsten gar nicht mehr auf der Straße blicken ließ. Chris bestand gemeinsam mit Paul darauf, daß dagegen ein weihnachtlicher Einkaufsbummel eine gute Therapie sein würde.

Ich kaufte einen antiken Goldrahmen, den ich Madame Zolta schickte. Ich hatte zwei kleine Fotos von Julian und mir in unseren Romeo und Julia-Kostümen darin plaziert.

Kurz nach Weihnachten bekam ich einen Brief von ihr.

> Catherine, Libbes,
> Dein Geschenk war von allen das beste. Ich trauere um Deinen wunderschönen tanzenden Mann. Ich trauere um Dich, mehr als um jeden anderen, falls Du Dich entscheiden solltest, nicht mehr zu tanzen, wegen Deines Kindes! Schon lange wärest Du eine Primaballerina, wenn Dein Mann weniger arrogant und respektvoller gewesen wäre. Halt Dich in Form, behalte Deine Übungen bei, und dann kommst Du mit Deinem Baby zu mir, und wir werden zusammen bei mir leben, bis Du einen neuen Tänzer für die Libbe findest. Das Leben gibt einem viele Chancen, nicht nur eine. Komm zurück.

Ihr Brief ließ mich trotzig lächeln. Sie schrieb Liebe sogar »Libbe«. »Worüber lächelst du da so?« wollte Paul wissen und legte seine medizinische Zeitschrift weg, der bisher seine Aufmerksamkeit gegolten hatte, während wir zusammen im Wohnzimmer saßen. Ich reichte ihm Madame Zoltas Brief. Er las ihn, dann streckte er mir die Arme entgegen und lud mich damit ein, mich auf seinen Schoß zu setzen und an ihn zu kuscheln. Ich nahm seine Einladung gerne an, denn ich hungerte nach jeder Art von Zuneigung.

»Du kannst doch deine Ballettkarriere ruhig fortsetzen«, meinte er auf seine sanfte Art. »Doch ich muß zugeben, daß ich dafür bete, daß du nicht mehr zurück nach New York gehst und hier bei mir bleibst.«

»Es waren einmal«, begann ich, »zwei wunderbare, schöne blonde Eltern, die vier Kinder auf die Welt brachten, von denen keins hätte je geboren werden dürfen. Diese Kinder wurden von ihren Eltern mehr geliebt, als alles auf der Welt. Dann starb der Vater eines Tages bei einem Unfall, und die Mutter änderte sich. Sie vergaß all die Liebe, Zuneigung und Aufmerksamkeit, die ihre vier Kinder so sehr brauchten. Jetzt ist wieder ein schöner Ehemann gestorben, aber ich werde nicht zulassen, daß mein Kind sich verlassen oder vaterlos oder von niemandem gewollt fühlt. Wenn mein Kind weint, dann werde ich dasein. Ich werde dasein, damit mein Kind sich immer sicher fühlt und immer geliebt, und ich werde ihm vorlesen und Lieder mit ihm singen, und es wird sich niemals beiseitegeschoben oder betrogen fühlen – oder so verraten, wie Chris sich von seiner Mutter verraten gefühlt hat.«

»Du scheinst dich ja gut auszukennen.« Seine warmen Augen blickten wehmütig. »Willst du denn für dein Kind beides sein, Mutter und Vater? Wirst du nie mehr einem Mann gestatten, dein Leben mit dir zu teilen? Catherine, ich hoffe, du bist keine von diesen Frauen, die sich aus Verbitterung vor allen Männern verschließen, weil das Leben ihnen nicht alle Wünsche erfüllt hat.«

Ich legte den Kopf zurück und blickte in seine Augen hinauf. »Du liebst mich doch eigentlich gar nicht mehr, oder?«

»Tu' ich das nicht?«

»Das ist keine Antwort.«

»Ich dachte, daß ich diese Frage nicht beantworten müßte. Ich dachte, das wüßtest du selbst. Und ich dachte, von der Art, wie du mich manchmal ansiehst, daß du dich mir wieder zuwenden würdest. Ich liebe dich, Catherine ... Seit dem Tag, als du zum erstenmal auf der Veranda vor mir gestanden hast, habe ich dich geliebt. Ich liebe die Art, wie du sprichst, die Art, wie du lächelst, die Art, wie du gehst...«

Langsam senkte er seine Lippen den meinen entgegen und küßte mich erst ganz leicht, doch dann packte ihn die Leidenschaft. Meine Arme fanden ihren Weg um seinen Hals, und ich erwiderte seinen Kuß wild und glücklich.

Die Haustür öffnete sich und wurde heftig zugeschlagen. Schnell riß ich mich von Paul los und versuchte aufzustehen, bevor Chris das Zimmer betrat, aber ich war nicht schnell genug. Er marschierte herein, den weißen Arztkittel noch unter seinem Mantel. Er trug eine Papiertasche in der Hand, in der nur das Pistazieneis sein konnte, das ich mir so für das Abendessen gewünscht hatte. »Ich dachte, du hättest heute Nachtdienst«, sagte ich ein bißchen zu schnell, um meine Überraschung und meinen Ärger zu verbergen. Er drückte mir das Eis in die Hände und sah mich kalt an.

»Ich bin im Dienst. Aber heute nacht ist wenig los, deshalb dachte ich, ich könnte mir ein paar Minuten frei nehmen und dir dein heißbegehrtes Dessert besorgen.« Er warf Paul einen scharfen Blick zu. »Tut mir leid, daß ich zur falschen Zeit gekommen bin, macht nur weiter, ich störe euch nicht lange.«

Er machte auf dem Absatz kehrt und stürmte aus dem Zimmer. Draußen schlug er zum zweitenmal die Haustür zu, diesmal noch etwas lauter.

»Cathy«, sagte Paul, der aufgestanden war, um mich von der Eiscreme zu befreien, »wir müssen etwas wegen Chris unternehmen. Was er sich wünscht, kann niemals sein. Ich habe versucht, mit ihm darüber zu sprechen, aber er will nicht zuhören. Du mußt ihm begreiflich machen, daß er sich sein ganzes Leben ruiniert, wenn er nicht endlich in seinem Herzen Platz für andere Mädchen findet.«

Er hatte recht. Irgend etwas mußte wegen Chris geschehen – aber was? Ich konnte ihn nicht verletzen; ich konnte Paul nicht verletzen. Ich war wie ein Schlachtfeld, das sich beide Seiten als Sieger wünschte.

»Catherine«, sagte Paul weich, als hätte er meine Gedanken mitgehört, »du schuldest mir nichts, wenn du mich nicht liebst. Aber mach Chris klar, daß er dich aufgeben und eine andere finden muß. Er kann jede lieben, nur dich nicht...«

»Ihm das klarzumachen, ist ja eben gerade meine große Schwierigkeit«, sagte ich mit gesenkter Stimme und schämte mich einzugestehen, daß ich gar nicht wollte, daß Chris eine andere fand. Ich wollte ihn immer bei mir haben – einfach seine Nähe fühlen und die Sicherheit, die er mir gab – nichts sonst. Ich versuchte meine Zeit geschickt zwischen Chris und Paul zu teilen, so daß ich jedem genug, aber keinem zuviel gab. Ich sah, wie die Eifersucht zwischen ihnen wuchs, aber ich fühlte, daß es nicht mein Fehler sein konnte – nur Mammis, so wie alles, was in meinem Leben falsch lief, ihr Fehler war.

In einer kalten Februarnacht fühlte ich meine ersten Wehen. Ich keuchte von dem scharfen Schmerz auf – ich hatte gewußt, daß es weh tun würde, aber nicht so sehr! Ich warf einen Blick auf die Uhr – zwei Uhr morgens, am St. Valentinstag. Oh, wie wunderbar, mein Baby würde an unserem sechsten Hochzeitstag auf die Welt kommen! »Julian«, rief ich laut, als könnte er mich hören, »du wirst gerade Vater!« Ich stand auf und zog mich so rasch an, wie ich in meinem Zustand konnte. Dann klopfte ich an Pauls Tür. Er murmelte etwas, das nach einer Frage klang. »Paul«, rief ich, »ich glaube, ich habe gerade meine ersten Wehen gehabt.«

»Gott sei Dank!« antwortete er laut und schien sofort hellwach zu sein. »Bist du fertig für das Krankenhaus?«

»Natürlich. Ich bin schon seit einem Monat ständig fertig.«

»Ich ruf' deinen Arzt an und benachrichtige Chris – du setzt dich inzwischen irgendwohin, und reg dich nicht auf!«

»Macht es dir etwas aus, wenn ich hereinkomme?«

Er riß die Tür auf. Seine Brust war nackt, und er trug nur seine Hose. »Du bist die ruhigste werdende Mutter, die ich je gesehen habe«, versicherte er mir, während er mich auf einen Stuhl setzte. Dann fuhr er sich in Windeseile mit einem elektrischen Rasierer durch das Gesicht und war auch schon in Hemd und Krawatte. »Hast du noch weitere Wehen gehabt?« Ich hatte gerade auf der Zunge, nein zu sagen, als die nächste kam. Ich krümmte mich zusammen. »Fünfzehn Minuten seit der letzten«, keuchte ich. Er sah blaß aus, als er sein Jackett anzog und mir dann auf die Beine half. »Okay, ich bringe dich jetzt erst in den Wagen, dann hole ich deinen Koffer. Bleib ruhig, mach dir keine Sorgen, dieses Baby hat drei Ärzte, die seinetwegen ihr Bestes tun werden...«

»... sich gegenseitig auf die Füße zu treten«, beendete ich seinen Satz.

»Ihm die beste medizinische Versorgung zukommen zu lassen und seiner Mutter auch«, korrigierte Paul, dann brüllte er in Richtung Küche: »Henny, ich bringe Catherine ins Krankenhaus! Sag Carrie Bescheid, wenn sie wach wird. Und dann ruf Madame Marisha an und leg ihr das Band auf, was wir für sie vorbereitet haben.« Wir hatten an alles gedacht, sogar an eine Tonbandnachricht für Madame Marisha, in der sie von meiner eigenen Stimme erfuhr, daß sie dabei war, Großmutter zu werden.

Drei Stunden später war mein Sohn auf der Welt. Chris und Paul standen bei mir, beide Tränen in den Augen, aber es war Chris, der mir meinen Sohn in die Arme legte, blutig und noch an der Nabelschnur. Er hielt ihn mir an der Brust fest, während ein anderer Arzt tat, was noch zu tun war. »Cathy... siehst du ihn?«

»Er ist so schön«, keuchte ich voller Ehrfurcht und erkannte sofort sein schwarzes, lockiges Haar. Mit dem Temperament seines Vaters schrie er und schwang die kleinen Fäuste. »Er heißt Julian Janus Marquet, aber ich werde ihn Jory rufen.« Erstaunt wollte Paul wissen, warum, aber mir fehlte die Kraft, es ihm zu erklären. Aber Chris hatte mich sofort verstanden und sprang für mich ein.

»Wenn er blond gewesen wäre, hätte sie ihn Cory genannt – aber so steht das J für Julian und der Rest für Cory.«

Mein Blick traf sich mit dem von Chris, und ich lächelte. Wie wunderbar, verstanden zu werden, ohne etwas erklären zu müssen.

VIERTER TEIL

Mein süßer kleiner Prinz

Wenn jemals ein Kind geliebt, ja angebetet worden war, dann mein Jory mit seinen blauschwarzen Locken, seiner schneeweißen Haut und seinen dunklen blauen Augen. Er war von Kopf bis Fuß Julian, und ihm konnte ich überreichlich die Zuneigung geben, die ich seinem Vater nie hatte entgegenbringen können.

Vom ersten Augenblick an schien Jory zu wissen, daß ich seine Mutter war. Er schien meine Stimme zu erkennen, meine Hände, sogar das Geräusch meiner Schritte. Doch fast genausosehr liebte er Carrie, die jeden Abend von Pauls Büro nach Hause eilte, sofort in sein Zimmer lief und ihn auf den Arm nahm, um stundenlang mit ihm zu spielen.

»Wir sollten uns ein eigenes Heim suchen«, sagte Chris, der sich jetzt fest als Jorys Vater etablieren wollte. In Pauls Haus war das schlecht möglich.

Ich wußte nicht, was ich dazu sagen sollte. Ich liebte Pauls großes Haus, und ich war gerne mit ihm und Henny zusammen. Hier konnte ich Jory im Kinderwagen durch den wunderbaren Garten schieben, in dem er von Schönheit umgeben aufwachsen würde. Chris und ich würden ihm das in keiner Weise bieten können. Chris wußte von meinen gigantischen Schulden nichts. Paul hatte ein komplettes Kinderzimmer eingerichtet, mit einer Wiege, Laufstall, Wickeltisch und Dutzenden weicher Plüschtiere, mit denen ein Baby spielen konnte, ohne sich zu verletzen. Es gab Tage, an denen Paul und Chris beide mit dem gleichen Spielzeug für Jory nach Hause kamen. Sie sahen sich gegenseitig an und zwangen sich zu einem Lächeln, hinter dem sie ihre Verlegenheit verbargen. Dann trat ich schnell vor und verkündete: »Zwei Männer, ein Gedanke.« Und ich erklärte, daß ich eins umtauschen würde ... aber niemals ließ ich einen der beiden wissen, wessen Geschenk ich zurückbrachte.

Carrie schloß ihre Oberschule im Juni ab, als sie siebzehn wurde. Auf das College wollte sie nicht; sie war mit ihrer Stelle als Pauls Privatsekretärin glücklich und zufrieden. Mit ihren kleinen Fingern war sie erstaunlich schnell auf der Schreibmaschine, und ebenso schnell nahm sie Diktate auf. Aber sie sehnte sich noch immer nach jemandem, der sie trotz ihrer geringen Größe liebte. Sie so unglücklich zu sehen, brachte mich wieder in Wut über meine Mutter. Meine Gedanken begannen sich wieder damit zu beschäftigen, was ich ihr antun würde, wenn meine Chance kam. Jetzt war ich frei, kein Mann war da, auf den ich Rücksicht nehmen mußte – nun würde sie zahlen müssen, so wie Carrie ihr Leben lang zahlte!

Jeden Tag sah Carrie, wie Paul und Chris um meine Gunst kämpften, beide mich begehrten und beide sich mit zunehmender Feindschaft nachblickten. Ich mußte endlich eine Sache erledigen, die schon vor langer Zeit hätte ausgestanden werden müssen. Wenn Julian mir nur nicht in den Weg gekommen wäre, dann wäre ich jetzt Pauls Frau und Jory wäre Pauls Sohn und doch ... ich liebte Jory für das, was er war, und wenn ich genauer darüber nachdachte, bedauerte ich keineswegs, einen Teil meines Lebens mit Julian verbracht zu haben. Ich war keine süße, unschuldige Jungfrau mehr – zwei Männer hatten mir viel beigebracht. Jetzt hatte ich die nötigen Erfahrungen, um mich immer unter Kontrolle zu haben, wenn die Zeit kommen sollte, meiner Mutter ihren geliebten zweiten Mann zu stehlen.

Weihnachten kam, und Jory, noch kein Jahr alt, saß zwischen seinen Geschenken auf dem Boden, machte große Augen und wußte nicht, was er sich zuerst ansehen sollte. Klick, klick, klick, hörte man ständig die Auslöser von drei Fotoapparaten. Nur Paul hatte eine Filmkamera.

Carrie nahm meinen Sohn auf den Arm und sang ihn mit einem Weihnachtslied in den Schlaf. Er kuschelte sich glücklich und zufrieden an sie. Mir traten fast die Tränen in die Augen, als ich die beiden so sah, Carrie selbst noch wie ein Kind, aber so voller Sehnsucht nach einem eigenen Baby. Chris kam zu mir und legte mir die Arme um die Hüfte. Ich lehnte mich gegen ihn. »Am liebsten würde ich die beiden fotografieren«, flüsterte er, »sie sehen so süß zusammen aus, aber ich möchte sie nicht stören. Carrie ist dir so ähnlich, Cathy, außer in der Größe.«

Diese kleine Einschränkung »außer in der Größe«, das würde Carrie für immer daran hindern, wirklich glücklich sein zu können.

Schritte auf der Treppe. Schnell riß ich mich aus Chris' Armen und bereitete die Wiege für meinen kleinen Sohn vor. Ich spürte, daß Paul in der Tür stand, nachdem Chris jetzt in sein eigenes Zimmer gegangen war. »Cathy«, flüsterte Carrie leise, damit Jory nicht aufwachte, »glaubst du, daß ich je ein eigenes Kind haben werde?«

»Ja, natürlich wirst du das.«

»Ich glaube nicht daran«, sagte sie und huschte aus dem Zimmer, während ich ihr betroffen nachblickte.

Paul kam ins Kinderzimmer, gab Jory einen Gute-Nacht-Kuß und wandte sich dann zu mir, als wollte er mich in seine Arme ziehen. »Nein«, sagte ich mit schwacher Stimme, »nicht, solange Chris im Haus ist.« Er nickte steif, sagte gute Nacht, und ich lag die ganze Nacht grübelnd in meinem Bett – verzweifelt suchte ich nach einer Lösung für das Dilemma, in dem ich mich befand.

Jory schien mit dieser Situation ganz zufrieden zu sein. Er war nicht verwöhnt, er weinte und schrie nicht oder verlangte zuviel Aufmerksamkeit, er akzeptierte einfach. Er konnte ruhig dasitzen und minutenlang von einem zum anderen starren, als würde er uns liebevoll abschätzen und unsere Beziehungen zu ihm. Er hatte die Geduld von Chris, die süße Stille von Cory und nur gelegentlich das wilde Temperament seines Vaters – und seiner Mutter. Aber nichts an Jory erinnerte mich an Carrie. Er lächelte ständig, sie nie.

Carrie trug ihn oft auf dem Arm durch den Garten und erklärte ihm jede Blume, jeden Baum und jedes Blatt, auch wenn er mit diesen Erklärungen noch kaum etwas anfangen konnte. Aber durch sie lernte er früh viele neue Worte. Carrie sprach ständig mit ihm, solange sie bei ihm war. Während eines dieser vielen Gartenspaziergänge, als sie ihm gerade erzählt hatte, wie die Rosen mit ihrem starken Duft die Bienen anlocken, hob Carrie plötzlich den Blick zu mir und meinte mit einer seltsamen, gequält klingenden Stimme: »Du bist wie eine Rose, Cathy. Alle Bienen fliegen zu dir, und sie sehen mich nicht einmal da unten am Boden wachsen. Bitte, heirate nicht wieder, bevor ich auch meine Chance gehabt habe. Bitte, sei nicht immer um mich herum, falls je ein Mann in meine Richtung blicken sollte... Lächle ihn nie an, bitte.«

Wie schnell die Jahre doch vergehen, wenn man ein Kind hat, das einem jede Stunde erfüllt. Wir fotografierten den Kleinen alle wie verrückt: Jorys erstes Lächeln, sein erster Zahn, sein erstes Krabbeln von mir zu Chris, von mir zu Paul, zu Carrie, zu Henny.

Paul warb zwei Jahre lang um mich. Dieselben zwei Jahre, die Chris am Krankenhaus von Clairmont arbeitete. Sie konnten einander nicht verletzen, denn dafür liebten und respektierten sie sich zu sehr. Sie konnten nicht einmal über das, was zwischen ihnen stand, sprechen, außer über mich als Vermittlerin.

»Es ist diese Stadt«, sagte Chris. »Ich glaube, daß Carrie in einer anderen Stadt besser zurecht käme. Nach New York ist das hier einfach zu provinziell. Für uns alle wäre eine andere Umgebung besser.«

Wir spazierten in der Abenddämmerung, unserer Lieblingszeit, durch Pauls großen Garten. Paul machte gerade die Runde bei seinen Patienten, und Carrie spielte mit Jory, bevor sie ihn ins Bett brachte. In der Küche klapperte Henny mit Töpfen und Pfannen, damit jeder hörte, daß sie noch auf den Beinen und fleißig war.

Chris hatte seine Assistenzzeit hinter sich gebracht und wollte jetzt für drei Jahre seine Fachausbildung fortsetzen. Als er mir erzählte, daß er sich dafür nach einer Stelle an einem wesentlich bekannteren und renommierteren Krankenhaus umsah, fühlte ich einen regelrechten Schock. Er wollte mich verlassen!

»Es tut mir leid, Cathy, aber die Mayo-Klinik hat mich angenommen, und das ist eine große Ehre. Ich werde nur neun Monate dort arbeiten und dann hier meine fachärztliche Ausbildung fortsetzen. Warum kommst du nicht mit Jory die neun Monate mit?« Seine Augen schimmerten sehr hell und leuchtend. »Carrie kann doch hierbleiben und Paul Gesellschaft leisten.«

»Chris! Du weißt, daß ich das nicht tun kann.«

»Du willst also hierbleiben, auch wenn ich fortgehe?« fragte er verbittert.

»Wenn Julians Versicherungsgesellschaft mir endlich das

Geld auszahlen würde, könnte ich mir mein eigenes Haus leisten und meine eigene Tanzschule einrichten. Aber man besteht darauf, daß Julians Tod Selbstmord war. Ich weiß, daß die Police eine zweijährige Ausschlußfrist für Selbstmord hat, aber wir haben die Versicherung schon kurz nach unserer Heirat abgeschlossen – deshalb kann diese Klausel eigentlich nicht mehr gültig gewesen sein. Trotzdem wollen sie nicht zahlen.«

»Was du brauchst, ist ein guter Anwalt.«

Mein Herz schlug schneller. »Ja. Ja, den brauche ich. Chris, geh ohne mich an die Mayo-Klinik. Ich komme hier gut zurecht, und ich verspreche dir, daß ich niemanden heiraten werde, bevor du nicht zurück bist und mir deine Zustimmung gibst. Sieh du zu, daß du endlich für dich selbst jemanden findest. Schließlich bin ich nicht die einzige Frau auf der Welt, die unserer Mutter ähnlich sieht.«

Er wurde rot. »Warum, zum Teufel, willst du das so sehen? Es geht mir um dich, nicht um sie! Alles an dir, was nicht so ist wie sie, läßt mich dich gerade so brauchen und begehren!«

»Chris, ich wünsche mir einen Mann, mit dem ich schlafen kann, der mich in den Arm nimmt, wenn ich mich fürchte, mich küßt, und der mir das Gefühl gibt, daß ich nicht böse oder unwürdig bin.« Meine Stimme brach, als mir die Tränen kamen. »Ich wollte Mammi so sehr beweisen, wozu ich in der Lage bin, wollte die beste Primaballerina sein, aber nachdem Julian jetzt tot ist, kann ich nur noch weinen, wenn ich Ballettmusik höre. Er fehlt mir so, Chris.« Ich legte meinen Kopf an seine Brust und schluchzte. »Ich hätte ihn besser behandeln müssen, dann hätte er am Ende nicht durchgedreht. Er brauchte mich, und ich habe es nicht gemerkt. Du brauchst mich nicht. Du bist viel stärker als er. Paul braucht mich auch nicht wirklich, sonst würde er längst darauf bestanden haben, mich auf der Stelle zu heiraten ...«

»Wir könnten zusammenleben und ...« Seine Stimme versagte ihm, während seine Wangen sich noch tiefer röteten.

Ich schrie ihn an, sagte ihm zum hundertsten Mal, daß er mich endlich vergessen und eine andere suchen mußte, dann stürzte ich ins Haus. Auf der Veranda lief ich Paul in die Arme. Ich zuckte schuldbewußt zurück und starrte ihn an. Er wandte sich abrupt ab und ging schnell in die andere Richtung davon. Er mußte von hier oben alles mitbekommen haben! Ich machte auf dem Absatz kehrt und rannte zurück zu Chris, der seinen Kopf gegen eine von Pauls alten Eichen lehnte. »Sieh nur, was du angerichtet hast!« rief ich wütend. »Schlag dir mich endlich ein für allemal aus dem Kopf, Chris! Ich bin nicht die einzige Frau auf der Welt!«

Tränenblind wandte er mir den Kopf zu und murmelte leise: »Für mich bist du die einzige auf der Welt.«

Es wurde Oktober, und für Chris kam die Zeit der Abreise. Ihm beim Packen zuzusehen, zu wissen, daß er fortging, mich zu verabschieden, als würde ich mir kaum etwas daraus machen, war so schlimm, daß ich mich unter meinem Lächeln todkrank fühlte.

Ich verzog mich oft in den Garten und weinte zwischen den Rosenhecken. Doch von nun an würde alles einfacher sein. Ich würde Paul nicht ständig zurückweisen müssen, um Chris nicht zu verletzen. Ich brauchte nicht mehr jedes Lächeln sorgsam abzuwägen und jede Geste der Zuneigung mit einer entsprechenden Geste für den anderen auszubalancieren. Jetzt lag ein klarer, gerader Weg zu Paul vor mir – doch dann kam etwas dazwischen. Das war das Bild meiner Mutter, wie sie, ihren Mann einen halben Schritt hinter sich, aus dem Flugzeug stieg. Sie kam zurück nach Greenglenna! Ich schnitt das Foto aus der Zeitung aus und klebte es zu den anderen in mein Album. Wenn sie nicht zurückgekommen wäre, vielleicht hätte ich Paul wirklich damals auf der Stelle geheiratet. Aber so, wie sich die Dinge entwickelten, tat ich etwas völlig anderes und Unvorhersehbares.

Madame Marisha kam gut zurecht mit ihrer Ballettschule, aber sie brauchte doch nach Georges Tod eine Hilfe. Deshalb ging ich zu ihr und überzeugte sie davon, daß ich die richtige zweite Kraft für ihre Schule war, auch für den Fall, daß sie einmal... Nun, man konnte ja nie wissen...

»Ich habe nicht vor, in der nächsten Zeit zu sterben«, fuhr sie mich an. Dann nickte sie etwas verträglicher, während ihre Ebenholzaugen mich mißtrauisch verfolgten. »Ja, ich nehme an, daß du mich für eine alte Frau halten mußt, auch wenn ich selbst das nie tue. Aber versuche nicht, den Laden hier zu übernehmen und an meine Stelle zu treten. Ich bin die Chefin hier, und das werde ich so lange sein, bis ich unter der Erde liege!«

Schon gegen Ende November hatte ich erkannt, daß eine Zusammenarbeit mit Madame Marisha nicht möglich war. Sie hatte über alles und jedes ihre festen Ansichten, während ich über den Ballettunterricht einige eigene Vorstellungen mitbrachte. Aber ich brauchte Geld, und ich brauchte ein eigenes Haus. Ich war noch nicht zu einer Heirat mit Paul bereit, aber wenn ich hier in Clairmont bei ihm blieb, würde genau das in kürzester Zeit geschehen. Ich hatte jetzt genug Jahre der Vorbereitung und des Planens verbracht. Es wurde Zeit, daß ich meinen ersten Zug unternahm. Und zu meiner ersten Spielfigur wollte ich den Rechtsanwalt machen, Mammis Mann. Doch das konnte nicht vernünftig laufen, solange ich bei Paul lebte. Und deshalb erklärte ich ihm, daß ich ein eigenes Zuhause brauchte, um nach Julians Tod wieder wirklich zu mir zu finden und zu erkennen, was für ein Leben ich mir wünschte. Er warf mir einen erstaunten Blick zu und runzelte leicht besorgt die Stirn. »In Ordnung, Catherine, du mußt tun, was du für richtig hältst. Du würdest dich sowieso von niemandem daran hindern lassen.«

»Es ist auch wegen Chris, dem es nicht gefällt, daß ich hier allein bei dir wohne, ohne ihn... Er meint, ich würde zu abhängig von dir...« Meine letzten Worte klangen lahm und unglaubwürdig, und sie waren schlicht gelogen.

»Ich verstehe«, sagte er mit einem feinen Lächeln. »Seit Julians Tod befinde ich mich mit deinem Bruder in einem Wettstreit um deine Liebe. Ich habe versucht, mit ihm darüber zu sprechen, aber er wollte nicht. Ich habe versucht mit dir darüber zu sprechen, aber du wolltest auch nichts davon hören. Also geh, und lebe für dich allein, finde deine eigene Identität, und wenn du dich erwachsen genug fühlst, wie eine Frau zu handeln, dann komm zurück zu mir.«

Der erste Zug

Sobald ich mich in einem kleinen, gemieteten Haus auf dem Land, auf halbem Weg zwischen Clairmont und Greenglenna gelegen, eingerichtet hatte, schrieb ich meiner Mutter einen Erpresserbrief. Nun war ich wirklich hoch verschuldet, hatte ein Kind, und mußte mich dazu noch um Carrie kümmern. Noch immer zahlte ich an den enormen Schulden, die Julian in New York gemacht hatte. Seine Krankenhausrechnung, seine Beerdigung und auch meine Krankenhausrechnung für Jorys Geburt, alles mußte ich noch abbezahlen – auf Raten. Kreditkarten lösen finanzielle Probleme eben nicht auf Dauer. Keinen Augenblick lang dachte ich daran, auch nur einen weiteren Cent von Paul anzunehmen. Er hatte mehr als genug getan. Ich wollte beweisen, daß ich besser war als Mammi, fähiger, lebenstüchtiger, moralischer ... und was tat ich? Ich schrieb ihr einen Brief, so wie sie ihrer Mutter nach Daddys Tod geschrieben hatte. Warum sollte ich nicht eine lumpige Million verlangen? Sie stand in unserer Schuld! Es war genauso unser Vermögen wie ihres! Mit diesem Geld würde ich alle Schulden bezahlen können, Paul alles zurückgeben und für Carrie alles tun, um sie glücklich zu machen. Und wenn ich mich irgendwo doch schämte, einfach genauso zu handeln wie sie damals – auf gewisse Art jedenfalls –, dann redete ich mir selbst ein, daß Mammi ja selbst dafür verantwortlich war, wie sich alles für mich entwickelt hatte. Sie forderte es ja regelrecht heraus! Jory sollte es nicht an irgend etwas fehlen, wenn sie ein Leben in Überfluß führte, wie ich es täglich den Klatschspalten entnehmen konnte.

Nach einigen Versuchen, die nicht zu meiner vollen Zufriedenheit ausfielen, fand ich schließlich den richtigen Ton und schrieb:

Liebe Mrs. Winslow,
es war einmal in Gladstone, Pennsylvania. Dort lebte ein Mann mit seiner Frau, die hatten vier Kinder. Und alle Leute nannten sie die Meißnerpuppen. Nun liegt eine dieser Puppen in einem einsamen Grab, eine andere Puppe ist nicht richtig gewachsen, weil es ihr an Sonne und frischer Luft gefehlt hat und an der Liebe, die ihre Mutter ihr in schwerster Zeit vorenthielt.

Die Ballerina-Puppe hat jetzt aber selbst einen kleinen Sohn, und es fehlt ihr an Geld. Ich weiß, Mrs. Winslow, daß Sie nicht viel übrig haben für Kinder, die einen dunklen Schatten über Ihr sonniges Luxusleben werfen, deshalb will ich direkt zur Sache kommen. Die Ballerina-Puppe verlangt die sofortige Zahlung von einer Million Dollar – wenn Sie auch nur eine Ihrer Millionen behalten wollen. Sie können diese Summe als Scheck an das Postfach schicken, das im Absender genannt ist. Und seien Sie versichert, Mrs. Winslow, für den Fall, Sie kommen diesem Wunsch nicht nach, werden die Ohren von Mr. Bartholomew Winslow gewisse Horrorgeschichten zu hören bekommen, von denen ich sicher bin, daß Sie ihn nichts wissen lassen möchten.

Herzlichst, Ihre Ballerina-Puppe
Catherine Dollanganger-Marquet

Jeden Tag wartete ich nun darauf, einen Scheck in der Post zu finden. Jeden Tag wurde ich enttäuscht. Ich schrieb einen weiteren Brief, dann noch einen und noch einen. Sieben Tage hintereinander schickte ich täglich einen Brief an sie, während in meiner Brust eine böse Flamme des Zorns wuchs und wuchs. Was war für sie, die über ein so riesiges Vermögen verfügte, schon eine armselige Million? Ich hatte schließlich nicht zu viel verlangt. Ein Teil des Geldes gehörte uns doch sowieso.

Nach Monaten fruchtlosen Wartens, Weihnachten und Neujahr waren längst vergangen, entschied ich, daß es nun an der Zeit war, andere Schritte zu unternehmen. Sie hatte also vor, mich zu ignorieren. Ich suchte mir aus dem Telefonbuch von Greenglenna eine bestimmte Nummer heraus, und im Handumdrehen hatte ich einen Termin bei Bartholomew Winslow, dem bekannten Anwalt.

Inzwischen war es Februar, und Jory wurde drei. Er blieb an dem Nachmittag in Carries Obhut, als ich mich, frisch vom Friseur und in einem eleganten engen Kleid, in die Kanzlei Winslow aufmachte, um mir den Mann meiner Mutter anzusehen. Nun würde ich ihn endlich wieder aus der Nähe zu sehen bekommen – und diesmal hatte er die Augen auf. Langsam erhob er sich hinter seinem Schreibtisch, einen seltsam nachdenklichen Ausdruck in seinem Gesicht – als hätte er mich schon einmal irgendwo gesehen, könnte sich aber nicht mehr recht erinnern, bei welcher Gelegenheit. Ich mußte an jene Nacht denken, als ich mich in Mammis luxuriöses Schlafzimmer geschlichen und dort einen schlafenden Bart Winslow im Sessel gefunden hatte. Damals hatte ich nicht widerstehen können, ihm einen Kuß auf den Mund zu hauchen ... und er hatte gar nicht fest geschlafen, nur gedöst, die Augen aufgeschlagen, mich gesehen, aber mich für einen Teil seiner Träume gehalten. Wegen dieses gestohlenen Kusses war Chris so verrückt geworden, daß er sein Verlangen nach mir nicht mehr zügeln konnte. Alles war so gekommen, wie es gekommen war ... und alles war ihre Schuld.

Er lächelte mich also an, der elegante, gutaussehende Mann meiner Mutter, und zum erstenmal verspürte ich, welche überwältigende Ausstrahlung dieser Mann hatte. Erkennen blitzte in seinen Augen auf. »Wenn das nicht Miss Catherine Dahl ist, die wunderbare Ballerina, die mir bei jeder Vorstellung mit ihrem Tanz den Atem raubt. Ich bin entzückt, daß Sie die Hilfe eines Anwalts brauchen und mich dafür ausgewählt haben, auch wenn ich mir beim besten Willen nicht vorstellen kann, um was es geht.«

»Sie haben mich tanzen sehen?« fragte ich erstaunt. Wenn er mich gesehen hatte, dann mußte auch Mammi meine Vorstellungen erlebt haben! Und ich hatte nie etwas davon gewußt. Ein seltsames Gefühl stieg in mir auf, fast etwas wie Wärme und Dankbarkeit, denn irgendwo tief in meinem Inneren sehnte ich mich trotz all des Hasses nach ihrer Anerkennung und Liebe wie eben jede Tochter.

»Meine Frau ist ein Ballettfan«, fuhr er fort. »Um die Wahrheit zu sagen, als sie begann, mich in jede von Ihren Vorstellungen zu zerren, war ich erst nicht sonderlich begeistert. Aber bald begann ich, es zu genießen, besonders, wenn Sie und Ihr Mann die Hauptrollen tanzten. Heute kommt es mir fast so vor, als hätte meine Frau ihre Liebe zum Ballett überhaupt erst durch Sie und Ihren Mann entdeckt. Ich hatte schon Angst, sie hätte ein Auge auf Ihren Mann geworfen – er sieht mir ein bißchen ähnlich.« Er nahm meine Hand und führte sie an seine Lippen, während seine Augen mich bei seiner leichten Verbeugung von unten herauf anblitzten. Der lächelnde Charme eines Mannes, der wußte, daß er ein Frauentyp war und eine lange Liste von Eroberungen führte. »Sie sind hier sogar noch schöner als auf der Bühne. Aber was hat Sie in diese Ecke des Landes verschlagen?«

»Ich lebe hier.«

Er rückte mir einen Stuhl zurecht und setzte sich mir gegenüber auf die Schreibtischkante, während er keinen Blick von meinen Beinen ließ, als ich sie übereinanderschlug. Er bot mir eine Zigarette an, die ich ablehnte, zündete sich selbst eine an und fragte: »Haben Sie eine Tourneepause? Auf Besuch bei Ihrer Schwiegermutter?«

Ich merkte, daß er offenbar von der Sache mit Julian nichts gehört hatte. »Mr. Winslow, mein Mann starb vor mehr als drei Jahren an den Folgen eines Autounfalls. Haben Sie nichts davon gelesen?«

Er wirkte schockiert und ein bißchen verlegen. »Nein, das tut mir leid. Mein aufrichtiges Beileid.« Er seufzte und drückte seine halb gerauchte Zigarette aus. »Sie beide waren ein phantastisches Paar auf der Bühne, was für ein Verlust. Meine Frau hat manchmal geweint, so beeindruckt war sie von Ihren Vorstellungen.«

O ja! Jede Wette, daß sie beeindruckt war. Ich schob die Fragen zur Seite, die sich mir aufdrängten, und kam direkt auf den Anlaß meines Besuches, indem ich ihm Julians Versicherungspolice reichte. »Er hat die Versicherung kurz nach unserer Hochzeit abgeschlossen. Aber jetzt will die Versicherung nicht bezahlen, weil sie davon ausgehen, daß er sich den Schlauch des Tropfes im Krankenhaus durchgeschnitten hat und damit selbst für seinen Tod verantwortlich ist. Wie Sie aus den Bedingungen auf der Rückseite entnehmen können, gibt es jedoch nur eine zweijährige Ausschlußfrist für Selbstmord.«

Er setzte sich hinter seinen Schreibtisch, studierte die Police sorgfältig und sah dann wieder zu mir auf. »Ich werde sehen, was ich tun kann. Brauchen Sie das Geld sehr dringend?«

»Wer braucht kein Geld, Mr. Winslow, es sei denn, er wäre Millionär?« Ich lächelte und warf in der Art meiner Mutter mein Haar zurück. »Ich habe Hunderte von Rechnungen zu bezahlen und muß mich um meinen kleinen Sohn kümmern.«

Er fragte mich nach dem Alter meines Sohnes, und ich erzählte es ihm. Er wirkte verwirrt und verunsichert in mehr als einer Hinsicht, während ich ihn mit schläfrigen, halb geschlossenen Augen, den Kopf leicht zur Seite geneigt, in einer Manier ansah, mit der meine Mutter Männer zu betrachten pflegte. Ich war erst fünfzehn, als ich ihn geküßt hatte. Inzwischen sah er noch wesentlich besser aus. Sein reifes Gesicht war lang und hager, die Wangenknochen standen etwas zu weit vor, aber auf eine sehr kraftvolle, männliche Art sah er extrem anziehend aus. Etwas an ihm verriet eine wilde, weit über das Gewöhnliche hinausgehende Leidenschaft. Übrigens auch kein Wunder, daß meine Mutter keinen Scheck geschickt hatte, wahrscheinlich wurden ihr meine Erpresserbriefe noch immer um die halbe Welt nachgeschickt, ohne sie eingeholt zu haben.

Bart Winslow stellte noch ein halbes Dutzend weiterer Fragen, dann versprach er, sich der Sache anzunehmen. »Ich bin ein nicht zu unterschätzender Anwalt, wenn meine Frau mir die Zeit läßt, mich um meine Kanzlei zu kümmern und einen Fall anzunehmen.«

»Ihre Frau ist sehr reich, nicht wahr?«

Das schien ihm unangenehm zu sein. »Ich nehme an, daß man das sagen kann«, antwortete er steif und ließ mich deutlich merken, wie wenig er dieses Thema schätzte.

Ich stand auf, um zu gehen. »Ich wette, Ihre reiche Frau führt Sie wie einen Pudel an einer goldenen Leine, Mr. Winslow. So sind reiche Frauen nun mal. Sie haben nicht die geringste Ahnung davon, was es heißt, sich seinen Lebensunterhalt selbst zu verdienen. Und ich frage mich, ob Sie davon eine Ahnung haben.«

»Mein Gott«, rief er, sprang hinter seinem Schreibtisch auf,

»warum sind Sie denn überhaupt zu mir gekommen, wenn Sie so von mir denken? Gehen Sie zu einem anderen Anwalt, Miss Dahl. Ich lege keinen Wert auf Klienten, die mich beleidigen und an meinen Fähigkeiten zweifeln.«

»Nein, Mr. Winslow, ich will Sie. Ich will, daß Sie beweisen, was Sie von Ihrem Handwerk verstehen. Vielleicht können Sie es sich bei dieser Gelegenheit auch gleich selbst beweisen – daß Sie nicht nur das gekaufte Spielzeug einer reichen Frau sind.«

»Sie haben das Gesicht eines Engels, Miss Dahl, aber eine teuflische Zunge! Ich werde zusehen, daß die Versicherungsgesellschaft bald zahlt. Ich werde ihr einen Prozeß androhen, und ich wette 10 : 1, daß Sie in zehn Tagen Ihr Geld haben.«

»Gut«, sagte ich. »Geben Sie mir Bescheid, sobald Sie wissen, wann ich das Geld bekomme. Denn wenn ich das Geld habe, will ich umziehen.«

»Wohin?« fragte er und kam zu mir, um zum Abschied meine Hand zu ergreifen. Ich lachte und sah ihn auf jene besondere Art an, mit der eine Frau einen Mann für sich interessieren kann: »Ich werde Sie es wissen lassen, für den Fall, daß Sie mit mir in Kontakt bleiben wollen.«

Zehn Tage später tauchte Bartholomew Winslow getreu seinen Worten bei mir in der Ballettschule auf und überreichte mir einen Scheck über einhunderttausend Dollar. »Ihr Honorar?« fragte ich und scheuchte mit einer Handbewegung die Ballettschülerinnen weg, die sich um uns gesammelt hatten. Ich trug ein hautenges Übungstrikot, und er konnte keinen Blick von mir nehmen. Er fraß mich fast mit den Augen.

»Ein Dinner um acht, nächsten Dienstag abend. Tragen Sie blau, passend zu Ihren Augen, und dann besprechen wir das Honorar«, sagte er, drehte sich um und ging, ohne auch nur meine Antwort abzuwarten.

»Wer war dieser Mann, der dir den Scheck gegeben hat?« wollte Madame Marisha wissen, als die Unterrichtsstunde vorbei war.

»Ein Anwalt, den ich beauftragt habe, Julians Versicherungsgesellschaft endlich zur Zahlung zu zwingen – und das ist ihm auch gelungen.«

»Aha«, sagte sie und ließ sich in ihren alten Drehstuhl neben dem Klavier fallen. »Nachdem du jetzt das Geld hast, um deine

Rechnungen zu bezahlen, nehme ich an, du wirst die Arbeit bei mir an den Nagel hängen und fortgehen, oder?« Ich versuchte ihr zu erklären, daß wir schließlich beim Unterricht nicht besonders gut miteinander zurechtkamen, und es für uns beide wohl die beste Lösung war, wenn ich mir etwas anderes suchte. Natürlich widersprach sie mir schon aus Prinzip, sagte mir dann aber auf den Kopf zu, ich wolle ihr ja nur mit einer eigenen Ballettschule Konkurrenz machen, obwohl sie doch ihre Schule irgendwann an mich weitergeben wollte. »Aber tu, was du willst, Kind, nur laß mir Julians Sohn für den Ballettunterricht«, jammerte sie.

»Madame, es tut mir leid, aber ich werde Jory auf jeden Fall bei mir behalten.«

»Warum? Glaubst du, du könntest ihn genauso gut unterrichten wie ich?«

»Da bin ich mir nicht so sicher, aber ich glaube schon. Und es könnte ja auch sein, daß mein Sohn gar kein Tänzer werden will«, fuhr ich fort, ihre harten Holzaugen ignorierend. »Falls er sich aber doch eines Tages dazu entscheidet, werde ich wohl keine schlechtere Lehrerin sein als jede andere.«

»Falls er sich dazu entscheidet?« Worte wie Kanonenschüsse. »Was für eine andere Wahl hat Julians Sohn, als sich für den Tanz zu entscheiden? Es ist in seinen Knochen, in seinem Kopf – und vor allem ist es in seinem Blut und in seinem Herzen! Er tanzt – oder er stirbt!«

Ich stand auf, um zu gehen. Eigentlich wäre ich gerne freundlich zu ihr gewesen und hätte ihr gerne Anteil am Leben ihres Enkelkindes gewährt ... aber die böse Entschlossenheit in ihren harten Augen ließ mich meinen Vorsatz ändern. Sie würde aus meinem Sohn das gleiche machen, was sie aus Julian gemacht hatte, einen Menschen, der nie Erfüllung finden konnte, weil das Leben ihm nie eine Wahl gelassen hatte.

»Ich wollte Ihnen heute so etwas eigentlich nicht sagen, Madame, aber Sie zwingen mich dazu. Sie haben Julian glauben gemacht, daß er ohne den Tanz nicht leben könnte. Er hätte sich von seinen Verletzungen erholt, aber er muß mitgehört haben, wie Sie mir an seinem Krankenbett sagten, daß es für ihn mit dem Tanzen vorbei sei. Und deshalb hat er den Tod gewählt! Allein die Tatsache, daß er den Arm wieder so gut bewegen konnte, der Nachtschwester die fatale Schere aus der Tasche zu stehlen, beweist, wie weit er schon wieder auf dem Weg der Besserung war. Nun, Madame... das werden Sie mit meinem Sohn nicht machen! Mein Sohn wird sich sein Leben selbst aussuchen dürfen – und ich bete darum, daß er sich nicht für das Ballett entscheidet!«

»Du Närrin!« fuhr sie mich an und sprang auf, »es gibt nichts Besseres als die Bewunderung des Publikums und den donnernden Applaus, das Gefühl der Rosen in deinen Armen! Du wirst es schon früh genug selbst vermissen! Du glaubst, du könntest den Enkel meines Mannes von der Bühne abhalten? Jory wird tanzen, und bevor ich sterbe, werde ich ihn auf der Bühne sehen – oder er wird sterben wie Julian! Du möchtest gerne die Mammi spielen«, schnaubte sie und verzog verächtlich die Lippen, »das Weibchen dieses großen hübschen Doktors, ja? Und ihm auch ein Kind auf die Welt bringen? Na... zur Hölle mit dir, Catherine, wenn das alles ist, was du dir vom Leben wünschst.« Sie unterbrach sich und kämpfte mit einem Schluchzen, das tief in ihrer Kehle saß und ihre schrille Stimme weich und heiser klingen ließ. »Nur zu... heirate diesen großen Doktor, der dir schon so lange am Herzen liegt – und ruiniere sein Leben auch noch!«

»Sein Leben auch noch ruinieren?« wiederholte ich dumpf. »Was soll das heißen?«

Sie trat dicht an mich heran. »Irgend etwas nagt an dir, Catherine! Etwas frißt an deiner Seele. Etwas, das so bitter und böse ist, daß deine Augen davon hart werden und du im Schlaf mit den Zähnen knirschst! Ich kenne deine Sorte. Du zerstörst jeden, der sich mit dir einläßt, und Gott möge den nächsten Mann schützen, der dich so liebt, wie mein Sohn es getan hat!«

Völlig unerwartet legte sich ein rätselhafter, unsichtbarer Mantel um mich und hüllte mich in die kühle, distanzierte Überlegenheit meiner Mutter. Nie zuvor hatte ich mich so unberührbar gefühlt. »Vielen Dank für diese Erleuchtung, Madame. Leben Sie wohl und viel Glück. Sie werden weder mich noch Jory wiedersehen.« Ich drehte mich um und ging.

Dienstag abend tauchte Bart Winslow an der Tür meines Häuschens auf. Er hatte sich in einen sehr eleganten Anzug geworfen, und ich trug wunschgemäß blau. Er lächelte erfreut, daß ich ihm gehorchte. Er führte mich in ein chinesisches Restaurant aus, wo wir mit Stäbchen aßen und alles schwarz und rot war.

»Sie sind die schönste Frau, die ich je gesehen habe, mit Ausnahme meiner eigenen«, sagte er, während ich den Horoskopspruch las, der um meine Stäbchen gewickelt war: Hüte dich vor impulsivem Handeln.

»Die meisten Männer reden nicht über ihre Frau, wenn sie mit einer anderen ausgehen ...«

Er unterbrach: »Ich bin auch nicht die meisten Männer. Ich wollte Sie nur wissen lassen, daß Sie nicht die schönste Frau sind, die ich kenne.« Ich lächelte ihn verführerisch an und beobachtete dabei scharf seine Augen. Ich sah, daß ich ihn irritierte und bezauberte, aber vor allem ein Rätsel zu sein schien. Und als wir tanzten, erfuhr ich auch noch, daß ich ihn aufregte. »Was ist schon Schönheit ohne Verstand im Kopf?« fragte ich, meine Lippen dicht an seinen Ohren, wozu ich mich auf die Zehenspitzen recken mußte. »Was ist eine Schönheit, die altert und zu viele Pfunde ansetzt und für niemanden mehr eine Konkurrenz sein kann?«

»Sie sind das verfluchteste Frauenzimmer, das mir je begegnet ist.« Seine Augen blitzten. »Wie können Sie es wagen anzudeuten, meine Frau wäre dumm, alt und fett? Sie sieht sehr jung aus für ihr Alter.«

»Sie auch«, sagte ich mit einem kleinen spöttischen Lachen. Er errötete. »Aber machen Sie sich nichts draus, Herr Rechtsanwalt... ich wetteifere nicht mit Ihrer Frau. Ich kann keinen Schoßhund gebrauchen.«

»Meine Liebe«, sagte er kalt, »Sie werden auch keinen bekommen, jedenfalls nicht in mir. Ich bin dabei, meine Kanzlei nach Virginia zu verlegen. Die Mutter meiner Frau ist krank, und deshalb müssen wir zu ihr ziehen. Sobald Sie meine Rechnung bezahlt haben, können Sie sich getrost von dem Mann verabschieden, der offenbar nur Ihre schlechtesten Seiten zutage bringt.«

»Sie haben Ihr Honorar noch nicht genannt.«

»Das habe ich auch noch nicht festgesetzt.«

Nun wußte ich, wo ich hingehen würde. Zurück nach Virginia, um mir irgendwo in der Nähe von Foxworth Hall ein Haus zu suchen.

Nun würde meine Rache wirklich ihren Anfang nehmen.

»Aber Cathy«, jammerte Carrie, die völlig aufgelöst darüber war, daß wir Paul und Henny verließen. »Ich will hier nicht fort! Ich liebe Dr. Paul und Henny! Du kannst hingehen, wo du willst, aber laß mich hier! Merkst du denn nicht, daß Dr. Paul uns bei sich behalten möchte? Macht es dir nichts aus, wenn du ihm weh tust? Immer mußt du ihn verletzen! Ich will nicht mit!«

»Dr. Paul ist mir sehr wichtig, Carrie, und ich möchte ihn auf keinen Fall verletzen, aber es gibt trotzdem bestimmte Dinge, die ich tun muß, und zwar jetzt tun muß. Und Carrie, du gehörst zu mir und Jory. Paul muß endlich Gelegenheit bekommen, sich ohne einen ganzen Schwarm Kinder im Haus eine Frau suchen zu können. Siehst du denn nicht, wie wir ihn von seinem eigenen Leben abhalten?«

Sie wich vor mir zurück und starrte mich an. »Cathy, er will dich zur Frau!«

»Das hat er schon sehr, sehr lange nicht mehr zu mir gesagt.«

»Aber doch nur, weil du dir in den Kopf gesetzt hast, fortzugehen und etwas anderes zu tun. Er hat mir gesagt, daß er dir auf keinen Fall bei irgendwelchen Plänen im Weg stehen will. Dafür liebt er dich zu sehr. Wenn ich er wäre, würde ich dich zwingen, bei mir zu bleiben, ganz egal, was du vorhättest!«

Sie schluchzte, rannte aus dem Zimmer und knallte die Tür hinter sich zu.

Ich fuhr zu Paul und erzählte ihm, wohin ich gehen wollte und warum. Sein fröhliches Gesicht wurde traurig, und seine Augen blickten ins Leere. »Ja, ich habe schon lange vermutet, daß du eines Tages dorthin zurückgehen und deiner Mutter direkt gegenübertreten würdest. Ich habe gesehen, wie du deine Pläne geschmiedet hast, aber ich hatte gehofft, du würdest mich bitten, mit dir zu kommen.«

»Es ist etwas, das ich allein tun muß«, erklärte ich und drückte seine beiden Hände fest an meine Brust. »Bitte versteh mich, ich liebe dich und werde dich immer lieben.«

»Ich verstehe«, sagte er einfach. »Ich wünsche dir viel Glück, meine Catherine. Ich wünsche dir, daß alle deine Tage hell und voller Sonne sind und daß du bekommst, was du dir wünschst – ob ich nun dazugehöre oder nicht. Wenn du mich brauchst, falls das je der Fall sein sollte, werde ich da sein und für dich tun, was ich kann. Jede Minute wirst du mir fehlen, und ich werde in Liebe an dich denken... denk daran, wenn du mich haben willst, bin ich immer für dich bereit.«

Ich verdiente einen Mann wie ihn nicht. Er war viel zu gut für jemanden wie mich.

Ich wollte nicht, daß Chris oder Carrie zu früh erfuhren, in welchen Teil von Virginia es mich zog. Ich schrieb Chris oft, erwähnte aber von meinem bevorstehenden Umzug kein Wort... Er würde es früh genug herausfinden, sobald ihm mein neuer Absender auffiel.

Im Mai, nach Carries zwanzigstem Geburtstag, den wir ohne Chris hatten feiern müssen, fuhr ich mit Carrie und Jory in meinem Wagen nach Virginia. Ich kehrte zurück zu den Bergen unserer düstersten Kinderjahre, meine kleine Schwester und mein Sohn neben mir auf dem Vordersitz.

Sirenengesang der Berge

Im letzten Augenblick hatte ich mich entschieden, daß ich es zur Zeit nicht riskieren konnte, Bart Winslow auch nur so lange zu treffen, um ihm sein Honorar zu zahlen. Deshalb hatte ich ihm einen Scheck über zweihundert Dollar in den Briefkasten geworfen. Das schien mir genug – ob es das nun war oder nicht.

Mit Carrie neben mir und Jory auf ihrem Schoß fuhr ich auf dem direkten Weg zu den Blue Ridge Mountains. Als wir erst einmal unterwegs waren, begann Carrie sich richtig für die Fahrt zu begeistern. Ihre großen blauen Augen leuchteten, während sie ständig über alles sprach, an dem wir vorbeifuhren. »Oh, ich bin so gerne unterwegs!« sagte sie glücklich. Als Jory müde wurde, machte Carrie ihm auf dem Rücksitz ein Bett für die Nacht und setzte sich zu ihm nach hinten, damit er nicht vom Sitz rollen konnte. Je weiter wir in den Nordwesten von Virginia kamen, desto stiller wurde Carrie. Sie starrte immer wieder lange aus dem Fenster und warf mir dann einen eigentümlichen Blick zu, in ihren blauen Augen einen Anflug von Angst. »Cathy, kehren wir nach dort zurück?«

»Nein, nicht direkt.« Das war alles, was ich erklärte, bis wir ein Hotel für die Nacht gefunden hatten, wo wir schnell erschöpft in die Betten sanken.

Am nächsten Morgen trafen wir uns mit einer Immobilien-Maklerin, an die ich geschrieben hatte. Sie fuhr uns in ihrem Wagen in der Gegend herum und zeigte uns in Frage kommende kleinere Häuser im näheren Umkreis von Foxworth Hall. Es gab nicht viel Auswahl, denn die meisten Häuser in der Gegend waren große, teure Anwesen reicher Familien, richtige kleine Paläste mit viel Land darum herum. Wie die Maklerin erklärte, gab es als kleinere Häuser praktisch nur ehemalige Gästehäuser oder Wohnungen für das Personal zu mieten, die irgendwann einmal zu einem der hiesigen Anwesen gehört hatten. Schließlich fanden wir eins mit einem hübschen Blumengarten, eine Art Landhaus mit fünf Zimmern, von denen Carrie und ich sofort begeistert waren. Zu meiner Überraschung erfuhr ich, daß unser Haus früher Bediensteten von Foxworth Hall gehört hatte und daß es nach dem Tod des alten Foxworth verkauft worden war. Es war sehr gepflegt, und man sah ihm an, daß seine Vorbesitzer sich viel Mühe mit ihm gegeben hatten.

Ich merkte schnell, daß auch hunderttausend Dollar wenig Geld sein können, wenn man so viele alte Rechnungen zu bezahlen hatte wie ich; dann die erste Jahresrate für das Haus – es war abzusehen, daß von der Versicherungssumme bald nicht mehr viel übrig sein würde. Aber ich hatte meinen Umzug gründlich vorausgeplant. Während Carrie mit Jory in einem Motel blieb, in dem wir uns bis zum Einzug in unser neues Heim einquartiert hatten, machte ich meinen Besuch bei einer Ballettlehrerin, die ihre Schule verkaufen und sich zur Ruhe setzen wollte. Sie war blond, sehr klein und ging schon auf die Siebzig zu. Sie schien sich darüber zu freuen, mich zu sehen, und wir wurden uns über die Summe für die Übernahme der Schule schnell einig. »Ich habe Sie und Ihren Mann tanzen sehen. Wirklich, Miss Dahl, auch wenn ich entzückt darüber bin, daß Sie meine Schule fortführen wollen, ist es eine Schande, daß Sie sich schon so früh aus dem Bühnenleben zurückziehen. Ich hätte nie den Tanz schon mit siebenundzwanzig aufgeben können, niemals!«

Aber sie war nicht ich. Sie hatte nicht meine Vergangenheit und sicher auch keine vergleichbare Kindheit erlebt. Als sie meine Entschlossenheit sah, das Geschäft abzuschließen, gab sie mir die Liste ihrer Schüler. »Die meisten der Kinder hier sind von den reichen Leuten, die hier in den Bergen ihre großen Häuser haben, und ich glaube nicht, daß unter ihnen welche ernsthaft daran interessiert sind, professionelle Ballett-Tänzer zu werden. Sie sind bei mir, weil ihre Eltern sie in Ballettkostümen so hübsch und niedlich finden. Es ist mir nicht gelungen, unter ihnen auch nur eine einzige echte Begabung zu entdekken.«

Alle drei Schlafzimmer in unserem Haus waren sehr klein, aber das Wohnzimmer hatte mit seiner L-Form angenehm viel

Raum. Es befand sich ein hübscher Kamin darin, mit Bücherregalen rechts und links. Die kleinere Hälfte des Zimmers richteten wir als Eßzimmer her. Carrie und ich strichen die Wände selbst an, und nach einer Woche schimmerten sie alle in einem weichen Grünton. Mit den weißen Holzbalken dazwischen sah das sehr wohnlich aus. Nur Carrie bekam wie immer ein Zimmer in hellen Farben mit viel Rot.

Nach drei Wochen hatten wir uns bereits richtig eingewöhnt und zu einem neuen Alltag gefunden. Ich unterrichtete in der Ballettschule über der örtlichen Apotheke, und Carrie besorgte den Haushalt und kümmerte sich um Jory. Sooft wie möglich nahm ich Jory auch mit in meine Ballettklassen, nicht nur um Carrie zu entlasten, sondern auch, weil ich ihn am liebsten bei mir hatte. Ich erinnerte mich außerdem auch an Madame Marishas Worte, ihn zuhören zu lassen, um ihm ein Gefühl für den Tanz zu geben.

Eines Samstags morgens, früh im Juni, saß ich am Fenster und blickte zu den Bergen in ihrem blauen Dunst hinauf, die sich nie zu verändern schienen. Auch das Haus der Foxworth war noch immer dasselbe.

»Woran denkst du?« fragte Carrie. »Du denkst nicht vielleicht zufällig gerade daran, daß wir Dr. Paul und Henny bald besuchen müßten? Das würde ich mir jedenfalls wünschen.«

»Wirklich, Carrie, du weißt, daß ich hier im Augenblick nicht fort kann. Es ist bald Zeit für die ersten Kinderaufführungen, die meine Jungen und Mädchen tanzen. Und für diese kleinen Ballettvorstellungen zahlen mir die Eltern ja im Grunde das Geld. Ohne diese Aufführungen haben sie nichts, womit sie bei ihren Freunden und Verwandten Eindruck machen können. Aber vielleicht könnten wir Paul und Henny fragen, ob sie uns nicht hier besuchen wollen.«

Carrie verzog das Gesicht, aber dann begann sie plötzlich aus einem Grund zu lächeln, den ich nicht sofort begriff. »Weißt du, Cathy, der Mann, der uns den neuen Ofen eingebaut hat, er war jung und sah gut aus. Und als er mich mit Jory sah, fragte er, ob das mein Sohn wäre. Ich mußte lachen, und er lächelte auch. Sein Name war Theodore Alexander Rockingham, aber er bat mich, ihn Alex zu nennen.« Hier hielt sie inne und sah mich voller Angst an, aber auch fast zitternd vor Hoffnung. »Cathy, er hat mich gefragt, ob ich mit ihm ausgehen wolle.«

»Und, hast du angenommen?«

»Nein.«

»Warum nicht?«

»Ich kenne ihn doch gar nicht gut genug. Er sagt, er ginge aufs College und würde diese Montagearbeit in den Ferien machen, um sich sein Studium zu finanzieren. Er sagt, er wolle Elektroingenieur werden oder vielleicht auch Pfarrer... Er hat sich da noch nicht entschieden.« Sie lächelte flüchtig, und in diesem Lächeln mischten sich Stolz und Verlegenheit. »Cathy, er scheint überhaupt keine Notiz davon zu nehmen, daß ich so klein bin.«

Die Art, in der sie das sagte, ließ mich auch lächeln. »Carrie, du führst mich hinters Licht! Erst erzählst du mir, du kennst den Burschen kaum, und dann weißt du sehr gut über seine Zukunftspläne Bescheid. Laden wir ihn zum Essen ein, dann kann ich herausfinden, ob er gut genug für meine Schwester ist.«

»Aber, aber...«, stammelte sie, und ihr kleines Gesicht wurde rot. »Alex hat mich gebeten, über das Wochenende mit ihm zu seinen Eltern nach Maryland zu kommen. Er hat ihnen von mir erzählt... aber Cathy, ich fühl' mich noch gar nicht so weit, seinen Eltern vorgestellt zu werden!« Panik stand in ihren blauen Augen, und in diesem Augenblick dämmerte mir, daß Carrie diesen jungen Mann schon viele, viele Male getroffen haben mußte, während ich meinen Ballettunterricht gegeben hatte.

»Hör mal, Liebes, lad Alex hier zu uns zum Essen ein und laß ihn dafür allein nach Hause fliegen. Ich glaube, ich sollte ihn etwas genauer kennen, bevor du dich ihm ganz allein anvertraust.«

Sie warf mir einen sehr langen, bezeichnenden Blick zu, dann senkte sie die Augen. »Willst du bei diesem Essen dabei sein?«

»Natürlich will ich das.« Und dann kapierte ich endlich. O mein Gott! Ich zog sie in meine Arme. »Sieh mal, mein Liebes, ich bitte Paul, für das Wochenende zu uns herüberzukommen, dann kann Alex gleich sehen, daß ich mich nur für ältere Männer interessiere und wird mir keinen einzigen Blick nachwerfen. Außerdem hat er ja schon bewiesen, daß es ihm auf dich ankommt, schließlich hat er sich mit dir verabredet, nicht mit mir. Er wird nichts für ältere Frauen mit Kindern übrig haben.«

Glücklich legte sie mir ihre dünnen Arme um den Nacken. »Cathy, ich liebe dich. Und Alex kann Toaster reparieren, Bügeleisen, er repariert einfach alles!«

Eine Woche später hatten wir Alex und Paul an unserem Eßtisch sitzen. Alex war ein nett aussehender junger Mann von dreiundzwanzig, der meine Küche lobte. Ich erklärte ihm schnell, daß Carrie den größten Teil des Essens vorbereitet hatte. »Nein«, lehnte sie bescheiden ab. »Cathy hat das meiste dabei getan. Ich habe nur die Hühnchen gefüllt, die Soßen angerührt, den Salat zubereitet, die Teigtaschen gebacken und den Zitronenkuchen für das Dessert – aber alles andere ist von Cathy.« Plötzlich kam ich mir so vor, als hätte ich eigentlich nur den Tisch gedeckt. Paul zwinkerte mir vergnügt zu.

Als Alex dann mit Carrie ins Kino gefahren war, und Jory mit seinem Lieblingsplüschtier im Arm fest schlief, setzten Paul und ich uns vor den Kamin wie ein altes Ehepaar.

»Hast du deine Mutter schon zu Gesicht bekommen?« wollte er wissen. »Sie sind hier, meine Mutter und ihr Mann«, erzählte ich ihm ruhig. »Sie leben wieder in Foxworth Hall. Die Lokalzeitung füllt ihre Klatschspalten fast nur mit ihnen. Scheint, daß meine liebe, stählerne Großmutter einen kleinen Schlaganfall bekommen hat, so daß Bartholomew Winslow nun das Vergnügen hat, bei ihr zu wohnen und sich um sie zu kümmern – bis sie tot ist.«

Paul sagte lange Zeit überhaupt nichts darauf. Wir saßen vor dem Feuer und sahen den roten Kohlen zu, wie sie zu grauer Asche wurden. »Es gefällt mir, wie du dieses Haus eingerichtet hast«, meinte er schließlich. »Es ist sehr gemütlich hier.« Dann stand er auf und setzte sich nah zu mir auf das Sofa. Sanft zog er mich in seine Arme. Er hielt mich nur fest, während unsere Augen einen langen Blick austauschten. »Wo passe ich hier hin?« flüsterte er. »Oder passe ich hier überhaupt nirgendwo mehr hin?«

Meine Arme schlossen sich eng um ihn. Ich hatte nie aufgehört, ihn zu lieben, auch nicht während meiner Ehe mit Julian.

Aber es schien, als würde es einfach keinen einzelnen Mann geben, in dem ich alles finden konnte, was ich suchte.

»Ich möchte gerne mit dir schlafen, Catherine, bevor Carrie zurückkommt.«

Schnell schlüpften wir aus unseren Kleidern. Unsere Leidenschaft füreinander schien sich in all den Jahren nie auch nur ein wenig abgekühlt zu haben. Was sollte auch falsch daran sein, solange er noch flüstern konnte: »O Catherine, wenn es eins gibt, was ich mir wünsche, dann dich mein ganzes Leben lang für mich zu haben. Und wenn ich sterbe, dann möchte ich in deinen Armen sterben, während du mich so ansiehst wie jetzt.«

»Wie schön und poetisch«, sagte ich. »Aber du wirst nicht sterben. Ich weiß, daß du mindestens achtzig Jahre alt wirst. Und im September ist erst dein zweiundfünfzigster Geburtstag.«

Er schüttelte den Kopf. »Ich möchte keine achtzig werden, wenn du nicht bei mir bist und mich liebst. Wenn du aufhörst, mich zu lieben, dann möchte ich diese Welt verlassen.« Ich wußte nicht, was ich sagen sollte. Meine Arme sprachen für mich, zogen ihn zu mir, damit ich ihn wieder und wieder küssen konnte. Dann klingelte das Telefon. Faul streckte ich den Arm nach dem Hörer aus – dann setzte ich mich kerzengerade im Bett auf.

»Hallo, meine Lady Cath-er-ine!« Es war Chris. »Henny hatte eine Freundin zu Besuch, als ich bei Paul anrief, und diese Freundin gab mir deine Telefonnummer. Cathy, was, zum Teufel, machst du in Virginia. Ich weiß, daß Paul bei dir ist – und ich hoffe, daß er dich überreden kann, daß du dir das aus dem Kopf schlägst, was du da unten vorhast.«

»Paul hat viel mehr Verständnis in dieser Sache als du. Dabei bist du derjenige, der am besten wissen sollte, warum ich hier bin!«

Er gab ein mißbilligendes Räuspern von sich. »Ich verstehe es ja, das ist ja gerade das Schlimme. Aber du wirst dir selbst dabei schaden, das weiß ich. Und ich denke auch an Mammi. Ich will nicht, daß du ihr noch mehr Schmerzen bereitest, als sie schon hat, und du weißt, wie sie leiden muß. Aber mehr als alles andere habe ich Angst, daß du selbst bei dieser Sache in Gefahr kommen kannst. Ich will nicht, daß du deinen Schmerz und deine Rache noch vermehrst. Du kannst niemals für immer vor mir weglaufen, Cathy, denn ich werde dir immer auf den Fersen sein. Ich werde da sein und dich lieben!«

Ich spürte einen verkrampften Schmerz im Magen, während ich mich hastig verabschiedete und auflegte. Dann kuschelte ich mich eng an Paul und hoffte, daß er sich nicht denken konnte, warum ich so zitterte.

Mitten in der Nacht, als Paul längst in seinem kleinen Gästezimmer tief schlief, wachte ich plötzlich allein in meinem Bett auf. Es kam mir vor, als hörte ich die Berge rufen: *Satansbrut!* Der Wind wisperte und raunte und nannte mich gottlos, böse, verflucht und alles andere, was die Großmutter immer zu uns gesagt hatte.

Ich stand auf und tappte durch den dunklen Raum zum Fenster, um zu den schattenhaften, dunklen Gipfeln in der Ferne zu starren. Die gleichen Berggipfel, auf die ich so oft aus den Dachbodenfenstern geblickt hatte. Und jetzt konnte ich, genau wie Cory früher, den Wind winseln und heulen hören wie einen Wolf. Er war auf der Suche nach mir und wollte mich fortwehen, so wie er Cory fortgeweht und in nichts als trockenen Staub verwandelt hatte.

Schnell lief ich in Carries Zimmer, kauerte mich neben ihr Bett und wollte sie in den Arm nehmen, um sie zu beschützen. Denn in meinem alptraumhaften Zustand erschien es mir, daß der Wind erst sie holen würde, bevor er mich forttrug.

Carries bittersüße Liebe

Carrie war jetzt zwanzig, ich war siebenundzwanzig, und diesen November wurde Chris dreißig. Es kam mir unmöglich vor, daß er schon so alt sein konnte. Aber wenn ich mir dann Jory ansah, erkannte ich immer wieder, wie schnell die Zeit verging und ich älter wurde.

Und seit Carrie in ihren Alex verliebt war, verging die Zeit für uns alle noch viel schneller. Wann immer ich sie im Haus sah, lachte sie und tänzelte sie auf ihren kleinen Füßen durch die Küche. Ihr ganzes Wesen war von der Liebe zu Alex erfüllt. »Ist er nicht hübsch, Cathy?« fragte sie, und ich stimmte sofort zu. Obwohl er, um ehrlich zu sein, ein ganz durchschnittlicher, nett aussehender Junge von 1,70 m oder ein bißchen mehr mit hellbraunem Haar war, das immer ein wenig wirr abstand, was ihn irgendwie nur sympathischer machte. Denn er war sonst die Korrektheit in Person. Seine Augen schimmerten türkis, und sein Gesicht trug den Ausdruck von jemandem, der nie auch nur einen häßlichen, unfreundlichen Gedanken gehegt hatte.

Ich war glücklich für Carrie und für mich auch, denn meine Ballettschule machte gute Fortschritte, und jeden Tag erwarteten wir Chris! »Carrie, kannst du dir das vorstellen! Chris' Zusatzausbildung ist fast vorbei!« Sie lachte und lief wie ein kleines Mädchen in meine ausgestreckten Arme. »Ich weiß«, rief sie. »Bald sind wir wieder alle zusammen – die ganze Familie! Dann ist alles so wie früher. Cathy, wenn ich einen kleinen Jungen mit blondem Haar und blauen Augen habe, rat mal, wie der heißen wird.« Das brauchte ich nicht zu raten. Ihr erster, blonder, blauäugiger Sohn würde selbstverständlich Cory heißen.

Es war bezaubernd, Carrie verliebt zu erleben. Sie hörte auf, von ihrem kleinen Wuchs zu reden, und schien zum erstenmal das Gefühl zu haben, ein vollwertiger Mensch zu sein. Sie begann Make-up zu benutzen, und sie ging zum Friseur, um sich die Haare kürzer schneiden zu lassen, was ihr ausgezeichnet stand. Der neue Schnitt ließ ihren Kopf ein wenig kleiner erscheinen. Dazu kaufte sie sich hohe Plateauabsätze. Strahlend verkündete sie, daß sie jetzt fast so groß sei wie ich.

»O Cathy«, sagte Carrie, »ich würde sterben wollen, wenn Alex mich nicht mehr liebte. Ich möchte für ihn die beste Ehefrau werden, die man sich nur denken kann. Er sagt ja nicht viel. Er sitzt meist einfach nur da und sieht mich auf diese besondere, warme Art an. Aber aus diesem Blick kann ich alles entnehmen, was ich brauche. Worte sind da gar nicht mehr nötig – mit denen ist er ja auch sparsam.«

Ich lachte und drückte sie fest. Oh, wie ich mich freute, daß sie so glücklich war. »Männer reden nicht so oft über die Liebe wie Frauen, Carrie. Aber wenn du wissen willst, was wirklich in ihnen vorgeht, dann sieh ihnen in die Augen – ihre Blicke lügen nie.«

Man sah, daß Alex von Carrie wirklich begeistert war. Er arbeitete noch immer halbtags als Elektriker für eine örtliche Firma, daneben hatte er Sommerkurse an der Universität belegt. Aber jede freie Minute verbrachte er mit Carrie. Ich vermutete, daß er sie jeden Augenblick um ihre Hand bitten würde, falls er das nicht schon getan hatte.

Ein oder zwei Wochen nach Pauls Besuch wachte ich eines Nachts auf und entdeckte zu meiner Überraschung, daß Carrie unten im Wohnzimmer saß und aus dem Fenster zu den schattenhaften Bergen hinaufstarrte. Carrie, die sonst weder von einem Gewitter, einem Tornado oder einem Telefon neben ihrem Bett, ja nicht einmal von einem Feuer nebenan aus dem Schlaf zu reißen war! Sie hatte auch nie, wie ich, an Schlaflosigkeit gelitten. Deshalb beunruhigte es mich natürlich sofort, sie dort mitten in der Nacht sitzen zu sehen. Ich ging zu ihr und legte meinen Arm um sie.

»Liebes, alles in Ordnung? Warum schläfst du nicht?«

»Schön, daß du bei mir bist«, flüsterte sie, ohne den Blick von den fernen Berggipfeln zu nehmen, die uns dunkel und unheimlich nach allen Seiten einschlossen, genau wie früher auf Foxworth Hall. »Alex hat mich heute abend gefragt, ob ich ihn heiraten will.« Sie sagte das in einem flachen, teilnahmslosen Ton, und ich rief laut: »Wie wunderbar! Da bin ich aber glücklich für dich, Carrie, und für ihn!«

»Er hat mir etwas erzählt, Cathy. Er will jetzt doch Pfarrer werden.« Schmerz und Trauer lagen in diesen Worten, und ich verstand überhaupt nichts.

»Willst du denn nicht die Frau eines Pfarrers werden?« erkundigte ich mich, während ich mir immer größere Sorgen zu machen begann. Sie wirkte so abwesend und weit weg.

»Geistliche erwarten von den Leuten, daß sie perfekt sind«, erwiderte sie mit dieser todtraurigen, beängstigenden Stimme, »besonders von ihren Frauen. Ich erinnere mich noch genau an all das, was die Großmutter immer über uns gesagt hat. Daß wir eine Satansbrut sind und böse, sündig und gottlos. Ich wußte damals nicht genau, was sie damit meinte, aber ich habe ihre Worte nie vergessen. Und sie hat auch immer gesagt, daß wir nie hätten geboren werden dürfen. Stimmt das, Cathy? Hätte es uns nie geben dürfen?«

Ich hatte plötzlich furchtbare Angst und bemühte mich verzweifelt, den Kloß in meiner Kehle herunterzuschlucken. »Carrie, wenn Gott gemeint hätte, daß wir nicht gut genug für diese Welt sind, dann hätte er uns doch gar nicht erst auf die Welt kommen lassen.«

»Aber ... Cathy, Alex erwartet eine perfekte Frau – und ich bin nicht so vollkommen.«

»Niemand ist das, Carrie. Absolut niemand.«

»Alex ist perfekt. Er hat nie in seinem Leben etwas Böses oder Schlechtes getan, nicht einmal daran gedacht.«

»Woher willst du das denn wissen? Er würde dir ja wohl kaum davon erzählen.«

Ihr liebes junges Gesicht war von Zweifeln überschattet. Stockend erklärte sie: »Es kommt mir vor, als würden Alex und ich uns schon sehr, sehr lange kennen, obwohl er mir bis vor kurzem wenig über sich selbst erzählt hat. Ich habe ihm ständig über mich erzählt, aber über unsere Vergangenheit habe ich ihn angelogen, wie alle anderen auch. Ich habe gesagt, daß wir zu Dr. Paul gekommen wären, nachdem unsere Eltern bei einem Autounfall starben. Aber das ist eine Lüge, Cathy. Wir sind keine Waisen. Unsere Mutter lebt noch immer.«

»Lügen sind keine Todsünden, Carrie. Jeder erzählt hier und da eine kleine Lüge.«

»Alex nicht. Alex hat sich schon immer zu Gott und zur Religion hingezogen gefühlt. Als Junge wollte er sogar zum Katholizismus übertreten, um Priester zu werden. Aber er findet das Zölibat nicht richtig. Er will eine Frau und Kinder. Deshalb will er Pfarrer einer freien Gemeinde werden. Er hat mir erzählt, daß er nie mit einer anderen Frau Sex gehabt hat, weil er nach einem ganz bestimmten Mädchen fürs Leben gesucht hat – jemanden so Perfektes wie mich. Und Cathy, ich bin das doch gar nicht. Ich bin schlecht und gottlos.« Sie schluchzte verzweifelt.

Ich kniete neben ihrem Stuhl und drückte sie eng an mich wie eine Mutter ihr Kind. »Liebes, ich weiß nicht, wie ich dir das richtig erklären soll, aber ich will es versuchen. Du mußt begreifen, daß etwas, was für die eine Person schwarz ist, für die andere weiß sein kann.«

Wie sehr wünschte ich mir, Paul und Chris wären jetzt bei uns.

»Nichts auf der Welt ist so perfekt, daß es nur schwarz oder weiß sein kann. Was Menschen angeht, Carrie, so sind sie nie reine Farben, sondern immer nur Zwischentöne. Wir sind alle grau, nicht schwarz oder weiß. Niemand ist ohne Fehler. Ich habe die gleichen Zweifel an mir selbst, wie du sie gerade empfindest.«

»Aber Cathy«, weinte sie, als hätte sie nichts von meinen Worten erreicht, »du kennst ihn nicht so wie ich. Einmal kamen wir an einem Kino mit einem Sexfilm vorbei, und er sagte, alle Leute, die bei so was mitmachten, wären schlecht und pervers. Was wird er denken, wenn er je erfährt, daß unsere Mutter ihren Halbonkel geheiratet hat? Und ich habe selbst auch schon etwas sehr Schlechtes getan. Julian hat mich damals mal in den Arm genommen und überall gestreichelt...«

Ich starrte sie an, obwohl mich das bei Julians Vorliebe für junge Mädchen eigentlich nicht hätte überraschen dürfen. Aber ich war sicher, daß er nicht mit ihr geschlafen hatte, nicht mit meiner Schwester.

»Ich habe wirklich nie mit ihm Verkehr gehabt«, schluchzte sie weiter, »aber er bat mich schon mal um solche Sachen, die

Alex bestimmt widerwärtig findet. Ich habe mir nie was Schlimmes dabei gedacht, auch wenn Julian mir gesagt hat, ich sollte dir besser nichts davon erzählen.«

Beruhigend strich ich ihr über das Haar. »Mein Gott, wenn es dir und Julian gefallen hat, dann ist doch wirklich nichts Schlimmes dabei. Jede Art von Sex ist gut und von Gott gewollt, wenn sie beiden Freude macht. Und Julian ist inzwischen lange tot, deshalb brauchst du dich doch nicht vor Alex zu schämen. Außerdem, warum sollte Alex je davon erfahren?«

Sie hob sehr langsam den Kopf, und der Mond spiegelte sich schimmernd in ihren gequälten Augen. »Aber ich weiß doch davon. Und das ist doch nicht das Schlimmste, Cathy.« Sie schluchzte wieder laut los, wild und hysterisch. »Es hat mir ja sogar gefallen, was Julian mit mir gemacht hat. Ich wollte es selbst. Deshalb muß Alex mich dafür hassen, und wenn er es auch nie erfährt, werde ich mich doch immer selbst hassen, weil ich dabei mit Julian so viel Lust empfunden habe.«

»Hör auf zu weinen. An dem, was du getan hast, ist wirklich nichts Schlechtes. Vergiß unsere verrückte Großmutter, die ständig über unser böses Blut reden mußte. Sie ist eine bigotte Frömmlerin, die überhaupt nicht zwischen Gut und Böse unterscheiden kann. Sie war immer die Selbstgerechtigkeit in Person, ohne jede Rücksicht auf das, was sie mit ihren Worten anrichtete. Du bist nicht schlecht, Carrie.«

»Ich erinnere mich an viele Dinge, von denen du annimmst, ich hätte nie etwas davon bemerkt«, flüsterte Carrie. »Ich weiß noch, wie Cory und ich uns immer auf unsere komische Art unterhalten haben, so daß du und Chris uns nicht verstehen konnten. Wir wußten, daß wir eine Satansbrut waren. Wir haben jedes Wort von der Großmutter mitbekommen. Wir unterhielten uns darüber. Wir wußten, daß wir eingesperrt waren, weil wir nicht gut genug für die Welt draußen und ein Leben mit normalen Menschen waren.«

»Schluß!« rief ich. »Denk nicht mehr daran! Vergiß! Wir sind schließlich entkommen, oder nicht? Wir waren vier Kinder, die man nicht für die Tat ihrer Eltern verantwortlich machen kann. Diese widerwärtige alte Frau hat doch nur versucht, uns den Lebensmut und unseren Stolz zu brechen – sie darf damit keinen Erfolg haben! Sieh dir doch Chris an! Bist du denn nicht stolz auf ihn? Warst du nicht stolz auf mich, als ich meine Erfolge auf der Bühne hatte? Und eines Tages, nach der Heirat mit dir, wird Alex auch seine Ansichten darüber ändern, was an der Liebe pervers ist. Er wird erwachsen werden und die Liebe besser verstehen, wie es mir auch nicht anders ergangen ist.«

Carrie riß sich aus meinen Armen los und starrte aus dem Fenster zu den düsteren Bergen, über denen ein silberner Halbmond in den jagenden schwarzen Wolken trieb, wie ein Wikingerschiff im dunklen Meer der Nacht. »Alex wird sich nie ändern«, sagte sie dumpf. »Er wird Pfarrer, und religiöse Menschen halten alles für schlecht, genau wie unsere Großmutter. Als er mir gesagt hat, daß er seine Ausbildung als Elektroingenieur nicht fortsetzen will, da wußte ich, daß alles zwischen uns vorbei war.«

»Jeder ändert sich! Sieh dir doch die Welt um uns herum an, Carrie. Heute gibt es Illustrierte und Filme, in denen sich jeder, ohne sich etwas dabei zu denken, Dinge ansieht, die man noch vor zehn Jahren unanständig gefunden hätte. Wenn die ganze Welt sich ändern kann, dann wird das ja wohl auch ein einzelner Mann namens Alex können.«

»Alex wird sich nie ändern. Er haßt die heutige Morallosigkeit, er haßt diese schmutzigen Filme und all diese Bücher und Zeitschriften über Sex. Ich glaube, er würde nicht einmal billigen, wie du mit Julian auf der Bühne getanzt hast.«

Am liebsten hätte ich laut geschrien: Zum Teufel mit diesem blöden Alex und seiner verdammten Prüderie! Doch so konnte ich natürlich nicht über den einzigen Mann schimpfen, dessen Liebe Carrie je gefunden hatte. »Carrie, Liebes, leg dich ins Bett. Schlaf und denk morgen früh daran, daß die Welt voller Männer ist, die begeistert sind, jemanden so Hübsches, Liebes und Häusliches wie dich lieben zu dürfen, wenn sie dich nur erst einmal gefunden haben, oder du sie. Denk auch daran, was Chris uns immer sagt, daß die Dinge sich am Ende immer zum Besten wenden. Wenn es zwischen dir und Alex nicht klappt, dann ist das vielleicht auch besser so, und du findest eben einen anderen.«

Sie warf mir einen schnellen Blick tiefster Verzweiflung zu. »Was für eine Wendung zum Besten war es, daß Gott Cory sterben ließ?«

Gütiger Himmel, wie sollte ich so eine Frage beantworten?

»War es zu unserem Besten«, fuhr sie fort, »daß Daddy damals auf der Autobahn starb?«

»Daran kannst du dich doch gar nicht mehr erinnern!«

»Doch, das kann ich. Ich habe ein sehr gutes Gedächtnis.«

»Carrie, absolut niemand ist vollkommen, ich nicht, du nicht, Chris nicht, Alex auch nicht. Niemand auf der Welt.«

»Ich weiß«, murmelte sie, während sie sich von mir wie ein kleines Mädchen ins Bett tragen ließ. »Die Menschen tun böse Dinge, und Gott sieht es, und er bestraft sie später dafür. Manchmal benutzt er dazu eine Großmutter mit einem Stock, wie es bei dir und Chris geschehen ist, als sie euch blutig geschlagen hat. Ich bin nicht blind, Cathy. Ich sehe, wie ihr beiden euch immer anseht. Wie Alex und ich! Ich glaube, daß du auch mit Dr. Paul ein Verhältnis hattest – und vielleicht ist Julian deshalb gestorben, zur Strafe für dich. Aber du bist eine Art von Frau, die von Männern begehrt wird. Ich bin das nicht. Ich tanze nicht. Ich weiß nicht, wie man es macht, daß man von jedem Mann geliebt wird. Nur meine Familie liebt mich, und jetzt liebt mich auch Alex. Aber wenn ich Alex alles erzähle, dann wir er mich nicht mehr lieben oder haben wollen.«

»Du wirst es ihm nicht erzählen!« befahl ich streng.

Sie lag in ihrem Bett und starrte zur Decke hinauf, bis ihr schließlich die Augen zufielen. Dann lag ich allein in meinem Bett, konnte nicht mehr schlafen, fühlte mich verletzt und traurig und staunte darüber, welche verheerende Wirkung eine alte Frau auf das Leben von so vielen Menschen haben konnte. Ich haßte Mammi dafür, daß sie uns in die Obhut dieser gräßlichen Alten gegeben hatte. Aber jetzt würde ihr das bald leid tun, denn ich war hier, in der Nähe von Bart, und würde ihn früher oder später wiedertreffen.

»Bist du sicher, daß mit dir alles in Ordnung ist?« fragte ich Carrie ein paar Tage später. »Du ißt in der letzten Zeit kaum noch etwas. Was ist aus deinem Appetit geworden?«

Mit ausdruckslosem Gesicht antwortete sie: »Mir geht es gut. Ich habe einfach keinen großen Hunger. Nimm Jory doch heute bitte nicht mit in die Ballettschule. Laß ihn den Tag über bei mir bleiben. Ich vermisse ihn, wenn er nicht bei mir ist.«

Mir war nicht recht wohl bei dem Gedanken, sie den ganzen Tag mit Jory allein zu lassen, der ganz schön anstrengend sein konnte. Und Carrie sah nicht aus, als ob sie zur Zeit sehr belastbar wäre. »Carrie, bitte sei ehrlich zu mir. Wenn du dich nicht wohl fühlst, dann laß mich dich zu einem Arzt bringen.«

»Ich bekomme bald meine Tage«, sagte sie mit gesenktem Blick. »Ich habe dann zwei oder drei Tage vorher immer solche Schmerzen im Unterleib, deshalb geht es mir nicht so besonders.«

Also nur ihre Tage – das konnte in ihrem Alter schon einmal unangenehm sein. Kein Grund zur Beunruhigung. Ich gab meinem kleinen Sohn einen Abschiedskuß, den er mit einem wütenden Geschrei beantwortete, denn er wollte lieber mit mir kommen und »Ballettgucken«.

Es wurde ein sehr langer Tag. Ich rief mehrmals zu Hause an, um zu hören, wie es Carrie ging. »Bei mir ist alles klar, Cathy. Jory und ich hatten viel Spaß im Park. Ich möchte mich jetzt hinlegen und ein bißchen schlafen – ruf also bitte nicht mehr an.«

Um vier Uhr nachmittags hatte ich meine letzte Ballettstunde. Meine kleinen sechs- und siebenjährigen Schülerinnen übten in einer Zweierreihe in der Mitte des Studios, während ich ihnen den Takt vorzählte. Während ich so mit dem Rücken zur Tür vor ihnen stand, den Blick auf ihre Füße konzentriert, spürte ich plötzlich jenes bestimmte Gefühl im Nacken, das man manchmal bekommt, wenn man intensiv von jemandem angestarrt wird. Ich fuhr herum und sah am anderen Ende des Saales einen Mann stehen. Bart Winslow – Mammis Mann!

Sofort, als er merkte, daß ich ihn sah und erkannte, kam er auf mich zu. »Sie sehen hinreißend in Ihrem purpurnen Trikot aus, Miss Dahl. Haben Sie einen Moment für mich Zeit?«

»Ich bin beschäftigt!« fuhr ich ihn an, verärgert, wie er so etwas fragen konnte, während ich mich auf zwölf kleine Tänzerinnen konzentrieren mußte. »Um fünf Uhr bin ich mit meiner Arbeit fertig. Wenn es wichtig ist, dann setzen Sie sich dort drüben hin und warten so lange.«

»Miss Dahl, es war verteufelt schwierig, Sie zu finden. Ich konnte ja nicht ahnen, daß Sie schon die ganze Zeit praktisch hier vor meiner Nase leben.«

»Mr. Winslow«, sagte ich kühl, »falls mein Honorarscheck

nicht ausgereicht hat, hätten Sie mir nur einen Brief zu schreiben brauchen, den die Post mir nachgeschickt hätte.«

Er zog seine dunklen, dichten Augenbrauen zusammen. »Ich bin nicht wegen des Honorars hier – auch wenn das nicht ganz so ausgefallen ist, wie ich es mir vorgestellt habe.« Lächelnd und selbstsicher griff er in die Innentasche seines Jacketts und zog einen Brief heraus. Ich schnappte nach Luft, als ich auf dem Umschlag meine Handschrift und die vielen Nachsendevermerke erkannte, die man darauf gestempelt haben mußte, während er meiner Mutter um die halbe Welt folgte. »Ich sehe, Sie kennen diesen Brief«, sagte er, während seine wachsamen braunen Augen jede Regung in meinem Gesicht scharf beobachteten.

»Sehen Sie, Mr. Winslow«, sagte ich, ziemlich aus der Fassung gebracht, »meine Schwester fühlt sich heute schon den ganzen Tag krank, und sie kümmert sich allein um meinen Sohn, der kaum mehr als ein Baby ist. Und hier habe ich im Augenblick auch alle Hände voll zu tun. Können wir diese Sache nicht auf einen anderen Termin verschieben?«

»Ich stehe Ihnen jederzeit zur Verfügung, Miss Dahl.« Er verbeugte sich und überreichte mir eine kleine Visitenkarte. »Es sollte nur bald sein. Ich habe Ihnen viele Fragen zu stellen, und diesmal sollten Sie nicht versuchen, mir auszuweichen. Ich werde mich nicht mehr von Ihrer Fährte abbringen lassen. Ich nehme an, ein Abendessen mit mir hat Ihnen nicht ausgereicht.«

Ich war so aufgeregt darüber, daß er mit diesem Brief durch die Gegend lief – ich konnte mich nicht mehr auf den Unterricht konzentrieren und schickte meine Klasse nach Hause. Dann setzte ich mich in mein kleines Büro, sah mir die Einnahmen und Ausgaben durch und stellte fest, daß ich so bald nicht aus den roten Zahlen kommen würde. Während des Sommers belegten viele der Schüler keinen Kurs, so daß ich nur im Herbst und Winter richtig ausgebucht war. Davon hatte ich bei der Übernahme der Schule noch nichts gewußt. Egal, wie ich auch rechnete, das eingenommene Geld reichte nicht einmal, um die neuen Spiegel im Studio zu bezahlen.

Als ich wieder einmal auf die Uhr sah, war es schon fast sechs. Schnell zog ich mich um und lief zu unserem kleinen Haus. Carrie hätte in der Küche sein sollen, um das Abendessen vorzubereiten, während Jory normalerweise im Garten spielte.

Aber ich sah keinen Jory, und es war auch keine Carrie in der Küche.

»Carrie«, rief ich, »ich bin wieder da, wo seid ihr?«

»Hier oben«, klang es schwach die Treppe herunter.

Ich fand sie oben in ihrem Bett. Erschöpft erklärte sie mir, daß Jory nebenan bei einer Nachbarin war. »Cathy… ich fühl' mich wirklich nicht sehr gut. Ich habe Krämpfe und mußte mich schon ein paarmal übergeben. Ich weiß gar nicht mehr wie oft. Mir ist irgendwie richtig komisch…«

Ich legte ihr die Hand auf die Stirn und stellte fest, daß sie sich seltsam kalt anfühlte, obwohl es auch hier im Zimmer sommerlich warm war. »Carrie, jetzt ist Schluß. Ich hole Jory, und dann fahren wir ins nächste Krankenhaus. Einen Hausarzt gibt es ja hier in diesem Dorf nicht.«

Eine Stunde später lag Carrie im nächsten Krankenhaus. Die Ärzte wurden nicht recht klug aus ihrem Zustand, bestanden aber darauf, sie auf jeden Fall unter Beobachtung zu halten. Jory hatte ich bei der Nachbarin lassen können, die selbst drei Kinder hatte und sich sofort bereit erklärte, mir zu helfen, als sie erfuhr, wie krank Carrie war.

Sobald ich vom Krankenhaus zurückkam, rief ich Paul an und erzählte ihm von Carrie. Er beruhigte mich, aber er hörte meiner Stimme wohl an, für wie ernst ich die Sache hielt. Er meinte zwar, daß es sich um eine ganze Reihe verschiedener kleiner Infektionen handeln könnte, von denen Carrie sich schnell erholen würde, aber er versprach, selbst zu uns zu kommen, um sich seine Pflegetochter anzusehen. Mir fiel ein Stein vom Herzen. Wir kamen überein, Chris noch nicht zu informieren. Er machte gerade zwei Wochen Urlaub an der Westküste, und vielleicht war die Sache wirklich nicht so ernst, daß es sich lohnte, ihm deshalb die Ferien zu verderben.

Carrie lächelte schwach, aber sehr glücklich, als sie Paul schon am nächsten Tag neben ihrem Krankenbett sah. Er fragte sie noch einmal nach den Symptomen, doch sie konnte ihm nicht mehr sagen als schon den Krankenhausärzten. »Es fing so vor einer Woche an. Zuerst fühlte ich mich immer sehr müde. Ich wollte Cathy nichts davon erzählen, weil sie sich sowieso schon immer so viel um mich sorgt. Dann bekam ich Kopfschmerzen, war den ganzen Tag benommen und holte mir

Schrammen und blaue Flecken, ohne etwas davon zu merken. Beim Kämmen hatte ich plötzlich meine Bürste voller Haare. Es kam mir vor, als würden sie in ganzen Büscheln ausfallen. Und dann mußte ich mich auch noch immer übergeben ... Ich habe das den Ärzten hier ja schon genau erzählt, und du kannst es in ihrem Krankenbericht nachlesen.« Ihre dünne, flüsternde Stimme wurde immer leiser. »Ich wünschte, Chris wäre auch bei mir«, murmelte sie, bevor sie die Augen schloß und einschlief.

Paul hatte sich bereits mit den anderen Ärzten die Untersuchungsergebnisse angesehen. Jetzt sah er mich mit diesem ausdruckslosen Arztgesicht an ... das gerade durch seine Ausdruckslosigkeit so viel sagte. »Vielleicht solltest du versuchen, Chris zu erreichen.«

»Paul! Du glaubst doch nicht ...?«

»Nein, das glaube ich nicht. Aber wenn sie Chris gerne bei sich haben möchte, dann sollte er wohl besser hier sein.«

Ich stand im Flur und wartete darauf, daß die Ärzte bestimmte Untersuchungen an Carrie beendeten, bei denen sie mich nicht im Zimmer hatten haben wollen. Während ich vor der geschlossenen Tür auf und ab ging, hatte ich plötzlich das bekannte Gefühl. Und wirklich, da kam Chris den langen Krankenhausflur herunter, mit großen Schritten, während ihm die geschäftigen Krankenschwestern begeisterte Blicke nachwarfen, denn einen Mann wie ihn bekamen sie hier selten zu sehen.

Er nahm mich in den Arm, und ich konnte zunächst kein Wort herausbringen. Ich spürte seinen warmen starken Körper und den Schlag seines großen, starken Herzens an meiner Wange. Mit Mühe die Tränen unterdrückend, murmelte ich leise: »Du bist ja wirklich schnell gekommen.« Sein Gesicht grub sich in meine Haare, während er mit heiserer Stimme erwiderte: »Cathy, was fehlt Carrie, was ist los?«

Seine Frage überraschte mich – denn er hätte es am besten wissen müssen! »Kannst du dir das nicht denken? Es ist wieder dieses verdammte Arsen, ich weiß es! Was sonst könnte es sein? Bis vor einer Woche war sie kerngesund, und dann ist sie plötzlich todkrank.« Meine Stimme brach ab, weil ich doch schluchzen mußte. »Sie will dich sehen.« Aber bevor ich ihn in Carries Krankenzimmer führte, gab ich ihm einen Brief zu lesen, den ich in dem Tagebuch gefunden hatte, das sie seit ihrer Begegnung mit Alex führte. Während er las, hing mein Blick an seinem Gesicht.

Liebe Cathy, lieber Chris!
Manchmal glaube ich, daß Ihr beide meine richtigen Eltern seid, aber dann erinnere ich mich wieder an meine wirklichen Eltern, und Mammi kommt mir vor wie ein Traum, den es in Wirklichkeit nie gegeben hat. Daddy kann ich mir überhaupt nicht mehr vorstellen, wenn ich sein Foto nicht in der Hand habe – doch Cory sehe ich noch immer vor mir.

Ich habe vor Euch immer meine innersten Gedanken verborgen. Deshalb schreibe ich sie besser für Euch hier auf, damit Ihr Euch keine unnötigen Vorwürfe macht. Schon lange habe ich gefühlt, daß ich früh sterben werde, und es hat mir nichts ausgemacht. Die Frau eines Pfarrers kann ich nie werden. Ich wäre schon längst tot, wenn Ihr beide, Jory, Dr. Paul und Henny mich nicht so liebten! Wenn ich Euch nicht gehabt hätte, um mich in dieser Welt mit Eurer Liebe festzuhalten, dann wäre ich längst Cory gefolgt. Ich habe immer gewußt, daß ich nie heiraten würde. Ich wußte auch, daß ich mir mit dem Gedanken, einmal selbst Kinder zu haben, nur etwas vorgemacht habe, denn mein Becken ist viel zu schmal für ein Kind. Ich bin auch einfach zu klein, um für einen Mann je eine gute Frau sein zu können. Ich kann keine Tänzerin werden wie Du, Cathy, und natürlich auch kein Arzt wie Chris. Ich bin einfach zu nichts zu gebrauchen. Ich bin anderen ständig im Weg und bereite damit Kummer, daß ich immer so unglücklich bin.

Bevor Ihr jetzt weiterlest, müßt Ihr mir im stillen versprechen, daß Ihr den Ärzten nicht erlauben werdet, mein Leben um jeden Preis zu erhalten. Laßt mich jetzt in Frieden sterben und weint nicht. Nichts ist mir wichtig in dieser Welt gewesen, seit Cory mich verlassen hat.

Ich muß Dir auch gestehen, Cathy, daß ich Julian genausosehr geliebt habe wie Alex. Julian hat mich nie für zu klein gehalten, und er war der einzige Mann, der mir für kurze Zeit das Gefühl gegeben hat, einfach ein normales, begehrenswertes Mädchen zu sein. Doch das war eine Sünde, auch wenn Du mir etwas anderes gesagt hast, Cathy.

Letzte Woche begann ich darüber nachzudenken, was die Großmutter immer über uns gesagt hat, daß wir eine Satansbrut sind. Je mehr ich darüber nachdachte, desto sicherer wurde ich mir, daß sie recht hat – ich hätte nie geboren werden dürfen! Ich bin schlecht! Als Cory von dem Arsen auf den zuckerbestreuten Berlinern gestorben ist, die wir von der Großmutter bekommen hatten, da hätte ich eigentlich auch sterben müssen! Ihr habt immer gedacht, ich wüßte nichts von dem Arsen, nicht wahr? Ihr dachtet, ich hätte damals völlig teilnahmslos in der Ecke auf dem Boden gesessen, aber ich habe alles gesehen und gehört, nur daß ich es damals nicht glauben wollte. Jetzt glaube ich es.

Ich danke Dir, Cathy, daß Du für mich wie eine Mutter gewesen bist und die beste Schwester auf der Welt. Und Dir, Chris, danke ich, daß Du mein Ersatzvater gewesen bist und mein zweitbester Bruder, und vielen Dank an Dr. Paul, daß er mich immer geliebt hat, obwohl ich nicht wuchs. Euch allen danke ich dafür, daß Ihr Euch nie dafür geschämt habt, mit mir auf die Straße zu gehen, und sagt Henny, daß ich sie liebe.

Sie hatte den Brief groß mit ihrem Namen unterzeichnet, so groß, als wolle sie damit ihren kleinen Wuchs ausgleichen. »Oh, mein Gott!« rief Chris. »Cathy, was hat das zu bedeuten?«

Erst jetzt wagte ich es, meine Handtasche zu öffnen und ihm etwas zu geben, das ich in der hintersten Ecke von Carries Kleiderschrank gefunden hatte. Er riß die blauen Augen auf, und es schien alle Farbe daraus zu verschwinden, als er den Namen auf dem Fläschchen mit dem Rattengift las. Dann gab ich ihm die Packung mit den Berlinern, in der nur noch einer übrig war. Tränen begannen ihm über die Wangen zu laufen. »O Gott... sie hat das Arsen über die Berliner gestreut, damit sie exakt so sterben konnte wie Cory?«

Ich riß mich aus seinen Armen los und trat einen Schritt zurück. Das Blut schoß mir heiß in die Wangen. »Chris! Lies den Brief noch einmal durch! Hast du bemerkt, was sie geschrieben hat, daß sie es erst nicht glauben wollte, und jetzt würde sie es glauben. Warum ist sie so plötzlich an sich selbst verzweifelt? Etwas muß vorgefallen sein! Etwas ist passiert, das sie davon überzeugt hat, daß unsere eigene Mutter uns vergiftet hat!«

Er schüttelte verwirrt und unsicher den Kopf, Tränen im Gesicht. »Aber wenn sie es doch schon damals von uns gehört hat, wie sollte etwas sie noch mehr überzeugen können, als es der Tod von Micky konnte?«

»Wie soll ich das wissen?« rief ich verzweifelt. »Aber die Berliner sind absichtlich mit Arsen bestreut worden! Paul hat sie untersuchen lassen. Carrie aß davon, um sich auf genau diese Art umzubringen. Begreifst du nicht, daß dies ein weiterer Mord auf dem Konto unserer Mutter ist?«

»Sie ist ja noch nicht tot«, schrie Chris. »Wir werden sie retten! Wir lassen sie nicht sterben. Wir reden mit ihr und erzählen ihr, daß sie weiterleben muß, daß ihr Leben einen Sinn hat.«

Drei Tage und Nächte verbrachten wir alle drei neben Carries Bett, während meine hilfsbereite Nachbarin sich um Jory kümmerte. Jeden Tag wurden Blumen ins Zimmer gebracht. Aber ich achtete nicht einmal darauf, wer sie schickte. Ich saß neben Chris oder Paul oder zwischen beiden, hielt sie an den Händen und betete stumm. Mit unangenehmen Gefühlen beobachtete ich Alex, den ich im stillen für vieles von dem, was Carrie durchmachte, für verantwortlich hielt.

Schließlich konnte ich mich nicht länger zurückhalten, stand auf und ging zu Alex, um ihn in eine Ecke zu ziehen. »Alex, warum hat Carrie nur an einem Tag sterben wollen, der eigentlich der glücklichste ihres Lebens hätte sein können? Was hat sie dir erzählt, und was hast du zu ihr gesagt?«

Er wandte mir sein unrasiertes, von Kummer gezeichnetes Gesicht zu und sah mich bestürzt an. »Was ich gesagt habe?« fragte er, die Augen von fehlendem Schlaf gerötet. Ich wiederholte meine Frage in noch etwas schärferem Ton. Er schüttelte den Kopf, als wolle er ihn damit klar bekommen, und fuhr sich mit einer müden Bewegung durch sein ungekämmtes Haar. Man sah ihm seine Schmerzen an. »Cathy, Gott weiß, daß ich alles getan habe, um sie davon zu überzeugen, daß ich sie liebe. Aber sie wollte mir nicht zuhören. Sie wandte sich ab und sagte nichts. Ich bat sie, mich zu heiraten, und sie sagte ja. Sie legte mir die Arme um den Hals und sagte immer wieder ja, ja, ja. Dann meinte sie plötzlich: ›O Alex, ich bin nicht gut genug für dich.‹ Und ich lachte und sagte ihr, sie wäre perfekt, genau die Frau, die ich mir immer gewünscht habe. Was habe ich falsch gemacht, Cathy? Was habe ich nur getan, daß sie sich von mir abgewandt hat und mich jetzt nicht einmal mehr ansieht?«

Alex hatte diese Art von freundlichem, frommem Gesicht, wie man sie auf Marmorstatuen von Heiligen findet. Doch wie er jetzt so verzweifelt, gebrochen und in seiner Liebe enttäuscht vor mir stand, versuchte ich, ihn so gut zu trösten, wie ich konnte, denn er mußte Carrie wirklich sehr lieben. Auf seine besondere Art liebte er sie mehr als alles andere auf der Welt. »Alex, es tut mir leid, wenn das jetzt hart klingt. Aber hat Carrie dir irgendein Geständnis gemacht?«

Seine Augen bekamen wieder einen abwesenden Blick. »Ich rief sie an und fragte sie, ob wir uns treffen könnten. Das muß etwa vor einer Woche gewesen sein. Ihre Stimme klang eigenartig, als wäre ihr etwas Furchtbares zugestoßen, über das sie mit niemandem sprechen könnte. Ich fuhr, so schnell ich konnte, zu ihr, aber sie wollte mich nicht hereinlassen. Cathy, ich liebe sie! Sie hat mir gesagt, sie sei zu klein und ihr Kopf zu groß, aber für mich ist sie genau richtig, so wie sie ist. Und wenn Gott sie sterben läßt, dann werde ich in diesem Leben nie wieder Ruhe finden!« Mit diesen Worten vergrub er das Gesicht in seinen Händen und begann zu weinen.

Es war in der vierten Nacht, nachdem Chris angekommen war. Ich döste auf einem Stuhl neben Carries Bett. Die anderen waren für ein paar Stunden nach Hause gefahren, um zu schlafen, damit sie mich morgens ablösen konnten. Alex schlief im Flur auf einer Bank. Dann rief Carrie leise meinen Namen, und ich schreckte aus meinem Halbschlaf auf. Ich trat an ihr Bett, kniete neben dem Kopfende und griff nach ihrer kleinen Hand unter der Decke. Es war jetzt nur noch eine Knochenhand, die

Haut so durchsichtig, daß man jede Ader sehen konnte.

»Liebes, ich habe so darauf gewartet, daß du wieder einmal wach wirst«, flüsterte ich mit heiserer Stimme. »Alex schläft draußen im Flur, und Chris und Paul kommen bald wieder – soll ich jemanden rufen?«

»Nein«, wisperte sie. »Ich möchte gerne ganz allein mit dir reden. Ich sterbe, Cathy.« Sie sagte das so ruhig, als hätte sie es akzeptiert und wäre froh darüber. »Nein!« widersprach ich entschieden. »Du wirst nicht sterben! Wir lassen nicht zu, daß du von uns gehst!«

»Doch, doch«, flüsterte sie mit dünner Stimme. »Aber ich habe dir noch etwas Geheimes zu erzählen.« Ihre Stimme klang so weit weg, als käme sie aus einem fernen, fremden Land. »Ich habe eine Dame auf der Straße gesehen.« Carries Stimme wurde so leise, daß ich mein Ohr gegen ihren Mund legen mußte. »Die Dame sah so sehr aus wie Mammi, daß ich ihr nachgelaufen bin. Ich holte sie ein und griff nach ihrer Hand. Sie zog sie weg und wandte sich mit kalten, harten Augen zu mir um. ›Ich kenne Sie nicht‹, sagte sie. Cathy, das war unsere Mutter! Sie sah aus wie früher, nur ein kleines bißchen älter. Sie trug sogar ihre Perlenkette mit dem Schmetterlingsschloß, an das ich mich so gut erinnern kann. Und, Cathy, wenn deine eigene Mutter dich nicht haben will – heißt das nicht, daß keiner dich je haben will? Sie hat mich angesehen und mich erkannt. Man konnte es deutlich in ihren Augen sehen, aber sie wollte trotzdem nichts mit mir zu tun haben, weil sie weiß, daß ich schlecht bin. Darum hat sie damals gesagt, was sie gesagt hat – daß sie überhaupt keine Kinder hätte. Dich und Chris will sie auch nicht, aber alle Mütter lieben ihre Kinder und wollen etwas mit ihnen zu tun haben, außer es sind schlechte, gottlose Kinder ... wie wir.«

»O Carrie! Laß dir das nicht von ihr antun! Sie hat uns doch nur aus der Gier nach dem Geld verleugnet ... nicht weil wir schlecht oder böse oder gottlos gewesen wären. Du hast nicht das geringste Böse in deinem Leben getan! Für sie hat nur das Geld gezählt, Carrie, nicht wir. Aber wir brauchen sie doch auch nicht. Nicht, wenn du Alex und Chris hast, Paul und mich ... und Jory auch, und Henny ... brich uns nicht das Herz, Carrie. Halte lange genug durch, daß die Ärzte dir helfen können. Gib nicht auf. Jory möchte doch seine Tante so gerne bald wiederhaben. Jeden Tag fragt er nach dir. Was soll ich ihm denn nur erzählen – daß du ihn nicht lieb genug hattest, um weiterzuleben?«

»Jory braucht mich nicht«, sagte sie in der Art, wie sie als Kind immer geredet hatte. »Jory hat viele Leute außer mir, die ihn liebhaben und nach ihm schauen ... Aber Cory, er wartet auf mich, Cathy. Ich kann ihn jetzt gerade sehen. Schau doch mal über deine Schulter. Er steht da zusammen mit Daddy, und sie haben mich mehr lieb als irgend jemand sonst.«

»Carrie, nicht!«

»Es ist so schön da, wohin ich jetzt gehe, Cathy. Überall Blumen und wunderschöne Vögel, und ich kann schon fühlen, wie ich immer größer werde ... Sieh mal, ich bin schon fast so groß wie Mammi, wie ich immer sein wollte. Und dort, wo ich hingehe, wird niemand zu mir sagen, daß ich so große Augen wie eine Eule habe. Niemand wird mich je Zwerg nennen, niemand wird mir sagen, ich sollte mir eine Streckmaschine suchen ... denn ich bin genauso groß, wie ich es immer sein wollte.«

Ihre Stimme schwand dahin. Ihre Augen rollten nach oben und blickten reglos zur Decke. Ihre Lippen standen halb offen, als wollte sie mir noch etwas erzählen. Sie war tot!

Mammi war an allem schuld. Mammi, die ohne jeden Kratzer, ohne jede Narbe davonkam. Und reich blieb sie außerdem. Alles, was sie zu tun hatte, als sie nach Hause kam, war ein paar Tränen des Selbstmitleids zu vergießen, weil sie ihre Tochter verleugnen mußte. Und bei diesem Gedanken begann ich zu schreien! Ich weiß, daß ich laut brüllte. Ich schrie und kreischte und wollte mir das Haar vom Kopf reißen und die Haut von den Wangen kratzen – denn ich sah viel zu sehr wie diese Frau aus, die jetzt für alles zahlen mußte, zahlen, zahlen ... und nochmals zahlen!

An einem heißen Augusttag begruben wir Carrie im Familiengrab der Sheffields, auf einem Friedhof einige Meilen außerhalb von Clairmont. Wir bedeckten Carries Sarg mit den roten Blumen, die sie immer so geliebt hatte – alle Arten von roten Blumen.

Meine Gedanken waren wie trockene Blätter, die von einem

eisigen Wind des Hasses durcheinander gewirbelt wurden, während ich dort auf der harten Marmorbank saß. Mit den Füßen schob ich vor mir die trockenen Blätter zusammen, rollte sie unter den Sohlen zu einer menschenähnlichen Form, dem Abbild meiner Mutter, und zertrat sie mit dem Absatz.

Von den vier Meißner-Puppen waren jetzt nur noch zwei übrig. Eine würde nichts unternehmen. Er hatte geschworen, alles zu tun, das Leben zu schützen und selbst jene am Leben zu erhalten, die es nicht verdienten.

Es fiel mir schwer, Carrie hier auf dem Friedhof allein zu lassen. Es war die erste Nacht, die sie hier unter der Erde verbringen mußte, und über die marmornen Grabsteine ergoß sich längst rötliches Abendlicht. Es kam mir vor, als müsse ich diese ganze Nacht hier bei Carrie verbringen, um sie auf irgendeine unbekannte Art noch im Grab zu trösten. Ich warf einen Blick zu dem Grab, in dem Julia und Scotty ruhten, neben dem von Pauls Eltern und dem eines älteren Bruders, der schon vor Amandas Geburt gestorben war. Ich fragte mich, was wir, die Foxworth, eigentlich hier im Familiengrab der Sheffields zu suchen hatten?

Wenn Carrie Mammi nicht auf der Straße gesehen hätte und zu ihr gelaufen wäre, glücklich, sie nur bei der Hand nehmen und Mutter nennen zu dürfen, wäre alles anders gekommen. Carrie wäre noch am Leben. Direkt nach dieser Begegnung war sie losgegangen und hatte sich das Rattengift gekauft, weil sie sich nicht gut genug für das Leben fühlte, wenn selbst ihre Mutter sie verleugnete.

Da rief jemand sachte meinen Namen. Er zog mich sanft an den Ellbogen hoch. Mit dem Arm um meine Hüfte stützte er mich und führte mich aus dem Friedhof, wo ich sonst bis zum nächsten Morgengrauen gesessen hätte. »Nein, Liebling«, sagte Chris. »Carrie braucht dich jetzt nicht. Aber andere brauchen dich. Cathy, du mußt die Vergangenheit und deine Rachepläne vergessen. Ich lese in deinem Gesicht, was in dir vorgeht. Ich will dir noch einmal mein Geheimnis erklären, wie man Frieden findet. Ich habe das schon früher versucht, aber du wolltest mir nicht zuhören. Diesmal hör mir bitte zu und glaube mir! Zwinge dich, alles zu vergessen, was dir Schmerz bereitet, und erinnere dich nur an das, was dir Freude gemacht hat. Das ist das ganze

Geheimnis eines glücklichen Lebens, Cathy: Vergessen und Vergeben.«

Mit bitteren, ausgebrannten Augen sah ich ihn zornig an und sagte: »Du bist wirklich sehr gut im Verzeihen, Christopher – aber beim Vergessen hast du auch deine Schwierigkeiten.«

Er lief rot an, tiefrot wie die untergehende Sonne. »Cathy, bitte! Ist Vergeben nicht das wichtigste? Ich erinnere mich doch nur an das Schöne!«

»Nein! Nein!« Aber ich klammerte mich an ihn wie eine arme Seele auf dem Weg ins Fegefeuer an die Erlösung.

Auch wenn ich mir nicht völlig sicher bin, kam es mir so vor, als hätte ich eine schwarzgekleidete Frau gesehen, als wir uns dem Parkplatz näherten. Ihr Gesicht und ihr ganzer Kopf waren von einem dunklen Schleier verhüllt. Sie duckte sich hinter einen Baum, als sie uns bemerkte. Wollte sie sich verstecken, damit ich sie nicht erkennen konnte? Aber ich erhaschte doch einen schnellen Blick auf eine schimmernde Perlenkette um ihren Hals. Perlen, die dort für eine dünne weiße Hand hingen, um nervös geknetet und zu einem dicken Knoten geschlungen zu werden.

Ich kannte nur eine einzige Frau, die eine solche Kette trug – und sie hatte allen Grund schwarz zu tragen und sich vor mir zu verstecken! Für immer zu verstecken. Schwarz sollte sie von nun an immer tragen, all ihre Tage wollte ich ihr schwarz färben!

Schwärzer noch als der Teer in meinen Haaren. Schwärzer, als alle Tage in dem verschlossenen Zimmer und die dunkelsten Schatten des Dachbodens, wohin man uns verbannt hatte, als wir furchtsam und jung und so voller Sehnsucht nach Liebe waren. Schwärzer als der tiefste Pfuhl der Hölle.

Ich hatte lange genug darauf gewartet, zu meinem Schlag auszuholen. Mehr als lange genug. Und selbst mit Chris an meiner Seite, um mich daran zu hindern – niemand besaß die Kraft, meine Rache aufzuhalten und mich von dem abzubringen, was ich zu tun hatte!

FÜNFTER TEIL

Die Zeit der Rache

Der frühe Tod von Carrie hatte im Leben von allen, die sie liebten, eine schwer zu schließende Lücke hinterlassen. Die kleinen Porzellanpuppen blieben jetzt für mich zurück, damit ich durch sie das Andenken an Carrie und Cory pflegte. Chris nahm vorübergehend eine Stelle an der Universität von Virginia an, damit er in meiner Nähe bleiben konnte.

»Bleib hier, Catherine«, bat Paul mich, als ich ihm sagte, daß ich zurück in die Berge von Virginia gehen würde, um dort meine Ballettschule weiterzuführen. »Laß mich nicht alleine! Jory braucht einen Vater, ich brauche eine Frau. Dein Sohn muß einen Mann um sich haben, wenn er sich normal entwickeln soll. Der Gedanke, dich immer nur alle paar Wochen für kurze Zeit lieben zu dürfen, macht mich todelend.«

»Später«, sagte ich mit Entschiedenheit und entzog mich seinen Armen. »Eines Tages komme ich zu dir zurück, und wir werden heiraten, aber zuerst muß ich noch einige Dinge erledigen, die schon zu lange gewartet haben.«

Bald war ich wieder zurück bei meiner täglichen Routine, führte meine Ballettschule und schmiedete meine Pläne – keine zwei Meilen vom Anwesen der Foxworth entfernt. Da Carrie jetzt nicht mehr bei uns war, wurde Jory zu einem Problem. Er bekam es schnell satt, den ganzen Tag mit mir in der Schule verbringen zu müssen und wollte mit Kindern in seinem Alter spielen. Ich schickte ihn auf eine spezielle Vorschule und engagierte ein Hausmädchen, das sich um den Haushalt kümmerte und Jory beaufsichtigte, während ich arbeiten mußte.

In der Lokalzeitung erschien ein großer Artikel über Bartholomew Winslow, als er in Hillendale seine zweite Kanzlei eröffnete, während sein Juniorpartner das Büro in Greenglenna führte. Zwei Kanzleien, dachte ich. Was man für Geld nicht alles haben konnte! Mein Plan sah nicht vor, ihn direkt und offen anzugehen; wir würden uns »zufällig« treffen. Also ließ ich Jory in der Obhut von Emma Lindstrom, meinem Hausmädchen, und fuhr mit dem Auto zu den Wäldern hinter Foxworth Hall.

Bart Winslow war eine lokale Berühmtheit, dessen Leben von den Klatschspalten der Zeitung detailliert wiedergegeben wurde, deshalb wußte ich, daß es zu seinen Gewohnheiten gehörte, jeden Tag vor dem Frühstück ein paar Meilen zu joggen. Für das, was ihn erwartete, würde er ein starkes Herz auch gut gebrauchen können. Tag für Tag joggte ich durch den Wald, rannte über lehmige Pfade, die von totem, trockenem und unter jedem Schritt raschelndem Laub bedeckt waren. Es wurde September, und Carrie war inzwischen schon einen Monat tot. Wie schnell die Zeit verging, ohne daß ich irgendwie weiterkam. Mit traurigen Gedanken roch ich den beißenden Rauch von Holzfeuern und hörte die Axthiebe der Holzfäller. Es wurde Herbst, ein Herbst, den ich so gerne mit Carrie geteilt hätte. Die Schuldigen werden dafür bezahlen, Carrie! Ich würde sie zahlen lassen, und irgendwie vergaß ich über diese bitteren Gedanken, daß Bart Winslow im Grunde für all das ja gar nichts konnte.

Wie das Leben oft spielt, traf ich ihn nicht beim Waldlauf, sondern eines Samstags gegen Mittag, als ich in einem billigen Café saß. Plötzlich flog die Tür auf, und Bart Winslow kam herein. Er mußte mich wohl schon von draußen durch das Fenster gesehen haben, denn er kam direkt auf meinen Tisch zu. Sein dreiteiliger Nadelstreifenanzug mußte ein kleines Vermögen gekostet haben. Den ledernen Diplomatenkoffer in seiner Hand schwenkte er vergnügt durch die Gegend. Sein Lächeln war breit, doch sein hageres, sonnengebräuntes Gesicht hatte twas Bedrohliches – vielleicht bildete ich mir das auch nur ein.

»Na«, rief er, »wenn das nicht Catherine Dahl ist, die Frau, der ich jetzt schon seit Monaten auf den Fersen bin.« Er setzte sich unaufgefordert mir gegenüber an den Tisch, dann stützte er sich auf die Ellbogen und lehnte sich weit vor, um mir eindringlich in die Augen zu starren. »Wo, zum Teufel, haben Sie sich denn versteckt?« wollte er wissen, während er seinen Aktenkoffer mit dem Fuß näher zu sich hinschob, um ihn besser im Auge behalten zu können.

»Ich habe mich nicht versteckt«, sagte ich mit einer Nervosität, von der ich hoffte, daß man sie mir nicht anmerken konnte.

Er lachte, während seine dunklen Augen über meine enge Wolljacke wanderten, meinen Rock und das, was er von meinen Beinen sehen konnte. Ich wippte nervös mit dem Fuß. Dann wurde sein Gesicht ernst. »Ich habe in der Zeitung vom Tod Ihrer Schwester gelesen. Es tut mir sehr leid. Ich finde es immer besonders traurig, wenn jemand so jung sterben muß. Wenn das nicht zu persönlich ist, dürfte ich Sie dann fragen, woran Ihre Schwester gestorben ist? Eine Krankheit, ein Unfall?«

Ich machte große Augen. Woran sie gestorben war? Oh, darüber hätte ich ein ganzes Buch schreiben können.

»Warum fragen Sie Ihre Frau nicht, woran meine Schwester gestorben ist?« erwiderte ich steif.

Er wirkte verblüfft, dann brach es aus ihm heraus: »Woher soll sie etwas darüber wissen, wenn sie weder von Ihnen noch Ihrer Schwester je gehört hat, sieht man einmal von den Zeitungen und Ihren Briefen ab? Und doch, ich habe meine Frau tatsächlich dabei überrascht, als sie gerade die Todesanzeige aus der Zeitung ausschnitt, und sie weinte, als ich sie ihr aus der Hand nahm. Ich bat sie um eine Erklärung. Sie sprang auf und rannte die Treppe hinauf. Noch immer weigert sie sich, mir meine Fragen zu beantworten. Also, wer zum Teufel, sind Sie nun?«

Ich biß wieder in mein Schinken-Tomaten-Sandwich und kaute absichtlich lange auf dem Bissen, um seinen Ärger zu beobachten, während er auf meine Antwort wartete. »Warum fragen Sie nicht Ihre Frau?«

»Ich hasse Leute, die Fragen mit Gegenfragen beantworten«, fuhr er mich an. Dann winkte er einer rothaarigen Bedienung, die in unserer Nähe herumschlich und bestellte das gleiche, was ich vor mir stehen hatte. »Also«, begann er und zog seinen Stuhl noch näher an den Tisch. »Vor einiger Zeit bin ich in Ihr Tanzstudio gekommen und habe Ihnen diese Erpresserbriefe gezeigt, die Sie meiner Frau ständig schreiben.« Er griff in seine Tasche und zog drei dieser Briefe heraus, die inzwischen schon Jahre alt waren. An den vielen Eselsohren und Stempeln auf den Umschlägen sah man ihnen die Weltreise an, die sie auf der

Suche nach meiner Mutter zurückgelegt hatten, um dann am Ende wieder hier in meiner Hand zu landen, während der Mann meiner Mutter mich anschrie: »Wer, zum Teufel, sind Sie?«

Ich lächelte ihn verführersich an. Das Lächeln meiner Mutter. Ich legte den Kopf auf die Seite wie sie und spielte mit den falschen Perlen um meinem Hals. »Müssen Sie das wirklich noch fragen – können Sie es sich nicht denken?«

»Spielen Sie nicht Theater mit mir! Wer sind Sie wirklich? Was für eine Verbindung besteht zwischen Ihnen und meiner Frau? Ich weiß, daß Sie ihr ungewöhnlich ähnlich sehen, dasselbe Haar, dieselben Augen. Ja sogar einige Ihrer Bewegungen und Gesten sind dieselben. Sie müssen irgendwie mit ihr verwandt sein …«

»Ja. Das könnte man sagen.«

»Warum habe ich Sie dann nicht schon einmal getroffen? Eine Nichte, eine Cousine?« Er hatte eine animalische Anziehungskraft, die mich fast vor der Art von Spiel zurückschrecken ließ, wie ich sie mit ihm vorhatte. Das war kein großer Junge, der von einer ehemaligen Ballerina ehrfürchtig beeindruckt sein würde. Seine dunkle Ausstrahlung war so stark, daß ich mich ihr als Frau kaum entziehen konnte. Was für ein wilder Liebhaber er wohl sein würde? Ich spürte, daß ich in seinen Augen ertrinken konnte und für alle anderen Männer verloren war, wenn ich erst mit ihm geschlafen hatte. Er war so selbstsicher und von seiner Männlichkeit überzeugt. Es bestand leicht die Gefahr, daß ich sein Opfer wurde und nicht er meines.

»Hiergeblieben«, sagte er und drückte mich auf meinen Stuhl zurück, als ich aufstehen wollte. »Sehen Sie mich nicht furchtsam an, sondern spielen Sie endlich Ihr Spiel mit mir, das Sie ja offenbar schon länger vorhaben.« Er hob die Briefe auf und hielt sie mir unter die Nase. Ich sah unglücklich zur Seite. »Wenden Sie nicht die Augen ab. Fünf oder sechs dieser Briefe verfolgten uns, als meine Frau und ich in Europa waren, und jedesmal, wenn uns einer einholte, wurde sie blaß. Sie schluckte nervös – so wie Sie jetzt nervös schlucken. Ihre Hände spielten mit ihrer Perlenkette, so wie Ihre jetzt mit dieser Imitation spielen. Zweimal sah ich, wie sie auf den Umschlag schrieb: »Adresse unbekannt.« Dann holte ich eines Tages die Post selbst ab, und ich fand diese drei Briefe, die Sie ihr geschrieben haben. Ich öffnete sie. Las sie.« Er unterbrach sich und beugte sich so weit vor, daß seine Lippen nur noch wenige Zentimeter vor meinen waren. Seine Stimme klang hart und kalt, sein Zorn wohl beherrscht und unter Kontrolle. »Welches Recht haben Sie, von meiner Frau Geld zu erpressen?«

Ich bin sicher, daß ich schneeweiß im Gesicht wurde. Mir war schlecht und flau in der Magengegend, und ich wäre am liebsten hinausgestürzt und vor ihm weggelaufen. Es kam mir vor, als hörte ich aus weiter Ferne Chris' Stimme: Laß die Vergangenheit in Frieden ruhen. Vergiß endlich, Cathy. Gott wird auf seine eigene Art für jene Gerechtigkeit sorgen, die du suchst. Auf seine Art und zu seiner Stunde wird Er dir die Verantwortung von den Schultern nehmen.

Er lehnte sich in den billigen orangefarbenen Plastikstuhl zurück, der in so scharfem Kontrast zu seiner gepflegten Erscheinung stand, und nahm ein silbernes Zigarettenetui heraus. Darauf prangte sein Monogramm in winzigen Diamanten. Das mußte ein Geschenk von meiner Mutter sein – es sah ganz nach ihr aus. Er bot mir eine Zigarette an. Ich schüttelte den Kopf. Er klopfte den losen Tabak vom Ende einer Zigarette, die er sich dann langsam mit seinem Feuerzeug anzündete, das ebenfalls Diamanten zierten. Die ganze Zeit behielt er mich dabei mit seinen dunklen, leicht zusammengekniffenen Augen scharf im Blick, so daß ich mir vorkam wie eine Spinne, die sich in ihrem eigenen Netz gefangen hat.

»In jedem Brief haben Sie geschrieben, daß Sie dringend eine Million Dollar brauchen«, sagte er mit flacher, monotoner Stimme. Dann blies er mir den Rauch ins Gesicht. Ich hüstelte und wedelte mit der Hand. An den Wänden hingen überall Schilder *Rauchen verboten.* »Warum brauchen Sie eine Million?«

»Sehen Sie«, erwiderte ich und hustete erst einmal, um mich wieder voll unter Kontrolle zu bekommen. »Sie wissen sicher, daß mein Mann gestorben ist. Ich erwartete sein Kind, die unbezahlten Rechnungen stapelten sich haushoch, und selbst nachdem jetzt die Versicherung mit Ihrer Hilfe ausbezahlt worden ist, sieht es noch immer nicht rosig aus. Meine Tanzschule steckt in den roten Zahlen. Ich muß ein Kind versorgen, Geld für seine Ausbildung zurücklegen, und Ihre Frau hat so viele Millionen. Ich dachte mir, auf eine würde es ihr da nicht ankommen.«

Er grinste schwach und zynisch. »Warum sollte eine intelligente Frau wie Sie annehmen, daß Mrs. Winslow so großzügig sein könnte, auch nur einen Cent an eine Verwandte zu verschwenden, die sie nicht einmal als Familienmitglied anerkennt?«

»Fragen Sie Mrs. Winslow!«

»Ich habe sie gefragt. Ich habe ihr diese Briefe unter die Nase gehalten und wissen wollen, was das alles soll. Ein dutzendmal habe ich sie gefragt, welche Verbindung zwischen Ihnen und ihr besteht. Jedesmal hat sie behauptet, daß sie Sie nur als Ballerina von der Bühne kennt. Aber diesmal will ich eine richtige Antwort und zwar von Ihnen!« Um mich daran zu hindern, das Gesicht abzuwenden und meine Augen zu verbergen, griff er nach meinem Kinn und zwang mich, ihm direkt in die Augen zu sehen. »Wer, zum Teufel, sind Sie? Warum glauben Sie, daß sich meine Frau von Ihnen erpressen läßt? Warum treiben Ihre Briefe meine Frau jedesmal dazu, zu einem Fotoalbum zu rennen, das sie immer in ihrer Schreibtischschublade oder in einem Safe eingeschlossen hält? Ein Album, das sie jedesmal schnell versteckt und wieder einschließt, wenn ich in ihre Nähe komme.«

»Sie sieht sich dieses Album an – das blaue Album mit einem goldenen Adler auf dem ledernen Umschlag?« flüsterte ich, schockiert darüber, daß sie so etwas noch immer tat.

»Wohin wir auch gereist sind, das blaue Album hat sie immer in einem verschlossenen Köfferchen begleitet.« Seine dunklen Augen wurden zu gefährlichen Schlitzen. »Sie haben dieses blaue Album sehr exakt beschrieben, obwohl es inzwischen alt und abgegriffen aussieht. Während meine Frau sich ständig in dieses Fotoalbum vertieft, liest meine Schwiegermutter die Bibel in Fetzen. Manchmal habe ich meine Frau mit Tränen in den Augen überrascht, wenn sie sich dieses verdammte Album angesehen hat. Ich vermute, es enthält Bilder von ihrem ersten Mann.«

Ich seufzte schwer und schloß meine Augen. Ich wollte nichts davon wissen, daß sie weinte.

»Antworten Sie mir endlich, Cathy! Wer sind Sie?« Ich hatte

das Gefühl, er würde mein Kinn eine Ewigkeit so festhalten, wenn ich ihm keine vernünftige Antwort gab. Aber als ich dann den Mund aufmachte, begann ich, aus irgendeinem Grund zu lügen. »Henrietta Beech war die Halbschwester Ihrer Frau. Sehen Sie, Malcolm Foxworth hatte eine Affäre, und drei Kinder waren das Ergebnis. Ich bin eins davon. Ihre Frau ist meine Halbtante.«

Er seufzte, ließ mein Kinn los und lehnte sich zurück, als hätte er jetzt endlich die gesuchte Lösung seines Rätsels. »Malcolm hatte also eine Affäre mit einer gewissen Henrietta Beech, die drei illegitime Kinder von ihm bekam. Was für eine interessante Geschichte.« Er lachte spöttisch. »Ich hätte nie gedacht, daß der alte Knabe dazu noch in der Lage gewesen wäre, besonders nach dem Herzinfarkt, den er wegen der ersten Heirat meiner Frau bekam. Das gibt mir als Mann Hoffnung, daß so etwas noch möglich ist.« Er wurde wieder ernst und sah mich mit einem nachdenklichen, forschenden Blick an. »Wo ist Ihre Mutter jetzt? Ich würde mich gerne einmal mit ihr unterhalten.«

»Tot«, sagte ich und kreuzte unter dem Tisch heimlich die Finger wie ein abergläubisches albernes Kind. »Sie ist schon sehr, sehr lange tot.«

»Okay. Jetzt kann ich mir ein Bild machen. Drei junge, uneheliche Foxworth-Kinder, die versuchen an ihr Erbe ranzukommen, indem sie meine Frau erpressen. Richtig?«

»Falsch! Es war nur ich. Mein Bruder oder meine Schwester hatten nie etwas damit zu tun. Und ich wollte nur, was uns zusteht! Als ich diese Briefe geschrieben habe, befand ich mich in einer verzweifelten Lage, und auch nachdem jetzt die Versicherung meines Mannes bezahlt hat, geht es mir nicht viel besser. Ich könnte Ihnen die ganze Nacht erzählen, welche Schwierigkeiten ich mit meiner Ballettschule habe und wie sehr ich mich habe täuschen lassen, als ich annahm, man könne hier mit Ballettunterricht seinen Lebensunterhalt verdienen.«

»Kann man das nicht?«

»Nicht, wenn man verwöhnte kleine Mädchen als Schülerinnen hat, die ihre Kurse nur als Freizeitvergnügen betrachten und jeden zweiten Monat wegbleiben. Alles, was sie wollen, ist hübsch auszusehen und graziöse Bewegungen zu lernen. Wenn ich nur einen einzigen begabten Schüler hätte, würde mir die ganze Arbeit wenigstens Spaß machen. Aber ich habe keinen, nicht einen.«

In Gedanken versunken trommelte er mit seinen kräftigen Fingerspitzen auf die Tischplatte. Dann zündete er sich eine zweite Zigarette an. Aber er wirkte dabei, als wollte er gar nicht rauchen, sondern suchte nur nach einer Beschäftigung für seine unruhigen Hände. Schließlich inhalierte er tief, schnippte die Asche auf den Boden und sah mir fest in die Augen. »Ich will ganz offen mit Ihnen sprechen, Catherine Dahl. Erstens weiß ich nicht, ob Sie lügen oder mir jetzt die Wahrheit erzählt haben, aber Sie sehen wirklich wie ein Mitglied des Foxworth-Clan aus. Zweitens gefällt es mir nicht, daß Sie meine Frau zu erpressen versuchen. Drittens möchte ich nicht, daß meine Frau unglücklich ist und weint. Viertens hat es sich nun einmal so ergeben, daß ich meine Frau so sehr liebe, und ich werde sie auch immer lieben, aber es gibt Zeiten, muß ich zugeben, da würde ich die Vergangenheit am liebsten aus ihr herausprügeln. Sie spricht nie davon. Sie steckt voller Geheimnisse, die sie mich nie erfahren lassen will. Nun, ein großes Geheimnis ist ja jetzt aufgedeckt worden, daß Malcolm Neal Foxworth, der gute, fromme Gentleman mit dem Ruf eines Heiligen, nach seinem ersten Herzanfall noch eine deftige Affäre hatte. Soviel ich weiß, muß er vorher schon einmal eine gehabt haben, aber wirklich nur eine.«

Oh, sieh an! Da wußte er mehr als ich. Offenbar hatte ich blind ins Schwarze getroffen.

Bart Winslow warf einen unruhigen Blick durch das Café. Es füllte sich jetzt mit Familien, die hier zu Mittag essen wollten. Und ich nehme an, der Gedanke gefiel ihm nicht, daß ihn jemand hier mit mir erkennen könnte und dies seiner Frau irgendwie zu Ohren kam.

»Liebe Cathy, lassen Sie uns hier verschwinden«, drängte er, stand auf und griff nach meinem Arm. »Sie können mich zu einem Drink zu sich nach Hause einladen, dort können wir die ganze Angelegenheit in Ruhe zu Ende besprechen.« Ich zuckte die Schultern und folgte ihm nach draußen. »Wo wohnen Sie denn?« fragte er mich vor dem Café auf dem Bürgersteig.

Ich erzählte es ihm, und es schien ihm nicht besonders zu gefallen. »Vielleicht gehen wir besser doch nicht zu Ihnen ... Es könnte mich jemand in Ihr Haus gehen sehen.« (Er wußte damals natürlich noch nicht, daß ich mir dieses Haus unter anderem deshalb ausgesucht hatte, weil man aus dem Wald direkt in seinen Garten gelangen konnte, ohne von irgend jemandem gesehen zu werden.) »Mein Gesicht sieht man hier ja dauernd in den Zeitungen«, fuhr er fort. »Sicher würden Ihre Nachbarn mich erkennen. Können Sie nicht Ihren Babysitter anrufen und fragen, ob er noch etwas bleiben kann?«

Das tat ich dann auch, sprach erst mit Emma Lindstrom und dann mit Jory, der mir versprach, ein lieber Junge zu sein, bis seine Mammi nach Hause kommen würde.

Barts Auto war ein eleganter schwarzer Mercedes. Er summte wie eines von Julians Luxusautos die Straße entlang, so schwer und weich gefedert, daß man meinte, die kurvenreichen Bergstraßen hinaufzuschweben. »Wohin fahren Sie mich, Mr. Winslow?«

»An einen Ort, wo wir uns ungestört unterhalten können, ohne daß uns jemand sieht oder hört.« Er sah mich von der Seite an und grinste. »Sie mustern mein Profil so eingehend. Welche Note geben Sie mir denn?«

Heiß schoß mir das Blut in die Wangen. Allein das Wissen, rot geworden zu sein, ließ mich gleich noch einmal erröten. Mein Leben war voller gutaussehender Männer, aber dieser Mann war so anders, als alle Männer, die ich bisher kennengelernt hatte. Ein Banditentyp, der alle meine Alarmglocken klingen ließ – langsam, Cathy! Meine Intuition warnte mich, während ich sein Gesicht genau studierte und alles an ihm einer scharfen Musterung unterzog. Er war die Sorte Mann, der weiß, daß er jederzeit alles bekommen kann, wenn er es nur will.

»Hmmm«, meinte ich und versuchte der Sache den Ernst zu nehmen, »Ihr Aussehen sagt mir, daß ich schnell laufen und hinter mir die Tür fest abschließen muß!«

Er grinste wieder hinterhältig, schien aber mit diesem Urteil zufrieden. »So, Sie finden mich also aufregend und ein bißchen gefährlich. Hübsch. Gutaussehend, aber langweilig zu sein wäre schließlich schlimmer als häßlich und charmant, nicht wahr?«

»Ich weiß nicht. Wenn ein Mann charmant und intelligent genug ist, vergesse ich oft, wie sein Äußeres wirkt, und er kommt mir einfach gutaussehend vor.«

»Dann kann es ja nicht schwer sein, Ihnen zu gefallen.« Ich ließ meine Augen einen Moment lang über die Berge schweifen, bevor ich meinen Blick wieder zu ihm wandte. »Um die Wahrheit zu sagen, Mr. Winslow ...«

»Bart.«

»Also, um die Wahrheit zu sagen, Bart, es ist sogar sehr schwierig, mir zu gefallen. Ich neige dazu, Männer auf ein hohes Podest zu stellen und für perfekte Wesen zu halten. Sobald ich dann herausfinde, daß meine Idole auf tönernen Füßen stehen, ist es mit der Liebe aus, und sie werden mir gleichgültig.«

»Es gibt nicht viele Frauen, die sich selbst so gut kennen«, meinte er. »Die meisten laufen durch die Welt, ohne je hinter ihre eigene Fassade geblickt zu haben. Jedenfalls weiß ich, wo ich stehe – ein Sexsymbol, aber ganz ohne Podest.«

Allerdings! Ihn hätte ich auch nie auf ein Podest zu stellen gewagt. Ich wußte, was er war, ein Frauenheld, ein Schürzenjäger, ein Ehemann, dessen Frau verrückt vor Eifersucht werden konnte. Sicher hatte meine Mutter dieses Sexbuch nicht dafür gekauft, damit *er* irgend etwas daraus lernte. Er wußte alles. Abrupt brachte er den Wagen zum Stehen, dann wandte er mir das Gesicht zu. Es dämmerte schon, und das Weiße in seinen Augen schimmerte in der Dunkelheit. Er war acht Jahre jünger als meine Mutter. Also mußte er vierzig sein, ein Mann in seinen attraktivsten Jahren, aber auch in seinen verwundbarsten, weil er wußte, daß seine Jugend nun endgültig zu Ende gehen würde. Er mußte seine Eroberungen jetzt machen, bevor der schöne Vogel der Jugend davonflatterte und all die dummen, hübschen Mädchen mitnahm. Und er mußte der Frau müde sein, die er inzwischen so gut kannte, auch wenn er sie noch so liebte. Warum sonst würden seine Augen mich so herausfordernd anfunkeln? O Mammi, wo immer du bist, du solltest jetzt beten! Denn ich werde dir nicht mehr Gnade zeigen, als du sie uns damals gezeigt hast!

Doch während ich da neben ihm saß und nachdachte, erkannte ich, daß ich hier keinen aufopfernden, stillen Mann wie Paul vor mir hatte. Dieser hier würde nicht verführt werden müssen. Er würde wie ein schwarzer Panther heranschleichen, zupacken, sich nehmen, was er wollte, und mich dann fallenlassen, und alles wäre vorbei. Er würde schließlich die Millionen seiner Frau nicht für eine willige Geliebte aufgeben, die ihm mehr oder weniger zufällig über den Weg gelaufen war. Also langsam ... jetzt durfte ich keinen Fehler machen.

Während ich ihn mit meinen Blicken maß, maß er mich genauso. Erinnerte ich ihn so sehr an seine Frau, daß er sich vielleicht dachte, es würde gar kein besonderer Unterschied sein? Oder war meine Ähnlichkeit mit ihr ein Vorteil? Waren Männer schließlich nicht doch immer nur auf einen einzigen Typ von Frau fixiert?

»Ein schöner Abend«, sagte er. »Ich mag diese Jahreszeit besonders. Der Herbst hat etwas so Leidenschaftliches, mehr noch als der Frühling. Gehen wir ein wenig spazieren, Cathy. Diese Berge lassen mich immer so melancholisch werden, als würde mir das Beste im Leben noch immer fehlen, und ich liefe ihm nach, ohne es je einzuholen.«

»Das klingt ja poetisch«, sagte ich, während wir ausstiegen und er meine Hand nahm. Wir spazierten über eine Wiese am Waldrand und kamen – ob es irgendwer glaubt oder nicht – zu einer Eisenbahnstrecke. Alles wirkte eigentümlich vertraut auf mich. Aber das konnte doch nicht sein! Das konnte nicht die Eisenbahnstrecke sein, auf der vor fünfzehn Jahren der Zug angehalten hatte, mit dem unsere Mutter uns nach Foxworth Hall brachte!

»Bart, ich weiß nicht, wie es dir geht, aber ich habe ein so unheimliches Gefühl, daß ich schon einmal mit dir an dieser Eisenbahnstrecke entlanggelaufen wäre, in einer anderen Nacht, die ähnlich war wie diese.«

»Déjà vu«, sagte er. »Ich habe das gleiche Gefühl. Als wären wir beide einmal sehr verliebt gewesen und durch die Wälder dort oben gewandert. Wir setzten uns auf diese grüne Bank neben der Eisenbahnstrecke. Irgend etwas trieb mich, dich hierher zu bringen, ohne daß ich genau gewußt hätte, wohin ich eigentlich mit dir fuhr.«

Seine Worte zwangen mich, aufzublicken und ihm ins Gesicht zu starren, um zu sehen, ob sie ehrlich gemeint waren. Aus seinem nachdenklichen und leicht unbehaglichen Blick las ich, daß er von sich selbst überrascht war. »Ich mag Geheimnisse«, erklärte ich. »Seltsame Erlebnisse faszinieren mich, ich möchte sie ergründen und hinter ihren Zauber blicken. Aber wenn mir das gelingt, wünsche ich mir schon das nächste Geheimnis.«

»Bist du romantisch?«

»Du nicht?«

»Ich weiß nicht. Als Junge war ich es wohl.«

»Warum hast du dich geändert?«

»Man kann schlecht ein romantischer Junge bleiben, wenn man Jura studiert und sich täglich der harten Realität von Mord, Vergewaltigung, Raub und Korruption gegenübersieht. Und wenn man in meinem Beruf etwas werden will, muß man ein harter Kämpfer sein. Man lernt schnell, daß man nicht der Beste sein kann, und die Konkurrenz ist groß. Für Romantik ist da kein Platz mehr.«

Er drehte sich zu mir und schenkte mir ein Lächeln mit gewinnendem Charme. »Ich glaube, daß wir beide trotzdem viel gemeinsam haben, Catherine Dahl. Ich habe auch eine Vorliebe für das Geheimnisvolle, und ich suche jemanden, den ich anbeten kann. Deshalb verliebte ich mich in eine Millionenerbin, aber ihre Millionen waren mir nur im Weg. Sie jagten mir Angst ein. Ich wußte, daß jeder denken würde, ich hätte sie nur wegen des Geldes geheiratet. Ich glaube, sie dachte das auch, bevor ich sie vom Gegenteil überzeugen konnte. Als ich mich in sie verliebt hatte, wußte ich nicht, wer und wie sie wirklich war. Es scheint mir sogar, sie war damals wie du.«

»Wie kommst du darauf?« fragte ich, gespannt auf jede weitere Enthüllung.

»Weil sie war wie du, Cathy, jedenfalls für eine Weile. Aber dann erbte sie diese Millionen, und in gigantischen Kauforgien holte sie sich alles, was ihr Herz begehrte. Bald gab es nur noch einen einzigen unerfüllten Wunsch für sie – ein Baby. Und sie konnte kein Baby bekommen. Du kannst dir nicht vorstellen, wieviel Zeit wir vor den Schaufenstern von Geschäften mit Spielzeug, Babyausstattung und Kinderzimmern verbracht haben. Als ich sie heiratete, wußte ich, daß wir keine Kinder haben konnten. Aber ich dachte, es würde mir nichts ausmachen. Doch bald machte es mir sehr viel aus, zu viel. Diese Schaufenster begannen mich ebenfalls zu verfolgen.«

Der schmale Pfad, dem wir folgten, führte direkt zu einer grünen Bank unter einem rostigen alten Blechdach, das auf vier morschen alten Holzpfeilern ruhte, die früher ebenfalls einmal grün gewesen waren.

Dort saßen wir dann in der kalten Bergluft, über uns ein heller Mond und funkelnde Sterne.

»Dies hier war früher einmal ein kleiner Haltepunkt der Eisenbahn, Cathy.« Er zündete sich wieder eine Zigarette an. »Jetzt fahren hier keine Züge mehr. Die reichen Leute mit den großen Häusern hier oben haben einen Prozeß gegen die Eisenbahngesellschaft geführt, der schließlich damit endete, daß ihre Nachtruhe nicht mehr von pfeifenden Lokomotiven gestört wird. Ich habe die Züge nachts immer sehr gerne gehört, aber da war ich erst siebenundzwanzig und lebte als frischvermählter Ehemann auf Foxworth Hall. Ich lag nachts oft wach neben meiner Frau, in einem Bett mit einem riesigen geschnitzten Schwan am Kopfende – kannst du dir so ein Bett vorstellen? Sie schlief mit dem Kopf an meiner Schulter, oder wir hielten uns die ganze Nacht an den Händen. Sie nahm Tabletten, damit sie tief und fest schlief. Zu tief, denn sie hörte nie die wunderschöne Musik, die von fern über uns zu kommen schien. Wenn ich ihr davon erzählte, sagte sie mir immer nur, daß es Einbildung sein müßte. Eines Tages hörte die Musik dann auf, und ich glaube, daß meine Frau recht hatte. Ich werde sie mir wohl nur eingebildet haben. Doch als die Musik nicht mehr wiederkam, vermißte ich sie. Diese verträumte Musik hatte dem alten, verstaubten Haus einen besonderen Zauber gegeben. Wenn sie erklang, träumte ich oft von einem wunderschönen jungen Mädchen, das irgendwo oben im Haus tanzte. Ich dachte, daß ich wohl von meiner Frau träumen würde, als sie noch jung war. Sie hat mir erzählt, daß sie oft zur Strafe von ihren Eltern in den Schulraum auf dem Dachboden geschickt worden war und dort den ganzen Tag alleine bleiben mußte. Selbst im Sommer, wenn es dort oben furchtbar stickig war. Und sie schickten sie auch im Winter dort hinauf – sie sagte, es wäre erbärmlich kalt gewesen und ihre Finger wären ihr blaugefroren. Sie sagte, sie hätte diese Zeit meist weinend vor dem Fenster oben verbracht, weil sie irgendeine schöne Sache verpaßte, in der ihre Eltern ein unerlaubtes Vergnügen gesehen haben.«

»Bist du jemals selbst auf den Dachboden gegangen, um nachzusehen?«

»Nein. Ich wäre schon gerne, aber die schwere Falltüre am Ende der großen Treppe war immer fest verschlossen. Und außerdem sehen eigentlich alle Dachböden gleich aus; wenn man einen gesehen hat, kennt man alle.« Er warf mir wieder sein typisches Lächeln zu. »Und jetzt, nachdem ich dir so viel über mich erzählt habe, sag mir etwas von dir. Wo bist du geboren? Wo bist du zur Schule gegangen? Wie bist du zum Ballett gekommen – und warum hast du nie einen der großen Bälle auf Foxworth Hall besucht?«

Ich schwitzte, obwohl ich innerlich fror. »Warum sollte ich dir irgend etwas über mich erzählen? Nur weil du da neben mir sitzt und mir ein paar Nebensächlichkeiten aus deinem Leben gestehst? Du hast mir nichts über dich gesagt, was wirklich wichtig wäre. Wo bist du geboren? Warum hast du dich entschieden, Anwalt zu werden? Wie hast du deine Frau kennengelernt, war es im Sommer, im Winter, in welchem Jahr? Wußtest du, daß sie schon einmal verheiratet gewesen ist, oder hat sie dir erst nach der Heirat davon erzählt?«

»Was bist du für ein naseweises Ding! Welchen Unterschied macht es schon, wo ich geboren bin. Ich habe kein aufregendes Leben hinter mir wie du. Ich bin in einer unbedeutenden kleinen Stadt namens Greenglenna in South Carolina geboren. Nach dem Bürgerkrieg war es mit dem Wohlstand meiner Vorfahren vorbei. Mit unserer Familie und auch all unseren Freunden ging es ständig bergab. Aber das ist eine alte Geschichte, die man im Süden viel zu oft erzählt bekommt. Schließlich habe ich eine Foxworth geheiratet, und in den Süden kehrte der Wohlstand zurück. Meine Frau ließ das alte Haus meiner Familie renovieren und glanzvoll herrichten. Sie gab mehr Geld dafür aus, als ein neues Haus gekostet hätte. Und was habe ich währenddessen die ganze Zeit getan? Als einer der besten Harvardabsolventen meines Faches verbrachte ich die meiste Zeit damit, meine Frau auf ihren Weltreisen zu begleiten. Ich habe nicht sehr viel aus meiner Ausbildung gemacht. Ich wurde ein von seiner Frau ausgehaltener Playboy. Aber ich habe auch erfolgreich einige Fälle bearbeitet, nicht zuletzt deinen, Cathy. Und bei dieser Gelegenheit fällt mir ein, daß du bisher noch nicht das Honorar gezahlt hast, was ich mir vorgestellt habe.«

»Ich habe dir einen Scheck über zweihundert Dollar geschickt!« widersprach ich aufgebracht. »Wenn dir das nicht genug war, kommst du jetzt zu spät. Zur Zeit habe ich keine weiteren zweihundert Dollar, auf die ich verzichten könnte.«

»Habe ich von Geld gesprochen? Geld bedeutet mir nicht viel, solange ich an einem so großen Vermögen teilhabe. In deinem ganz besonderen Fall hatte ich ein ganz besonderes Honorar im Auge.«

»Oh, so nicht, Bart Winslow! Du fährst mit mir in die Wälder. Und jetzt willst du mit mir hier auf der Wiese schlafen? Ist es deine lebenslange Ambition gewesen, mit einer ehemaligen Ballerina zu schlafen? Ich habe keinen Sex zu verschenken, und ich bezahle meine Rechnungen auch nicht auf diese Art. Was soll an dir schon so attraktiv sein? Der Schoßhund einer verwöhnten, verdorbenen reichen Frau, die sich alles kaufen kann – einschließlich eines viel jüngeren Ehemanns! Mich wundert nur, daß sie dir keinen Ring durch die Nase gezogen hat, an dem sie dich durch die Gegend führt und Männchen machen läßt!«

Er packte mich hart und rücksichtslos, dann preßte er mir so wild die Lippen auf den Mund, daß es weh tat. Ich versuchte ihn mit den Fäusten abzuwehren, schlug auf seine Arme ein, während ich meinen Kopf wegzudrehen versuchte. Aber seine Lippen folgten gnadenlos jeder meiner Bewegungen und ließen mich nicht entkommen. Er küßte mich weiter und wurde immer leidenschaftlicher. Dann, als ich erkannte, daß ich seinen Armen, die mich fest an ihn preßten, nicht entkommen konnte, schlang ich fast gegen meinen Willen meine Arme um seinen Hals. Meine Finger verrieten mich und gruben sich in sein dichtes, dunkles Haar, und dieser Kuß dauerte und dauerte, bis wir beide heiß und atemlos waren – und dann warf er mich so grausam von sich, daß ich fast von der Bank gefallen wäre.

»So, mein kleines Rotkäppchen – da ist dir wohl statt einem Schoßhund der große böse Wolf begegnet. Und was machst du nun?«

»Bring mich nach Hause!«

»Ich werde dich nach Hause bringen – aber erst, nachdem ich noch ein bißchen mehr von dem genossen habe, was du mir gerade gegeben hast.« Er wollte wieder nach mir greifen, aber ich entkam seinen Armen und lief los. Ich lief und lief zurück zum Wagen, um meine Handtasche zu nehmen, die auf dem

Vordersitz lag. Ich riß meine Kosmetikschere heraus und bedrohte ihn.

Er grinste, packte zu und entwand mir die Schere. »Da hätte ich mir aber eine böse Schramme holen können«, höhnte er. »Aber ich mag keine Schrammen, es sei denn, von Fingernägeln auf dem Rücken. Wenn ich dich zu Hause absetze, kannst du deine Schere zurückhaben.«

Vor meinem Haus reichte er mir die Schere. »So, jetzt kannst du zustoßen. Stich mir die Augen aus, ramm sie mir ins Herz – tu, was du gerne tun möchtest. Dein Kuß war erst der Anfang. Aber ich verlange noch immer mein volles Honorar.«

Den Tiger beim Schwanz gepackt

Früh an einem Sonntagmorgen, ein paar Tage später, wärmte ich mich vor dem Barren in meinem Schlafzimmer auf. Mein kleiner Sohn versuchte, so gut er konnte, meine Ballettübungen nachzuahmen. Er sah so niedlich aus, als ich ihn im Spiegel hinter dem Übungsbalken beobachtete.

»Tanze ich?« fragte Jory.

»Ja, Jory. Du tanzt.«

»Bin ich schon gut?«

»Ja, Jory. Du bist wunderbar!«

Er lachte und klammerte sich an mein Bein. Von unten herauf sah er mich mit der fröhlichen Begeisterung an, wie sie nur sehr junge Gesichter ausdrücken können – die ganze Freude, leben zu dürfen und jeden Tag etwas Neues zu lernen, stand in seinen Augen. »Ich liebe dich, Mammi!« Das war etwas, was wir uns jeden Tag mehr als ein dutzendmal sagten. »Marie hat einen Daddy. Warum habe ich keinen Daddy?«

Das tat weh. »Du hast einen Daddy, Jory, aber der ist schon im Himmel. Aber vielleicht findet Mammi eines Tages einen neuen Daddy für dich.«

Er lächelte, denn dieser Gedanke gefiel ihm. Daddys waren eine tolle Sache für ihn, denn alle Kinder in der Vorschule hatten einen ... alle außer Jory.

In diesem Augenblick hörte ich jemanden an der Tür unten. Eine vertraute Stimme rief meinen Namen. Chris! Er lief durch unser kleines Haus, während ich ihm in meinem Ballett-Trikot entgegentanzte. Unsere Blicke verschmolzen wie immer. Ohne ein Wort nahm er mich in den Arm, doch als er mich zu küssen versuchte, hielt ich ihm nur die Wange hin. Jory zerrte an Chris' grauer Flanellhose, denn er wollte auch in einen starken Männerarm genommen werden. »Wie geht es denn meinem Jory?«

fragte Chris, nachdem er die rosigen, runden Wangen geküßt hatte. Mit großen Augen starrte mein Sohn ihn an. »Onkel Chris, bist du mein Daddy?«

»Nein«, sagte er barsch und stellte Jory wieder auf seine kleinen Füße, »aber ich hätte sehr gerne einen kleinen Sohn wie dich.« Bei diesen Worten wandte ich mich unbehaglich von den beiden ab, so daß Chris meine Augen nicht sehen konnte. Dann fragte ich ihn, warum er hier war, statt sich um seine Patienten zu kümmern.

»Ich hab' über das Wochenende frei, deshalb dachte ich, es wäre doch schön, wieder einmal ein paar Tage mit euch zu verbringen. Falls du nichts dagegen hast.« Ich nickte schwach und dachte an jemand anderen, der an diesem Wochenende wahrscheinlich vorbeischauen wollte. Chris bedachte mich mit seinem gewinnendsten Lächeln. »Hast du etwas von Paul gehört?« erkundigte ich mich. »Er kommt nicht mehr so oft zu Besuch, wie er das früher getan hat, und ich bekomme auch nur noch selten einen Brief von ihm.«

»Er ist irgendwo auf einem Medizinerkongreß. Ich dachte, ihr beide wärt immer in Verbindung.«

Er betonte mir das »ihr beide« ein wenig zu sehr. »Chris, ich mach' mir Sorgen wegen Paul. Es paßt eigentlich nicht zu ihm, daß er mehrere Briefe von mir nicht beantwortet hat.«

Er lachte und warf sich in einen Sessel. Dann hob er Jory auf seinen Schoß. »Vielleicht, geliebte Schwester, bist du endlich doch an einen Mann geraten, der dich vergessen konnte.«

Ich wußte im Augenblick einfach nicht, was ich sagen sollte oder wohin mit meinen Händen und meinen Beinen. Ich rutschte unbehaglich in meinem Sessel hin und her und starrte auf den Boden. Dabei spürte ich, wie Chris mich scharf beobachtete, um aus meinem Gesicht zu lesen. Und dann fragte er auch schon: »Cathy, was machst du eigentlich hier in den Bergen? Was hast du vor? Planst du, unserer Mutter ihren Bart Winslow auszuspannen?«

Mein Kopf fuhr hoch. Ich sah ihm direkt in die zusammengekniffenen blauen Augen und fühlte das Blut heiß in meinen Wangen pochen. »Frag mich nicht aus wie ein zehnjähriges Mädchen, das seine Schulaufgaben nicht gemacht hat. Ich tue, was ich zu tun habe – genau wie du.«

»Sicher tust du das. Danach würde ich dich auch nicht fragen. Man braucht keine Kristallkugel, um deine Gedanken zu lesen. Ich weiß, was in deinem Kopf und in deinem Herzen vorgeht. Ich kenne die Art, wie du an Dinge herangehst – aber laß Bart Winslow in Ruhe! Er wird sie niemals wegen dir verlassen! Sie hat die Millionen, und du hast nur deine Jugend. Er hat Tausende von jungen hübschen Frauen, unter denen er sich eine Geliebte aussuchen kann – warum sollte er ausgerechnet dich nehmen?«

Ich sagte nichts. Ich erwiderte nur seinen stirnrunzelnden Blick mit einem selbstsicheren Lächeln, das ihn erröten ließ, bis er das Gesicht abwandte. Ich fühlte mich gemein und grausam, und ich schämte mich. »Chris, laß uns nicht streiten. Laß uns Freunde und Verbündete sein. Du und ich, wir sind die letzten Überlebenden der vier Foxworth.«

Ein sanfter Blick trat wieder in seine blauen Augen, während er mich eindringlich ansah. »Ich habe es ja nur versucht, wie ich es immer wieder bei dir versuchte.« Er sah in die Runde, dann kehrte sein Blick wieder zurück zu mir. »Es wäre hübsch, hier mit dir und Jory zu leben. Es wäre wieder ganz so wie früher, nur wir.«

Was er sagte, ließ mich die Lippen zusammenpressen. »Es wäre eine sehr lange Fahrt zur Universitätsklinik«, meinte ich flach, »und man könnte dich auch nicht schnell zu einem Notfall rufen, von einer Rufbereitschaft ganz zu schweigen.«

Er seufzte. »Ich weiß – aber wie wäre es mit den Wochenenden? An jedem Wochenende hätte ich etwas Freizeit. Wäre dir das zuviel?«

»Ja, das wäre mir zuviel. Ich habe mein eigenes Leben, Christopher.«

Ich sah, wie er sich auf die Unterlippe biß, bevor er sich zu einem Lächeln zwingen konnte. »Okay, wie du willst ... tu, was du tun mußt, und ich bete, daß es dir nicht irgendwann leid tut.«

»Könntest du nicht bitte das Thema wechseln?« Ich lächelte, ging zu ihm und nahm ihn in den Arm. »Sei ein guter Junge, nimm mich, wie ich bin. So, und was hättest du gerne zum Mittagessen?«

»Ich habe noch nicht mal gefrühstückt.«

»Dann mache ich jetzt ein Riesen-Frühstück – das wird uns

für zwei Mahlzeiten reichen.«

Nach dem Frühstück gingen wir im Wald spazieren. Ich folgte den schmalen Pfaden, auf denen ich meine Waldläufe absolviert hatte. Chris trug Jory auf den Schultern. Wir sahen uns die Umgebung von Foxworth Hall an, all jene Orte, die wir nur aus der Ferne hatten erahnen können, während wir in dem Zimmer unter dem Dach eingeschlossen waren. Schließlich standen wir zusammen und starrten vom Waldrand zu dem großen Anwesen hinüber.

»Ob Mammi wohl da drinnen ist?« fragte Chris mit angestrengter, belegter Stimme.

»Nein. Ich habe gehört, daß sie in Texas auf einer dieser Schönheitsfarmen ist, wo reiche Frauen ein paar Pfund abspekken können.«

Alarmiert trat er dicht neben mich. »Wer hat dir das erzählt?«

»Wer wohl?«

Er schüttelte wild den Kopf, dann hob er Jory von seinen Schultern und stellte ihn auf die Füße. »Du bist verrückt, mit ihm zu spielen, Cathy! Ich habe ihn gesehen. Er ist gefährlich – laß die Finger von ihm. Geh zurück zu Paul und heirate ihn, wenn du für dein Leben einen Mann brauchst. Laß unsere Mutter ihr Leben in Frieden leben. Du glaubst doch nicht im Ernst auch nur einen Augenblick, daß sie nicht leidet. Glaubst du wirklich, sie könnte glücklich sein nach dem, was sie getan hat? Alles Geld der Welt kann ihr nicht zurückgeben, was sie verloren hat – nämlich uns! Laß das genug sein als Rache.«

»Es ist nicht genug. Ich will sie vor Barts Augen mit der Wahrheit konfrontieren. Und du kannst hundert Jahre vor mir auf den Knien liegen und mich anflehen – ich werde doch das tun, was ich mir vorgenommen habe!«

Als ich am nächsten Morgen um sieben Uhr aufwachte, war Chris schon wieder zurück zu seiner Klinik gefahren. Er hatte die Nacht über in Carries altem Zimmer geschlafen. Ich weinte ein wenig, als ich das leere Bett sah. Jory starrte mich mit großen, überraschten Augen an. »Mammi ...?« fragte er besorgt.

»Es ist alles in Ordnung. Mammi ist nur ein bißchen traurig, weil Onkel Chris schon wieder wegfahren mußte. Und Mammi geht heute nicht zur Arbeit.« Nein, das lohnte sich heute einfach nicht. Im Montagskurs waren zur Zeit nur noch drei Schüler übrig, und die konnte ich besser morgen mit einer anderen Klasse zusammen unterrichten.

Meine Pläne gediehen entschieden zu langsam. Um die Sache etwas zu beschleunigen, bat ich Emma, sich um Jory zu kümmern, während ich wieder zu einem meiner Waldläufe aufbrach. »Ich werde nicht viel länger als eine Stunde unterwegs sein. Laß ihn bis zum Mittagessen hinten im Garten spielen, um zwölf bin ich längst zurück.«

In meinem hellblauen Trainingsanzug, der sehr eng anlag, lief ich die schmutzigen Waldpfade entlang. Diesmal nahm ich eine Abzweigung nach rechts, die ich vorher nie ausprobiert hatte, und gelangte in einen dichten Fichtenwald. Der Pfad war zwischen den Nadeln kaum noch zu erkennen, so daß ich scharf auf den Boden sehen und auf Baumwurzeln achten mußte, damit ich mein Jogging nicht, statt mit Bart, noch mit einem gebrochenen Bein beendete. Die Bergwälder am Horizont rings um mich her glühten in allen Herbstfarben. Diese Zeit, hatte ich mir als Mädchen immer gesagt, war die letzte leidenschaftliche Liebesgeschichte des Jahres, bevor es alt wurde und im frostigen Griff des Winters starb.

Jemand lief hinter mir. Ich drehte mich zunächst nicht um. Das Rascheln der Blätter unter den schnellen Schritten klang mir angenehm in den Ohren, und ich lief schneller und schneller, ließ mein Haar im Wind wehen.

»Cathy, langsamer!« rief die kräftige Stimme eines Mannes hinter mir. »Du läufst zu schnell!« Natürlich war es Bart Winslow. Ich mußte ihm eines Tages hier begegnen. Das Schicksal konnte mich nicht auf die Dauer an der Nase herumführen, und meine Mutter konnte nicht immer gewinnen. Ich warf einen Blick über die Schulter und lächelte, als ich ihn da keuchend in seinem modischen Jogger-Anzug hinter mir herlaufen sah.

»Hallo, Mister Winslow«, rief ich nach hinten, während ich noch etwas beschleunigte. »Ein Mann, dem eine Frau davonläuft, kann kein richtiger Mann sein!«

Er nahm die Herausforderung an und legte seine ganze Kraft in seine langen Beine, so daß ich mich wirklich anstrengen mußte. Mein langes Haar wie ein Banner hinter mir herziehend, flog ich dahin. In meinen Beinen spürte ich die wundervolle Kraft jahrelangen Ballett-Trainings. Ich lachte begeistert, breitete die Arme aus und drehte eine wilde Pirouette, während ich mir vorkam, als wäre ich wieder auf der Bühne und spielte dort die schönste Rolle meines Lebens. Dann griff von irgendwoher eine knorrige Baumwurzel unter den Tannennadeln vor nach meinem großen Zeh, und da lag ich auch schon der Länge nach auf dem Gesicht. Glücklicherweise dämpften die weichen Fichtennadeln den Aufprall.

Wie ein Blitz war ich wieder auf den Beinen und rannte weiter, aber der Sturz hatte Bart die Gelegenheit gegeben aufzuholen. Keuchend, hechelnd und mir ganz deutlich zeigend, daß er nicht annähernd meine Ausdauer hatte, rief er mir nach: »Bleib stehen, Cathy! Hab Gnade mit mir! Du bringst mich um! Es muß doch andere Wege geben, auf denen ich meine Männlichkeit beweisen kann.«

Ich hatte keine Gnade! Es hieß, fang mich, wenn du kannst, oder vergiß mich besser gleich. Ich rief ihm das über die Schulter zu und rannte weiter.

Kaum hatte ich die Worte von den Lippen, da knickte mein Knie unter mir weg und wieder flog ich aufs Gesicht, diesmal in einen Berg trockenes Laub. Aber diesmal mußte ich mich tatsächlich verletzt haben. Hatte ich mir einen Knochen gebrochen?

Ein paar Augenblicke später war Bart an meiner Seite, ließ sich auf die Knie, drehte mich auf den Rücken, so daß er mein Gesicht sehen konnte und fragte mit ehrlicher Anteilnahme: »Hast du dich verletzt? Du siehst so blaß aus – was tut dir weh?«

Ich wollte sagen, daß natürlich alles mit mir in Ordnung war, denn Tänzerinnen wissen schließlich, wie man hinfällt, außer sie haben vorher überhaupt nicht gewußt, daß sie hinfallen würden – aber warum tat mein Knie so verdammt weh? Ich starrte es wütend an, dieses Knie, das mir schon so oft viel Ärger gemacht hatte. »Es ist nur wieder mein blödes Knie. Wenn ich mir den Ellbogen an der Badewanne stoße, dann tut mir das rechte Knie weh. Wenn ich Migräne habe, dann habe ich auch gleich begleitende Schmerzen im Knie. Einmal rutschte meinem Zahnarzt der Bohrer ab und schnitt mir ins Zahnfleisch, und mein rechtes Knie schoß sofort hoch und erwischte ihn hart in der Magengrube.«

»Du willst mich auf den Arm nehmen.«

»Ich meine das ganz ernst – hast du denn keine Besonderheiten an deinem Körper?«

»Jedenfalls keine, von denen ich in der Öffentlichkeit spreche.« Er lächelte, und aus seinen dunklen Augen sprühten teuflische kleine Funken, dann half er mir auf die Beine und befühlte meine Knie, als wüßte er genau, wonach er dabei zu suchen hatte. »Scheint mir ein gutes, funktionierendes Knie zu sein.«

»Woher willst du das wissen, Bart?«

»Meine Knie funktionieren auch gut, deshalb erkenne ich das bei anderen, wenn ich sie befühle – aber wenn ich mir das Knie einmal ansehen könnte, wüßte ich schnell mehr darüber.«

»Geh nach Hause und sieh dir das gut funktionierende Knie deiner Frau an.«

»Warum bist du eigentlich so widerwärtig zu mir?« Er kniff die Augen zusammen. »Hier bin ich, freue mich darüber, dich wiederzusehen, und du gönnst mir meine Freude nicht.«

»Wenn ich Schmerzen habe, gönne ich niemandem seine Freude – bist du da anders?«

»Ich bin mild und freundlich, wenn ich leide, was allerdings selten genug vorkommt. Es wird einem dann wesentlich mehr Mitgefühl entgegengebracht, habe ich festgestellt. Übrigens warst du es ja, die diesen Wettlauf angefangen hat, nicht ich.«

»Du hättest meine Herausforderung ja nicht anzunehmen brauchen. Du hättest schließlich deiner Wege laufen können und mich meine laufen lassen.«

»Jetzt streiten wir schon wieder«, sagte er enttäuscht. »Du willst dich mit mir schlagen, während ich nur freundlich sein möchte. Sei ein bißchen nett zu mir. Sag, daß du dich freust, mich zu sehen. Erzähl mir, wieviel besser ich aussehe, seit du mich das letzte Mal getroffen hast, und wie aufregend du mich findest. Auch wenn ich nicht so schnell bin wie der Wind, jedenfalls beim Joggen habe ich so meine Tricks.«

»Darauf gehe ich jede Wette ein.«

»Meine Frau ist noch immer auf dieser Schönheitsfarm, und ich bin schon viel zu lange allein und einsam, zu Tode gelangweilt von der Gesellschaft einer alten Dame, die nicht mehr sprechen und nicht mehr laufen kann, aber es irgendwie schafft, jedesmal die Stirn zu runzeln, sobald ich auch nur in ihre Nähe komme. Manchmal sitze ich abends vor dem Kamin und wünsche mir, es würde endlich jemand in der Nachbarschaft einen Mord begehen, damit ich wenigstens einmal einen interessanten Fall bekäme. Es ist so verdammt frustrierend, ein Anwalt für Strafsachen zu sein, wenn man ständig nur von glücklichen, normalen Leuten umgeben lebt, die nie irgendwelche bösen Gefühle unterdrücken, von denen sie dann irgendwann zu schrecklichen Taten getrieben werden. Hier bringen sich die Leute nicht mal im Affekt um.«

»Herzlichen Glückwunsch, Bart! Vor dir steht jemand mit aggressivem, bösem Temperament und voller unterdrückter Rachegefühle, die eines Tages zu einer schrecklichen Explosion führen werden. Darauf kannst du dich verlassen.«

Er dachte wohl, das wäre nur ein Scherz von mir, um weiter mit ihm Katz und Maus zu spielen, und er nahm das als Herausforderung einer Frau an, ohne auch nur etwas von meinen wahren Absichten zu ahnen. Er musterte mich von Kopf bis Fuß und zog mir mit seinem Blick meinen Trainingsauszug aus. Er hatte den leidenschaftlichen Blick eines Mannes, der halb verhungert nach dem war, was ich ihm geben konnte. »Warum bist du hierher in meine unmittelbare Umgebung gezogen?«

Ich lachte. »Bist du nicht ein bißchen egozentrisch? Ich bin hierher gezogen, um eine Ballettschule zu übernehmen.«

»Sicher, das weiß ich ... aber das hättest du auch in New York oder in deiner Heimatstadt tun können, warum gerade hier – um ein bißchen Wintersport dabei zu treiben?« Seine Augen erklärten deutlich, daß er dabei an eine bestimmte Art von Wintersport dachte, die meist in geschlossenen Räumen stattfindet.

»Ja, ich habe Freude an vielen Sportarten, drinnen und draußen«, erklärte ich unschuldig. Er grinste zufrieden und nahm wie alle von sich selbst überzeugten Männer an, daß er bereits seine ersten Punkte in dem einzigen Spiel gemacht hatte, das ein Mann mit einer Frau im Grunde spielen will.

»Diese alte Frau, die nicht mehr reden kann, wie kommst du denn überhaupt mit ihr zurecht?« fragte ich.

»Es geht so. Sie ist die Mutter meiner Frau. Sie kann noch sprechen, aber ihre Worte sind so verzerrt und unverständlich, daß nur meine Frau daraus klug werden kann.«

»Und du läßt sie manchmal ganz allein – ist das denn richtig?«

»Sie ist nicht allein. Den ganzen Tag hat sie eine Pflegerin bei sich, und das Hauspersonal kümmert sich um jeden ihrer Wünsche.« Er runzelte die Stirn, als gefiel ihm meine Frage nicht, aber ich blieb beim Thema. »Warum bist du dann überhaupt noch in diesem furchtbaren alten Kasten, warum verschwindest du nicht und machst dir eine schöne Zeit, solange die Katze auf Urlaub ist?«

»Du scheinst offenbar nichts lieber zu tun, als Männer zu irgendwelchen Gemeinheiten zu treiben. Ich habe mir zwar nie viel aus meiner Schwiegermutter gemacht, aber so wie es ihr jetzt geht, tut sie mir doch leid. Und wie die menschliche Natur nun einmal ist, traue ich dem Personal nicht recht, wenn es darum geht, die alte Frau ausreichend zu versorgen, ohne daß ein Familienmitglied im Haus ist und darauf achtet, daß es die alte Dame einigermaßen bequem hat. Sie ist hilflos und kann nicht einmal ohne Hilfe aus einem Stuhl aufstehen. Sie muß sogar ausgezogen und ins Bett gelegt werden. Deshalb bin ich also nun für sie verantwortlich, solange meine Frau nicht im Haus ist, und muß aufpassen, daß Mrs. Malcolm Foxworth von niemandem mißbraucht, mißachtet oder gestohlen wird.«

Mich überfiel plötzlich eine überwältigende Neugier. Ich mußte ihren Vornamen wissen, denn ich hatte ihn in den ganzen Jahren nie zu hören bekommen. »Redest du sie mit Mrs. Foxworth an?«

Er begriff mein Interesse an der alten Dame nicht recht und versuchte das Gespräch auf andere Dinge zu bringen, aber ich bohrte weiter. »Olivia, so nenne ich sie!« erklärte er knapp. »Zu Anfang nach unserer Heirat versuchte ich, überhaupt nicht mit ihr zu sprechen und zu vergessen, daß sie existierte. Jetzt rede ich sie bei ihrem Vornamen an. Ich glaube, daß es ihr gefällt, aber sicher kann man das nicht mehr sagen. Ihr Gesicht ist wie aus Stein und zeigt einen Ausdruck, den man nur eisig nennen kann.«

Ich konnte sie mir gut vorstellen, reglos, bis auf ihre grauen Steinaugen. Er hatte mir genug erzählt, jetzt konnte ich meine weiteren Pläne vorbereiten – nur eine Kleinigkeit mußte ich dazu noch aus ihm herausholen. »Und deine Frau, wann wird sie denn zurückerwartet?«

»Was geht das dich an?«

»Ich bin auch einsam, Bart. Wenn Emma, unser Babysitter, nach Hause gegangen ist, dann bin ich mit meinem kleinen Sohn allein. Deshalb ... Ich dachte mir, daß du vielleicht einmal mit uns zu Abend essen möchtest ...«

»Heute abend bin ich bei dir«, sagte er sofort, während seine dunklen Augen aufleuchteten.

»Unser Tagesplan richtet sich ganz nach meinem Sohn. Wir essen im Sommer um halb sechs zu Abend, aber jetzt, wo die Tage kürzer werden, gibt es das Dinner schon um fünf.«

»Großartig. Füttere ihn um fünf und leg ihn ins Bett. Ich werde um halb acht zum Cocktail kommen. Und nach diesem Dinner werden wir einander hoffentlich besser kennen.« Er beantwortete meinen abschätzenden Blick mit höflichem Charme, wie es sich für einen guten Rechtsanwalt gehört. Doch als wir uns beide dann länger und länger so leicht abschätzend musterten, brachen wir schließlich fast gleichzeitig in schallendes Gelächter aus.

»Und wie es der Zufall so will, Bart, wenn du hinter deinem Anwesen dem Waldweg folgst, gelangst du schnell und sicher direkt zu dem Garten an meinem Haus, ohne daß dich jemand sieht, es sei denn, du machst aus deiner Ankunft eine große Show.«

Er hob zwei Finger und nickte, als wären wir bei einer geheimen Verschwörung. »Diskretion ist die Losung, Miss Dahl.«

Die Spinne und die Fliege

Exakt um halb acht läutete es an meiner Tür. Ein ungeduldiger Finger bearbeitete den Klingelknopf und zwang mich, schnell zu öffnen, damit Jory nicht wieder wach wurde, dem es gar nicht gefallen hatte, heute so früh ins Bett gebracht zu werden.

Wenn ich mir schon Mühe gegeben hatte, gut auszusehen, dann galt das für Bart nicht weniger. Er marschierte in mein Haus, als gehörte es ihm bereits und ich dazu. Eine Wolke von Rasierwasserduft, Fichtennadel, begleitete ihn, und jedes Haar auf seinem Kopf war sorgfältigst zurechtgekämmt, was mich zu der Überlegung verführte, ob er nicht doch schon die eine oder andere kahle Stelle haben mochte – nun, früher oder später würde ich das ja herausfinden. Ich hängte seinen Mantel in den Garderobenschrank. Dann huschte ich hinter die kleine Bar im Wohnzimmer und machte mich an meine Cocktails, während er sich vor das flackernde Kaminfeuer setzte (nichts war übersehen worden, ich hatte sogar schon eine Platte mit sanfter Musik aufgelegt). Inzwischen wußte ich genug über Männer und wie man sie am besten bei Stimmung hält. Es gab keinen Mann auf der Welt, den es nicht bezaubert hätte, von einer schönen Frau umsorgt zu werden, die nur darauf wartete, ihn zu verwöhnen und mit Wein und gutem Essen zu bedienen. »Was ist deine Schwäche, Bart?«

»Scotch.«

»Mit Eis?«

»Pur.«

Er verfolgte jede meiner Bewegungen, die betont graziös und verführerisch waren. Dann wandte ich ihm den Rücken zu und spürte seinen Blick im Nacken, während ich mir einen Cocktail aus Obstsäften und sehr wenig Wodka mixte. Ich servierte die Cocktails in meinen beiden Kupferbechern auf einem silbernen

Tablett. Dabei beugte ich mich so vor, daß er einen tiefen Blick in meinen Ausschnitt werfen konnte. Ich trug keinen BH. Dann setzte ich mich ihm gegenüber und schlug die Beine so übereinander, daß eines durch den Schlitz in meinem rosa Kleid von den silbernen Sandaletten bis zur Hüfte entblößt war. Er konnte seinen Blick nicht davon losreißen. »Tut mir leid wegen der Gläser«, erklärte ich mit meinem wärmsten Timbre, sehr zufrieden mit seiner bisherigen Reaktion, »aber ich habe in diesem Haus keinen Platz, alles auszupacken. Meine Kristallgläser sind alle noch eingepackt, deshalb kann ich den Whisky nur in einem Kupferbecher anbieten.«

Nach einigen Minuten belangloser Konversation gingen wir hinüber an den gedeckten Tisch, nicht zu weit weg vom Kaminfeuer, um dort bei Kerzenlicht zu essen. Immer wieder fiel ihm die Gabel oder der Löffel aus der Hand, mir passierte das auch oft, und dann bückten wir uns beide schnell danach und stellten lachend fest, wer schneller war. Ich griff immer zuerst zu. Meine Bewegungen, der tiefe Ausschnitt und der Schlitz im Kleid lenkten ihn viel zu sehr ab, als daß er sich auf eine verlorene Gabel hätte konzentrieren können.

»Das Huhn ist ausgezeichnet«, sagte er, nachdem er fünf Stunden harte Arbeit in zehn Minuten vertilgt hatte. »Eigentlich mag ich Huhn gar nicht – wo hast du dieses köstliche Rezept gelernt?«

Ich erzählte ihm die Wahrheit. »Eine russische Tänzerin hat es mir beigebracht, mit der wir einmal zusammen auf Tournee waren. Wir wurden dabei sehr gute Freundinnen. Sie und ihr Mann aßen und kochten immer zusammen mit Julian und mir. Man braucht vier Hühner, um vier Personen satt zu bekommen. Jetzt erfährst du auch die ganze häßliche Wahrheit über Tänzerinnen. Wenn es an das Essen geht, verlieren wir jede Hemmung. Allerdings nur nach den Vorstellungen. Vorher ißt man nur sehr leicht und wenig.«

Er lächelte und beugte sich über den kleinen runden Eßtisch. Die Kerzen spiegelten sich in seinen Augen und gaben ihnen ein verführerisches Glitzern. »Cathy, sag mir ehrlich, warum du in dieses Provinznest gekommen bist und warum du dir in den Kopf gesetzt hast, mich als Liebhaber zu bekommen.«

»Du überschätzt deine Anziehungskraft«, sagte ich auf meine

kühlste Art und kam mir sehr undurchschaubar vor, während in mir ein Kampf sich widerstrebender Emotionen tobte. Es war fast so, als hätte ich Lampenfieber vor einem Bühnenauftritt. Aber dies hier war die wichtigste Vorstellung, die ich bisher in meinem Leben gegeben hatte.

Und dann fühlte ich mich fast wie durch Zauberei tatsächlich auf die Bühne versetzt. Ich mußte nicht mehr überlegen, was ich zu tun oder zu sagen hatte, damit er mir für immer verfiel. Das Drehbuch für diese Rolle war schon vor langer Zeit geschrieben worden, als ich noch fünfzehn und unter dem Dachboden eingeschlossen war. Ja, Mammi, das ist der erste Akt. Meisterhaft von jemandem geschrieben, der diesen Mann aus all den Fragen, die du selbst damals so gerne beantwortet hast, besser kannte, als jede andere Frau, bis auf eine.

Nach dem Essen forderte ich Bart zu einer Partie Schach heraus, und er nahm an. Ich beeilte mich, das Schachbrett zu holen, kaum daß ich den Tisch abgeräumt und das Geschirr in die Spüle gestellt hatte. Als wir uns wieder gegenüber saßen, begannen wir, die Figuren aufzustellen. »Genau das, wofür ich gekommen bin«, meinte er und bedachte mich mit einem harten Blick, »eine Partie Schach! Ich habe geduscht, mich rasiert und einen guten Anzug herausgesucht – damit ich endlich mit dir Schach spielen kann!« Dann lächelte er ausgesprochen charmant. »Wenn ich gewinne – was ist der Preis?«

»Ein zweites Spiel.«

»Und wenn ich das zweite Spiel gewinne – was ist dann die Belohnung?«

»Wenn du zwei Spiele gewinnst, dann kommt das Entscheidungsspiel. Und du brauchst nicht dazusitzen und mich so genüßlich anzugrinsen. Ich habe dieses Spiel von einem Meister gelernt.«

»Nachdem ich das Endspiel auch gewonnen habe – was ist dann der Preis?« ließ er nicht locker.

»Dann darfst du nach Hause gehen und heute nacht sehr zufrieden über deine Leistung einschlafen.«

Sehr entschieden stellte er daraufhin das Schachbrett mit den handgeschnitzten Elfenbeinfiguren auf den Servierwagen. Er nahm mich bei der Hand und zog mich vor den Kamin. »Leg Musik auf, Ballerina«, sagte er sanft, »und laß uns tanzen. Aber etwas Leichtes, Romantisches, bei dem wir uns nicht die Füße verrenken müssen.«

Popmusik hörte ich mir eigentlich nur im Autoradio an, wenn ich eine sehr lange Strecke zu fahren hatte, aber wenn ich Geld für Platten ausgab, dann nur für klassische oder Ballettmusik. Trotzdem hatte ich heute morgen eine Ausnahme gemacht und als Sonderangebot »Romantik am Kamin« gekauft. Während wir dann durch das rötliche Dämmerlicht des Wohnzimmers tanzten, das nur vom Kaminfeuer beleuchtet wurde, mußte ich an den zwielichtigen, staubigen Dachboden und an Chris denken.

»Warum weinst du denn, Cathy?« fragte Bart weich und nahm mein Gesicht mit den tränennassen Wangen in seine Hände.

»Ich weiß es nicht«, schluchzte ich. Und das stimmte ...

»Natürlich weißt du es«, sagte er und rieb seine glattrasierte Wange an meiner, während wir tanzten und tanzten. »Du bist eine faszinierende Mischung, halb Kind, halb Verführerin, halb Engel.«

Ich lachte kurz und bitter. »Das denken alle Männer gerne von Frauen. Sie möchten gerne kleine Mädchen vor sich haben, um die sie sich kümmern können – während es tatsächlich der Mann ist, in dem nach meiner Erfahrung immer ein kleiner Junge steckt.«

»Dann darfst du jetzt den ersten völlig erwachsenen Mann deines Lebens begrüßen.«

»Du bist nicht der erste arrogante, von sich selbst überzeugte Mann in meinem Leben!«

»Aber ich werde der letzte sein. Der wichtigste von allen – der Mann, den du nie mehr vergessen wirst.« Warum mußte er das auch noch sagen? Chris hatte recht. Diese Geschichte drohte mir über den Kopf zu wachsen. Bart war mir eine Nummer zu groß.

»Cathy, glaubst du wirklich, du könntest meine Frau erpressen?«

»Nein, aber ich dachte, ich versuch' es mal. Ich bin ein Dummkopf. Ich erwarte immer zuviel, und dann werde ich wütend, weil nichts so funktioniert, wie ich es mir vorgestellt habe.«

»Du bist nicht ehrlich zu dir selbst«, meinte Bart sanft. »Du weißt ganz genau, daß dieser Abend so enden wird, wie du es dir vorstellst und daß alles genau nach deinen Plänen läuft.«

Seine Stimme klang so zärtlich und verführerisch, daß ich meinen Kopf gegen seine Schulter lehnte, während wir weitertanzten. »Du irrst dich, Bart. Ich weiß nicht, warum ich dich eingeladen habe. Meine Tage sind durch Jory und die Ballettschule ausgefüllt, aber die Abende sind oft so furchtbar leer und öde. Ich weiß, daß Jory einen Vater braucht, und jedesmal, wenn ich an seinen toten Vater denke, muß ich mir eingestehen, daß ich es bisher immer geschafft habe, das Falsche zu tun. Die Kritiker haben mich beim Ballett immer wegen meiner brillanten Harmonie mit der Musik gelobt und geschrieben, ich würde nie einen falschen Schritt tun können ... aber in meinem Privatleben habe ich nur die falschen Schritte gemacht. Deshalb bedeutet es jetzt für mich gar nichts, was ich auf der Bühne erreicht habe«. Ich blieb stehen und schniefte, versuchte, mein Gesicht an seiner Schulter zu verstecken – aber er hob es am Kinn zu sich hoch und trocknete mir die Tränen ab. Dann hielt er mir sein Taschentuch vor die Nase, damit ich hineinschneuzen konnte.

Es folgte eine lange Stille. Das lange, lange Schweigen. Unsere Blicke verschmolzen. Und mein Herz schlug immer schneller. »Deine Probleme sind doch so einfach, Cathy«, begann er, »alles, was du brauchst, ist jemand wie ich, der jemanden wie dich braucht. Wenn Jory einen Vater braucht, dann brauche ich einen Sohn. Siehst du, wie einfach sich all diese komplizierten Fragen plötzlich lösen lassen?«

Zu einfach, dachte ich, denn er war verheiratet, und ich war zynisch genug, mir zu sagen, daß ich mich kaum auf seine Liebe würde verlassen können. »Du hast eine Frau, die du liebst«, sagte ich bitter. Ich riß mich von ihm los. Ich wollte ihn nicht zu einfach bekommen, sondern erst nach einem langen und schwierigen Kampf gegen meine Mutter, aber die war ja gar nicht hier und wußte nicht einmal von der Sache.

»Männer sind auch Lügner«, erklärte er flach' und seine Augen verloren etwas von ihrem Glanz. »Ich habe eine Frau, wir schlafen noch hin und wieder zusammen, aber zwischen uns ist das Feuer der Liebe längst erloschen. Ich kenne sie nicht wirklich. Ich glaube nicht, daß es überhaupt jemanden gibt, der sie kennt. Sie ist ein Bündel Geheimnisse, und sie läßt sich nie in die Karten sehen. Aber sie ist mir jetzt schon so lange ein Rätsel, daß mich ihre Geheimnisse längst nicht mehr interessieren. Sie kann ihre Geheimnisse und ihre Tränen behalten, und sie muß selbst sehen, wie sie mit ihren Sehnsüchten oder was immer es sein mag, das sie nachts stundenlang über diesem verdammten Album sitzen läßt, fertig wird. Jetzt hat sie Übergewicht, und sie hat mir gerade geschrieben, daß sie eine Schönheitsoperation hinter sich gebracht hat – das Gesicht geliftet – und ich würde sie nicht mehr kennen, wenn sie zurückkommt. Als ob ich sieüberhaupt je richtig gekannt hätte.«

Das brachte mich aus der Fassung – er mußte etwas für sie empfinden! Wie sollte ich eine Ehe zerstören können, die schon von selbst dicht vor der Scheidung stand? Ich brauchte das Gefühl, ihn nur unter größten Mühen für mich gewonnen zu haben. »Geh nach Hause!« sagte ich und stieß ihn weg. »Verlasse mein Haus! Ich kenne dich nicht einmal gut genug, um mir deine Eheprobleme anzuhören – und ich glaube dir nicht. Ich traue dir nicht!«

Er lachte, nahm mich nicht ernst. Meine bescheidenen Versuche, ihn von mir zu schieben, erregten ihn nur noch mehr. Seine Begierde war entflammt... Sie brannte in seinen Augen, als er nach meinen Oberarmen griff und mich hart an seine Brust zog. »Jetzt mach endlich Schluß damit! Sieh dir an, wie du angezogen bist. Du hast mich nur aus einem einzigen Grund hierher eingeladen. Und deshalb bin ich auch gekommen, bereit, mich verführen zu lassen. Du hast mich schon beim erstenmal verführt, als ich dich gesehen habe – und es kommt mir so vor, als würde ich dich schon viel länger kennen, als es tatsächlich der Fall sein kann. Niemand spielt mit mir und wirft während des Spiels die Karten weg. Du gewinnst, oder ich gewinne, aber wenn wir jetzt zusammen ins Bett gehen, könnten wir morgen zusammen aufwachen und herausfinden, daß wir beide gewonnen haben.«

Sämtliche Alarmglocken in meinem Kopf schrillten. Halt! Wehr dich! Leiste Widerstand! Aber ich tat nichts dergleichen. Ich schlug ihm mit schwachen Fäusten auf die Brust, als er mich lachend über seine Schulter warf. Mit einer Hand hielt er meine Beine so fest, so daß ich ihn nicht treten konnte, und mit der anderen Hand schaltete er unterwegs das Licht aus. Im Dunkeln trug er mich dann, während ich ihn noch immer mit meinen Fäusten bearbeitete, in mein Schlafzimmer und warf mich auf das Bett. Ich versuchte aufzuspringen, aber er war sofort über mir. Er gab mir keine Gelegenheit, mein Knie zu benutzen, das ich schon angewinkelt hatte. Er hatte nicht vergessen, daß er es mit einer gut trainierten Tänzerin aufnahm, deshalb griff er mich sofort um die Taille, und wir rollten beide auf den Boden. Ich riß den Mund auf, um zu schreien. Er legte mir seine Hand hart auf die Lippen, dann preßte er meine Arme mit seinem eisernen Griff zusammen und setzte sich so auf meine Beine, daß ich ihn nicht mehr treten konnte.

»Cathy, geliebte Verführerin, du hast dir solche Mühe gegeben. Du hast mich schon vor langer Zeit zu deinem Liebhaber gemacht, schöne Ballerina. Und jetzt bist du bis eine Woche vor Weihnachten mein, dann kommt meine Frau zurück – und ich werde dich nicht mehr brauchen.«

Er zog seine Hand von meinem Mund zurück, und ich dachte, ich würde laut schreien, aber statt dessen spie ich ihm entgegen: »Wenigstens habe *ich* dich nicht mit den Millionen meines Vaters kaufen müssen!« Das besorgte den Rest. Er preßte seine Lippen brutal auf meine, bevor ich überhaupt begriff, wie mir geschah. So hatte ich es nicht haben wollen! Ich hatte ihn verführen wollen, so daß er mich lange verfolgen würde. Und ich wollte ihm dann erst nach langer, für ihn mühseliger Werbung, die meine Mutter miterlebt und durchlitten hatte, gehören. Aber jetzt nahm er mich herzlos und noch brutaler als Julian in seinen schlimmsten Zeiten. Wild fiel er über mich her. Er wand und schob sich zwischen meine Beine, noch während seine Hände mein Kleid zerrissen und mich entblößten. Unter dem Kleid trug ich nur ein Höschen, und das hatte er mir bald heruntergezogen. Meine silbernen Sandaletten blieben gleich darin hängen.

Mit seinen Lippen noch immer brutal meinen Mund quälend, zwang er meine widerstrebende Hand zu seinem Reißverschluß und preßte sie brutal zusammen, bis meine Knöchel knackten. Entweder ich öffnete ihm die Hose, oder er brach mir die Finger! Wie er es schaffte, sich aus seinem Anzug zu schälen, während er mich nackt unter sich festhielt, werde ich nie begreifen. Als er dann bis auf die Socken nackt über mir lag, kämpfte ich kratzend, stoßend und mich windend weiter, schlug und biß ihn, während er mich küßte, befühlte und meinen Körper erforschte. Mehrere Male bekam ich eine Chance zu schreien – aber ich atmete selbst schon zu schnell und keuchend. Und dann reckte ich meine Hüften mit aller Kraft hoch, um ihn abzuschütteln. Aber er nahm das als willkommene Einladung. Er drang in mich ein, befriedigte sich schnell und, ohne daß ich irgend etwas davon gehabt hätte, war der Spuk vorbei.

»Raus aus meinem Haus!« schrie ich. »Ich rufe die Polizei! Ich lass' dich wegen Vergewaltigung verhaften!«

Er lachte mutwillig, packte mich spielerisch am Kinn und streichelte mir kurz über die Wangen. Dann stand er auf und zog sich an. »Oh«, sagte er, mich mit einer Nachahmung meines eigenen Tonfalls verspottend, »jetzt bekomme ich aber wirklich Angst.« Dann wurde seine Stimme todernst. »Du bist nicht glücklich, nicht wahr? Es ist nicht so gelaufen, wie du es dir vorgestellt hast, aber mach dir nichts daraus, morgen abend komme ich zurück, und vielleicht bist du dann nett genug zu mir, daß ich mir die Zeit nehme, alles zu deiner Zufriedenheit zu machen.«

»Ich habe eine Pistole!« (Ich hatte keine.) »Und wenn du es jemals wagst, wieder einen Fuß in dieses Haus zu setzen, bist du ein toter Mann! Ich bezweifle überhaupt, daß du ein Mann bist! Du bist nicht viel mehr als ein Tier!«

»Meine Frau sagt das hinterher auch oft zu mir«, meinte er beiläufig. »Aber es gefällt ihr genauso wie dir. Morgen abend könntest du ein *Beef Wellington* servieren, dazu grünen Salat und ein Schokoladendessert. Falls das zu viel Kalorien haben sollte, können wir sie anschließend auf die angenehmste Art wieder abbauen – und damit meine ich nicht Jogging.« Er grinste, salutierte und machte eine militärische Kehrtwendung, unterbrach seinen Abmarsch dann aber noch einmal an der Tür, als ich mich hinter ihm aufsetzte und die Überreste meines Kleides vor meinen Busen zog. »Morgen abend um die gleiche Zeit, und wenn du mich anständig behandelst, bleibe ich vielleicht sogar die ganze Nacht.«

Nach diesen Worten ging er und schlug unten die Haustür zu. *Zur Hölle mit ihm!* Ich begann zu weinen, aber nicht aus Selbstmitleid. Ich war so wütend und frustriert, daß ich ihn hätte in Stücke reißen können! *Beef Wellington!* Ich wollte es ihm mit Arsen salzen!

Eine kleine, furchtsame Stimme klang draußen vor der Tür auf. »Mammi ... ich habe Angst. Weinst du, Mammi?«

Schnell zog ich mir einen Bademantel über und rief ihn herein. Ich nahm ihn fest in den Arm. »Liebling, mit Mammi ist alles in Ordnung. Du hast einen bösen Traum gehabt. Mammi weint nicht ... schau her!« Ich wischte die Tränen ab – denn ich wußte, daß ich es schaffen würde.

Als Jory und ich am nächsten Morgen beim Frühstück saßen, wurden drei Dutzend langstieliger roter Rosen bei uns abgegeben. Eine kleine weiße Karte hing daran, auf der stand:

> *Ich sende Dir einen großen Rosenstrauß, eine Rose für jede Nacht, in der Dir mein Herz gehören wird.*

Kein Name. Und was, zum Teufel, sollte ich mit sechsunddreißig langstieligen Rosen in meinem Häuschen anfangen? Jory nahm mir die Entscheidung ab, indem er verkündete: »O Mammi, wie schön die sind! Onkel Pauls Rosen!«

Für Jory behielt ich die Rosen und unterdrückte mein Bedürfnis, sie direkt in die Mülltonne zu befördern. Ich verteilte sie auf alle meine Vasen, bis in jedem Zimmer Rosen standen. Jory war begeistert, und als ich ihn in die Ballettschule mitnahm, erzählte er allen Schülerinnen, daß unser ganzes Haus voller Rosen sei – selbst das Badezimmer!

Nach dem Mittagessen brachte ich Jory in die Vorschule, die er so liebte. Es war eine Montessori-Schule, in der man besonderen Wert auf die musische Entfaltung der Kinder legte. Obwohl er erst drei Jahre war, hatte er aber auch schon gelernt, seinen Namen zu buchstabieren. Er war wie Chris, sagte ich mir immer, hochintelligent, hübsch und mit vielen Begabungen. – Oh, mein Jory hatte alles, nur keinen Vater.

Als ich Jory am Spätnachmittag wieder abholte, hielt ich auf dem Rückweg vor der Post, um mir Briefmarken zu kaufen. Jory döste auf dem Rücksitz, und ich lief schnell alleine in die Post. Der Raum mit den zwei winzigen Schaltern war nicht größer als mein Wohnzimmer. Vor einem der Schalter stand *er* und kaufte sich auch gerade Briefmarken. Er lächelte mich bezaubernd an, als hätte es den gestrigen Abend überhaupt nicht gegeben. Er besaß sogar die Frechheit, mir bis zu meinem Wagen zu folgen und mich zu fragen, ob mir die Rosen gefielen. »Nicht deine Art von Rosen«, fuhr ich ihn an, schwang mich in den Wagen und schlug ihm die Tür vor der Nase zu. Im Rückspiegel sah ich, wie er mir nachstarrte, das Lächeln war aus seinem Gesicht verschwunden – tatsächlich sah er sogar ziemlich elend aus.

Gegen halb sechs brachte mir ein Expreßbote ein kleines Päckchen. Es war eine Wertsache, ich mußte die Annahme mit meiner Unterschrift bestätigen. In einem größeren Karton fand ich eine kleine Schachtel und in der Schachtel ein samtenes Schmucketui, das ich schnell öffnete, während Jory mir mit großen Augen zusah. Auf schwarzem Samt lag da eine einzelne Rose, ganz aus Diamanten. Dazu fand ich noch eine kleine Karte, auf der ich las: »Vielleicht gefällt Dir diese Art von Rose besser.« Ich konnte mich nicht sehr für dieses Geschenk begeistern und stellte es unbeeindruckt zur Seite, denn es war von *ihrem* Geld gekauft, also nicht wirklich von *ihm* – nicht mehr als die echten Rosen.

Er besaß tatsächlich den Mut, an diesem Abend, wie angekündigt, um halb acht wieder vor meiner Tür zu stehen. Ich ließ ihn auch tatsächlich herein und führte ihn wortlos zum Eßtisch, diesmal ohne kleine Schmeicheleien und Drinks vor dem Essen. Diesmal war der Tisch noch erlesener gedeckt als am Abend zuvor. Ich hatte extra mein bestes Silber ausgepackt. Keiner von uns sagte auch nur ein Wort. Seine Entschuldigungsrosen waren alle wieder säuberlich in den Karton des Blumengeschäftes verpackt und standen neben seinem Teller. Auf dem Teller lag das Schmucketui mit der Diamantrose. Ich saß ihm gegenüber und ließ mir keine seiner Regungen entgehen, als er das Schmucketui beiläufig zur Seite legte und den Blumenkarton ebenso selbstverständlich aus dem Weg schob. Dann nahm er aus seiner Jackentasche ein gefaltetes Blatt, das er mir überreichte. Mit kühner Hand hatte er darauf geschrieben:

> Ich liebe Dich aus Gründen, die keinen Anfang und kein Ende kennen. Ich habe Dich schon geliebt, bevor ich Dich überhaupt kennenlernte, deshalb ist meine

> Liebe ohne jeden Vorsatz und ohne jeden Verstand. Sag mir, daß ich gehen soll, und ich werde gehen. Aber denk daran, wenn Du mich zurückweist, werde ich mein Leben lang an diese Liebe denken, die uns gemeinsam hätte gehören sollen, und wenn ich kalt und starr im Grabe liege, werde ich Dich nur noch mehr lieben als im Leben.

Ich blickte auf und sah ihm zum erstenmal, seit ich ihn hereingelassen hatte, direkt in die Augen. »Deine Art von Poesie kommt mir nicht ganz unbekannt vor, aber sie hat ihren Reiz.«

»Ich habe es erst vor wenigen Minuten geschrieben, wie kann es dir da bekannt vorkommen?« Er griff nach der Fleischplatte, unter deren Silberglocke sich ganz offensichtlich das *Beef Wellington* verbarg. »Ich habe Dich ja gewarnt, daß ich ein Anwalt bin, kein Dichter – deshalb liest es sich ein bißchen seltsam. Gedichte waren auch nicht gerade mein Lieblingsthema an der Schule.«

»Offensichtlich.« Ich wollte mir nichts von seinem Gesicht entgehen lassen.

»Ich hab' mir wenigstens Mühe gegeben«, sagte er mit einem schelmischen Grinsen. Er sah mich mit einem herausfordernden Augenzwinkern an, bevor sich sein Blick dann auf die Platte senkte, wo er unter der Glocke ein Würstchen mit einer kleinen Portion kalter Erbsen fand. Sein ungläubiges Starren, sein echt schockiertes Gesicht machten mir solche Freude, daß ich ihn deshalb fast mochte.

»Du starrst gerade auf Jorys Lieblingsessen«, erklärte ich zufrieden. »Es ist genau das, was er und ich heute zum Dinner hatten, und da es gut genug für uns ist, dachte ich mir, es müsse auch gut genug für dich sein, und habe dir etwas aufgehoben. Da ich schon gegessen habe, ist das alles ganz allein für dich. Bitte bediene dich selbst.«

Stirnrunzelnd verpaßte er mir einen schneidenden Blick, dann biß er wild in das Würstchen, das inzwischen so kalt sein mußte wie die Erbsen. Aber er schlang alles hinunter, trank sein Glas Milch, und zum Nachtisch reichte ich ihm eine Schachtel Kinderkekse. Kinderkekse in Tierform, wie Jory sie so liebte. Erst starrte er die Schachtel wieder mit einem Ausdruck ungläubiger Verwunderung an, dann riß er sie auf, suchte sich einen Löwen heraus und biß ihm den Kopf ab.

Erst nachdem er die Kekse alle gegessen und noch alle Krümel aufgepickt hatte, machte er sich die Mühe, mich wieder anzusehen. Sein Blick war so voller unwilliger Ablehnung, als wollte er mich damit in eine Ameise verwandeln. »Ich darf wohl annehmen, daß du eine von diesen emanzipierten Frauen bist, die grundsätzlich alles ablehnen, was einem Mann gefallen könnte.«

»Falsch. So emanzipiert bin ich nur bei ganz bestimmten Männern. Andere kann ich anbeten, bewundern und bedienen wie eine Sklavin.«

»Du hast mich zu dem getrieben, was ich getan habe!« wehrte er sich entschieden. »Glaubst du, ich hätte das so geplant gehabt? Ich wollte, daß wir zu einer Beziehung auf gleicher Ebene finden. Warum hast du diese Art von Kleid getragen?«

»Diese Art wird doch von allen chauvinistischen Männern bevorzugt!«

»Ich bin kein Chauvinist – und ich hasse diese Art von Kleidern!«

»Gefällt dir das, was ich jetzt trage, besser?« Ich setzte mich aufrecht und gerade, damit er einen besseren Blick auf meinen alten, verwaschenen, weiten Pullover bekam. Dazu trug ich ausgefranste Jeans, schmutzige Turnschuhe, und mein Haar war nach hinten zu einem altmodischen Knoten gesteckt. Allerdings hatte ich einige Strähnen herausgezogen, die mein Gesicht mit feinen Löckchen einrahmten und mich etwas anziehender wirken ließen. Aber kein Make-up verschönte mein Gesicht. Er war elegant herausgeputzt.

»Jedenfalls siehst du ehrlich aus, und als ob du bereit wärst, mir die Arbeit zu überlassen. Wenn ich irgend etwas nicht ausstehen kann, dann sind es Frauen, die sich einem Mann anbiedern, wie du letzte Nacht mit deiner Aufmachung. Ich hätte etwas Besseres von dir erwartet, als dieses Kleid, das schon fast alles zeigte, und mir jeden Spaß daran nahm, selbst die Schönheiten deines Körpers zu entdecken.« Er zog die Augenbrauen zusammen und knurrte: »Von einem verdammten roten Hurenkleid zu Jeans. Von einem Tag auf den anderen verwandelt sie sich in einen Teenager zurück.«

»Es war rosenfarben, nicht rot! Und Bart, starke Männer wie du wünschen sich immer schwache und passive dumme Frauen, weil sie im Grunde sanfte Schäfchen sind und sich vor aggressiven Frauen fürchten!«

»Ich bin kein sanftes Schäfchen oder sonst irgend etwas, sondern ein Mann, der sich gerne wie ein Mann fühlt, und sich nicht gerne von jemandem benutzen läßt. Und ich mag passive Frauen genausowenig wie aggressive. Mir gefällt es nur nicht, das Opfer einer Jägerin zu sein, die mich genüßlich in ihre Fallen lockt. Was, zum Teufel, hast du eigentlich mit mir vor? Warum bin ich dir so zuwider? Ich schicke dir Rosen, Diamanten, sogar imitierte Poesie, und du kämmst dir nicht einmal die Haare für mich oder puderst dir die Nase.«

»Du siehst hier mein wahres Ich, ohne jede Schminke, und nachdem du es jetzt gesehen hast, kannst du gehen.« Ich stand auf, ging zur Vordertür und öffnete sie weit. »Wir sind nicht die Richtigen füreinander. Geh zurück zu deiner Frau. Sie kann dich gerne haben, denn ich will dich nicht.«

Gehorsam kam er zur Tür, doch dann zog er mich plötzlich in seine Arme und stieß die Tür mit dem Fuß zu. »Ich liebe dich, Gott weiß warum. Aber es scheint, als habe ich dich schon immer geliebt.«

Ich starrte in sein Gesicht hinauf und wollte ihm nicht glauben, selbst als er die Klammern aus meinem Haar zog, so daß es mir über die Schultern fiel. Aus langer Gewohnheit schüttelte ich den Kopf, so daß es über meinen Rücken floß und sich zu einem weiten Fächer verteilte. Mit einem kleinen Lächeln hob er meinen Kopf beim Kinn. »Darf ich deine ungeschminkten Lippen küssen? Es sind sehr schöne Lippen.« Ohne die Erlaubnis abzuwarten, drückte er seine Lippen sehr sanft und zärtlich auf meine. Oh, das Gefühl dieses kitzelnden, federleichten Kusses! Warum wußten nicht alle Männer, daß dies der richtige Anfang war!

Wenn er in der letzten Nacht nur wenig für mich getan hatte, dann gab er mir in dieser Nacht alles, was er einer Frau zu geben hatte. Diesmal führte er mich zu den Sternen, wo wir beide in wilder Ekstase explodierten, während wir uns für eine Ewigkeit nicht mehr aus unserer Umarmung lösen konnten, dazu verflucht, es immer wieder und wieder tun zu müssen.

Er war am ganzen Körper behaart. Julian war unbehaart gewesen bis auf einen Büschel, der sich in einer dünnen Linie bis zu seinem Nabel fortsetzte. Und Julian hatte auch nie meine Füße geküßt, die von dem langen, parfümierten Baden nach Rosen dufteten. Zeh für Zeh nahm er zwischen die Lippen, bevor er mit seinem Mund meine Beine hinaufwanderte. Doch ich hatte das Gefühl, als würde uns die Großmutter zusehen mit ihren harten grauen Steinaugen, die uns beide in die tiefste Hölle verdammte. Ich versuchte, mich vor meinen eigenen Gedanken zu verschließen, sie auszusperren und mich dann auf meine Gefühle zu konzentrieren und auf diesen Mann, der mich jetzt behandelte wie ein zärtlicher Liebhaber.

Aber er liebte mich nicht, das wußte ich. Bart benutzte mich als Ersatz für seine Frau, und sobald sie zurückkommen würde, sah ich ihn nie mehr wieder. Ich wußte es, ich wußte es, aber trotzdem gab ich und nahm von ihm, bis wir beide engumschlungen einschliefen.

Als ich schlief, träumte ich. Julian war in der silbernen Spieluhr, die mein Vater mir geschenkt hatte, als ich sechs war. Er drehte sich und drehte sich, sein Gesicht immer zu mir gehoben und mich anklagend aus seinen schwarzen Augen ansehend, und dann bekam er einen Schnurrbart. Und es war Paul, der mich nun traurig ansah. Ich beeilte mich, ihn aus seiner Spieluhr zu befreien, die sich für ihn in einen Sarg verwandelte – und dann lag Chris in diesem Sarg, die Augen geschlossen, die Hände über der Brust gefaltet . . . tot, tot, Chris!

Ich wachte auf, um festzustellen, daß Bart fort war und mein Kopfkissen feucht von Tränen. Mammi, warum hast du nur mit alldem angefangen, warum?

Fest an der kleinen Hand gehalten, führte ich meinen Sohn am nächsten Morgen durch die kalte Herbstluft neben mir her zum Ballettstudio. Es schien mir, als würde ich von weit her jemanden meinen Namen rufen hören und den Duft eines Rosengartens riechen. Warum kommst du nicht, Paul, und rettest mich vor mir selbst – warum rufst du mich nur in meinen Gedanken?

Der erste Teil war vollbracht. Der zweite Teil würde beginnen, wenn meine Mutter erfuhr, daß ich von Bart ein Kind bekam – und dann war da noch die Großmutter, die ebenfalls bitter zahlen mußte. Und als ich aufblickte, sah ich, daß die Berggipfel sich in einem zufriedenen Grinsen gegen den Himmel abzeichneten. Am Ende war ich doch ihrem Ruf gefolgt. Ihrem rachsüchtigen, quälenden Klagelied, das der Wind zwischen den schroffen Felsen sang.

Wiedersehen mit der Großmutter

Foxworth Hall lag am Ende einer Sackgasse, das größte und beeindruckendste von einer Reihe reicher Anwesen und das einzige, das isoliert und abgesondert hoch über den anderen vom Hang herabsah, wie ein Schloß von einem Bergrücken. Tagelang wanderte ich unten über die Straße, starrte zu ihm hinauf und schmiedete meine Pläne.

Bart und ich hatten keine Schwierigkeiten, unsere Treffen geheimzuhalten. Er konnte ohne Aufsehen den Garten hinter meinem Haus erreichen. War er durch ihn zum Haus gelangt, benutzte er allerdings nie die Hintertüre. Manchmal trafen wir uns auch in einer weiter entfernten Stadt, und unsere Liebe in einem Motelzimmer war wild, süß, zärtlich, erotisch und sehr befriedigend. Und doch erstarrte ich, als er mir dann eines Tages beim Lunch erzählte: »Sie hat mich heute morgen angerufen, Cathy. Sie kommt noch vor Weihnachten zurück.«

»Wie nett«, sagte ich und beschäftigte mich weiter mit meinem Salat, in der Erwartung auf das *Beef Wellington*, das uns jeden Augenblick serviert werden mußte. Er runzelte die Stirn und verhielt mit der Gabel auf halbem Weg zum Mund. »Das heißt, wir werden uns nicht mehr so oft sehen können. Tut dir das nicht leid?«

»Wir werden schon Wege finden.«

»Wenn du kein verteufeltes Frauenzimmer bist!«

»Du solltest dich nicht über so etwas aufregen. Alle Frauen sind Ungeheuer für euch Männer und vielleicht auch für uns selbst. Wir sind unsere eigenen schlimmsten Feinde. Du brauchst dich nicht von ihr scheiden zu lassen und auf die Chance, ihr Vermögen zu erben, verzichten. Auch wenn sie die Chance hat, dich zu überleben und sich einen anderen jungen Ehemann zu kaufen.«

»Manchmal bist du genauso ein Aas wie sie! Sie hat mich nicht gekauft! Ich liebte sie! Sie liebte mich! Ich war verrückt nach ihr, so verrückt, wie ich heute nach dir bin. Aber sie hat sich verändert. Als ich sie kennenlernte, war sie zauberhaft, liebevoll, alles, was ich mir von einer Frau wünschte, aber dann hat sie sich gewandelt.« Er schob sich die Gabel mit dem Salatblatt in den Mund und begann wild zu kauen. »Sie ist immer ein Rätsel für mich gewesen – wie du.«

»Bart, Lieber«, sagte ich, »schon sehr bald werden alle Rätsel ihre Lösung finden.«

Er fuhr fort, als hätte ich ihn gar nicht unterbrochen. »Schon dieser Vater von ihr war so ein Geheimnis. Man sah einen freundlichen, alten Gentleman vor sich, aber dahinter verbarg sich ein Mann mit einem Herzen aus Stein und einem Willen aus Stahl. Ich dachte, ich wäre sein einziger Anwalt gewesen, aber er hatte noch sechs andere, alle mit unterschiedlichen Aufgaben betraut. Meine bestand darin, sein Testament aufzusetzen und zu überwachen. Er änderte seinen letzten Willen Dutzende von Malen, nahm das eine Familienmitglied auf und ließ das andere enterben. Und er fügte eine Klausel nach der anderen ein wie ein Verrückter, auch wenn er bis zu seinem Ende bei vollem Verstand war wie kaum einer. Die letzte Klausel war die schlimmste.«

Natürlich, sie verbot Bart für immer, Vater zu werden. Jedenfalls soweit es die Ehe mit Corinna Foxworth betraf. »Dann warst du wirklich einmal richtig als Anwalt tätig?« Er lächelte bitter, als er antwortete: »Natürlich war ich das. Und ich bin es auch jetzt wieder. Ein Mann braucht eine sinnvolle Arbeit. Wie oft kann man auf den Jet-Set-Routen Europa bereisen, ohne sich zu langweilen? Man sieht immer dieselben alten Gesichter, erlebt dieselben alten Spiele, lacht über dieselben alten Witze. Die ›Beautiful People‹ – daß ich nicht lache! Für zuviel Geld kann man außer Gesundheit alles kaufen, deshalb gibt es keine Träume mehr für diese Leute und keine Ambitionen. Am Ende bleibt ihnen nur noch eine tödliche Langeweile.«

»Warum läßt du dich nicht von ihr scheiden und machst etwas Sinnvolles aus deinem Leben?«

»Sie liebt mich.« So einfach sagte er das. Kurz und lieb. Er blieb also bei ihr, weil sie ihn liebte. Das zwang mich, ihn zu fragen: »Du hast mir, als wir uns zum erstenmal getroffen haben, gesagt, daß du sie liebst, dann hast du behauptet, sie schon lange nicht mehr zu lieben – was ist nun?« Er dachte lange darüber nach.

»Ehrlich, Ballerina, ich stecke voller Gegensätze und widersprüchlicher Gefühle. Ich liebe sie, ich hasse sie. Ich dachte, sie wäre so, wie du zu sein scheinst. Deshalb versuche bitte dein mysteriöses Gehabe, das mich so sehr an sie erinnert, zu unterdrücken und mir nicht noch einmal das anzutun, was sie mit mir gemacht hat. Du errichtest eine Mauer zwischen uns, weil du offenbar etwas weißt, was ich nicht weiß. Ich verliebe mich nicht leicht in eine Frau, und ich wünsche mir, ich wäre dir nie begegnet.«

Er schien plötzlich ein trotziger kleiner Junge zu sein, den sein Hund betrogen hatte und der deshalb jedes Vertrauen in das Leben aufgeben wollte. Ich war so gerührt, daß ich zu sagen wagte: »Bart, ich schwöre dir, es kommt der Tag, an dem du alle meine und auch ihre Geheimnisse erfahren wirst – aber bis zu diesem Tag, sag mir, daß du mich liebst, auch wenn du es nicht wirklich tust, denn ich könnte es nicht ertragen, mit dir zusammenzusein, wenn ich nicht das Gefühl hätte, daß du mich wenigstens ein bißchen liebst.«

»Ein bißchen? Es kommt mir vor, als würde ich dich schon mein ganzes Leben lang lieben. Selbst als ich dich zum erstenmal geküßt habe, schien es mir, als hätte ich dich schon früher geküßt – woher kommt das nur?«

»Karma.« Ich lächelte ihm in sein verblüfftes Gesicht.

Es gab noch etwas zu tun, das ich erledigen mußte, bevor meine Mutter nach Hause kam. Eines Tages, als ich keinen Unterricht hatte und Jory in seiner Montessori-Schule war, schlich ich über all meine geheimen Pfade durch den Wald nach Foxworth Hall hinauf. An der Hintertür benutzte ich den alten, hölzernen Schlüssel, den Chris vor so vielen Jahren geschnitzt hatte. Es war Donnerstag. Die Dienstboten hatten alle Ausgang und würden in der Stadt sein. Bart hatte mir seine tägliche Routine im Detail geschildert, so daß ich auch über den Tagesablauf der Großmutter gut Bescheid wußte. Ich wußte, daß ihre Krankenschwester um diese Tageszeit meist schlief, während meine

Großmutter ebenfalls ihre nachmittägliche Ruhezeit hatte. Sie verbrachte sie in demselben kleinen Zimmer hinter der Bibliothek, in dem auch unser Großvater damals seine letzten Tage verlebt hatte, während unter dem Dach vier Kinder darauf warteten, daß sein Tod ihnen die Freiheit zurückbrachte.

Ich wanderte durch die reichen, luxuriösen Räume und starrte hungrig die kostbaren Möbel und Gemälde an. Dann gelangte ich in die riesige Eingangshalle mit ihren beiden halbkreisförmig geschwungenen Freitreppen, ein Raum von solchen Ausmaßen, daß man ihn als Ballsaal benutzen konnte. Wo die beiden Freitreppen sich im zweiten Stock trafen, ragte ein kleiner Balkon vor, und von dort aus führte eine weitere Treppenflucht direkt hinauf zum Dachboden. Ich sah das Lüftungsgitter oben am Balkon, hinter dem Chris und ich versteckt gewesen waren, als wir uns den großen Weihnachtsball ansehen durften. Wie lange war das schon her, und doch drehte sich die Uhr meiner Erinnerung plötzlich rasch zurück. Ich war wieder zwölf Jahre alt und verängstigt, fürchtete, dieses gigantische Haus würde mich verschlingen, wenn ich mich bewegte oder lauter als im Flüsterton sprach. Wieder blickte ich ehrfürchtig zu den drei gewaltigen Kristall-Leuchtern hinauf, die von der fast zwanzig Meter hohen Decke herunterhingen. Und weil ich unter meinen Füßen das Parkett eines Ballsaales hatte, mußte ich fast automatisch ein paar schnelle Schritte darüber tanzen, nur um zu sehen, was für ein Gefühl das war.

Vorsichtig setzte ich meinen Weg fort und bewunderte die vielen, aus aller Welt zusammengetragenen Kunstwerke, mit denen fast jeder Raum geschmückt war. Die Bibliothek war leicht zu finden. Was man in frühem Alter und unter schlimmen Umständen lernt, vergißt man nie wieder. Was für eine Bibliothek! In ganz Clairmont gab es keine Bibliothek mit solchen Büchern. Auf dem pompösen Schreibtisch, der einmal meinem Großvater gehört hatte, stand Barts Foto. Viele Kleinigkeiten sagten mir, daß Bart diesen Raum oft zur Arbeit und um seiner Schwiegermutter Gesellschaft zu leisten, benutzte. Seine braunen Hausschuhe standen neben einem bequem aussehenden Sessel vor dem enormen Kamin mit seinem fast fünf Meter langen Sims.

Schließlich hatte ich genug gesehen, um meine so viele Jahre alte Neugier zu befriedigen, und ich suchte nach der schweren Tür am gegenüberliegenden Ende der Bibliothek. Hinter dieser geschlossenen Tür wartete die furchtbare Großmutter. Erinnerungen blitzten vor meinem inneren Auge auf. Wieder sah ich sie vor mir, wie sie in der ersten Nacht gewesen war, als wir hier ankamen, wie sie sich vor uns aufgereckt hatte, ihr Körper stark und kraftvoll, die grausamen harten Augen, die uns ohne jede Sympathie, ohne jedes Mitgefühl für vaterlose Kinder einer gnadenlosen Musterung unterzogen. Und sie konnte uns nicht einmal ein Begrüßungslächeln schenken oder die hübschen runden Wangen unserer Zwillinge streicheln, dieser mit fünf Jahren so süßen, hübsch gewachsenen Kinder.

Die zweite Nacht stieg vor mir auf, als Großmutter unserer Mutter befohlen hatte, uns ihren Rücken voller blutiger Striemen zu zeigen. Und noch bevor wir diesen schrecklichen Anblick zu sehen bekamen, hatte die furchtbare alte Frau Carrie an den Haaren hochgerissen, und Cory hatte versucht sie zu treten und sie mit seinen kleinen scharfen Zähnen zu beißen, um seine geliebte Zwillingsschwester zu schützen – aber die böse Alte hatte ihn mit einem kräftigen Schlag quer durch das Zimmer geschmettert. Wieder sah ich mich nackt vor dem Spiegel in unserem Zimmer stehen und erinnerte mich daran, wie brutal meine Strafe dafür sein sollte. Sie hatte mir nehmen wollen, woran ich am meisten hing, mein Haar. Eines Nachts kam sie und verklebte mir mein Haar mit Teer, weil sie wollte, daß wir es abschneiden. Viele Stunden brauchte Chris damals, um mir den Teer aus dem Haar zu waschen und es somit vor der Schere zu retten. Danach hatten wir zwei ganze Wochen nichts zu essen bekommen! Ja! Sie verdiente es, mich wiederzusehen! Genau wie ich es an dem Tag geschworen hatte, als sie mich mit dem Stock blutig schlug. Einmal, hatte ich geschrien, würde der Tag kommen, an dem sie hilflos war und ich die Peitsche schwingen und ihr das Essen verweigern würde!

Ach, diese hübsche Ironie – daß sie sich am Tod ihres Mannes geweidet hatte, und nun lag sie selbst in seinem Bett und war noch viel hilfloser – und allein! Ich zog meinen schweren Wintermantel aus, streifte meine dicken Fellstiefel ab und zog mir die weißen Seidenballettschuhe an. Mein Trikot war weiß und so dünn, daß meine Haut rosig hindurchschimmerte. Ich öffnete mein Haar, so daß es in einer strahlenden, goldenen Kaskade lockiger Wellen über meinen Rücken floß. Nun würde sie das Haar sehen und beneiden können, dem ihr Teer nichts hatte anhaben können.

Halte dich bereit, Großmutter! Jetzt komme ich! Sehr leise schlich ich mich zu ihrer Tür. Vorsichtig drückte ich die Klinke herunter und trat lautlos ein. Sie lag auf dem hohen Krankenhausbett, die Augen halb geschlossen. Durch das Fenster fielen Sonnenstrahlen auf ihren rosa schimmernden Schädel und offenbarten deutlich, daß sie fast kahl war. Und wie alt sie aussah! So abgemagert, so viel kleiner. Wo war ihre Riesengestalt geblieben, die ich einst so gefürchtet hatte? Warum trug sie kein graues Taftkleid, dessen Falten bedrohlich raschelten? Warum mußte sie so mitleiderregend aussehen?

Ich verschloß mein Herz vor jedem Mitleid, denn sie hatte auch nie welches für uns gekannt. Offenbar stand sie kurz vor dem Einschlafen, aber als die Tür sich öffnete, schlug sie langsam die Augen weit auf. Immer größer wurden ihre Augen. Sie erkannte mich. Ihre dünnen, eingesunkenen Lippen zuckten. Sie hatte Angst! Meine Zeit war gekommen! Trotzdem blieb ich angewidert neben der Tür stehen. Ich war gekommen, um mich zu rächen, doch die Zeit hatte mich um meine Rache betrogen. Warum war sie nicht mehr das Ungeheuer, an das ich mich erinnerte? So hatte ich sie nicht haben wollen, nicht wie sie jetzt vor mir lag, eine alte, kranke Frau mit so spärlichem Haar, daß überall ihre Kopfhaut hindurchschimmerte. Die verbliebenen Strähnen waren zur Mitte zusammengekämmt und mit einer rosa Seidenschleife zusammengebunden.

Sie war einmal über 1,80 m groß gewesen, hatte fast zwei Zentner gewogen, und ihre Brüste hatten wie Betonhügel gewirkt. Nun waren die Brüste schlaff und eingefallen. Ihre Arme waren vertrocknete alte Stöcke, ihre Hände knotig, die Finger verkrümmt. Doch als ich sie anstarrte, und sie zurückstarrte in der völligen Stille, die nur von dem rastlosen Ticken einer kleinen Uhr unterbrochen wurde, stieg ihre alte abscheuliche Persönlichkeit wieder auf, und ich spürte ihre grimmige Wut. Sie versuchte zu sprechen, um mich aus dem Haus zu weisen. Satansbrut, hätte sie geschrien, wenn sie noch dazu in der Lage gewesen wäre, verlaß sofort mein Haus! Hinaus, hinaus! Aber sie konnte kein Wort mehr über die Lippen bringen.

Ich dagegen konnte sie fröhlich begrüßen: »Guten Tag, liebe Großmutter. Wie schön, dich einmal wiederzusehen. Erinnerst du dich an mich? Ich bin Cathy, eines deiner Enkelkinder, die du jahrelang auf dem Speicher versteckt hast. Jeden Tag hast du uns in einem Picknickkorb das Essen gebracht – jeden Tag kamst du um halb sieben mit deinen Thermosflaschen voll Milch und lauwarmer Suppe. Warum hast du uns nicht wenigstens ein einziges Mal heiße Suppe gebracht? Hast du immer darauf geachtet, daß die Suppe schön widerlich lauwarm war?« Ich schloß die Tür hinter mir. Und erst dann sah sie die Weidenrute, die ich hinter meinem Rücken versteckt hielt.

Bedeutungsvoll strich ich mir mit der Rute über die Handfläche. »Großmutter«, sagte ich sanft, »erinnerst du dich noch an den Tag, als du unsere Mutter blutig geschlagen hast? Wie du sie gezwungen hast, sich vor ihrem Vater auszuziehen und sie ausgepeitscht hast, und sie war damals schon eine erwachsene Frau – eine schamlose, gemeine, böse Tat, gibst du mir da nicht recht?«

Ihre entsetzten grauen Augen richteten sich auf die Rute. Ein furchtbarer Kampf mußte in ihrem Kopf vorgehen – und ich war so froh, daß Bart mir erzählt hatte, wie gut sie noch bei Verstand war. O nein, sie war nicht senil. Blasse, wäßrige graue Augen, rot gerändert und von unzähligen Krähenfüßen umgeben wie Schnitte, die niemals bluteten. Dünne Lippen, die nun zu einem winzigen Loch zusammengeschrumpft waren und in einem nach allen Seiten ausgreifenden Netz tiefer Falten hingen, das wie Spinnweben unter ihrer langen krummen Nase hing. Und tatsächlich war am Kragen der gelben Nachtjacke die Diamantenbrosche befestigt! Nie hatte ich sie ohne diese Brosche am Kragen ihrer verhaßten Taftkleider gesehen.

»Großmutter«, flötete ich, »erinnerst du dich an die kleinen Zwillinge? Die lieben, süßen Fünfjährigen, die du in dieses Haus gelockt hast und deren Namen du dann in der ganzen Zeit, die wir hier verbringen mußten, kein einziges Mal aussprachst – ihre nicht und unsere auch nicht. Cory ist tot, und das weißt du – aber hat dir meine Mutter auch von Carrie erzählt? Carrie ist ebenfalls tot. Sie ist nicht sehr groß gewachsen, weil man ihr Sonnenlicht und frische Luft in jenen Jahren vorenthalten hat, als sie das am meisten brauchte. Ein verwachsenes, unglückliches Mädchen ist aus ihr geworden, das nie wieder Liebe und Vertrauen finden konnte. Chris und ich sind auf das Dach geklettert und haben uns dort gesonnt, aber die Zwillinge hatten immer Angst vor dem hohen Dach. Wußtest du, daß wir dort draußen auf dem Dach viele Stunden verbracht haben ... nein, das scheinst du nicht gewußt zu haben.«

Sie bewegte sich ein wenig, als versuche sie, vor mir in die flache Matratze kriechen zu wollen. Ich weidete mich an ihrer Furcht, glücklich darüber, daß sie sich noch rühren konnte. Ihre Augen waren jetzt das, was meine damals gewesen sein mußten: Spiegel der Qual ihrer Angst – und sie konnte nicht nach Hilfe rufen! Sie war mir ausgeliefert. »Erinnerst du dich noch an die zweite Nacht, liebste, liebevolle Großmutter? Wie du Carrie an den Haaren gepackt und Cory, den kleinen Fünfjährigen, zu Boden geschlagen hast? Arme Carrie, sie ist nie über den Tod ihres Zwillingsbruders hinweggekommen. Dann traf sie einen netten Jungen namens Alex. Die beiden verliebten sich und wollten heiraten, aber dann fand sie heraus, daß er Pfarrer werden wollte. Das brachte Carrie um den Verstand. Weißt du, du hast uns allen solche Furcht vor religiösen Menschen eingeimpft. Als Alex ihr sagte, welche Berufspläne er hatte, verzweifelte Carrie an ihrem Leben. Du hast uns beigebracht, daß niemand vollkommen genug ist, um Gott gefallen zu können. Und an diesem Tag, als Carrie von Verzweiflung und Angst um ihre Liebe geschwächt war, da erwachte etwas, was du ihr eingegeben hattest und was lange in ihr geruht hatte. Hör nur zu, was sie getan hat. Weil du ihr als kleines Mädchen eingeimpft hast, daß sie von Geburt an schlecht und böse sei, welche Mühe sie sich auch immer geben würde! Sie hat dir geglaubt! Sie wußte, daß Cory von dem Arsen auf den gezukkerten Berlinern gestorben war ... und als sie dann überzeugt war, sie könne ein Leben mit all den Menschen, die von ihr Vollkommenheit erwarteten, nicht länger ertragen, da kaufte sie sich Rattengift! Sie kaufte sich dazu zwölf Berliner und streute das arsenhaltige Rattengift darüber, und dann aß sie alle bis auf einen. Nun ... kriech nur unter deine Matratze und versuch dich vor dem zu verstecken, was du angerichtet hast! Du und meine Mutter, ihr habt sie genauso umgebracht wie

Cory! Ich verabscheue dich, du widerwärtiges altes Weib!«

Ich sagte ihr nicht, daß ich meine Mutter noch mehr haßte. Die Großmutter hatte uns ja nie geliebt, deshalb war das, was sie uns angetan hatte, ja zu erwarten. Aber unsere Mutter, die uns zur Welt gebracht hatte, aufgezogen und umsorgt, die uns so geliebt hatte, als unser Vater noch lebte – das war eine andere Geschichte – eine unerträgliche Horrorgeschichte! Aber ihre Zeit würde noch kommen!

»Ja, Großmutter, Carrie ist jetzt auch tot, weil sie auf die gleiche Art wie Cory sterben wollte, um mit ihm im Himmel zu sein.«

Ihre Augen verdrehten sich und ein Zucken lief durch ihren dürren Körper. Ich jubelte innerlich.

Ich zog hinter meinem Rücken die Schachtel hervor, in der sich eine lange Strähne von Carries Haar befand, die ich stundenlang gekämmt und zurechtgelegt hatte, bis ein golden schimmernder Zopf daraus geworden war. An einem Ende war er mit einer rosa Seidenschleife zusammengebunden, und am anderen Ende mit einer purpurnen. »Sieh her, altes Weib, das ist Carries Haar, ein wenig davon. Ich habe eine ganze Schachtel voller loser, abgeschnittener Strähnen ihres schönen Haares, und das ist alles, was mir von ihr geblieben ist. Ich bewahre es nicht nur für Chris und mich auf, sondern auch, um es dir und unserer Mutter zu zeigen ... denn ihr beide habt Carrie so sicher auf dem Gewissen wie Cory.«

Oh, ich war halb verrückt vor Haß! Rache trieb mich, schüttelte mich, machte mich fast rasend. Ich sah Carries ausgemergelten, zum lebenden Skelett gewordenen Körper auf dem Sterbebett vor mir. Ich trat dicht an das Bett heran und ließ die Haarsträhne mit ihren fröhlichen Schleifchen vor Großmutters aufgerissenen, furchtsamen Augen baumeln. »Ist das kein schönes Haar? Hast du jemals so schönes Haar gehabt? Nein! Ich weiß, daß deines nie so gewesen sein kann! Nichts an dir kann jemals hübsch gewesen sein. Nicht einmal, als du jung gewesen bist! Darum warst du auch so eifersüchtig auf die junge Stiefmutter deines Mannes.« Ich lachte, als ihr Kopf zurückzuckte. »Ja, liebe Großmutter, ich weiß heute viel mehr über dich als damals. Dein Schwiegersohn hat mir all die Familiengeheimnisse weitererzählt, in die meine Mutter ihn eingeweiht hat.

Dein Mann Malcolm war in die junge zweite Frau seines Vaters verliebt, die zehnmal schöner und süßer war, als du jemals gewesen sein kannst! Als deshalb Alicia einen Sohn bekam, da hast du geargwöhnt, es wäre das Kind deines Mannes, und darum hast du unseren Vater so gehaßt. Darum hast du ihn später in dein Haus holen lassen und ihm vorgespielt, er hätte bei dir ein neues schönes Zuhause gefunden. Und du hast ihn gut erziehen lassen und ihm von allem das Beste gegeben, damit er einen Vorgeschmack des guten, reichen Lebens bekam und du ihn dann später um so grausamer enttäuschen konntest, wenn du ihn vor die Tür setztest und ihm keinen Cent des Foxworth-Vermögens hinterlassen würdest. Aber mein Vater hat dich hereingelegt, nicht wahr? Er stahl dir deine einzige Tochter, die du auch gehaßt hast, weil ihr Vater sie mehr liebte, als er dich je geliebt hatte. Und Halbonkel heiratete Halbnichte. Aber wie sehr hattest du dich doch in Malcolm und Alicia getäuscht, denn die Mutter meines Vaters hat Malcolm immer verachtet. Immer wieder hat sie sich gegen seine Nachstellungen gewehrt – und das Kind war nicht der Sohn deines Mannes! Auch wenn es leicht so hätte gewesen sein können, hätte Malcolm nur seinen Willen bekommen!«

Sie starrte mich mit leeren Augen an, als hätte die Vergangenheit für sie jetzt keine Bedeutung mehr. Nur die Gegenwart zählte, und die ruhte in meiner Hand. »Ich werde dir jetzt etwas erzählen, was du schon längst hättest wissen müssen. Es hat nie einen besseren Mann auf der Welt gegeben als meinen Vater oder eine ehrbarere Frau als seine Mutter. Aber glaube ja nicht, daß ich irgend etwas von dem guten Charakter Alicias oder meines Vaters geerbt hätte – denn ich bin wie du! Herzlos! Ich vergesse nie, und ich verzeihe nie! Ich hasse dich dafür, daß du Cory und Carrie umgebracht hast! Ich hasse dich für das, was du aus mir gemacht hast!« Außer mir vor Wut schrie ich sie an und vergaß die Krankenschwester ganz, die hier irgendwo in einem Nebenraum schlafen mußte. Ich hätte sie am liebsten löffelweise mit Arsen gefüttert und mich neben sie gesetzt, um sie bei lebendigem Leibe verfaulen zu sehen, so wie es Carrie ergangen war. Ich drehte in meiner Wut eine Pirouette durch das Zimmer, um mich abzureagieren, zeigte ihr meinen schönen jungen Körper und tänzelte dann dicht an das Kopfende ihres

Bettes, um sie anzufahren: »All die Jahre, in denen wir eingeschlossen waren, hast du nie unsere Namen ausgesprochen, niemals Chris angesehen, weil er unserem Vater so ähnlich sah – und auch deinem Mann, als er jung war und du ihn noch nicht verdorben hattest. Du hast an allem, was die Menschen Schlechtes taten, nur ihre gottlosen Seelen erkennen wollen und dich immer vor der Wahrheit gedrückt! Der einzige Gott, der je in diesem Haus geherrscht hat, war das Geld! Das Geld ist für alle bösen Dinge, die hier geschehen sind, verantwortlich gewesen, keine Gottlosigkeit, keine sündigen Begierden! Du bist nur wegen deines Geldes geheiratet worden, und das wußtest du! Habgier hat uns als Kinder hierher gebracht, Habgier hat uns eingesperrt und uns drei Jahre unserer Kindheit gestohlen und uns deiner Gnade ausgeliefert. Aber du kanntest keine Gnade, nicht einmal mit deinen Enkeln, den einzigen Enkeln, die du je gehabt hast. Und wir haben dir nie etwas getan!« Ich schlug mit Carries Haarstähne nach ihrem Gesicht. Ein sanfter Peitschenschlag, der nicht weh tun konnte. Doch sie zuckte verzweifelt vor der Berührung mit dem Haar zurück. Dann warf ich Carries kostbares Haar auf ihren Nachttisch und ließ die Rute vor ihren Augen durch die Luft sausen.

»Erinnerst du dich noch, wie du unsere Mutter bestraft hast, bevor wir sie zu hassen lernten? Dafür bin ich dir noch etwas schuldig«, sagte ich, und ich stieß mit der eleganten Gelenkigkeit einer Ballerina meinen Fuß gegen ihre Seite. »Vom Nacken bis zu den Fersen bin ich dir das schuldig, dazu kommen noch die Schläge, die du Chris und mir gabst, auch die bin ich dir schuldig. Und all die anderen Dinge, die sich mir für immer ins Gedächtnis gegraben haben. Habe ich dir nicht einmal gesagt, daß irgendwann der Tag kommen wird, an dem ich den Stock in der Hand habe und du dich nicht wehren kannst? Dieser Tag ist jetzt gekommen, Großmutter!«

Die eingesunkenen grauen Augen in ihrem hageren Gesicht funkelten haßerfüllt, boshaft und noch immer voller energischer Willenskraft. Wage es, mich zu schlagen – wage es, schrien sie mir zu.

»Womit soll ich anfangen«, sagte ich wie im Selbstgespräch, »soll es die Rute sein oder der heiße Teer für ihr Haar? Woher hattest du damals nur den Teer? Ich habe mich immer gewundert, wie du ihn dir so schnell beschaffen konntest. Hast du die Sache im voraus geplant und nur darauf gewartet, endlich den richtigen Anlaß zu finden? Ich muß dir jetzt etwas gestehen, was du noch nicht weißt. Chris hat mir nie mein Haar abgeschnitten, nur ein paar Strähnen über der Stirn, damit du geglaubt hast, ich wäre kahl. Unter dem Handtuch, das ich um meinen Kopf geschlungen hatte, war mein herrliches langes Haar versteckt. Er liebte mich so sehr, daß er Stunden und Stunden gearbeitet hat, um soviel wie möglich von meinem Haar zu retten – mehr Liebe, als du je gekannt hast, und Liebe von einem Bruder.«

Tief aus ihrer Kehle drang ein erstickter Laut. Wie ich mir wünschte, sie hätte sprechen können!

»Großmutter, mein Liebling«, höhnte ich, während ich mich, die Hände in die Hüften gestemmt, über sie beugte, »warum erzählst du mir nicht, woher du den Teer hattest? Ich habe einfach keinen finden können. Hier in der Nähe gibt es auch nirgendwo Straßenarbeiten – deshalb werde ich wohl heißes Wachs benutzen müssen. Du hättest es auch mit Wachs machen können, denn damit hättest du das gleiche erreicht. Oder waren dir deine Kerzen zu schade dafür?« Ich lächelte und hoffte, daß es ein böses, drohendes Lächeln war. »Oh, liebste Großmutter, was für einen Spaß werden wir beide jetzt haben! Und niemand wird etwas davon erfahren, denn du kannst nicht sprechen, du kannst nicht einmal mehr etwas schreiben, alles, was du tun kannst, ist, hier zu liegen und zu leiden.«

Es gefiel mir selbst nicht, was ich da sagte und welchen Gefühlen ich mich hingab. Mein Gewissen schwebte irgendwo über mir an der Decke und sah schamerfüllt auf die losgelassene Furie im weißen Trikot herab, die um das Bett einer alten, hilflosen Frau herumtanzte. Das Gewissen dort oben hatte Mitleid mit dieser alten Frau, die schon zwei Schlaganfälle hinter sich hatte – aber neben dem Bett stand ein anderer Teil meines Selbst. Eine gemeine, böse, rachsüchtige Foxworth mit blauen Augen, so kalt wie die der Großmutter, mit denen ich sie jetzt anstarrte, während ich mich über sie beugte, um ihr mit einer schnellen Bewegung die Decke herunterzureißen. Ihre Jacke, erkannte ich jetzt, war ein Krankenhaushemd, eines, das man auf dem Rücken zubindet. Einfach nur ein glattes gelbes Baumwollding, das ihr glatt bis über die Knie lag und das nur durch diese verdammte Diamantenbrosche wie ein richtiges Kleidungsstück gewirkt hatte. Mit Sicherheit würde sie diese Brosche auch noch an ihrem Leichenhemd tragen.

Nackt. Sie mußte ausgezogen werden, wie es Mammi ergangen war, Chris und auch mir. Sie sollte genauso entwürdigend entblößt sein, abschätzenden, haßerfüllten Blicken ausgesetzt, unter denen sie nur noch mehr zusammenschrumpfen würde. Rücksichtslos riß ich das Hemd hoch bis zu ihrem Kinn, achtete aber darauf, daß mir ihr Gesicht nicht durch die Baumwollfalten verborgen wurde. Ich starrte auf ihren nackten Körper, und in meinen Augen mußte sich der gleiche Ekel und die gleiche Abscheu gezeigt haben, den sie mir damals entgegengebracht hatte, als ich ihr mit meinem jungen, schönen Körper nackt ausgeliefert war. Nur war es bei mir keine Abscheu vor den Sünden des Fleisches, sondern ich ekelte mich vor diesem ausgemergelten, faltigen, verschrumpelten Körper einer alten Frau, dem nackt nicht einmal die Würde des Alters geblieben war.

Ohne Mitleid und ohne auch nur den Versuch zu machen sanft zu sein, rollte ich sie auf den Bauch und zerrte sie zurück in die Mitte des Bettes. Und dabei murmelte ich ohne Unterbrechung vor mich hin, erzählte ihr, welche Witze Chris und ich darüber gemacht hätten, daß sie ihre Kleider entweder festgeklebt oder angenagelt haben müßte und daß sie sich nie ausziehen würde, erst recht nicht ihre Unterwäsche, außer auf dem Klo, wenn das Licht ausgeschaltet war.

»Ich werde dich jetzt mit dieser Rute auspeitschen, Großmutter«, sagte ich tonlos, mein Herz war längst irgendwo weit fort. »Ich habe dir vor langer Zeit versprochen, daß ich das tun würde, wenn ich jemals dazu die Chance bekomme, und die habe ich jetzt!« Ich schloß die Augen, flehte Gott um Verzeihung an, und dann hob ich meinen Arm hoch und knallte ihr die Weidenrute, so hart ich konnte, auf ihr nacktes Hinterteil.

Sie schüttelte sich. Aus ihrer Kehle drang ein seltsames Geräusch. Dann schien sie das Bewußtsein zu verlieren. Sie verlor die Kontrolle über ihre Blase und entleerte sich auf das Bett. Ich begann zu weinen. Ich war es, die wild schluchzte, während ich in das anliegende Bad rannte, Waschlappen, Handtuch und Seife holte, und sie dann mit Toilettenpapier säuberte und anschließend wusch. Auf die furchtbaren Striemen, die ich ihr geschlagen hatte, schmierte ich Salbe.

Ich drehte sie wieder auf den Rücken, bedeckte sie ordentlich mit ihrem Baumwollhemd, und erst dann sah ich nach, ob sie überhaupt noch lebte. Ihre grauen Augen sahen mich weit offen und ausdruckslos an, während mir die Tränen über die Wangen liefen. Und dann, als ich so vor ihr schluchzte, sah ich ihre Augen in ausgesprochenem Triumph aufleuchten. Stumm rief sie mir zu: Feigling! Ich weiß, daß du nie etwas anderes als ein weicher Schwächling sein kannst! Kein Rückgrat. Töte mich, los, bring mich um!

Ich rannte in die Bibliothek, wo ich auf dem Kaminsims einen Kerzenleuchter gesehen hatte. In wahnsinniger Wut griff ich nach einer Kerze und lief zurück zu ihr – aber ich hatte keine Streichhölzer. Also zurück in die Bibliothek, wo ich Barts Schreibtisch durchwühlte. Er rauchte, also mußte er auch Streichhölzer oder ein Feuerzeug haben. Schließlich fand ich ein Streichholzheftchen aus der örtlichen Disko.

Die Kerze war elfenbeinfarben, vornehm und dezent wie alles in diesem Haus. Angst stand jetzt in den steinernen Augen. Ich zündete die Kerze an und wartete, bis die Flamme ruhig brannte, dann hielt ich die Kerze schräg über den Kopf der alten Frau, so daß ihr das Wachs Tropfen für Tropfen auf die letzten Haare fiel. Vielleicht sechs oder sieben Tropfen, dann hielt ich es nicht mehr aus. Sie hatte recht. Ich war ein Feigling. Ich konnte ihr nicht antun, was sie mir angetan hatte. Ich war von Kopf bis Fuß eine Foxworth, und doch hatte Gott aus mir etwas gemacht, das nicht mehr exakt in die Ahnenreihe passen wollte. Ich blies die Kerze aus und ging. Draußen steckte ich sie in den Leuchter auf dem Kamin zurück.

Erst als ich in der großen Vorhalle stand, fiel mir ein, daß ich Carries kostbare Haarsträhne auf dem Nachttisch vergessen hatte. Ich rannte zurück. Ich fand die Großmutter so vor, wie ich sie verlassen hatte, nur daß sie ihren Kopf zur Seite gedreht hatte und auf Carries schönes Haar starrte, während in ihren Augen zwei große Tränen schimmerten.

Bart verbrachte mehr Zeit bei mir in meinem kleinen Haus als in seinem großen. Er verwöhnte mich mit Geschenken, und meinen Sohn genauso. An den Tagen, die er nicht in seiner

Kanzlei verbrachte, aß er bei uns sein Frühstück, zu Mittag und zu Abend. Meine Ballettschule begann unter seiner Zuwendung zu mir zu leiden, aber das war mir nicht wichtig. Ich war jetzt seine Geliebte, und er hielt mich mit großzügigen Geschenken aus.

Jory war von den kleinen Lederstiefeln begeistert, die Bart ihm mitbrachte. »Bist du mein Daddy«, fragte mein Sohn, der im Februar vier Jahre alt werden würde. »Nein, aber ich wäre es ganz sicher gerne und könnte es vielleicht auch werden.«

Sobald Jory draußen im Garten begeistert in seinen neuen Stiefeln herumstapfte, ließ Bart sich müde in einen Sessel vor dem Kamin sinken. »Du kannst dir nicht vorstellen, was bei uns in Foxworth Hall passiert ist. Irgendein sadistischer Idiot hat meiner Schwiegermutter Wachs in die Haare geschmiert. Und auf ihrem Rücken sind lange Striemen, die nicht verheilen. Die Krankenschwester hat keine Erklärung dafür. Ich habe Olivia gefragt, ob es jemand war, den sie kennt, jemand vom Personal, und sie hat zweimal mit den Augen geblinzelt, was nein heißt. Einmal blinzeln heißt ja. Ich bin unglaublich wütend wegen dieser Sache! Es muß jemand von den Dienstboten gewesen sein, aber ich kann einfach nicht verstehen, wie jemand so grausam sein kann, eine hilflose alte Frau zu quälen, die sich nicht einmal mehr rühren kann. Sie weigerte sich, irgend jemand die Schuld zu geben, den ich ihr nannte. Ich habe Corinna versprochen, gut auf ihre Mutter acht zu geben, und jetzt ist das Hinterteil der alten Frau so schlimm zugerichtet, daß sie tagsüber auf dem Bauch liegen und nachts alle zwei Stunden von der Schwester gewendet werden muß.«

»Oh«, hauchte ich, und mir wurde ein wenig schlecht. »Wie furchtbar – warum heilt es denn nicht?«

»Ihre Durchblutung ist so schlecht. Kein Wunder, sie kann sich ja kaum bewegen, das führt immer zu Blutstauungen.« Dann strahlte ein Lächeln in seinem Gesicht auf wie die Sonne nach einem Gewittersturm. »Mach dir keine Gedanken deswegen, Liebling. Das ist mein Problem, nicht deines. Und natürlich Olivias.« Er streckte die Arme nach mir aus, und ich fiel ihm schnell um den Hals und kuschelte mich an ihn. Er küßte mich heiß, bevor er mich in mein Schlafzimmer trug. Dort legte er mich aufs Bett und begann mich auszuziehen. »Ich könnte dem Verbrecher, der der alten Frau das angetan hat, den Hals umdrehen!«

Nachdem wir uns geliebt hatten, lag ich in seinen Armen, und wir hörten gemeinsam Jory zu, der draußen im Garten zwischen den ersten Schneeflocken tanzte. Es hatte zum erstenmal in diesem Jahr zu schneien begonnen. Ich wußte, daß wir schnell aufstehen mußten, sonst würde Jory uns hier finden, sobald er hereingestürmt kam, um uns vom ersten Schnee seines Lebens zu erzählen. In Clairmont waren die Winter dafür zu mild gewesen. Seufzend entzog ich mich Barts Umarmung und begann mich anzuziehen, während er mir zusah.

»Cathy, warum sagst du nicht, daß du mich liebst?«

Überrascht fuhr ich herum. »Hast du das jemals zu mir gesagt und auch wirklich gemeint?«

»Woher willst du wissen, daß ich dich dabei belogen habe?« fragte er zornig.

»Ich will dir gerne erzählen, woher ich das weiß. Wenn man jemanden liebt, dann möchte man ihn immer bei sich haben. Schon daß du nie über eine Scheidung sprichst, sagt mir, wieviel ich dir bedeute und welchen Platz in deinem Leben du mir zuweist.«

»Cathy, du fühlst dich verletzt, nicht wahr? Ich möchte dich nicht noch mehr verletzen. Du spielst mit mir. Das habe ich von Anfang an gewußt. Was macht es schon, wenn wir da nur von Sex reden und nicht von Liebe? Sag mir, wo das eine aufhört und das andere anfängt?«

Seine spöttischen Worte bohrten sich mir wie Messer ins Herz, denn irgendwie, ohne daß ich es richtig bemerkt hatte, begann ich, ihn verrückt und idiotisch zu lieben.

Nach Barts enthusiastischem Bericht kam seine Frau von ihrem Verschönerungstrip hinreißend verjüngt und schön zurück. »Sie hat zwanzig Pfund abgenommen. Ich schwöre dir, diese Gesichtsoperation hat Wunder gewirkt! Sie sieht phantastisch aus und ist dir unglaublich ähnlich!«

Man merkte ihm ohne Mühe an, wie beeindruckt er von seiner neuen, jünger aussehenden Frau war. Für den Fall, daß er diese Begeisterung aber nur vortäuschte, damit ich mir seiner nicht so sicher war, reagierte ich mit keinem Wort. Dann erzählte er mir, daß ich für ihn noch immer wichtig sei, wie bisher, aber in einem Tonfall, der mir sagte, daß ich es nicht mehr war. »Cathy, während sie in Texas war, hat sie sich verändert. Sie ist wieder so wie früher geworden, die süße, liebevolle Frau, wie damals, als ich sie geheiratet habe.«

Männer! Wie leicht sie doch zu täuschen waren! Natürlich war meine Mutter jetzt lieb und nett zu ihm, jetzt, nachdem sie wußte, daß er eine Geliebte hatte und diese Geliebte ihre Tochter war. Sie mußte es wissen, denn es wurde überall darüber geflüstert – jeder wußte es. »Warum bist du denn hier bei mir, wenn deine Frau wieder für dich da ist und du sie so sehr attraktiv findest? Warum ziehst du dich nicht an und verabschiedest dich freundlich und kommst nie mehr wieder? Sag, daß es schön war, solange es gedauert hat, aber daß nun alles vorbei ist, und ich werde sagen, daß ich dir für die wunderschöne Zeit mit dir danke, und dir einen Abschiedskuß geben.«

»Hmmm«, knurrte er und zog mich fest an seine nackte Brust. »Ich habe nicht gesagt, daß sie so phantastisch aussieht, und dann ist da eben noch etwas ganz Besonderes an dir. Ich kann es nicht beim Namen nennen. Ich begreife es nicht. Aber ich weiß nicht, ob ich je wieder ohne dich leben kann.«

Er sagte es ernst, und seine schwarzen Augen verrieten mir, daß er es ehrlich meinte.

Ich hatte gewonnen, gewonnen!

In der Abenddämmerung dieses Tages saß ich vor dem Fenster und sah hinüber zu Foxworth Hall, während ich mich fragte, was Bart und meine Mutter wohl gerade taten. Meine Hände lagen auf meinem Bauch, der noch flach war, aber sich bald von dem Kind aufwölben würde, das schon in mir wachsen mochte. Eine ausgefallene Periode bewies noch nichts – doch ich wollte ein Kind von Bart, und ich hatte das sichere Gefühl, es bereits in mir zu tragen. Depressive Gedanken drängten sich mir auf, und ich wehrte sie nicht zurück. Er würde sie und ihr Geld nicht verlassen, um mich zu heiraten, und dann stand ich da und hatte noch ein Kind ohne Vater. Was für eine Närrin war ich gewesen, diese ganze Sache anzufangen – aber ich war schon immer eine Närrin gewesen.

Und dann sah ich einen Mann verstohlen aus dem Wald treten und in meinen Garten schlupfen. Ich lachte mit neuer Zuversicht. Er liebte mich! Das tat er... und sobald ich mir seiner Liebe sicher sein konnte, würde ich ihm erzählen, daß er dabei war, Vater zu werden.

Dann öffnete Bart die Türe und ließ den Wind mit herein, und der Wind warf die Vase mit den Rosen vom Tisch. Ich stand da und starrte auf die Scherben und die verstreuten Rosenblätter. Warum wollte mir der Wind immer etwas erzählen? Etwas, was ich nie hören wollte!

Die Karten werden verteilt

»Cathy, du hast mir gesagt, daß es keinen Grund gäbe, vorsichtig zu sein!«

»Es gab auch keinen. Ich wollte dein Kind.«

»Du wolltest ein Kind von mir? Was, zum Teufel, stellst du dir vor? Daß ich dich heirate?«

»Nein. Ich habe meine eigenen Pläne. Ich habe angenommen, daß du deinen Spaß mit mir haben willst, und wenn du den gehabt hast, dann gehst du zurück zu deiner Frau und suchst dir irgendwann eine andere Spielgefährtin. Aber ich habe dann, was ich von dir haben wollte – dein Kind. Ich habe mein Ziel erreicht und kann jetzt auf Wiedersehen sagen. Also gib mir einen Abschiedskuß, Bart, und du hast wieder eine von deinen kleinen außerehelichen Beziehungen hinter dir.«

Er sah mich wild an. Wir befanden uns in meinem Wohnzimmer, während draußen ein heftiger Schneesturm tobte. Der Schnee wehte gegen die Fenster, und ich saß vor dem Feuer und strickte an einem Strampelanzug. Ich war gerade dabei, die Maschen abzuketten, als Bart mir das Strickzeug aus der Hand riß und durch das Zimmer warf.

»Was, zum Teufel, hast du mit mir vor, Cathy? Du weißt, daß ich dich nicht heiraten kann! Ich habe nie gelogen und dir eine Ehe versprochen. Was für ein Spiel spielst du mit mir?« Die Stimme versagte ihm, und er bedeckte sein Gesicht mit den Händen. Schließlich ließ er sie wieder sinken und flehte: »Ich liebe dich. Ich möchte dich immer bei mir haben, und ich will auch mein Kind haben. Was für ein Spiel ist das, Cathy?«

»Ein Frauenspiel. Das einzige Spiel, bei dem eine Frau sicher sein kann zu gewinnen.«

»Sieh mal«, sagte er und versuchte wieder Herr der Lage zu werden, »erkläre mir doch einfach, was du willst und hör mit dem Herumgerede auf. Nichts muß sich verändern, weil meine Frau zurück ist. Du wirst immer einen festen Platz in meinem Leben haben ...«

»In deinem Leben? Meinst du nicht, um es korrekter auszudrücken, am Rande deines Lebens?«

Zum erstenmal hörte ich seiner Stimme an, daß er sich verletzt fühlte. »Cathy, sei vernünftig. Ich liebe dich, aber meine Frau liebe ich auch. Manchmal kann ich dich kaum von ihr unterscheiden. Sie ist so verändert zurückgekommen, das habe ich dir ja erzählt. Jetzt ist sie wieder so wie damals, als wir uns kennengelernt haben. Vielleicht haben ihr die verjüngte Figur und das neue Gesicht mehr Selbstvertrauen gegeben, so daß sie mir wieder mehr Liebe entgegenbringen kann. Was auch der Grund sein mag, ich bin dankbar dafür, das sie so ist, wie sie jetzt ist. Selbst als ich sie kaum noch ertragen konnte, habe ich sie geliebt. Der einzige wirkliche Grund für jeden Streit zwischen uns liegt darin, daß sie nie ein Kind haben will, nicht einmal ein adoptiertes. Natürlich ist sie jetzt auch zu alt dafür. Bitte, Cathy, bleib! Verlaß mich nicht! Nimm mir mein Kind nicht weg.«

Ich sagte es ihm ganz offen. »In Ordnung, unter einer Bedingung bleibe ich hier. Wenn du dich von ihr scheiden läßt, nur dann wirst du das Kind haben, das du dir immer gewünscht hast. In jedem anderen Fall werde ich mit deinem Kind sehr weit fortgehen. Vielleicht schreibe ich dir und lasse dich wissen, ob du einen Sohn oder eine Tochter bekommen hast, vielleicht lasse ich aber auch nichts mehr von mir hören. Wie auch immer, wenn ich hier fortgehe, dann bist du ein für allemal aus meinem Leben verschwunden, und das ist gut so.« Ich dachte, sieh ihn dir an, er tut so, als gäbe es den Testamentzusatz gar nicht, der seiner Frau die Kinder verbietet. Er stellt sich vor sie! Genau wie Chris, obwohl er es schon lange wissen mußte. Er hatte schließlich das Testament aufgesetzt. Er mußte es von Anfang an gewußt haben.

Er stand vor dem Kamin, den Ellbogen auf den Sims gestützt und den Kopf auf die eine Hand gelegt, während er die andere hinter dem Rücken zur Faust ballte. Sein Blick war in die Flammen gerichtet. Schließlich wandte er mir wieder die Augen zu und starrte mich lange an. »Mein Gott«, sagte er von seiner Erkenntnis überrascht. »Du hast das also schon die ganze Zeit geplant? Du bist nur hierhergekommen, um mich zu verletzen und um mir weh zu tun? Was habe ich dir jemals getan? Cathy, ich habe dich nur geliebt! Es stimmt, daß es am Anfang nur Sex war und daß ich wollte, es wäre so geblieben. Aber dann ist es zu etwas viel Größerem gewachsen. Ich fühle mich wohl, wenn ich bei dir sein darf, wenn ich einfach nur neben dir sitzen und mich mit dir unterhalten kann. Und deshalb spüre ich jetzt, daß ich nie wieder ohne dich leben kann. Aber ich kann meine Frau nicht verlassen und dich heiraten. Sie braucht mich!«

»Du hättest Schauspieler werden sollen, Bart. Deine Worte rühren mich zu Tränen.«

»Verdammt, wie kannst du das nur so leicht nehmen!« schrie er. »Du hast mir Daumenschrauben angelegt und ziehst sie immer weiter an! Bitte treib das Spiel nicht so weit, daß ich dich hasse und die besten Monate meines Lebens zerstört werden!«

Mit diesen Worten stürmte er aus dem Haus, und ich blieb allein vor dem Kamin zurück und bereute, daß ich immer zuviel reden mußte. Denn natürlich würde ich so lange bei ihm bleiben, wie er mich brauchte.

Emma, Jory und ich machten einen Ausflug nach Richmond, um dort Weihnachtseinkäufe zu erledigen. Jory hatte noch nie einen Weihnachtsmann aus der Nähe gesehen, an den er sich erinnern konnte. Sehr vorsichtig näherte er sich im Spielzeuggeschäft dem rot gekleideten, weißbärtigen Mann, der ihm aufmunternd die Arme entgegenstreckte. Ich hatte den Fotoapparat dabei und verknipste fast einen ganzen Film, während Jory auf den Knien des Weihnachtsmanns ritt.

Anschließend gingen wir in ein Modegeschäft, von dem ich gehört hatte, daß es auch eine gute Schneiderei besaß. Ich zeigte eine selbstgezeichnete Skizze. Ich hatte kein Detail vergessen. Ohne Schwierigkeiten fand ich den dunkelgrünen Samt in genau dem gesuchten Ton, dann suchte ich den hellgrünen Chiffon für das Oberteil heraus.

Während Jory und Emma einen Walt-Disney-Film ansahen, ging ich zum Friseur und ließ mir das Haar schneiden. Nicht nur die Spitzen, wie ich es sonst immer tat, sondern ich ließ es wirklich erheblich kürzen. Die neue Frisur stand mir gut, wie zu erwarten, denn sie hatte auch meiner Mutter sehr gut gestanden, als sie vor fünfzehn Jahren ihre Haare so trug.

»O Mammi!« rief Jory wenig begeistert. »Du hast ja dein Haar verloren!« Er begann zu weinen. »Setz dein schönes Haar wieder auf – du siehst gar nicht mehr wie meine Mammi aus.«

Nein, genau das hatte ich ja auch erreichen wollen. Ich wollte an diesem Weihnachten nicht mehr mir selbst ähnlich sehen – nicht an diesem besonderen Weihnachten, an dem ich die exakte Doppelgängerin meiner Mutter sein würde, wie sie gewesen war, als ich sie zum erstenmal mit Bart habe tanzen sehen. Jetzt bekam ich endlich meine Chance, auf die ich so lange hatte warten müssen – in einem Kleid wie ihrem, mit ihrer Frisur und dem Abbild ihres jüngeren Gesichts, würde ich meiner Mutter in ihrem eigenen Haus gegenübertreten, zu meinen Bedingungen. Frau gegen Frau – es sollte die beste gewinnen! Sie war achtundvierzig und hatte sich gerade das Gesicht liften lassen – doch ich wußte, daß sie noch immer sehr schön war. Aber sie stand im Wettbewerb mit ihrer eigenen Tochter, die einundzwanzig Jahre jünger war! Ich lachte, als ich mich in meinem neuen grünen Abendkleid im Spiegel betrachtete. O ja, ich hatte mich in die Frau verwandelt, die sie damals gewesen war – die Art von Frau, der Männer nicht widerstehen können. Ich besaß ihren Charme, ihre Schönheit und zehnmal mehr Verstand. Wie konnte sie da gewinnen?

Drei Tage vor Weihnachten rief ich Chris an und fragte ihn, ob er sich mit mir in Richmond treffen wollte. Ich hatte ein paar Kleinigkeiten zu besorgen, die ich in den örtlichen Geschäften nicht bekommen konnte. »Cathy«, sagte er fest, seine Stimme klang kalt und abweisend, »wenn du Bart Winslow aufgibst, siehst du mich wieder, aber bevor du das nicht getan hast, habe ich keine Sehnsucht danach, dich zu treffen!«

»In Ordnung!« fuhr ich ihn an. »Bleib, wo du bist! Du kannst auf deine Rache verzichten, aber ich werde meine bekommen! Leb wohl, Christopher Meißner, und ich hoffe, du hast schöne Alpträume!« Ich legte auf. In der letzten Zeit kümmerte ich mich nicht mehr so intensiv um meine Ballettklassen wie früher, aber ich bereitete natürlich die übliche große Weihnachtsaufführung vor – eines meiner Lieblingsstücke, *Der Nußknacker*. Die meisten Eltern schickten ihre Kleinen sowieso nur zu mir, um sie ein paar Monate später in so einer Weihnachtsaufführung bewundern zu können. Selbst Jory bekam zwei kleine Rollen für das Spiel, als Zinnsoldat und als Schneeflocke. Er war so süß, wie er da mit seiner kindlichen Begeisterung auf der Bühne seine beiden Solos tanzte, die ich extra für ihn choreographiert hatte, daß er mehrfach stehenden Applaus vom Publikum bekam.

Aber das Allerbeste daran war, daß mir Bart hatte schwören müssen, seine Frau dazu zu zwingen, sich mit ihm dieses Ballett anzusehen – immerhin eines der lokalen Weihnachtsereignisse. Und da saßen die beiden tatsächlich. Ich erspähte sie durch einen Schlitz im Vorhang in der Mitte der ersten Reihe, Mr. und Mrs. Bartholomew Winslow. Er sah glücklich aus, sie wirkte versteinert. Also besaß ich doch einige Macht über Bart. Sie zeigte sich dann auch in dem großen Rosenstrauß für die Ballettlehrerin und einem großen Geschenkkarton für die Soloschneeflocke.

»Was ist da nur drin?« fragte Jory mit gerötetem Gesicht und strahlenden Augen. »Kann ich es jetzt gleich aufmachen?«

»Klar, sobald wir zu Hause sind, und morgen früh bringt der Weihnachtsmann dir noch hundert andere Geschenke.«

»Warum?«

»Weil er dich lieb hat.«

»Warum?« fragte Jory.

»Weil er gar nicht anders kann, als dich zu lieben – deshalb.«

»Oh.«

Noch vor fünf Uhr morgens war Jory auf den Beinen und spielte mit der elektrischen Eisenbahn, die Bart ihm geschenkt hatte. Überall auf dem Boden im Wohnzimmer lag das Papier von Hunderten von Geschenken, Geschenken von Paul, Henny, Chris, Bart und dem Weihnachtsmann. Emma gab ihm eine Schachtel selbstgebackener Weihnachtsplätzchen, die er runterschlang, während er die Pakete aufriß. »Toll, Mammi«, rief er, »ich dachte, es wäre einsam ohne meinen Onkel, aber es ist nicht einsam. Ich habe ganz viel Spaß.«

Er war nicht einsam, aber ich war es. Ich wünschte mir, Bart wäre bei mir und nicht drüben bei ihr. Ich wartete auf ihn; mit irgendeiner Entschuldigung würde er sich doch wohl in Foxworth Hall davonmachen können, um bei mir und Jory vorbeizuschauen. Aber alles, was ich von Bart am Weihnachtsmorgen sah, war eine sechs Zentimeter große Diamantbrosche, die er zusammen mit vierundzwanzig roten Rosen vorbeibringen ließ. Seine Karte dazu lautete: »Ich liebe dich, Ballerina.«

Wenn sich je eine Frau sorgfältiger angekleidet hat als ich an jenem Abend, muß das Marie Antoinette gewesen sein. Emma legte mir die Haare zurecht, und als sie dann fertig war, hielt ich die Luft an, als ich mich im Spiegel sah. Ich war tatsächlich fast das exakte Double meiner Mutter, wie ich sie aus der Zeit in Erinnerung hatte, in der ich zwölf Jahre alt gewesen war. Das grüne Abendkleid war in einem Stil, der nie aus der Mode kommt. Selbst mein Parfüm war das gleiche. Schwer und nach orientalischen Gärten duftend. Alles, was mir jetzt noch fehlte, war der Diamantschmuck, den sie damals getragen hatte. Aber den würde ich auch bald haben. Sicher würde das Schicksal sie heute abend nicht gerade Grün tragen lassen. An einem bestimmten Punkt meines Lebens mußte das Geschick auf meiner Seite stehen, und ich wußte, daß dieser Zeitpunkt heute abend gekommen war.

Heute abend würde ich die Schläge austeilen und die bösen Überraschungen bringen. Sie würde es sein, die den Schmerz des Verlierens zu ertragen hatte. Wie schade, daß Chris nicht kommen wollte, um das Ende dieses langen, langen Stückes mit mir zusammen zu genießen, dessen erster Akt an jenem Tag begonnen hatte, als unser Vater in seinem Auto starb.

Ich warf mir selbst noch einen letzten bewundernden Blick im Spiegel zu, legte mir Barts Pelzstola um die Schulter, riß meinen sinkenden Mut zusammen und warf einen letzten Blick auf Jory, der zusamengerollt in seinem Bettchen lag – ein kleiner Engel. Ich beugte mich über ihn und küßte ihm sanft die runden, rosigen Wangen. »Ich liebe dich, Jory«, flüsterte ich.

Er wachte ein wenig aus seinen Träumen auf und starrte mich an, als müsse ich eine Fee aus diesen Träumen sein. »O Mammi, du siehst so wunderbar hübsch aus!« Seine dunklen Augen leuchteten in kindlicher Bewunderung, als er mich ganz ernst fragte: »Gehst du zu einer Party und suchst mir einen neuen Daddy?«

Ich lächelte, küßte ihn und sagte ihm, daß ich so etwas in gewisser Weise vor hatte. »Danke, mein Liebling, daß du mir sagst, ich sähe hübsch aus. Jetzt schlaf schön und träume süß, und morgen bauen wir beide einen großen Schneemann.«

»Bring einen Daddy mit, der uns dabei hilft.«

Auf dem Garderobentisch neben der Eingangstür lag ein Eilbrief von Paul. »Henny ist sehr krank. Es ist sehr schade, daß du deine Pläne nicht aufgeben kannst, um sie noch einmal zu besuchen, bevor es zu spät sein wird. Ich wünsche dir viel Glück, Catherine.« Mit einem tiefen Seufzer legte ich den Brief zur Seite und fand im Umschlag noch ein zweites Blatt, das Paul für mich beigelegt haben mußte. Es war von Henny selbst geschrieben, auf festlichem roten Papier, die Buchstaben wegen der Arthritis in ihren Fingerknöcheln krumm und schief.

Liebes Feenkind!
Henny ist alt. Henny ist müde, Henny ist froh, daß eigener Sohn jetzt bei ihr ist, aber unglücklich, weil die anderen Kinder so weit weg sind.
Ich schreibe Dir jetzt, bevor ich zu einem noch schöneren Ort aufbreche, das einfache Geheimnis des Glücklichseins. Alles, was Du brauchst, ist den Lieben froh auf Wiedersehen zu sagen und den neuen Hallo. Sieh Dich um, wer Dich am meisten braucht, und Du wirst keinen Fehler machen. Vergiß, wer Dich gestern gebraucht hat. Du hast geschrieben, daß Du neues Kind vom Mann Deiner Mutter im Bauch hast. Freu Dich über Kind, auch wenn Mann bei Deiner Mutter bleibt. Vergib Deiner Mutter, auch wenn sie einmal sehr viel Schlimmes getan hat. Keiner ganz schlecht, und viel vom Guten in ihren Kindern muß von ihr sein. Wenn Du kannst, vergib und vergiß die Vergangenheit. Dann werden Frieden und Liebe zu Dir zurückkehren und diesmal für immer.
Und wenn Du Henny in dieser Welt nicht mehr wiedersiehst, denk daran, daß Henny Dich sehr geliebt, wie eigene Tochter, genau wie ich auch Engel-Schwester geliebt, die ich jetzt bald wiedersehe. Auf dem Weg in den Himmel,

Deine Henny.

Ich legte den Brief mit einem Gefühl tiefer Trauer in meine Schreibtischschublade, dann zuckte ich die Schultern. Ich würde tun, was getan werden mußte. Schon vor langer Zeit hatte ich diesen Weg betreten, und jetzt würde ich ihm bis zum Ende folgen, was immer dort auch warten mochte.

Wie seltsam, daß diesmal kein Wind heulte, als ich aus der Türe trat und mich noch einmal umdrehte, um Emma zuzuwinken, die über Nacht bei Jory blieb. Schnell lief ich dann zu meinem Wagen. Wie still es draußen war, als würde die Natur den Atem anhalten, um mich zu beobachten.

Sanft wie Daunen fielen Schneeflocken vom Himmel. Ich blickte hinauf in das graue, verhangene Firmament, das so sehr den Augen der Großmutter glich. Mit neuer Entschlossenheit stieg ich in den Wagen und fuhr Richtung Foxworth Hall, obwohl ich nicht eingeladen war. Ich hatte Bart deshalb bestürmt. »Warum bestehst du nicht darauf und zwingst sie, mich einzuladen?«

»Wirklich, Cathy, ist das nicht ein bißchen zu viel verlangt? Kann ich meine Frau so verletzen, daß ich meine Geliebte zu ihrem Ball einlade? Ich mag ja ein Narr sein, Cathy, aber ich bin nicht grausam.«

An jenem ersten Weihnachten unserer Gefangenschaft, als ich zwölf Jahre alt war, hatte ich mit dem Kopf an Chris' jungenhafter Brust gelegen und mir trotzig gewünscht, erwachsen zu sein, eine so phantastische Figur wie meine Mutter zu haben, ein Gesicht so schön wie ihres und solche tollen Kleider zu tragen wie sie. Aber am meisten hatte ich mir gewünscht, selbst über mein Leben bestimmen zu können.

Einige Weihnachtswünsche gehen wirklich in Erfüllung.

Enthüllungen

Kurz nach zehn schloß ich mit unserem hölzernen Schlüssel die Hintertür von Foxworth Hall auf. Ungesehen schlüpfte ich ins Haus. Viele Gäste waren schon angekommen, und in der Auffahrt hielten immer noch neue Wagen. Das Orchester spielte ein Weihnachtslied. Aus weiter Ferne drang durch das riesige Haus die Musik an mein Ohr. Ich schlich mich über meine geheimen Wege zu dem Balkon der großen Kuppelhalle hinauf. Dort stand ich eine Weile nicht weit von der Stelle entfernt, an der Chris und ich damals mit hungrigen Augen hinter dem Lüftungsgitter gekauert hatten, und blickte auf das festliche Treiben hinab. Bart Winslow stand nahe beim Eingang neben seiner Frau, die ein leuchtendrotes Lamékleid trug, und begrüßte die eintreffenden Gäste.

Mit einem bitteren Lächeln auf den Lippen stahl ich mich schließlich unbemerkt in das Schlafgemach meiner Mutter. Ich fühlte mich um Jahre zurückversetzt! Da war wieder das phantastische Schwanenbett mit dem kleinen Ableger vor dem Fußende. Nichts hatte sich verändert bis auf die Brokattapeten an den Wänden, die jetzt, statt erdbeerfarben, in einem weichen warmen Blau schimmerten. Schnell ging ich vor dem Ankleidetisch meiner Mutter in die Knie, zog die oberste Schublade vor und tastete nach dem Kombinationsschloß des versteckten kleinen Safe hinter der Schublade. Sie benutzte tatsächlich noch immer dieselben Zahlen, ihr Geburtsdatum. Diese arglose Seele!

In kürzester Zeit stand die große, mit Seide ausgeschlagene Schmuckschatulle vor mir auf dem Boden, und ich suchte mir in Ruhe die Diamanten und Smaragde heraus, die Mammi an jenem schicksalhaften Weihnachtsabend auf dem Ball getragen hatte, bei dem Chris und ich zum erstenmal Bart Winslow sahen. Wie in einem Traum legte ich vor dem Spiegel die Juwelen an, die so vorzüglich zu meinem grünen Seiden- und Chiffon-Kleid paßten. Prüfend musterte ich mein Spiegelbild, ob ich wirklich aussah wie sie damals. Ich war ein paar Jahre jünger. Doch, ja, ich sah aus wie sie. Nicht exakt genauso, aber fast – genug jedenfalls, um jeden zu überzeugen – und schließlich waren zwei Blätter vom gleichen Baum niemals völlig identisch. Ich legte den restlichen Schmuck zurück in den Safe und verließ alles wieder so, wie ich es angetroffen hatte. Nur daß ich jetzt für einige hunderttausend Dollar Schmuck am Körper trug, der mir nicht gehörte. Noch ein Blick auf die Uhr. Halb elf. Zu früh. Um zwölf wollte ich meinen großen Auftritt haben – wie Aschenbrödel auf dem Ball des Prinzen.

Mit äußerster Vorsicht bewegte ich mich durch die langen Flure in den Nordflügel, immer bereit, mich schnell in einen Türrahmen zu schmiegen. Ich fand die Tür am Ende des obersten Ganges verschlossen. Der hölzerne Schlüssel paßte noch immer. Aber mein Herz schien mir nicht mehr in die Brust passen zu wollen. Es raste so wild und laut, daß es mir den Busen zu sprengen schien. Ich mußte jetzt die Ruhe bewahren, durfte meine Beherrschung nicht verlieren und mich nicht von diesem furchtbaren Haus in Angst und Schrecken versetzen lassen, das schon einmal alles getan hatte, um uns zu vernichten.

Als ich dann in das Zimmer mit den beiden Doppelbetten trat, kehrte ich in die Kindheit zurück. Die goldfarbenen Tagesdekken aus gestepptem Seidensatin lagen noch immer auf den Betten, glattgezogen und ohne jede Falte. In der Ecke stand noch der kleine Fernseher. Das Puppenhaus mit seinen Porzellanbewohnern und seinem maßstabgetreuen antiken Mobiliar wartete darauf, von Carries Händen wieder zum Leben erweckt zu werden. Da stand der alte Schaukelstuhl, den Chris vom Dachboden heruntergeschleppt hatte. Warum war es hier nur so, als wäre die Zeit stehengeblieben, und wir wären nie fortgegangen!

Selbst die grausamen Reproduktionen von Gemälden der Hölle hingen noch an den Wänden. O Gott! Ich hatte nicht gedacht, daß dieses Zimmer mir ein solches Gefühl von ... von innerer Zerrissenheit geben würde. Ich durfte nicht weinen, weil mir das mein Make-up ruiniert hätte. Doch ich wollte weinen. Überall um mich herum huschten die Geister von Cory und Carrie, gerade fünf Jahre alt, lachend, weinend, sie wollten so sehr nach draußen in die Sonne, und alles, was sie tun konnten, war, mit kleinen Spielzeugautos nach einem nur in ihrer Phantasie existierenden San Francisco oder Los Angeles zu fahren. Ich beugte mich vor, um einen Blick in das große Puppenhaus zu werfen. Die Porzellanmädchen standen noch immer in der Küche am Herd und servierten im Eßzimmer, und in der Eingangshalle wartete der Butler auf die Gäste, die gerade in der zweispännigen Kutsche vorgefahren waren – aber die Hausherrin und ihr Mann waren nicht mehr da. Mr. und Mrs. Parkins und die Babypuppe Clara gehörten jetzt mir und würden nie wieder in diesem Puppenhaus wohnen müssen.

Ich zuckte zusammen. Es kam mir vor, als hätte ich ein Kinderlachen gehört. Einbildung, natürlich. Und dann ging ich, obwohl ich es hätte besser wissen müssen, in die Abstellkammer zu der hohen schmalen Tür am anderen Ende, hinter der die steilen, schmalen Stufen hinauf zum Dachboden führten. Tausende von Male war ich diese Treppe hinaufgestiegen. Hinauf zu dem dunklen, unheimlichen, riesigen Speicher, und erst als ich oben war, kam mir die Dunkelheit zu Bewußtsein, und ich tastete instinktiv nach den Kerzen und den Streichhölzern in unserem alten Versteck.

Alles noch an seinem Platz. Die Zeit stand hier oben wirklich still. Kerzen und Leuchter hatten wir in einer der alten Truhen gefunden, und die Kerzen rochen so ranzig und alt, daß wir sie für selbstgemacht hielten. Ich steckte eine an und atmete tief durch. Es war alles noch wie damals! Die Papierblumen hingen noch immer von den Balken und tanzten leicht in dem ständigen Luftzug des Dachbodens. An den Wänden waren noch immer unsere gemalten Riesenblumen. Nur daß alle Farben zu einem geisterhaften Grau verblaßt waren – Geisterblumen, Blumen der Nacht. Drüben neben dem Plattenspieler sah ich den Übungsbalken, den Chris mir für meine Ballettübungen gezimmert hatte. Selbst meine längst zu klein gewordenen Kostüme hingen noch immer an den Nägeln daneben, Dutzende von ihnen mit farblich dazu passenden Trikots, auf dem Boden darunter die ausgetretenen Ballettschuhe, alles verblaßt und verstaubt. Der Geruch von Verfall und Fäulnis stieg mir in die Nase.

Wie in einem bösen Traum, aus dem man nicht aufwachen kann, näherte ich mich langsam dem Schulraum, in der Hand die flackernde Kerze. Gespenster hatte ich aufgeweckt, Erinnerungen und Geister folgten mir, während in den Schatten die alten kleinen Dämonen sich gähnend reckten und zu wispern begannen. Unsinn, sagte ich mir, das war nur das Rascheln meines langen Kleides... sonst nichts. Das fleckige Schaukelpferd ragte plötzlich vor mir auf, unheimlich und drohend. Ich schlug mir die Hand vor den Mund, um einen Aufschrei zu ersticken. Der rostige alte Planwagen schien von unsichtbarer Hand geschoben zu werden. Schnell sah ich in eine andere Richtung, und meine Augen suchten Zuflucht bei der alten Schultafel, auf die ich einst meinen rätselhaften Gruß an jene geschrieben hatte, die diese Botschaft in der Zukunft finden würden. Woher hätte ich wissen sollen, daß ich selbst es am Ende sein würde, die diese Zeilen wiederentdeckte?

Auf dem Dachboden lebten wir vier
Christopher, Carrie, Cory und ich,
Nur drei gehen wieder fort von hier.

Ich zwängte mich hinter das kleine Pult, das einmal Cory gehört hatte, und versuchte, einen Platz für meine Beine zu finden. Ich wollte ganz in die Vergangenheit zurückkehren und mich so tief versenken, daß ich Corys Geist heraufbeschwor, und er mir endlich sagen konnte, wo er begraben lag.

Während ich dort saß und wartete, erhob sich draußen ein heulender Wind und jagte Schneeschauer um Schneeschauer gegen das Fenster. Ein neuer Schneesturm tobte los, und mit dem Sturm fanden die Windstöße ihren Weg durch die alten Dachsparren, um mir die Kerze auszublasen. Die Dunkelheit lachte gellend und kreischend, und ich mußte laufen, schnell rennen, um hier herauszukommen! Lauf schnell... lauf, lauf, lauf, bevor du eine von uns wirst!

Die nächste Stunde war bis ins kleinste Detail vorausgeplant. Als die riesige Standuhr in der Halle zwölf schlug, nahm ich meinen Platz in der Mitte des Balkons, in der zweiten Etage über dem Ballsaal ein. Ich tat nichts Besonderes, um alle Augen auf mich zu ziehen, sondern stand einfach nur da und ließ meine Haut von den flammenden Juwelen wärmen. In ihrem roten Lamékleid, das vorne bis zum Kinn hochgeschlossen war und ihren Hals mit einem Ring funkelnder Diamantbroschen umgab, wandte meine Mutter sich langsam um. Ich sah, daß ihr Rücken, als Entschädigung für die strenge Hochgeschlossenheit vorne, bis fast zum Hintern frei war. Ihr blondes Haar trug sie viel kürzer, als ich es je an ihr gesehen hatte, und es rahmte ihr Gesicht auf eine verspielte, schmeichelnde Art ein. Aus dieser Entfernung sah sie sehr jung und hübsch aus. Nichts an ihr verriet ihr wirkliches Alter. Ah ... der letzte der zwölf Schläge zu Mitternacht ...

Ein sechster Sinn mußte sie gewarnt haben, denn sie hob ihren Blick langsam zu mir. Ich begann die große Freitreppe hinabzusteigen. Sie erstarrte in sprachlosem Entsetzen. Ihre Augen wurden groß und dunkel, während ihre Hand mit einem Cocktailglas so zu zittern begann, daß sie etwas von der Flüssigkeit überschwappen ließ. Weil sie so starrte, folgte Bart ihrem Blick. Ihm blieb der Mund offenstehen, als sähe er ein Gespenst. Nachdem jetzt Gastgeber und Gastgeberin hypnotisiert zu sein schienen, wandten mir nach und nach sämtliche Gäste den Blick zu, wahrscheinlich in der Erwartung, das Christkind zu sehen, aber statt dessen war ich gekommen. Nur ich stieg da die Treppe herunter und sah so aus, wie meine Mutter vor Jahren ausgesehen haben mußte; gebannt angestarrt von unzähligen Augenpaaren, unter denen viele meine Mutter damals auf dem Weihnachtsball gesehen haben mußten, als ich erst zwölf gewesen war. Es schien mir sogar, als könnte ich einige der Gesichter wiedererkennen. Oh, was für ein Vergnügen, sie heute abend hier zu haben!

Dies war der Augenblick meines Triumphes. Mit einer Kontrolle über jede meiner Bewegungen, wie sie nur eine Ballerina besitzen kann, spielte ich meine Rolle unter dem äußersten Einsatz aller meiner dramatischen Fähigkeiten. Während die Gäste mich nicht mehr aus den Augen ließen und ganz offenbar vom Zauber eines plötzlich heraufbeschworenen Einblickes in die Vergangenheit gefangen waren, weidete ich mich an dem erblassenden Gesicht meiner Mutter. Mit Frohlocken beobachtete ich, wie Barts Augen ungläubig zwischen ihr und mir hin und her wanderten. Langsam und in entsetzlicher Stille, denn die Musik hatte aufgehört, stieg ich die linke Seite der Treppe herab und stellte mir vor, ich wäre die böse Fee, die Dornröschen den Todesfluch brachte. Dann verwandelte ich mich in die lilafarbene Fee, um Dornröschen den Prinz zu stehlen, während sie ihren hundertjährigen Schlaf schlief. (Wie klug von mir, daß ich mich jetzt nicht als die Tochter meiner Mutter sah und daran dachte, daß ich sie vernichten wollte. Sehr klug, einen Bühnenauftritt aus dem zu machen, was eigentlich bitterer Ernst war und kein Märchen, so daß ich durch keinen Gedanken an das zu vergießende Blut meinen eigenen Zauber brechen konnte.)

Graziös wanderten meine funkelnden Finger über das Geländer aus Rosenholz, und ich schwebte in meinem wallenden grünen Chiffon Schritt für Schritt, Sekunde für Sekunde näher zu dem Ort, an dem meine Mutter und Bart dicht beinander warteten. Sie zitterte inzwischen am ganzen Körper, aber schaffte es doch, nach außen die Haltung zu bewahren. Ich glaubte, ein kurzes Aufflackern von Panik in ihren blauen Meißneraugen zu entdecken. Freundlich schenkte ich ihr mein zuvorkommendstes Lächeln, während ich auf der vorletzten Stufe vor dem Ballsaal stehen blieb. Dadurch gab ich mir die richtige Größe, um alle noch immer so weit zu überragen, daß niemand ein Auge von mir nehmen würde.

»Frohe Weihnachten«, rief ich mit lauter klarer Stimme durch den Saal. Es hallte wie ein Fanfarenstoß und rief aus den angrenzenden Räumen noch Dutzende von Gästen zusammen, die weniger von meinem Gruß selbst, als von der darauffolgenden Totenstille neugierig geworden zu sein schienen. »Mr. Winslow«, rief ich einladend, »tanzen Sie mit mir, genau wie Sie vor fünfzehn Jahren mit meiner Mutter getanzt haben, als ich zwölf war und mich dort oben hinter einem Lüftungsgitter versteckte, und sie ein Kleid trug wie das, was ich heute anhabe.« Bart war sichtbar verstört. Schockierte Ungläubigkeit nahm seinen dunklen Augen den Glanz, aber er rührte sich keinen Schritt von der Seite meiner Mutter! Er zwang mich zu dem, was ich als nächstes tat. Da sie nun alle mit angehaltenem Atem da vor mir standen und weitere sensationelle Enthüllungen erwarteten, kam ich gerne den allgemeinen Wünschen nach.

»Ich möchte mich gerne vorstellen.« Meine Stimme war in bester Theatermanier deutlich akzentuiert, so daß man sie bis in den entferntesten Winkel des Saales hören konnte. »Ich bin Catherine Leigh Foxworth, die älteste Tochter von Mistress Bartholomew Winslow, die, wie sich die meisten hier erinnern werden, zuerst mit meinem Vater, Christopher Foxworth, verheiratet war. Erinnern Sie sich auch daran, daß dieser Christopher Foxworth der Halbonkel meiner Mutter war, der jüngere Bruder von Malcolm Neal Foxworth. Malcolm warf seine einzige Tochter und Erbin aus dem Haus, weil sie die gottlose Frechheit besessen hatte, ihren Halbonkel zu heiraten, und enterbte sie beide. Ich habe auch noch einen älteren Bruder mit Namen Christopher – er ist inzwischen ein bekannter Arzt. Einmal waren da auch noch ein jüngerer Bruder und eine Schwester gewesen. Sieben Jahre jünger als ich und Zwillinge – doch Cory und Carrie sind nun tot – denn sie wurden...« Aus irgendeinem Grund unterbrach ich mich hier, dann fuhr ich fort: »Während jenes Weihnachtsballs vor fünfzehn Jahren versteckten Chris und ich uns dort oben auf dem Balkon in dem kleinen Schrank mit dem Lüftungsgitter auf der Rückseite, während die Zwillinge in einem Zimmer unter dem Dach, weit hinten am Ende des Nordflügels, schliefen. Unser Spielplatz war der Dachboden und niemals, niemals durfte jemand uns sehen, denn wir waren unerwünscht und im Weg, als erst das große Geld ins Spiel kam.« Und jetzt hätte ich es alles hinausgeschrien, jede Einzelheit, aber Bart trat schnell an meine Seite.

»Bravo, Cathy«, rief er. »Du hast deine Rolle großartig gespielt! Meinen Glückwunsch!« Er legte seinen Arm um meine Schulter, lächelte mich charmant an und wandte sich dann den Gästen zu, die offenbar nicht mehr wußten, was sie denken sollten, wem glauben und wie reagieren. »Meine Damen und Herren«, verkündete er, »ich darf Ihnen Catherine Dahl vorstellen, die viele unter Ihnen schon als Ballettstar von der Bühne kennen dürften. Wie Sie selbst sich gerade überzeugen konnten, besitzt sie auch außergewöhnliche schauspielerische Talente. Cathy ist eine entfernte Verwandte meiner Frau, was die Ihnen vielleicht aufgefallene Ähnlichkeit erklärt. Wir haben diese kleine Farce als Partyüberraschung ausgedacht und hoffen, daß es uns damit gelungen ist, Ihnen einmal etwas wirklich Ungewöhnliches zur Mitternacht zu bieten.«

Er kniff mich gnadenlos in den Oberarm, bevor er mich bei der Hand nahm, seinen Arm um meine Hüfte legte und mich um den nächsten Tanz bat. »Kommen Sie, Cathy, sicher wollen Sie uns nach dieser großartigen dramatischen Vorstellung auch Ihre tänzerischen Fähigkeiten zeigen.« Als die Musik einsetzte, zwang er mich mit seinen starken Armen sofort auf die Tanzfläche! Ich wandte den Kopf zu meiner Mutter um und sah, daß sie gegen einen Freund gesunken war, ihr Gesicht so blaß, daß ihr Make-up wie Ausschlag auf der Haut leuchtete. Aber auch in diesem Zustand konnte sie keinen Blick von mir lassen, als ich nun in den Armen ihres Mannes vor ihr tanzte.

»Du verdammte kleine Hexe!« zischte Bart mich an. »Wie kannst du es wagen, hierherzukommen und eine solche Show abzuziehen? Ich dachte, ich würde dich lieben. Aber ich verabscheue hinterhältige Katzen mit langen Krallen. Ich werde nicht zulassen, daß du meine Frau fertigmachst! Du kleine Wahnsinnige, wie bist du nur auf solche unglaublichen Lügen gekommen?«

»Du bist hier der Idiot, Bart«, erklärte ich ihm ruhig, obwohl ich innerlich selbst dicht vor der Panik stand – was, wenn er mir einfach nicht glauben würde? »Sieh mich doch an. Wie sollte ich wohl wissen, daß sie so ein Abendkleid getragen hat, wenn ich es nicht selbst gesehen hätte? Wie sollte ich wissen, daß du an jenem Abend mit ihr gegangen bist, ihr Schwanenbett zu bewundern, wenn mein Bruder Chris euch nicht heimlich beobachtet und es mir erzählt hätte?«

Er sah mir in die Augen, und sein Blick war so seltsam, so weit fort und eigentümlich leer.

»Ja, Bart, mein Schatz, ich bin die Tochter deiner Frau, und ich weiß, daß du und sie alles verlieren werden, wenn deine Kanzlei erst herausfindet, daß deine Frau vier Kinder aus ihrer ersten Ehe hatte. All das Geld. Alles, was ihr je damit gekauft habt. Alles fällt dann an die Foxworth-Stiftung oder die alte Olivia. Was für ein Jammer, ich könnte wirklich weinen darüber.«

Wir tanzten weiter, seine Wange nur wenige Zentimeter von meiner entfernt. Ein erstarrtes Lächeln lag auf seinen Lippen. »Dieses Kleid, das du da trägst, wie, zum Teufel, konntest du herausfinden, daß sie genau das gleiche trug, als ich zum erstenmal zu einem Fest in dieses Haus kam?«

Ich lachte mit falscher Fröhlichkeit. »Lieber Bart, du bist ja so dumm. Woher soll ich das wohl wissen? Ich habe sie in diesem Kleid selbst gesehen. Sie kam in unser Zimmer und zeigte uns, wie wunderschön sie war, und ich habe sie um all ihre Kurven beneidet und um Chris' bewundernde Blicke. Sie trug ihr Haar genau wie ich jetzt. Mein Schmuck stammt aus dem Safe in der obersten Schublade ihres Ankleidetisches. Ich habe ihn mir selbst von dort geholt.«

»Du lügst«, sagte er, aber in seiner Stimme klangen jetzt Zweifel mit.

»Ich kenne die Kombination«, fuhr ich mit sanfter Stimme fort, »es war immer ihr Geburtsdatum. Sie hat mir das erzählt, als ich zwölf Jahre alt war. Sie ist meine Mutter, und sie hat uns jahrelang in diesem Zimmer dort oben eingeschlossen, während sie darauf wartete, daß ihr Vater starb und sie endlich erben konnte. Du weißt doch, was in dem Testament steht, du hast es doch selbst aufgesetzt. Erinnerst du dich noch an eine bestimmte Nacht, als du in ihrem luxuriösen Schlafzimmer eingedöst bist und von einem jungen Mädchen in einem kurzen blauen Nachthemd geträumt hast, das zu dir schlich und dich küßte? Du hast damals nicht geträumt, Bart. Dieser Kuß war von mir. Ich war damals fünfzehn und schlich mich in euer Schlafzimmer, um Geld zu stehlen – weißt du nicht mehr, daß ihr immer Kleingeld vermißt habt? Ihr habt geglaubt, das Personal würde euch bestehlen, aber das waren Chris und einmal auch ich ... aber ich wagte nicht, etwas mitzunehmen, weil ich plötzlich vor dir stand.«

»Nein«, sagte er mit einem Seufzer. »Das würde sie ihren eigenen Kindern nicht angetan haben!«

»So? Sie hat. Ja, Bart, deine Frau hatte vier Kinder, die sie drei Jahre und fast fünf Monate vor der Welt versteckt hielt. Unser Spielplatz war der Dachboden. Hast du je im Sommer auf einem Dachboden gespielt? Oder im Winter? Kannst du dir vorstellen, wie wir uns gefühlt haben, als wir Jahr um Jahr auf den Tod eines alten Mannes warteten, damit unser Leben wieder beginnen konnte? Weißt du, welches Trauma wir erlitten, als wir erfahren mußten, daß ihr Geld wichtiger war als die eigenen Kinder? Und die Zwillinge konnten ohne Sonne und frische Luft nicht mehr richtig wachsen. Sie wurden zu verwachsenen, furchtsam schauenden Zwergen mit riesigen Augen, aber sie sah sie einfach nicht mehr an, wenn sie uns besuchte. Sie tat einfach so, als würde sie von den immer kränker werdenden Kleinen nichts bemerken!«

»Cathy, bitte! Wenn du mich anlügst, dann hör jetzt auf! Du hast es nicht nötig, mich zu zwingen, daß ich sie hasse!«

»Warum solltest du sie nicht hassen? Sie verdient es«, fuhr ich fort, während meine Mutter sich gegen die Wand lehnte und aussah, als müsse sie sich jeden Augenblick übergeben. »Laß mich dich noch mehr überzeugen, wenn du noch nicht genug gehört hast. Unsere Großmutter trug immer graue Taftkleider, schmucklos bis auf die Diamantbrosche unter ihrem Kinn. Sie gab uns eine lange Liste von Regeln und Gesetzen, in der uns unter anderem auch verboten wurde, die Vorhänge auch nur einen Spalt aufzuziehen, um Licht hereinzulassen. Jahrelang mußten wir in einem dämmrigen Raum ohne Sonnenlicht leben. Wir durften nie zusammen ins Bad gehen, mußten jeden Tag ein Stück aus der Bibel auswendig lernen und jeden Abend beten. Es gab auch noch ein anderes, schwer zu befolgendes Gebot, denn wir durften uns nie gegenseitig ansehen – besonders nicht ein Mitglied des anderen Geschlechtes.«

»O Gott!« rief er aus und seufzte schwer. »Das klingt nach Olivia. Und du sagst, ihr wart mehr als drei Jahre dort oben eingeschlossen?«

»Drei Jahre und fast fünf Monate, und wenn dir das lang vorkommt, dann überleg dir einmal, wie lang diese Zeit Kindern geworden sein muß, die es gewohnt waren, jeden Tag in einem Garten spielen zu dürfen. Dort oben wurden fünf Minuten zu fünf Stunden, Tage vergingen wie Monate, Monate dehnten sich zu Jahren.«

Man sah ihm an, wie sein klarer Juristenverstand mit den gefühlsmäßigen Zweifeln kämpfte, und er nur zu gut überblickte, welche Folgen diese Enthüllungen haben mußten, falls meine Geschichte tatsächlich stimmte. »Cathy, sei bitte ganz ehrlich zu mir. Du hattest zwei Brüder und eine Schwester – und die ganze Zeit über, in der ich auch hier war, seid ihr dort oben in diesem Zimmer eingeschlossen gewesen?«

»Am Anfang glaubten wir ihr jedes Wort, denn wir liebten sie und vertrauten ihr. Und wir wollten ja auch, daß sie dieses riesige Vermögen erben konnte. Erst erklärte sie uns, wir würden nur für Stunden oder vielleicht wenige Tage dort oben versteckt sein, aber dann dauerte es länger und länger. Woche um Woche, Monat um Monat vertröstete sie uns – wir hofften und vertrauten und schliefen viel. Wir wurden dünn, kränkelnd und unterernährt, und während du mit unserer Mutter auf Hochzeitsreise in Europa warst, ließ die Großmutter uns zwei Wochen lang zur Strafe für eine nichtige Kleinigkeit fast verhungern. Dann fuhrt ihr nach Vermont, um deine Schwester zu besuchen, und unsere Mutter kaufte dort eine riesige Schachtel süß-saurer Lutschbonbons. Aber damals bekamen wir bereits jeden Tag vier Berliner, die mit Arsen bestreut waren.«

Er starrte mich mit einem harten, brennenden Blick voller Wut an. »Ja, sie hat damals in Vermont einen großen Karton solcher Bonbons gekauft. Aber Cathy! Du kannst mir erzählen, was du willst, ich werde nie glauben, daß meine Frau sich daran gemacht hätte, mit voller Absicht ihre eigenen Kinder zu vergiften!« Seine zornigen Augen wanderten an mir auf und ab. »Ja, du siehst aus wie sie! Du könntest ihre Tochter sein, das gebe ich zu, aber zu sagen, Corinna würde ihre eigenen Kinder umbringen – das kann ich nicht glauben!«

Mit Gewalt stieß ich ihn von mir und wirbelte herum. »Hört alle her!« schrie ich laut. »Ich bin die Tochter von Corinna Foxworth-Winslow! Sie hat ihre vier Kinder im hintersten Zimmer des Nordflügels versteckt und eingeschlossen. Dort wurden wir von der Welt verborgen, damit unsere Mutter von ihrem Vater wieder in sein Testament aufgenommen werden konnte. Ihr alle wißt, daß er sie wegen der Heirat mit seinem Halbbruder enterbte. Unsere Mutter versprach uns, wir würden dort nur leben müssen, bis der alte Mann gestorben war und sie sein Vermögen bekam, und wir vertrauten ihr und glaubten ihr. Aber sie ließ uns dort oben vermodern, auch noch neun Monate lang, nachdem ihr Vater längst tot war!«

Hier unterbrach mich meine Mutter mit einem schrillen

Kreischen: »Aufhören!« Sie stolperte auf mich zu, die Arme ausgestreckt, als wäre sie blind. »Du lügst!« schrie sie. »Ich habe diese Frau noch nie gesehen! Verschwinden Sie aus meinem Haus! Raus hier, auf der Stelle! Ich rufe sonst die Polizei und lasse Sie hinauswerfen! Geh, geh, und bleib für immer hier weg!«

Jeder starrte jetzt sie an, nicht mehr mich. Sie, die immer beherrschte und arrogante Frau der Gesellschaft, hatte die Kontrolle über sich verloren, zitterte mit verzerrtem Gesicht, wollte mir die Augen auskratzen! Ich glaube, daß es im ganzen Saal niemanden gab, der ihr in diesem Augenblick noch glaubte, nicht, nachdem jeder sehen konnte, wie sehr ich ihr aus dem Gesicht geschnitten war – und ich hatte zu viele Familiengeheimnisse verraten.

Bart verließ meine Seite und ging zu seiner Frau, um ihr etwas ins Ohr zu flüstern. Er legte tröstend den Arm um sie, küßte sie auf die Wange. Hilflos klammerte sie sich an ihn.

»Ich danke Ihnen noch einmal, Cathy, für diese großartige Vorstellung. Kommen Sie jetzt mit mir in die Bibliothek, damit ich Ihnen das Honorar auszahlen kann.« Er warf einen Blick über die in Gruppen zusammenstehenden Gäste und sagte ruhig: »Es tut mir sehr leid, aber meine Frau ist krank, und dieser kleine Scherz von mir kam zur falschen Zeit. Diese Vorstellung regt meine Frau im Augenblick zu sehr auf. Würden Sie uns deshalb jetzt bitte entschuldigen und sich weiter vergnügen, das Haus steht Ihnen zur Verfügung. Bleiben Sie, solange Sie möchten. Miss Catherine Dahl hat vielleicht noch einige Überraschungen in Reserve.«

Wie ich ihn in diesem Augenblick haßte!

Während die Gäste flüsternd von ihm zu mir und zurück blickten, nahm er meine Mutter auf seine Arme und trug sie in Richtung Bibliothek. Über die Schulter warf er mir einen schnellen Blick zu und winkte mir mit dem Kopf, ihm zu folgen, was ich sofort tat. Ich wünschte mir, Chris wäre bei mir gewesen, wie er es hätte sein sollen. Es hätte nicht allein mir überlassen bleiben dürfen, ihr endlich mit der Wahrheit entgegenzutreten. Ich fühlte mich seltsam alleine und in der Defensive, als würde Bart am Ende doch ihr glauben und nicht mir, egal welche Beweise ich auch auf den Tisch legte. Und ich hatte genug Beweise. Ich konnte ihm jede Papierblume auf dem Dachboden beschreiben, konnte ihm die geheimnisvolle Botschaft an der Tafel erklären und ich konnte ihm, vor allem, den hölzernen Schlüssel zeigen.

Bart gelangte in die Bibliothek und setzte meine Mutter vorsichtig in einen der ledernen Sessel. Im Befehlston fuhr er mich an: »Cathy, würdest du bitte die Tür hinter dir schließen.« Erst jetzt bemerkte ich, wer noch mit uns in der Bibliothek war! Meine Großmutter saß da in demselben Rollstuhl vor dem Feuer, der einst ihrem Mann gedient hatte. Sie trug eine graublaue Robe über ihrem Baumwollhemd, und über ihre Beine lag eine Wolldecke. Der Stuhl stand direkt neben einem flackernden Holzfeuer, das ihr die Füße wärmte. In dem rötlichen Licht schimmerte ihr kahler Schädel auf, als sie ihren Kopf in meine Richtung drehte. Ihre grauen Steinaugen glühten boshaft. Bart schickte die Krankenschwester aus dem Raum.

Er schien nahe daran, die Nerven zu verlieren, während er mit großen Schritten im Raum auf und ab lief. Und sein Zorn schien nicht nur mir, sondern auch seiner Frau zu gelten. »Also gut«, sagte er, sobald die Krankenschwester die Tür hinter sich geschlossen hatte. »Bringen wir die Sache ein für allemal hinter uns. Corinna, ich hatte immer den Verdacht, daß du ein Geheimnis hast, ein großes Geheimnis. Es kam mir schon oft so vor, als wenn du mich nicht wirklich lieben würdest. Aber es wäre mir nie in den Sinn gekommen, daß du vier Kinder haben könntest, die du in diesem Haus auf dem Dachboden versteckt hast. Warum? Warum konntest du mir nichts davon erzählen?« Er brüllte los und verlor jede Beherrschung. »Wie konntest du nur so herzlos, brutal und grausam sein, deine vier Kinder einzusperren und dann auch noch zu versuchen, sie mit Arsen zu vergiften!«

Meine Mutter schloß die Augen und sank auf dem Sessel in sich zusammen. »Also glaubst du ihr und nicht mir. Du weißt, daß ich nie jemanden vergiften könnte, egal aus welchem Grund. Und du weißt, daß ich keine Kinder habe.« Es überraschte mich, daß Bart mir glaubte, aber dann kam mir der Gedanke, daß er nur einen alten Anwaltstrick versuchte, um die Wahrheit aus meiner Mutter herauszupressen. Nur daß er damit keinen Erfolg hatte; nicht bei ihr. Sie würde sich von niemandem überrumpeln lassen, nachdem es ihr gelungen war, ihr Geheimnis so viele Jahre lang zu bewahren. Ich trat dicht an ihren Sessel und fuhr sie eisig an: »Warum erzählst du Bart nichts von Cory, Mammi? Nur los, erzähl ihm, wie du in jener Nacht mit deiner Mutter gekommen bist, ihn in ein grünes Bettuch gewickelt und uns erzählt hast, du würdest ihn in ein Krankenhaus bringen. Erzähl Bart, wie du dann am nächsten Tag zurückkamst und uns gesagt hast, Cory wäre an Lungenentzündung gestorben. Lügen! Nichts als Lügen! Du hast uns von der Großmutter mit Arsen vergiftete Berliner bringen lassen, täglich einen für jeden von uns. Kannst du dich noch an Corys kleine zahme Maus erinnern, die du immer ignoriert hast, wenn er sie dir zeigen wollte? Wir gaben ihr ein kleines Stück Berliner, und ein paar Stunden später war die Maus tot. Jetzt sitzt du da und weinst. Leugne, wer ich bin und wer Chris ist, und wer Cory und Carrie waren!«

»Ich habe dich noch nie zuvor in meinem Leben gesehen«, verkündete sie lautstark, richtete sich kerzengerade auf, starrte mir gerade in die Augen, »außer in New York auf der Bühne als Ballettänzerin.«

Bart musterte uns beide abschätzend mit schmalen Augen. »Cathy«, sagte er dann, sah aber dabei seine Frau an und nicht mich, »du erhebst hier sehr schwerwiegende Anschuldigungen gegen meine Frau. Du klagst sie praktsich des vorsätzlichen Mordes an. Willst du ernsthaft, daß sie wegen Mordes vor Gericht gestellt wird?«

»Ich will Gerechtigkeit, das ist alles. Nein, ich will sie nicht im Gefängnis oder auf dem elektrischen Stuhl sehen – falls es in diesem Staat noch die Todesstrafe gibt.«

»Sie lügt«, flüsterte meine Mutter, »lügt, lügt, lügt.«

Ich war auf solche Anschuldigungen vorbereitet, als ich hierher kam. Ruhig nahm ich aus meiner kleinen Handtasche vier Geburtsurkunden. Ich reichte sie Bart, der sie auseinanderfaltete, zu einer Lampe ging und prüfend gegen das Licht hielt. Grausam und voller Befriedigung lächelte ich meine Mutter an. »Liebe Mutter, wie dumm von dir, daß du unsere Geburtsurkunden nicht vernichtet hast. Du hast sie nur in den Kofferbezügen versteckt, wo ich sie leicht finden konnte. Aber Intelligenz war ja noch nie deine besondere Stärke. Du dachtest, du könntest deine vier grauen Dachbodenmäuse mit Rattengift erledigen, aber es sind zwei übriggeblieben. Du dachtest, wenn du sie verleugnest und vergißt, könntest du andere Kinder an ihrer Stelle bekommen. Aber dein Vater hat dich hereingelegt – noch aus dem Grab. Carrie hat mir erzählt, wie sie dich auf der Straße getroffen hat, und du hast sie verleugnet. Danach ging Carrie und brachte sich mit Arsen um, weil sie es nicht ertragen konnte, was du ihr angetan hast, wie du dein eigenes Kind von dir gestoßen hast. Aber jetzt war alles umsonst...«

»Cathy! Setz dich und laß mich diese Sache erledigen!« befahl Bart. »Meine Frau hat gerade eine anstrengende Operation hinter sich, und ich will nicht, daß du ihre Gesundheit ernsthaft gefährdest. Setz dich jetzt hin, bevor ich dich in den nächsten Sessel befördere!«

Ich setzte mich.

Er sah meine Mutter an, dann die Mutter meiner Mutter.

»Corinna, wenn ich dir je etwas bedeutet habe, und du mich auch nur ein wenig geliebt hast – ist irgend etwas von dem, was diese Frau sagt, wahr? Ist sie deine Tochter?«

Sehr schwach antwortete meine Mutter: »Ja... Ja.«

Ich seufzte. Es kam mir vor, als würde das ganze Haus seufzen und Bart mit ihm. Ich hob den Blick und sah zu meiner Großmutter hinüber, die mich auf die eigenartigste Weise anblickte.

»Ja«, fuhr meine Mutter mit flacher Stimme fort, ihre leeren Augen auf Bart gerichtet. »Ich konnte es dir nicht erzählen, Bart. Ich wollte ja, aber ich hatte Angst, du würdest mich nicht mehr nehmen, wenn ich mit vier Kindern und ohne Geld vor dir gestanden hätte, und ich habe dich geliebt und so sehr gewollt. Ich zerbrach mir den Kopf darüber, wie ich irgendeine Lösung finden könnte, die mir erlaubte, dich, meine Kinder und auch noch das Geld zu behalten.« Sie richtete sich stolz auf, den Rücken durchgedrückt, den Kopf hoch erhoben. »Und ich fand eine Lösung! Ich fand sie! Ich brauchte Wochen und Wochen, meine Pläne zu entwickeln, aber am Ende hatte ich einen Weg gefunden!«

»Corinna«, sagte Bart mit eisiger Stimme, während er sich vor ihrem Sessel aufbaute, »Mord ist niemals eine Lösung für irgend etwas! Alles, was du hättest tun müssen, wäre ein offenes Wort mit mir gewesen. Ich hätte mir schon einen Weg ausgedacht, deine Kinder und dein Vermögen zu retten.«

»Aber verstehst du denn nicht«, schrie sie aufgeregt, »ich habe selbst diesen Weg gefunden! Jeder hielt mich für dumm, eine Blondine mit einem hübschen Gesicht und guter Figur, aber ohne Verstand im Kopf. Ich habe euch alle hereingelegt, auch dich, Mutter!« Sie spie das förmlich der alten Frau im Rollstuhl entgegen. Und dann schrie sie eines der Porträts an der Wand an: »Und dich habe ich auch hereingelegt, Malcolm Foxworth!« Dann sah sie mich mit flammenden Augen an: »Und auch dich, Catherine. Du dachtest immer, wie furchtbar es für euch dort oben wäre, eingeschlossen zu sein und eure Kindheit zu verpassen. Aber du hast nie begriffen, wie gut du es im Vergleich zu dem hattest, was mein Vater mir antat! Du, du und deine Klagen, immer hast du mich beschuldigt. Wie sollte ich euch denn herauslassen? Ich hatte es unten mit einem Vater zu tun, der mir von morgens bis abends befahl, tu dies, tu das, sonst erbst du keinen Cent, und ich erzähle deinem zukünftigen Mann von deinen vier Kindern!«

Ich schnappte nach Luft und sprang aus dem Sessel. »Er wußte von uns? Der Großvater wußte von uns?«

Wieder lachte sie, ein klirrendes Lachen, hart wie Diamanten. »Ja, er wußte es, aber ich habe es ihm nicht erzählt! Am Tag, als Chris und ich aus diesem furchtbaren Haus fortliefen, mietete er Detektive, die uns folgten und jeden unserer Schritte meldeten. Und als mein Mann dann bei dem Autounfall ums Leben kam, da wurde ich von meinem Anwalt überredet, die Hilfe meiner Eltern zu suchen. Wie muß mein Vater triumphiert haben! Verstehst du denn nicht, Cathy.« Sie redete jetzt so schnell, daß ihre Worte fast ineinander übergingen. »Er wollte mich und seine Kinder in seinem Haus und unter seinem Daumen haben. Er hatte das alles mit meiner Mutter geplant, um mich zu täuschen und glauben zu machen, er wüßte nichts davon, daß ihr oben im Nordflügel versteckt wart. Aber er wußte es die ganze Zeit! Es war sein Plan, euch dort für den Rest eures ganzen Lebens einzusperren!«

Ich konnte sie nur sprachlos anstarren. Ich zweifelte an ihren Worten. Wie konnte ich auch irgend etwas glauben, nach allem, was sie getan hatte? »Und die Großmutter, sie machte bei diesem ganzen Plan mit?«, wollte ich wissen, während von den

Zehen aus ein taubes Gefühl meine Beine hinaufzukriechen begann.

»Sie?« sagte meine Mutter und warf der Großmutter einen harten, anklagenden Blick zu. »Sie machte alles, was er sagte, denn sie haßte mich. Sie hat mich schon immer gehaßt, weil er mich als Kind so liebte. Als wir erst einmal hier in seine Falle gegangen waren, weidete er sich daran, die Kinder seines verhaßten Halbbruders gefangen zu haben, wie Tiere in einem Käfig. Bis zu eurem Tode wollte er euch eingesperrt halten. Und während ihr dort oben euren Dachboden ausschmücktet, quälte er mich tagein, tagaus. Jeden Tag sagte er mir, daß ihr eine gottlose, böse Satansbrut seid, die ausgetilgt werden müßte. Ich weinte und flehte und bettelte auf den Knien, und er lachte nur. Er schlug mit seinem Stock nach mir und sagte: ›Warst du wirklich dumm genug zu glauben, ich würde dir jemals verzeihen, daß du deinen Halbonkel geheiratet hast – die schlimmste Sünde gegen Gott? Ihm Kinder zur Welt gebracht hast?‹ Doch er ließ mich erst mehrere Wochen, nachdem wir damals hier angekommen waren, erfahren, daß er von euch wußte ... und da war ich bereits in seine Falle gegangen.« Sie bettelte mich mit den Augen an, ihr zu glauben, Gnade zu zeigen. »Kannst du nicht verstehen, wie das für mich war? Ich wußte nicht, wohin ich mich wenden sollte. Ich hatte keinen Cent. Aber ich dachte, daß seine furchtbaren Wutanfälle ihn töten würden, deshalb provozierte ich ihn so oft wie möglich, damit er endlich starb. Aber er lebte weiter und quälte mich und meine Kinder. Und jedesmal, wenn ich in euer Zimmer kam, dann habt ihr mich angefleht, euch endlich herauszulassen. Besonders du, Cathy, besonders du.«

Ich lachte hart und bitter. »Geliebte Mutter, es gibt nichts, was du mir erzählen könntest, damit ich dir glauben würde und dich verstehen.«

»Corinna«, sagte Bart in einem sterilen Ton, als habe ihn jedes Gefühl verlassen. »Deine Tochter hat recht. Du kannst da sitzen und weinen und uns davon erzählen, wie dein Vater dich gezwungen haben soll, deine eigenen Kinder zu vergiften – aber wie kann ich davon ein Wort glauben, wenn ich mich nicht einmal daran erinnern kann, daß er dir auch nur einen einzigen bösen Blick zuwarf. Er sah dich immer nur mit Liebe und Stolz an. Du konntest kommen und gehen, wann du wolltest. Dein Vater verwöhnte dich mit Geld, so daß du dir neue Kleider und alles, was du haben wolltest, kaufen konntest. Und jetzt kommst du uns hier mit einer lächerlichen Geschichte, daß er dich von morgens bis abends gequält hätte und gezwungen, deine versteckten Kinder umzubringen. Mein Gott, davon wird einem ja übel!«

Ihre Augen wurden glasig. Ihre blassen, eleganten Hände zitterten, während sie an ihren Hals flogen und dort unruhig an ihren Diamantbroschen spielten. »Bart, bitte, ich lüge nicht... Ich gebe zu, daß ich dich in der Vergangenheit angelogen habe. Und ich habe dir meine Kinder verschwiegen – aber ich lüge jetzt nicht mehr. Warum kannst du mir nicht glauben?«

Bart stand mit gespreizten Beinen da, wie ein Seemann auf einem schwankenden Deck. Die Hände hatte er hinter dem Rücken gekreuzt und zu Fäusten geballt. »Was glaubst du eigentlich, was für ein Mann ich bin?« fragte er bitter. »Du hättest mir damals alles erzählen können, und ich hätte dich verstanden. Ich habe dich geliebt, Corinna. Ich hätte alles versucht, was gesetzlich erlaubt ist, um dir zu helfen, deinen Vater zu bezwingen und sein Vermögen zu erben. Und ich hätte dir gleichzeitig geholfen, deine Kinder ein freies, normales Leben führen zu lassen. Ich bin doch kein Ungeheuer, Corinna, und ich habe dich nicht wegen deines Geldes geheiratet. Ich hätte dich auch geheiratet, wenn du keinen Cent besessen hättest!«

»Du wärst nie mit meinem Vater fertig geworden«, schrie sie, sprang auf und rannte vor dem Kaminfeuer auf und ab. In ihrem schimmernden roten Kleid schien meine Mutter selbst zu einer sich verzehrenden Flamme zu werden. Ich konnte es kaum länger ansehen, wie sie da zerbrochen, verzweifelt, ganz ohne ihre königliche Haltung herumirrte. Da wandten sich ihre Augen denen ihrer Mutter zu – dieser alten Frau, die da zusammengesunken in ihrem Rollstuhl saß, als besäße sie keine Knochen mehr. Ihre knorrigen Finger bewegten sich schwach auf der Wolldecke, aber ihre grauen Zelotenaugen brannten in einem kraftvollen, bösen Feuer. Ich beobachtete, wie die Blicke von Mutter und Tochter sich trafen. Diese grauen Augen, die sich nie veränderten und auch mit dem Alter oder der Furcht vor der Hölle, die schon auf sie warten mußte, nicht milder blickten.

Und zu meiner Überraschung war es meine Mutter, die aus dieser Konfrontation gerade und hoch aufgerichtet hervorging, die Gewinnerin in diesem Zweikampf der Willenskräfte. Sie begann auf eine teilnahmslose Art zu sprechen, als hätte sie mit dieser Sache im Grunde nichts mehr selbst zu tun. Es hörte sich an, als spräche eine Frau, die wußte, daß sie sich selbst mit jedem dieser rasiermesserscharfen Worte ins Fleisch schnitt, aber längst keine Schmerzen mehr empfand – denn ich war jetzt am Ende doch die Siegerin, und mich, ihren strengsten Richter, wollte sie nun zu gewinnen versuchen. »Gut, Cathy, ich wußte, daß ich dir früher oder später gegenüberstehen würde. Ich wußte, daß du es sein würdest, die eines Tages die Wahrheit aus mir herauspreßte. Christopher liebte mich, vertraute mir. Aber du hast das nie gekonnt. Doch ich habe von Anfang an, von dem Tag an, als euer Vater starb, nur das Beste für euch gewollt.«

Ich saß wie versteinert da und starrte sie an. Ihre Augen flehten mich an, als wollten sie sagen, hab Gnade, Cathy, glaub mir, ich sage jetzt die Wahrheit. Sie warf Bart zwischendurch immer wieder Seitenblicke zu, und bei den nächsten Worten wandte sie sich ihm ganz zu. »Jeden Tag bettelten mich meine Kinder an, herausgelassen zu werden. Weiß Gott, was mein Vater ihnen dann angetan hätte. Auch wenn ich wußte, daß sie allen Grund hatten, sich zu beklagen, konnte ich ihre ewigen Quängeleien bald nicht mehr ertragen, denn ich fühlte mich ihretwegen so schuldig und hatte ein so schlechtes Gewissen. Ich wollte doch nur das Beste für sie, und es war Cathy, immer war es Cathy, wie viele Geschenke ich ihr auch brachte, die mich am meisten bedrängte.« Sie warf mir noch einen ihrer langen, gequälten Blicke zu, als hätte ich sie damals unmenschlich gefoltert.

»Cathy«, flüsterte sie dann. Ihre wäßrigen, leeren Augen leuchteten ein wenig auf, als sie sich wieder mir zuwandte. »Ich habe versucht, den besten Ausweg zu finden! Ich erzählte meinen Eltern, daß ihr alle innere Krankheiten hättet, besonders Cory. Sie wollten glauben, daß Gott meine Kinder bestraft hätte, deshalb konnte ich sie leicht davon überzeugen. Und Cory hatte ja immer eine Erkältung nach der anderen. Verstehst du denn nicht, wie ich versucht habe, euch alle nur ein kleines bißchen krank zu machen, damit ich euch, ein Kind nach dem anderen, ins Krankenhaus bringen konnte und meiner Mutter dann erzählen, ihr wärt dort gestorben. Ich benutzte ein kleines bißchen Arsen, nur ganz wenig, nicht so viel, daß ihr davon hättet sterben können! Ich wollte euch ja nur ein wenig krank machen, gerade genug, um euch da oben wegholen zu können!«

Ich war erschrocken über die Dummheit, sich so einen gefährlichen Plan auszudenken. Doch dann dämmerte mir, daß es natürlich alles nur neue Lügen waren, nur Entschuldigungen, um Bart zufriedenzustellen, der sie auf so eigenartige Weise ansah. Ich lächelte sie an, während es mir im Inneren so weh tat, daß ich hätte laut weinen können. »Mammi«, sagte ich sanft und unterbrach ihr Flehen, »hast du vergessen, daß dein Vater schon längst tot war, als wir die vergifteten Berliner zum erstenmal bekamen? Im Grab brauchtest du ihn doch wohl nicht mehr zu täuschen?«

Ihre gequälten Blicke huschten zur Großmutter, die darauf mit einem festen, strafenden Blick antwortete.

»Ja!« rief Mammi, »das weiß ich auch! Aber wegen dieser Testamentsklausel hätte ich doch nie das Arsen gebraucht! Aber mein Vater weihte seinen Butler John in unser Geheimnis ein, und John achtete nach Vaters Tod darauf, daß alles blieb, wie es war. Und wenn er nicht auf mich aufgepaßt hätte, dann hätte meine Mutter dafür gesorgt, daß er nicht die fünfzigtausend Dollar aus der Erbschaft bekam, die er von meinem Vater versprochen bekommen hatte. Und meine Mutter wollte, daß John alles erbte!«

Eine furchtbare Stille senkte sich herab, während ich versuchte, das zu schlucken. Der Großvater sollte die ganze Zeit Bescheid gewußt und die Absicht gehabt haben, uns für den Rest unseres Lebens dort oben einzusperren? Und als ob das noch nicht genug Strafe gewesen wäre, hatte er auch noch versucht, unsere Mutter zu zwingen, uns umzubringen? Er mußte noch viel schlimmer gewesen sein, als ich ihn mir je vorgestellt hatte! Doch dann, als ich sie beobachtete und ihre gespannt wartenden blauen Augen bemerkte, die Hände, die fleißig an einer unsichtbaren Perlenkette arbeiteten, da wußte ich, daß sie log. Ich warf einen Blick auf die Großmutter und sah, wie sie die Stirn runzelte und zu sprechen versuchte. Aufgebrachte Entrüstung stand in ihren Augen, als wollte sie alles verneinen, was meine Mutter uns gerade einzureden versuchte. Aber sie haßte Mammi. Sie würde immer wollen, daß ich das Schlechteste glaubte – o Gott, wie sollte ich je die Wahrheit herausfinden? »Mammi«, begann ich mit flacher Stimme, »was hast du wirklich mit Corys Leiche gemacht? Wir haben alle Friedhöfe in der Nähe abgesucht, und nirgendwo ist dort in der fraglichen Zeit ein kleiner Junge begraben worden.«

Sie räusperte sich. Sie knetete ihre Hände, und ihre Diamantringe blitzten und funkelten. »Ich wußte nicht, was ich mit ihm tun sollte«, flüsterte sie. »Er starb, bevor ich im Krankenhaus ankam. Plötzlich lag er tot auf dem Rücksitz.« Sie schluchzte, als sähe sie noch einmal alles vor sich. »Ich haßte mich für das, was ich dann tat. Ich hatte Angst, man könnte mich wegen Mordes anklagen, aber ich wollte ihn doch nur ein bißchen krank machen! Deshalb warf ich seine Leiche in eine tiefe Schlucht...« Ihre großen verzweifelten Augen flehten mich an, ihr zu glauben.

Jetzt mußte ich auch erst einmal schlucken, während ich mir vorstellte, daß Cory in einer dunklen Felsschlucht verrottet sein sollte. »Nein, Mammi, das hast du nicht getan.« Meine sanfte Stimme schnitt durch die eisige Atmosphäre der riesigen Bibliothek. »Ich bin oben in unserem alten Zimmer im Nordflügel gewesen, bevor ich hier herunterkam. Chris und ich haben immer vermutet, daß es noch einen anderen Zugang zum Dachboden geben müßte und richtigerweise angenommen, daß eine Tür hinter den riesigen schweren Kleiderschränken sein mußte, die wir nicht aus dem Weg schieben konnten, sosehr wir es auch versuchten. Mammi, ich fand von der anderen Seite den Zugang zu einem kleinen Raum, den wir früher nie betreten hatten. In diesem Raum war ein ganz bestimmter Geruch, der Geruch nach Tod und Verwesung.«

Für einen Augenblick konnte sie sich nicht bewegen. Ihr Gesicht wurde völlig ausdruckslos. Sie starrte mich mit leeren Augen an, dann begannen ihre Hände und ihr Mund zu arbeiten, aber es kam kein Wort über ihre Lippen. Sie versuchte es, aber sie konnte nicht sprechen. Bart wollte etwas sagen, aber sie legte sich die Hände über die Ohren, um alles auszuschließen, was irgend jemand ihr sagen könnte.

Plötzlich öffnete sich die Tür der Bibliothek. Ich wirbelte

wütend herum. Wie in einem Alptraum wandte sich meine Mutter herum, um zu sehen, warum ich so starrte. Chris stand direkt hinter ihr und blickte ihr in die Augen. Sie sprang zurück, als wäre sie furchtbar erschrocken, und hob beide Hände in einer abwehrenden Geste. Sah sie den Geist unseres Vaters vor sich? »Chris ...?« fragte sie. »Chris, ich wollte es nicht tun, wirklich nicht! Sieh mich nicht so an, Chris! Ich habe sie geliebt! Ich wollte den Kindern kein Arsen geben, aber mein Vater zwang mich dazu! Er erzählte mir, sie hätten nie geboren werden dürfen. Er versuchte mir einzureden, sie wären so böse und schlecht, daß sie den Tod verdienten, und es gäbe keine andere Art, auf die ich für die Sünde mit dir büßen könnte!« Tränen strömten über ihre Wangen, während sie weiterredete, obwohl Chris den Kopf schüttelte. »Ich habe meine Kinder geliebt! Unsere Kinder! Aber was sollte ich tun? Ich wollte sie nur ein bißchen krank machen – gerade genug, um sie zu retten, das war alles. Nicht mehr ... Chris, sieh mich nicht so an! Du weißt, daß ich nie unsere Kinder umgebracht hätte!«

Seine Augen wurden eisblau, während er sie anstarrte. »Dann hast du uns mit voller Absicht Arsen zu essen gegeben?« fragte er. »Ich habe es nie wirklich glauben können, nachdem wir erst einmal aus diesem Haus entkommen waren und Zeit zum nachdenken hatten. Aber du hast es wirklich getan!«

Danach begann sie zu schreien. In meinem ganzen Leben habe ich keinen solchen Schrei gehört, der hysterisch an- und abschwoll. Ein Geschrei, das dem Heulen einer Wahnsinnigen glich! Auf dem Absatz wirbelte sie herum und schrie noch immer, während sie durch eine Tür hinausrannte, von der ich bisher nicht einmal bemerkt hatte, daß es sie überhaupt gab.

»Cathy«, sagte Chris, riß seinen Blick von dieser Tür los und bemerkte jetzt erst richtig Bart und die Großmutter, »ich bin gekommen, dich zu holen. Ich habe schlimme Neuigkeiten. Wir müssen sofort zurück nach Clairmont!«

Bevor ich antworten konnte, meldete sich Bart zu Wort: »Bist du Cathys älterer Bruder Chris?«

»Ja, natürlich. Ich bin wegen Cathy gekommen. Sie wird anderswo dringend gebraucht.« Er streckte seine Hand aus, während ich an seine Seite trat.

»Eine Minute noch«, sagte Bart. »Ich muß Ihnen noch einige Fragen stellen. Ich muß einfach jetzt die volle Wahrheit erfahren. Ist diese Frau im roten Kleid Ihre Mutter?«

Chris warf mir einen fragenden Blick zu. Erst als ich nickte, antwortete er Bart und bestätigte alles. »Ja, wir waren drei Jahre und vier Monate und sechzehn Tage dort oben eingeschlossen. Und als sie Cory eines Nachts holte, kam sie am nächsten Tag zurück und erzählte uns, er wäre an Lungenentzündung gestorben. Aber wenn Sie genauere Einzelheiten wissen wollen, dann werden Sie warten müssen, denn wir haben uns jetzt zunächst um anderes zu kümmern. Komm, Cathy«, rief er und griff wieder nach meiner Hand. »Wir müssen uns beeilen!« Dann warf er der Großmutter ein schiefes Lächeln zu. »Frohe Weihnachten, Großmutter. Ich hatte gehofft, dich niemals wiederzusehen. Aber da ich es jetzt doch muß, sehe ich, daß die Zeit die Rache an dir übernommen hat.« Er wandte sich wieder mir zu. »Beeil dich, Cathy, wo ist dein Mantel? Ich habe Jory und Mrs. Lindstrom draußen im Wagen sitzen.«

»Warum?« fragte ich. Ich bekam plötzlich schreckliche Angst. Was war los?

»Nein!«, widersprach Bart. »Cathy kann nicht fort! Sie erwartet mein Kind, und ich möchte sie bei mir behalten!«

Bart trat zu mir und zog mich in seine Arme. Mit zärtlicher Liebe sah er mir ins Gesicht. »Du hast mir die Augen geöffnet, Cathy. Du hast recht. Es muß etwas Besseres für mich geben, als dies hier. Vielleicht kann ich noch zu einem sinnvolleren Leben finden ...«

Ich warf der Großmutter einen triumphierenden Blick zu und vermied, Chris direkt anzusehen, während wir die Bibliothek und die Großmutter hinter uns ließen. Mit Barts Arm um meine Schultern schritten wir durch die Flure, bis wir wieder die große Halle erreichten.

Die Hölle war los! Jeder schrie, rannte, suchte nach Frau oder Ehemann. Rauch! Ich roch Rauch.

»Mein Gott, das Haus brennt!« rief Bart. Er drückte mich Chris in die Arme. »Bring sie hier heraus und paß auf sie auf, ich muß meine Frau finden!« Er sah sich wild um und schrie: »Corinna, Corinna, wo bist du?«

Die Gäste drängten sich alle zum vorderen Eingang. Rauchwolken trieben aus den oberen Gängen in den großen Saal. Die fröhlichen Festgäste hatten sich in panische Furien verwandelt, und wehe dem, der nicht genug Kraft besaß, sich einen Weg zur Tür zu erkämpfen, oder dem, der in diesem Gedränge stolperte und stürzte. Verzweifelt versuchte ich Bart in der Menschenmenge zu verfolgen. Ich sah ihn einen Telefonhörer aufnehmen, offenbar, um die Feuerwehr zu rufen, und dann rannte er die rechte Seite der großen Freitreppe hinauf, genau ins Herz der Flammen! »Nein!« schrie ich. »Bart, nicht dort hinauf! Du bringst dich um. Bart, nicht, komm zurück!«

Ich glaube, er muß mich gehört haben, denn er zögerte auf halbem Weg nach oben, wandte sich um und lächelte zu mir hinunter, während ich ihm wild zuwinkte. Seine Lippen formten die Worte »Ich liebe Dich« – dann deutete er in Richtung des östlichen Flügels. Ich verstand nicht, was er meinte. Aber Chris nahm es als Hinweis auf einen anderen Ausgang.

Keuchend und hustend eilten Chris und ich durch eine Zimmerflucht und gelangten schließlich in das große Eßzimmer – auch hier alles voller beißendem Rauch. »Da vorne!« schrie Chris und zog mich weiter. »Dort sind Verandatüren – die Narren, hier muß es Dutzende von Ausgängen über die Veranda geben, aber alle drängen sich durch den Haupteingang!«

Ohne Schwierigkeiten gelangten wir nach draußen und kamen schließlich zu Chris' Wagen. Emma saß darin und hielt Jory in ihren Armen, der gebannt auf den Brand des riesigen Hauses starrte. Chris langte in den Wagen und holte eine Autodecke heraus, die er mir um die Schultern warf. Dann stützte er mich, als ich mich gegen ihn sinken ließ und um Bart weinte – wo war er? Warum kam er nicht aus dem Haus?

Ich hörte den ganzen Hügel hinab überall die Feuersirenen schrillen, und ihr Geheul mischte sich in das Toben des Schneesturms. Schneewolken wehten in die Flammen, die prasselten und knisterten, während der Wind das Feuer immer höher anfachte. Jory streckte ängstlich seine Arme nach mir aus und wollte von mir gehalten werden. Ich zog ihn an mich, und Chris legte seine Arme um uns beide. »Mach dir keine Sorgen, Cathy«, versuchte er mich zu trösten. »Bart muß alle Ausgänge kennen.«

Dann sah ich meine Mutter in ihrem flammendroten Kleid,

die von zwei Feuerwehrmännern gehalten wurde. Sie schrie und schrie, brüllte den Namen ihres Mannes – und dann den der Großmutter.

»Meine Mutter! Sie ist da noch drin! Sie ist gelähmt!«

Bart kam die Eingangstreppe heruntergelaufen, als er ihre Stimme hörte. Er wirbelte herum und rannte zurück ins Haus. Oh, mein Gott! Er ging, eine Großmutter zu retten, die keinen Retter verdiente! Riskierte sein Leben – tat alles, um endlich zu beweisen, daß er doch mehr war als ein Schoßhund.

Das war das Feuer aus den Alpträumen meiner Kindheit. Das war das, was ich mehr gefürchtet hatte als alles andere! Das war der Grund, aus dem ich darauf bestanden hatte, daß wir uns eine Notleiter aus zusammengeknoteten Bettlaken knüpften, um vom Dachboden nach unten klettern zu können – nur für den Fall, daß es brannte. Es war mehr als furchtbar, das alte Haus brennen zu sehen, nachdem ich es mir so oft in Flammen gewünscht hatte. Der Sturm blies die Flammen höher und höher, bis der Feuerschein den nächtlichen Himmel erfüllte. Wie leicht das alte Holz mit dem kostbaren antiken Mobiliar, den unbezahlbaren Kunstwerken brannte und zu Asche wurde. Jemand schrie: »Menschen sind da drinnen gefangen! Holt sie raus!« Ich glaube, ich selbst schrie da. Die Feuerwehrmänner arbeiteten mit übermenschlicher Geschwindigkeit und Energie. Versprühten Wasser aus unzähligen Rohren und kämpften sich heldenhaft in die Flammen vor, um die Eingeschlossenen zu retten. Außer mir schrie ich: »Bart! Ich wollte dich nicht umbringen! Ich wollte nur, daß du mich liebst, das war alles. Bart, stirb nicht, bitte, stirb nicht!« Meine Mutter hörte mich und rannte zu uns. Chris hielt mich noch immer fest in seinen Armen.

»Du!« kreischte sie mit dem verzerrten Gesicht einer Wahnsinnigen. »Du glaubst, Bart liebt dich? Er hätte dich geheiratet? Du bist eine Närrin! Du hast mich verraten! Du hast mich immer schon verraten, und jetzt stirbt Bart deinetwegen!«

»Nein, Mutter«, sagte Chris mit einer Stimme aus Eis, während er mich fest an sich drückte, »es war nicht Cathy, die deinem Mann zugerufen hat, daß die Großmutter noch im Haus ist. Du hast das getan. Du mußt gesehen haben, daß er nicht wieder lebend aus dem Haus herauskommen kann. Vielleicht ist es dir lieber, dein Mann stirbt, als daß er deine Tochter heiratet.«

Sie starrte ihn an. Ihre Hände arbeiteten nervös. Ihre blauen Porzellanaugen waren von dunklen Schatten umwölkt. Und als Chris und ich sie jetzt ansahen, brach etwas in diesen Augen – ein winziger Punkt erlosch, der diesen Augen trotz aller Wut und allen Entsetzens bisher den Blick von Klarheit und Verstand gegeben hatte. Ihre Augen wurden leer, und sie schien in sich zusammenzusinken. »Christopher, mein Sohn, ich bin deine Mutter. Liebst du mich denn nicht mehr, Christopher, warum? Habe ich dir nicht immer alles gebracht, worum du mich gebeten hast? Bringe ich dir keine neuen Lexika, Spiele und Anzüge? Was fehlt dir denn? Sag es mir, und ich kaufe es dir, bitte, sag mir, was du haben willst. Ich werde alles tun und dir alles bringen, um dich für die Zeit hier oben zu entschädigen. Und wenn mein Vater erst stirbt, und er kann jeden Tag sterben, jede Stunde, ich weiß es bestimmt... ich schwöre dir, daß du dann nicht länger hier drinnen bleiben mußt! Nein, nicht mehr lange, nur noch kurze Zeit, nicht mehr lange, nur noch kurze Zeit, nicht mehr lange...« Und weiter und weiter schrie sie. Ich hielt mir die Ohren zu und preßte mein Gesicht gegen Chris' Brust.

Er winkte den Fahrern eines in der Nähe stehenden Krankenwagens, und die näherten sich sofort mit einer Bahre meiner Mutter. Als sie die Männer in den weißen Kitteln kommen sah, kreischte sie gellend und versuchte wegzulaufen. Ich sah, wie sich ihr hoher Absatz im Saum ihres glitzernden Kleides verfing. Sie fiel der Länge nach in den Schnee, strampelte, trat und schrie und schlug mit den Fäusten. Man mußte ihr eine Zwangsjacke überstreifen, bevor man sie wegtragen konnte. Und die ganze Zeit schrie sie, was ich ihr angetan hätte, während Chris und ich uns aneinanderklammerten und mit weit aufgerissenen Augen zusahen. Wir fühlten uns wieder wie Kinder, hilflos von unserer Trauer und Schande überwältigt. Ich folgte Chris auf den Fersen, als er sich dann um die Verletzten kümmerte und tat, was er als Arzt konnte, bevor sie in den ständig an- und abfahrenden Krankenwagen abtransportiert werden konnten. Ich stand nur im Weg herum, aber ich wagte nicht von Chris' Seite zu weichen.

Die Leiche von Bart Winslow wurde im Flur vor der Bibliothek gefunden. Die skeletthafte Gestalt der Großmutter lag in seinen Armen – beide vom Rauch erstickt und nicht verbrannt.

Ich mußte das grüne Tuch zurückschlagen und sein Gesicht sehen, um mich selbst davon zu überzeugen, daß wieder der Tod in mein Leben getreten war. Wieder und wieder suchte er mich heim! Ich küßte Bart und weinte an seiner reglosen Brust. Als ich den Kopf hob, sah er direkt auf mich – und durch mich hindurch –, fortgegangen zu jenem Ort, zu dem ich ihm nie folgen könnte, um ihm zu gestehen, daß ich ihn von Anfang an geliebt hatte – schon vor fünfzehn Jahren.

»Cathy, bitte«, sagte Chris und zog mich fort. Ich schluchzte auf, als Barts Hand mir entglitt: »Wir müssen gehen! Es gibt keinen Grund mehr für uns, hier noch länger zu bleiben, nachdem nun alles zu Ende ist.«

Zu Ende, zu Ende – alles war zu Ende.

Meine Augen folgten noch der Ambulanz, in der Barts Leiche zusammen mit der meiner Großmutter fortgefahren wurde. Um sie trauerte ich nicht – denn sie hatte nur das bekommen, was sie selbst aus ihrem Leben gemacht hatte.

Ich weinte in Chris' Armen, denn wen würde ich endlich finden, der lange genug lebte, daß ich seine Liebe zu meiner machen konnte? Wer?

Der Morgen dämmerte schon, als man das Feuer endlich unter Kontrolle bekam. Zu diesem Zeitpunkt war von dem stolzen Prachtbau Foxworth Hall nur noch eine schwelende Ruine übrig. Die acht Kamine ragten auf ihren festen Ziegelfundamenten zwischen den Trümmern auf, und eigenartigerweise stand auch die große Freitreppe noch, die jetzt ins Nichts führte.

Chris drängte zum Aufbruch, aber ich konnte meinen Blick nicht von dem Haus lösen. Ich mußte an das Auto gelehnt stehen und warten, bis der Wind die letzten Rauchfahnen auseinanderjagte. Es war mein stummer Gruß, der endgültige Abschiedsgruß an Bartholomew Winslow, den ich zum erstenmal als Zwölfjährige gesehen hatte. Und seit dem ersten Blick auf ihn hatte ich ihm mein Herz geschenkt. So sehr, daß ich Paul überredete, sich den Schnurrbart wachsen zu lassen, nur weil er Bart so ähnlicher sah. Und ich heiratete Julian, weil seine Augen dunkel waren, dunkel wie die von Bart ... O Gott, wie sollte ich nur mit dem Wissen leben, daß ich den Mann auf dem Gewissen hatte, den ich mehr liebte als jeden anderen?

»Komm bitte, Cathy! Die Großmutter ist tot, und ich kann

nicht sagen, es täte mir leid, aber ich bedaure das mit Bart. Es muß unsere Mutter gewesen sein, die den Brand gelegt hat. Nach den Aussagen der Polizei begann das Feuer in dem Dachbodenzimmer am Ende der großen Treppe.«

Seine Stimme drang wie aus weiter Ferne an meine Ohren. Ich schüttelte den Kopf, um wieder zu einem klaren Gedanken zu kommen. Wer war ich? Wer war dieser Mann neben mir – wer war dieser kleine Junge auf dem Rücksitz, der dort auf den Armen einer älteren Frau schlief?

»Was ist los mit dir, Cathy?« sagte Chris ungeduldig. »Hör zu, Henny hatte gestern abend einen schweren Schlaganfall! Bei dem Versuch, ihr zu helfen, erlitt Paul einen Herzinfarkt. Er braucht uns. Willst du hier den ganzen Tag sitzen bleiben und um einen Mann trauern, den du besser schon viel früher alleingelassen hättest, und darüber den Mann allein sterben lassen, der das meiste für uns getan hat?«

Die Großmutter hatte in einigen Dingen doch recht gehabt. Ich war schlecht, böse, geboren aus einer gottlosen Saat. Alles war meine Schuld! Alles meine Schuld! Wenn ich nur nie hierhergekommen wäre, sagte ich mir wieder und wieder, während ich bittere Tränen um Bart weinte.

Bittere Ernte

Es war wieder Herbst. Die Bäume schimmerten in diesem Jahr von frühem Frost. Ich saß auf der hinteren Veranda von Pauls großem weißen Haus, schälte Erbsen und sah Barts kleinem Sohn zu, der seinem älteren Halbbruder Jory nachjagte. Wir hatten Barts Sohn den Namen seines Vaters gegeben, was uns nur angemessen erschien, denn sein Nachname war Sheffield, nicht Winslow. Ich war jetzt Pauls Frau.

In einigen Monaten wurde Jory sieben Jahre alt, und obwohl er zuerst ein wenig eifersüchtig gewesen war, fand er es inzwischen toll, einen jüngeren Bruder um sich zu haben – jemanden, den er anleiten, beaufsichtigen und für den er der große Bruder sein konnte. Schon als kleiner Junge war Bart nicht der Typ, der sich von jemand anderem etwas sagen ließ, auch nicht von seinem älteren Bruder.

»Catherine«, rief Pauls schwache Stimme. Ich stellte die Erbsen zur Seite und eilte in sein Schlafzimmer im ersten Stock. Er konnte jetzt wieder für einige Stunden am Tag aufrecht in einem Sessel sitzen, doch unseren Hochzeitstag hatte er im Bett liegend verbringen müssen. In unserer Hochzeitsnacht schlief er in meinen Armen, und das war alles gewesen.

Paul hatte viel Gewicht verloren und sah hager aus. All seine Jugend und Vitalität war fast über Nacht verschwunden. Aber ich hatte ihn nie mehr geliebt, als wenn er mir jetzt die Arme entgegenstreckte und mich anlächelte. »Ich habe dich eigentlich nur gerufen, um zu sehen, ob du noch im Haus bist. Ich hatte dir doch gesagt, du solltest mit den Kindern an die frische Luft gehen.«

»Du redest zuviel«, versuchte ich ihn zu dämpfen. »Du weißt, daß du nur wenig sprechen sollst.« Das war für ihn das Unangenehmste, nur zuhören zu dürfen und sich nicht selbst am Gespräch beteiligen zu können, aber er versuchte, dies zu akzeptieren, so gut er konnte. Was er dann sagte, überraschte mich so, daß ich ihn nur mit großen Augen und offenem Mund anstarren konnte. »Paul, das meinst du doch nicht im Ernst?«

Er nickte stumm, und seine noch immer wunderschön leuchtenden Augen sahen mich fest an. »Catherine, mein Liebling, seit fast drei Jahren versuchst du jetzt alles, um mir meine letzten Tage glücklich zu machen. Aber ich werde nie wieder gesund werden. Ich kann so noch Jahre leben wie früher dein Großvater, während du älter und älter wirst und die besten Jahre deines Lebens verpaßt.«

»Ich verpasse überhaupt nichts«, sagte ich mit belegter Stimme.

Er lächelte mich sanft an und hielt mir die Arme entgegen, und ich kuschelte mich glücklich an seine Brust, doch seine Arme fühlten sich nicht mehr stark an wie früher. Er küßte mich und hielt den Atem an. Oh, wieder von ihm geliebt zu werden... aber ich durfte ihm das nicht erlauben!

»Denk darüber nach, Liebling. Deine Kinder brauchen einen Vater und nicht so einen, wie ich es jetzt nur noch sein kann.«

»Es ist alles meine Schuld«, schluchzte ich. »Wenn ich dich vor Jahren geheiratet hätte und nicht Julian, dann hätte ich mich vernünftig um dich gekümmert. Ich hätte dich daran gehindert, Tag und Nacht bis zum Zusammenbruch zu arbeiten. Paul, wenn wir drei nicht in dein Leben gekommen wären, dann hättest du auch nicht so viel Geld verdienen müssen...«

Er legte mir die Hand auf den Mund und sagte mir, er wäre schon vor Jahren an Überarbeitung gestorben, wenn es uns nicht gegeben hätte. »Drei Jahre sind es schon, Catherine«, wiederholte er. »Und wenn du ehrlich bist, mußt du erkennen, daß du an meiner Seite genauso gefangen bist, wie damals in Foxworth Hall, als du so verzweifelt auf den Tod deines Großvaters gewartet hast. Ich möchte nicht, daß du und Chris mich am Ende nur noch als Last empfinden... also denkt darüber nach, sprich mit Chris darüber – und dann entscheide.«

»Paul, Chris ist Arzt! Du weißt, daß er nie zustimmen würde!«

«Die Zeit läuft für uns alle immer weiter ab, auch für dich und Chris. Bald wird Jory sieben Jahre. Er wird sich an alles immer besser erinnern und es besser verstehen. Er wird in Chris nur seinen Onkel sehen, aber wenn ihr mich jetzt verlaßt und vergeßt, dann wird er Chris als Stiefvater verstehen, nicht als Onkel.«

»Nein! Chris würde nie seine Zustimmung geben.«

»Catherine, hör mir zu. Es wäre nichts Böses daran! Du kannst jetzt keine Kinder mehr bekommen. Auch wenn es dir furchtbar weh getan hat, daß du bei der Geburt deines letzten Sohnes solche schlimmen Komplikationen hattest, war es vielleicht ein versteckter Segen. Ich bin impotent und kein richtiger Ehemann, und bald wirst du wieder eine Witwe sein. Und Chris hat so lange gewartet. Kannst du jetzt nicht einmal an ihn denken und die Sünde vergessen?«

Und so hatten Chris und ich am Ende unsere Rolle vom Schicksal vorgeschrieben bekommen, wie Mammi die ihre. Und vielleicht waren unsere nicht besser als ihre, auch wenn ich nie versucht hatte, jemanden umzubringen. Ich habe sie auch nicht mit Absicht in den Wahnsinn getrieben, so daß sie nun den Rest ihres Lebens in einem Sanatorium verbringen mußte. Und dann diese Ironie des Schicksals. Alles, was sie von ihrem Vater geerbt hatte, wurde ihr wieder weggenommen und fiel an ihre Mutter. Aber als dann der Letzte Wille der Großmutter verlesen wurde, stellte sich heraus, daß ihr ganzes Vermögen und die Überreste von Foxworth Hall der Tochter hinterlassen worden waren, die jetzt in einem Sanatorium für Geisteskranke saß. Sie war dazu verdammt, nur noch ihre vier Wände anzustarren, nachdem ihr endlich eines der größten Vermögen des Landes ganz legal gehörte. Mit Millionen verflucht – und unfähig auch nur noch einen einzigen Cent davon ausgeben zu können. Auch wir würden nie etwas davon bekommen. Sobald unsere Mutter starb, sollte das Vermögen an verschiedene Stiftungen und Wohltätigkeitsorganisationen aufgeteilt werden.

Im Frühling des folgenden Jahres saßen wir am Fluß, nicht weit von der Stelle, an der Julia sich mit ihrem Sohn ertränkt hatte. Meine eigenen kleinen Söhne spielten mit kleinen Booten im knietiefen Wasser.

»Chris«, begann ich zögernd, ein wenig verschämt, aber auch glücklich, »Paul hat letzte Nacht zum erstenmal wieder mit mir geschlafen. Wir waren beide so glücklich, daß wir weinen mußten. Es ist doch nicht mehr gefährlich für ihn, oder?«

Er wandte den Kopf zur Seite, so daß ich seine Augen nicht sehen konnte. Die Sonne setzte sein goldenes Haar in Flammen. »Ich bin glücklich für euch beide. Ja, Sex ist wohl nicht mehr zu gefährlich für ihn, solange du ihn dabei nicht zu sehr aufregst.«

»Wir haben es ganz leicht und zart gemacht.« Nach vier schweren Herzanfällen konnte es nur sehr behutsamer Sex sein.

»Gut.«

Jory schrie auf, weil er einen Fisch gefangen hatte. War er zu klein, sollte er ihn wieder zurückwerfen? »Ja«, erklärte ich ihm, »das ist ja noch ein Baby. Wir essen keine Babyfische, nur die großen.«

»Kommt«, rief ich, »laßt uns nach Hause gehen und zu Abend essen.«

Lachend kamen sie zu mir gelaufen, meine beiden Söhne, die sich beide so ähnlich sahen, daß sie richtige Brüder hätten sein können, nicht nur Halbbrüder. Bis jetzt hatten wir ihnen auch noch nichts anderes erzählt. Jory hatte noch nie danach gefragt, und Bart war noch zu jung, um Fragen zu stellen. Aber wenn sie damit begannen, würden wir ihnen die Wahrheit erzählen, so schwierig sie auch zu erklären sein mochte.

»Wir haben zwei Daddys«, rief Jory und warf sich in Chris' Arme, während ich Bart an die Hand nahm. »Niemand in unserer ganzen Schule außer mir hat zwei Daddys, und sie verstehen es gar nicht, wenn ich versuche, ihnen das zu erzählen ... Aber vielleicht erzähle ich es ihnen auch nicht richtig.«

»Da bin ich sicher, daß du es ihnen nicht auf die richtige Weise erzählst«, sagte Chris mit einem kleinen Lächeln.

In Chris' neuem blauen Auto fuhren wir nach Hause zu dem großen weißen Haus, das uns so viel gegeben hatte. Und wie bei unserer Ankunft vor vielen Jahren, sah ich einen Mann auf der vorderen Veranda sitzen, der seine weißen Schuhe auf das Geländer gelegt hatte. Während Chris mit meinen Söhnen ins Haus ging, lief ich zu Paul hinüber. Lächelnd sah ich ihn mit einem zufriedenen Lächeln auf seinen Lippen vor sich hin dösen. Die Zeitung war ihm aus seinen schwachen Händen auf die Veranda geglitten und begann sich dort im Wind zu verteilen. Sosehr man sich auch bemühen kann, Zeitungspapier raschelt und knistert immer irgendwie, wenn man es leise zusammenfalten will. Schon schlug Paul seine Augen halb auf und lächelte mich an. »Hallo«, sagte er schläfrig. »Hattet ihr einen schönen Tag. Habt ihr etwas gefangen?«

»Bei Jory haben zwei kleine Fische angebissen, aber die waren wirklich so klein, daß wir sie zurückwerfen mußten. Was hast du geträumt, bevor du aufgewacht bist?« fragte ich und küßte ihn zart auf den Mund. »Du sahst so glücklich aus! War es ein schöner Traum?«

Wieder lächelte er, diesmal ein bißchen wehmütig. »Ich habe von Julia geträumt«, erklärte er. »Sie hatte Scotty bei sich, und beide lächelten sie mich an. Weißt du, sie hat mich sehr selten angelächelt, nachdem wir verheiratet waren.«

»Arme Julia«, sagte ich und küßte ihn noch einmal. »Sie hat so viel verpaßt mit dir. Ich verspreche dir, daß mein Lächeln dich für das entschädigt, was sie dir vorenthalten hat.«

»Das hat dein Lächeln bereits.« Er streichelte mir über die Wange und das Haar. »Es war mein Glückstag, als du an jenem Sonntag die Verandastufen heraufgestiegen kamst... Gib mir noch zehn Minuten, bevor du mich zum Abendessen rufst.«

Bald waren die zehn Minuten vorbei, und ich ging hinaus, um Paul zu wecken. Dreimal rief ich sanft seinen Namen und streichelte seine Wange, dann flüsterte ich ihm ins Ohr. Er schlief noch immer weiter. Ich wollte seinen Namen schon laut rufen, als er ein seltsames leises Geräusch von sich gab, ein Laut, der klang, als wollte er meinen Namen aussprechen. Ich bekam Angst, allein schon von der seltsamen Art, wie dieser Laut geklungen hatte.

»Chris«, rief ich mit zitternder Stimme, »komm schnell und sieh nach Paul.« Er mußte schon unterwegs gewesen sein, von Emma geschickt, um nachzusehen, wo wir so lange blieben. Kaum hatte ich gerufen, da stand er auch schon auf der Veranda auf Pauls Seite. Er griff sofort nach der Hand und fühlte den Puls, ein paar Sekunden später schlug er Paul mehrere Male hart und gezielt auf die Brust. Ich sah noch, wie er ihn aus dem Stuhl hob, während ich ins Haus rannte und einen Krankenwagen anrief.

Aber natürlich half das nicht mehr. Unser Retter, unser Wohltäter und mein Mann war tot. Chris legte mir den Arm um die Schulter und zog mich an seine Brust. »Er ist von uns gegangen, Cathy, auf eine Art, wie ich auch gerne diese Welt verlassen würde, im Schlaf, glücklich und zufrieden. Es war eine gute Art zu sterben für einen guten Mann – ohne Schmerzen und ohne zu leiden. Deshalb brauchst du mich jetzt nicht so anzusehen, es war nicht deine Schuld!«

Nichts ist je meine Schuld gewesen. Nur, daß ich an meinem Weg tote Männer zurückließ. Aber war ich auch nur für den Tod von einem selbst verantwortlich? Nein, natürlich nicht.

Es war ein Wunder, daß Chris tatsächlich den Mut besaß, sich neben mich in das Auto zu setzen und nach Westen zu fahren. Chris und ich mieteten ein Haus in Californien, bis unser nach eigenen Plänen gebautes einsames Haus im Ranchstil fertig sein würde. Emma Lindstrom kam mit uns.

Meine Söhne nennen Chris jetzt Daddy. Sie wissen beide, daß sie andere Väter hatten, die schon in den Himmel gerufen wurden, bevor sie selbst auf die Welt gekommen sind. Bisher haben sie nichts davon bemerkt, daß Chris nur ihr Onkel ist. Jory vergaß es schon vor langer Zeit. Vielleicht können Kinder auch alles vergessen, was sie vergessen wollen, und stellen keine Fragen, auf die sie unangenehme Antworten bekommen können.

Paul hat mir alles, was ihm gehörte, hinterlassen, auch das Haus seiner Familie. Doch sein Testament besagt, daß Amanda das Vorkaufsrecht bekommt, falls ich jemals verkaufen sollte. So bekam Pauls Schwester schließlich doch noch das Haus ihrer Eltern, das sie ihrem Bruder immer hatte abnehmen wollen – aber ich sorgte dafür, daß es für sie ein teurer Kauf wurde.

Einmal im Jahr fahren wir von Californien in den Osten, um Freunde zu besuchen, zu denen auch Madame Marisha und Madame Zolta gehören. Beide machen jedesmal großen Wirbel um Jorys tänzerische Begabung, und beide versuchen mit fast krankhafter Hingabe, auch aus Bart einen Tänzer zu machen. Aber bisher hat er keine anderen Lebenspläne, als Arzt zu werden wie sein Daddy. Zum Ballett zeigt er keinerlei Begabung. Wir besuchen alle Gräber unserer Lieben und legen Blumen darauf. Und als letztes besuchen wir jedesmal Mammi.

Sie lebt jetzt in einem großen Haus in einem schönen Park, dem man die viele vergebliche Mühe anmerkt, es dort wohnlich wirken zu lassen. Normalerweise fängt sie an zu schreien, sobald sie mich sieht. Dann springt sie auf und versucht mir die Haare vom Kopf zu reißen. Wenn sie dann von den Wärtern fortgezogen worden ist, richtet sie ihren Haß gegen sich selbst und versucht sich immer wieder ihr Gesicht zu verstümmeln, damit sie für immer von jeder Ähnlichkeit mit mir befreit ist. Die Reue hat aus ihr etwas Furchtbares gemacht, so daß ich sie kaum noch ansehen kann. Die Ärzte erlauben jetzt auch nur noch Chris, sie zu besuchen. Er bleibt dann eine Stunde bei ihr, während ich draußen mit meinen beiden Söhnen warte. Er hat mir erklärt, daß sie nicht mehr mit einer Mordanklage zu rechnen hat, falls sie je wieder gesund wird, da Chris und ich die Existenz eines vierten Kindes namens Cory öffentlich bestritten haben. Aber sie traut Chris nicht voll, denn sie spürt wohl, daß er unter meinem »bösen« Einfluß steht, und sie auf dem elektrischen Stuhl enden könnte, wenn sie die Fassade ihres Wahnsinns je aufgeben sollte. So vergeht Jahr um Jahr, während sie sich an ihre wohlüberlegte Rolle einer Verrückten klammert, um so vor einer Zukunft zu fliehen, in der sich niemand um sie kümmern würde. Oder vielleicht versucht sie auch im Grunde nur mich durch Chris zu quälen, durch das Mitgefühl, das er ihr immer noch entgegenbringt. Sie ist das einzige, was jetzt noch zwischen Chris und mir steht.

Die Träume von Ruhm und Reichtum, von unsterblicher, hingebungsvoller Liebe ohne jeden Makel, habe ich endlich, wie die Puppen und Spielsachen meiner Kinderjahre und all die Jugendträume, denen ich entwachsen bin, für immer aufgegeben.

Oft sehe ich Chris an und frage mich, was er wohl in mir sieht. Was ist es, was ihn so beständig an mich bindet? Ich frage mich auch, warum er keine Angst um seine Zukunft hat, denn ich kann Haustiere besser am Leben erhalten als Ehemänner. Aber er kommt immer vergnügt und mit einem frohen Lachen nach Hause. Schon neben der Tür setzt er die Tasche ab, streckt mir die Arme entgegen, und ich werfe mich strahlend an seine Brust. »Komm in meine Arme, damit ich dich liebhaben kann.«

Seine Arztpraxis ist groß, aber nicht zu groß, als daß er keine

Zeit mehr hätte, in unserem großen Garten zu arbeiten, in dem wir Pauls Marmorstatuen aufgestellt haben, die ich für viel Geld nach Californien habe bringen lassen. Fast ist es uns gelungen, Pauls Garten hinter unserem neuen Haus wieder auferstehen zu lassen. Nur auf den vielen Efeu haben wir verzichtet, der wächst und wächst und alles erstickt.

Emma Lindstrom, unsere Köchin, Haushälterin, Freundin, lebt mit uns wie Henny früher mit Paul. Sie stellt nie Fragen. Sie hat keine andere Familie als uns, und uns gegenüber ist sie treu und verläßlich. Unsere Familienangelegenheiten sind unsere eigene Sache.

Chris ist immer fröhlich. Er singt gerne die schönsten Ballettmelodien, zu denen wir schon auf dem dunklen Dachboden getanzt haben. Ich frage mich oft, ob er schon immer gewußt hat, daß er am Ende sein Ziel erreichen würde, so wie er mich auch in allen anderen Spielen von klein auf besiegt hat.

Warum habe ich es nicht gewußt? Wer hat mir meine Augen verschlossen?

Es muß meine Mutter gewesen sein, die mir erzählt hat: »Heirate einen Mann mit dunklen Augen, Cathy. Dunkle Augen haben bei allem etwas so herrlich Intensives und Durchdringendes.« Wie lächerlich! Als ob blauen Augen irgendeine besondere Intensität fehlen könnte; gerade Mammi hätte das doch besser wissen müssen. Auch ich hätte es besser wissen müssen.

Ich mache mir Sorgen, weil ich gestern auf dem Dachboden gewesen bin. In einer kleinen Nische entdeckte ich zwei Betten, groß genug, daß zwei kleine Jungen in ihnen schlafen könnten, bis sie Männer werden.

O mein Gott! Wer hat das getan, fragte ich mich. Ich würde niemals meine beiden Söhne verstecken und einschließen, selbst wenn Jory sich eines Tages daran erinnert, daß Chris nicht sein Stiefvater, sondern sein Onkel ist. Ich würde es auch nicht tun, wenn er dann Bart, unserem Jüngsten, davon erzählte. Ich könnte die Schande und das öffentliche Aufsehen ertragen, das Chris als Arzt ruinieren würde. Doch ... doch heute habe ich einen Picknickkorb gekauft. Einen von der Sorte, deren Deckel man von der Mitte nach außen klappt; genauso einen wie der, in dem die Großmutter uns immer das Essen brachte.

Deshalb gehe ich jetzt mit unguten Gefühlen ins Bett und

liege wach, fürchte das Schlechte in mir und klammere mich an das Bessere. Und wenn ich mich dann auf die Seite drehe und enger an den Mann kuschele, den ich liebe, dann kommt es mir vor, als könnte ich den kalten Wind von den fernen, fernen Bergen in ihren blauen Nebeln heulen hören.

Es ist die Vergangenheit, die ich nie vergessen kann, und die ihren Schatten über alle meine Tage legt. Nur wenn Chris zu Hause ist, versteckt sie sich heimtückisch in den Ecken und Winkeln. Ich gebe mir Mühe, so optimistisch zu sein wie er, aber ich bin nie der Mensch gewesen, der darauf verzichten kann, jede Münze sofort umzudrehen, damit er sich der Rückseite vergewissern kann.

Aber ... ich bin nicht wie sie! Ich mag ihr ähnlich sehen, mein Äußeres mag ihr gleichen, aber im Inneren bin ich ehrlich und anständig! Ich bin stärker und entschlossener als sie. Das Beste in mir wird am Ende gewinnen. Ich weiß, daß es gewinnen wird. Einmal muß es doch so sein ... nicht wahr?